ur da mouraria. 52 Porta q̃ dicitur portigo da de palma. 53 Porta quæ dicitur do Jogo dapela. Porta ſanctę Anæ, vulgo poſtigo de ſant Ana. 55 a ſancti Antonij vulgo de ſanto Antana. 56 Porta itur da ſtrebaria del Rej. 57 Porta ſancti Ro- ulgo portigo de ſan Roque. 58 Porta q̃ dicitur no da tundade. 59 Porta ſanctę Catharinę. 60 Por- ctis Bragātię. 61 Porta q̃ dicitur de Corpo ſanto. Porta q̃ dicitur dos Cabertes. 62 Porta quę dioi- dos Corte reais. 63 Porta Auri. 64 Porta quę dici lo almazem. 65 Portę quę dicūtur arcos dos pacos orta q̃ dicitur portigo da moeda. 67 Porta quæ ur arco dos pregos. 68 Porta q̃ dicitur arco dos bar-

retes. 69 Porta ripę vulgo porta da Ribeira. 70 porta q̃ dicitur portagem. 71 Porta noua Maris. vulgo porta do mar. 72 Porta do chafaris dos caualos. 73 Porta q̃ dici tur portigo da peluora. 74. Porta da Cruz. 75 Porta S. Vincentij 76 Porta q̃ dicitur portigo de ſan Vincente. 77 Poſtago de noſſa Snorã da graca 78 Porta de ſanto An dre. 78* Poſtigo dalfama. Eccleſię parochiales. 79 Templum maximū ſedes Archiepiſcopalis. 80 Tem plū ſancti Iuliani. 81 Temp·S·M·Magdalonę. 82 Tem·D·N à conceptiōe. 83 Tem·S·Nicolai. 84 Tem·S·Iuſtę. 85 T[illegible]p. S·Mathię. 86 Tem·S·Sebaſtiani da mouraria. 87 Temp.S. Anthonij in Collegio Jeſuitarū. 88 Tem·S·Laurentij. 89 Tem S·Chriſtophori. 90 Tem·S·Mamatis. 91 Tem·S·Georgij. 92

Tem·S·Bartholomei. 93 Tem·S·Jacobi. 94 Temp·S·Spiritus. 95 Tem·S·Crucis. 96 Tem·Saluatoris cum monaſterio Veſta- liū. 97 Tem·S·Thomę. 98 Tem·S·Andreę. 99 Tem·S·Marinæ. 100 Tem·S·Vincentij in monaſterio. 101 Tem·S·Stephani. 102 Tem·D·N·do paraiſo. 103 Tem·S·Michelis. 104 Te·S·Petri. 105 Tem·S·Ioannis dapraca. 106 Tem·S·Sebaſtiani da padoria. 107 Templū martyrū. 108 Tem·S·Pauli. 109 Tem·D·N·da Eſperanca in monaſt·Veſtaliū. 110 Tem·D·N·do loreto. 111 Tem·Trinitatis in monasterio. 112 Tem·dnę nrę da Eſcada. 113 Tem·S·Ane in Monaſterio. 114 Tem·fideliū dei. 115 Temp·S. Catharinę. 116 Tem·das chagas. 116* Tem·D·nrę da Vitoria. Alia templa vel ſacella. 117 Sacel·D·N: 118 Sac. Corporis ſancti. 119 Sac·S·Thomę. 120 Sac·D·N·Oliuæ.

Richard Zimler

Der Kabbalist von Lissabon

Roman

Deutsch von
Anne Rademacher

Wunderlich

Die Originalausgabe erschien 1996 unter dem Titel
«O Último Cabalista de Lisboa»
bei Quetzal Editores in Lissabon.
Umschlaggestaltung Walter Hellmann
(Foto: «Kriegsszene mit brennender Stadt». – Gemälde, 1569,
von Gillis Mostaert;
Archiv für Kunst und Geschichte, Berlin)
Autorenfoto von Dr. Ray-Güde Mertin
Karte auf dem Vorsatz:
Kupferstich von Georg Braunius, 1593

Glossar und Danksagungen
siehe Seite 437 bis 443

1. Auflage Oktober 1997

Satz aus der Baskerville (Linotronic 500)
Gesamtherstellung Clausen & Bosse, Leck
Printed in Germany
ISBN 3 8052 0626 7

Für Alexandre Quintanilha

VORBEMERKUNG DES AUTORS

Die Entdeckung des Manuskripts von Berekia Zarco

DER RECHTSANWALT Abraham Vital hat sich in seiner Kanzlei in Istanbul darauf spezialisiert, bei der türkischen Regierung Beihilfe für Menschen einzuklagen, die nach einem Unfall oder einer Krankheit arbeitsunfähig geworden sind. Im Jahre 1981 erkämpfte er für den neunundfünfzigjährigen Zimmermann Ayaz Lugo, dessen rechter Arm nach einem Verkehrsunfall gelähmt blieb, vor Gericht eine staatliche Unterstützung.

Im Juni 1988 starb Lugo, nachdem seine Frau bereits sechs Jahre früher verschieden war. Da sie keine Kinder hatten, vererbte der dankbare Lugo dem Anwalt Abraham Vital sein Haus.

Als ich im Jahr 1990 für sieben Monate nach Istanbul kam, um Material für eine Dissertation über die Romanzen der Sephardim zu sammeln, machte mir Abraham Vital das großzügige Angebot, in dieser Zeit mietfrei in dem Haus von Ayaz Lugo zu wohnen. Wir hatten uns über einen gemeinsamen Freund, meinen Doktorvater Dr. Isaac Silva Rosa, kennengelernt, der damals noch in Berkeley lehrte und heute an der Universität von Porto in Portugal tätig ist.

Vital und Lugo sind beide Sephardim, Nachkommen jener Juden, die im 15., 16., 17. und 18. Jahrhundert vor der Verfol-

gung in Spanien und Portugal flohen. Ihren Ahnen hatte man bereits 1492 in Istanbul – damals von Christen und Juden Konstantinopel genannt – Asyl angeboten. Der türkische Sultan Bayazid II. hieß in seinem Reich Tausende sephardischer Juden willkommen, die sich dem Ausweisungsbefehl von König Ferdinand und Königin Isabella von Spanien gefügt hatten.

An einem drückend schwülen Tag Anfang Mai fuhr Vital mich zu dem alten Haus von Ayaz Lugo am Rand von Istanbuls mittelalterlichem jüdischem Viertel, dem Balat. Wie ein verlassener Wachturm ragte das zweistöckige Steinhaus mit seiner blätternden Stuckfassade zwischen einer Bäckerei und einem Schallplattenladen in den Himmel.

Am 9. Mai 1990 zog ich ein. Bevor ich mich daranmachte, den Staub zu beseitigen, war im Inneren des Hauses alles mit einer graubraunen Schicht überzogen wie auf einer alten Sepiafotografie.

In beiden Stockwerken konnte ich die durchhängende Zimmerdecke berühren, ohne mich auf die Zehen stellen zu müssen. Durch die ovalen, tellergroßen Fenster fiel das Licht in schmalen Kegeln in mein Schlafzimmer. Die Möbel waren aus schwerem Holz, an dem der Zahn der Zeit genagt hatte. Wahrscheinlich waren sie angeschafft worden, als Lugo noch ein kleiner Junge war.

In meinem Schlafzimmerschrank fand ich mehrere tausend ordentlich in Lederkoffer verpackte Zuckerwürfel. Offensichtlich war Zucker im Zweiten Weltkrieg knapp gewesen. Hatte Lugo die Würfel beiseite geschafft, um für einen überstürzten Aufbruch gerüstet zu sein? Vielleicht muß ein Jude stets mindestens einen Koffer gepackt haben, dachte ich.

In einer wurmstichigen Kommode entdeckte ich unter Baumwollunterwäsche mehrere Tafeln ranziger türkischer

Schokolade. Schmunzelnd stellte ich fest, daß Lugo gern naschte, genau wie ich.

Mein eisernes Bettgestell hatte eine durchgelegene Matratze, die in Konya hergestellt worden war. Die Schrift auf dem Wäscheschild war arabisch, was bedeutete, daß sie älter als siebzig Jahre sein mußte. In den zwanziger Jahren wurde das arabische Alphabet in der Türkei durch das lateinische ersetzt.

Im Haus gab es keine Dusche. Ein dünnes Rinnsal kalten, braunen Wassers, das nach Chlor und Rost roch, floß in ein Waschbecken. Lugo und seine Frau hatten offenkundig die Badehäuser besucht. Es gab eine Menge Mäuse im Haus, doch erstaunlicherweise weder Ameisen noch Wanzen.

Im Juli jenes Jahres beschloß Abraham Vital, das Haus nach westlichen Standards des zwanzigsten Jahrhunderts renovieren zu lassen. Die Arbeiten begannen im Keller, damit ich nicht zu sehr gestört wurde.

Am 18. Juli entdeckten die Arbeiter ein Geheimfach, ein halbmetertiefes Loch von ungefähr einem Meter zwanzig im Quadrat, das mit Holzplanken und einer Zementverschalung versiegelt war. In diesem Versteck befand sich ein Tik*, der kleine zylindrische Schrein, in dem die sephardischen Juden ihre Tora aufbewahren, die ersten fünf Bücher des Alten Testaments. Doch der mit feinen Silberfiligranarbeiten und Emaillepfauen geschmückte Behälter enthielt keine Torarolle, sondern neun in Leder gebundene Manuskripte.*

Sie waren fast alle in jüdisch-portugiesischer Sprache verfaßt und zeigten breite hebräische Schriftzeichen, wie sie für die Iberische Halbinsel typisch sind. Lediglich einige Teile der älteren Werke waren in einem mittelalterlichen Hebräisch geschrieben. Der Schreiber hatte einen Calamus benutzt, ein

Schreibgerät aus Schilfrohr, das vor allem in Spanien verwendet wurde. Das Papier befand sich in einem hervorragenden Zustand.

Bis auf drei Manuskripte waren alle Schriften mit Titelseiten aus glänzendem Pergament versehen, die Versalien mit Vogelmalereien verziert. Es gab Wiedehopfe, Eulen, Drosseln, Goldfinken und Pfauen. Interessanterweise war auch ein Kolibri abgebildet, ein Vogel aus der Neuen Welt. Feine, ineinander verwobene geometrische Muster und Arabesken bildeten den Hintergrund der mit Blattgold üppig ausgestatteten Seiten. Ein helles Karminrot und das Blau des Lapislazuli waren die vorherrschenden Farben.

Ich entdeckte, daß alle Manuskripte von einem gewissen Berekia Zarco mit dem sorgfältig gepinselten Schriftzeichen des ägyptischen Ibis signiert waren. Aus den Daten neben den Signaturen und Anspielungen im Text schloß ich, daß die Manuskripte innerhalb eines Zeitraums von dreiundzwanzig Jahren geschrieben sein mußten, zwischen den Jahren 5267 und 5290 des jüdischen Kalenders, was den Jahren 1507 bis 1530 christlicher Zeitrechnung entspricht.

Am Abend des 18. Juli 1990 begann ich mit der Lektüre dieser Werke.

Sechs der Manuskripte waren Abhandlungen über verschiedene Aspekte der Kabbala, jener mystischen Philosophie, die im frühen Mittelalter von der Provence in die jüdische Diaspora ausstrahlte und in den folgenden Jahrhunderten sowohl mündlich als auch schriftlich überliefert wurde. Die Hauptwerke der Kabbala sind die Bücher Bahir (Buch der Klarheit) und Zohar (Buch des Glanzes).

Drei von Berekias Manuskripten – die ohne Titelseiten – waren säkularer Natur. Sie wurden von einem Lederstreifen zusammengehalten; das erste stammte aus dem Jahr 1507, die anderen beiden waren mit dem Jahr 1530 datiert. Gleich auf den ersten Blick erkannte ich, daß sie von dem Massaker handelten, das im Jahr 1506 in Lissabon stattfand. An die zweitausend Neuchristen – Juden, die 1497 zwangsgetauft worden waren – kamen bei dem Massenmord ums Leben. Viele von ihnen wurden auf dem Rossio, dem zentralen Platz der portugiesischen Hauptstadt, verbrannt.

Leider waren große Abschnitte und sogar einzelne Seiten von Berekias Manuskripten von jemandem, der eindeutig kein Jüdisch-Portugiesisch lesen konnte, durcheinandergebracht worden. Es war zum Verzweifeln. Ich brauchte zwei Monate, um alles wieder in die richtige Ordnung zu bringen. Nachdem das geschafft war, las sich Berekias Manuskript jedoch einigermaßen einfach.

Die drei Manuskripte bildeten ein zusammenhängendes Werk, in dem erzählt wurde, wie Berekias Familie die tragischen Ereignisse des April 1506 erlebte. Insbesondere ging es um Berekias Suche nach dem Mörder seines geliebten Onkels Abraham. Dieser war ein bekannter Kabbalist, auf den wahrscheinlich einige der bislang nicht zugeschriebenen Werke der Lissabonner Schule zurückzuführen sind.

Uns sind verschiedene kursorische Berichte von dem Massaker überliefert, unter anderem der des Solomon Ibn Verga, den Berekia erwähnt. An der historischen Wahrheit von Berekias Geschichte gibt es deshalb keinen Zweifel. Alle wichtigen Ereignisse in seiner Erzählung werden von den Berichten seiner Zeitgenossen bestätigt. Viele der erwähnten Personen, wie Didi Molho, Dom João Mascarenhas und Isaac Ibn Farraj, sind uns sowohl durch ihre Schriften als auch aus Dokumenten der Kirche und der portugiesischen Krone bekannt.

Lesern, die mit der Literatur der sephardischen Juden und Neuchristen des 16. Jahrhunderts nicht vertraut sind, mag es ungewöhnlich erscheinen, daß ich Berekias Geschichte in der Form eines Kriminalromans wiedergebe und viel Umgangssprache verwende. Form und Stil seiner Erzählung jedoch stellen uns Berekia Zarco, ähnlich wie viele seiner Zeitgenossen, als modernen Autor vor. Insbesondere das zweite Manuskript ist durch eine geradlinige Erzählweise gekennzeichnet, die dem spanischen pikaresken Roman ähnelt. Die ersten Bücher dieser Gattung wurden ungefähr zur selben Zeit geschrieben wie Berekias Manuskripte. Interessant ist, daß viele Autoren des spanischen pikaresken Romans ebenfalls konvertierte Juden waren.

Anders als im pikaresken Roman ist Berekias Ton jedoch fast nie ironisch und niemals komisch. Außerdem ist die Hauptperson – er selbst – weder Schelm noch Held. Er ist so, wie Berekia Zarco gewesen sein muß: ein intelligenter und verwirrter Illuminator, Obsthändler und Kabbalist; ein junger Mann, den die Ermordung seines Onkels zutiefst erschüttert hat.

Berekias offene Sprache schließt Fluchwörter, unverhohlene Blasphemien und umgangssprachliche Wendungen ein, und ich habe versucht, all dies zu bewahren.

Wenn es Berekias Anliegen gewesen wäre, eine weitere mystische Abhandlung oder sogar einen seriösen historischen Text zu schreiben, hätte er das sicherlich getan. Er verfügte über die notwendige Begabung und auch das Wissen. Doch er hat es nicht gemacht. Er hat einen Kriminalroman in drei Teilen geschrieben, dessen letzter Teil heutzutage eher als Nachwort bezeichnet werden würde. Für den modernen Leser habe ich die drei Teile des Manuskripts in zwanzig Kapitel unterteilt. Die Kapitel eins bis acht entsprechen Berekias erstem

Manuskript, neun bis zwanzig dem zweiten und das einundzwanzigste Kapitel dem dritten Manuskript.

Obwohl Der Kabbalist von Lissabon *mehr ist als nur eine Übersetzung, habe ich mich streng an Berekias Vorgaben gehalten – bis auf zwei Ausnahmen: wenn er längere Gebete und Gesänge rezitiert und wenn er abschweift, um geheime spirituelle Fragestellungen der Kabbala zu erörtern. Für den Wissenschaftler sind diese Abschnitte sicherlich interessant, für den normalen Leser dürften sie sich jedoch als schwierig und langweilig erweisen, weshalb ich sie fast ganz ausgelassen habe. Außerdem gebe ich verschiedene Abschnitte, deren Zusammenhang ursprünglich durch eine religiöse Beweisführung Berekias hergestellt wurde, in chronologischer Reihenfolge wieder. Ich glaube nicht, daß Berekias Werk dadurch einschneidend verändert wurde, außerdem wird die überarbeitete Struktur für den modernen Leser eingängiger sein.*

Generell habe ich mich um Ausgewogenheit zwischen unserer modernen Sprache und dem gelegentlichen Gebrauch antiquierter Wörter und Phrasen bemüht. Ich hoffe, mit dem gesamten Werk dem Geist des Autors gerecht zu werden.

Berekias Portugiesisch ist in seiner Schreibweise nicht ganz einheitlich, was vielleicht daran liegt, daß er die Sprache seines Heimatlandes in hebräische Schriftzeichen umsetzen mußte. Wenn Portugiesisch zitiert wird, geschieht das deshalb in moderner Schreibweise.

Hebräische Wörter werden in lateinischen Buchstaben wiedergegeben, damit sie von amerikanischen und europäischen Lesern entziffert und ausgesprochen werden können.

Berekias Manuskripte werfen einige interessante Fragen über das Schicksal hebräischer Bücher auf der Iberischen Halbinsel auf. Handelt es sich bei der illuminierten Tora, die er in der Geniza seines Onkels entdeckt, um die sogenannte Kennicott-Bibel, die heute der Bodleian Library der Universität Oxford gehört? Seine Anspielungen auf Buchstaben in der Gestalt von wilden Tieren und auf Isaac Bracarense (bei dem es sich eindeutig um Isaac de Solomão de Braga handelt, für den das Buch illuminiert wurde), scheinen in diese Richtung zu deuten. Von der Zeit ihrer Fertigstellung im Jahr 1476 bis zum Jahr 1771, als die Universität Oxford sie auf die Empfehlung des Bibliothekars Dr. Kennicott hin erwarb, ist nichts über den Verbleib dieser Bibel bekannt. Vielleicht wurde sie tatsächlich von Abraham und Berekia Zarco gerettet.

Weiterhin stellt sich die Frage, ob die hebräischen und arabischen Versionen des von Pater Carlos aufbewahrten Quell des Lebens wirklich nach Salonika gebracht wurden. Was ist dort mit ihnen passiert? Ein arabisches Original ist niemals gefunden worden, nur lateinische Übersetzungen.

Auch Der Kabbalist von Lissabon selbst stellt uns vor Rätsel. Warum wurden die Manuskripte im Keller von Ayaz Lugo versteckt? Weshalb werden sie in anderen jüdischen Texten aus dieser Zeit nie erwähnt? Sind sie niemals veröffentlicht worden? Berekia hätte seinen Büchern sicherlich die weitestmögliche Verbreitung gewünscht, da er mit ihnen die Neuchristen und Juden vor der Gefahr warnen wollte, die in Europa auf sie wartete.

Zu diesen Fragen hat Professor Ruth Pinhel von der Pariser Universität mehrere Theorien aufgestellt, die später fast alle von mir konsultierten Experten auf dem Gebiet mittelalterlicher sephardischer Literatur bestätigten.

Berekias abschätzige Beschreibung der Altchristen und seine unverblümte Aufforderung an alle Juden und Neuchristen, Europa zu verlassen, wäre bei den europäischen Mon-

archen und Kirchenfürsten, insbesondere den Inquisitoren in Spanien und Portugal, sicherlich nicht gut angekommen. Hätte er sein Buch ins christliche Europa gebracht, wären alle entdeckten Kopien verboten und verbrannt worden.

Außerdem hätte der leidenschaftliche Aufruf zur jüdischen Emigration die Führer der gefährdeten jüdischen Gemeinden in den jeweiligen Regionen verärgern können, ob es sich nun um geheime sephardische Gruppierungen in Portugal und Spanien handelte oder um die offeneren Gemeinden in den aschkenasischen Ländern Nordeuropas. Sicherlich hätten auch die Juden oder Neuchristen, die religiöse, emotionale oder wirtschaftliche Gründe hatten, in Europa zu bleiben, versucht, Berekias Schriften zu unterdrücken.

Die Art und Weise, wie Berekia mit einigen Themen, etwa dem Verhältnis zwischen den Geschlechtern oder dem Schisma zwischen Kabbalisten und rabbinischen Autoritäten umging, mag bestimmten Lesern zu offen und direkt gewesen sein. Auf viele konservative jüdische Gelehrte, die vor dem herannahenden Zeitalter des säkularen Juden die Augen verschlossen, müssen seine Schriften provozierend gewirkt haben.

Auch wenn ich meine Zweifel daran habe, sollte eine weitere Theorie erwähnt werden: möglicherweise hat Berekia selbst die Verbreitung seiner Schriften verhindert. Einerseits wollte er die heimlichen Juden, die in den Texten erwähnt werden, nicht kompromittieren, andererseits waren ihm sicher Fälle von Exkommunikation für sogenannte Ketzerei bekannt. Obwohl er die Juden Europas unbedingt vor dem Schicksal warnen wollte, das sein Onkel vorhergesehen hatte, fürchtete er sich vielleicht davor, aus seiner Gemeinde ausgestoßen zu werden. Dies war hundert Jahre später das Schicksal eines anderen Juden portugiesischer Herkunft – Baruch Spinoza. Mög-

licherweise ließ Berekia das Buch im geheimen kreisen und beschwor seine Leser, nicht darüber zu reden oder gar etwas von seinem Inhalt preiszugeben. Das könnte auch der Grund dafür sein, warum es keinen Titel hat.

Es gibt eine weitere, besonders traurige Möglichkeit: Berekia könnte bei seinem Versuch, noch einmal nach Portugal zurückzukehren, um seine Cousine Reza zu retten, ermordet worden sein. Sämtliche Schriftstücke, die er dabeihatte, um sie auf der Iberischen Halbinsel zu verbreiten, wären in diesem Fall mit ihm verschwunden. Überlebt hätten nur die Werke, die er daheim in Konstantinopel versteckt hatte.

Wahrscheinlich wurde das Geheimfach noch versiegelt, um die Manuskripte während der Herrschaft der Nationalsozialisten zu schützen. Aus dieser Zeit stammt nämlich die Zementschicht. Man muß wissen, daß die portugiesischen Neuchristen im 16., 17. und 18. Jahrhundert tatsächlich in großer Zahl ihre Heimat verließen und sich vor allem in der Türkei, in Griechenland, Nordafrika, den Niederlanden und Italien niederließen. Diese Gebiete wurden vom Deutschen Reich allesamt bedroht oder sogar erobert. Konstantinopel konnte als Ergebnis der Emigrationswelle unter den Neuchristen gegen Ende des 16. Jahrhunderts auf eine dreißigtausend Seelen starke jüdische Gemeinde und vierundfünfzig Synagogen verweisen. Es war die größte jüdische Gemeinde in ganz Europa.

Im Zweiten Weltkrieg wurden fast alle sephardischen Juden in Griechenland und Jugoslawien verschleppt und in den Gaskammern ermordet. Denkt man an Berekias leidenschaftlichen Aufruf, mit dem er alle Juden und Neuchristen mahnte, die christlichen Länder zu verlassen, ist es bemerkenswert, daß die Juden in der moslemischen Türkei von der Regierung geschützt wurden und ihren Verfolgern entkamen. Trotzdem mußten die Besitzer von Berekias Schriften, vielleicht Lugos Eltern, damit rechnen, daß die Mordwelle auch die Türkei überrollen würde, so wie Berekia vierhundert Jahre zuvor zu Recht befürchtete, daß die Inquisition sich von Spanien nach Portugal verbreiten könnte. (In Portugal wurde die Inquisition im Jahr 1536 etabliert, ungefähr fünfzig Jahre nachdem sie in Spanien begonnen hatte und sechs Jahre nach der Fertigstellung von Berekias letztem Manuskript.)

Wußte Ayaz Lugo von der Existenz der Manuskripte? In seinem Testament gibt es keinerlei Anspielungen darauf. Wahrscheinlich wurden sie von seinen Eltern versteckt, ohne daß er etwas davon ahnte.

An erster Stelle bedanke ich mich bei Abraham Vital, der mir großzügig sein Haus zur Verfügung stellte und mir später erlaubte, mit Berekias Texten zu arbeiten. Außerdem möchte ich mich bei seiner Frau Miriam Rosencrantz-Vital bedanken, die mich mit ihrem Portwein und dem hausgemachten Couscous durch manche lange Nacht gebracht hat.

Dank auch an Isaac Silva Rosa, der mich ermutigte, meine Dissertation eine Zeitlang ruhen zu lassen, um an diesem Manuskript zu arbeiten. Ruth Pinhel hat mir mit historischen Hinweisen geholfen, und Ari Diaz-Lev und Carl Konstein haben für mich aus dem Hebräischen übersetzt. Joseph Amaro Marcus, ein Experte auf dem Gebiet der spanischen und portugiesischen Kabbala, hat das Unentzifferbare entziffert. Ich danke ihnen allen.

Dieses Buch ist dem Andenken an Berekia Zarco, seine Familie und seine Freunde gewidmet.

HISTORISCHE NOTIZ

IM DEZEMBER 1496, vier Jahre nachdem Ferdinand und Isabella von Spanien sämtliche Juden aus ihrem Königreich verbannt hatten, konnten sie König Manuel von Portugal überzeugen, es ihnen nachzutun. Dafür sollte er von den spanischen Monarchen die Hand ihrer Tochter erhalten. Doch kurz bevor der Ausweisungsbefehl gültig wurde, beschloß König Manuel, die portugiesischen Juden zu bekehren, um nicht so viele wertvolle Bürger zu verlieren. Im März 1497 schloß er alle Häfen und ließ die Juden zusammentreiben und zu den Taufbecken zerren. Auch wenn wir von einigen Juden wissen, die damals ihre Kinder umbrachten und Selbstmord begingen, um nicht Christen werden zu müssen, fügten sich die meisten von ihnen dem Druck und akzeptierten Jesus als den Messias. Den sogenannten Neuchristen wurde zwanzig Jahre Zeit gegeben, um ihre jüdischen Bräuche und Traditionen abzulegen – ein Versprechen, das sich in den nächsten zwei Jahrzehnten der Vorurteile und Verfolgungen als leer erweisen sollte. Viele der Neuchristen hielten jedoch an ihrem alten Glauben fest. Im geheimen und unter großen Risiken beteten sie die hebräischen Gebete und übten ihre Rituale aus, insbesondere die des Sabbats und der jüdischen Festtage. Einer dieser geheimen Juden war Berekia Zarco.

Erstes Buch

VORWORT

ALS ICH BEGANN, unsere Geschichte aufzuschreiben, drückte der Schmerz schwer auf die Feder meines Schilfrohrs. Es war das jüdische Jahr 5267, das christliche Jahr 1507.

Weil Gott meiner Seele nicht den gesuchten Trost spendete, ließ ich meinen Text wieder ruhen. Ich dachte nur an mich.

Heute, dreiundzwanzig Jahre nach diesem zaghaften Versuch, meinen Rachefeldzug zu schildern, habe ich die Seiten meines Manuskripts wieder glattgestrichen. Warum habe ich die Ketten des Schweigens gesprengt?

Gestern gegen Mittag klopfte es an der Tür unseres Hauses hier in Konstantinopel. Ich war allein und öffnete die Tür. Vor mir stand ein kleinwüchsiger junger Mann mit langem schwarzem Haar und müden dunklen Augen. Er trug einen schönen, scharlachrot und grün gestreiften Umhang von der Iberischen Halbinsel und sprach mit zögernder, abgehackter Stimme: «Habe ich die Ehre, mit Meister Berekia Zarco zu sprechen?»

«Ja, mein Junge», antwortete ich. «Verrate mir bitte, wer du bist.»

«Mein Name ist Lourenço Paiva. Ich komme direkt aus Lissabon und habe gehofft, Euch hier anzutreffen», erklärte er mit einer demütigen Verbeugung.

Während ich den Namen flüsternd wiederholte, erkannte ich in dem jungen Mann den jüngsten Sohn einer alten Freundin, der christlichen Wäscherin, der wir vor unserer Flucht aus jener in Dunkelheit versunkenen Stadt unser Haus überlassen hatten. Das lag nun mehr als zwei Jahrzehnte zurück. Der Junge setzte zu weiteren Erklärungen an, doch ich winkte ab und führte ihn in die Küche. Wir saßen auf Bänken vor einem Fenster, das auf unseren Garten hinausblickte. Als ich mich nach seiner Mutter erkundigte, mußte ich zu meinem Bedauern erfahren, daß Gott sie vor kurzem zu sich gerufen hatte. Eine Zeitlang sprach er mit trauriger, aber stolzer Stimme von ihr. Dann plauderten wir über die Seereise von Portugal nach Konstantinopel und seine ersten erstaunten Eindrücke von der türkischen Hauptstadt. Dabei labten wir uns an einer kleinen Karaffe anatolischen Weines. Der unbeschwerte Ton unserer Unterhaltung ließ mich nicht mit dem rechnen, was folgte. Denn als ich den jungen Mann fragte, was mir die Freude seines Besuchs beschert habe, zog er zwei eiserne Schlüssel aus seinem Mantel, die an einer Silberkette baumelten. Auf der Stelle spürte ich, wie die Angst mir den Rükken hochkroch. Noch bevor ich etwas sagen konnte, drückte mein Besucher mir mit dem eifrigen Lächeln eines Jugendlichen, der einem Älteren ein Geschenk macht, die Schlüssel in die Hand. «Wenn Ihr zurückkehren wollt, Meister Berekia, Euer Haus in Lissabon erwartet Euch.»

Ich suchte nach Halt und ergriff seinen Arm; mein Herz schlug immer nur das eine Wort – *Heimat*. Die Bärte der Schlüssel gruben sich schmerzhaft in meine Handfläche; ich löste die Finger und roch den alten Münzgeruch des Metalls.

Mit einem Schlag kehrte die Erinnerung an verwinkelte Gassen und Olivenbäume zurück, und ich zitterte vor Aufregung. Es war, als öffnete sich eine Tür zur Vergangenheit, und ich hatte eine Vision: Ich stand draußen vor dem Eisentor, das in den Hinterhof unseres alten Hauses im Lissabonner Stadtteil Alfama führte. Eingerahmt vom Bogen des Tors sah ich mitten im Hof Onkel Abraham stehen, meinen Lehrmeister. Er war in seinen zinnoberroten Reisemantel aus englischer Wolle gehüllt und pflückte Zitronen von unserem Baum, wobei er zufrieden vor sich hinsummte. Seine dunkle, zimtfarbene Haut leuchtete golden im Licht der untergehenden Sonne. Von der ungebändigten silbernen Haarmähne und den buschigen Augenbrauen strahlte eine magische Kraft aus. Als er meine Gegenwart spürte, unterbrach Onkel seine Melodie und drehte sich mit einem Lächeln des Willkommens zu mir um. Dann schlurfte er mit dem watschelnden Gang, mit dem er sonst die Synagoge durchschritt, auf mich zu. Seine warmen grünen Augen waren weit geöffnet und schienen mich förmlich zu umarmen. Als er im Gehen die purpurne Schärpe seines Mantels öffnete und das Kleidungsstück auf die schiefernen Pflastersteine unseres Hofs gleiten ließ, zuckte es belustigt um seine Mundwinkel. Unter dem Mantel war er bis auf den Gebetsschal, den er um die Schultern trug, nackt. Während er weiter auf mich zuging, erstrahlte sein Körper in einem gleißenden Licht. Sein Anblick war so blendend, daß meine Augen zu tränen begannen. Als die erste salzige Träne in meinen Mundwinkel lief, blieb er stehen und rief mich beim Namen meines älteren Bruders: «Mordechai! Endlich hast du meine Gebete erhört!» Um sein Gesicht stand jetzt eine Aura weißer Flammen. Mit einem ernsten Kopfnicken, als würde er einen Vers alter Weisheit weitergeben, warf er mir eine Zitrone zu. Ich fing sie auf, doch als ich auf die Frucht hinabblickte, sah ich verwitterte portugiesische Buchstaben in meiner Hand. Sie waren zu einer Kette verknotet und ergaben einen Satz: *As nossas andorinhas ainda estão nas mãos de farão* – unsere Schwalben sind noch immer in den Händen des Pharaos. Als mein Blick ein zweites Mal über diese Worte der neuchristlichen Geheimsprache wanderte, stiegen die Buchstaben in die Luft und stürzten mit einem klirrenden Geräusch zu Boden, wo sie zerbrachen.

Ich stand immer noch da und starrte auf die Schlüssel. Tränen vernebelten mir den Blick. Die Tür zu meiner Vision hatte sich geschlossen.

Ich merkte, daß Lourenço mich bei den Schultern gepackt hatte und schüttelte. An seinem panischen Gesichtsausdruck erkannte ich, daß er Angst hatte, ich könnte den Verstand verloren haben.

Um die seltsame Erscheinung zu erklären, muß ich den hebräischen Ausdruck *mesiras nefesh* erläutern. Er steht für die natürliche Bereitschaft, sich selbst zu opfern. Seine okkulte Kraft bezieht dieses Prinzip aus der Tradition einiger Kabbalisten, die für ein Ziel, das nicht nur Heil in unsere kranke Welt bringt, sondern auch in das Reich Gottes, sogar eine Reise in die Hölle riskieren.

Während die Schlüssel in meiner Hand pulsierten, begann ich erstmals das Opfer meines Onkels Abraham zu verstehen. Auch sein leidenschaftlicher, aber empfindlicher Herzschlag war vom Konzept des *mesiras nefesh* angetrieben worden. Ich begriff, daß er mir mit dieser Vision ein Zeichen geben wollte, nach Portugal zurückzukehren, um das Schicksal zu erfüllen, zu dem er mich vor so langer Zeit bestimmt hatte. Es war ein Schicksal, dem ich nicht gefolgt war und das ich bis zu diesem Tag noch nicht einmal verstanden hatte.

Jetzt wurde mir klar, daß ich dieses Versäumnis mit meiner Rückkehr nach Lissabon wiedergutmachen konnte. Es war die Gelegenheit, *meinem* Gelöbnis des *mesiras nefesh* gerecht zu werden, denn mit einer Rückkehr würde ich sicherlich mein Leben riskieren. Ganz Spanien befand sich im eisernen Griff der Inquisition, und auch Portugal rückte ihren Flammen immer näher. Meine Reise konnte deshalb das Ende meines Lebens mit meiner Frau Letiça und meinen Kindern Zuli und Ari bedeuten.

Für sie habe ich die Feder noch einmal aufgenommen. Alle Mitglieder meiner Familie sollen die Gründe für meinen Aufbruch nachlesen können und von den Ereignissen vor vierundzwanzig Jahren erfahren, die sich für immer in mein Herz gegraben haben und mich jetzt zwingen zu gehen. Die Geschichte des Mordes, der unser Leben verdüstert hat, und meiner Jagd nach dem mysteriösen Mörder ist zu lang und kompliziert, um sie mündlich weiterzugeben. Und ich will nicht riskieren, daß etwas ungesagt bleibt.

Auch schreibe ich, um die kalte Luft des Geheimnisses aus unserem Haus zu vertreiben. Zuli und Ari sollen später einmal verstehen, warum ich auf ihre Fragen nach den Ereignissen, die meiner Flucht aus Lissabon vorangingen, immer nur vage antwortete. Es war oft nicht leicht für sie, einen Vater zu haben, über dessen unbekannte Vergangenheit viele in unserer jüdischen Immigrantengemeinde gemeine Vermutungen äußern. Mit Tränen in den Augen und geballten Fäusten mußten sie mit anhören, wie man mich einen Mörder und Ketzer nannte. Wie oft kam meiner Frau das Gerücht zu Ohren, ich sei in Lissabon von Lilith in der Gestalt einer kastilischen Edelfrau verführt worden. Noch heute würde die Dämonin über mein Herz gebieten.

Ja, ein Mörder. Ich gebe zu, daß ich einen Mann umgebracht und den Tod eines anderen Menschen in die Wege geleitet habe. Meine Kinder werden lesen, wie es dazu kam, und sich ihre eigene Meinung bilden. Sie sind alt genug, alles zu wissen. Doch ich halte mich nicht für einen Ketzer. Und wenn ich es bin, dann waren es die Ereignisse, die ich jetzt beschreiben werde, die den Pfeil des Irrglaubens in mein Fleisch trieben. Wer über mein Herz gebietet, sollen meine Lieben entscheiden. Möge die Wahrheit ohne Angst aus diesen Seiten aufsteigen, so wie der Klang des Shofars das Herannahen von Rosh-ha-Shana verkündet. Und möge auch ich mich endlich von den letzten Zweifeln befreien und von den Überresten der Maske, die ich als Junge trug, um mein Judentum zu verbergen. Ja, ich hoffe viel über mich selbst zu erfahren, während die Feder meinen Erinnerungen folgt. Belohnt unser Gedächtnis uns nicht immer mit Selbsterkenntnis, wenn man ihm den freien Zugriff auf die Vergangenheit gestattet?

Natürlich hat mich die Schuld für mein Unwissen und meine Versäumnisse – und für meine schlimmeren Sünden – ins Exil nach Konstantinopel begleitet. Sie lastet noch heute auf mir. Manchem mag sie als das wichtigste meiner Motive erscheinen. Doch während die hebräischen Schriftzeichen auf diese geglättete Schafshaut fließen, erkenne ich, daß mich vor allem der Wunsch treibt, aus dem Abstand von Jahrzehnten zu denen zu sprechen, die noch namenlos sind – meine ungeborenen Enkel und die meiner Schwester Cinfa. Allen unseren Nachkommen sage ich: Lest diese Geschichte und ihr werdet wissen, warum eure Ahnen Portugal verlassen haben! Ihr werdet das große Opfer verstehen, das mein Meister für euch dargebracht hat; ihr werdet verstehen, was mit den Juden Lissabons geschah, als dieses Jahrhundert erst sechs Jahre zählte. Um überleben zu können, müßt ihr euch an diese Erinnerungen klammern wie verwaiste Kinder!

Und dies ist das Wichtigste: Wenn ihr der Melodie und dem Rhythmus meiner Worte bis zu ihrer letzten Kadenz folgt, werdet ihr wissen, warum ihr das christliche Europa nie wieder betreten dürft.

Laßt euch nicht täuschen! Unter der Oberfläche dieser Geschichte verbirgt sich die scharfe Klinge der Warnung. Ich bin davon überzeugt, daß Onkel Abraham mir erschienen ist, weil er sich um eure Sicherheit sorgt. Deshalb schickt er mich nach Portugal. Würde ich nicht schreiben, sondern der Erinnerung erlauben, in lauwarmem Schweigen zu versinken, könnte einmal auch euer Tod auf meiner Seele lasten.

Über die Kriminalgeschichte, die ich für euch aufrollen werde, könnten meine Feinde sagen, daß sie komplizierte Arabesken enthält, weil ich das Blut verbergen will, das meine Hände befleckt. Die Wahrheit deutet in eine andere Richtung. Onkel Abraham hat mir diese Gelegenheit, ganz ich selbst zu werden, zum Geschenk gemacht, und ich will ihn nicht noch einmal enttäuschen. Wenn ihr also zwischen meinen bescheidenen Sätzen Verschlingungen oder sogar Widersprüche findet, dann deshalb, weil ihr die Ereignisse so sehen sollt, wie sie wirklich geschehen sind. Ihr sollt mich so sehen, wie ich bin. Denn ein Jude ist niemals das einfache Wesen, das die Christen in uns sehen wollen. Und ein jüdischer Ketzer ist niemals nur von einer Sache besessen, wie unsere Rabbinen es gerne behaupten. Wir alle haben genügend Abgründe in uns, um eine Woge von Paradoxien und Rätseln in unsere Seelen fluten zu lassen.

Es gibt noch einen Punkt, den ich jetzt bekennen muß: Ich

habe keine Ahnung, warum Onkel Abraham mich in meiner Vision beim Namen meines älteren Bruders Mordechai rief, und dies finde ich sehr beunruhigend. Es ist, als läge über der Erscheinung meines Onkels eine tiefere Bedeutung, eine Erklärung für die Toten vor vierundzwanzig Jahren, die ich noch nicht erfassen kann. Warum hat mein Onkel sich mir erst jetzt gezeigt? Ich brauche sicher noch mehr Zeit, um darüber nachzudenken. Doch vielleicht will er auch, daß das Licht der Erkenntnis meine Dunkelheit durchbricht, während ich unsere Geschichte erzähle. Werde ich die schwierigen Zusammenhänge zwischen der Vergangenheit und unserer Gegenwart erst verstehen, wenn mein Text sich seinem Ende nähert? Diese Möglichkeit macht mich lächeln und beruhigt meine Zweifel ein wenig. Es sähe meinem Onkel ähnlich, einen Tag und eine Nacht irdischer Fron zu fordern, bevor er mir den Kern seiner himmlichen Botschaft zuteil werden läßt. Und so mache ich mich denn an die Arbeit ...

Als ich zum erstenmal erwog, unsere Leiden den Seiten eines Manuskripts anzuvertrauen, versteckten meine Familie und ich uns in unserem Keller. Das große Mysterium hatte sich gerade in all seiner Vielschichtigkeit vor mir aufgetan. An diesem Punkt begann ich vor dreiundzwanzig Jahren meine Geschichte. Und dort werde ich wieder anheben.

Bevor wir zu dem Mord kommen, der unser aller Leben verändert hat, wird von drei Ereignissen die Rede sein müssen: der Prozession der Flagellanten; dem Angriff auf einen lieben Freund und der Gefängnisstrafe eines Familienmitglieds. Hätte ich die Bedeutung dieser Vorzeichen verstanden, hätte ich sie als die Verse eines Gedichts gelesen, das der Engel des Todes schrieb, und vielleicht viele Leben retten können. Doch die Unwissenheit hat mich in die Irre geleitet. Vielleicht wird es euch, die ihr meinen Worten über diese Seiten folgt, besser ergehen. Möget ihr mit einem klaren Blick gesegnet sein.

Jetzt setzt euch in ein stilles Zimmer, in dem es gut nach Büschen oder Blumen riecht. Blickt nach Osten, auf unser geliebtes Jerusalem. Löst die Knoten in eurem Bewußtsein mit Gesängen. Und laßt ein weiches Kerzenlicht beim Umblättern seinen Schatten auf diese Seiten werfen.

Bruheem kol demuyay eloha! Gesegnet seien alle Ebenbilder Gottes!

Berekia Zarco, Konstantinopel
Sechster des Av, 5290 (1530)

ERSTES KAPITEL

Im christlichen Jahr 1494 las ich die Geschichte von den beiden heiligen Ibissen, die Moses durch einen von Schlangen bevölkerten ägyptischen Sumpf führten. Damals war ich ein achtjähriger Junge. Mit den Farben meines Onkels Abraham zeichnete ich ein rotschwarzes Wesen mit Sichelschnabel. Onkel hielt das Bild hoch. «Silberne Augen?» fragte er.

«In ihnen spiegelt sich Moses. Könnten sie da eine andere Farbe haben?»

Onkel küßte mich auf die Stirn. «Ab heute wirst du mein Lehrling sein. Ich werde dir helfen, Dornen in Rosen zu verwandeln, und ich schwöre, daß ich dich vor den Gefahren, die am Weg lauern, beschützen werde. Die Seiten, welche Türen sind, werden sich auf deine Berührung hin öffnen.»

Hätte ich damals wissen können, wie sehr ich ihn eines Tages enttäuschen würde?

Man stelle sich einen Zustand außerhalb der Zeit vor. Umkreist von Vergangenheit und Zukunft, ist der eigene Standort ungewiß. Der Körper ist ein Gefäß, taub und geschichtslos.

So fühlte ich mich, und darum weiß ich genau, wann und wo das Böse begann: Vor fünf Tagen, am zweiundzwanzigsten des Nisan, dem Frühlingsmonat; in unserer Judiaria Pequena, dem Kleinen Jüdischen Viertel in der Alfama, einem Stadtteil Lissabons.

Es war ein strahlender Morgen, der den anderen schillernden Perlen auf der Kette dieses Frühlingsmonats glich. Bei den Neuchristen schrieb man das Jahr 5266. Für die verfluchten Christen aus freiem Herzen war es der 16. April des Jahres 1506.

In der Dunkelheit des frühen Mittwoch morgen, den wir hier im Keller versteckt verbringen, erinnere ich mich an die Morgendämmerung des Freitags, als habe das Sonnenlicht an jenem Morgen den Auftakt zu einer wahnsinnigen Fuge gespielt.

Hinter einem der Töne dieser Melodie verbirgt sich das Gesicht, das ich suche und über das mein Gedächtnis einen Schleier geworfen hat.

Der Tag unseres ersten Passa-Seder dämmerte trübe und trokken, wie fast alle Morgen in letzter Zeit. Schon über elf Wochen hatten wir keinen Regen mehr gehabt, und auch an diesem Tag würde sein Segen nicht über uns kommen. Die Pest ließ unsere Körper und Seelen schon seit der zweiten Woche des Hesvan erschauern, die nun schon über fünf Monate zurücklag.

König Manuels halbgelehrte christliche Ärzte waren zu der Einsicht gelangt, daß die Substanzen in der Luft, die sie für die Krankheit verantwortlich machten, vom Vieh wunderbar aufgesogen werden konnten. Deshalb hatte man an die zweihundert verwirrte und überhitzte Kühe freigelassen, die jetzt durch die Gassen zogen.

Wie die meisten Angehörigen des Adels war auch Manuel vor unserem Elend geflohen. Vor drei Wochen hatte er von Abrantes aus ein Dekret erlassen, das die Errichtung von zwei neuen Friedhöfen außerhalb der Stadtmauern vorsah. Dort sollten die vielen Hundert begraben werden, die Gott jede Woche zu sich rief.

Den Seelen der Toten konnte diese Geste keinen Trost mehr spenden. Und wer wollte den Lebenden einen Vorwurf daraus machen, daß sie in diesem Erlaß einen weiteren Beweis für die Hilflosigkeit und Feigheit des Königs sahen?

Markierte dieser Tag einen Wendepunkt? Unser Alltagsleben war sicherlich auf grausame, verzweifelte Art verrückt geworden. In den letzten drei Tagen mußte ich mitansehen, wie einem zusammengebrochenen Esel von seinem Herrn die Augen ausgestochen wurden, bis das Blut aus den Höhlen spritzte. Ich sah, wie man ein kreischendes, höchstens fünf Jahre altes Mädchen vom Dach eines vierstöckigen Stadthauses schleuderte. Um gegen das Hungergefühl anzukämpfen, hatten die Ärmsten begonnen, einen Brei aus Leinenfasern und Wasser zu essen.

Ich war gerade zwanzig geworden und frömmer als gut für mich war – was schon meine Überzeugung bewies, daß sich in unserer Stadt die reine Bedeutung der Tora spiegelte. Mir erschien alles in einer schrecklichen, zeitlosen Schönheit, zu der auch das Grauen gehörte. Selbst in den schmutzigen Füßen der Verstorbenen, die aus dem Rupfen der säuerlich riechenden Pestkarren hervorragten, erkannte ich eine traurige und erhabene Anmut. Gemahnten sie uns nicht an die Sterblichkeit des Menschen und an unser Bündnis mit Gott?

Onkel Abraham war der einzige, der genügend Selbstvertrauen besaß, den ziegenbärtigen Predigern, die durch die Gassen zogen, keinerlei Beachtung zu schenken. Mit gellend hohen Stimmen verkündeten sie, daß Gott Portugal verlassen habe und das Ende der Welt nur noch fünf Wochen entfernt sei. (Allerdings, so fügten sie hinzu, könne dieser Termin aufgeschoben werden, wenn wir mit unseren Kupfermünzen großzügig genug wären.) Onkel hatte seine Stirn daraufhin mißbilligend in Falten gelegt und gesagt: «Meinst du nicht, der Herr würde mir ein Zeichen geben, wenn Er demnächst die letzte Pforte zum Erdenreich schließen wollte?»

Pater Carlos, ein Priester und Freund der Familie, zählte noch nicht zu den Unseligen, die dem Wahnsinn, der die ganze Stadt ergriffen hatte, erlegen waren. Doch es schien nur noch eine Frage von Tagen zu sein. «Dürre und Pest ... sie sind die Zwillingsausgeburt des Teufels!» flüsterte er mir verschwörerisch zu, als wir unter dem Granitportal der Kirche São Pedro standen.

An diesem Morgen hatte ich meinen kleinen Bruder Juda zu Pater Carlos gebracht, weil er ihn in den religiösen Bräuchen der Christenheit unterweisen sollte. Wir beobachteten eine Prozession von Flagellanten, die Kerzen vor sich trugen und ihre Rükken mit Lederriemen peitschten, an deren Enden mit kleinen Blechstreifen und bunten Glassplittern gespickte Wachskugeln befestigt waren. Hinter ihnen marschierten Mönche aus den Klostern Lissabons, die blaue und gelbe Fahnen mit dem Abbild des gekreuzigten Nazareners vor sich her trugen. Den letzten Teil der Prozession bildeten Zunftmitglieder in fließendem Seidenstaat, die sich stolz in die Brust warfen und Sänften mit Heiligenbildern schleppten.

Auf beiden Straßenseiten hatten sich Hunderte von Schaulustigen angesammelt. Wie ausgefranste Bänder zogen sich die Massen vor den staubigen weißen Fassaden der Stadthäuser bis zur Kathedrale hin. Rufe nach Wasser und Gnade erklangen wie die Strophen eines Wechselgesangs. Hier war alles aufgeboten, was unsere Stadt an Bewohnern beherbergte: Reiter und Bauern, Huren und Nonnen, Bettler und schwarze Sklaven – sogar blauäugige Matrosen aus dem Norden.

Plötzlich setzte sich das Gesindel in Bewegung. Schreiende Menschen und bellende Hunde rannten an Pater Carlos, Juda und mir vorbei in Richtung Westen, um mit dem Spektakel Schritt zu halten. Der Priester schloß die Augen und murmelte nervös Gebete vor sich hin. Ich sog den kalten Geruch der Gefahr, der in der Luft lag, tief ein. *Und heute abend*, dachte ich, *werden wir das verbotene Schiff des Passafests in die unberechenbaren Wogen dieses Meeres der Verrücktheit entlassen.* Dabei hätten unsere Feiern bereits vor einer Woche beginnen sollen. Doch wie meine Familie hatten die meisten heimlichen Juden das Passafest verschoben, weil sie hofften, dann sicher durch die vom Klatsch der Altchristen vergifteten Gewässer segeln zu können.

Ein abgerissener Holzfäller mit verfilztem Haar, der in unserer Nähe stand, kreischte plötzlich laut auf: «Blut! Für den himmlischen Regen brauchen wir mehr Blut! Lissabon muß das Venedig des Bluts werden!»

Juda drückte sich gegen meine Beine, und ich legte meine Hand auf seine Schulter. Pater Carlos rieb sich abwehrend mit den Händen über die gewölbte Stirn. Er war ein korpulenter Mann; untersetzt, mit schwammiger, blasser Haut, einer Knollennase und einem Netz roter Adern, das sich vom vielen Trinken über seine Wangen gezogen hatte. Nur wenige nahmen ihn ernst, doch für mich war er ein guter Freund. Jetzt warf er mir einen Blick aus müden Augen zu. «Nichts tun die Menschen lieber, als das Heilige zu entweihen, mein Junge.»

Hinter mir roch ich das Aroma von indischem Pfeffer. Als ich mich umdrehte, spritzte Blut über meine Hose und in Judas Gesicht. Ein kreischender junger Flagellant, dem die Haut auf den Schulterblättern in Fetzen hinabhing, bestreute seine Wunden mit dem Gewürz, um das Stechen der göttlichen Liebe zu spüren. In den schreckgeweiteten Augen meines Bruders glaubte ich den Ausdruck eines jüdischen Kindes zu erkennen, das durch das Rote Meer fliehen will. Eine in ihrer Endgültigkeit ungewöhnliche Vorahnung ließ mich erzittern: *Wir Juden Lissabons haben mit dem Exodus viel zu lange gewartet. Jetzt hat der Pharao von unseren Fluchtplänen erfahren.*

Carlos verbarg das Gesicht im Umhang seiner Soutane: «Das Stöhnen des jungen Flagellanten ... darin hört man das Wimmern der Teufelskinder», flüsterte er.

Juda blickte mich verängstigt und mit atemloser Neugier an. Ich nahm ihn hoch, trocknete seine Tränen und strich ihm durch die rabenschwarzen Locken. Er legte die Arme um meinen Hals. «Herzlichen Dank», sagte ich zu Carlos. «Ich glaube, diese Verrückten haben uns für heute genügend religiöse Unterweisung gegeben.»

Ich zog Juda die wollene Kapuze seines Mantels über den Kopf und streichelte ihn, während er schluchzte und schniefte. Nachdem der letzte Büßer an unserer ehemaligen Synagoge vorbeigezogen war, führte Carlos uns über den Platz zu unserem Haus an der Ecke. Es war ein einstöckiges Gebäude aus weiß getünchtem Stuck, um dessen rechteckige Fassade ein tiefblauer Rand gezogen war. Beim Anblick dieser Farbe wanderte mein Blick ins matte Türkis des Morgenhimmels und dann hinab zu unserem Dach, einer Fläche aus rehbraun gesprenkelten Kacheln, aus deren Mitte sich der rußgeschwärzte weiße Kegel unseres Schornsteins mit seinen eingeschnittenen Luftlöchern erhob. Auf seiner Spitze sah man die Blechsilhouette eines Troubadours, der nach Osten zeigte, die Richtung unseres geliebten Jerusalem. Dünne Rauchschwaden umschwebten ihn und wurden von der südlichen Brise, die auf den Fluß zuwehte, auseinandergerissen.

«Mir ist ganz recht, wenn wir unsere Stunde heute ausfallen lassen», sagte Pater Carlos, als ich das mit eisernem Flechtwerk geschmückte Tor aufschob, das gleichzeitig zu unserem Haus und zu dem meines geliebten Freundes Farid führte. «Ich habe mit deinem Onkel etwas Unangenehmes zu besprechen, was ich bisher immer aufgeschoben habe.»

Wir traten in den geschützten Bereich unseres Hofes, der von weißen Häuserfassaden und Mauern umschlossen und mit grauen Schiefersteinen ausgelegt war. In seiner Mitte wuchs ein alter Zitronenbaum, umgeben von Oleanderbüschen. Farid stand in langer Unterwäsche auf der kleinen Veranda seines Elternhauses. Er war barfuß und kämmte sich mit den Händen durch die schwarzen Locken, die ihm bis auf die Schultern fielen. Mit seinem schlanken, muskulösen Körper, den scharfen grünen Augen eines Raubvogels, der glatten, olivfarbenen Haut und der flinken, unberechenbaren Intelligenz war er für mich immer die Verkörperung eines Kriegers und Dichters der arabischen Wüste gewesen. Die Stoppeln, die er sich auf den Backen stehen ließ, gaben ihm ein schläfriges, aber auch verführerisches Aussehen. Mit seiner dunklen Schönheit betörte er sowohl Männer als auch Frauen. Jetzt signalisierten mir die kräftigen Hände, die er durch seine Arbeit als Teppichknüpfer bekommen hatte, mit flinken Bewegungen einen guten Morgen. Obwohl er von Geburt an taubstumm war, hatte er nie Probleme gehabt, sich auf seine Weise verständlich zu machen. Als Kleinkinder hatten wir eine eigene Gebärdensprache entwickelt. Wir waren im Abstand von zwei Tagen geboren worden und miteinander aufgewachsen.

Ich erwiderte den Gruß meines Freundes und führte Pater Carlos zum Kücheneingang, dessen Spitzbogen mit einem Rand aus grünen und rostfarbenen Mosaiksternen üppig verziert war. «Am besten, ich bringe es gleich hinter mich», sagte er mit unsicherer Stimme.

Haben Häuser einen Körper, eine Seele? Unseres hatte sich unter Jahrhunderten voll Sonne und Regen gebeugt und wirkte müde, doch es beschützte seine Bewohner mit grimmiger Entschlossenheit.

Bei unseren Buchmalereien hatten Onkel Abraham und ich unser Heim oft als Vorbild für biblische Häuser genommen. Für die Wände trugen wir ein milchiges Bleiweiß auf, und um die niedrigen, durchhängenden Decken aus Kastanienholz wiederzugeben, die während der Regenfälle in den Monaten Av und Tishri beängstigend knarrten, wählten wir den satten Braunton, der aus Essig, Silberspänen, Honig und Alaun hergestellt wurde. Die sandigen Bodenfliesen, die unter unseren Füßen kratzten, malten wir in dem blassen Zinnoberrot, das aus der Vermischung von Quecksilber und Schwefel entstand.

Risse im Fundament ließen den Boden zum Schlafzimmer meiner Mutter abfallen. Es lag an der Sonnenuntergangsseite des Hauses und war eigentlich nur ein schmaler Korridor, doch es hatte den Vorteil eines eigenen Eingangs zur Rua da Sinagoga, durch den ihre Nähkunden kamen. An der Sonnenaufgangsseite lag das behagliche, lichtdurchflutete Schlafzimmer meiner Tante und meines Onkels. Zwischen diesen beiden Zimmern befanden sich die Küche, die von dem großen Eichentisch dominiert wurde, um den sich unser Leben abspielte, und das Schlafzimmer, das ich mit Juda und meiner kleinen Schwester Cinfa teilte. Unser Obstladen, der den Maurerarbeiten nach zu urteilen vor zwei Jahrhunderten angebaut worden sein mußte, ragte von diesem Zimmer aus in die Rua da Sinagoga.

Als Carlos und ich das Haus betraten, rümpfte er über den säuerlichen Geruch der frischgetünchten Wände die Nase. Zusammen mit meinem kleinen Bruder stieg er in den Keller hinab, um nach unserem Onkel zu suchen, während ich in mein Zimmer ging und durch das Innenfenster in den Laden blickte. Im Hauptgang sah ich hinter Körben mit Feigen und Datteln, Rosinen und Sultaninen, Blutorangen, Haselnüssen und Walnüssen – allen Frucht- und Nußarten, die es damals in Portugal gab, Cinfa und meine Mutter Mira stehen, die Oliven aus Holzfässern in Tonschüsseln füllten. Ich beugte mich in den Laden hinab und rief: «Gesegnet sei der Herr, der unseren Morgen in Lissabon erhellt!»

Cinfa warf mir ein Lächeln zu. Sie war ein schlaksiges, ausgelassenes Mädchen, das die Fäuste ständig kichernd in den Mund preßte. In letzter Zeit war sie jedoch anmutiger geworden. Bald würde sie zwölf Jahre alt werden, und in der verheißungsvollen Fülle ihrer Lippen, den hohen Wangenknochen und ihrer zurückhaltenden Art erwachte eine Schönheit. Aus dem wilden Mädchen, das Stunden damit verbringen konnte, Hasen zu jagen oder Kröten zu fangen, war eine junge Dame geworden.

Als Cinfa und ich uns küßten, warf mir meine Mutter einen mürrischen, feindseligen Blick zu. Die Augen der kleinen, dicken Frau waren fast immer niedergeschlagen und ihre Schultern gebeugt. Die Umrisse ihres Körpers verbarg sie unter einer weiten, olivfarbenen Tunika und einer schwarzen Schürze. Auf ihrem dunkelbraunen, vorn schon mit grauen Strähnen durchzogenen Haar, das sie am Hinterkopf zu einem Knoten geschlungen hatte, thronte eine Kappe aus grauer Spitze. Der Knoten wurde von einem schwarzen Samtband aus Jerusalem zusammengehalten, das ihr älterer Bruder, mein Onkel Abraham, ihr vor Jahren geschenkt hatte. Das straff zurückfrisierte Haar schien die Farbe aus ihrem Gesicht zu ziehen, das in den letzten Jahren zu einem trotzigbleichen Ausdruck erstarrt war, mit dem sie alle Verheißungen von Glück abwehrte. Ihr Leben war ganz der Trauer um ihren schon lange begrabenen Mann und ihren erstgeborenen Sohn, meinen älteren Bruder Mordechai, gewidmet. Allen, die sie noch als fröhliche junge Mutter gekannt hatten, war ihre verhärmte Gestalt eine Erinnerung daran, daß das Leben seine schärfsten Pfeile für die Frauen aufbewahrte, die ihre Kinder erst unterm Herzen trugen und später dann zu Grabe.

«Hat jemand von euch Onkel gesehen?»

Cinfa zuckte mit den Schultern. Mutter leckte sich über die aufgesprungenen Lippen, als würde sie sich über meine Störung ärgern, und schüttelte den Kopf.

In der Küche traf ich auf Pater Carlos und Juda. «Keine Spur von ihm», sagte der Priester.

Wir setzten uns um den Tisch, um zu warten. Plötzlich erschien Tante Esther in der Tür zum Hof. Sie trug eine hochgeschlossene schwarze Tunika, über der ihr gelbbraunes Gesicht zu leuchten schien. Ihre dramatischen, dunkel umrandeten Mandelaugen waren schreckgeweitet. «Was sind das für Flekken?» Sie deutete auf meine Hose. «Hat Juda geweint?» Vorwurfsvoll funkelte sie mich an, während sie ein paar Strähnen ihres hennagefärbten Haares unter das karminrote Kopftuch steckte. Sie war eine große, schlanke Frau, eine markante, fast düstere Schönheit mit einer eleganten Nase, die einen Raum mit einem einzigen Blick dominieren konnte.

«Nur ein bißchen Blut», murmelte ich. «Die Flagellanten ...»

Abwehrend streckte sie die Hand aus. «Sei ruhig! Ich will es nicht hören! In Gottes Namen, könnt ihr euch nicht wenigstens saubermachen? Paßt vor allem auf, daß eure Mutter Juda so nicht zu sehen bekommt. Was glaubt ihr, was es dann für ein Theater gibt!»

Pater Carlos nickte. «Das habe ich ihnen gleich gesagt, als wir reinkamen.»

Ich warf dem Priester einen zornigen Blick zu, doch er wandte sich an meine Tante. «Also, ich habe da ein kleines Problem ...»

Ich nahm Juda mit in unser Schlafzimmer und zog erst ihn aus und dann mich. Während ich ihn mit der Lösung aus Essig und Wasser reinigte, auf der meine Mutter bestand, sah er mich grimmig an. Er war ein kompakter fünfjähriger Bursche und hatte bereits einen muskulösen Körper und verführerische graublaue Augen. Wahrscheinlich würde er einmal zu einem milchhäutigen Samson heranwachsen.

Vom Waschen hatte er noch nie viel gehalten. Sobald ich ihn wieder angekleidet hatte, sprang er in die Küche zurück. Als ich selbst wieder eintrat, hing er an Tante Esthers Rock. Sie machte sich gerade ihren geliebten Kaffee mit Mandelmilch und Honig, so wie sie es in ihrer persischen Heimat gelernt hatte.

Draußen wurde das dumpfe Rumpeln und Klappern der Müllkarren von den hohen Schreien einer Frau übertönt. Als ich die Fensterläden öffnete, sah ich eine vertraute rote Kutsche durch die Gasse fahren. Wie immer waren die Pferde mit silberblauen Schabracken herausgeputzt. Man hatte jedoch den Kutscher, einen Altchristen, dessen Gesicht mit den Kratern von Pockennarben übersät war, durch einen blonden Goliath ausgewechselt, der einen amethystfarbenen, breitkrempigen Hut trug. «Ratet mal, wer kommt», sagte ich.

Tante Esther stieß mich ein Stück zur Seite und schaute nach draußen. «Oje, Dona Meneses. Noch mehr Arbeit für Mira», stöhnte sie und drückte meine Hand. «Du solltest sie nicht so anstarren.»

Ich verdrehte die Augen und wandte mich ab. Die Kutsche kam zum Stehen, und eine Tür quietschte. Dona Meneses' Schritte trippelten durch die Rua da Sinagoga auf die Zimmertür meiner Mutter zu. Kaum hatte sie das Haus betreten, begann sie in schrillen Tönen die Qualität der von ihr mitgebrachten Stoffe zu beschreiben. Die Tür zum Zimmer meiner Mutter schloß sich und dämpfte die Stimme zu einem leisen Murmeln.

Tante Esther schüttelte den Kopf. «Es würde an ein Wunder grenzen, wenn Mira aus dem häßlichen braunroten Samt, den sie mitgebracht hat, etwas Anständiges machen kann!» Sie schritt zum Herd, zog einen Leinenhandschuh über und trug unsere Matza zum Tisch.

«Immerhin können wir davon unsere Schulden zahlen», sagte ich.

«Stimmt. Und die Dürre ...»

«Teufelswerk!» rief Pater Carlos plötzlich mit mahnender Stimme.

«Zugegeben, Dona Meneses ist nicht gerade liebreizend. Doch von der Anderen Seite kommt sie sicher nicht», antwortete ich.

Der Priester funkelte mich argwöhnisch an. Seine Zunge fuhr zwischen die dicken weichen Lippen. «Doch nicht sie, du Narr! Es ist der Teufel, der hinter der Pest und der Dürre steckt!»

«Du bist völlig verrückt», zischte Tante Esther ihm auf hebräisch zu. Das Gesicht, das sie dabei machte, hätte Badewasser gefrieren lassen. «Seid still, wir wollen sie nicht vergraulen!»

Die Glocken von São Pedro schlugen zur Terz. Als Reaktion auf diesen kirchlichen Ruf murmelte Pater Carlos etwas vor sich hin, sprach ein kurzes Gebet und griff mit seinen dicken Fingern nach einem Stück der warmen Matza. Entrüstung lag in seiner Stimme, als er in der heiligen Sprache antwortete, damit Juda es nicht verstehen konnte: «Liebe Esther, willst du damit sagen, daß es den Teufel nicht gibt?»

«Ich will damit sagen, wenn du meinen kleinen Neffen noch einmal mit solchem Unsinn erschreckst ...», Tante Esther hob den eisernen Schürhaken von der Feuerstelle und zielte mit seiner rotglühenden Spitze auf die Knollennase des Priesters, «werde ich dafür sorgen, daß du deinen christlichen Erlöser schneller siehst, als dir lieb ist. Such dir jemand anderen aus, dem du angst machen kannst!»

«Deine Tante hat es schon immer mit den Drohungen gehabt», flüsterte Carlos mit einem lüsternen Lächeln. «Kannst du dich noch an den Tag erinnern, an dem sie euch zum Taufen in die Kathedrale schleiften? Sie hat sie in sieben verschiedenen Sprachen verflucht: Hebräisch, Persisch, Arabisch, Portugiesisch ...»

«Ich erinnere mich», unterbrach ich ihn und erhob meine Hand zu einer abwehrenden Geste, weil wir nicht an diesen Tag denken wollten. Zu spät. Esthers Blick wurde abwesend und schien sich auf eine innere Landschaft zu richten. Sie hatte ihre Hand unter den roten Schal geschoben, wo ihre Finger die kreuzförmige Narbe entlangfuhren, die man ihr an dem verfluchten Morgen unserer Zwangstaufe eingebrannt hatte. Damals, als die Beamten des Königs die Juden in die Kathedrale trieben, hatte sie sich von uns allen am meisten gewehrt. Um ein warnendes Beispiel zu setzen, hatte eine Wache sie zu Boden geworfen und ihre Arme und Beine auf die Steine der Rua de São Pedro gedrückt. Ein Dominikanermönch hatte ein rotglühendes Eisenkreuz an ihren Haaransatz gepreßt. Er schrie laut, damit alle es hören konnten: «Hiermit schenke ich dir das Zeichen unseres Herrn!»

Ich selbst wurde auf dem Heimweg von der Taufzeremonie von Christenkindern mit Schweineblut und Sägespänen begossen. Doch sie würden nie erfahren, welches Geschenk sie mir damit machten. Die ungeheure Demütigung bewegte Gott, mir ein Gnadenzeichen zu schicken, und ich hatte die erste meiner Visionen.

Es begann, als Farid mich in den Hof kommen sah. Voller Scham rannte ich vor ihm davon. Doch als ich die Küchentür erreichte, hatte ich das Gefühl, daß ein wohlwollender Blick auf mir ruhte. Ich blieb stehen und drehte mich um. Da erblickte ich in weiter Ferne über der Maurenburg ein weißes Licht am Himmel. Es kam näher, Flügel zeichneten sich ab, und ich sah, wie es die Form eines strahlenden Reihers von roter, schwarzer und weißer Farbe annahm, der über das Kleine Jüdische Viertel flog. Ich spürte seinen Flügelschlag wie einen Sturm, der mir entgegenblies. Als ich an mir herabblickte, waren das Blut und die Sägespäne verschwunden.

Onkel erklärte später, Gott habe mir zeigen wollen, daß ich immer noch rein sei und die christliche Befleckung nur eine Illusion.

«Es war nicht Gott, es war nur ein Vogel», antwortete ich.

«Aber Berekia», sagte er. «Gott erscheint jedem von uns in der

Form, in der wir Ihn am besten wahrnehmen können. Für dich kam Er gerade als Reiher. Für jemand anderes würde Er vielleicht in Form einer Blume oder nur als Windhauch kommen.»

Er hatte recht. In meinen dunkelsten Momenten ist mir der Herr immer als Vogel erschienen, vielleicht, weil ich in diesen himmelsnahen Kreaturen am besten die Schönheit der Schöpfung erkennen konnte.

Jetzt fielen mir andere weise Sätze meines Onkels ein, und ich sagte zu Tante Esther: «Der Teufel ist nur eine Metapher. Es ist ein religiöser Begriff. Du darfst nicht hinter allen Worten eine alltägliche Bedeutung suchen.»

«Gott sei mein Zeuge, es ist zu früh für kabbalistische Philosophie!» schnitt sie mir das Wort ab.

Der strenge Ton in Tante Esthers Stimme ließ Juda zu mir auf die Bank kriechen. Seine Lippen waren fest zu der schmalen Linie erzwungenen Schweigens zusammengepreßt, die ihm Mutter mit Geschrei und Schlägen beigebracht hatte. Seit einiger Zeit hatte er gelernt, alles zu tun, um ihr nicht zur Last zu fallen. Er schlich auf Zehenspitzen durch seine Kindheit und traute sich nicht zu rennen.

Plötzlich öffnete sich die Falltür zu unserem Keller, die in der südwestlichen Ecke der Küche lag. Onkel Abraham, mein religiöser Lehrmeister, kam die Treppe hinauf. Seine Stirn war schweißbedeckt, und das Haar stand ihm in hundert verschiedenen Richtungen ab, als sei er in ein spirituelles Gewitter geraten. Er war ein kleiner Mann mit blitzschnellen Bewegungen, dessen spitz zulaufendes, von einer langen Hakennase dominiertes Gesicht ihm das Aussehen eines Finken gab, worüber Fremde sich gern lustig machten. Alle, die ihn kannten, wußten jedoch, daß sich dahinter eine kritische Intelligenz verbarg. Seine wilde silberne Haarmähne und die buschigen Augenbrauen standen wie ein Strahlenkranz um die glatte, braune Haut. Ein grauer Stoppelbart ließ die Wangen weicher wirken und gab seinem Gesicht den Ausdruck von Altersweisheit. In seinen Augen leuchtete ein geheimnisvolles grünes Licht, das nach dem Gebet besonders hell loderte. Es war diese offenkundige Andersartigkeit, die gleich den großen Kabbalisten verriet.

«Wer ist da?» fragte er blinzelnd. «Ah, unser freundlicher Priester!»

«Wo kommst du her?» wollte Carlos wissen, der sich noch immer nicht daran gewöhnt hatte, daß mein Onkel einfach aus dem Nichts auftauchte. «Vor fünf Minuten haben wir dich im Keller gesucht. Manchmal glaube ich, daß du ein *Lez* bist.»

«Was ist ein *Lez*?» fragte Juda.

«Ein Geist, der uns Streiche spielt. Ein Poltergeist aus dem Jenseits», antwortete ich.

Onkel grinste zufrieden und wedelte mit der rechten Hand in der Luft herum, um seine fünf Finger zu zeigen. Die *Lezim* in der jüdischen Überlieferung hatten nur vier Finger. «In meinen Bewegungen spiegeln sich die anderen Rätsel unseres Daseins», erklärte er mit einer wegwerfenden Handbewegung. Mit hochgezogenen Augenbrauen lauschte er fragend auf die gedämpften Geräusche, die aus dem hinteren Teil des Hauses kamen.

«Dona Meneses», erklärte ich. «Sie hat Stoff für ein neues Kleid gebracht. Diesmal einen roten.»

Er nahm sich einen Kaffee und schlang nach einem kurzen Segensspruch ein hartgekochtes Ei hinunter. Obwohl wir die *Shaharit*, unser Morgengebet, bereits zusammen gesprochen hatten, wünschte er mir mit einem Kuß auf die Lippen noch einmal einen guten Morgen. Er hob Juda auf seinen Schoß und fiel mit kleinen schmatzenden Küssen und grunzenden Geräuschen über ihn her. Normalerweise war er zurückhaltender, doch das kommende Passafest machte ihn besonders gefühlsduselig.

«Ich bin vorbeigekommen, um dir zu sagen, daß ich mich entschlossen habe, den Saphir nicht zu verkaufen.» Carlos seufzte, als wolle er gleichzeitig um Verzeihung dafür bitten.

Die Lippen meines Meisters verzogen sich zu einem überraschten und ein wenig bedrohlichen Ausdruck. «Willst du dir das nicht noch einmal überlegen?»

«Kaufst du Edelsteine?» fragte ich und blickte verwundert zu meiner Tante hinüber. Sie erhob jedoch keinerlei Einwände und richtete den Blick starr auf das Psalmenbuch, das sie gerade für einen altchristlichen Edelmann kopiert hatte und jetzt sorgfältig Korrektur las. Ich wandte mich wieder an meinen Onkel: «Wenn wir so viel Geld hätten, könnten wir den Laden schließen und diese Wüste für ein paar Wochen verlassen.»

Mein Meister blickte mich herausfordernd an: «Es ist ein Saphir, der zur Zeit von Rabbi Solomon Ibn Gabirol geschliffen wurde.» Bis auf das portugiesische Wort *safira* hatte er hebräisch gesprochen.

Solomon Ibn Gabirol war ein großer jüdischer Dichter, der im elften Jahrhundert in Málaga gelebt hatte. «Ich kann deinen Gedankengang leider nicht nachvollziehen», erwiderte ich.

«*Petah et atsmeha shetifateh delet.* Klopfe bei dir selbst an wie an eine Tür», erwiderte Onkel.

Auf diese herablassende Art gab er mir zu verstehen, daß ich still sein und die Antwort in mir selbst suchen sollte. «Es ist viel zu früh für mystische Belehrungen», schoß ich zurück.

Als Antwort füllte er meine Tasse mit Wasser. «Trink, und deine Wut wird sich verflüchtigen. Die Flüssigkeit wird die weiße Galle aus deinem Körper schwemmen.»

«Ich werde in mir selbst ertrinken, wenn ich noch mehr Flüssigkeit zu mir nehme», versetzte ich patzig.

«Du wirst ertrinken, wenn du im Ozean Gottes verschwindest.» Er hob einen Finger an die Lippen und gebot mir zu schweigen. Dann wandte er sich wieder an Carlos und sagte mit ernster Stimme: «Du weißt, daß der Saphir verlorengehen könnte.»

«Das ist mein Risiko.»

Mein Meister hob Juda von seinem Schoß und setzte ihn auf eins unserer persischen Kissen. «Fort mit dir.» Zu Pater Carlos sagte er: «Ich meine, für immer verlorengehen. Deine Position könnte gefährlich für dich werden.»

Da ging mir auf, daß sie überhaupt nicht über einen Edelstein redeten. *Safira* war die geheime Bezeichnung für *Sefer*, das hebräische Wort für Buch. Offenbar verhandelte Onkel über den Erwerb eines Werks von Rabbi Solomon Ibn Gabirol, das er aus Portugal hinausschmuggeln wollte. Doch warum benutzten sie in unserem Haus die Geheimsprache? Hier waren wir doch sicher vor den spionierenden Augen und Ohren der Altchristen.

Pater Carlos nickte und machte eine Geste der Entschuldigung. Dann erhob er sich, um zu gehen.

«Ich warne dich. Ich werde weiterhin versuchen, dich zu überzeugen.» Mein Meister sprach leise, aber entschlossen.

Der Priester bekreuzigte sich mit zitternder Hand. Um Onkel Abraham zu besänftigen, versuchte er es mit Humor. «Mit deinen kabbalistischen Zaubertricks kannst du mir keine Angst machen.»

Es wirkte wenig überzeugend. Mein Meister sprang vom Tisch auf und funkelte Carlos an. Seine Wut ließ alle Bewegung im Raum gefrieren. «Ich arbeite nie mit Magie!» sagte er, wobei er den hebräischen Ausdruck *kabbalah ma'asit* – praktische Kabbala – gebrauchte, um jene verbotene Aktivität zu bezeichnen. «Das müßtest du eigentlich wissen, mein Freund.»

Er spielte auf die Gelegenheit an, als Pater Carlos von ihm ein Amulett verlangt hatte, um jemanden zu töten, der verleumderisch das Gerücht verbreitete, Carlos hinge immer noch dem Glauben des Moses an. Natürlich hatte mein Onkel sich geweigert. Allerdings hatte er sich persönlich an Rabbi Abraham Zacuto gewandt, den Astronom des Königs, um dafür zu sorgen, daß der Lügner zum Schweigen gebracht wurde.

Jetzt wanderte er zum Herd und starrte im Licht des Feuers auf seine Fingernägel. Sein Topas-Siegelring, in den ein Ibis eingeschnitten war, das Symbol für den göttlichen Schreiber, leuchtete, als fiele das Licht des Sonnenuntergangs darauf. «Als Adam und Eva im Garten Eden geboren wurden, waren sie von Kopf bis Fuß mit einer Hornhaut bedeckt, die ihnen als Rüstung diente», sagte er, wandte sich zu Carlos um und fuhr fort: «Unsere Fingernägel sind alles, was uns von diesem ursprünglichen Schutz geblieben ist. Ein winziger Rand, nicht wahr? Gegen die Waffen der Kirche wird er uns nicht viel helfen.»

Pater Carlos zuckte die Schultern und schlug die Augen nieder.

«Deine Nägel werden dich nicht retten können, wenn sie von dem Saphir erfahren.»

«Ich brauche ihn», sagte Pater Carlos, und seine Stimme klang dabei fast traurig. «Gerade *du* solltest das verstehen. Es ist das letzte ...» Seine Stimme stockte, dann fügte er nüchtern hinzu: «Ich sollte besser gehen. Ich muß noch eine Messe vorbereiten.»

«Du Bastard!» schrie Onkel. «Einen Saphir zurückzuhalten, den unsere Kinder brauchen werden, den Gott brauchen wird!» Als er Carlos die Mauer seines Rückens zuwandte, senkte der Priester sein Haupt, als wolle er die anderen im Raum um Vergebung bitten, und ging.

«Du hättest verständnisvoller sein können», sagte ich zu meinem Onkel. Als er sich meine Kritik verbat, fügte ich hinzu: «Warum hast du mit Carlos die Geheimsprache benutzt? Dona Meneses kann uns dort hinten nicht hören. Außerdem muß sie wissen, daß wir noch immer den jüdischen Glauben praktizieren. Wenn es ihr etwas ausmachen würde, hätte sie es schon längst gemeldet.»

«Der Priester traut niemandem. ‹Selbst die Toten tragen Masken›, behauptet er. Und ich komme immer mehr zu der Einsicht, daß er recht hat.» Er stand auf. «Ich werde Dona Meneses meine Aufwartung machen.»

«Wie schnell die Menschen vergessen», seufzte Tante Esther, als er hinausgegangen war.

«Was meinst du damit?»

Sie betupfte ihren Hals mit Rosenwasser und band dann ein Leinentuch darum. «Die Pest. Ein paar Jahre lang verschwindet sie, und schon glauben die Leute, sie sei etwas Neues, das der Teufel uns gebracht hat.» Sie fuhr sich mit einer zitternden Hand über die Stirn und dachte noch einmal über ihre Worte nach. «Vielleicht ist es auch eine Gnade, daß wir vergessen können. Was wäre, wenn ...»

«Ich werde kein Wort, keine Geste, keine einzige Wunde vergessen!»

Tante Esther senkte den Kopf. Sie wußte, daß ich von meinem Vater und meinem älteren Bruder Mordechai sprach. Erst vor drei Jahren, im Winter des Jahres 5263, hatte die Pest sie ereilt und ihren Körper den feuchten Nordwinden des Kislev preisgegeben. Am sechsten Tag des Hanukka-Festes hatte mein von eiternden schwarzen Wunden und Pusteln übersäter Vater sich zu Tode gefroren. Einen Monat später starb das lebende Skelett, zu dem mein Bruder Mordechai geworden war, in meinen Armen.

Meine Tante saß schweigend da. Ein paar Minuten später verließ Dona Meneses unser Haus mit einem großen Korb voller Früchte, den sie immer von ihren Besuchen mit heimnahm.

«Ich will nachsehen, ob Cinfa Hilfe im Laden braucht», sagte Esther und schlurfte mit ihrem typischen steifen, vornübergebeugten Gang aus dem Zimmer. Ich sah Juda beim Spielen zu, bis Onkel zu mir zurückkam. «Ich brauche im Keller deine Hilfe», befahl er.

Hinter der Falltür stiegen wir die fünf Stufen aus rauhem Granit hinab – eine für jedes Buch der Tora – und kamen auf einen kleinen Absatz, in dessen Mitte sich eine *Menora* aus grünen und gelben Mosaiksteinen befand. Wir gingen durch eine weitere Tür und stiegen noch einmal zwölf schmale Stufen aus Kalkstein hinab – eine für jedes Buch der Propheten. Seit dem Tag im christlichen Jahr 1497, als unsere Synagoge geschlossen wurde, war dieser Keller unser Tempel geworden. Auf der Treppe nahm ich ein blaues Käppi von einem Regal und setzte es auf. Onkel griff an seine Schultern und hob seinen Gebetsschal wie eine Kapuze über den Kopf. Wir sangen zusammen: «In der Größe Deiner Güte wollen wir Dein Haus betreten.»

Der Keller war ein fünf Schritt breiter und doppelt so langer Raum mit niedriger Decke und demselben rauhen Schieferpflaster wie im Hof. Er hatte bestimmt schon tausend Jahre des Psalmengesangs erlebt, und in der kühlen, modrigen Luft, die von Wänden mit verschlungenen, blauen und weißen Fliesenmustern hermetisch eingeschlossen wurde, schien der Geruch alter Zeiten zu hängen. Am oberen Rand der Nordwand ließen kleine Fensteröffnungen auf der Höhe des Hofpflasters ein weiches, dämmriges Licht herein. Vom Fuß der Treppe, die an der Ostwand des Raumes seitlich hochführte, breitete sich ein Kreis von Gebetsmatten aus. Um diesen Kreis herum standen sieben grüne Büsche in Keramiktöpfen, einer für jeden Tag der Schöpfung. Es gab drei Myrtenbüsche, drei Lavendelbüsche, und als Symbol für den Sabbat waren beide Pflanzen zusammen in einen Topf gepflanzt. Die zur Sonnenuntergangsseite liegende Hälfte des Raums jenseits der Matte war unserer weltlichen Arbeit vorbehalten. Dort schrieb Tante Esther die Manuskripte, die mein Onkel und ich dann illuminierten. Unsere drei Schreibtische aus feinstem poliertem Kastanienholz standen im Abstand von einem Fuß nebeneinander an der Nordwand, damit wir jederzeit auf die Arbeit des anderen blicken konnten. Zu jedem Schreibtisch gehörte ein Stuhl mit hoher Lehne. An der gegenüber liegenden Südwand waren zwei Granitwannen in den Boden eingelassen, zwischen denen ein riesiger Schrank aus ungehobeltem Eichenholz stand. Er hatte Füße in der Form von Löwenpranken und acht Reihen mit jeweils zehn Schubladen. Sie waren schmal und lang wie die Behälter, in denen in den Druckereien die Bleitypen aufbewahrt wurden. Die unterste Reihe hatte nur zwei Schubladen, in denen wir Blattgold und Lapislazuli aufbewahrten.

Der ungewöhnlichste Gegenstand im Raum war zweifellos der

runde, tellergroße Spiegel an der Wand über dem mittleren Schreibtisch, der Onkel gehörte. Die silberne Spiegelfläche in dem Kastanienholzrahmen war konkav und warf deshalb zusammengedrückte und verzogene Bilder zurück. Vor der Meditation starrten wir oft hinein, um unseren Geist von seinen gewohnten Wegen zu leiten und ihn von dem Körper, mit dem er sich verbunden fühlte, zu befreien. In unserer Gegend hatte dieser Spiegel eine gewisse Berühmtheit erlangt, denn es hieß, am 6. Juni des Jahres 1391 der christlichen Zeitrechnung sei aus ihm Blut gesickert. Es war der Tag, an dem viele Tausende von Juden in den Aufständen, die über die ganze Iberische Halbinsel rasten, getötet wurden. Urgroßvater Abraham behauptete sogar, der Spiegel weine jedesmal, wenn ein Jude getötet wurde, eine winzige Menge Blut, die für das menschliche Auge unsichtbar sei. Seiner Meinung war das Blut zur Zeit der antijüdischen Aufstände nur deshalb zu sehen gewesen, weil so viele von unserem Volk ermordet worden waren. Seit dieser Zeit war er deshalb als *espelho que sangra* – der blutende Spiegel – bekannt.

Wir alle hofften, daß er uns seine besondere Gabe nie wieder zeigen würde.

Onkel schob mich zu den eingelassenen Wannen und sagte: «Ich möchte, daß du pinkelst.»

«Jetzt?» fragte ich.

Er nahm eine Kanne vom Rand einer Wanne. «Da rein. Es ist Frühling. Ich brauche den Urin eines unschuldigen Knaben.»

Jedes Jahr stellte mein Meister kurz vor dem Passafest neue Farben für unsere Buchmalerei her. Die Säure im Urin zerfraß bestimmte Elemente, so daß man verschiedene Farben damit schaffen konnte. Wenn man es zum Beispiel mit indischem Rotholz, Alaun und Bleiweiß mischte, gab es ein besonders feines Rosa. Zusammen mit der Asche von Weinsträuchern und Ätzkalk entstand ein strahlendes Karminrot.

«Ich bin nicht mehr unschuldig», sagte ich. Ich sah Helena vor mir, damals in den Hügeln über dem riesigen Kloster im

Westen von Lissabon. Lange hatte ich auf ihre Entscheidung gewartet. So lange, daß ich schon glaubte, mir würde es im Leben und auch mit den Frauen immer anders ergehen als anderen Menschen. Doch als alles verloren zu sein schien und das Schiff, das sie nach Korfu bringen sollte, bereits in Lissabon vor Anker lag, hatte sie ihre Arme für mich geöffnet wie die Pforten der göttlichen Gnade.

«Eine Hure in der Jungfernschenke?» Onkel Abraham riß mich aus meinen Träumereien. Er hatte mir mehrmals ein bestimmtes Bordell außerhalb der Stadtmauern empfohlen.

Als ich ihm den Namen Helena nannte, zog er verschmitzt die Augenbrauen hoch. «Trotzdem bist du das Keuscheste, das ich kriegen kann, ohne zu verraten, daß wir immer noch hebräische Bücher illuminieren. Juda ist zu jung, und ich bin zu alt. Der Urin von Frauen ist zu stark – besonders der deiner Tante. Ich habe es schon vor Jahren mit ihm versucht, kurz nach unserer Hochzeit. Er läßt alles schwarz werden wie die Seele des Asmodeus.»

Wir tauschten ein dummes Grinsen aus. «Jetzt weiß ich, warum du mich so vollgegossen hast», sagte ich.

Während mein Wasser heiß und schäumend in Onkels Kannen schoß, schlurfte er in seinem Entengang zu unseren Schreibtischen und begann sie abzustauben.

Nachdem ich in sechs verschiedene Tonkannen gepinkelt und ihre Deckel wieder fest verschlossen hatte, stellten wir sie in die Wannen. Onkel wusch sich die Hände und zog sie durch den Sabbatbusch aus Myrte und Lavendel. Nachdenklich runzelte er die Stirn. «Ich verstehe nicht, warum Diego heute so unpünktlich ist.»

Diego, der Drucker, war ein Freund der Familie, den Onkel in seinen Zirkel aufnehmen wollte. In diesem Zirkel traf sich eine Gruppe von Mystikern, um im Geheimen über die Kabbala zu debattieren. Diego war ein stattlicher Mann mit ergrauendem Bart und den herrischen braunen Augen eines Patriarchen. Sein

Herz jedoch war in den Flammen der Inquisition in Sevilla verbrannt, in denen vor vier Jahren seine Frau und seine Tochter den Tod fanden und denen er selbst nur knapp entkommen war. Wie oft hatten Onkel und ich versucht, seinen Geist zu neuem Leben zu erwecken. Wir hatten ihn überreden können, an diesem Tag mit uns durch den Sintrawald zu wandern, wo wir die großen weißen Kraniche zeichnen wollten, bevor sie zu ihrem Flug in den Norden aufbrachen.

«Vielleicht hat ihn Senhora Belmiras Familie aufgehalten», sagte ich. Diese Nachbarin und Freundin von Diego war vor zwei Monaten in Xabregas, einem der östlichen Bezirke der Stadt, erschlagen worden, und er hatte in den letzten Wochen viel Zeit mit ihren Hinterbliebenen verbracht.

Onkel zuckte mit den Schultern und hielt sich die Handflächen vor die Nase. «Erfrische dich», sagte er, und als ich an seinen nach Myrte riechenden Fingern schnüffelte, fügte er hinzu: «Wenn er nicht bald kommt, gehen wir zu ihm und sehen nach. Ach ja, wenn wir unterwegs sind, muß ich noch in der Rua Nova dos Mercadores vorbeischauen. Ich habe Esther versprochen, dort ein Psalmenbuch abzuliefern, das sie gerade fertiggestellt hat.»

Mein Meister konnte von geschäftlichen Angelegenheiten unvermittelt zu Erörterungen über das Geschlechtsleben von Engeln und anderen esoterischen Themen übergehen. «Du hast dazu genausoviel Zeit, wie Diego und ich brauchen, um in der Kellerschenke ein Glas Wein zu trinken!» bemerkte ich frech. Der Keller war ein heruntergekommener Schuppen, in dem jedoch heimlich koscherer Wein ausgeschenkt wurde.

Seine Miene verzog sich zu einem halb verärgerten, halb belustigten Ausdruck. «Wer gibt hier die Befehle?» Doch dann nickte er zustimmend. «Gut, nicht länger als eine Viertelstunde.» Er bedeutete mir, mich zu verbeugen, damit er mich segnen konnte. Dann holte ich Farben und Lösungen aus dem Schrank, während er die *Geniza* aufschloß. Die *Geniza* war in Synagogen das traditionelle Versteck für alte Bücher. Unser Geheimfach war eine ungefähr einen Meter breite und ein Meter zwanzig lange Grube im Fußboden westlich von den Gebetsmatten. Ihr Inhalt änderte sich ständig. Die aus Portugal herausgeschmuggelten Bücher wurden bald durch andere ersetzt, die mein Onkel entdeckt und entweder gekauft oder erbettelt hatte.

Onkel trat mit einem Fuß in die *Geniza*, um unsere Arbeitsmaterialien heraufzuholen. Als er sich wieder aufrichtete, saß ich schon an meinem Schreibtisch und ordnete Pinsel und Farben. Sorgfältig breitete er mein Manuskript auf der leicht geneigten Arbeitsplatte vor mir aus. Dann legte er mir eine Hand in den Nacken und wies mich mit Hilfe einer Parabel an, wie ich die nächste Illumination kolorieren sollte. Es war eine Geschichte aus der berühmten Sammlung der «Fuchsfabeln». Als ich anhob, seine Worte zu interpretieren, begannen seine Lippen zu zittern, und die Hand in meinem Nacken wurde kalt. «Was ist, Onkel?» fragte ich

Wie ein Kind rieb er sich mit beiden Fäusten die Augen und holte tief Luft, als wolle er einer Herausforderung begegnen. «Du bist so erwachsen geworden», sagte er leise. «In vielen Dingen bist du mir bereits ebenbürtig. Doch in anderen wieder ...» Er schüttelte den Kopf und lächelte wehmütig. «Es gibt so viel, das ich dir noch sagen will, Beri. Vielleicht fordert Gott schon bald, daß wir verschiedene Wege gehen.» Er griff in seinen Beutel und nahm eine Pergamentrolle hinaus. «Bitte nimm dieses kleine Geschenk von mir an.»

Die Rolle entfaltete sich zu einem Pergamentband, auf das unsere beiden hebräischen Namen in schön geschwungenen Goldbuchstaben geschrieben waren. «Esther hat es für mich gemacht», fuhr er fort. «Wenn du mich jemals brauchen solltest, dann schicke mir dieses Band. Wo immer du sein wirst und wie unglücklich die Umstände auch sein mögen, ich werde zu dir kommen.» Er legte die Hand auf meinen Kopf und sah mir bedrückt in die Augen. «Und wenn ich aus irgendeinem Grund außerhalb deiner weltlichen Reichweite sein sollte, dann bete, und ich werde alles versuchen, um dir erscheinen zu können.»

Ich war so gerührt über diesen Gunstbeweis und die Großherzigkeit meines Onkels, daß ich mehrmals schlucken mußte, bevor ich flüstern konnte: «Doch wir werden niemals getrennt werden. Ich werde immer ...»

«Die Jugend muß sich eine Zeitlang vom Alter trennen», sagte Onkel Abraham. «Du wirst deinen Weg gehen, wie es richtig ist, und dann wirst du zurückkehren. Doch wenn du in Not bist, wird mich kein noch so mächtiger Dämon aufhalten können!» Er nahm seine Hand von meinem Kopf und streichelte mir über die Wange. «Jetzt komm, wir wollen arbeiten.»

«Aber gibt es denn nichts, das ich ...?»

Er deutete auf mein Manuskript. «Wehe dem Meister der Kabbala, der alle Fragen seines Lehrlings beantwortet! Jetzt mach dich an die Arbeit.»

Wenige Minuten später, als ich in meiner Illumination gerade die kräftigen Läufe eines jungen Hundes mit schwarzen Strichen betonte, durchschnitt ein Schrei die Luft wie zerspringendes Glas. «Lauf!» schrie mein Meister.

Ich sprang die Treppen hinauf. Die Küche war leer. Von draußen klang rauhes Stimmengewirr durch die Wände. Ich kletterte durch mein Schlafzimmerfenster in den Laden und sprang in die Rua da Sinagoga hinaus. Als ich mein Käppi abnahm, erblickte ich Tante Esther, die über unserem Freund Diego kniete. Er stöhnte. Aus einer klaffenden Wunde in seinem bärtigen Kinn schoß Blut in ihre Hände.

ZWEITES KAPITEL

DER DRUCKER DIEGO war der erste, dessen Blut in den Fluß rann. Der rote Strom sollte auch in den nächsten Tagen durch eine Wüstenlandschaft fließen, an deren Gestaden es nur noch Leid gab. Doch an jenem Mittag ahnten wir noch nichts von dieser Geographie des Todes.

Der Schweiß lief in Strömen an Diegos Schläfen und Wangen hinab. Hustend rang er nach Luft. «Ich bin einfach nur hierhergegangen ... einfach nur gegangen», sagte er auf portugiesisch. «Unten beim Fluß habe ich am Königsbrunnen haltgemacht, um mir die Hände zu waschen.» Tante Esther knöpfte sein blutverkrustetes Wams auf und säuberte seine Brust mit einem Stück Stoff, das sie sich aus der Bluse gerissen hatte. Unter seinem Schlüsselbein sah ich die braune Linie einer alten Narbe, die sich über seine Brust schlängelte, als hätte sich ein Wurm dort eingegraben.

Um uns herum hatten sich die Nachbarn versammelt, die flüsternd beieinanderstanden. «Zwei Burschen ...», fuhr Diego fort, «sie riefen, ich würde den Brunnen mit der Pest vergiften. Sie sind hinter mir hergerannt. Ich bin gestürzt. Dann haben sie mit Steinen geworfen. ‹Schnappt den langschwänzigen Rabbi! Schnappt ...› Ein dunkelhäutiger Mann mit blauer Kappe hat mich gerettet. Er war groß, stark ...»

In seiner Verzweiflung war Diego bei den letzten Worten ins Hebräische gefallen. «Sprich Portugiesisch», flüsterte ich ihm ins Ohr, während wir ihn wieder auf das Straßenpflaster legten.

Diegos Turban rutschte ab, und ein zusammengefaltetes Papier fiel heraus. Da ich glaubte, es könne eine persönliche Botschaft oder eine Gebetsformel enthalten, die ihn als praktizierenden Juden entlarven würde, griff ich danach und versteckte es in dem großen Beutel, den ich immer um den Hals trug und der mir als eine Art Rucksack diente. Plötzlich spürte ich Juda neben mir, der vor Angst schlotterte. Ich mußte ihn schütteln, um ihn dazu zu bringen, daß er zu Dr. Montesinhos lief. Auch Onkel war zu uns getreten. Er sprach ein schnelles Gebet und sagte: «Ich werde im Haus nach Medizin suchen.»

Ich versuchte Diegos Wunde zusammenzuhalten, indem ich meine Finger auf Esthers improvisierten Verband preßte, doch das Leinen war bald blutdurchtränkt. Esther rannte nach sauberem Wasser, und ich riß ein Stück aus meinem eigenen Hemd heraus, um den Verband zu erneuern. Schließlich kam Onkel mit Farid. Sie hatten Auszüge aus Schwarzwurz, Lorbeer und Geranie dabei, Leim und Siegelerde, Gummiarabikum und Schwefelwasser. Doch keines dieser blutstillenden Mittel konnte das Blut zum Gerinnen bringen. «Es ist der verfluchte Bart!» knurrte Onkel. «Ich komme nicht bis an die Wunde.» Zu Diego sagte er: «Dr. Montesinhos wird dich rasieren müssen.»

Diego, der zur jüdischen Priesterkaste der Levi gehörte, stieß uns mit einer hastigen Bewegung von sich. «Das werde ich nicht zulassen!» rief er auf hebräisch. «Ich muß meinen Bart behalten. Es ist verboten ...»

«Es gibt auch bartlose Leviten», bemerkte ich, doch Diego stöhnte nur. Flüsternd wandte ich mich an Onkel: «Ein Überfall am hellichten Tag. Das ist ein schlechtes Zeichen. Noch ein paar Wochen Dürre und ...»

«Woher willst du wissen, daß das ein geplanter Überfall war?» fuhr Onkel Abraham mich wütend an.

Ich wollte gerade fragen, was er damit meine, als mich ein Schatten, der über uns fiel, zum Schweigen brachte. Zwei Reiter, die eine weißgoldene Kutsche anführten, blickten von oben auf uns herab. Silberne Sturmhauben und Beinschienen funkelten im Sonnenlicht, und in der trockenen Brise flatterten scharlachrote und grüne Fahnen mit dem Wappen des Königs. «Was, in Gottes Namen, geht hier vor?» fragte einer von ihnen barsch.

Erst da bemerkte ich, daß mein Meister noch immer seine Gebetsutensilien trug. Um die Schultern hing ein weißblauer Schal, am linken Arm baumelten seine Gebetsriemen, während auf der Stirn über seinem geistigen Auge eine lederne Gebetsschachtel prangte. Für diesen Gesetzesverstoß konnte er als Sklave ins portugiesische Afrika verschleppt werden. Hinter meinem Rücken signalisierte ich Farid, er solle ihn irgendwie wegschaffen. «Ein Mann ist verletzt worden», sagte ich.

«Bist du ein Neuchrist?» fragte der Reiter.

Mein Herz raste. Aus den Augenwinkeln sah ich, wie Farid meinen Onkel durch die Menschenmenge schob.

«Ich habe gefragt, ob du ein Neuchrist bist!» wiederholte der Reiter drohend.

Die Tür der Kutsche schwang auf. In der Menge wurde es still. Ein dünner, zierlicher Mann in violetter Tunika und schwarzweißen Beinkleidern stieg heraus. Sein Gesicht lag auf dem goldseidenen Rüschenkragen wie auf einem Teller. Seine schwarzen Augen wanderten durch die Menge, als suche er nach einem Unschuldigen, an dem er seinen Zorn auslassen könne. Er wedelte mit einer Hand, an der schwere, mandelgroße Smaragd-Zwillingsringe im Cabochonschliff hingen, und sagte in gebieterischem Kastilisch: «Wir nehmen ihn mit. In der Nähe des Estaus muß es ein Krankenhaus geben.»

Im Estaus-Palast, einem mit vielen Türmen und Türmchen geschmückten Gebäude aus leuchtendem Marmor, logierten die adligen Gäste, die Lissabon offiziell besuchten.

«Mein Herr, das Allerheiligen-Krankenhaus ist gleich hier in der Nähe am Rossio-Platz», sagte ich. «Keine hundert Meter von Eurem Ziel entfernt.»

Diego war über einen Meter neunzig groß und ein Bär von einem Mann. Ein Wächter und einer der maurisch aussehenden Reiter des Edelmanns halfen mir, ihn hochzuheben. In der Kutsche saß eine junge Frau mit hohem violetten Kopfschmuck und einem rosenfarbenen Seidenumhang. Sie war blond, hellhäutig und hatte ein rundes Gesicht. Mit ernster Besorgnis berührte sie Diego und sah mich mit intelligenten Augen an, die eine Erklärung forderten.

«Er ist von einem ausländischen Seemann überfallen worden», log ich.

Ihr überraschter Blick, die ungewöhnliche Verzweiflung und die Ähnlichkeit ihres Gesichts mit dem meinen ließen die Zeit stillstehen. Die Bedeutung des Moments traf mich wie ein Schlag – ein *shefa*, ein Strahl göttlicher Gnade. Ähnlich wie ein Toravers, der plötzlich sein Gewand abwirft und sich in der funkelnden Blöße des Verständnisses zeigt.

Neben dem Mädchen saß ein Mops in einem blaugelben Troubadouranzug. Auf dem karmesinrot ausgeschlagenen Boden der Kutsche stand eine silberne Truhe. Dies fiel mir noch ins Auge, bevor der Kastile seine Reiter zur Weiterfahrt antrieb. Wie so oft überblickte ich die Szene genau, um alles in mein Toragedächtnis – wie Onkel es nannte – einzuprägen. Dann trat ich zurück. Als die Kutschentür sich schloß, beugte sich der Edelmann aus dem Fenster und flüsterte mir mit weinparfümierter Stimme zu: «Keine Angst. Dein Freund wird am heutigen Feiertag nicht sterben.» Seinen beiden Reitern rief er zu: «Los jetzt! Wir haben einen Verletzten dabei!»

Neugierde und Angst ergriffen mein Herz. Wer waren diese Kastilen? Wußten sie, daß wir geheime Juden waren? Wollte der Edelmann mich verspotten oder wollte er sich als meinesgleichen zu erkennen geben? Die Kutsche begann die Gasse hinunterzupoltern, und einen Moment lang sah ich noch Finger an ihrem Fenster. Sie waren so winzig wie die eines Kindes. Dann fiel ein Vorhang zu und ließ meine Fragen verstummen.

Ich fand Onkel im Hof, wo er mit Farid Schach spielte. Er hatte seinen Gebetsschal ordentlich im Schoß gefaltet und die Gebetsriemen darauf gelegt. Als er aufschaute und mich erblickte, sagte er: «Bevor meine Truppen von diesem Heiden dezimiert werden, wollen wir lieber zum Krankenhaus gehen und nachschauen, ob Diego richtig behandelt wird.»

Farid las seine Lippen und grinste. Onkel und ich gingen in die Küche, um Straßenkleidung anzulegen. Dort fragte ich ihn, was er gemeint habe, als er andeutete, der Überfall auf Diego sei geplant gewesen. Statt einer Antwort fragte er mich: «Was lebt viele Jahrhunderte lang und kann trotzdem noch vor seiner Geburt sterben?»

Ich rollte mit den Augen. «Keine Rätsel. Einfach eine Antwort.»

Er runzelte die Stirn und ging in sein Zimmer.

Eine Woche später ging mir die Antwort zu Onkels Paradoxon auf. Hätte ich unser bleiernes Schicksal in ein goldenes verwandeln können, wenn ich sie früher gewußt hätte?

Mein Meister und ich wählten eine Route am Fluß entlang, weil der sich drehende Wind uns mit dem Geruch der städtischen Dunghaufen belästigte, die jenseits der zinnenbesetzten Stadtmauern lagen. Die Friedhöfe waren voll, und deshalb war man in letzter Zeit dazu übergegangen, tote afrikanische Sklaven einfach auf diese Dunghaufen zu werfen. Was die Raubvögel und Wölfe nicht schnell genug fraßen, faulte und vermischte sich mit den Ausdünstungen der Exkremente zu einem alptraumhaften Gestank, der sich wie eine unsichtbare Säure in Haut und Knochen ätzte.

Als wir durchs Tor an der Porta do Chafariz dos Cavalos schritten, erinnerte ich mich an das metallene Geräusch, mit dem die Tore unserer Judiaria Pequena vibrierten, als die Wächter der Altchristen die Juden dort über Nacht einsperrten. Ein Schrei ließ uns herumfahren. Unser ehemaliger Rabbi Fernando Losa winkte uns von den oberen Stufen der Synagogentreppe zu. Nach der Zwangskonversion hatte er angefangen, mit christlichen Meßgewändern zu handeln und sogar den Bischof von

Lissabon ausgestattet. Möge seine Zunge zu Puder zerfallen! «Oh, nein. Nicht Rabbi Losa», stöhnte ich. «Für welche schreckliche Sünde werden wir jetzt bestraft?»

Onkel lachte. Plötzlich hörten wir eine Frau kreischen: «Wasser!» Wir drückten uns gegen die nächste Hauswand, während eine Abwasserkaskade aus ihrem Fenster im dritten Stock herabregnete.

Schwer schnaufend holte Losa uns ein. Um seine schmalen Schultern trug er einen kostbaren, scharlachroten Mantel mit einem perlenbestickten Kragen. Auf mich wirkte er wie ein raubgieriger Golem, der für die Jagd auf unterirdische Nagetiere abgerichtet ist: Dünn und hakennasig, mit tiefliegenden, heimtückischen Augen, einem glänzend kahlen Kopf und einem mürrischen schmalen Mund. Als kleiner Junge dachte ich immer, er müsse Klauen statt Finger haben, und in meinen Träumen redete er nicht, sondern zischte nur. «Überall diese elenden dreckigen Kühe!» sagte er jetzt mit falscher Patrizierstimme.

«Wenigstens sind sie koscher», bemerkte mein Meister.

Rabbi Losa rümpfte die Nase. «Diego verdankt sein trauriges Schicksal dem Umstand, daß er mit dir über den *Quell* gesprochen hat.» Mit diesem Geheimwort bezog er sich auf die Kabbala. Ihm war nicht verborgen geblieben, daß Onkel Diego für seinen Kabbala-Zirkel gewinnen wollte.

Mein Onkel machte eine respektvolle Verbeugung und flüsterte auf hebräisch: «*Haksam mufla ve-rav rabanan* – du bist ein großer Gelehrter und Rabbi der Rabbinen.» Er warf mir einen Seitenblick zu, um sicherzugehen, daß ich sein Wortspiel verstanden hatte. Er beleidigte Losa, indem er die Buchstaben h, a, m und r betonte. Zusammen klangen sie wie *hamor*, das hebräische Wort für Esel.

Onkel wandte sich zum Weitergehen, doch der Rabbi sagte: «Warte noch einen Moment!» Er leckte sich die Lippen, als probiere er eine wohlschmeckende Soße. «Ich bin gekommen, um dich zu warnen. Eurico Damas hat gesagt, wenn du seinen Namen auch nur im Schlafe erwähnst, würde er Hackfleisch aus dir machen und dich in eine Wurstpelle stopfen. Am besten, du hältst deine Nase aus Privatangelegenheiten heraus, kleiner Mann!»

Mein Herz zog sich zusammen. Damas war ein neuchristlicher Waffenhändler, der vom König Aufträge dafür bekommen hatte, daß er im Gegenzug seinen ehemaligen Glaubensbrüdern nachspionierte. Vor zwei Wochen war Onkel in eine geheime Versammlung des jüdischen Gerichtshofs geplatzt und hatte gefordert, Damas zu verurteilen: Er hatte das neugeborene Baby einer Blumenverkäuferin ertränkt, die er vergewaltigt und nicht geheiratet hatte. Die Untersuchungen waren vor einer Woche eingestellt worden, als die Blumenverkäuferin ebenfalls auf mysteriöse Weise verschwand. Eigentlich hätte Onkels Name vom rabbinischen Gericht nicht preisgegeben werden dürfen, doch offensichtlich hatte ihn jemand – wahrscheinlich niemand anderes als Losa – an Damas verraten.

«Ist das alles, was du mir sagen willst?» fragte mein Meister.

«Das sollte doch reichen. Wenn ich mich nicht eingeschaltet hätte, wäre Damas selbst zu dir gekommen.»

«Vielen Dank, o großer Gelehrter und Rabbi aller Rabbinen», antwortete Onkel mit einer ironischen Verbeugung.

Losa zog sein Kinn ein wie eine Henne und blickte uns mit dem bitteren, aber geduldigen Ausdruck eines Mannes nach, der zwar eine Schlacht verloren hat, den Krieg aber noch lange nicht aufgibt.

Während wir auf das Stadtzentrum und das Krankenhaus zueilten, träumte ich davon, wie ich meinen Meister vor einer Reihe kabbalistischer Dämonen und biblischer Riesen beschützen würde. Solchen Phantasien würde ich wohl nie entwachsen. Als wir jedoch an Lissabons lärmendem Fischmarkt und dem Hafen vorbeikamen, schienen diese Hirngespinste gar nicht so weit hergeholt zu sein. Schließlich hatte Onkel einmal geschworen, mich zu beschützen und mir meinen spirituellen Weg zu weisen. Zog das nicht ein umgekehrtes Versprechen nach sich, das ich bis jetzt nicht erkannt hatte?

Als wir einem Angestellten des Allerheiligen-Krankenhauses unser Anliegen vorbrachten, erklärte er uns stolz, der Edelmann, der Diego hergebracht habe, sei niemand anderes als der Graf von Almira gewesen. Der Name sagte mir nichts, doch ich dachte an die Reisegefährtin des Grafen und schrieb ihn mit Gold in mein Toragedächtnis.

Eine mädchenhafte Nonne führte uns zu Diegos Zimmer. Es war ein düsterer, niedriger Raum, in dem es nach Essig, Ambra und Tod roch. Über jeder der zwölf Pritschen hing ein Kreuz. Hinter offenen, vergilbten Leinenvorhängen lagen Männer, die mit Ledergürteln an ihre Betten gefesselt waren. Sie stanken wie Mist und trugen verkrustete Verbände, doch in ihren bleichen Augen leuchtete der Hunger nach Leben. Die Fensterläden des Zimmers waren halb geöffnet und gaben den Blick auf die Dominikanerkirche auf der gegenüberliegenden Seite des Platzes frei.

Diego lag im letzten Bett. Beim Anblick seiner großen, ernsten Augen und des safranfarbenen Turbans lächelte ich vor Freude und Nervosität. Dann merkte ich, daß Diego sich völlig verändert hatte. Seine glattrasierten Wangen waren weiß wie Marmor und zeigten an einigen Stellen kleine Schnitte. Die vorher versteckten Kiefer ließen sein Gesicht jetzt schwer wirken. Plötzlich sah er wie ein gutmütiger Mann aus, der gerne Geschenke macht und in seine Kinder vernarrt ist, sich dafür aber selbst vernachlässigt. Der Mann, der er vor seinem Exil und der Einsamkeit vielleicht gewesen war.

Die Wunde an seinem Kinn war ausgebrannt und genäht worden. Als er uns erblickte, schnappte er nach Luft und setzte sich auf.

Mein Onkel blieb stehen. Seine durchdringenden Smaragdaugen suchten den Blick Diegos. Als ich ihn vorwärts stieß, ging er auf seinen Freund zu und lächelte ihn ermutigend an.

Jetzt sahen wir, daß Diego vom Fieber schweißgebadet war. Ich betete, daß er nicht die Pest hatte.

«Du siehst gut aus. Die Wunde hat aufgehört zu bluten», sagte mein Meister.

«Du hättest nicht kommen dürfen. Du darfst mich nicht so sehen.» Diego blickte zur Wand und schloß die Augen.

«Sobald dein Kinn geheilt ist, kannst du dir den Bart wieder wachsen lassen», bemerkte ich.

«Danke, daß ihr gekommen seid, doch ich muß euch bitten, jetzt zu gehen», flüsterte er.

Onkel gab mir mit einem Kopfnicken zu verstehen, dieser Bitte nachzukommen. Als ich in den Flur trat, saß er am Fußende von Diegos Bett und gestikulierte wild, während sie sich im Flüsterton unterhielten. Diego verbarg die Augen hinter seinen Händen und hielt den Kopf traurig gesenkt. Ich sagte Gebete, bis mein Onkel zu mir kam. Er seufzte. «Eine schlimme Situation. Diego wird eine Zeitlang leiden.»

«Gut, daß wir nicht alle nach den levitischen Regeln leben müssen», antwortete ich.

«Jeder von uns ist äußeren Einflüssen unterworfen. Man muß sich ihnen anpassen oder wie ein Eremit in der Wüste leben. Und selbst dort ...» Die Stimme meines Meisters verstummte, während er sich am Schädel kratzte. «Laß uns aus diesem Verlies gehen», sagte er dann. «Mich juckt es schon überall.»

«Vielleicht würden ihn ein paar Bücher aufmuntern», überlegte ich. «Wir könnten versuchen, die lateinischen Abhandlungen auszuleihen, die er so gerne lesen will ...»

«Keine Bücher!» Onkel machte eine abwehrende Handbewegung.

Draußen ließ leiernder Gesang die warme Luft über dem Rossio erschauern. Die tägliche Prozession der Flagellanten war auf dem Weg zum Palast am Fluß. Im Sonnenlicht verrieten mir Onkels niedergeschlagene Augen, wie sehr Diegos Verzweiflung seine Seele berührt hatte. «Die Wahrheit ist nicht nackt auf diese

Welt gekommen, sondern im Gewand von Bildern und Namen. Und die Lüge? Welches Gewand trägt die Lüge?»

«Dasselbe wie die Wahrheit», sagte ich. «Es liegt an uns, den Unterschied zu erkennen.»

«Ja», stimmte er trocken zu. «Glaubst du, daß Gott alle Verbrechen sieht?»

«Du meinst, ob die Jungen, die Diego überfallen haben, bestraft werden?»

«Wenn du es so verstehst.»

Ich dachte noch über eine Antwort nach, als mir Onkel die Hand drückte. «Entschuldigung. Ich ertrage es nicht länger, darüber zu reden. Wir wollen jetzt unseren geplanten Spaziergang machen.»

«Aber ich habe meinen Zeichenblock nicht dabei», warf ich ein.

«Zeichne die Vögel in dein Toragedächtnis, mein Sohn.»

Onkel und ich verbrachten einen wunderbaren Nachmittag damit, unsere geliebten Kraniche zu beobachten. Der Anblick der großen, graziösen weißen Kreaturen, die wie Federn aus dem Blau des Himmels hinabschwebten, war atemberaubend. Die Brise streifte uns mit der Sanftheit von Blumen, und als Onkel sagte, es sei Zeit, nach Hause zu gehen, bemerkte ich überrascht, daß ich Raum und Zeit ganz vergessen hatte.

Als wir nach Hause kamen, bereiteten Cinfa und Tante Esther in der Küche das Passa-Seder vor. Über unsere beste weiße Tischdecke hatten sie ein Netz aus Reiskörnern ausgebreitet, in dem sie nach unreinen Körnern suchten. Schwüle, berauschende Gerüche durchzogen das Haus. Ein herrliches Lamm drehte sich über unserem Herd langsam am Spieß, während die wohlriechenden Säfte zischend in die darunter stehenden Pfannen tropften. Der zu Kopf steigende Duft verriet mir, daß es mit dem Fett aus den üppigen Speckbeuteln von Schafsschwänzen begossen wurde – ein Kochgeheimnis, das Esther aus Persien mitgebracht hatte. «Das riecht himmlisch», sagte ich.

«Vor dem Essen wird gebetet», spottete Onkel. Er stieg in den Keller hinab.

Ich nahm einen Mörser und einen Stößel, Äpfel, Walnüsse, Datteln und Honig mit in den Laden. In den Pausen zwischen den Kunden wollte ich ein *Haroset* zubereiten.

Da ich mich um die Kunden kümmerte, konnte meine Mutter in die Küche gehen und Cinfa und Esther helfen. Im Geschäft war es ruhig, bis ich auf die Idee kam, die frisch aus dem portugiesischen Afrika eingetroffenen Bananen vor unserer Tür auszustellen. Vielleicht war es Zufall, doch plötzlich kauften alle bei uns. Die geheimen Juden hielten mich mit ihren letzten Einkäufen für das Passa-Seder den ganzen Nachmittag auf den Beinen.

Als leuchtende rosafarbene und goldene Wolken den Sonnenuntergang ankündigten, war ich erschöpft. Ich verriegelte die Türen, zog die Vorhänge zu und setzte mich zu einem stillen Gebet, bis Onkel mich in die Küche rief. Er hatte sich das Haar zu seiner Sabbatlocke nach vorn gekämmt und sah in seiner weißen Robe prächtig aus. «Ist Reza vielleicht im Laden gewesen?» fragte er mich voller Hoffnung.

Meine Cousine Reza, das einzige Kind von Onkel und Esther, hatte vor kurzem geheiratet und würde das Passafest bei der Familie ihres Mannes feiern. «Nein, habt ihr mit ihr gerechnet? Ich dachte, sie hätte gesagt, sie wüßte nicht, ob sie heute abend überhaupt vorbeikommen könne.»

«Ja, ich dachte nur ...» Onkel nahm meine Hand und sprach mit trauriger Stimme weiter: «Ich habe das Gesicht für den Haman in meiner Haggada gefunden. Vielleicht kommen wir jetzt mit allen unseren Arbeiten gut voran.»

Mein Meister illuminierte eine Haggada für eine Familie heimlicher Juden in Barcelona. Lange Zeit hatte er unter unseren Bekannten erfolglos nach einem Gesicht gesucht, das ihm als Vorbild für Haman dienen könnte. Warum war er dann traurig? Weil Reza nicht da war? Bevor ich fragen konnte, begann er mich zu segnen. Ich umarmte ihn, und zum erstenmal, seit ich mich erinnern konnte, öffnete er sich meiner liebevollen Berührung. Hatte ich in den letzten Tagen stärker sein Vertrauen gewonnen? Als sei er von meiner Energie und Besorgnis angesteckt, lebte plötzlich wieder die alte, zupackende Art in ihm auf. Er küßte mich auf die Lippen und umarmte mich. «Das Passafest ist angebrochen!» flüsterte er. Wir tauschten ein Lächeln des geheimen Einverständnisses aus.

Cinfa und Juda deckten den Tisch. Auf dem safranfarbenen, irdenen Passa-Teller, den unser Nachbar Samir für uns gemacht hatte, lagen Bitterkräuter, Salat, gebratene Eier und das geröstete Lamm, alles symbolische Bestandteile dieser Mahlzeit. Mit Esthers Einwilligung fügte ich einen Löffel meines *Haroṣet* hinzu, das den Lehm darstellen sollte, mit dem die Israeliten als Sklaven Grabmale, Paläste und die Pyramiden Ägyptens gebaut hatten. Unter einer Leinenserviette wurde unsere Matza gereicht. Der silberne Kelch, der traditionell für Elias reserviert wird, krönte die Tischecke neben dem Platz meines Onkels.

Wie soll man den ersten Abend des Passafests beschreiben? Worte und Gesichter, die Erleichterung spiegeln? Einen Freudentaumel? Oder Trauer um die Verstorbenen? Wir nahmen unsere Plätze ein und fühlten uns durch die Aura der Vorbereitungen verbunden. Wie immer führte Onkel uns durch das Ritual. Passa ist eigentlich ein Fest der Erinnerung, an dem erzählt wird, wie Gott die Juden aus der Gefangenschaft befreite. Doch es hat auch eine verborgene Bedeutung. Im Kern der Tora liegt, verborgen wie der Phoenix in seinem Ei, die Geschichte von der spirituellen Reise aus der Sklaverei in die Heiligkeit. Es ist eine Reise, die ein jeder von uns machen kann. Die Passa-Haggada ist eine goldene Glocke, deren Klang uns sagen will: Vergeßt nie, daß das Heilige Land sich in euch selbst befindet!

Mutter entzündete am Herdfeuer eine Kerze und ließ die Flamme dann die winzigen Stufen der beiden Kandelaber an jedem Tischende hinauf und hinab tanzen. Gegenwart und Vergangenheit verschmolzen. Wir waren die Israeliten, die im Sinai auf Moses warteten, so wie der weißdrapierte Tisch unseren Altar und die Küche unseren Tempel in der Wüste darstellte.

Onkel öffnete nun die erste, heiligste Pforte des Festes, indem er einen Segen über den ersten der vier Becher Wein sprach, die wir nach alter Tradition trinken. «Gesegnet seist Du, unser Herr und Gott, Herrscher des Universums, Schöpfer der Frucht der Weinrebe», sang Onkel auf hebräisch. Seine leise Stimme war ein zartes Echo der Fanfare, mit der er die Zeremonie begonnen hatte, als wir noch nicht mit altchristlichen Spionen rechnen mußten. Nachdem er die Verse für Juda, dessen Hebräischstunden vernachlässigt worden waren, auf portugiesisch wiederholt hatte, erhoben sich die Stimmen aller Versammelten zu einem gemeinsamen Gebet: «*Quem tem fome que venha e coma. Todo necessitado que venha e festeja Pessá. Este ano aqui, no próximo em Israel. Esto ano escravos, no próximo homens livres* – Laß alle, die hungrig sind, kommen und essen. Laß alle, die bedürftig sind, mit uns zusammen das Passafest feiern. Dieses Jahr hier, und nächstes Jahr in Israel. Dieses Jahr noch als Sklaven, und nächstes Jahr als freie Menschen.»

Später begann Onkel, uns die von ihm aufgeschnittenen dampfenden Lammstücke auf unsere Matza zu legen. Dabei erklärte er, daß über jedem Buchstaben des hebräischen Alphabetes ein Engel stehe. Diese Engel in unseren geschriebenen und gesprochenen Worten seien es, welche Wunder wirkten, über die gewöhnliche Menschen staunten. Und auch an diesem Abend lag über all unseren Gebeten und Geschichten eine schwebende Anmut.

Doch Engel sind zarte Wesen, und ihr Zauber zerbrach in einem einzigen Moment. Cinfa war gegangen, um unsere Hoftür für den Propheten Elias zu öffnen, dessen Geist während des Passafests jedes Haus betreten soll. Aus der Ferne trug ein kühler Windstoß Schreie zu uns, Schreie in hebräischer Sprache. Mein Meister sprang auf. Wieder hörten wir Kreischen in der Ferne. Dann herrschte Stille.

«Was mag das sein?» fragte meine Mutter.

Onkel war blaß geworden. «Nichts», sagte er abwesend, fast als ob eine Vision ihn gebannt hätte. Wir aßen weiter, doch Onkel war nicht mehr in der Lage, noch einen Ton von sich zu geben. Er schloß nur noch die Zeremonie: «Nächstes Jahr in Jerusalem.» Das waren die Worte der ewigen Heimkehr. An diesem Abend hatten sie einen hohlen Klang.

Am nächsten Morgen wurde beim ersten Hahnenschrei eine rätselhafte Schriftrolle vor unserer Hoftür abgelegt, die die Antwort auf Mutters Frage enthielt. Sie war in der Geheimsprache der Neuchristen geschrieben: *Sechzehn Schwalben kehrten gestern abend nicht in ihre Nester zurück und wurden vom Pharao mitgenommen. Euer Vogel Reza war dabei.*

Wie sich herausstellte, war meine Cousine Reza zusammen mit den anderen Gästen ihrer geheimen Seder-Feier am Vorabend verhaftet und ins städtische Gefängnis verschleppt worden. Irgend jemand mußte sie verraten haben. Hatte Onkel dies durch ein mystisches Fenster gesehen, oder vermutete er einfach nur, daß etwas Schreckliches passiert sein mußte?

Ich war noch immer über die Notiz gebeugt, als Mutter plötzlich sagte: «Esther und Onkel sind fortgegangen. Sie wollen die neuchristlichen Aristokraten bei Gericht anrufen und hoffen, daß sich einer von ihnen bereit erklärt zu helfen.»

Es war Sabbat, der Tag vor dem zweiten heiligen Abend des Passafests. Damals war ich schrecklich fromm und sang den ganzen Morgen und Nachmittag Psalmen, um eine schnelle Freilassung Rezas zu erwirken. Es nützte nichts. Kurz vor Sonnenuntergang kamen Onkel und Tante entmutigt heim. «Ein Mitglied des jüdischen Gerichtshofs will versuchen zu vermitteln», erzählte Onkel, doch es klang wenig überzeugt. «Die anderen ...», murmelte er zornig. «Sie lassen Tränen rollen und falsche Worte fallen.»

Am nächsten Abend kam Onkel zu mir in den Keller hinab. Er war völlig verzweifelt, weil Reza noch immer im Gefängnis saß, und sprach mir gegenüber erstmals davon, Portugal den Rücken zu kehren. «Wenn ich dich bitten würde, dieses Land für immer zu verlassen, würdest du mitkommen?»

«Ja, wenn es sein müßte.»

«Gut. Und deine Mutter? Würde sie mitkommen?»

«Sie hat Angst. Ein Feind, den man kennt, und sei er noch so furchterregend, läßt sich oft leichter ertragen als ein unbekannter Feind.»

«Das stimmt. Doch wenn deine Mutter nicht geht, wird auch Esther nicht mitkommen wollen. Und Reza ebenfalls nicht. Jetzt, wo sie verheiratet ist und eine Familie gründen will. Wenn wir sie doch nur nach Hause holen könnten!»

«Kommt das noch zu deiner Sorge um Reza hinzu? Bist du deshalb so beunruhigt? Du willst gehen? Und wenn du die anderen ...»

Onkel tat meine Fragen ab und begann den Psalm von Königin Esther zu singen. Für uns hatten diese Verse eine besondere Bedeutung. Auch Königin Esther hatte ihr Judentum verbergen müssen. «Hilf dem, der nur den Herrn zur Hilfe hat. Denn ich nehme mein Leben in die eigene Hand ...»

Seine Hände waren zu Fäusten geballt, aus denen die Knöchel weiß hervortraten, und seine Lippen bebten. Ich sprang auf und packte ihn bei den Schultern. Tränen schossen ihm in die Augen. Armer Onkel, dachte ich, Portugal bringt ihn an die Grenzen dessen, was sein Körper ertragen kann. «Die jüdischen Richter werden Rezas Freilassung bewirken», sagte ich. «Und dann können wir unsere Auswanderung planen, wenn du willst. Irgendwie werden wir sie alle überreden. Aber jetzt mußt du dich ausruhen. Komm, ich führe dich nach oben. Du kannst dich auf mich stützen, bis wir die Wildnis hinter uns gelassen haben.»

«Laß uns hierbleiben», sagte er. «Bitte.» Seufzend ließ er sich meine Hilfe gefallen. «Führ mich zu meiner Matte. Die Atmosphäre des Gebets wird mir guttun.»

Schweigend hockten wir nebeneinander, und er wischte sich mit dem Ärmel seiner Robe die Augen. Als er mir seine Hand auf den Kopf legte, drohte seine Stimme zu brechen: «Wo ist die Pergamentrolle mit unseren beiden Namen, die ich dir gegeben habe?»

«Ich bewahre sie in meiner Kommode auf.»

«Gut.» Er lächelte erleichtert. «Die Gewißheit, daß du sie hast, ist sehr beruhigend.»

Ich ergriff seinen Arm. «Onkel, was immer es ist, das dich ...»

Er brachte mich zum Schweigen, indem er seine Hand gegen meine Stirn drückte. «Du bist ein würdiger Erbe», sagte er. «Was immer ich dir in der Wut zurief, ich habe nie bereut, dich zum Lehrling genommen zu haben. Nie. Eines Tages, wenn du älter bist und mehr Gebete in Taten umgesetzt hast, wirst du ein großer Illuminator sein. Dein Vater hat einmal zu mir gesagt: ‹Im Herzen meines Beri wohnt ein Löwe der Kabbala.› Und er hatte recht. Natürlich ist es ein Segen, einen Löwen in sich zu tragen. Doch so ein wildes Tier kann manchmal auch lästig werden, selbst wenn es der Kabbala entsprungen ist. Hör mir genau zu, Berekia. Bis jetzt hast du dein Leben dem Schriftstudium gewidmet, und dieser Löwe konnte noch keine große Rolle spielen. Doch wenn du in die Welt hinausgehst, wenn das Wirken in ihr seinen rechtmäßigen Platz neben dem Gebet einnimmt, könntest du Schwierigkeiten bekommen. Denn du wirst niemals Masken tragen können wie wir anderen. Jedesmal, wenn du dir eine aufsetzen willst, wirst du den Löwen in dir grollen hören. Darum warst du auch damals, als wir zwangsgetauft wurden, so verzweifelt. Und deshalb hat Gott dir vielleicht die Vision geschickt. Du wirst es nicht leicht haben. Vielleicht wirst du eine Zeitlang getrennt von den Menschen leben müssen. Oder unter ihrem irdischen Urteil leiden. Doch geh unbeirrbar deinen Weg und nimm den Löwen in dir an. Verstehst du mich?»

Als ich nickte, fuhr er fort: «Genug der Worte. Wehe dem Religionslehrer, der das Herz seines Zöglings mit Stolz erfüllt. Wir werden von allen Seiten bedroht und müssen erbittert kämpfen, wenn wir überleben wollen. Das ist wichtiger als alle Begabungen und Neigungen. Der Löwe in dir muß kämpfen!»

Onkel und ich setzten uns an unsere Schreibtische. Während er an seiner Tafel von Haman und Mordechai malte, ruhten seine Augen immer wieder zärtlich auf mir. Ich spürte, daß er mich mit seinem Blick liebkoste, um sich daran zu erinnern, daß die Welt trotz Rezas Einkerkerung noch immer gut und schön war.

Am nächsten Tag, einem Sonntag, klopfte es an der Außentür zum Zimmer meiner Mutter. Die Turmuhr der Kathedrale hatte gerade die Sexte geschlagen. Mutter rief mit gellender Stimme nach mir. Mit einem Hermelinpinsel als Waffe in der Hand rannte ich aus dem Keller hoch. In Mutters Zimmer stand ein schwarzer Sklave, schön wie die Nacht. Er trug ein Wams aus feiner blauer Seide und gelbe Beinkleider. In der Hand hielt er einen mit dickem rotem Wachs versiegelten Umschlag. «Von Dom João», erklärte er in gebrochenem Portugiesisch. Dom João war einer der Juden bei Gericht, den wir um Hilfe gebeten hatten.

Esther kam herbeigerannt und verstand sofort. Mit einem Kopfnicken bedeutete sie mir, die Botschaft entgegenzunehmen. Nervös rang sie die Hände und murmelte auf persisch vor sich hin. Ich nahm den Umschlag und riß ihn auf. «Wir haben den Pharao mit Gold verführt», las ich. «Die Schwalben werden vor Anbruch der Nacht zu Hause sein.»

Während ich den schüchternen Sklaven mit Rosinen überhäufte, die aus unserer Morgenlieferung übriggeblieben waren, verließ Esther den Laden, um Onkel die Neuigkeit zu überbringen. Als ich in die Küche kam, lagen sie sich in den Armen. «Ich würde gern dort sein, wenn sie freigelassen wird», sagte mein Meister.

Esther strich ihm über die Wange. «Ich werde ihr etwas Lamm aufwärmen.» Dann funkelte sie ihn plötzlich an und drohte mit dem Finger. «Doch wenn du heimkommst, mußt du schlafen!»

Onkel schloß die Augen und nickte wie ein kleiner Junge. Zu mir sagte er: «Beri, es gibt zwei Dinge, die du für mich erledigen mußt.» Er nahm ein Manuskript aus seinem Beutel und reichte es mir. «Als erstes sollst du dieses Psalmenbuch abliefern. Weißt du, wo der Edelmann lebt, der es bestellt hat?» Als ich nickte, fuhr er fort: «Im Buch liegt eine Botschaft.» Er blickte mich ernst an. «Gib es dem Herrn des Hauses. Nur ihm! Und warte, bis er die Botschaft vor dir liest.» Dann sprach er mit normaler Stimme weiter. «Danach besorge uns bei Samson Tijolo etwas koscheren Wein.» Er reichte mir eine Schriftrolle mit einer roten Schleife. «Dieser Brief ist für ihn.»

Onkel und ich verließen das Haus zusammen, doch er bog in Richtung Norden ab, auf das Gefängnis zu, und ich nach Westen. Vorher tauschten wir noch einen Kuß. Hätte ich geahnt, daß ich nach den Ereignissen der nächsten Stunden nie wieder das Gefühl haben würde, mich in einer von einem liebenden Gott bewachten Welt zu bewegen, hätten mich weder Mensch noch Dämon von meinem Meister fortbringen können. Ich hätte ihn angefleht, alle seine Kräfte aufzubieten, um die Zukunft zu verändern. Hätte er mit dem Mischen von ein paar Pulvern und Zaubertränken unser Schicksal in eine andere Richtung lenken können? Eine Frage, die mir Angst einjagt, genau wie die Antwort darauf.

Zunächst versuchte ich, das Psalmenbuch abzuliefern, doch der Herr des Hauses war nicht daheim. Dann verließ ich Lissabon, um den Wein zu kaufen. Gott schenkte mir die Eingebung, unterwegs *alheiras* für unsere Passa-Zeremonie zu kaufen. *Alheiras* waren Würste, die man zur Zeit der Zwangstaufen erfunden hatte, damit wir die jüdischen Essensregeln befolgen konnten, ohne unseren Hals zu riskieren. In Form und Geschmack glichen sie Schweinswürstchen, waren aber mit geräuchertem Rebhuhn, Wachtel- oder Hühnerfleisch, Brot und Gewürzen gefüllt.

Ich verließ die Stadt durch die Porta Sant'Ana und dem Stand der Sonne nach klopfte ich zwei Stunden später an die Tür von Samson Tijolos Haus. Weil niemand öffnete, lief ich um das Haus zur Kellertür. Sie stand offen. Ich ging hinein und nahm mir ein kleines Weinfaß. Da ich weder Tinte noch eine Feder zum Schreiben hatte, legte ich das Geld und den Brief einfach auf einen Tisch bei der Tür. Als Visitenkarte ließ ich ein Stück Matza aus meinem Beutel liegen. Daran würde Samson erkennen, daß ich es war, der den Wein geholt hatte.

Der Rückweg nach Lissabon war gute fünf Meilen lang. Es dauerte nicht lange, bis ich unter meiner schweren Ladung zu schwitzen begann. Zweimal machte ich in den langen Nachmittagsschatten von schwankenden Olivenbäumen Rast. Ungefähr eine halbe Meile vor der Porta Sant'Ana zog ich mir in einem Pinienhain die Schuhe aus, um die trockenen, stacheligen Nadeln unter meinen Füßen zu spüren. Als ich nach einer Matza griff, fiel mir der Zettel in die Hände, der aus Diegos Turban geglitten war. Er entfaltete sich zur Form eines *Magen David.* «Isaac, Madre, der neunundzwanzigste der Nisan», stand darauf. Heute war der vierundzwanzigste.

Damals machte ich mir über diese Botschaft keine Gedanken.

Meiner Berechnung nach war es später als vier Uhr nachmittags, als ich die Stadtmauern von Lissabon wiedersah. Ganz sicher war es mindestens eine Stunde nach der None. Unterwegs hatte ich gehört, wie die Kirchenglocken in den Dörfern die Frommen zum Gebet riefen. Als ich die Stadt betrat, lag ein stechender, rauchiger Geruch in der Luft. In der Ferne hörte ich eine Art Summen, das dem Geräusch einer großen Menschenmenge glich. Es herrschte eine eigenartige Stimmung. Die Häuser waren verschlossen und die Läden dichtgemacht, als sei bereits Nacht. Überall sah ich nur leere Straßen, die im tiefen Schatten der Spätnachmittagssonne lagen. Ich schleppte mich weiter über das Kopfsteinpflaster. Unter den Granitmauern der Maurenburg kamen zwei junge Landarbeiter mit erhobenen Sicheln auf mich zugerannt. Ich wollte fliehen, doch es war zu spät. Der eine legte seine Sichel um meinen Hals. Mit der anderen Hand schwenkte er triumphierend den abgetrennten Kopf einer jungen Frau an den Haaren. Das Blut tropfte auf die Straße. Ich kannte sie nicht. «Bist du ein Marrano?» zischte er. *Marrano* – so wurden die zwangsgetauften Juden genannt. Das rechte, vorgewölbte Auge des Burschen war milchig weiß, meine Angst spiegelte sich darin und das Böse. «Diesmal werden wir nämlich alle Marranos erwischen!»

Mein Herz trommelte ein Gebet um mein Leben. Ich schüttelte den Kopf und reichte ihm meinen Beutel. «Schau rein!»

Er gab den Beutel an seinen bärtigen Freund weiter, der schniefend hineinblickte. «Würste.» Er reichte ihn mir zurück.

Als ich Gott im stillen dankte, senkte der Bursche mit dem blinden Auge seine Sichel und fragte: «Ist das Wein?» Auf mein Nicken hin nahm er mir das Faß ab.

Mein Atem ging schneller, und meine Stimme zitterte. «Der Rauch? Wo kommt er her?»

«Ein heiliger Scheiterhaufen auf dem Rossio. Die Dominikaner wollten Gott mit den Flammen aus brennendem jüdischem Fleisch ein Zeichen schicken.»

Die Angst um das Schicksal meines Volkes zog mir die Eingeweide zusammen. Ich konnte nicht weiterfragen. Die beiden Männer ließen sich mit Wein vollaufen und schlossen den Zapfen des Fasses wieder. Ich starrte auf den Frauenkopf. Ihre Augen blickten nicht leer. Wie dann? Hatten sie sich vor dem Grauen dieser Welt in sich selbst zurückgezogen? Ich nahm das Faß wieder entgegen. Der Bärtige hielt den baumelnden Kopf hoch und leckte ihm wie ein Liebhaber über die Wangen. Er öffnete sich die Hosen und ließ seinen widerlichen unbeschnittenen Penis in die Luft ragen. Mit dreckverkrusteten Fingern klappte er den Mund der Frau auf und hielt den Kopf gegen seinen Hosenbund gepreßt. Dann tat er etwas Unbeschreibliches. Der andere sah ihm zu, wobei er seine Hand gegen die Hose preßte. Ich wagte nicht, die Augen zu schließen, doch ich wandte mich ab. Als das Grunzen des Bärtigen verstummt war, band er sich die Hose wieder zu und sagte: «Gib acht, wo du hingehst. Man kann schnell für einen Juden gehalten werden!»

Als die Arbeiter gegangen waren, hockte ich mich unter das Vordach eines Hauses. Langsam ließ mein Schwindel nach. Der Wein nahm etwas von dem pelzigen, sauren Geschmack in meinem Mund. Wurden alle ehemaligen Juden gejagt?

Ich sprang auf und raste die Treppen und Gassen der Alfama entlang, bis ich die Rua de São Pedro erreichte. Das Tor zu unserem Hof lag verbogen auf der Straße. Unser Esel war verschwunden, und die Küchentür stand offen. Ich sprang über die Türschwelle wie über einen tödlichen Abgrund. Tiefes Schweigen hatte sich wie eine bleierne Wolke über alles gesenkt. Im Herd glühten die letzten Funken, und auf dem Tisch standen zwei Becher. Neben einem sah ich eine in zwei Teile gebrochene Matza. Über der Falltür zum Keller lag unser zerfetzter Teppich. «Onkel!» schrie ich. «Mutter!» Fröstelnd und verwirrt schlich ich in mein Schlafzimmer, wo ich aufgeschlitzte Betten und ausgeplünderte Kommoden vorfand. Im Laden waren alle Fässer umgestoßen. Die verstreuten Oliven bildeten einen schwarzgrünen Teppich, der zur Tür hinaus in die Rua da Sinagoga führte.

Das Zimmer meiner Mutter war leer und unverwüstet. Während ich den adlerförmigen Talisman aus Pergament berührte, der immer auf ihrem Kissen lag, fiel es mir ein: *Im Keller! Sie mußten sich alle im Keller versteckt haben!*

Vorsichtig zog ich den Teppich von der Falltür weg, um die Schnur nicht zu zerreißen, mit der man ihn von unten wieder über die Tür ziehen konnte. Dann öffnete ich die Klappe und kletterte hinunter in den Flur. Die Tür zum Kellerraum war verschlossen. «Ich bin's», rief ich in den dunklen Schlitz zwischen Tür und Rahmen. «Onkel, mach auf.» Stille. Ich hämmerte gegen die Tür. «Mutter, wer immer da drin ist, ich bin es doch.» Ich blickte zurück zur Treppe und in die stille Küche hinauf. Meine Knie schlotterten vor Angst. Ich trat gegen die Tür und schrie. Keine Antwort.

Ich war mir sicher, daß Onkel nichts passiert sein konnte. Er war ein Mann der Wunder, ein Meister der Kabbala, der mit Tora, Talmud und Zohar Fugen spielte. Einem Mystiker seines Formats konnten menschliche Werkzeuge nichts anhaben. Aber Juda und Cinfa ... Waren sie da drinnen und trauten sich nicht zu rufen? Oder war der Keller leer? Waren sie alle geflohen? Vielleicht konnte mein Meister die Tür auf geheimnisvolle Weise von außen verschließen, um die Bücher zu schützen. Ja, so mußte es sein.

War es eine Vorahnung? Oder einfache Logik? Der Gedanke, daß Onkel doch etwas Schreckliches zugestoßen sein könnte, ließ ein Zittern durch meinen Körper laufen. Ich stand auf der Mosaikmenora und warf mich plötzlich mit aller Kraft gegen die Tür, bis der Eisenriegel aus dem Holz brach.

Ich war drinnen.

Der trockene, stechende Geruch von Lavendel und Exkrementen stieg mir in die Nase. Ich starrte auf zwei blutüberströmte nackte Körper. Onkel und ein Mädchen. Sie lagen im Abstand von einem Meter nebeneinander, sie auf der Seite, er auf dem Rücken. Ihre Hände berührten sich fast. Es sah aus, als hätten sich ihre ineinander verschränkten Finger gelöst, nachdem sie in den Schlaf gesunken waren.

DRITTES KAPITEL

DER ANBLICK VON Onkel und dem Mädchen ließ mich mit einem leisen Aufschrei zurückschrecken. Dann raste ich die Treppe hinunter in die warme Höhle, in der das Licht und alle Geräusche gedämpft waren. Onkel war nackt. Über seine Brust fiel ein Schleier aus Blut. Auch das Mädchen neben ihm trug keinerlei Kleidung. Wie er war sie blutüberströmt.

Der faulige Geruch ließ mir Tränen in die Augen schießen. Stöhnend beugte ich mich über meinen Meister. Ich griff nach seinem Handgelenk, suchte seinen Puls. Kalte Stille.

Die Altchristen hatten ihn ermordet!

Verzweifelt blickte ich auf die beiden Körper wie auf ein unbekanntes Schriftstück. Hatten sie sich geliebt? Wer war sie?

Über Hals und Oberkörper zogen sich bei beiden braune Bänder aus Blut. Ich kroch zu Onkels Kopf. An seinem Hals klafften zwei Hautlippen und gaben einen tiefen, blutigen Schnitt frei.

Hilfe, dachte ich. Lieber Gott, bitte hilf mir.

Als mir klar wurde, daß ich allein war, daß ich für immer ohne meinen Meister sein würde, schlich die kalte Angst mir aus den Eingeweiden hoch, bis sie gegen meine Brust drückte. Übelkeit stieg in mir auf, und ich übergab mich auf den Steinboden, bis nur noch eine beißende Flüssigkeit aus meiner Nase tropfte.

Fröstelnd schlug ich die Arme um meine Schultern. Nichts durfte verändert werden. Erst mußte ich diese Szene in mein Toragedächtnis prägen wie eine Bibelpassage. Ich durfte nicht ohnmächtig werden!

Die Gebetsmatte war rot. Sie hatte den vergossenen Lebenssaft aufgesaugt.

Doch die Tür war fest verschlossen gewesen. Wie konnte der Mörder entkommen sein?

Oder war er noch da?

Ich sprang auf die Füße und griff nach meinem Messer. Wie eine Flamme in der Dunkelheit hielt ich es vor mich, ging rückwärts auf die Treppe zu und wirbelte herum. Nichts als erwartungsvolle Stille, die meine Knie weich werden ließ.

Die Wandfliesen und Fensterschlitze, die Schreibtische und Stühle begegneten meinem Blick ohne die geringste Regung. Der Raum war leer und wirkte hohl wie der Brustkorb eines Tieres, dessen Herz vor kurzem aufgehört hatte zu schlagen.

In der Stille, die dem Zustand nach dem Gesang eines Winterpsalms glich, überfiel mich die Erinnerung daran, wie Onkel mir die Schriftrolle gab, auf die Tante Esther unsere beiden Namen gemalt hatte. *Natürlich. Er mußte gewußt haben, daß der Todesengel nahte. Darum hatte er mit mir über unsere bevorstehende Trennung gesprochen.*

Ich stand mit dem Rücken an der Südwand des Kellers und starrte die Leichen an.

Heute, vierundzwanzig Jahre später, ist mir jedes Detail so vertraut wie die ersten Zeilen der Genesis.

Onkels Füße lagen im Zentrum des Gebetsmattenkreises, und sein Kopf ragte nach links gewandt über seinen Rand. Seine Augen waren geöffnet und starrten, dunkler und glasiger als im Leben, in die Leere. Beide Wangen und die dichten silbernen Haarbüschel über seinem rechten Ohr waren blutverschmiert. Sein linker Arm lag mit der Handfläche nach oben und zusammengekrallten Fingern neben ihm. Den rechten Arm schien er jedoch nach dem Mädchen auszustrecken, und seine Fingerspitzen waren nur wenige Zentimeter von ihrer Hand entfernt.

Wenn er das Mädchen im Moment des Todes durch seine Berührung hatte trösten wollen, warum hatte er sich dann nicht nach rechts und ihr zugewandt?

Vermutlich war er schon tot gewesen, als sein Körper diese

endgültige Position eingenommen hatte. Ich stellte mir vor, wie ein Dominikanermönch mit Kapuze ihn von hinten überfiel, ihm die Kleider vom Leib riß und den Hals aufschlitzte, bis das Blut auf seine Füße spritzte. Dann hatte er ihn aus irgendeinem Grund vorsichtig, vielleicht sogar respektvoll auf den Boden gelegt. Onkels rechter Arm war zufällig auf das Mädchen zu gefallen. Oder man hatte ihn so arrangiert, damit es aussah, als habe er sie in ihrer Not beruhigen wollen. Warum? Waren die Männer, die ihm das Leben genommen hatten, Künstler des Todes?

Onkels Schenkel waren kotverschmiert. Am Rand der Gebetsmatte, neben dem Sabbatbusch aus Lavendel und Myrte, lagen ebenfalls blutverschmierte Exkremente.

Der Geruch im Raum war eine unangenehme Mischung aus Fäulnis und Blumenduft.

Das Mädchen konnte nicht älter als zwanzig sein. Sie war dünn und blaß, ihr langes braunes Haar blutüberkrustet. Sie mochte einen Meter siebzig groß sein. Ihre kleinen Brüste schimmerten weiß wie Marmor und waren ebenfalls mit Blutstreifen überzogen.

Der Anblick einer unbekleideten Frau war für mich so ungewohnt, daß ihre anmutigen Konturen und Schatten mich noch mehr aus der Gegenwart treten ließen. Als hätte ich das Geschehene ganz vergessen, starrte ich sie eine Zeitlang ungläubig und wie betäubt an.

Auch ihre Schenkel und Füße waren kotverschmiert, und wie bei meinem Onkel klaffte in ihrem Hals eine lange Schnittwunde. Doch mit ihr war man rücksichtsloser umgegangen und hatte sie, nachdem die Messerklinge die Seele aus dem Gefängnis ihres Körpers befreit hatte, einfach auf den Boden fallen lassen wie ein Stück unreines Fleisch. Sie war in einen der Lavendelbüsche gestürzt und schwer aufgeschlagen. Der Blumentopf lag zerbrochen neben ihrem Kopf, Erde und Tonscherben ergossen sich bis zur Treppe. Beim Sturz hatte sie sich die Nase gebrochen, die jetzt grotesk nach links stand. Sie lag auf der linken Seite und hielt ihr Gesicht in der Achselhöhle verborgen, als hätte sie versucht, sich die Augen zuzuhalten. Ihr linker Arm war zu Onkel gestreckt und der rechte lag in einem unnatürlichen Winkel hinter ihrem Rücken. Die Beine hatte sie leicht an die Brust gezogen, als wolle sie sich in den geborgenen Schlaf der Kindheit flüchten.

Ungefähr fünf Zentimeter über der Schnittwunde entdeckte ich eine Reihe von Blutergüssen. Sie sahen aus wie die Abdrücke eines Perlenhalsbandes, und anfangs dachte ich tatsächlich, sie stammten von einem Schmuckstück.

Dann blickte ich zu Onkel und sah, daß er die gleichen Abdrücke hatte. Die Blutergüsse zogen sich knapp über seinem Adamsapfel um den ganzen Hals.

Waren sie mit einer Knotenschnur erwürgt worden?

Ich kroch zu dem Mädchen und erfaßte ihre linke Hand. Sie war kalt, aber noch nicht steif. An ihrem Ringfinger trug sie einen Ehering aus geflochtenen Goldbändern. Ich zog ihn ab und ließ ihn in meinen Beutel gleiten. Vielleicht lebte ihr Mann noch, der ihn in Ehren halten würde.

Plötzlich traf mich wie ein Schlag die Erkenntnis, daß ihre Hälse knapp unter dem großen Ring der Luftröhre durchschnitten worden waren. So tötete ein *shohet*, ein jüdischer Schächter, der die rituelle Technik des Schlachtens beherrschte.

Hatte ein neuchristlicher Verräter die Anhänger des Nazareners zu meinem Onkel geführt und ihm dann die Kehle durchschnitten? Ich stellte mir einen Dominikanermönch vor, der den Mob aufwiegelte, in unseren Keller einzubrechen. Dann hatten sie meinen Meister diesem gekauften Juden ausgeliefert wie ein Opferlamm.

Ich dachte an den neuchristlichen Waffenhändler Eurico Damas und seine Drohung, die uns durch Rabbi Losa übermittelt worden war: *Wenn er den Namen Damas auch nur im Schlafe erwähnt ...*

Hatte Damas den Dominikanern das Versteck des von allen hochverehrten Gemeindemitglieds für einen Beutel voller Goldtaler verraten? Womöglich hatte der Name Abraham Zarco ganz oben auf seiner Liste gestanden.

Doch konnte Damas wie ein Schächter töten?

Mein Blick wanderte zur Treppe. Das Licht, das von oben hereinfiel, ließ die Fliesen an der Ostwand des Kellers aufleuchten. Ich erkannte ein Muster aus zwölfstrahligen Sternen, das die Antwort auf meine Fragen zu bergen schien. Sterne. Licht. Muster. Fragen. Nach dem langjährigen Studium von Tora und Talmud spürte ich sofort, wenn meine Gedanken den Pfad der Logik verließen. Jetzt suchte ich nach einem festen Muster in den Fliesen, um meinen Geist zu klären. Ich starrte auf das Gewirr aus blauen, weißen und goldenen Glasuren und vertauschte die Buchstaben des Wortes *azulejo*, Fliese, bis seine Bedeutung mir entglitt und ich auf der blanken Oberfläche nur noch Augen sah. Die Freiheit der Leere brachte mir eine Erkenntnis, die mich atemlos aufspringen ließ: Onkels Seele konnte gar nicht von christlichen Aufständischen befreit worden sein. Die Falltür war verschlossen gewesen, und der alte Teppich hatte darüber gelegen. Der wütende Mob hätte nicht zwei Menschen ermordet, dann die Tür ordentlich hinter sich verschlossen und den Teppich darübergeschoben. Das warme jüdische Blut an ihren Händen hätte sie nur ermutigt, herauszustürmen und alles in ihrer Nähe zu verwüsten. Unser Keller wäre ein Schlachtfeld gewesen!

Ich sah mich um. Durch diesen Keller waren keine Christen getrampelt. Die Schreibtische und der Schrank schienen unberührt zu sein. Von allen Möbeln zeigte nur der verzogene Spiegel über Onkels Schreibtisch einen Blutfleck. Von seinem oberen Rand ringelte sich eine einzelne Blutspur über die konkave Oberfläche.

Hatte der Mörder eine blutverschmierte Hand an den Rand des Spiegels gehalten, während er sein verzerrtes Gesicht betrachtete? Oder war an der Legende von dem blutenden Spiegel etwas dran?

Wie auch immer, Christen waren nicht hier unten gewesen. Ihre Suche hätte vor der geheimen Schwelle unserer Falltür haltgemacht.

Und ein jüdischer Metzger war ebenfalls nicht im Keller gewesen. Die Gewißheit kam tief aus meinem Inneren. Kein Metzger wußte von unserem geheimen Eingang. Auch Eurico Damas kannte ihn nicht. Dann mußte die Falltür offengestanden haben. Wäre Onkel so unvorsichtig gewesen?

Ich legte meine Hand flach auf die Brust meines Meisters, als könnte ich dort eine Antwort finden. Die letzten Reste von Wärme nahmen mir den Atem. Ich untersuchte ihn nach weiteren Wunden, fand aber nur einen dunklen Bluterguß an seiner linken Schulter, um den die Haut leicht angeschwollen war. Seine weiße Haut fühlte sich unter meinen Fingerspitzen dick wie Leder an, doch enthielt sie noch immer Spuren der Geschmeidigkeit des Lebens.

Meinen Schätzungen nach konnte er nicht länger als eine halbe Stunde lang tot sein. Er mußte um kurz vor vier gestorben sein, und es hatte keinen Kampf gegeben.

Ich ergriff seine rechte Hand, die Hand, mit der er segnete und malte, und untersuchte die Poren und Linien auf ihr. Es war, als würde ich die Handschrift auf einem alten Pergament studieren. Plötzlich spürte ich zum erstenmal in meinem Leben, wie mich Gottes Gegenwart verließ. Ich betete, daß all das Blut auf Onkel nur ein Traum sein möge, und zählte bis fünf, die Zahl der Bücher der Tora. Dann ließ ich meinen Blick zu ihm zurückwandern. Die Luft blieb mir in der Kehle stecken, als würde eine Faust sich um sie schließen. Ich konnte ihn nicht mehr anblikken. Schluchzer schüttelten meinen Körper, laut, tief und heftig.

Wie lange hatte ich geweint? Bei solchen Gefühlen zählt die Zeit nicht mehr.

Als ich endlich ruhiger wurde, setzte ich mich und begann rhythmisch vor und zurück zu schaukeln. Mir fiel ein tauber und blinder kleiner Junge ein, den ich einmal so schwankend auf der

Straße gesehen hatte. Jetzt wußte ich, warum er das tat. Wer von solch grenzenloser Isolation und Einsamkeit umgeben ist, versucht sich mit der Vertrautheit der eigenen Bewegungen zu trösten.

Dann erwachte ich wieder zur Gegenwart und merkte, daß ich eine Scherbe des Blumentopfs in der Hand hielt und neben dem Oberkörper meines Meisters hockte. Ich riß mir das Hemd vom Leib und begann, sein Gesicht von der entstellenden Maske des Blutes zu befreien. Wie in einer Beschwörung formten meine Lippen seinen Namen.

Unter einem der Myrtenbüsche fand ich seinen blutigen, zusammengeknäuelten Schal. Er schien mich an etwas erinnern zu wollen. Aber an was? Mein Oberkörper war nackt, und ich begann zu frösteln. Mit meinem Hemd wischte ich die Tintenspuren von Onkels rechter Hand und zog ihm den Topassiegelring ab. Das Glühen der Smaragdaugen meines Meisters war jetzt für immer nach innen gerichtet, und ich wollte wenigstens dieses Licht bei mir behalten.

Nachdem ich erst für ihn und dann für das Mädchen ein Kaddish geflüstert hatte, nahm ich seine linke Hand und säuberte sie ebenfalls. Unter seinem Daumennagel hatte sich ein einzelner Seidenfaden verfangen. Als ich ihn vor die Augen hob, sah ich, daß es schwarze Seide war. Meine Lippen zögerten, diesen Namen meinen Ohren preiszugeben: *Simon Eanes*, der Stoffhändler.

Simon war ein Familienfreund und gehörte zum Kabbala-Zirkel meines Onkels. Onkel hatte ihn vor Jahren mit einem Vermögen an Lapislazuli von den Inquisitoren Sevillas freigekauft. Jetzt sah ich seine Hände vor mir. Sie steckten in den schwarzen Seidenhandschuhen, die Mutter ihm aus Stoffresten von Dona Meneses genäht hatte. Diese Handschuhe sollten seine zarten Hände vor Blasen und Schwielen schützen. Als er jung war, hatte man sein rechtes Bein amputiert, weshalb er sich an hölzernen Krücken vorwärts bewegte.

Stammte der Faden aus einem seiner Handschuhe?

Als Mitglied des Zirkels wußte er von der Existenz des Kellers und der Falltür. Doch hatte ein Mann mit nur einem Bein die Kraft und das Gleichgewicht, wie ein Schächter zu töten?

Ich verstaute den Faden in meinem Beutel und untersuchte die anderen Fingernägel Onkels auf Hautreste oder Haare. Nichts. Dann wandte ich mich seinem Gesicht zu. Ein paar Blutgefäße in seinen Lippen waren aufgeplatzt und bildeten ein ausgefranstes Netz. Ich strich über seine Augenlider, um sie zu schließen. Sie waren dunkel von Blutergüssen.

Ich spürte den blutigen Gebetsschal meines Meisters im Rükken, und mein Blick wanderte zu den Schreibtischen, an denen wir unsere weltliche Arbeit verrichtet hatten. Unter ihnen auf dem Fußboden lagen Onkels weiße Robe und seine Pantoffeln. Beim Nähertreten entdeckte ich, daß einer der Pantoffeln auf dem Rücken lag. Der andere befand sich einen guten Meter weiter entfernt. Offensichtlich waren sie aus einiger Entfernung dort hingeworfen worden.

Onkels Kleider waren allesamt blutbefleckt, offenbar hatte man sie ihm erst nach dem Mord ausgezogen.

Ich drehte mich im Kreis und durchsuchte den Keller nach anderen Kleidungsstücken. Als mir mein verkleinertes Spiegelbild entgegenblickte, blieb ich einen Moment lang vor dem blutenden Spiegel stehen. Wie schmutzig und häßlich ich aussah! Ein Wesen mit zerknitterten Zügen und Schlangenaugen, das Haar verknotet wie auf einem Gorgonenhaupt.

Ich konnte im Keller nichts finden, das dem Mädchen gehört hatte. Keine Bluse, keinen Schal, nicht einmal ein Haarband.

Ich verschloß die Augen vor einer peinlichen Möglichkeit. Onkel hatte in letzter Zeit große Sorgen gehabt. Welcher Art, hatte er nie richtig erklärt. Vielleicht war das Mädchen ihr Ursprung gewesen. War sie eine Geliebte, die ihm klargemacht hatte, daß dies das letzte ihrer geheimen Treffen sein würde? Eine schwangere Geliebte, die ihm ein Ultimatum gesetzt hatte: Laß dich von deiner Frau scheiden, oder ich verrate, wer der Vater des Kindes ist!

Hatte Onkel sie oben ausgezogen, in den Keller geführt und dann die Tür hinter sich verriegelt? Hatte er erst das Mädchen und dann sich selbst getötet? Doch der Schnitt durch die Kehle – konnte man sich eine solche Wunde selbst beibringen? War Onkel fähig, eine Frau zu töten, die den Funken neuen Lebens in sich trug?

Wo war sein Messer? Hatte er es mit einer Beschwörungsformel verschwinden lassen?

Ich hielt die Luft an, als ich meine Hände unter die Körper grub, um danach zu suchen. Ich spürte nur das kalte Gewicht des Todes.

Ein Messer fand ich nirgends im Raum. Dafür entdeckte ich in der untersten Schublade unseres Schrankes, daß die Deckel von zwei Schwarzholzkisten abgenommen worden waren. Unser kleines Vermögen an Blattgold und Lapislazuli war verschwunden. Der Mörder, oder ein anderer Dieb, hatte sich mit dem wertloseren Inhalt der Kisten nicht lange aufgehalten. Er hatte es zielstrebig auf die wertvollsten Mineralien abgesehen.

Das Wichtigste war aber nicht, *was* der Mörder mitgenommen hatte, sondern daß er genau gewußt hatte, *wo* er unsere Schätze finden konnte. Die Zahl der Menschen, die unseren Schrank so gut kannten, ließ sich an den Fingern meiner Hände abzählen: die Familie, Farid und Samir, und die Mitglieder des Kabbala-Zirkels.

Der Mörder mußte aus einer dieser Gruppen stammen.

Die Namen der vier Mitglieder von Onkels Kreis tönten in mir, als würde ein königlicher Erlaß vorgelesen:

Simon Eanes, der Stoffhändler und Buchmaler.

Pater Carlos, der Priester, den wir mit Judas christlicher Erziehung betraut hatten. Erst vor kurzem hatten Onkel und er über das Manuskript von Solomon Ibn Gabirol gestritten, von dem Carlos sich nicht trennen wollte.

Diego Gonçalves, der Drucker und fromme Levite, der vor zwei Tagen, am Freitag morgen, von steinewerfenden Burschen angegriffen worden war.

Samson Tijolo, der kräftige Winzer, bei dem ich am Morgen koscheren Wein geholt hatte.

Bei Samsons Namen fiel mir voller Bitterkeit die Mitteilung ein, die Onkel ihm geschickt hatte. Laut verfluchte ich mich dafür, sie nicht gelesen zu haben.

Ich drehte mich zur Ostwand und starrte auf das Fliesenmuster. Jetzt erkannte ich, daß der Mann, den ich überführen wollte, ein Meister in der Kunst der Verstellung war, denn er hatte uns alle mit der Maske der Freundschaft zum Narren gehalten. Wenn ich ihn ausfindig machen wollte, mußte ich alles wissen, was in diesem Keller vorgegangen war.

Mit vorsichtigen Schritten schlich ich durch den Keller, um mir die Szene Zentimeter für Zentimeter einzuprägen.

Hinter dem Bein von einem unserer Schreibtische lag eine blutbespritzte Perle. Sie war dunkel und hatte dünne, geschlängelte Rillen. Als ich sie aufhob, sah ich vor mir, wie Onkel mit einem Rosenkranz gewürgt wurde. Hatte er Pater Carlos gehört?

Ich ließ die Perle in meinen Beutel gleiten.

Am unteren Rand eines der beiden ledernen Wandbehänge, die die Westwand des Kellers schmückten, entdeckte ich zwei dicke Blutflecke. Zwischen diesen Flecken befand sich eine gerade Linie, wo das Leder angeschlitzt worden war. Eindeutig hatte der Mörder diesen Teil des Wandbehangs um seine Klinge gefaltet und das Messer fest hindurchgezogen, um es zu reinigen.

Zwischen Westwand, Gebetsmatte und Treppe führten blutige Fußspuren in beide Richtungen, doch nicht nach oben. Der Mörder war eingeschlossen gewesen und hatte nach einem Fluchtweg gesucht. Dann war er einfach verschwunden.

Wie viele Menschen hatten in diesem Raum ihre Fußspuren hinterlassen? Die von Onkel und dem Mädchen waren deutlich auf der Matte sichtbar. Soweit ich das beurteilen konnte, hatte der Mörder Sandalen getragen. Außerdem waren seine Füße gute drei Zentimeter länger und wesentlich breiter als die meines Onkels.

Könnten diese Spuren von Diego oder Samson stammen? Beide hatten Riesenfüße.

Oder waren es mehrere Mörder gewesen? Die rauhe Oberfläche der Gebetsmatten nahm Fußabdrucke nur unzureichend an, und auf dem dunklen Steinboden hätte ich die Spuren von zwei oder gar drei Mördern unmöglich unterscheiden können, selbst wenn sie von unterschiedlicher Größe und Form gewesen wären.

Simon, der Stoffhändler. Wieder überlegte ich, ob er es gewesen sein konnte. Selbst ein einbeiniger Mann war in der Lage, wie ein Schächter zu töten, wenn er die Schrecksekunde eines ins Psalmodieren vertieften Kabbalisten nutzte. Doch er hätte nur einen linken Fußabdruck hinterlassen. Und es waren mindestens zwei rechte Sandalenabdrucke deutlich zu erkennen, die nicht von Onkel stammten.

Wenn Simon in Frage kam, war er es nicht allein gewesen.

Doch jetzt war ich voreilig. Möglicherweise war der Faden hinterlassen worden, um die Schuld auf Simon zu lenken. Und eine täuschende Hand hätte die Perle fallen lassen können, um das dumpfe Licht des Verdachts auf Pater Carlos zu werfen. Selbst die Fußspuren konnten in irreführender Absicht hinterlassen worden sein.

Ich beugte mich wieder über meinen Onkel und untersuchte noch einmal seinen Daumennagel. Bis auf den winzigen, blutverkrusteten Schlitz, in dem der Faden sich verfangen hatte, war er sorgfältig gefeilt. Deutete das nicht darauf hin, daß ein Mitglied des Kabbala-Zirkels den Faden dort befestigt hatte, um den Verdacht auf Simon zu lenken?

Ohne über die Folgen nachzudenken, hob ich die Hand an meine Lippen, um ein letztes Mal von Onkel berührt zu werden und seinen Segen zu empfangen. Ich zog ihn zu mir und übersäte seine Wangen und Lippen mit Küssen.

Ich war voller Blut. Blutgefärbt. Wie eine zum Leben erwachte Illumination.

Als ich die Augen schloß, ließ mich der kalte Hauch einer bösen Vorahnung aufspringen. Der Schweiß stand mir auf der Stirn, und alle Haare meines Körpers schienen sich aufzustellen. Ein Schrei formte sich in meiner Brust und öffnete eine innere Tür.

Um mich herum sah ich plötzlich eine verdorrte Landschaft mit steinigen Hügeln. Es war heiß und trocken. Die untergehende Sonne warf Schattenfetzen auf die Hänge und Täler und gab der ganzen Szene die nackte Klarheit der Tora. In der Ferne stieg am östlichen Horizont ein weißes Licht auf und bewegte sich in meine Richtung. Während es am Himmel hochstieg, flakkerte es, als wolle es mir Zeichen geben. Während ich in einer Gebetsposition verharrte, vernahm ich plötzlich ein lautes Sausen und Brausen, wie der Atem eines unsichtbaren Lebewesens. In dem weißen Licht zeichneten sich jetzt Flügel ab, und ich erkannte die Umrisse eines riesigen, leuchtenden Ibis. Die Farbe seines weißen Gefieders schien aus Mondlicht destilliert zu sein. Der Vogel schwebte nieder und landete auf seinen schwarzen Klauen direkt vor mir. Er lief noch ein paar Schritte, um sein Gleichgewicht zu finden, zog die Flügel ein und zerraufte sich dann die Federn seiner Brust mit seinem sichelgleichen Schnabel. Mannshoch stand er in königlicher Erhabenheit vor mir. In seinen großen Augen schien Quecksilber zu schwimmen. Sie leuchteten mit einer überirdischen Ausstrahlung. Sein Schnabel öffnete und schloß sich. Er sprach mit der Stimme meines Onkels: «Dreh dich um!» Ich gehorchte und entdeckte, daß ich am Rand einer Wasserfläche stand, die sich ungefähr eine Meile weit vor mir erstreckte. Das eigenartige Atemgeräusch, das ich gehört hatte, war nichts als der Lärm der sich brechenden Wellen. Am anderen Ufer liefen Tausende und Abertausende von Menschen wie Ameisen in langen Reihen die Hügel hinauf. «Dreh dich wieder zu mir um», sagte der Ibis. Ich gehorchte. «Wie du befürchtet hast, bist du dieses Jahr zu spät zum Exodus gekommen. Man hat dich zurückgelassen. Wenn du noch über das Wasser willst, wirst du fliegen müssen. Dir bleibt nicht die Zeit, um auf die Rückkehr des Moses zu warten.»

«Aber ich habe keine Flügel», warf ich ein.

«Ein Kabbalist braucht keine Flügel, um zu fliegen», antwortete der Ibis. «Nur den Willen, es zu tun.» Er betonte das Wort «Wille» – *vontade* – absichtlich so, daß es auch *bondade*, «Güte», hätte heißen können. Dann sagte der Ibis: «Jetzt blicke nach Süden.» Als ich es tat, blieb die Zeit stehen. Der Geruch von Pergament umgab mich, und ich sah, daß das Meer, die Hügel und sogar der Ibis nur Bilder auf einer Seite der illuminierten Haggada waren. Ich stand auf einem Gemälde, das den Exodus darstellte, und ich befand mich auf der ägyptischen Seite. Man hatte mich beim Pharao zurückgelassen.

Geschrei von der Straße weckte mich. Ich war wieder in der Gegenwart. Die Vorahnung, die ich vor zwei Tagen beim Beobachten des Flagellantenzugs hatte, war natürlich ein Vorspiel zu dieser Vision gewesen, das wurde mir jetzt klar. Seit Freitag versuchte Gott, Zugang zu mir zu finden. Warum nur hatte ich nicht zugehört, als es wirklich wichtig war!

Hatte ich den Willen und die Güte, meine Familie sicher ins Heilige Land zu führen? So lautete die Frage, die ich mir jetzt stellen mußte.

Plötzlich ergriff mich die Angst, und meine Hand klammerte sich an die gegenständliche Sicherheit meines Messers, das ich aus dem Beutel zog. Juda und Cinfa ... Mutter, Esther ... Ich mußte sie finden. Diese Gewißheit packte mich mit einer Kraft, die mir die Lungen anschwellen ließ, so daß jeder Atemzug sie zu zersprengen drohte.

Während ich die Treppe hinaufraste, zog ich das Psalmenbuch aus meinem Beutel, das ich für Onkel abgeben sollte. Das überflüssige Gewicht störte mich jetzt. Doch dann schoß mir ein

Gedanke durch den Kopf: *Die Mitteilung an den Edelmann, die Onkel geschrieben hatte! Konnte sie das Ende meiner Verwirrung bedeuten?*

Der Brief steckte zwischen dem Umschlag und der ersten Buchseite. Ich stand auf der Kellertreppe, und ein Gefühl des Grauens überkam mich, als ich das Wachssiegel brach:

> Lieber und verehrter Dom Miguel,
> vor Euch seht Ihr Euer Psalmenbuch und meinen Neffen Berekia. Gleichen sie einander nicht? Beide sind schön. Beide verfügen über ein heiteres Wesen, das man im Gedächtnis behalten sollte.
> Wenn Ihr noch Zweifel habt, schaut in die Augen meines Neffen. Würdet Ihr einen so guten und intelligenten Blick zum Tode verurteilen?
> Ich habe Euch bereits gesagt, daß nicht alle göttlichen Wesen Beine besitzen. Manche haben nur Seiten. Damals wollte ich Euch nicht beunruhigen und habe davon abgesehen, Euch die folgenden Fragen zu stellen. Doch jetzt führt die Verzweiflung mir die Feder, und ich kann sie nicht länger zurückhalten.
> Woher wollt Ihr wissen, daß ein Buch nicht atmen kann?
> Woher wollt Ihr wissen, daß es keine Nachkommen zeugt?
> Wenn nicht hier in unserer irdischen Welt der Masken, dann vielleicht im Reich Gottes.
> Wißt Ihr sicher, daß Bücher keine Engel sind, denen Gott diese Form gegeben hat?
> Ist nicht auch die Tora eine Verkörperung Gottes? Ich nenne Euch nur einen Namen: Metatron.
> Sprecht Euch diesen Namen vor. Sagt ihn einhundertneunundsechzigmal, wenn Ihr es wagt.
> Wird der Engel Metatron dann Eure guten Taten festhalten oder über Euren Namen hinweggehen?
> Ihr seid ein schiffbrüchiger Mann auf einer Insel. Ich sitze in einem Boot und werfe Euch ein Seil zu. Es ist nicht das Seil,

das Ihr Euch gewünscht habt, und ich bin nicht der Erlöser, auf den Ihr wartet. Werdet Ihr Euer Schicksal beklagen und Eure Enttäuschung zum Ausdruck bringen, bis ich den Anker hochziehe und Euch allein zurücklasse? Oder werdet Ihr erkennen, daß niemand von uns genau das bekommt, was er sich in diesem Leben wünscht? Wollt Ihr Euch nicht mit dem begnügen, was Gott Euch gegeben hat? Schließlich ist das Seil eines Juden, der mit seinem Boot zum Passafest das Rote Meer überquert, nichts, worüber man die Nase rümpfen sollte!

Vielleicht findet Ihr sogar Gefallen am Reisen.

Schaut auf das Zeugnis, das Ihr immer bei Euch getragen habt, wenn Ihr zweifelt. Möge Gott Euch segnen, wie immer Eure Entscheidung ausfällt.

Abraham Zarco

P. S.: Ich hatte erwartet, daß Ihr mir als nächstes erzählt, christliche Ärzte könnten meiner geliebten Frau Esther ihre Jungfräulichkeit zurückgeben!

Als ich den Brief gelesen hatte, fiel es mir wie Schuppen von den Augen. Miguel Ribeiro, der angesehene christliche Edelmann, mußte ebenfalls ein heimlicher Jude sein! Onkel hatte von dem *Zeugnis, das Ihr immer bei Euch getragen habt*, gesprochen. Was sonst konnte er damit gemeint haben, wenn nicht die beschnittene Krone seines Geschlechts?

Onkel hatte von Dom Miguel etwas Schwieriges gefordert, etwas, das er ablehnen mußte. Hätte er sonst auf Metatron angespielt, den Engel aus dem Talmud, der die guten Taten des Volkes Israel festhält?

Es war typisch für meinen Onkel, jemanden aufzufordern, den Namen Metatron einhundertneunundsechzigmal zu wiederholen. Einhundertneunundsechzigmal tauchte das Verb *zakhar*, sich erinnern, in seinen verschiedenen Formen im Alten Testament auf. Immer, wenn mein Onkel einem in der Philosophie wenig bewanderten Menschen eine schwierige Torapassage verständlich machen wollte, ließ er ihn einen heiligen Satz, der mit dem betreffenden Vers zu tun hatte, viele Male wiederholen. Dadurch sollte über kabbalistische Kanäle das Verständnis im Geist des Betreffenden langsam Gestalt annehmen.

Daß Onkels Bitte an Dom Miguel etwas mit Büchern zu tun hatte, war offensichtlich. Brauchte er Geld, um neuentdeckte Manuskripte zu erwerben? Hatte er ein so bedeutendes und wertvolles Buch gefunden, daß in seinem Zirkel die Gier erwachte? War das die Verbindung zwischen dieser Nachricht und den Meistern der Kabbala?

Ich setzte meinen Weg nach oben fort. Erstmals hatte ich das Gefühl, mich auf einem Pfad zu befinden, der zur Wahrheit führte. Einer aus dem Kabbala-Zirkel hatte mit der Sache zu tun. Vielleicht zusammen mit jemandem, der nicht zur Gruppe gehörte. Sie hatten Onkel für das unschätzbar wertvolle Manuskript, das er gefunden hatte, umgebracht. Es mußte so bedeutend und voll magischer Kraft sein, daß es das goldene Herz eines Freundes in Blech verwandeln konnte.

Als ich das Ende der Treppe erreicht hatte, starrte ich noch einmal auf Onkel und das Mädchen hinab. Beide lagen auf der Gebetsmatte. Griffen nacheinander wie ... Der Gedanke, daß sie wirklich ein Liebespaar sein könnten, ließ mich nicht los. Zweifel vertieften die schreckliche Kluft des Todes, die sich zwischen mir und Onkel aufgetan hatte. Kannte ich ihn wirklich, oder hatte ich all die Jahre nur seine Maske gesehen?

Plötzlich hörte ich in der Rua da Sinagoga den Schrei einer Frau. Flüsternd verabschiedete ich mich von den Körpern im Keller wie von zwei schlafenden Kindern.

In der Küche konnte ich die Geräusche einer Menschenmenge hören, die sich vor der Tür zum Zimmer meiner Mutter befinden mußte. Schritte schlichen durch den Hof. Ich schaute nach draußen und sah einen zerlumpten Jungen ohne Schuhe und mit schmutzigen braunen Haaren. Er pflückte Zitronen von unserem Baum. Ich trat nach draußen und flüsterte mit warnender Stimme: «Scher dich sofort hier weg!»

Er starrte mich ungläubig an, machte kehrt und verschwand durch das Tor.

Ich wollte ihm über die Mauer nachblicken, doch duckte mich sofort wieder. Rechts von mir liefen Hunderte von Bauern in grobem Leinen die Rua da Sinagoga hinab zum Fluß. Sie trugen Sicheln und Sensen, Pickel und Schwerter. Mein Herz klopfte so stark, daß ich schwankte. Eine Minute blieb ich sitzen, um mein Gleichgewicht wiederzufinden, dann stürzte ich auf den Schuppen zu, um Hammer und Nägel zu holen.

Mit der Kraft der Verzweiflung nagelte ich die Falltür auf ihren Holzrahmen und zog den alten Teppich wieder darüber. Dabei dachte ich die ganze Zeit: *Niemand darf die Leichen schänden!* In meinem Zimmer schlüpfte ich in frische Kleidung. Obwohl meine Kommode geplündert worden war, fand ich ganz unten noch ein altes, zerrissenes Leinenhemd und ein Paar Hosen. Die Kleider, die die Spuren von Onkels vergossenem Leben trugen, fielen in die stinkende Grube unseres Aborts.

Bevor ich mich auf den Weg machte, schlüpfte ich ins Haus von Farid. Da er taub war, konnte ich ihn nicht mit Schreien aus seinem Versteck locken. Leise rief ich den Namen seines Vaters Samir. Von den Fliesen und Steinböden hallte mir nur die Stille entgegen. Ich sah in der Küche und in den Schlafzimmern nach. Das Haus war geplündert worden, der Webstuhl lag in Trümmern. Von ihnen selbst fehlte jede Spur. Sie mußten geflohen sein. Um sicherzugehen, stampfte ich dreimal auf den Boden, dann einmal und dann noch viermal. Ich formte die magische ägyptische Zahl *pi*, das Signal, das Farid und ich in Notfällen anwendeten. Wenn er da war, würde er die Zahl unter seinen Fußsohlen spüren.

Es kam keine Antwort.

Als ich wieder in den Hof trat, trottete unsere Katze Roseta auf mich zu. Die beiden Sauerkirschen, die meine Mutter ihr unter den Hals gehängt hatte, baumelten wild. Schnurrend hob sie ihren Rücken zu einem Katzenbuckel und strich mir mit ihrem grauen Pelz um die Beine. Mit einem sanften Tritt scheuchte ich sie weg und ging zum Tor. Als ich die Rua de São Pedro betrat, sah ich Rauch am westlichen Himmel über dem Zentrum von Lissabon. Bei dem Gedanken an meine Familie umklammerte ich wieder mein Messer. Trotzdem ging ich nicht weiter, sondern schaute über den leeren Platz auf das zweistöckige Stadthaus unterhalb des Granitportals von São Pedro. Die Wohnung von Pater Carlos befand sich im oberen Geschoß. Die Fensterläden waren fest verschlossen. Er gehörte zum Zirkel. Hatte er mit dem Mord an meinem Onkel zu tun? Oder war es möglich, daß meine Familie sich bei ihm versteckt hatte?

Ich nahm drei Stufen gleichzeitig, als ich seine Treppe hochraste. Die Tür war verschlossen. «Aufmachen!» rief ich. «Pater Carlos, ich bin's. Sagt doch, ob Juda bei Euch ist. Verdammt, antwortet mir!» Nichts. In meinem Herzen erwachte der sündige Wunsch, er möge tot sein. Dann war wenigstens klar, daß er mit dem Mord nichts zu tun hatte.

Als ich wieder draußen auf dem unheimlich leeren Platz stand und das Geschrei vom Fluß hörte, trieben mich meine Füße auf die Rauchwolke zu, die über dem Stadtzentrum aufstieg. Ich bewegte mich mechanisch wie ein seelenloses Wesen, und mein langer Schatten schien vor mir zu fliehen, als seien meine Schritte vergiftet.

Vor der Südwand der Kathedrale kamen mir mehrere Frauen entgegengerannt, als flüchteten sie vor einer Invasion. Doch keine von ihnen versuchte mich aufzuhalten oder zu warnen. Flohen die Schwalben vor dem Pharao? Ich blickte nicht in ihre Gesichter. Was immer die Bischöfe auch sagen mögen, die Schritte eines Juden, der vor dem Tod flieht, unterscheiden sich nicht von denen eines Christen.

Vor der Magdalenenkirche stand eine Gruppe junger Burschen mit Sensen und Pickeln, deshalb bog ich schnell nach links ab und ging auf den Fluß zu. Schließlich kam ich in die Rua Nova d'El Rei und zur Misericordiakirche. Das Geschäft von Simon, dem Stoffhändler, lag nur fünfzig Schritte weiter westlich. Als ich dorthin eilte, sah ich vier Männer in den Gewändern von Kaufleuten, die auf der anderen Straßenseite in einer Tür miteinander redeten. Sie blickten in meine Richtung, machten aber keine Anstalten, auf mich zuzukommen. Etwas weiter entfernt spielten sich eine paar Wegelagerer einen Korb zu, als wäre es ein Lederball.

Wie soll ich das Bild beschreiben, das sich mir bot? Alle Fensterläden zur Straße waren verriegelt und die Balkons leer. Weit und breit konnte ich keine Kutsche erblicken. *So sieht eine Stadt aus, die von innen ausgehöhlt wird*, dachte ich. *Eine Stadt ohne Zukunft.* Allmählich kam ich mir selbst wie ein Phantom vor und fragte mich, ob meine Faust ein Geräusch machen würde, wenn ich an Simons Ladentür klopfte. Natürlich tat sie das. Über mir öffnete sich ein Fensterladen. Ein bärtiger Mann mit einem breitkrempigen blauen Hut schaute heraus. Es war Meister João, ein Altchrist und Simons Vermieter. «Hör mit dem Gehämmer auf!» rief er.

«Ich weiß nicht, ob Ihr Euch an mich erinnert. Ich bin der Neffe von Abraham Zarco. Ich suche Simon Eanes. Ich muß ihn sehen. Ist er im Haus?»

«Du kommst zwei Stunden zu spät. Die Dominikaner haben ihn geholt. Haben ihm den Bauch aufgeschlitzt und ihn dann fortgeschleppt ...» Seine Hand schwenkte in die Richtung des Rauchs, der über dem Rossio aufstieg. «Jetzt scher dich fort. Wenn du nur etwas Verstand hättest, würdest du dich auch verstecken!»

«Er ist tot?»

«Du hast doch Augen im Kopf, du Idiot! Siehst du den Rauch nicht? Das ist er. Jetzt scher dich fort, du *Marrano*, bevor die Dominikaner wiederkommen, um mich zu holen!» Die Fensterläden wurden zugeschlagen.

Simon Eanes war tot, also blieben noch drei Männer aus dem Zirkel übrig: Samson, der Winzer; Diego, der Drucker, und Pater Carlos.

Als nächstes mußte ich Samson finden. Seine Frau Rana, eine alte Freundin aus der Nachbarschaft, würde die Wahrheit nicht vor mir verbergen können. Wenn ihr Mann durchtränkt vom Blut meines Onkels heimgekommen wäre, würden ihre Augen es verraten.

Der Rossio öffnete sich vor mir wie eine schwärende Wunde, in der schreiende Menschen wie Maden wimmelten. Sie standen in großen Gruppen um feststeckende Kutschen herum, bahnten sich einen Weg durch die großen Arkaden des Allerheiligen-Krankenhauses und lehnten lachend über Balkonbrüstungen oder in Fenstern. Über ihnen schwebten wild kreischende Möwen. Ein Mann in Lumpen führte trotz der verkrusteten Wunden auf seinen Füßen, aus denen der gelbe Eiter quoll, einen wilden Tanz auf. «Von der Tarantel gestochen!» rief mir eine alte Frau mit ledriger Haut zu. «Er kann nicht aufhören, nicht einmal jetzt!» Sie lachte, dann mußte sie würgen, was wie das Krächzen einer Krähe klang.

Vor der Dominikanerkirche stiegen dunkle Rauchsäulen über die Köpfe der Menge. Ein fiebriger Eifer trieb mich weiter. Umkehren hätte bedeutet, vor Gott selbst wegzulaufen. Oder vor dem Teufel, wenn er schon viel zu nahe war.

Plötzlich entdeckte ich am Rand einer sich wild gebärenden Menschengruppe Meister Solomon, den Goldschmied. Seine Hände wurden ihm gerade von einem bulligen Riesen mit dem Bizeps eines Hufschmieds hinter dem Rücken zusammengebunden. Solomons Haare und sein Hals waren kotverschmiert. Als er mich bemerkte, verzog sich sein Gesicht zu einer Grimasse, und seine Beine zitterten. Seine flinken Augen flehten mich an zu rennen. Ich stellte mir seine Stimme vor: «Lauf, Berekia! Schnell, bevor es zu spät ist!»

Er wurde vorwärts gestoßen und von der Menge verschluckt.

Ich sprang ihm nach, und eine plötzliche Bewegung in der Menge zog mich immer tiefer in sie hinein. Voller Grauen stellte ich mir vor, daß ich in der Mitte des Mobs vielleicht meine gefesselte Familie finden würde. Trotzdem nahm mir eine Hitze, die erotischer Begierde glich, alle Entschlußkraft. Ich ließ mich endlos vorwärts treiben, als würde ich durch einen Traum fallen. Dann kam ich auf einen freien Platz. Ein Scheiterhaufen. Prasselnde Flammen. Orangefarbene und grüne Ranken, die zum Dach der Kirche strebten. Im Glockenturm stand ein Dominikanermönch mit einem riesigen, angeschwollenen Kropf. Auf die Spitze eines Schwerts hatte er einen abgetrennten Kopf gespießt, den er über die Menge hielt, während er den Pöbel mit geifernder Stimme aufwiegelte: «Tötet die Ketzer! Tötet die verteufelten Juden! Laßt das Gericht des Herrn über sie kommen! Sie sollen zahlen für ihre Verbrechen an den Christenkindern! Laßt sie ...»

Das von den Leibern zahlloser Juden genährte Feuer strahlte eine unerträgliche Hitze aus. Wie betäubt und unfähig, einen klaren Gedanken zu fassen, blickte ich hinein, bis ich Necim Farol erkannte, den Übersetzer und Geldleiher, der mich aus einem Flammenfenster anstarrte. Sein Kopf war schwarz verkohlt, und seine Augen wölbten sich weiß wie die eines Fisches. Um mir den Anblick zu ersparen, starrte ich zu Boden, doch vor meinen Füßen lag der Kopf von Moses Almal, dem Seilmacher. Wie das Haupt von Johannes dem Täufer ruhte auch sein Kopf auf einem hochroten Teller aus Blut. Im Umkreis des Scheiterhaufens befanden sich überall riesige Blutlachen.

Sekunden oder vielleicht auch Minuten später, denn so ein Anblick läßt einen jedes Gefühl für die Zeit vergessen, wurde Almals Kopf von einem bärtigen Mann im Vorbeilaufen aufgehoben und fortgetragen.

Als ich seiner verrückten Hast durch die Menge folgte, begann ein Mann mit nacktem Oberkörper, der schwitzte wie ein Bergarbeiter, mit einer Axt den Körper einer alten Frau zu zerhacken, die ausgestreckt am Boden lag. Er trennte erst die linke Hand ab, dann die rechte. An dieser Hand steckte ein Ring: der Aquamarin von Senhora Rosamonte, einer älteren Nachbarin, die mir immer Zitronen schenkte. Der Mann mit der Axt bemerkte in seinem Blutrausch den Edelstein nicht. «Die Asche der Juden wird einen hervorragenden Dünger für unsere Felder abgeben!» lachte er und warf die Hände der Senhora in die johlende Menschenmenge. Ich rannte ihnen hinterher. Ein blasser, pickliger Seemann aus dem Norden trug die Hand mit dem Ring auf seinem Kopf. Er tanzte trunken und sang in einer Sprache, die in Rülpsern aus seinen Eingeweiden aufzusteigen schien. Als ich ihn anblickte, hörte er auf zu springen. Ich schüttete ihm alle meine Geldmünzen vor die Füße und deutete auf seine Trophäe. Er nickte, spuckte ein paar kehlige Worte aus und warf die Hand in die Luft zu den Möwen. Blutspritzend stürzte sie aufs Pflaster. Ich riß sie an mich und verschnürte sie in meinem Beutel. Von den Granitstufen der Dominikanerkirche erklangen Schreie. Es waren Töne des Verdammens: «Tötet die Ketzer! Tötet sie jetzt!» Sie kamen von einem gedrungenen Mönch mit einem Eulengesicht, der ganz in die Robe des Bösen gehüllt war und der Menge einen verdammten Nazarenerstock entgegenstreckte. Auf dem Straßenpflaster am Fuß der Treppe lag Solomon der Goldschmied. Er blutete aus dem Bauch wie ein verwundeter Hund. Als ich vortrat, rief er einmal ganz deutlich meinen Namen. Über sein weißes Gewand liefen rote Ströme. Zwei grunzende, schweiß- und bluttriefende Männer schlugen mit zu Kreuzen geformten Holzplanken, die voller Nägel steckten, auf ihn ein. Auf Solomon, der Blattgold zu einem göttlichen Flüstern formen konnte. Solomon, der mich auf die Lippen geküßt und geschluchzt hatte, als er das Buch Esther sah, das ich für ihn illuminiert hatte. Solomon, der ...

Es war harte Arbeit, ihn zu töten. Bei jedem Schlag spritzte das Leben aus ihm wie aus einem Springbrunnen. Er streckte das rohe Fleisch seiner zerfetzten Hände aus, um seine Mörder zum

Einhalten zu bewegen. Flehen. Hebräisches Schreien nach König Manuel. Dann zu Abraham, Moses. Gott. «Laß es aufhören! O Gott! Laß es aufhören!» Als ihm das Blut gurgelnd aus dem Mund floß, erstickte seine Stimme.

«Wir wollen den Juden noch rasieren, bevor er stirbt!» rief einer der Männer. Er zog einen glühenden Ast aus dem Feuer und hielt ihn an Solomons grauen Bart, der gleich Feuer fing. Die gequälten Augen des Goldschmieds weiteten sich vor Schmerz und blickten verzweifelt und hilfesuchend auf die Welt.

Ein Pfeil der Ketzerei bohrte sich in meine Gedanken: *Es ist Gottes Versagen, daß wir einem Mitmenschen solch körperliche Schmerzen nicht ersparen können, indem wir sie zu unseren machen.*

Ein ungeschlachter Riese, der sich ein rotes Kreuz auf die Stirn gemalt hatte, trat mit einer rostigen Axt vor und flehte um Gnade und Regen. Er schwang sein Werkzeug hoch über den Kopf und ließ die stumpfe Klinge auf Solomons Nacken niedersausen. Sein Leben ergoß sich bis zu meinen Füßen, und sein geschundener Körper fiel in sich zusammen wie der einer Puppe.

Als ich aus meiner Apathie erwachte, starrten mich einige Christen an. Es war unverzeihlich dumm, doch vor Grauen hatte ich angefangen, hebräische Gebete zu flüstern.

Eine Hand griff nach mir und zog mich zurück. Der Griff war fest. Ein Gesicht, das ich kannte. David Moses? Im gewichtslosen Tempo des Alptraums rannten wir durch ein Spalier ausgestreckter Arme. Einen Wald von Bewegungen. Um Ecken. Steinerne Treppen hinauf. Durch düstere Gassen. In ein Haus. Hinter eine Tür, die ins Schloß fiel, in die ersehnte Dunkelheit.

Eine Hand legte sich auf meinen Mund. In meinem Nacken keuchte es schwer. Eine bekannte Stimme flüsterte meinen Namen: «Ruhig, Beri.»

Es war David Moses, unser ehemaliger Hazzan.

«Meister David, habt Ihr Solomon den Goldschmied gesehen?» fragte ich.

«Ich habe viele von uns gesehen.»

«Aber Solomon! Habt Ihr gesehen ...»

Vor der Tür hörten wir Schreie. «Unten am Fluß! Kommt alle! Bringt die Schubkarre mit!»

Meister David hielt mir wieder den Mund zu. Wir kauerten uns auf den Boden. Unser Atem wurde leiser.

«Habt Ihr meine Familie gesehen? Meine Mutter, Juda ...»

«Nein. Doch sie könnten sich überall versteckt haben.»

«Ich muß zurück. Vielleicht haben sie es bis nach Hause geschafft. Ich muß sie finden und ...»

Er griff mich beim Kragen. «Hör zu. Die einzige Möglichkeit, sie zu finden, ist am Leben zu bleiben. Du mußt weg.»

«Wie hat es angefangen? Wer ist dafür verantwortlich?»

«In der Dominikanerkirche. Ein Kreuz mit einem Loch, vor dem ein Spiegel angebracht war. Die Mönche haben von hinten eine brennende Kerze hineingesteckt. Sie erzählen allen, das Licht sei ein Zeichen des Nazareners, ein Wunder. Vor ungefähr einer Stunde hat ein Neuchrist, der Schneider Jakob Chaveirol ...»

«Ich bin mit seinem Sohn Menni zusammen zur Schule gegangen. Er ist ein großer Toragelehrter. Ein Mann der Wunder ...»

«Er ist ein Schwachkopf! Hat gesagt, es wäre viel besser, wenn Christus uns Regen statt Feuer schicken würde!»

«Und?»

«Sie haben ihn totgeprügelt. Ihm den Bauch aufgeschlitzt und seine ... Zwei Priester haben ihre Gemeinden aufgefordert, alle Juden zu töten. Seinen Bruder Isaac haben sie auch ermordet und in Stücke gerissen. Der Kopf oben im Glockenturm, das war seiner. Matrosen aus dem Norden haben Geld für das Holz des Scheiterhaufens gestiftet. Und dann ... und dann ...» Davids Stimme brach.

«Und der König? Warum verteidigt er uns nicht? Zwanzig Jahre lang haben wir ...»

«König Manuel?» Meister David seufzte. «Er mag ein Feigling sein, aber er ist nicht dumm. Er weiß, daß der Mob seinen

Kopf fordern würde, wenn er Truppen zu unserer Verteidigung schickte. Die Menschen hier hassen ihn fast so sehr wie uns Juden. Manuel wartet ab, bis sich der Aufruhr gelegt hat, und dann wird er zurückkommen und die Kontrolle über die Stadt ergreifen.»

Schweigend klammerten wir uns aneinander. Ich konnte nicht über Onkel reden; es wäre die Bestätigung gewesen, daß er nie mehr zurückkommen würde. Außerdem durfte ich keinem Neuchristen trauen, bis ich mehr über den Mord wußte. «Habt Ihr etwas über das Schicksal von Pater Carlos oder den Drucker Diego gehört?» fragte ich statt dessen. David schüttelte den Kopf. «Und vom Winzer Samson?»

«Kein Wort», war seine Antwort.

Meine Augen gewöhnten sich an die Dunkelheit; wir befanden uns auf einer Wendeltreppe. Durch eine schmale, von einem Rost bedeckte Öffnung fiel gedämpftes Licht herein. Plötzlich entdeckte ich über uns ein Gesicht, das von der nächsten Treppenwindung auf uns herunterblickte. Ich hechtete vor, bekam ein Bein zu fassen und unterdrückte mit der Hand einen Schrei. Es war ein Mädchen. Sie versuchte sich freizukämpfen, doch ich hielt sie mit der Kraft meiner aufgestauten Angst. «Hör auf! Ich tu dir nichts!» sagte ich.

Einen kurzen Moment lang kämpfte sie noch, dann beruhigte sie sich. Ihr Atem in meiner Hand war warm.

«Zum Teufel mit ihr!» flüsterte der Hazzan erregt.

«Wir können hier sowieso nicht bleiben», sagte ich. «Wir sind zu nahe am Rossio. Geht jetzt. Wir treffen uns draußen vor der Porta de Sant'Ana. Hinter dem Kloster auf dem Kamm des nächstgelegenen Hügels steht eine einzelne Eiche. Wartet dort auf mich. Ich werde ihr den Mund zuhalten, bis Ihr weit genug weg seid.» Jetzt konnte ich meinen Freund deutlich erkennen. Sein Gebetsschal lugte unter seinem zerrissenen Mantel hervor. «Und werft um Himmels willen Euren *Tallit* weg!»

«Und was ist mit dir?»

«Ihr habt mich einmal gerettet. Den Rest werde ich allein schaffen. Ich bin aufgewacht und weiß, was hier vor sich geht. Ich komme schon durch. Aber werft Euren Schal weg.»

«Das kann ich nicht», sagte er und versteckte ihn in seinem Mantel.

«Und dann behauptet Ihr, der Schneider Jakob sei schwachsinnig? Also, wir treffen uns hinter Sant'Ana. Geht jetzt!»

Meister David schien noch etwas sagen zu wollen, doch einen kurzen Moment später drückte er meinen Arm und schlüpfte durch die Tür.

Die Mischung aus Macht und Angst produziert ein Gefühl, das keinem anderen gleicht. Mit dem Mädchen im Arm glaubte ich einen silberstrahlenden, unbesiegbaren Körper zu besitzen. «Ich lasse dich gleich gehen», sagte ich.

Ihr Atem fühlte sich jetzt heiß an. Als ich meine Hand wegnahm, richtete sie sich auf und zog meine Finger zu ihrem Mund zurück. Ihre Zunge schnellte in meine Handfläche und zog Linien des Begehrens über Daumen und Zeigefinger. Sie griff nach meinem Geschlecht. Drückte neugierig zu. Unsere Zungen tanzten im Rhythmus unserer sich vermischenden Atemzüge. Wir waren zwei sündige Verrückte, die einander auf einer Treppe begehrten, vor der der Aufruhr tobte. «Oben», flüsterte sie.

Führt der Körper ein eigenes Leben unabhängig vom Geist? Wie konnte ich mich nach dem Anblick meines Onkels von ihr verführen lassen? Oder hat die körperliche Liebe eine heilende Wirkung, die wir nur nicht zugeben wollen?

Ich folgte ihr in ein Zimmer, wo das Licht milchig grau durch einen zugezogenen Vorhang fiel. Die Tür klappte hinter uns ins Schloß. Ein paar Lichtschlitze am Fenster zogen mich von ihr weg. Ich sah, daß wir uns in einer Nebenstraße des Maurenviertels befanden, ungefähr fünfzig Schritte vom Rossio entfernt. Die Schreie drangen wie durch einen dicken Stoff gedämpft zu uns hoch. Plötzlich setzte mein Herzschlag aus. Vor mir brannte das Gesicht von Meister Solomon. Bloß hatte es die Smaragdaugen meines Onkels. Sie waren leer und kalt und starrten durch mich hindurch. Soviel Sterben, soviel Blut. Die Hand des Mädchens streichelte über meinen Rücken. Ich drehte mich zu ihrem Mund um, doch sie duckte sich und begann mein Verlangen mit feuchter Wärme zu liebkosen. Immer wilder wurde der Strudel der Wollust. Sie zog mich in einen Schattenschlund hinab, in dem es keine Formen mehr gab, sondern nur noch Begehren. Als ich sie fester an mich drückte, ihr Haar über meine bebende Brust wirbelte und ihre Ohrläppchen leckte, stöhnte sie laut auf. Ich ergriff ihre Schultern und liebkoste die spitze Erregung ihrer Brüste, als würde ich mich den Konturen der Dunkelheit hingeben. Fester und tiefer stieß ich in die warme, feuchte Höhle, bis sie laut keuchte und ich explodierend in einen bodenlosen Abgrund stürzte.

Als sie mir mit ihrer schnellen, aufreizenden Zunge alles genommen hatte, streichelte sie mein Gesicht. «Waschen», hauchte sie. Die Tür klappte auf, während ich noch auf dem Bett lag. Fußtritte rasten die Treppe hinab. *«Marrano!»* hörte ich sie schreien. «Ein Jude in meinem Zimmer!»

Ich band mir die Hose zu und öffnete den Vorhang. Sie stand auf der Straße neben einer Kutsche, umgeben von Männern in langen Mänteln, und zeigte zu mir hoch. Ich ergriff meinen Beutel, stürzte in den Flur und hoch aufs Dach. Von dort ließ ich mich auf die Veranda des gegenüberliegenden Hauses gleiten. Geschrei hinter mir trieb mich an. Ich rannte über Dachziegel und rutschte Regenrinnen hinab. Aus einer Wohnung unter mir wehten mir Stimmen entgegen. Das Ende des Dachs kam so plötzlich wie der Schluß eines Buches. Vor mir tat sich ein Abgrund auf. Das Straßenpflaster lag gute zehn Meter unter mir, und bis zum nächsten Dach waren es über drei Meter.

«Bleib stehen, Jude!» Ich drehte mich um, mit einem Gefühl, als würde ich der gesamten Christenheit gegenübertreten. Ein junger, langhaariger Edelmann balancierte unsicher über das

Dach. Er war groß und dünn und hatte ein hageres Gesicht mit dem arrogant vorspringenden Kinn des Bessergeborenen. Seine gelben Beinkleider waren blutverschmiert. In den langen, eleganten Händen hielt er eine Pferdepeitsche.

Ein junger Jäger, der Freunden und Familie sein Können beweisen will, dachte ich. *Und ich soll das Opfer sein, mit dem er seine Arroganz nähren kann.* Während ich auf ihn wartete, suchten meine Füße nach einem festen Halt. Ungefähr sechs Meter vor mir blieb er stehen und blickte mich mit einem amüsierten Gesichtsausdruck an. Eigenartigerweise hatte ich das Gefühl, im Vorteil zu sein.

«Dies wird mir ein Vergnügen sein», bemerkte er mit falscher Leichtigkeit. Er stellte sich breitbeinig hin, hob seine Peitsche hoch und ließ sie mit einem Schrei vorschnellen. Das Ende knallte neben meinen Füßen aufs Dach. Zwei Ziegel explodierten. Einen Moment später machte sich beim Aufschlag der Scherben auf das Straßenpflaster unter uns ein zufriedener Ausdruck auf seinem blasierten Gesicht breit.

Ein Geist schien in Windeseile von meinen Zehen bis in die Brust und in meinen Kopf zu steigen: Ich spürte die Gnade Gottes und hielt mich an ihr fest.

«Es heißt, wenn man einen Juden fest genug schlägt, höre man das Gold in seinem Brustkorb klingeln», sagte er mit einem höhnischen Grinsen. «Das will ich selbst ausprobieren.»

Diese Legende basierte auf einer schrecklichen Wahrheit. Als man die Juden im Jahre 1492 aus Spanien vertrieb, verbot man ihnen, irgendwelche Gegenstände mitzunehmen. Von den Zehntausenden, die die Grenze nach Portugal überschritten, wagten einige, Münzen zu schlucken.

Als ich zum Dachfirst hinaufkletterte, löste sich ein Ziegel. Ich hob ihn auf und hielt ihn wie einen Schild vor meine Brust. Ich mußte an das Bild von Moses mit seinen Tafeln denken. Die sengende Sonne des Torazeitalters schien mich in den Himmel zu ziehen. Mein Gegner lachte. Mit unbeholfenen Riesenschritten kam er näher. Schweigend standen wir uns in einer Entfernung von drei Metern gegenüber. Sein Gesicht verzog sich vor Spott. Ich begann die Namen des Unbenennbaren zu singen.

«Eine magische Marrano-Beschwörung?» fragte er.

Am liebsten hätte ich seinen Tod mit einem kabbalistischen Gebet heraufbeschworen. Doch ich verschluckte die Worte und verdrängte alle Gedanken, bis meine Seele nur noch ein leichtes Gewicht spürte.

«Verrückter Jude», sagte er. «Wir werden euch alle umbringen. Euch die Haut aufschälen und euer Gold rausnehmen!»

Plötzlich trieb mich eine Kraft aus meinem Inneren mit einem Sprung nach vorn. Langsam erhob er seine Peitsche, als müsse er sie durch eine zähe Flüssigkeit ziehen. Überraschte es ihn, daß ein Jude ohne Vorwarnung angriff? Er versuchte mit keiner Bewegung, mir auszuweichen. Mit meinem Ziegel als Schild rammte ich in ihn wie ein Bulle. Er stolperte rückwärts ans Ende des Dachs, schlitterte über den Rand und schrie im Sturz.

Ich blickte hinab und sah ihn wie eine Marionette mit verdrehten Gliedmaßen auf dem Pflaster liegen.

Von einer Flucht trennte mich noch immer die Kluft zwischen den Dächern. Während ich sprang, schien der Abstand zu schmelzen. Ich rammte eine Wand und stürzte im freien Fall auf die Latten eines Verandadachs. Ich hatte mir den Arm schlimm aufgeschürft, und in meinem Gesicht brannte das Blut. Die Wohnung unter mir mußte ehemaligen orthodoxen Moslems gehören. Ich befand mich über der Galerie, von der ihre Frauen die Welt unter sich beobachten konnten, ohne selbst gesehen zu werden. Sie mußte aus der Zeit stammen, als auch sie in der Ausübung ihres Glaubens noch nicht eingeschränkt waren.

Ich trat in die blauen Latten, bis sie nachgaben, und ließ mich auf die Veranda hinab. Als mich die Dunkelheit umgab, verspürte ich eine seltsame Ruhe. Ich befand mich in einem Schlafzimmer mit Pritschen und Ledermatten. Als ich mich atemlos in einen weißgetünchten Flur vortastete, hörte ich Stimmen durch die Wand. Eine Familie saß vor einem glühenden Herdfeuer. Ein großer Mann mit zimtfarbener Haut starrte mich an. Er trug ein grünes Gewand und ein weißes Käppi. Seine Schultern waren breit und kräftig. Die hellbraunen Augen standen eng zusammen und blickten mich drohend wie die eines Adlers an. Zwischen seinen Augenbrauen wuchs ihm ein dunkler Haarbusch, was ihm ein mysteriöses Aussehen gab. *Ich kann nicht mehr,* dachte ich. *Wenn dieser Mann mir das Leben nehmen will, werde ich es ihm darbieten wie ein Gebet.*

«Suchst du Versteck?» fragte er in gebrochenem Portugiesisch.

Ich antwortete in einem hebräisch gefärbten Arabisch: «Sie sind hinter mir her.» Unsere Blicke folgten dem Blut, das von meinem Arm auf eine Ledermatte tropfte. Ich versuchte es mit der Hand aufzufangen. «Entschuldigt, daß ich Eure Matte ...»

Er rief seine Frau. Ein kleines Mädchen klammerte an ihrem Kleid, als sie auf mich zueilte. Ihr Haar und ihre Fingernägel waren mit Henna rot gefärbt. Nachdem sie mir eine olivgrüne Paste auf die Schnittwunde geschmiert hatte, bandagierte sie mir den Arm mit einem Leinentuch. Aus schwarzen, dick umrandeten Augen blickte sie mich ängstlich an, bis ich die Anmut ihrer Tochter mit einem von Farid verfaßten arabischen Vers lobte.

Beim Sturz hatte ich mir die rechte Schulter ausgerenkt. Als ich jetzt ruhiger wurde, bemerkte ich, daß ich sie kaum bewegen konnte. Nachdem der Schmerz zurückgeflutet war, wurde sie taub.

«Ich heiße Attar», sagte der Mann. «Ich bin Töpfer und komme aus Tavira.»

«Berekia Zarco. Ich bin Obsthändler und habe schon immer in Lissabon gelebt.»

Er ließ mich auf einem Kissen Platz nehmen und reichte mir Wasser. Als ich den Namen von Farids Vater Samir nannte, erhellte ein Lächeln sein Gesicht. Sie kannten sich und hatten sogar in Granada zusammen den Koran studiert, als diese Stadt noch Hauptstadt des Islamischen Reichs war. «Ich hole dir mehr

Wasser», sagte er, als mein Becher leer war. Er trat hinter mich und hielt mich plötzlich fest. Ein starker Stoß, und meine Schulter sprang zurück. Der Schmerz brach wie eine Woge über mir zusammen und verebbte. «Jetzt wirst du dich besser fühlen», sagte er. «Allerdings solltest du in nächster Zeit nicht mehr über die Dächer springen.»

Während ich meinen Arm ausprobierte, säuberte mir seine Frau mit warmem Wasser das Gesicht. «Du bist herzlich eingeladen, bei uns zu bleiben, bis der Spuk vorbei ist», sagte Attar.

«Ich muß mich mit einem Freund treffen und dann versuchen, meine Familie zu finden.»

Meine Hosen hingen in Fetzen. Er gab mir eine gelbbraune Aba, einen Kapuzenmantel, der am Kragen eine Bordüre aus feinen, hellgrünen Arabesken hatte. Ich zog ihn an.

«Wie werde ich Euch das jemals vergelten können?»

Er machte eine abwehrende Handbewegung. «Die Besitztümer von Nomaden müssen deren Hände verlassen», erklärte er. «So ist es besser. Was keine Flügel hat, kann unsere Gedanken beeinflussen.» Er setzte mir ein gesticktes Käppi auf.

«Allah sei mit dir», sagte er an der Tür.

Ich erwiderte seinen Gruß und verbeugte mich dankend. «Ich werde Eure Kleider so bald wie möglich zurückgeben.»

Er zog mir die Kapuze meiner Robe über den Kopf und verbeugte sich ebenfalls.

Die Straße draußen war menschenleer. Während ich über das Pflaster eilte, versuchte ich vergeblich, das Geräusch meiner Schritte zu dämpfen. Der scharfe Geruch brennenden Fleisches hing jetzt überall in der Luft. Ich war mir sicher, daß direkt über mir eine riesige Rauchwolke hinwegzog, wollte aber nicht hochblicken. Ich atmete durch den Mund und durchschritt unter den mißtrauischen Augen zweier berittener Wächter das Maurentor. Meine Kleidung behütete mich vor ihrem Zugriff. Wäre es von offizieller Seite zu Übergriffen gegen ehemalige Moslems gekommen, dann wäre im Gegenzug in den türkischen Ländern und Nordafrika das Blut von Christen geflossen.

Gegen den Mob jedoch hatte ich nur mein Messer. Ich betete, daß ich es nicht benutzen mußte.

Als ich die Stadtmauern hinter mir gelassen hatte, nahm ich die Kapuze ab und rannte über die Felder vor dem Kloster Sant'Ana. Durch ein Dickicht aus Ginster und hohen, vertrockneten Gräsern kroch ich auf die große Eiche auf dem Hügel zu. Meister David war nicht da. Eine kleine Gruppe verängstigt wirkender Altchristen hatte sich unter der römischen Brücke versammelt, die direkt unterhalb des Hügels lag. Sie erzählten sich Geschichten von einem wildgewordenen Mob, der auf alles losging, was einem Juden auch nur entfernt ähnlich sah. Angeblich nutzten einige Feiglinge den Aufruhr zu privaten Rachefeldzügen oder um sich mit einem Schlag von ihren Gläubigern zu befreien.

«Es ist die Schuld der Neuchristen. Ihnen verdanken wir die Dürre!» schrie ein altes Weib jedem ins Ohr, der es hören wollte.

Plötzlich kam eine Gruppe Bauern aus der Porta Sant'Ana marschiert. Sie hatten sich mit Hämmern und Eisenstangen aus einer geplünderten Schmiede bewaffnet und suchten nach *Marranos*, wie ein Haufen fröhlicher Jäger, der Blut gerochen hatte. Ich drückte mich bäuchlings auf den Boden und wartete. Die Sonne war bereits untergegangen, der Himmel trug das Perlmutt der Dämmerung. In den Ästen der Eiche über mir flatterten ein paar Krähen. Ich stellte mir den Tod als tintenblaue Farblache vor, die sich von meinem Magen bis in meine Hände und Füße ergoß. Für welche Sünden nahm Gott uns die Besten des Volkes Israel? Warum benutzte er die Christen Lissabons, um uns zu bestrafen?

Bald waren die Stimmen der Nazarener verstummt. Doch als mir die Hand von Senhora Rosamonte in meinem Beutel einfiel, ergriff mich die Angst erneut. Neben ihren Fingern lag der Zettel, der aus Diegos Turban gerutscht war. Er war jetzt blutverschmiert. Ich las ihn noch einmal: *Isaac, Madre, der neunundzwanzigste des Nisan.* Was konnte das mit dem Mord an Onkel zu tun haben? Hatte Diego etwa geplant, ihn erst in fünf Tagen, am Freitag, dem neunundzwanzigsten, umzubringen? Konnte Isaac der Name eines für eine Handvoll Münzen gedungenen Mörders sein? Münzen, die Diego aus der Schatzkammer von Mutter Kirche, *Madre*, entwendet hatte?

Ich erkannte, daß ich aus wenigen Beweisfäden eine umfassende Geschichte spann. Dieses Szenario war nichts als eine entfernte Möglichkeit. Doch ich fühlte mich so allein, weit von meiner Familie, Lissabon und der Liebe Gottes entfernt, daß ich an irgendeine Geschichte glauben mußte, wie unwahrscheinlich sie auch sein mochte. Nur auf diese Weise ließen sich die Ereignisse dieses schrecklichsten aller Tage in eine sinnvolle Ordnung bringen.

So stark ist die Macht der Einsamkeit. Jetzt verstand ich, daß die Freiheit eine furchterregende Seite hatte – daß sie für verlassene Waisenkinder und Lehrlinge ohne Meister der schlimmste aller Zustände sein konnte.

VIERTES KAPITEL

ES WAR SPÄT nach Mitternacht am Sonntag, dem dritten heiligen Abend des Passafestes. Ich hatte Meister David nicht getroffen; entweder war er tot oder er hatte sich versteckt. Unter der Porta Sant'Ana hatte sich noch mehr Christenpöbel angesammelt. Im Osten, bei der Porta dos Monges, sah es anders aus. An schläfrigen Bauern vorbei, die aus Holzschüsseln Suppe schlürften, überquerte ich die Brücke und war wieder in Lissabon. Meine Hand hielt das Messer in meinem Beutel umklammert. Im Wasser unter mir sah ich den sichelförmigen Halbmond, der wie ein Himmelsboot über den Strom glitt.

Ich zitterte vor Angst und von den fiebrigen Schauern, die meinen Körper durchzuckten. Mir war elend, ich war todmüde, und trotzdem hatte ich mich niemals lebendiger gefühlt. Jeder einzelne Nerv meines Körpers befand sich in Alarmbereitschaft.

Ob die Stadt schon sicher war? Im Augenblick spielte diese Frage keine Rolle für mich. Getrieben von einer fürchterlichen Sehnsucht, wie sie früher von Onkels Toragesängen geweckt wurde, wollte ich nur noch eines: nach Hause.

Jenseits des Tores hörte ich gedämpfte Musik von Kontrapunkt-Hörnern. Sie schien an den hohen Mauern, die den ältesten Stadtteil umgaben, entlangzutanzen wie Schatten. Als ich weiterging, erhob sich der Alcáçova-Palast vor mir. Seine Zwiebeltürme erstrahlten in einem orangefarbenen Licht, das wie ein Nebel die Dunkelheit durchzog. Einige hundert Meter von mir entfernt schlief Lissabons Zentrum und das größte jüdische Viertel, Klein-Jerusalem. Die Stadt schien gegen das Geräusch meiner Füße auf dem Pflaster zu protestieren. Im Mondlicht schmiegten sich zwanzigtausend Häuser an die Hügel und folgten den Windungen des Tejo. Während ich ein leises Gebet für meine Familie sprach, löste sich hinter meinen Augenlidern das weiche graue Mondlicht auf und fügte sich zu Engeln wieder zusammen.

Ich stieg das steil abfallende Labyrinth der alten Treppen und Gassen hinab. Bei der Kirche São Martinho ließ mich der Geruch von Rauch frösteln. Langsam schlich ich weiter, an weißgetünchten Mauern vorbei, bis sich vor mir der Lóios-Platz öffnete. Vor den altersschwachen Arkaden des Klosters stieß ein wild loderndes Feuer Schmetterlinge aus Licht und Dunkelheit in den Himmel über der Menge. Mitten in dieser Menschengruppe befand sich ein Häuflein Neuchristen aus unserem jüdischen Viertel, deren Hände und Füße mit Schiffsseilen aneinandergefesselt waren. Mit zerrissenen Kleidern und gesenkten Köpfen standen sie in einer unregelmäßigen Reihe. Niemand sagte ein Wort. Den bleichen, hoffnungslosen Gesichtern war anzusehen, daß sie stundenlang so durch die Stadt getrieben worden waren.

Brutale Kerle mit Schwertern und Hellebarden bewachten sie. Ich schlich zurück und versteckte mich hinter der bröckelnden Wand einer Ecktaverne.

«Ich flehe Euch an, tut es nicht!»

«Tötet mich, wenn Ihr wollt, aber verschont meine Kinder!»

Ich hörte Hunderte von demütigen Bitten, während ich die Gruppe nach den Gesichtern meiner Familie absuchte. Von ihnen war niemand darunter, wofür ich Gott dankte. Doch ich erkannte alle aneinandergefesselten Gefangenen und prägte ihre Gesichter in mein Toragedächtnis.

Ein Mönch mit einer Hakennase schwang ein silbernes Weihrauchfaß und verfluchte die Juden auf lateinisch.

Wie viele Menschen aus unserer Nachbarschaft hatte man verschleppt und in Asche verwandelt? Den kleinen Didi Molho, von dem wir alle glaubten, daß er einmal ein großer Dichter werden würde? War seine Zukunft den Händen seiner Mutter entrissen worden? Oder Murça Benjamin, die mir hinter den Mauern von Sankt Vincent als erste einen Blick auf die geheimen Stellen eines Mädchens gewährte? War es möglich, daß ihr wunderschöner Körper langsam von den Flammen zerstört wurde? *Bitte,* hob ich an, *laß heute nacht niemanden mehr brennen.* Doch jedesmal, wenn ich Luft holte, drängte sich eine Frage in mein Gebet: Warum hat Er zugelassen, daß auch nur ein einziges Seiner Ebenbilder so geschändet wurde?

Samuel Bispo, der Hufschmied, wurde gerade an das riesige Steinkreuz auf der Mitte des Platzes gefesselt, wo man ihn auspeitschen wollte. Ohne noch einmal zurückzublicken, tauchte ich in die Dunkelheit ein. Mein dumpfer Herzschlag hallte von den leeren Straßen wider. War ich nicht ein Feigling, ein Feigling biblischen Ausmaßes, ihn und die anderen Gefangenen ihrem Schicksal zu überlassen?

In meiner Brust und meiner verletzten Schulter spürte ich wieder einen dumpfen Schmerz. Meine Angst beschämte mich tief. Ich hockte mich nieder, um zu verschnaufen. Ein süßer Geruch stach in meine Nasenlöcher. Als ich meine Nase abtastete, entdeckte ich, daß sie blutete. Wurde ich verfolgt? Ich sprang auf die Füße, drückte mich gegen eine vernagelte Tür und lauschte. Alles, was ich hörte, war das Geräusch von tropfendem Wasser. Eine Fledermaus schoß durch die Luft und flog in ein offenes Fenster auf der gegenüberliegenden Straßenseite. Ich lief weiter. Auf dem Praça do Limoeiro, dem Platz der Zitronenbäume, schliefen Bettler in Lumpen zwischen verirrten Schafen. Einer von ihnen war wach und beobachtete mich aus neugierig-debilen Augen.

Vor unserer alten Taverne und Herberge wechselte ich die Straßenseite und stieg die Treppen hinab. Ich kam an dem verfluchten Haus vorbei, in dem Isaac Ibn Zachin sich und seine Kinder nach der Zwangstaufe umgebracht hatte, und bog dann in die Gasse hinter der Kirche São Miguel. Als wäre ich in einem tiefen Sturz dorthin geschleudert worden, fand ich mich in der Rua de São Pedro wieder. Vor meinen Füßen lagen Tausende von Zwiebeln und Knoblauchknollen aus einem umgekippten Wagen. Über den freigelegten Eingeweiden eines kopflosen nackten Mannes bewegte sich eine Insel wimmelnder schwarzer Ratten. Ich lief auf unser Haus zu. Vor einem halben Tag war ich zuletzt dort gewesen, doch in der Zwischenzeit hatte man unsere Nachbarschaft verwüstet. Die Wände waren mit Kot beschmiert und die Geschäfte geplündert, Türen und Fensterläden eingeschlagen. Im Eingang unserer ehemaligen Schule hing eine Leiche: Dr. Montesinhos. Auf seine Brust hatte man mit den Fingern ein Kreuz aus Blut geschmiert. In seinem Mund steckte ein Goldtaler. Wahrscheinlich hatte ein wagemutiger Jude ihn dort hinterlassen, um für Dr. Montesinhos Fahrt über den Jordan zu zahlen. Eine seiner Sandalen war heruntergefallen, und über den Rand seiner Ferse schaute ein Oleanderzweig hervor. Ich nahm ihn mit.

Ich schlich nach Hause und schlüpfte durch unser Gartentor. Zwei Hennen, die aus dem Stall des Nachbarn entwichen waren, scharrten und gackerten im Hof. Unser Zitronenbaum war von einer Axt gefällt worden. In Gedanken sang ich die religiöse Vorschrift aus dem Deuteronomium, dem Fünften Buch Mose. Ein Obstbaum durfte nicht einmal während einer Belagerung gefällt werden: *Denn du kannst davon essen, darum sollst du sie nicht ausrotten.* Laut flüsterte ich: «Cinfa, Juda, Esther ...»

Beinahe hätte ich auch Onkels Namen gerufen, doch das Bild, wie er steif und weiß am Boden lag, versiegelte mir die Lippen. Als sich meine Hand um unseren Türknauf legte, sprang Roseta grau und geisterhaft auf die niedrige Mauer neben mir. Die Kirschen unter ihrem Hals waren verschwunden. «Warte», flüsterte ich ihr zu. Doch als die Tür sich öffnete, lief sie sofort ins Haus.

«Mutter ... Esther ...»

Die Dunkelheit der Nacht schien den Atem anzuhalten.

Der Herd in unserer Küche war kalt. Der Steinboden unter meinen Füßen fühlte sich feucht an. Blut? Ich hob meine Fingerspitzen zum Mund. Nur Wasser. An der Klinge eines herabgefallenen Messers schnitt ich mir die Hand. Ich fluchte und sprach dann einen Segensspruch auf Ihn, der dem Eisen seine Schärfe gibt. Ich hielt das Messer vor mich, während ich mich zu dem Schlafzimmer tastete, das ich mit Juda und Cinfa teilte. Ich streichelte die kalten Matratzen, auf denen sie sonst schliefen, und betete für ihre Sicherheit. Dann wankte ich zum Zimmer meiner Mutter weiter. Unter meinen Fingern spürte ich die straffgezogene Leere ihres Bettes. Immer noch fröstelnd, legte ich mir ihre Bettdecke um die Schultern.

Wo waren sie nur?

Diebe hatten meine Kommode noch einmal durchwühlt, doch fast alle verschlissenen, abgelegten Kleider, die ich geerbt hatte, zurückgelassen. Ich schüttelte die Decke ab, schlüpfte aus Attars Aba, die mich zu sehr einengte, und zog eine Leinenhose von meinem Vater an und ein Hemd meines Bruders. In Onkels Kommode fand ich ein altes Wollcape. War ich jetzt allein und der einzige Erbe all seiner Kleidungsstücke? Der einzige, der seine Geschichte erzählen konnte?

Ich ging über den Hof zum Haus von Farid und flüsterte den Namen seines Vaters Samir. Als ich draußen laute Fußtritte hörte, duckte ich mich. Vorsichtig spähte ich aus dem Fenster. Zwei Männer mit Schwertern schauten sich in unserem Hof um.

Auf dem Steinboden unter meinen Fußsohlen spürte ich plötzlich drei Schläge. Noch einen. Dann vier. Es war Farid, der mir von hinten aus dem Haus *pi* signalisierte. Ich kroch vom Vorderzimmer in die Küche. Eine verschwitzte Hand griff nach meinem Arm. Wir umarmten uns, und ich hielt Farid, bis sein stilles Schluchzen durch meine Haut bis in mein Herz sickerte. Doch ich konnte ihm nicht erlauben, Gefühle in mir zu wecken, und schob ihn fort. «Ich kann niemanden finden», signalisierte ich in unserer Gebärdensprache. Ich überlegte, ob ich ihm von Onkel erzählen sollte, doch ich bewahrte das Wissen um seinen Tod für mich, als könne ich ihn damit ungeschehen machen.

Mit wilden, verzweifelten Bewegungen signalisierte Farid seine Antwort. «Langsam», bat ich.

«Als die Christen kamen, habe ich versucht, aus dem jüdischen Viertel zu fliehen. Aber es waren zu viele. Sie waren wie eine Wolke von Heuschrecken. Darum bin ich zurückgelaufen und habe mich hier versteckt. Juda habe ich kurz gesehen, aber nur ihn. Pater Carlos ist mit ihm die Rua de São Pedro runtergerannt. Sie sind in einer Kirche verschwunden. Ich wollte rufen, aber meine Stimme ...»

Carlos lebte also! Vielleicht hatte er sich wirklich versteckt, als ich an seine Tür klopfte. Aber was war mit Juda?

Farid drückte seine flache Handfläche gegen meine. Sein Puls raste. Raum und Zeit verflüchtigten sich, bis es nur noch uns beide gab.

«Heute nachmittag, ungefähr ein oder zwei Stunden nach Mittag, habe ich einmal für dich *pi* geklopft, aber du hast nicht geantwortet», signalisierte ich.

«Ich war auf der Suche nach Samir.»

«Und?»

Er schüttelte den Kopf. «Er war in einer der geheimen Moscheen im Maurenviertel, als sie kamen. Ich habe es nicht bis dorthin geschafft. Ich weiß nicht, was aus ihm geworden ist.»

«Zwei Männer mit Schwertern sind in den heiligen Bereich unseres Hofes eingedrungen», zeigte ich. «Komm, wir schleichen uns raus und gehen zu São Pedro, um Juda und Carlos zu suchen.»

Farid stand auf und führte mich durch den Wechsel von Licht und Dunkelheit zur Hintertür ihres Hauses. Als wir nach draußen traten, überraschte uns ein langhaariger Mann mit einer Lanze. Die Klinge kam auf mich zu. Ich warf mich auf den Boden. Mein rechter Unterarm brannte. Aus einer Wunde an meinem Ellbogen tropfte Blut.

Farid riß mich hoch, und wir rannten wie zwei Verrückte auf den Fluß zu. Auf der Escada dos Judeus bemerkte ich, daß unser

Angreifer uns hilfeschreiend verfolgte. Wenn wir ihn nicht zum Schweigen brachten, würde er den ganzen Mob gegen uns aufhetzen. Ich blieb stehen, hielt Farid an und signalisierte ihm meinen Plan. Er nickte, rannte die Treppe hinunter und bog in die Gasse hinter der Apotheke von Senhor Benadifes.

Während mir das Blut in die linke Hand tropfte, wartete ich auf meinen Verfolger. Ich schleuderte meine Sandalen von den Füßen, um auf den Pflastersteinen besseren Halt zu finden. Laut keuchend kam er angerannt. Jetzt sah ich, daß er jünger war als ich. Ein Bauernbursche mit rundem Gesicht und ungekämmtem schwarzen Haarschopf. Obwohl er sich wild aufführte, stand in seinen Augen die Angst. An seinem Gürtel baumelten Menschenohren, und in einem der Ohrläppchen funkelte ein filigraner Ohrring. Zu einer anderen Zeit und an einem anderen Ort hätte ich ihn als einen der ängstlichen Söhne Sauls bezeichnet. Was sollte dies alles? Mir war, als hätte Lissabon seine Pforten einer Krankheit geöffnet, einem Wahnsinn, der immer schlimmere Formen annahm. Ich befand mich jetzt in einem Zustand jenseits aller Furcht und atmete leicht. «Geh zurück zu deiner Hirse und deinem Roggen», befahl ich ihm.

«Du hast das beste Land meines Vater gestohlen!» antwortete er und kauerte nieder, als wolle er zum Sprung ansetzen. «Keine Bewegung!» Wild fuchtelte er mit der Lanze in der Luft herum. Offensichtlich war er es nicht gewohnt, Waffen zu tragen.

«Ich bin Buchmaler und Obsthändler. Ich habe noch nie etwas gestohlen.»

«Marranos – hier!» schrie er, so laut er konnte. «Land, das uns seit Jahrhunderten gehört hat», fügte er dann mit wütender Entschlossenheit hinzu. «Euer Volk lebt auf unsere Kosten. Ihr habt uns die Pest gebracht, ihr trinkt das Blut unserer Kinder!»

«Dein Groll gebührt denen, die dein Land wirklich gestohlen haben!»

«Ihr arbeitet ihnen in die Hand. Ihr verwaltet ihre Güter und treibt die Steuern für sie ein!»

Hinter ihm sprang Farid wie eine Katze von einem Dach und schlich auf Samtfüßen näher. «Wirf deine Lanze weg und geh», sagte ich zu dem Jungen. «Niemand wird dir etwas tun.»

Plötzlich stürmte er auf mich los. Ich duckte mich, doch als er meine gute Schulter mit seiner Lanze streifte, brannte auch dort eine Wunde auf. *Dies ist der letzte Christ, der mein Blut vergossen hat,* dachte ich.

Farid griff ihn von hinten an. Sein kräftiger Arm schloß sich um den Hals des Jungen, und die gebogene Klinge seines Maurendolchs kratzte über dessen Wange. Ich nahm die Lanze und sagte: «Wenn du mit dem Adel so umgehen würdest wie mit uns, wäre alles besser!»

Dann hörten wir grölende Stimmen näher kommen: «Halt sie in Schach, mein Sohn! Wir kommen!»

Ich signalisierte Farid, er solle ihn loslassen. Wir mußten ihn als Pfand für unser Leben einsetzen. Als er wieder frei war, spuckte mir der Junge ins Gesicht. «Wenn wir dich kriegen, werde ich dir deine Kastanien abschneiden und sie mir an den Gürtel hängen!»

Ich rammte die Lanze in seinen Oberschenkel. Er stürzte. Das Blut, das über sein Bein strömte, schien seine Schmerzensschreie ersticken zu wollen. Farid zog mich hinter sich her. Wir liefen die Escada dos Judeus hinab zum Fluß. Ich schleuderte die verfluchte Waffe, an der sich mein Blut mit dem eines Christen vermischt hatte, ins silberne Wasser.

Während wir weiterrannten, mußte ich über die Gewalttätigkeit nachdenken, die so selbstverständlich über mich gekommen war. Hatte auch ich all die Jahre nur eine Maske aus Frömmigkeit und Vornehmheit getragen? Gab es noch einen anderen, echten Berekia, von dessen Wesen ich nur in solchen Momenten der Wut und Verzweiflung eine Ahnung bekam?

Der Morgen dämmerte rostgolden und rosa. Wir versteckten uns auf einer Sandbank in einer Schilflagune zwischen Lissabon und

Santa Iria. Ich schlief tief und traumlos und wachte erschreckt in Farids Armen auf, als die Sonne mich überraschte. Er strich mir übers Haupt und zog mich hoch. Wieder einmal nahm mir seine makellos schlichte Schönheit den Atem, insbesondere die dunklen, jugendlichen Stoppeln auf seinen Wangen, die sich wie Ornamente von dem olivfarbenen Teint abhoben. Die Locken seiner kohlschwarzen Haarmähne fielen ihm tief in die Stirn und flossen auf seine breiten Schultern hinab. Sie umrahmten sein schönes Gesicht. Das Gesicht eines Intriganten, behaupteten die Menschen, die seine Stille und das Urteil seiner flinken grünen Augen fürchteten und in ihrer Dummheit glaubten, alle Taubstummen seien bösartig. Doch das einzige, was Farid schmiedete, waren Verse, nicht Ränke. Er war ein Dichter, und sein Blick richtete sich meist nach innen, wo er die Linie eines Satzes oder die Kontur eines Rhythmus beurteilte. Jetzt preßte mein Freund die Lippen zu einem nachdenklichen Schlitz zusammen. Wie immer, wenn er aufgeregt war, spielten seine Finger mit dem langen Läppchen seines rechten Ohres. Er sah aus, als hätte er am liebsten gesprochen. Doch das war natürlich unmöglich.

Farids Schönheit ließ mich eine Zeitlang mein eigenes Spiegelbild im stillen Wasser anstarren. Neben ihm wirkte ich grobschlächtig. Ein Zwilling mit dreckigen Bartstoppeln und verfilzten, schulterlangen Haarsträhnen erwiderte meinen gejagten Blick und schien nichts mit mir zu tun zu haben. Über den jungen Gelehrten mit dem eindringlichen Profil seines Onkels hatte sich ein ausgezehrter, wilder Junge aus dem Wald gestülpt, ein Pan der Rache. Hatte ich mich in eines jener halbmenschlichen Wesen verwandelt, für die die Dominikaner uns Juden hielten?

Farid klopfte mir auf die Schulter und bot mir ein Stück Brot aus seinem Beutel an. Ich lehnte ab. Es war erst der dritte Tag des Passafestes, und wir feierten noch immer den Exodus.

«Dein Fieber ist in der Nacht zurückgegangen», signalisierte er. «Fühlst du dich besser?»

Meine verletzte Schulter war steif, und in ihr pochte der

dumpfe Schmerz, den ich für immer mit jenem Passa des Todes in Verbindung bringen würde. Über der Wunde auf meinem Unterarm hatte sich eine zarte Blutkruste gebildet. In meinem rechten Fuß stach es, und meine Zehen waren von kleinen Rissen übersät. Ich blickte Farid an. «Wir sind von Moses verlassen worden und müssen allein ans andere Ufer des Roten Meeres kommen. Wir sind ganz auf uns gestellt.»

Während Farid aß, bewegte sich das Schilf um uns im sanften Rhythmus der Wellen. Leise plätscherte das Wasser gegen das Ufer. Alles war ruhig. So sollte es sein. Ich begann zu weinen, als hätten sich die Pforten von Gottes Mitleid für mich geöffnet, und gestikulierte zu meinem Freund: «Welches ist die echte Welt? Diese oder …?»

«Himmel und Hölle sind das Meer und der Himmel», signalisierte er. «Und du selbst bist der Horizont.»

Damals sagten mir seine Worte nichts. Der anmutige Tanz seiner kräftigen Hände war unerträglich schön, und als er mir über das Gesicht streichelte, lösten sich die Schluchzer, die in meinem Hals feststeckten. Die Erinnerung an die Scheiterhaufen brach mit Macht über uns herein. Trotzdem konnte ich noch immer nicht über Onkel reden. Farid erschrak, als er die Hand von Senhora Rosamonte sah. Zitternd hielt er die marmornen, blutbefleckten Fingerspitzen gegen seine Augen, während er betete. Da fielen mir erstmals die Prellungen und Striemen an seinem Hals auf. «Wir werden sie in ihrem Zitronenhain begraben», signalisierte er. «Sie wird uns immer mit ihren Früchten beschenken können.»

«Was ist passiert?» fragte ich und deutete auf seine Verletzungen.

«Nichts.»

«Sag es mir.»

«Gestern nacht in der Gasse. Ein Mann wollte mich aufhalten. Ich habe ihn getötet.»

Es war das erste Mal, daß einer von uns das Verb «töten» in

der ersten Person signalisierte. Wir erkannten, daß wir unsere Zeichensprache erweitern mußten, um mit diesem neuen Jahrhundert der Altchristen mithalten zu können. Als seien wir darüber noch unschlüssig, wanderten wir schweigend am Tejo entlang zurück nach Lissabon. Nachdem ich etwas mehr Abstand zu meinen eigenen Gefühlen gewonnen hatte, fiel mir der junge Edelmann ein, den ich vom Dach gestoßen hatte. Wo würde ich Vergebung dafür finden, daß ich ein Wesen aus dieser Welt entfernt hatte, das einen Funken der göttlichen Liebe in sich trug?

Kurz vor der Porta Santa Cruz kamen wir an angedockten Salzbooten vorbei. Frauen mit knotigen, blasenübersäten Füßen balancierten Tonkrüge mit dem weißen Kristall auf ihren Köpfen und lächelten uns zu. Kinder spielten, Hunde wedelten mit den Schwänzen. Ein Kaufmann in einer rotgrünen Robe tippte ohne ersichtlichen Grund grüßend gegen seine Kappe. Farid erstand bei einer der Frauen, die unten am Fluß Essen verkauften, süßen Reis und gegrillte Sardinen. Er schlang alles hinunter, aber ich konnte nichts essen.

Als wir das Kleine Jüdische Viertel betraten, war es, als würden wir ein Theater verlassen. Die Kulisse, die wir jetzt vor uns hatten, war kotbefleckt und stank nach Gewalt. Horden von Ratten und Mäusen bildeten das Zentrum, über dem das Gebell von geifernden Hunden lag.

Die Überlebenden wischten mit leerem Blick das Blut von ihren Türschwellen. Ihre Gesichter waren tränenlose Masken, und sie schlurften auf müden, gleichgültigen Füßen weiter. Auf uns warteten noch mehr Leichen: Saul aCohen lag über der Leiste seines Schlafzimmerfensters. Einer seiner Arme baumelte steif wie ein Stück gesalzenes Fleisch im Wind, wobei er einen unbekannten Rhythmus gegen die Fensterläden trommelte. Raziela Mor lag mit aufgeschlitztem Bauch da, in dem Wolken von Fliegen ihre Eier ablegten, während ihre Tochter Nafa ihr eine im Mund feststeckende Zwiebel herauszunehmen versuchte.

Dr. Montesinhos hing immer noch steif und aufgebläht im gotischen Eingangsportal unserer Schule. Auf einer Schaufel lag ein namenloses Neugeborenes ohne Kopf.

Dieser Anblick ließ uns beide verstummen.

Was bedeutet es, ein kopfloses Kind auf einer Schaufel zu sehen? Was fühlt man dabei? Es ist, als wären alle Sprachen der Welt vergessen worden und alle Bücher, die jemals geschrieben wurden, zu Staub zerfallen. Und es durfte auch gar nicht anders sein. Denn Menschen wie wir hatten kein Recht mehr, zu sprechen oder zu schreiben. Wir durften keine Spuren in der Geschichte hinterlassen.

Die Türen zu unserem Laden lagen jetzt im schiefen Winkel zueinander auf dem Pflaster. Sie wirkten wie das Eingangstor zu einer verrückten Unterwelt. Aus dem Haus von Senhora Faiam auf der anderen Straßenseite hörte ich gedämpftes Stöhnen. Von ihrer Hofmauer starrten mich die treuen blauen Augen ihres Hundes Belo an, der einen abgenagten, zersplitterten und altersgelben Knochen im Maul trug. Offensichtlich hatte er wieder einmal etwas gefunden, das seinem vor einiger Zeit amputierten linken Vorderlauf glich, den Senhora Faiam hinter der Kirche São Pedro vergraben hatte. Seine Nase zitterte, als habe er gerade die Fährte von jemandem aufgenommen, dem er seinen Fund zeigen konnte.

Im Hof traf ich auf Mutter und Cinfa. Sie waren gerade dabei, zerbrochene Schieferplatten von unserem Dach aufzusammeln. Cinfa rief meinen Namen und rannte auf mich zu. Sie krallte sich an mir fest, als würde sie stürzen. Mutter ließ sich auf die Knie fallen und hob ein Klagegeschrei an. Um ihren Hals hatte sie zwei Pergament-Talismane hängen. Als ich zu ihr trat, um sie hochzuziehen, packte sie mich mit wilder Verzweiflung. Ihr Schluchzen klang, als müsse sie sich übergeben. Als sie wieder klar sprechen konnte, sagte sie: «Juda ist weg. Ich weiß nicht, was ...»

Mutter klammerte sich so fest an mich, daß ich ihren Herzschlag in meiner eigenen Brust zu hören glaubte. Mir wurde schwindlig: «Ich werde ihn finden.»

Ungläubig ließ sie ihre Hand durch mein Haar und über meine Brust gleiten. Cinfa umklammerte Farid.

«Bist du unverletzt?» fragte Mutter. «Ist dir nichts passiert?»

«Mir geht es gut. Was ist mit Esther und Reza?»

«Esther ist verletzt, aber sie lebt. Von Reza wissen wir nichts.» Mutter wandte sich an Farid. Obwohl sie unsere Freundschaft nie recht gebilligt hatte und sein Schweigen ihr unheimlich war, musterte sie ihn jetzt besorgt und erhob ihre Hand zu unserem Gruß. «*O Farid está bem* – alles in Ordnung?»

Er lächelte sanft und beugte dankend den Kopf.

«Ja, ihm geht es auch gut», antwortete ich für ihn. «Wo wart ihr gestern abend? Als ich zurückkam, war das Haus leer.»

«Wir waren hier. Cinfa und ich haben uns im Laden versteckt. Als die Christen zum erstenmal kamen, hielten wir gerade unsere Siesta. Wir waren bei Didi und seiner Mutter. Und dann sind wir nach Hause gerannt, wo wir ...»

«Habt ihr mich nicht gehört?» unterbrach ich sie.

Mutter hielt ihre dunkelrot gefärbten Hände hoch. «Cinfa und ich haben die Bohnenfässer zu einem Versteck zusammengeschoben. Über uns haben wir dann Körbe mit überreifen Feigen gezogen. Wir sind so lange dort hockengeblieben, wie wir es aushalten konnten. Gehört haben wir nicht viel.»

Mit ihrer violett gefärbten Haut und dem Geruch nach gärendem Zucker schien Cinfa und Mutter eine heilige Schönheit anzuhaften; es war der Glanz des Überlebens. Ich küßte Mutter auf die Stirn, als wäre ich mein Vater, und sagte: «Kluges Mädchen!»

«Ein paar Altchristen haben Esther vor der Kirche Santo Estêvão überwältigt. Sie haben sie auf den Boden gedrückt», flüsterte sie verschwörerisch. «Und dann ...»

Als ich nickte, senkte sie ihre Augen.

«Mutter, hast du irgend jemanden aus Onkels Zirkel gesehen? Pater Carlos, Diego, Samson ...»

«Niemanden.»

Nachdem er in allen Zimmern nachgeschaut hatte, signalisierte Farid mir, daß Samir nicht heimgekommen war. Wir gingen in unser Haus. In der Küche fanden wir Esther. Sie hatte eine Hand zwischen die Beine geklemmt, und ihre nackten Füße steckten in einer Schüssel mit Wasser. Ich küßte sie auf die Stirn und spürte, daß sie fror. Sprechen wollte sie nicht. Ich legte eine Decke von Cinfas und Judas Bett um ihre Schultern.

«Habt ... habt ihr Onkel nicht gesehen?» flüsterte ich meiner Mutter ängstlich ins Ohr.

«Nein. Ich habe gedacht, er ist im Keller, doch die Falltür ist zugenagelt. Und die Vorhänge vor den Fensterschlitzen sind zugezogen. Wir können nicht hineinschauen. Dutzende Male haben wir geklopft und nach ihm gerufen. Keine Antwort. Aber ich will die Tür nicht aufbrechen. Vermutlich hatte er einen Grund, sie zu versiegeln. Vielleicht wollte er die Bücher schützen oder etwas ... etwas Okkultes. Ich hoffe, es geht ihm gut. Wahrscheinlich hat er das Haus verlassen, um uns zu suchen, und hat es dann nicht mehr zurück geschafft.»

«Wann habt ihr ihn zuletzt gesehen?»

«Am Sonntag, nach dem Mittagessen. Kurz bevor sie ... bevor sie kamen. Er ging in den Keller, um Psalmen zu singen. Cinfa und ich haben dann das Haus verlassen, um ...»

«Mutter, ich habe die Tür zugenagelt.»

«Du? Warum?»

«Als ich heimkam, bin ich nach unten gegangen ... Warte.» Ich ging in den Hof, holte einen Hammer aus dem Schuppen und schlug gegen die Falltür. Die letzte Holzlatte sprang mit einem krachenden Geräusch auf, das eine fürchterliche Endgültigkeit hatte. Es schien uns sagen zu wollen, daß wir in diesem Haus nie wieder sicher sein würden.

«Kommt noch nicht herunter», sagte ich zu meiner Mutter, als ich auf die Treppe trat. «Laßt mich erst nachschauen.»

Es war verrückt, doch ich wollte Onkel erst allein sehen. In jenen Tagen glaubte ich noch, daß die Macht eines Kabbala-Meisters fast uneingeschränkt sei. Vielleicht hatte er ja ein Stück Papier mit einer besonderen Gebetsformel geschluckt, bevor man ihm den Hals aufschlitzte. Einen geheimen Gottesnamen, der ihn wieder lebendig machen würde.

«Warum ... was ist?» Mutter hielt mich am Arm fest. «Ist er da unten?»

«Also gut, komm», sagte ich. Das Zittern in meiner Stimme verriet mir, daß er diese Welt für immer verlassen hatte. «Aber ich warne dich. Onkel weilt nicht mehr unter uns.»

Mutter schlug sich vor den Mund, um einen Schrei zu unterdrücken. Ich wollte sie bei der Hand nehmen, doch sie zog sie weg, als sei ich vergiftet.

Während sie nach unten stieg, hielt sie sich eine Hand über die Augen und mit der anderen die Talismane um ihren Hals fest. Doch sie weinte nicht. Als sie ihn sah, stöhnte sie auf, als müsse sie nach Luft ringen. Das war alles.

Sie kniete nieder und zog Onkels Hand an ihre Wange. Dann begann sie sich die Haare zu raufen. Ihr Gesicht verzerrte sich zu krampfhaftem Schluchzen. Ich wandte mich ab. Es war ein Anblick, der keine Zeugen ertrug.

FÜNFTES KAPITEL

DIE ZEIT IST wie ein Siegel, das für unser Dasein bürgt. Und wie ein Siegel ist sie künstlich. Vergangenheit, Gegenwart und Zukunft sind in Wirklichkeit nichts anderes als Verse desselben Gedichts. Das sagte Onkel immer. Und unsere Aufgabe ist es, hinter diesem Reimschema Gott zu entdecken.

Trotzdem war es bereits Montag nachmittag, und Onkel war schon einen Tag lang tot.

Bald würde der vierte Abend des Passafestes anbrechen.

Meine Mutter hatte gerade den Keller verlassen. Das Mädchen habe sie noch nie gesehen, erklärte sie mir. «Bist du dir sicher?» fragte ich.

«Noch nie», flüsterte sie beschämt. Ich konnte sehen, was sie dachte: *Die Sünde des Fleisches hat ihm den Tod gebracht.*

Wieder beugte ich mich über die Leichen. Diesmal stand meine Tante neben mir. Sie weinte nicht, und sie schrie nicht. Sie hatte einfach eine Tonscherbe aufgeklaubt und zerschnitt sich mit ihrer scharfen Kante die Finger.

«Esther, hör auf!» sagte ich. «Esther ...!»

Ihr starrer Blick verriet mir, daß sie sich über die Endgültigkeit des Todes erhoben hatte, die sich in unseren Herzen breitmachen wollte. Plötzlich stieg ein Stöhnen aus ihrem Inneren hoch, das sich in ein Würgen verwandelte. Sie schaute immer wieder von ihm zu dem Mädchen. Dann beugte sie sich vor, als würde er sie zu sich hinabziehen, und begann mit der Tonscherbe ihren Zeigefinger zu zerfetzen – es war der Finger, an dem sie ihren Ehering trug. Ich stürzte zu ihr und riß ihr die Tonscherbe weg. Heißes Blut floß über meine Hände.

Farid kam die Treppe hinabgeeilt und legte seinen Arm schützend um Esthers Taille. Als er sie wegführte, drehte sie sich noch einmal um und starrte mich über ihre Schulter an, als wolle sie sich vor einer langen Reise verabschieden. Dann schritt sie mit einer gespenstischen Anmut die Treppe hoch, wobei ihr Farid dicht auf den Fersen folgte.

Auch wenn sein genauer Verlauf uns unbekannt ist, scheint der Pfad zwischen Trauer und Einsicht von Gott sorgfältig geebnet zu sein. Plötzlich ging mir auf, daß der Mörder, der den Inhalt unseres Schrankes genau gekannt hatte, wahrscheinlich auch von unserer *Geniza* gewußt haben mußte.

Ich nahm den Schlüssel aus der Hammelblase, die hinter dem blutenden Spiegel hing, hob an der Nordwand des Raums den Rand unserer Gebetsmatte hoch und schob eine Schieferplatte zur Seite, bis das Schloß sichtbar wurde. Ich drehte es einen halben Kreis nach rechts. Als es klickte, hob ich den unter dem Schieferboden verborgenen Holzdeckel hoch. Unsere *Geniza* öffnete sich mit einem protestierenden Ächzen.

Ich hatte recht. Auf den beiden oberen Manuskripten waren Blutflecken. Es handelte sich um die «Fuchsfabeln», die ich gerade illustrierte, und das Buch Esther, das meine Tante kopierte. Darunter lagen, meist sauber, aber hier und da doch mit den roten Fingerspuren des Mörders versehen, Familientoras, Haggadot und Gebetbücher. Außerdem eine Karte des Mittelmeerraums von Juda Abenzara, religiöse Kommentare von Onkels Freund Abraham Sabah, das lyrische Werk von Farid ud-din Attar und zwei Lehrbücher zur Mystik von unserem geistigen Vater Abraham Abulafia, die mein Meister seinen geheimen Schmugglern bis jetzt nicht anzuvertrauen wagte. Unter diesen Werken lagen, scheinbar unberührt, eine mit phantastischen Tieren illustrierte Tora, die mein Meister von seinem verstorbenen Freund Isaac de Braga geerbt hatte; ein Koran aus Persien; drei Stapel Privatkorrespondenz meines Meisters; unser Wollsack mit Münzen, der noch immer schwer von Silber und Gold war, und schließlich der Ehevertrag zwischen meiner Tante und Onkel, den sie geschrieben und er illustriert hatte.

Ich schloß alles wieder unter der *Geniza*-Tür ein.

Der Mörder schien seine Suche unterbrochen zu haben, bevor er an die unteren Manuskripte kam, denn sie waren unbefleckt. Außerdem hätte er sicher unser Geld genommen, wenn er so weit gekommen wäre.

Das einzige fehlende Werk war die Haggada, an der Onkel bis zu seinem Tod gearbeitet hatte. Vor mir entfaltete sich ein neues Rätsel, denn trotz aller verschlungenen Muster und der Schmuckversalien mit Vogelköpfen war diese Haggada wertlos im Vergleich zu den Manuskripten von Abulafia, die zum Teil mehrere Jahrhunderte alt und vom Meister selbst geschrieben worden waren.

Diese letzte Haggada meines Onkels mußte für den Mörder also einen geheimen Wert haben.

Die eine Entdeckung zog weitere nach sich. Ich drehte mich zu unseren Schreibtischen um. Der Mörder hatte den Schlüssel zu der *Geniza* in der Hammelblase hinter dem blutenden Spiegel gefunden. Das deutete ebenfalls darauf hin, daß ein Mitglied von Onkels Zirkel mit dem Mord zu tun hatte. Doch warum hatte der Täter die *Geniza* wieder verschlossen? Aus Ordnungsliebe?

Ich suchte nach einer Quelle der Kraft für mich, deshalb nahm ich Onkels Ibisring aus meinem Beutel und steckte ihn auf meinen rechten Zeigefinger.

Farid war in den Keller zurückgekommen und stand jetzt zwischen den beiden Leichen. Er starrte auf die blutverkrusteten Schnittwunden, die in Onkels Hals klafften, und begann zu schwanken, als würde ihm der Boden unter den Füßen entzogen. Als er mich anblickte, schien er etwas zu sehen. Seine Augen rollten in den Kopf zurück, bis ich nur noch Weiß sah. Sein Körper gab nach. Ich sprang hoch, um ihn aufzufangen, und hielt ihn, bis er wieder erwachte.

Jetzt stand Cinfa auf der Treppe. Die Augen des Mädchens

waren wie Torazeiger auf Onkel gerichtet. Mit den Händen griff sie sich ins Haar an ihrem Hinterkopf. Ihre Hosenbeine wurden feucht.

Ich fürchtete, daß sie den Anblick des Todes aus der Nähe nicht ertragen würde, und rief: «Geh nach oben und bewache die Tür! Laß niemanden nach unten!»

Sie gehorchte. Farid war jetzt wach, und ich tupfte ihm mit meinem Ärmel die Stirn ab. Er setzte sich auf. «Alles in Ordnung», signalisierte er. «Es war einfach zuviel, ich konnte es nicht mehr ertragen. Und dann habe ich etwas gesehen ...»

«Was?»

«Am rechten Schenkel deines Onkels ...» Farid krampfte die Hände ineinander und holte tief Luft.

«Was?» drängte ich.

«Semente branca.» Farid benutzte einen Kabbala-Ausdruck. Weißer Samen – für Sperma.

«Wovon redest du?»

«Komm», signalisierte er. Wir beugten uns nieder. Auf Onkels Innenschenkel sah ich zwischen den Blutspuren verkrustete Flecken, die wie Silberglimmer schimmerten.

«Das kann alles mögliche sein!» gestikulierte ich wild. «Honigkleckse, Mandelmilch. Onkel hat nie aufgepaßt, wenn er ...»

«Es ist *semente branca*», wiederholte Farid mit ungeduldiger Gestik. «Ich habe daran gerochen und ...» Bevor ich ihn aufhalten konnte, schälte er ein kleines Stück ab und legte es sich auf die Zunge. Er schmeckte es wie ein neues Gewürz. Dann würgte er plötzlich und spuckte es in seine Hand, die er an der Hose abwischte. «Sie müssen miteinander geschlafen haben», signalisierte er bestimmt.

Es war nicht der Schock, daß Onkel Esther betrogen hatte, der mir den Mund offenstehen ließ. Aber daß er seine Geliebte mit in diesen Gebetskeller gebracht hatte, unsere Synagoge ... Es war unmöglich. Es änderte alles. Und trotzdem ...

«Farid, ich brauche deine Hilfe», signalisierte ich meinem

Freund. Wir waren jetzt an einen Punkt gekommen, an dem ich mir seine einzigartige Begabung zunutze machen mußte. Ich zog den Gebetsteppich unter dem Mädchen weg und erzählte ihm, was ich bereits wußte und vermutete. Dann zeigte ich ihm den Brief, den Onkel an Dom Miguel Ribeiro geschickt hatte, den Edelmann, für den Tante Esther das Psalmenbuch kopierte. Als er ihn zu Ende gelesen hatte, ergriff ich seine kräftigen Hände und legte sie auf meine Brust, damit er meinen Herzschlag spüren konnte. «Farid, ich glaube, daß Gott uns nur für dieses Passa zusammengebracht hat. Vielleicht will er, daß wir zusammen Onkels Mörder finden. Bald muß ich Juda suchen gehen. Doch erst sollst du dich in diesem Raum umschauen. Wirf deinen Blick auf jede Form und jeden Schatten, und sage mir, ob du etwas siehst, das mir entgeht. Alles! Ich will hören, wie du dir das Geschehene erklärst.»

Farid kam meiner Bitte nach. Als er fertig war, bedeutete er mir, mit ihm zu Onkel zu kommen. Wir hockten uns neben seinem Kopf nieder. *Wann werden wir ihn begraben können?* Plötzlich war mir eingefallen, daß wir ihn so bald wie möglich sicher in geheiligten Boden geleiten mußten.

«Der Schnitt in seinem Hals zeigt einen leichten Bogen», signalisierte Farid. «Meiner Meinung hat der Mörder den Kopf deines Onkels von hinten zur linken Seite gedrückt und dann mit dem scharfen Messer in seiner rechten Hand ...» Farid zog sich mit der Hand über die Brust, um mir die Bewegung zu zeigen, mit der mein Onkel getötet wurde.

Dann stand er auf und ging zu dem Mädchen. Er hockte sich neben ihre Hände, beugte sich zu ihnen runter und beschnüffelte sie wie ein Hund. Dann blickte er zu mir hoch: «Sie hat mit Olivenöl und Rosmarin gearbeitet. Und mit einer weiteren Essenz, die sich fast ganz verflüchtigt hat, wahrscheinlich Zitronenöl.» Mit der Spitze seines Zeigefingers berührte er ihren Daumen. «Hier ist etwas Asche. Ich vermute, sie war Bäckerin, und die Asche stammt aus den Öfen.»

Ich nickte zustimmend. Nur ein größerer Narr als ich würde sich nicht auf Farids Nase oder Augen verlassen.

«Und schau auf ihre rechte Schläfe», signalisierte er. «Dort ist eine kleine, kreisförmige Einbuchtung. Auf der linken Seite sieht es genauso aus.»

«Und was ist das?»

«Keine Ahnung. Aber diese Symmetrie ist äußerst ungewöhnlich. Jetzt komm mit.» Er führte mich zu dem ledernen Wandbehang, an dem das Messer gesäubert wurde. Er hob das untere Ende über seinen Kopf und zeigte mir fünf lange Blutspritzer, die am Rand einer Kachel ganz plötzlich endeten. Es sah aus, als seien die Finger einer Hand ohne Innenfläche dort abgewischt worden.

War der Mörder ein Zauberer, der verschwinden konnte, indem er mit den Fingern geheime Blutsymbole malte? Hatte ein Mitglied des Kabbala-Zirkels einen Geist oder Dämon beschworen, der meinen Onkel umbringen sollte? Hätte solch ein Wesen von der Anderen Seite an der *Mezuza* über unserer Türschwelle vorbei gekonnt?

«Was hältst du davon?» fragte Farid. Als ich den Kopf schüttelte, ließ er den Wandbehang wieder zurückfallen. «Jetzt gib mir die Rosenkranzperle und den Faden.»

Ich nahm sie aus meinem Beutel und reichte sie ihm.

Er beschnüffelte und leckte sie. «Die Perle ist aus dem Holz des Johannisbrotbaums. Sehr schön poliert. Teuer. Meiner Meinung stammt sie aus der Gegend. Pater Carlos gehört sie jedoch nicht. Zumindest ist sie nicht von dem Rosenkranz, den ich kenne. Der Faden ist, wie du bereits erkannt hast, aus Seide. Sehr feine Qualität. Ich müßte Simons Handschuhe sehen, um sagen zu können, ob er dazu paßt. Und selbst dann ... In Lissabon gibt es wahrscheinlich mehr Meilen schwarze Seide als Straßen.» Er ließ die Hände an seine Seiten fallen.

«Ist das alles?» fragte ich.

«Nur noch, daß du mit deiner Vermutung, dein Onkel sei in

seinen Kleidern ermordet worden, richtig liegst. In seiner Robe sind Exkrementflecken und Spuren von *semente branca*.»

Es war, als habe der Körper meines Meisters alle Flüssigkeiten von sich gegeben. Vielleicht versucht sich der Körper im Moment eines gewaltsamen Todes selbst zu reinigen, damit die Seele schnell zu Gott findet.

«Noch etwas?» Als er den Kopf schüttelte, signalisierte ich: «Wie ist der Mörder deiner Meinung nach entkommen? Ich weiß sicher, daß die Tür von innen verriegelt war. Er müßte durch die Kellerwand verschwunden sein. Es gab keinen anderen Weg ...»

«Ein armseliger Gedanke hat versucht, in meine Unwissenheit zu dringen», gestikulierte er.

«Welcher?»

Farid deutete auf die Fensterschlitze. Es waren drei ovale Löcher, nicht länger als fünfundzwanzig Zentimeter und nicht breiter als eine Handspanne. Vor ihnen befanden sich winzige Läden, die sich fest verriegeln ließen, während man von innen glänzend polierte Tierhäute zuziehen konnte, so daß nur gedämpftes Licht in den Raum fiel.

«Noch nicht einmal ein Zwerg oder ein Kind hätte da durchgepaßt», signalisierte ich. «Wenn Onkels Mörder ein Marder war oder eine Giftschlange ...»

«Ich habe ja gesagt, daß es eine armselige Idee war.» Farid zuckte mit den Schultern, hielt seinen Daumen und seinen Zeigefinger an den Mund und wirbelte sie dann in einem anmutigen Bogen hoch. Er wollte damit sagen, daß wir warten mußten, bis uns Allah eine Antwort gab.

«Auf *Ihn* kann ich nicht warten», antwortete ich. Ich ging zur Treppe und setzte mich, um über das Rätsel nachzudenken. Mir kam es seltsam vor, daß ich lediglich eine unbestimmte Leere und Schwäche fühlte. Es war, als sei meine Liebe mit Onkel gestorben, als würde ich, losgelöst von Vergangenheit und Gegenwart, frei schweben. Frei von allem, außer dem bedingungslosen Wunsch, Onkels Mörder zu finden.

Plötzlich schien mein Herz gegen meine Brust zu springen. Über mir kratzte jemand an den Läden vor den Fensterschlitzen. Ich rannte die Kellertreppe hinauf und stürzte durch die Küche in den Hof. Dort fand ich Roseta, die mit ihrer Pfote nach einem roten Wollball schlug, den Onkel ihr vor einiger Zeit gemacht hatte. Sie war völlig durchnäßt und sah aus, als habe jemand sie in einen Brunnen geworfen.

«Du dummes Vieh!» zischte ich sie an.

Dann atmete ich tief durch, entschuldigte mich bei ihr und ging durch unser Tor auf die Straße hinaus. Im Osten, ungefähr einhundert Schritte die Rua de São Pedro hinab, hing noch immer die Leiche von Dr. Montesinhos im Eingang der alten Schule. Ein kleiner Mann in einem violettfarbenen Mantel stand vor ihm. Er hatte die rechte Hand wie zu einem Segen erhoben. Ich konnte nur sein Profil sehen, doch er hatte den dichten grauen Haarschopf und die zimtfarbene Haut meines Onkels.

Es ist Onkel! Plötzlich verwarf ich alle vorangegangenen Überlegungen über die Ursache seines Todes. *Natürlich! Er hatte uns alle mit den Mitteln der Magie zum Narren gehalten.*

Ich wußte, daß es verrückt war, aber ich fühlte mich unendlich erleichtert und ging langsam auf ihn zu. Vielleicht lachte ich sogar. Doch als der kleine dunkle Mann meine Schritte hörte, drehte er sich zu mir um, starrte mich erschrocken an und rannte dann um die nächste Ecke auf die Kirche São Miguel zu. Bis ich dort ankam, war er verschwunden.

Verwirrt und verzweifelt schlich ich zur Leiche von Dr. Montesinhos zurück. Die Goldmünze, die ihm jemand in den Mund gesteckt hatte, um für seine Reise über den Jordan zu zahlen, war verschwunden. Plötzlich traf es mich wie ein Blitz: *Der Mann in dem violettfarbenen Mantel war nicht mein Onkel. Er war ein gemeiner Dieb und hatte die Leiche nicht segnen wollen, sondern die Münze gestohlen.*

Als ich wieder nach Hause ging, hatte ich plötzlich das Gefühl, daß die Geschichte von ihrem Pfad abgewichen war und eine Bahn eingeschlagen hatte, die Gott nicht vorgesehen hatte. Wir alle in Lissabon – Juden und Christen – waren für unser Überleben allein verantwortlich. In diesem Moment kam mir ein erschütternder Gedanke, wie ich ihn mir nie zuvor hatte vorstellen können: *Es hat nie einen Gott gegeben, der über uns wacht! Selbst das Herz der Kabbala, die Tora, ist nichts als Erfindung. Es gibt keine Bundeslade. Ich habe mein Leben einer Lüge geweiht.*

Ich stieg die Kellertreppe hinab und setzte mich wieder auf die unterste Stufe, wo ich den Kopf in den Händen vergrub. Farid setzte sich neben mich und legte seine Hand auf meinen Kopf. «Wir alle zweifeln im Moment an Gott», signalisierte er. «Denk nicht an unsere anderen großen Sorgen. Wir haben es hier mit einem Mord zu tun, darauf wollen wir uns konzentrieren. Also, welchen besonderen Wert könnte die fehlende Haggada deines Onkels für den Mörder haben?»

Ich erinnerte Farid daran, daß mein Meister die Gesichter der biblischen Figuren immer lebenden Menschen nachempfunden hatte. Als Vorbilder dienten berühmte Bürger Lissabons, Nachbarn, Freunde und seine geliebten Brüder aus dem Kabbala-Zirkel. Natürlich hatte er immer versucht, sie Figuren mit entsprechenden Vorlieben und Interessen zuzuordnen.

«Kann es sein, daß er einen aus dem Zirkel als bösen Menschen gezeichnet hat?» gestikulierte Farid.

«Nein, ich glaube nicht, daß er gegen einen von ihnen einen Verdacht hegte. Und wenn, dann hat er erst kürzlich erfahren, daß er verraten wurde. Deshalb hätte er wohl kaum alles neu gemalt. Das wäre einfach zuviel Arbeit für ein Ergebnis ...» Ich hielt mitten im Satz inne. Plötzlich fügte sich alles zu einem Bild zusammen. Letzten Freitag hatte mir Onkel kurz vor unserem Passa-Seder erzählt, daß er das Gesicht des Haman für sein jüngstes Manuskript gefunden hatte. In seiner Stimme hatten sich dabei Traurigkeit und Erleichterung gemischt. An diesem Tag mußte er entdeckt haben, daß eine Verschwörung gegen ihn betrieben wurde, und er wußte auch von wem. «Und ich glaube», signalisierte ich jetzt Farid, «daß er das Gesicht seines

Hauptfeindes für den bösen Haman benutzt hat. Es war das Gesicht des Mannes, der ihn töten würde. Das ist die einzige Möglichkeit. Darum wurde seine letzte Haggada gestohlen. Der Mörder wußte, daß er als Haman abgebildet war. Oder vermutete es. Oder er hat es nur zufällig entdeckt, als er gierig die Manuskripte in der *Geniza* durchblätterte. Dann ist er nervös geworden und hat das Manuskript mitgenommen. Deshalb gibt es auf den unteren Manuskripten auch keine Blutflecken, und es fehlen keine Münzen.»

Farid zog an seinem Ohrläppchen und blickte mich nachdenklich an. «Dann müssen wir jeden aus dem Zirkel verdächtigen. Nehmen wir Pater Carlos. Was könnte sein Motiv gewesen sein? Ist er der Haman?»

«Onkel und er haben über einen *safira* von Solomon Ibn Gabirol gestritten, den Carlos ihm nicht überlassen wollte.»

«Und Samson Tijolo? Hat dein Onkel in letzter Zeit über ihn geredet?»

«Als er mich zu ihm schickte, um Wein zu kaufen, hat Onkel gesagt, er wolle mit ihm reden, und mir eine Nachricht für ihn mitgegeben.»

«Worüber wollte er mit ihm reden?»

«Das weiß ich nicht. Aber da ist noch etwas. Sie haben sich immer nur im Kabbala-Zirkel getroffen. Lag das nur an der Entfernung zwischen unseren Häusern? Ich habe mir manchmal Gedanken darüber gemacht.»

«Ein Funken von Abneigung?»

«Eher Rivalität. Zwei intelligente, mächtige Kabbalisten. Selbst unter Engeln kann es Konkurrenz geben.»

«Und dann haben wir noch Diego», gestikulierte Farid.

Diego war noch kein vollwertiges Mitglied des Zirkels gewesen. «Ich bin mir nicht sicher, ob er bereits von der *Geniza* wußte.»

«Das könntest du über die anderen Mitglieder erfahren.»

Ich nahm den Zettel, der aus Diegos Turban gefallen war,

zeigte ihn Farid und erklärte, wie er in meinen Besitz gelangt war. «Was hältst du davon?»

«*Madre* heißt natürlich Mutter, insbesondere in Zusammenhang mit Unserer Lieben Frau. Es scheint sich hier also um einen halb jüdischen, halb christlichen Talisman zu handeln. Ein Gebet an die Jungfrau Maria für einen Isaac, dem am neunundzwanzigsten etwas Gutes zustoßen soll.» Er gab mir den Zettel zurück. «Ihr *Marranos* macht in letzter Zeit seltsame Dinge. Ihr seid wie Sphingen mit jüdischen Herzen und Christenköpfen.»

«Da ist noch etwas, Farid. Diego war verletzt. Man hat ihn gesteinigt und durch die Stadt gejagt. Hätte er danach die Kraft aufbringen können, zwei Kehlen durchzuschneiden?»

«Wenn er unbedingt gewollt hätte. Diego ist ein Überlebenskünstler. Er ist aus Kastilien geflohen, als die Inquisitoren ihn schon in ihren Händen glaubten. Seine Verletzung könnte das beste aller Alibis sein, falls ihn jemand verdächtigen sollte.»

«Doch er lebt mehrere Straßenzüge von uns entfernt. Er müßte das Risiko auf sich genommen haben, sich durch ein Meer von Altchristen zu bewegen, nur um zu uns zu kommen. Unwahrscheinlich.»

«Wenn er jedoch mit Eurico Damas zusammengearbeitet hätte ...»

«Oder mit Rabbi Losa», bemerkte ich. «Der hat Onkel immer gehaßt. Und er handelt mit Meßgewändern. Dazu gehören sicher auch Rosenkränze.»

Farid atmete tief durch. «Und dann haben wir noch Dom Miguel Ribeiro.»

«Ich glaube, er hat Dom Miguel um Geld gebeten, um ein sehr wertvolles Manuskript erwerben zu können. Ein Buch, das im Zirkel vielleicht Streit ausgelöst hätte. Möglicherweise war es Onkels Besessenheit, auch die letzte hebräische Schriftseite vor der Zerstörung zu bewahren, die ihn das Leben kostete.»

«Was ist mit dem Ehemann des Mädchens?» Farid hielt meine Hände fest, um jeden Widerspruch im Keim zu ersticken. «Ich weiß, es ist nahezu unmöglich, daß dein Onkel ein Verhältnis mit ihr hatte», gestikulierte er. «Aber nicht alle sind mit deinem Glauben gesegnet. Vielleicht war ihr Mann davon überzeugt, daß sie ihm Hörner aufsetzte. Dabei kann sie deinen Onkel durchaus wegen einer religiösen Frage aufgesucht oder ihn um irgendeine Hilfe gebeten haben. Der Ehemann ist ihr nachgeschlichen, weil er irrtümlicherweise glaubte, sie wolle sich mit einem geheimen Liebhaber treffen. Als er sah, wie sie durch die Falltür verschwand, ist er ihr in den Keller nachgerannt und hat sich auf deinen Onkel gestürzt. Dann hat er die Kleider seiner Frau mitgenommen, damit die Spur nicht zu ihm führt.»

«Ein krankhaft eifersüchtiger Ehemann. Mißtrauisch, treulos und jähzornig.»

«Lissabon steckt bis in seine Türme voll von solchen Parasiten. Wie viele Männer kennen wir beide, die von der Liebe keine Ahnung haben?»

«Doch ihm müßte klar sein, daß ihn allein das Gesicht seiner Frau verraten würde. Die Kleider mitzunehmen scheint mir eine absurde Geste.»

«Es sei denn, sie besäßen einen verborgenen Wert», Farid leckte sich nervös über die Lippen. «Beri, es gibt noch einen möglichen Täter.»

«Wen?»

«Wir benehmen uns wie zwei hilflose Imker vor einem aufgebrachten Bienenkorb und vermeiden ein Thema: Esther.» Er winkte meinen Protest ab. «Wir kennen niemanden, der leichter in Rage zu bringen ist, als sie, oder?»

Ich nickte.

«Ihr Schweigen ist sehr ungewöhnlich. Vielleicht hat sie das Mädchen mit deinem Onkel im Keller überrascht und dann ...»

«Das ist lächerlich!» unterbrach ich ihn. «Du willst doch nicht behaupten, daß sie die beiden in einem eifersüchtigen Wutanfall mit einem Rosenkranz erwürgte, den sie zufällig im Hof gefunden hatte? Um dann ihre Hälse aufzuschlitzen, unser Lapislazuli und Gold zu stehlen und nach draußen auf die Straße zu rennen, wo sie sich vergewaltigen ließ! Farid, das ist ein Kartenhaus auf einem schiefen Tisch. Außerdem ist ihr Schweigen keineswegs ungewöhnlich. Ich verstehe es nur zu gut. Sie schweigt, weil sie es einfach nicht glauben will, und nicht weil sie schuldig ist.»

«Ein Kartenhaus auf einem schiefen Tisch in einem Sandsturm», erwiderte Farid mit einer anmutig entschuldigenden Handbewegung. «Doch ich mußte diesen Gedanken in den Raum stellen, um ihn vergessen zu können. Jetzt sag mir eins, Beri ... Warum sollte einer aus dem Kabbala-Zirkel mit Eurico Damas oder sonst jemandem außerhalb der Gruppe zusammenarbeiten?»

Erpressung? Das Wort schoß mir mit solcher Wucht durch den Kopf, daß ich aufsprang.

«Was ist?» Farid blickte mich fragend an. «Hast du etwas gehört? Wer kommt?»

«Ich habe nichts gehört.» Ich bedeutete ihm, mich noch einen Moment nachdenken zu lassen. War es möglich, daß Eurico Damas ein Mitglied des Kabbala-Zirkels erpreßt hatte, um Onkel niedermetzeln zu können? Hatte er anschließend unseren Schrank und unsere *Geniza* ausgeraubt? Vielleicht glaubte er ja, wir hätten Fässer voller Gold und Kisten voller Rubine. Hatte er womöglich sogar das Mädchen ins Haus gebracht und sie dort getötet, damit wir glaubten, sie sei Onkels Geliebte gewesen und ihren Ehemann der Tat verdächtigten?

«Erpressung», sagte ich zu Farid. «In dieser Zeit der Masken hat jeder von uns ein oder zwei Geheimnisse, für die er sich nötigen läßt!»

Farid stand auf und legte seinen Arm um meine Schulter. «Aber so kommen wir nicht weiter. Denn wenn wir alle etwas zu verbergen hätten, könnte jeder von uns zu der Tat gezwungen worden sein. Und wie sollen wir weitermachen, wenn über jedem der Schleier des Verdachts liegt?»

In dem Moment grub sich ein unvorstellbarer Schrecken in meine Eingeweide. Die Schweißperlen rollten mir über die Stirn. Mir war schlecht, ich stöhnte laut auf. Ich war so verwirrt, daß ich mit Farid sprach, statt unsere Gebärdensprache zu benutzen. «Pater Carlos war mit Juda zusammen! Vielleicht wurde mein kleiner Bruder Zeuge des Mordes! Carlos hat es nicht übers Herz gebracht, ihn ebenfalls umzubringen, und ist mit ihm verschwunden!»

Farid las meine Lippen und schloß die Augen, als wolle er diese Möglichkeit ausschließen. «Daran habe ich nicht gedacht», signalisierte er. Seine Hände umschlangen einander in einem Gebetstanz.

Jetzt legte ich meinen Arm um seine Schultern: «Hast du gesehen, ob Carlos blutbesudelt war?»

«Sie waren zu weit entfernt. Ich glaube es nicht, aber ich bin nicht sicher.»

Einen Moment lang saßen wir beide schweigend da und überlegten. Uns blieben Eurico Damas, Rabbi Losa und Dom Miguel Ribeiro. Einer von ihnen mußte mit einem Mitglied des Zirkels gemeinsame Sache gemacht haben. Oder mehrere von ihnen.

«Wir werden mit ihnen allen sprechen müssen», sagte Farid.

Während ich nickte, versuchte ich unsere Anhaltspunkte mit einer Rekonstruktion des Geschehens zu untermauern:

Onkel war allein im Haus gewesen. Ein Mädchen, das er von früher kannte, vielleicht die Verkäuferin aus einer Bäckerei oder die Tochter eines alten Freundes, hatte ihn besucht. Sie hatte ein großes Problem. Ihr Mann hatte sie in letzter Zeit immer wieder geschlagen. Was sollte sie tun? Mein Meister setzte sich mit ihr an den Küchentisch, schenkte ihr einen Becher Wein mit Wasser ein und bot ihr eine Matza an. Sie redeten über ihren Kummer, bis sie auf das Geschrei von der Straße aufmerksam wurden. Onkel begriff sofort, was vor sich ging, und wies sie an, sich ruhig zu verhalten. Wie eine Katze schlich er in den

Hof und in den Laden, um die anderen Familienmitglieder zu suchen. Doch ich war mit meinem Faß koscheren Weins auf dem Weg nach Hause und Esther auf dem Markt vor Santo Estêvão. Juda war bei Pater Carlos, und Mutter und Cinfa verbrachten die Siesta bei einer Nachbarin. Als die Altchristen gegen unsere Ladentür schlugen, führte er das Mädchen in den Keller und ließ von unten den alten Perserteppich zurück über die Falltür gleiten. Er zog die Vorhänge vor den Fensterschlitzen in der Nordwand zu, damit niemand hineinschauen konnte. Die winzigen Fensterläden waren ebenfalls verschlossen.

Einige Zeit später klopfte es während einer kurzen Atempause des Aufruhrs an der Kellertür. Eine vertraute Stimme rief um Hilfe. Onkel eilte die Stufen hoch und öffnete einem Bruder aus dem Kabbala-Zirkel die Tür zu unserer Synagoge. Dieser Mann hatte mit Onkel über ein wertvolles Manuskript gestritten und vielleicht sogar versucht, es hinter dem Rücken meines Meisters zu erwerben. Was immer seine Sünde gewesen sein mochte, sie hatte ihm das Gesicht des Haman eingebracht. Doch weil draußen der Aufstand tobte, vergaß Onkel in dem Moment alle Bitterkeit und Feindseligkeit.

Hinter dem Mann aus dem Zirkel trat dann plötzlich Eurico Damas ein. Ohne Vorwarnung stürzte er sich auf Onkel und warf ihn die Treppe hinab. Daher stammte der große Bluterguß an seiner Schulter. Als mein Meister sich aufrichten wollte, wurde er von hinten ergriffen. Ein Rosenkranz schlang sich um seinen Hals. «Gib auf, und ich schwöre auf die Tora, daß ich das Mädchen laufenlasse!» hatte Damas gerufen.

Onkel ergab sich, weil er in dem Moment die Natur des Opfers erkannte, das von ihm gefordert wurde. Das Leben wurde aus ihm herausgepreßt. Dann übernahm der Mann aus dem Kabbala-Zirkel, ein ehemaliger Schächter, meinen Meister und durchschnitt ihm die Kehle, um sicherzugehen, daß er tot war. Vorsichtig legte er ihn auf den Boden, während das Blut ungehindert über die Gebetsmatte floß.

Ein schwarzer Faden wurde unter seinen Daumennagel gesteckt, um den Verdacht auf Simon zu lenken.

Mittlerweile war das Mädchen zur Ostwand des Kellers gelaufen, wo sie sich ängstlich niederkauerte und um ihr Leben bettelte. Damas brach das Versprechen, das er Onkel gegeben hatte, und stürzte sich auf sie. Als er sie erwürgte, zerriß der Rosenkranz. Er schnitt ihr die Kehle durch und warf sie zu Boden. Ihr Kopf schlug gegen den Blumentopf, wobei ihre Nase brach und sich grotesk verbog. Innerhalb von Sekunden war sie verblutet.

Die Perlen des Rosenkranzes rollten über den Steinboden des Kellers. Damas befahl seinem Komplizen aus dem Zirkel, sie aufzusammeln. Doch eine Perle, die unter dem Schreibtisch, war ihnen entgangen.

Als nächstes nahm der Mann aus dem Zirkel den Schlüssel zu unserer *Geniza* aus der Hammelblase und öffnete sie. Ganz oben entdeckte der Mörder Onkels letzte Haggada, die er hastig durchblätterte, bis er sein eigenes Gesicht als das des Haman wiederfand. Erschreckt verbarg er das Manuskript unter seinem Cape und sagte Damas, daß sie schnell fliehen müßten.

Damas hatte gerade unser Blattgold und Lapislazuli aus den Schwarzholzkisten geholt.

Gemeinsam entkleideten sie die Leichen, damit es so aussah, als hätten Onkel und das Mädchen miteinander geschlafen. Es war der letzte grausame Streich, der unserer Familie gespielt werden sollte. Und natürlich wurde so die Schuld auf den Ehemann des Mädchens gelenkt. Vielleicht hatte der Mann aus dem Kabbala-Zirkel auch dagegen protestiert. Doch dann wurde er an das scheinbar schreckliche Geheimnis erinnert, für das er sich erpressen ließ.

Das Morden hatte Damas erregt, denn es gibt Männer, für die Geschlechtlichkeit und Gewalt nicht zu trennen sind. Vielleicht dachte er auch, der Szene fehle der letzte, pervers poetische Schliff. Er wollte Onkels Leichnam noch gemeiner schänden.

Er entblößte sein Geschlecht und ergoß sich auf Onkel.

Der Mann aus dem Zirkel mußte das Mädchen ebenfalls entfernt gekannt haben. Ihr Vater war nicht nur ein guter Freund meines Onkels, sondern auch sein eigener. An ihrer Kleidung mußte etwas sein, das diese Verbindung verraten würde. Deshalb griff er sich Kleid, Bluse und sogar die Unterwäsche.

Hatte Juda auf dem Treppenabsatz gestanden und alles mit angesehen? Hatte der Mörder ihn auf den Arm genommen und fortgetragen?

Zum Schluß schrieb der Mann aus dem Kabbala-Zirkel einen geheimen Gottesnamen auf seine Stirn und auf die von Eurico Damas, vielleicht auch auf Judas. Es war ein mächtiger, gewichtiger Name aus einem Handbuch der praktischen Kabbala, der es ihnen ermöglichte, durch Wände zu gehen.

Und dann waren sie verschwunden.

SECHSTES KAPITEL

WÄHREND ICH FARID meine Interpretation des Tathergangs schilderte, hörte ich eine Männerstimme im Hof. Ich rannte hoch. Es war Rabbi Solomon Ibn Verga, ein Nachbar, der in der Küchentür stand. Tröstend sprach er mit Cinfa über Gottes Gnade. In der einen Hand hielt er drei Schiefersteine, in der anderen einen Korb mit Zwiebeln. «Mein Junge, du hast es überlebt!» sagte er mit einem warmen Lächeln, trat aber nicht auf mich zu, als fürchte er sich, die Schwelle unseres Hauses zu überschreiten.

«Doch die meisten von uns nicht. Juda ist verschwunden. Und Onkel ...»

«Ja, Cinfa hat es mir erzählt.» Er stellte seinen Korb ab und winkte mich zu sich. «Du darfst niemals vergessen, daß du verschont worden bist, damit du dich erinnern kannst.» Er nahm mich bei der Schulter wie einen der Gemeindeältesten. «Ich schreibe gerade ein Buch über die Geschichte der Juden. Diesen niederträchtigen Aufstand werde ich als Gipfelpunkt nehmen.»

«Ein Geschichtsbuch?» fragte ich ungläubig. Seit den Tagen des Josephus war mir kein Jude bekannt, der ein historisches Werk geschrieben hätte.

«Genau», antwortete der Rabbi. «Einen Bericht über unseren harten, steinigen Weg zum Ölberg.»

Ja, wir befanden uns tatsächlich in einem neuen Zeitalter, in dem die Welt von historischen Texten erklärt wurde, und nicht vom Wort Gottes. Und es war eine Welt, in der Rabbinen und Kabbalisten nicht mehr zählten.

«Du solltest das, was du in den letzten beiden Tagen erlebt

hast, für deine Illuminationen verwerten», fuhr der Rabbi fort. «Übersetze das Erlittene in deine Bilder. Das ist die uns Juden gemäße Kunstform.» Er reichte mir die Schiefersteine. «Die sind bestimmt aus eurem Hof. Sie lagen auf der Straße.»

Nachdem ich mich bedankt hatte, verabschiedete er sich mit einem Friedensgruß. «Ach ja, falls ihr Zwiebeln gebrauchen könnt», sagte er im Gehen und hielt seinen Korb hoch. «Jemand hat einen Wagen umgeworfen. Es sind nicht viele, doch wir haben sie zu einem besonderen Preis erhalten.»

Unfaßbar, daß selbst in solchen Momenten noch Humor möglich ist. Und trotzdem tauschten wir ein Lächeln.

Dann hörte ich sie. Die erste grölende Welle einer Flut von Altchristen. Ich rannte an unserem Gast vorbei zum Hoftor. Dem anschwellenden Gemurmel und Geschrei nach mußten sie von Westen kommen, von der Kathedrale. Und sie kamen schnell.

«Was ist, mein Junge?» fragte Rabbi Solomon.

Ich drehte mich zu ihm um. «Ihr solltet besser heimgehen, Rabbi. Ich glaube, es ist noch nicht vorbei.»

Er zog seine Kapuze über den Kopf. Als er an mir vorbeiging, zitierte er einen Satz aus den Sprüchen Salomonis: «‹Gott straft, wen Er liebt. Wie der Vater seinen Lieblingssohn.› Wir sind ein erwähltes Volk. Wir alle werden sehen, wie der Tempel wiederaufgebaut wird.»

Ich versammelte die Familie um mich und erklärte ihnen, sie hätten genau eine Minute Zeit, ein paar Wertsachen zusammenzusuchen. Dann rannte ich in den Abort und schöpfte mit einer Holzschüssel einen Klumpen Kot, den ich in den alten Teppich über unserer Falltür schmierte. Auf diese Weise hoffte ich Räuber und Plünderer abzuschrecken. Aus meinem Zimmer nahm ich einen Kerzenleuchter und einen Feuerstein mit, mehrere Decken und einen Behälter mit Wasser. In einem Geheimfach unten in meiner Kommode lag das Pergamentband, auf das die

Namen von Onkel und mir geschrieben waren. Ich zog es heraus und band es mir ums Handgelenk, wobei ich die Goldbuchstaben fest auf meine Haut drückte, damit niemand sie lesen konnte. Dann führte ich uns alle in den Keller, wobei ich mich insgeheim verfluchte. Die wertvollen Minuten, in denen ich Juda hätte suchen können, hatte ich damit vergeudet, mich mit Farid zu unterhalten. Und jetzt ...

Als mir klar wurde, daß wir Onkel an diesem Tag nicht mehr begraben konnten, schickte ich mit zitternder Stimme ein Gebet zu Gott. Mit geschlossenen Augen und einem Körper, der im Rhythmus meines Herzschlags schwankte, bat ich ihn darum, die Reise von Onkels Seele trotz dieser Pflichtverletzung zuzulassen.

Den Rest des Montags verbrachten wir wartend – Mutter, Esther, Farid, Cinfa und ich. Jeder saß in seiner eigenen, abgeschlossenen Welt, und niemand sprach.

Das Königsblau der Gebetsmatte, die über dem toten Mädchen lag; der warme, üppige Geruch von Cinfas Haar, als sie ihren Kopf unter mein Hemd steckte und heiß auf meine Brust atmete; das nervöse Summen der Zikaden im Hof – jede dieser verräterischen Wahrnehmungen führte zu derselben Frage: Warum saß ich hier und konnte sehen, hören und riechen, während so viele starben?

«Ich wünschte fast, ich wäre mit ihnen gestorben», flüsterte ich meiner Mutter zu.

«Die Schuld wird uns immer begleiten, genau wie Gott», lautete ihre Antwort. «Wie sollte es anders sein?»

Jedesmal, wenn ich glaubte, meine Mutter sei es nicht wert, für sie zu kämpfen, überraschte sie mich mit so einem Satz.

«Wir leben, um uns zu erinnern», wiederholte Cinfa die Worte Rabbi Solomons.

Klammern Kinder sich an die Hoffnung, indem sie Erwachsene nachahmen?

Plötzlich hörten wir über uns auf der Straße Geschrei. Die

Marranos wurden beschuldigt, die Dürre durch Hexerei verursacht zu haben.

Es war das erste Mal an diesem Tag, daß wir die Anhänger des Nazareners ganz aus der Nähe vernahmen. Es waren Hunderte. Sie wurden von Dominikanermönchen angeführt, die uns mit hohen, schrillen Eunuchenstimmen aufforderten, herauszukommen und uns durch die Flammen reinigen zu lassen.

«*Bichos meio humanos*, halbmenschliche Kreaturen», nannten sie uns. Am späten Nachmittag ließ Musik aus Dudelsäcken die Kastanienholzbalken unseres Kellers erzittern. Es war, als wolle man uns zu einem Jahrmarkt rufen. Beim letztenmal, meiner Rechnung nach mußte es drei Stunden nach Anbruch des vierten Passa-Abends gewesen sein, durchschnitt ein quiekendes Kreischen unsere Dunkelheit. Es klang, als würde ein Schwein durch die Straßen gepeitscht. Ich betete zu Gott, daß es wirklich nur ein Schwein war.

Zweimal trampelten sie durch unser Haus und zertrümmerten, was von unseren Möbeln übriggeblieben war.

Cinfa kauerte sich zwischen Farid und mich. Esther saß in stoischer Ruhe da. Ihre Augen waren nicht mehr von dunklem Kajal umrandet, ihr graugesträhntes Haar fiel ihr ungepflegt auf die Schultern. Eine Schauspielerin, deren Theater samt allen Mitspielern abgebrannt ist, dachte ich.

Mutter umklammerte ihre Talismane und betete leise. Jedesmal, wenn sie mich anblickte, wußte ich, daß sie mich mit Juda verglich, dem ich ähnlich sah.

Hätten die Christen die Falltür entdeckt, wäre alles verloren gewesen. Ich hatte die Planken hastig zusammengenagelt, und als ich auf der Suche nach Onkel in den Keller einbrach, war der Riegel vor der eigentlichen Kellertür herausgerissen worden. Ein falscher Schritt auf dem Teppich über der Tür hätte genügt, und sie wären mehr oder weniger auf uns gestürzt.

Nach Einbruch der Dunkelheit balsamierte ich Onkel und das Mädchen mit Myrrhe, um den Geruch zu bekämpfen, den das

Aufsteigen der Seele mit sich bringt. Dann deckte ich sie wieder mit Gebetsmatten zu.

Die Schnittwunde in meinem Arm, die mir die Lanze des Bauernburschen beigebracht hatte, schloß sich nach der Behandlung mit einem Extrakt aus Schwarzwurz. Ich strich noch eine dünne Schicht aus dem Saft der Ringelblume darüber, um den Heilungsprozeß zu beschleunigen, und wickelte ein Leinentaschentuch darum.

Dann nahm ich all meinen Mut zusammen. «Hast du das tote Mädchen schon einmal gesehen?» flüsterte ich Tante Esther zu. Sie saß auf einer Bank, die wir aus der Küche heruntergebracht hatten. Mutters dickes Tuch aus brauner flämischer Wolle hüllte ihre Schultern ein. Ihre rechte, in einen blutigen Leinenstreifen gewickelte Hand hielt sie schützend vor die Stelle, die geschändet worden war. Sie gab keinen Ton von sich, und ich wußte, daß ihre Seele sich tief in ihren Körper zurückgezogen hatte.

War es grausam, Esther zu fragen? Es war mir egal. Ich mußte wissen, was sie wußte. Doch nicht aus den lüsternen Gründen, die sie wahrscheinlich vermutete.

Ich küßte Onkels Siegelring und legte ihn in die Schwarzholzkiste, in der wir unser Blattgold aufbewahrt hatten. Vielleicht tat es Esther weh, wenn sie sah, wie ich ihn trug. Den Ehering des Mädchens behielt ich in meinem Beutel, wo ich ihn für ihren Mann verwahrte.

Als Mutter sich nach dem Blattgold erkundigte, schien der richtige Zeitpunkt für meine Frage gekommen zu sein: «Wer wußte von der *Geniza*?»

Sie zog ihren Kopf ein wie eine Henne und starrte mich an, als sei ich verrückt.

Nachdem die Glocken der Kathedrale Mitternacht geschlagen hatten, hörten wir Brites, unsere altchristliche Wäschefrau, die mit der gellenden Stimme einer verirrten Möwe im Hof nach uns rief. Ich wollte ihr gerade etwas zurufen, als meine Mutter mir die Hand über den Mund legte und ein Kreuzzeichen formte.

Da ging mir auf, daß sogar die Hölle ein unsicherer Ort war, wenn ein kleiner Bruder sich in den Klauen von Folterern befand, die sich weder um die Schönheit des menschlichen Körpers scherten noch um die Unverletzlichkeit der Seele.

Wieder fragte ich mich, welches Gesicht Onkel als das des Mörders in seine Haggada gemalt hatte. Ich schwor mir, die Identität des Mädchens aufzudecken. Sie mußte der Schlüssel zu allem sein, dessen war ich mir immer sicherer.

Am frühen Dienstag morgen konnte ich die Dunkelheit und unser Zögern nicht mehr aushalten. Meine verkrampften Arme und Beine brauchten Luft und Bewegung. Während der erste rote Dunstschleier die nahende Morgendämmerung ankündigte, beschloß ich, mich auf die Suche nach Juda, Reza und den Mitgliedern des Kabbala-Zirkels zu machen. Zu dieser frühen Morgenstunde würden sich noch keine Altchristen in unserer Gegend herumtreiben.

«Du darfst nicht!» flüsterte meine Mutter. Ihre Fingernägel gruben sich tief in mein Fleisch. «Bleib hier! Es ist nicht sicher. Und du mußt das Morgengebet vorsprechen. Onkel wäre zornig, wenn du dein Werk für den Herrn versäumst.»

«Das Morgengebet muß eben warten!» erwiderte ich und machte mich von ihr frei. Ich vertraute den gesamten Inhalt meines Beutels der Obhut Farids an und nahm nur mein Messer mit.

Farid nahm alles kommentarlos entgegen. Seine Augen waren blutunterlaufen, und der Schweiß lief ihm in Strömen über die Wangen. Als ich ihn auf die Stirn küßte, merkte ich, daß seine Haut heiß war und nach dem üblen Aroma der Krankheit roch. Er wich meinem fragenden Blick aus, und ich sah, daß die Wunden auf seinem Hals schwarz und gelb geworden waren.

«Was ist mit dir los? Wie geht es dir?» fragte ich mit den Händen.

«Ein stacheliges Tier kriecht durch meine Eingeweide und sucht den Weg nach draußen», signalisierte er schwach.

War es die Pest? Was sollte ich machen, wenn ich ihn verlor? Wer würde meine innere Sprache sprechen und mir helfen, Onkels Mörder zu finden?

Die Hoffnungslosigkeit lähmte mich, und ich starrte ihn einfach an. Mir fiel ein, daß unsere alte Freundin Murça Benjamin einmal gesagt hatte, wir beide seien Zwillinge, die man verschiedenen Eltern geschenkt habe. Liebste Murça, bald sollte sie wieder verheiratet werden, nachdem ihr erster Mann verstorben war. Ob sie noch lebte?

Dann riß ich mich los, um mich auf die Suche zu machen. Ich holte einen Hammer aus unserem Schuppen und flüsterte: «Herr, gib uns Juda zurück und nimm mich statt seiner.»

Als Schild gegen die Christen sang ich im stillen Verse aus dem Buch Zohar.

In meiner unmittelbaren Umgebung war die Rua de São Pedro leer. Ein dunkler Dunst lag wie eine leichte Decke über der Stadt. Die Fensterläden, die den Anschlägen der Aufständischen widerstanden hatten, waren so fest verriegelt, als würden sie nie wieder geöffnet werden. Über mir kreisten Möwen. Unten bei der Porta do São Pedro begann eine dicke Frau mit einem Korb auf ihrem Kopf humpelnd loszurennen. Hoch über den Zwillingstürmen der Kathedrale hingen Rauchschwaden in der Luft. Der Scheiterhaufen auf dem Rossio schien noch zu toben.

Die Tür zu Pater Carlos' Wohnung war immer noch verschlossen. Ich trat in die Kirche São Pedro. In den Öllampen tanzten die Flammen. Im Kirchenschiff lagen Leichen. Sie sahen aus wie tote Fische, die von der Flut an den Strand gespült worden waren.

Senhora Telo, die Näherin, lag auf dem Rücken unter dem Fresko der Verkündigung. Ihr Gesicht schimmerte wachsbleich, ihre Augen waren geschlossen. Kein Blut. Nicht ein Tropfen. Die Pfeife, mit der sie ihre Kinder zu rufen pflegte, baumelte über ihrer Schulter. Ein Knurren ließ mich herumfahren. Ein gelbbrauner Köter mit rosafarbener Nase hatte seine Vorderpfoten auf den Bauch eines Mannes gestemmt, dessen Oberkörper schwarz durchtränkt war. Mit zurückgelegten Ohren zog er die blutverkrusteten, bebenden Lefzen hoch und zeigte mir die Zähne, als wolle ich ihm seine Beute streitig machen.

Ich lief weiter zu São Miguel. Vor dem Altar des Nazareners lagen steife, starre Leichen. Ich holte mir eine Kerze aus einer Seitenkapelle und suchte. Juda befand sich nicht unter ihnen.

Bei Santo Estêvão entdeckte ich im Vorgarten der Kirche den Leichnam eines heranwachsenden Mädchens, der in ein rundes Beet wunderschöner Ringelblumen gebettet war. Ein riesiger Raubvogel hackte methodisch auf sie ein. Als er mich bemerkte, blickte er mich gleichgültig an. Ich sah, daß diese Vögel sich erst über das weiche Gewebe hermachen – Lippen, Zunge und Augen. Das Mädchen war bereits nicht mehr zu identifizieren.

Gerade wollte ich mich zum Gehen wenden, als der Küster der Kirche, ein Altchrist, aus seinem Versteck in der Seitenkapelle hervorgekrochen kam. Auf meine Frage schüttelte er den Kopf: «Nein, nicht Pater Carlos. Andere. Die meisten sind zum Fluß gerannt. Es hieß, dort gebe es Boote, die die Juden auf die andere Seite brächten.»

Das einzige, was ich jetzt nicht ertragen konnte, war Güte. Als der Küster mich umarmte, brach alles in mir zusammen. Ich stieß ihn fort und suchte Halt an der Wand. Dann rannte ich davon.

Die Morgendämmerung legte einen milchigen Lichtstreifen über den Horizont. Um mich herum schossen Schwalben in hohen Bögen durch die Luft und zwitscherten wie in einer schnellen Sprache. Ich lief auf den Tejo zu und beschrieb Juda den Fischhändlern, die ihre Stände aufbauten, um den Fang der letzten Nacht zu verkaufen. Sie hatten nichts gesehen. «Sind Juden umgebracht worden?» fragte mich einer. Er gähnte, als würde ihn diese Vorstellung höchstens langweilen.

Als ich seinen Tisch umwarf, kreischte er wie ein Papagei. Doch niemand wagte, sich mir zu nähern: Wahnsinn schreckt auch die gröbsten Naturen ab.

Dann ging ich aufs Stadtzentrum zu, bis ich den inneren Rand des Terreiro do Trigo erreicht hatte. Weiter wagte ich mich nicht. Am Kai standen zwei portugiesische Hafenarbeiter und eine Gruppe blonder Matrosen aus dem Norden, die sich Flüche zuriefen. Zwischen ihnen lagen vier Tote. Auf der Mitte des Hafenplatzes türmte sich unter einem Kreuz ein Haufen totgeschlagener Hunde, deren Blut in das Heu sickerte, das von einer Fuhre heruntergefallen war. Etwas weiter von mir entfernt hatte sich auf einem der Piers, auf denen die Schiffe repariert wurden, eine johlende Menschenmenge angesammelt, die zusah, wie ein afrikanisches Sklavenmädchen vergewaltigt wurde. Ihr Gesicht war auf die glitschigen Holzplanken gedrückt, und sie grunzte unter der rohen Gewalt des kleinen Mannes, der von hinten in sie stieß. Auf den vor Anker liegenden Schiffen gafften lachende Matrosen und Händler. Ich drehte mich um und strebte auf die relative Sicherheit des kleinen jüdischen Viertels zu. Wieder schoß mir eine Frage durch den Kopf, auf die ich keine Antwort wußte: *Haßten uns die Altchristen deshalb so sehr, weil wir ihnen Jesus gaben, den Erlöser, den sie nie wirklich wollten?*

Das einstöckige Haus, in dem Reza mit ihren Schwiegereltern lebte, grenzte an die nördliche Seite des *Praça do Limoeiro*. Als ich dort ankam, stieg die Sonne gerade über den Horizont. Die Haustür war zu, aber nicht verschlossen. Der große Kastanienholztisch in der Küche war in die Knie gegangen; er hatte zwei seiner Beine verloren.

Ein Nachbar hörte mich suchen und schaute durch die Haustür hinein, ein winziger Mann mit von der Rasur geröteten Wangen und verschlafenen Augen. Als ich ihn fragte, ob er sie gesehen habe, spuckte er mich an.

Erwarteten diese Christen, daß wir ihren Spott und Hohn immer nur mit einer demütigen Handbewegung abtaten und uns weiter in eine unsichere Zukunft voranschleppten? Ich stieß ihn so fest, daß er laut schreiend auf die Straße stürzte.

Ein vielleicht vier Jahre altes, nacktes Mädchen saß regungslos auf einem Kissen in Rezas Gemüsegarten. Jemand hatte ihr mit Holzkohle ein breites Kreuz auf die Stirn gemalt. Sie knabberte an ein paar Rosinen. Das dunkle Haar fiel ihr glatt bis auf die Schultern, und ihre scheuen schwarzen Augen waren von dichten, schöngebogenen Wimpern umrahmt. An ihrem rechten Daumen fehlte der Fingernagel. «Ich bin weggelaufen», sagte sie.

«Wie heißt du?» fragte ich.

Sie blickte mich abwesend an und schüttelte den Kopf.

«Wo sind deine Eltern?»

Sie stopfte sich eine Handvoll Rosinen in den Mund. Ich holte ein Laken aus dem Haus, zerriß es und bedeckte sie damit. «Ich nehme dich mit zu mir nach Hause», erklärte ich ihr. «Dort bist du in Sicherheit.» Sie wollte, daß ich sie auf den Schultern trug. Es war seltsam, ein Kinderlachen zu hören. Schließlich setzte ich sie wieder aufs Pflaster und ließ sie laufen.

Zu Hause bemerkte ich zum erstenmal, daß die Küche völlig verwüstet war. Neben dem kalten Herd fand ich eine angeschlagene Karaffe, in der sich noch ein paar Tropfen Essig befanden. Ich goß sie über meine Hände und auf die Stirn des Mädchens und rieb das Kreuz ganz weg. Dann stiegen wir in den Keller hinab.

«Wer ist das?» Meine Mutter starrte das Mädchen an, als sei sie eine Beleidigung ihres Schmerzes.

«Ich habe sie vor Rezas Haus gefunden. Aber Reza war nicht da. Nur dieses Mädchen.»

Mutter fluchte leise in sich hinein, dann nahm sie mir das Mädchen ab und drückte sie an sich. «Und Juda?»

Ich schüttelte den Kopf. «Ich habe seine Spur verloren.»

Ihr Blick wanderte zur Wand. Es war dieselbe gequälte Bewegung, die ich kurz vor seinem Tod an meinem Bruder Mordechai beobachtet hatte. Nachdem sein Atem versiegt war, ließ ich seine letzte Träne auf meine Fingerspitze fließen und führte sie an meine Lippen. Als ich das Salz seines Körpers schmeckte, durchfuhr mich schmerzhafte Erleichterung wie ein Wüstensturm.

Damals hatte ich die zweite meiner Visionen. Es war die erste seit unserer Zwangskonversion. Sie explodierte von meinen Füßen bis in meinen Kopf hinein und entfuhr meinem Mund als Schrei. Ich sah mich in unserem Hof stehen. Mordechai saß auf dem Dach neben der Troubadour-Wetterfahne. Ich spürte das starke Verlangen, mich zu ihm zu setzen. Doch dasselbe entfernte Licht, das ich in allen Visionen sah, zog meinen Blick auf sich. Während es näher kam, verwandelte es sich in einen riesigen Adler mit einem fächerförmigen Schwanz. Der Kopf in dem glühenden Gefieder war geisterhaft weiß, die Augen schillerten wie Kristallprismen zwischen Grün und Violett. Er hatte einen gelbgrünen Kehlfleck; der rechte Flügel war silbern, der linke golden. Seine Brust leuchtete im Rot der Stachelschnecke. Der Riesenvogel ließ sich auf unserem Dach nieder und ergriff Mordechai mit seinen Klauen. «Und was ist mit mir?» rief ich. «In vielen Jahren werden wir deine Hilfe brauchen», antwortete Mordechai. «Doch jetzt mußt du hierbleiben und dein Werk für Gott erfüllen.» Im sicheren, kräftigen Griff des Adlers flog er gen Osten, auf Jerusalem und den Ölberg zu.

War es mir schon immer bestimmt gewesen, meine Familie aus den Händen des Pharaos zu befreien und sie sicher aus Portugal zu führen? Hat jeder Mensch eine große Aufgabe in seinem Leben?

«Hast du von Onkel in den letzten Wochen irgendwelche seltsamen Bemerkungen über die Männer im Zirkel gehört?» fragte ich Mutter jetzt. «Zweifel oder Wut?»

Sie wollte nicht antworten und begann an ihren Schläfenhaaren zu drehen und sie herauszureißen.

Das Mädchen, das ich in Rezas Garten gefunden hatte, saß auf dem Steinboden und blickte mich mit leeren Augen an. Cinfa stand ihr gegenüber und starrte sie ihrerseits wortlos an. Bevor die verzweifelte Stimmung auf mich übergehen konnte, lief ich aus dem Keller, um mich auf die Suche nach den Mitgliedern des Kabbala-Zirkels zu machen.

Diego lebte allein in einer Wohnung direkt bei der Kirche São Tomás. Sie lag keine hundert Schritte von der östlichen Stadtmauer entfernt in einem hauptsächlich von Christen bevölkerten Teil der Alfama. Als ich die Gassen dorthin hinaufstieg, öffneten sich klappernd die ersten Fensterläden, und Leute mit tief in die Stirn gezogenen Bettmützen blinzelten gähnend hinaus. Düster dreinblickende Arbeiter verließen ihre Häuser. Mein Magen begann zu knurren, ich sehnte mich nach einem Stück Käse oder Matza. Doch ich hatte mein Geld vergessen. Vielleicht hätte ich irgendwo eine Kruste gesäuerten Brotes erbetteln können, aber es war der Tag vor dem fünften Passaabend, und *Hamez* war für mich noch immer verboten.

Vor einer verschlossenen Tür stand ein hübsches Mädchen, kaum älter als Cinfa, mit Heu im schlafzerzausten Haar. Sie hatte sich in eine Decke gehüllt. Flüsternd begrüßte sie mich und öffnete einen Moment lang ihre Decke. Darunter war sie nackt, ich sah ihre winzigen Brüste und die schlanken, knabenhaften Hüften. «Für zwei Eier nehme ich dich mit in meine Einsamkeit», flüsterte sie. «Warum tun wir nicht einfach ...»

So ergeht es den Kindern, die in unserer ehrwürdigen und noblen Stadt dem Gott der Lieblosigkeit geopfert werden.

Vor mir sah ich den steilen Hügel, der zu dem winzigen Platz bei der Kirche São Bartolomeu hochführte. Dort wollte ich hinaufsteigen, um über ganz Lissabon blicken zu können und zu sehen, ob das Massaker endlich aufgehört hatte. Es war nicht mehr als ein frommer Wunsch, denn auf dem etwa eine Meile weit entfernten Rossio konnte ich noch immer eine Menschenmenge von mindestens tausend Altchristen erkennen. Zwei große Feuer loderten in den Himmel.

Von meinem Beobachtungsposten auf dem Kamm des Hügels

sah es einen Moment lang so aus, als hätten die Altchristen ihre menschlichen Verkleidungen abgeworfen und sich in Ameisen verwandelt, die ausgeschwärmt waren, um zu fressen.

Ich vermutete, daß bald Scharen von Plünderern durch die gesamte Stadt ziehen würden, und eilte rasch weiter zu Diegos Wohnung. Die Tür des Hauses war verriegelt. Diego wohnte im zweiten Stock, deshalb rief ich zu ihm hoch. Von der anderen Straßenseite beobachtete mich mißtrauisch ein skelettdürrer Flickschuster, der zwei Holzhämmer in den klauenartigen Händen hielt. Als ich seinen Blick erwiderte, wandte er sich abrupt ab.

Ich hob ein paar Steine von der Straße auf und warf sie gegen Diegos Fensterläden. Eine bleiche alte Frau mit blutunterlaufenen Augen und grauen Haarstoppeln auf dem spitzen Kinn steckte ihren Kopf aus einem Fenster im dritten Stock direkt über Diegos Wohnung. Sie hatte ein schwarzes Tuch um ihr Haupt geschlungen, und ihre stumpfe rote Nase war von irgendeiner Krankheit fast ganz weggefressen. «Wen suchst du?» fauchte sie mit einem Akzent aus Navarra.

«Diego Gonçalves. Habt Ihr ihn gesehen?»

Sie schüttelte mit einer übertriebenen Bewegung den Kopf und schnalzte mit den Lippen. «Ich mische mich nicht in die Angelegenheiten anderer Leute, verstehst du.» Es klang, als würde sie die Worte aneinanderkleben. «Weiß Gott, ich kümmere mich nur um das Tagwerk meines Mannes. Doch manchmal schickt uns der Herr einen mit einer Frage vorbei, und dann müssen wir antworten. Denn der Herr wacht über uns, und wenn wir nicht ...»

Ich vermutete, daß sie betrunken oder verrückt war. «Was nun? Ist er daheim?»

«Ojos», sagte sie auf spanisch, langsam und ernst, als lägen viele Jahre Erfahrung hinter diesem Wort.

«Was?»

«Augen! Diese Portugiesen haben Augen so groß wie Walnüsse. Und sie starren dich an, als wüßten sie, welche Farbe deine Seele hat. Vielleicht ist das der ganze Kern des Übels!»

«Hör mal, weißt du, ob Diego heute hier war?» fragte ich.

«Gott wacht immer über uns. Der Teufel wacht immer über uns. Und vor diesen Portugiesen mit den Walnußaugen gibt es kein Entkommen. Als ich ...»

«Erzähl das, wem du willst, du alte Hexe», flüsterte ich, klaubte noch ein paar Steine auf und warf sie fester gegen Diegos Läden.

«Er ist nicht hier!» rief die Alte böse.

«Wo dann? Ich habe nicht viel Zeit!»

Sie schaute in den Himmel und bekreuzigte sich. «Die Leute auf seinem Stockwerk sind gestern abgeholt worden», gackerte sie. «Von Männern mit portugiesischen Augen.»

«Darf ich einen Blick hineinwerfen?» fragte ich.

«Wer bist du?»

«Sein Neffe», log ich.

Sie beugte sich weiter aus dem Fenster und schaute über die Straße. Dabei zog sie die Oberlippe hoch wie ein wütender Esel. Der Flickschuster schien sie angestarrt zu haben, denn sie drohte ihm mit der erhobenen Faust und rief: «Mach dich wieder an deine Arbeit, du alter Kohlkopf!»

Er machte eine abschätzige Handbewegung, als wolle er andeuten, daß sie verrückt sei, und formte mit ausgestrecktem Zeigefinger und kleinem Finger das Zeichen des bösen Blicks.

Sie wehrte die Verwünschung ab, indem sie sich bekreuzigte, und schrie ihm wieder etwas zu. Gleichzeitig zog sie einen Schlüssel aus ihrer Bluse und ließ ihn in meine aufgehaltenen Hände fallen. «Du darfst ihn nicht essen», warnte sie mich. «Es ist mein einziger.»

Ich erwartete, daß sie wieder losgackern würde, doch sie hatte ihre Ermahnung völlig ernst gemeint. «Ich gebe Euch mein Wort darauf», versicherte ich ihr.

Im zweiten Stock drückte ich die Klinke zu Diegos Tür. Sie

war verschlossen. Die Tür zur Nachbarwohnung war jedoch herausgerissen worden. Ein eigenartiger Geruch wie von brackigem Wasser strömte aus der Wohnung auf den Flur hinaus. Bevor ich eintrat, brachte ich den Schlüssel wieder zur Nachbarin nach oben. «Bist du Jude?» fragte sie. «Die waren nämlich Juden.»

«Ich bin Jude», gab ich trocken zu.

Sie ergriff meinen Arm. «Frag mich doch mal, ob ich auch Jüdin bin!»

«Ich muß jetzt gehen.»

Ihre Nägel gruben sich in mein Fleisch. «Frag mich!»

«Seid Ihr Jüdin?» fragte ich gleichgültig.

Bevor ich mich ducken konnte, hatte sie mir mit ihrer schwieligen alten Hand ins Gesicht geschlagen. «Ihr portugiesischen Schweinehunde wagt es, eine Dame aus Navarra zu beleidigen!» zeterte sie. «Doch ich werde mir ...»

Als ich Diegos Wohnung erreicht hatte, hörte ich sie noch immer keifen. Ich klopfte und rief nach ihm, doch es blieb still. Plötzlich bangte ich um sein Leben und begann zu brüllen: «Diego! Diego! Ich bin es nur, Berekia!»

Totenstille.

Ich ging in die Wohnung nebenan. Dort lebte der alte Levi Califa, ein ehemaliger Apotheker und Talmudgelehrter, mit seinem verwitweten Schwiegersohn und den beiden Enkelkindern. Der Zustand seiner Wohnung ließ mich für Diego das Schlimmste befürchten. Das Baldachinbett im vorderen Zimmer war zerstochen worden. Auf der Ostwand hatte man mit Blut ein Kreuz gemalt, und darunter standen in fußhohen Buchstaben die Worte: *Vincado por Cristo!* Für Christus gerächt.

Voller Verachtung für die Legionen von altchristlichen Analphabeten, die Portugal beschmutzten, bemerkte ich, daß das Wort *vingado* falsch geschrieben war. Wie konnten sie erwarten, auch nur eine Ahnung von Gott zu gewinnen, wenn sie noch nicht einmal in der Lage waren, richtig zu schreiben oder zu lesen?

«Meister Levi?» rief ich leise.

Stille.

Die Tür zu den anderen Zimmern in der mir gegenüberliegenden Wand lag zertrümmert am Boden. Ich kletterte darüber und trat durch den offenen Rahmen in ein winziges quadratisches Zimmer, keine drei Schritte lang und breit. Der Boden war aus ungehobeltem Eichenparkett und ein Holzhocker das einzige Möbelstück. Trotzdem hatte ich noch nie einen Raum betreten, der voller war.

Mir war sofort klar, daß ich eine heilige Schwelle überschritten hatte.

Auf den weißgetünchten Wänden stand in winzigen schwarzen hebräischen Schriftzeichen das gesamte Buch Exodus geschrieben. Von den Namen der Israeliten, die mit Jakob Ägypten betraten, über die Flucht der hebräischen Sklaven durch das Rote Meer bis hin zur Errichtung der Laubhütte des Mose. Die Verse begannen am oberen Rand der Ostwand und erstreckten sich von da in geraden horizontalen Linien über die Südwand zur Westwand und schließlich zur Nordwand, so daß jede Zeile einen Ring bildete. Meiner Schätzung nach waren über zweihundert solcher Ringe geschrieben worden. Wie in einer heiligen Laube war die ganze obere Hälfte des Raums mit Buchstaben bedeckt.

Auch das Buch Leviticus war angefangen worden, doch es endete abrupt mit dem Gebot, vor dem Herrn keinen Honig zu verbrennen. An diesem Punkt mußten die Christen in den Raum eingedrungen sein und den Schreiber verschleppt haben.

An seiner Identität bestand kein Zweifel. Es mußte der alte Levi Califa sein. Wer sonst war so fromm, sich tage- und wochenlang hier einzuschließen, um die Geschichte über den Ursprung des Passafestes aufzuzeichnen?

Ich war so von Ehrfurcht ergriffen, daß ich mich einfach um meine eigene Achse drehte und las, wobei meine Augen schneller und schneller wurden. Schließlich kreiselte ich wie ein Derwisch, der sich ganz dem Rhythmus seines Tanzes hingibt.

Ich hatte nicht damit gerechnet, Califa selbst anzutreffen. Doch auf dem Küchenboden fand ich neben einem zerbrochenen Teller eine rechte Hand. Ich wußte, daß es seine Hand war, denn der Zeigefinger, an dem er immer einen Karneol-Siegelring getragen hatte, war abgehackt. Dicht daneben lag das letzte Stück Holzkohle, mit der er geschrieben hatte.

Warum begnügten sich die Christen nicht damit, uns zu töten? Warum mußten sie uns auch noch die Gliedmaßen abtrennen? Wollten sie uns auf diese Weise zu unmenschlichen Wesen machen, damit wir ihrem Bild von uns besser entsprachen?

Die Fingerspitzen der Hand zeigten auf die ysopblauen Köpfe von Califas geliebten Papageien, die ebenfalls abgetrennt am Boden lagen. Er hatte sie *Ternura*, Zärtlichkeit, und *Empatia*, Einfühlungsgabe, genannt, die beiden Worte, die das Motto des Talmudgelehrten bildeten.

Die Körper von Ternura und Empatia waren wahrscheinlich wegen ihrer wertvollen Federn gestohlen worden, die jetzt wohl bereits den Hut eines christlichen Edelmannes schmückten.

Als ich mich niederbeugte, um die Hand aufzuheben, damit ich sie später begraben konnte, ließ mich ein Trittgeräusch auf einem zerberstenden Holzstück herumfahren. Im Vorderzimmer stand der alte Flickschuster von der gegenüberliegenden Straßenseite und blickte mich ruhig an. Der dürre Mann hatte eine Haut wie braungegerbtes Leder und trug nur ein mit Schweißflecken übersätes Unterhemd und eine grobe Leinenhose. Er schien mindestens fünfzig Jahre alt zu sein, hatte dünne Handgelenke und schmale, eingefallene Schultern. Hinter seinen Ohren standen ein paar verfilzte graue Haarsträhnen vor.

In der einen Hand hielt er jetzt einen Meißel und in der anderen immer noch den Hammer.

Ich griff nach meinem Messer und hielt es vor mich, bereit, wieder um mein Leben zu kämpfen. Weil ich das Heiligtum der geschriebenen Tora nicht durch unseren Kampf schänden wollte, trat ich ins Vorderzimmer. «Du hast nicht viel Zeit», hörte ich ihn sagen.

Ich antwortete nicht. *Warum erwarten Christen von Juden immer, daß sie reden, bevor sie kämpfen?*

Die Wut stieg in mir hoch, durch meine Adern schien heißes Quecksilber zu fließen. Ich ging auf ihn zu, bis mich nur noch drei Schritte von ihm trennten, und wartete auf seinen Angriff. Dabei stellte ich mir vor, wie er unter meinem Messer zu Boden ging.

Gleichzeitig wollte ich ihn nicht verletzen. Zwischen rechtmäßigem Töten und kaltblütigem Mord soll nur eine Haaresbreite liegen, und ich maßte mir nicht an, den Unterschied genau zu kennen.

Er kratzte sich mit dem Ende seines Hammers die Glatze. «Du verstehst mich falsch, ich bin ein Freund», sagte er.

«Dann laß deine Waffen fallen.»

Zu meiner Verblüffung legte er sie ordentlich neben seine Füße. Sorgenfalten standen auf seiner Stirn, als er sagte: «Du hast nicht viel Zeit. Sie kommen vom Fluß hoch. Du mußt heimlaufen. Ich wollte dich warnen.»

«Warum?»

«Sagen wir, weil Meister Levi ein guter Freund von mir war.»

«Wann hast du ihn zuletzt gesehen?»

«Komm, mein Sohn», sagte er, und streckte mir seine Hand entgegen.

«Bitte sag mir, wann du ihn zuletzt gesehen hast. Ich muß es wissen.»

«Gestern», antwortete der Flickschuster. «Die Dominikaner haben ihn und seine Familie geholt.» Er streckte wieder seine Hand aus und streichelte mir über den Arm.

Unfreiwillig schreckte ich zurück. «Und Diego Gonçalves? War er bei Meister Levi?»

Er drehte sich nervös zur Tür. «Hör zu, du mußt gehen! Verstehst du denn nicht?»

«Hast du Diego Gonçalves gesehen?»

«Nein. Ich habe ihn hier nicht mehr gesehen. Vielleicht haben sie ihn geschnappt.» Er zuckte mit den Schultern und wurde langsam wütend. «Ich gehe jetzt. Entweder du kommst mit, oder du wartest hier, bis sie dich auch schnappen. Die alte Hexe aus Navarra wird schon dafür sorgen, daß sie dich schnell finden. Als sie Meister Levi holen kamen, hat sie ihnen die Tür aufgeschlossen, ohne ins Schwitzen zu geraten.» Er bückte sich, um seinen Meißel und seinen Hammer wieder aufzuheben. Plötzlich spürte ich das Verlangen, ihm von hinten in den Hals zu stechen. Doch warum wollte ich einen rechtschaffenen Christen verletzen?

Hatte das Quecksilber in meinen Adern ein eigenes Begehren?

«Komm», sagte er und richtete sich auf. Seine Stimme erinnerte mich an den drängenden Ton meines Vaters, wenn er mich zum Schriftstudium rief. Plötzlich hörten wir hinter dem Haus jemanden schreien. Der Flickschuster legte einen krummen Finger an die Lippen, um mich zum Schweigen zu bringen.

Wir schlichen durchs Treppenhaus wie zwei Kinder auf einem gefährlichen Abenteuer. Die alte Hexe aus Navarra, wie er sie nannte, stand auf der Treppe über uns. Verachtung verzerrte die Runzeln ihres Gesichts. Der Alte hob seinen Hammer und schlug sich damit leicht auf den eigenen Kopf, um mir anzudeuten, was er mit ihr machen würde, falls sie uns verriet. Wir schlichen weiter nach unten. Als nächstes mußte ich Samson ausfindig machen, um den Brief zu lesen, den mein Onkel ihm geschickt hatte. Ich wollte die Stadt durch die Porta de São Vicente verlassen und in Richtung Nordwesten zu seinem Haus gehen.

Auf der Straße schossen die Schwalben noch immer wie verrückt durch die kühle Morgenluft. Der Flickschuster zeigte in Richtung Osten, wo das glühende Himmelsauge stand. «Geh mit Gott», sagte er und ergriff meine Schulter.

Ich bedankte mich und rannte los.

Onkels Tod mußte mein Urteilsvermögen völlig umnebelt haben. Jeder andere Jude in meiner Situation hätte gewußt, daß die

Dominikaner alle Pforten der Stadt mit dem ersten Ruf zum Morgengebet schließen würden.

Außerdem war es ein Fehler zu rennen. Meine Fußtritte waren lauter als der Lärm der Altchristen und verrieten mich.

Vor der Porta de São Vicente stand der Mob. Es mußten an die hundert sein. Als sie mich erblickten, zeigten ihre Arme auf mich wie Pfeile.

Ich blieb stehen. Meine Eingeweide krampften sich vor Angst zusammen. Ich hatte das Gefühl, mit rasender Geschwindigkeit ins Verderben zu schlittern, und streckte haltsuchend eine Hand aus. Als ich nur Luft zu fassen bekam, suchte ich statt dessen den Schutz meines Messers. Einen atemlosen Moment lang erwog ich sogar, mir das Leben zu nehmen. Damals wäre mir das leichtgefallen, denn ich glaubte noch an Gott und hatte keine Angst vor dem Tod. Schon vor dem Sterben, aber nicht vor der wunderbaren Reise zurück ins Reich Gottes. Ein letztes Gebet, ein einziger Messerstoß, und ich wäre frei gewesen. Lieber sollte meine Seele von den eigenen Händen befreit werden, als von solchen, die ein Kreuz gehalten hatten.

Natürlich konnte ihnen meine äußere Erscheinung allein nicht verraten, daß ich Neuchrist war. Doch wenn sie mich ausziehen würden, hätte mein Bündnis mit Gott gezeigt, auf welcher Seite ich stand.

Der Lebenswille ist stärker als jede Theorie. Und mein Wille, Juda zu finden, war vielleicht noch stärker.

Ich drehte mich um und rannte um mein Leben. Verfolgten meine Feinde mich? Ich wußte es nicht, mein schneller Puls trübte mir die Sinne. Mein Herzschlag und mein Atem glichen einer Bleiglocke, die wie verrückt gegen einen Orkan anläutet.

Ich erinnere mich nur noch an den Geruch meiner Angst und daran, daß ich Treppen hinunterstürzte. Das nächste Bild in meinem Toragedächtnis ist ein Glockenturm. Er stand vor der Fassade von São Miguel, keine zweihundert Meter von meinem Zuhause entfernt.

Der Turm schien ohne Vorwarnung seitlich zusammenzustürzen. Plötzlich fand ich mich auf den Pflastersteinen wieder. Obwohl ich nach Luft rang, spürte ich keinen Schmerz, nur eine stille Verwirrung. Mein Kopf schien sich in einer gläsernen Amphore zu befinden. Mir war, als hätte Gottes Hand mich einfach durch den Raum bewegt.

Wie durch einen Nebelschleier sah ich eine Seerose in einem Sandhügel, die plötzlich in Flammen aufging. Später war mir klar, daß ich einen Moment lang bewußtlos gewesen sein mußte und beim Aufwachen einen letzten flüchtigen Blick aus der Traumwelt erhascht hatte, die unterhalb meines Bewußtseins lag. Und trotzdem war dieses Bild – eine brennende Seerose – für mich wirklich, ein Geschenk Gottes, an das ich mich klammerte. (Erst Jahre später, als ich in Konstantinopel die Estherrolle illuminierte, ging mir die Bedeutung dieses Bildes auf. An jenem schicksalhaften Passa mußte Lissabon für den Herrn eine brennende Blume gewesen sein.)

Ungefähr sechs oder sieben Fuß von mir entfernt sah ich einen Mann in einem Umhang aus feinem Fell knien. Er hielt sich die Schulter, als sei er verletzt. Er mußte mir in einem versteckten Hauseingang aufgelauert und mich zu Boden gestürzt haben, wobei er sich selbst verletzt hatte.

Zwei hochaufgeschossene Männer in zerlumpter Kleidung rannten die Straße hinab auf mich zu. Sie schienen eineiige Zwillinge zu sein und hatten beide kurzgeschorenes schwarzes Haar. Jeder hielt eine Axt in der Hand, und ich wußte, daß sie mich spalten wollten wie ein Stück Holz.

Ihnen folgte eine wütende Horde Männer und Frauen. Ich befand mich in einem Wirbel aus Lärm und Wind, Schatten und Konturen.

Als die beiden Männer mit der Axt plötzlich zu einem verschmolzen, verstand ich überhaupt nichts mehr. Dann ging mir auf, daß ich seit dem Sturz alles verzerrt sah.

Das Funkeln von kaltem Eisen in der Sonne versetzte meinen

Körper in Alarmbereitschaft. Im nächsten Moment war ich auf den Beinen und griff nach meinem Messer.

Ich hatte den Verlauf der verschlungenen Gassen und Wege des unteren Teils der Alfama schon lange verinnerlicht, deshalb rannte ich bereits in Richtung Westen, als mein verletzter Angreifer sich noch hochrappelte. In wenigen Sekunden hatte ich die steile Treppe erreicht, die zum Cantina-Platz hinunterführte. Von der obersten Stufe kann man ohne weiteres auf die benachbarten Dächer springen. Ich machte einen wohlbemessenen Satz und kletterte über vier Dächer zur nächsten Gasse. Drei Männer verfolgten mich. Die beiden, die mir am nächsten waren, hielten Schwerter. Der dritte war ein Mönch und benutzte einen Bischofsstab als Stütze. «Fangt den *Marrano*!» brüllte er mit heiserer Stimme. «Bringt mir sein Bündnis mit dem Teufel!»

Er schien mein Geschlecht als persönliche Trophäe zu begehren. Da ich jedoch gelernt hatte, die Welt symbolisch zu betrachten, fragte ich mich natürlich, ob die Dominikaner uns auf diese Weise ein für allemal die Möglichkeit zur Fortpflanzung nehmen wollten.

Die Gasse war leer. Ich ließ mich vom Dach fallen und kletterte über eine niedrige Mauer in den Hof von Senhor Pinto. Wie ich vermutet hatte, war die Küchentür eingeschlagen worden und das Haus verwüstet. Ich lief durch seine Küche und über die andere Tür hinaus zur Ecke Rua de São Pedro und Rua da Adiça. Das Haus von Farid lag mir direkt gegenüber. Mit einem Sprung war ich auf der Gartenmauer und mit dem nächsten im Hof. Dann rannte ich in unsere Küche.

Ich stieg nicht in den Keller. Nachdem ich mich versichert hatte, daß ich nicht verfolgt wurde, nahm ich die falsche Verkleidung der Kommode im Zimmer von Onkel und Tante Esther ab und zog eine getrocknete Hammelblase hervor, die ein paar Münzen für Notfälle enthielt. Ich wartete einige Minuten, bis das Geschrei in der Tempelgasse verstummt war. Als ich nur noch meinen eigenen Herzschlag hören konnte, brach ich zum

Fluß auf. In einem blauen Ruderboot in der Nähe des Ufers saß ein Fischer, den ich schon mein Leben lang kannte, ohne jemals mit ihm gesprochen zu haben, und schnitt sich mit einem rostigen Messer ein Stück Käse von einem Laib. Er mußte um die fünfzig Jahre alt sein, war klein und gedrungen mit einem braunen, ledrigen Gesicht und grauen Augen. Als er zu mir blickte, hielt ich eine Münze hoch und schaute den Fluß entlang nach Westen. Von dort, jenseits der Stadttore, wollte ich die fünf Meilen zu Samson Tijolos Weingut zu Fuß gehen.

Der Fischer nickte, ruderte auf mich zu und manövrierte sein Boot ans Ufer.

«Ich muß aus der Stadt heraus», sagte ich.

Als zwei meiner Kupfermünzen in seine Köderdose gefallen waren, ruderte er fluchend und keuchend ungefähr dreißig Meter in den Fluß hinaus. Über dem großen Zeh seines rechten Fußes hatte sich eine böse rote Wunde in die gräuliche, vom Wasser durchweichte Haut gefressen.

«Von einem Krebs», brummte er. «Ist nie richtig zugeheilt.»

Er manövrierte sein Boot an zwei großen Fischerbooten und einer Galeere mit dem roten portugiesischen Kreuz auf der Flagge vorbei und drehte es, bis wir in der Strömung lagen. Während seine Ruderschläge rhythmischer wurden, ließen wir Lissabons Befestigungsmauern hinter uns, bis sie nur noch ein Band zwischen Kirchtürmen und dem Gewirr der Außenbezirke waren. Vor einem felsigen Strandstück warf er seinen Anker und hob die Hand, um mir Glück zu wünschen.

Ich nickte ihm dankend zu, rollte meine Hosenbeine hoch und watete ins kalte Wasser hinaus.

Am Ufer kamen mir zwei andalusische Pilger mit muschelförmigen Hüten entgegen. Sie waren auf dem Weg nach Santiago de Compostela und fragten nach der nächsten Taverne. Ich tat, als verstünde ich ihre Sprache nicht, und ging weiter.

SIEBTES KAPITEL

ZWEI STUNDEN SPÄTER öffnete mir Samsons Frau Rana, eine alte Freundin aus der Nachbarschaft, die Tür. An ihrer Brust nuckelte ihr Sohn Miguel. «Beri ... Guter Gott, du lebst! Komm rein!» Sie zog mich ins Haus, schloß die Tür hinter mir und legte den Riegel vor. «Ich kann es gar nicht glauben!» lächelte sie.

Wir küßten uns zur Begrüßung, und ich streckte die Hand aus, um dem Kind über das flaumige Haar zu streicheln. Es war noch sehr klein und hielt die Augen so fest geschlossen, als habe es nicht vor, sie jemals zu öffnen. «Hübsch», murmelte ich. Wer bringt es schon übers Herz, einer jungen Mutter zu sagen, daß ihr Neugeborenes wie ein kleines Eichhörnchen aussieht?

«Hübsch?» antwortete Rana. «Du hast wohl wieder zu lange meditiert?» Sie versuchte zu lächeln, doch in ihren Wimpern hingen Tränen. Ihr gesenkter Blick verriet eine unbeschreibliche Einsamkeit, und ich wußte, daß auch Samson im Sturm der Christen umgekommen war. Wir setzten uns an den Herd. «Woher weißt du von dem Aufstand?» fragte ich.

«Nachbarn sind vorbeigekommen, um mich zu warnen.»

«Vielleicht solltest du mit mir kommen. Zurück in die alte ...»

«Du weißt, daß ich das nicht kann», unterbrach sie mich.

Nach der Geburt Miguels wollte Rana ihr Haus vierzig Tage lang nicht verlassen, um sich vor Gefahren von der Anderen Seite zu schützen. Vierzig war die Zahl der Jahre, die die Juden durch die Wildnis gezogen waren; vierzig Tage hatte die biblische Flut angedauert. «Wann hast du zuletzt von Samson gehört?»

«Am Sonntag. Er wollte nach Klein-Jerusalem, um Stoff zu kaufen, den wir für ...» Sie nickte zu Miguel hin. «Im Geschäft von Simon Eanes. Hast du ihn gesehen oder von ihm gehört? Oder mit Simon gesprochen?»

«Nein, nichts. Aber ich glaube, Simon hat den Aufstand nicht überlebt.»

Sie drehte sich zur Wand, und ihre Lippen formten ein Gebet.

«Es gibt immer noch die Möglichkeit, daß er eine sichere Zuflucht gefunden hat», tröstete ich sie. «Samson war gerissen und eine imponierende Erscheinung, vor der so mancher Christ die Flucht ergreifen würde. Ich habe als Kind immer Angst vor ihm gehabt. Vielleicht kommt er bald heim.» Ich ergriff ihren Arm, um ihr Zuspruch zu geben, doch in Wirklichkeit wollte ich mich wohl vor allem selbst davon überzeugen, daß auch Juda in Sicherheit war.

«Nein», sagte sie. «Wenn er noch lebte, wäre er jetzt schon zu Hause.»

«Vielleicht hat er sich versteckt.»

«Samson? Beri, ein Mann, der mit siebenundfünfzig Jahren zum erstenmal Vater geworden ist, wird sich nicht verstecken, solange sein Kind in Gefahr sein könnte.»

Rana gehörte zu den wenigen Menschen, die sich selbst nichts vormachen wollten. Deshalb wurde sie oft für aggressiv und sogar hartherzig gehalten. Sie nickte resigniert und fuhr sich mit der freien Hand durch die braunen Locken. «Jetzt werde ich es wohl allein schaffen müssen ...» Ihre Stimme stockte, und sie biß sich auf die Lippe, um nicht zu weinen. «Nur Hunger und Schlaf», sagte sie zu Miguel und versuchte zu lächeln. Die Brustwarze war aus seinem Mund geglitten, und als er mit den Ärmchen zu kämpfen begann, half Rana ihm, sie wiederzufinden. Beim Saugen machte das Baby ein warmes, zufriedenes Gesicht. Rana blickte mich voller Hoffnung an: «Beri, hast du etwas von meinen Eltern gehört?»

«Nichts. Es tut mir leid. Ich hätte dort vorbeischauen sollen, bevor ich mich auf den Weg machte. Ich habe nicht nachgedacht.»

«Macht nichts. Ich denke, sie werden vorbeikommen, sobald sie können ... wenn sie können.»

«Rana, letzten Sonntag bin ich vorbeigekommen, um Wein zu holen. Ich habe mir ein Faß genommen und ein Schreiben hinterlassen.»

«Ja, wir wußten, daß du es warst, wegen der Matza.» Sie streichelte meinen Arm. «Es ist beruhigend, daß sich einige Dinge nie ändern. Ich muß geschlafen haben. Ich schlafe nicht viel, aber wenn es soweit ist, vergesse ich die Welt um mich herum. Außer wenn Miguel schreit. Dann ist es, als hätte ein Jäger mir einen Pfeil ins Herz geschossen.»

«Hast du den Brief noch, den ich damals hinterlegt habe?»

«Ich weiß nicht.» Sie zuckte mit den Schultern. «Ist er wichtig?»

«Ich muß ihn lesen. Es gibt da etwas, was Onkel Samson mitgeteilt haben könnte ... Wo würde der Brief liegen, wenn er noch da ist?»

«Im Schlafzimmer.»

«Können wir nachschauen?»

«Nimm ihn mal.» Sie hob Miguel hoch und legte ihn mir in die Arme. Während sie durch ihre Schränke und Schubladen stöberte, wiegte ich den kleinen Jungen. Er erinnerte mich daran, wie zart sich Juda angefühlt hatte. Wie viele Nächte hatten Mordechai und ich uns um die Ohren geschlagen, in denen wir mit ihm umhergingen, um ihn vom Weinen abzuhalten. Er war kein unkompliziertes Baby gewesen und hatte immer unter einem schlimmen feuchten Husten gelitten. Ich schloß die Augen und spürte die Haut des Kindes unter meinen Fingerspitzen. *Juda, mein Juda*, flüsterte ich leise. *Lieber Gott, bitte laß ihn noch leben.*

Um meine Angst zu unterdrücken, begann ich mit Rana zu reden, während sie weitersuchte. Wir unterhielten uns über Miguels Magenprobleme. «Sein Stuhl sieht aus wie der Kot einer

Elster», bemerkte sie besorgt. «Dr. Montesinhos sagt, es sei nichts Ernstes, doch ich glaube ...»

«Vergiß es», winkte ich ab. «Bei Juda hat es auch so ausgesehen. Ich glaube, alle Neugeborenen sind halbe Vögel.»

Sie lachte, doch die Stille, die daraufhin eintrat, verriet um so deutlicher, welch düstere Stimmung in diesem Hause herrschte. Wir wechselten einen stummen Blick, Einvernehmen über die Möglichkeit, daß Samson vielleicht nie mehr heimkommen würde, und sie streichelte mir die Wange. «Lieber Beri», sagte sie. «Ich vermisse die alte Nachbarschaft.» Wir dachten beide an die Kinderbanden, in denen wir zusammen Dämonen vertrieben hatten.

Rana ging zu einer Kommode neben dem Bett und suchte weiter. Aus einem schmalen Holzkistchen mit einem Metallschloß zog sie eine Schriftrolle. «Gefunden!» rief sie triumphierend. Sie reichte mir den Brief. «Das ist er, oder?»

«Ich glaube, ja.» Ich gab ihr Miguel zurück. Die Rolle öffnete sich zu fünf Papierbögen.

«Beri, schau dir den Brief an, und ich hole in der Zwischenzeit etwas *Halla* und Wein», sagte Rana. Es klang, als wolle sie mich zu einem gemeinsamen Abenteuer einladen. «Aber nein, du folgst ja dem Ablauf des Exodus. Also nur Wein? Du kannst doch noch bleiben, oder? Wenigstens, bis du mit dem Brief fertig bist. Du mußt bleiben.»

«Ich bleibe, bis ich ihn gelesen habe. Aber dann muß ich zu meiner Familie zurück. Aber Rana, warum hast du *Hamez* im Haus? Habt ihr das Passafest noch nicht gefeiert?»

«Nein. Wir wollten noch ein wenig warten, um sicher zu sein.» Sie führte mich an den Küchentisch zurück und brachte mir einen Becher Wein. Dann nahm sie meine freie Hand. Ich las Onkels Brief.

Liebster Samson,
Miguel Ribeiro hat abgelehnt. Deshalb werde ich Dir jetzt eine Geschichte erzählen. In ihr wird meine Hoffnung zum Ausdruck kommen, daß auch Du erkennen mögest, wie dringend wir alle in diesem entscheidenden Moment ein Opfer bringen müssen. Wenn wir uns an diesem Wendepunkt nicht so verhalten wie Rabbi Graviel, könnte alles verloren sein.
Auch wenn Dein Glaube bröckelt – was zählt, sind Deine Handlungen.
Wird Samael den Sieg davontragen?

Über der nächsten Seite stand eine Überschrift: *A História da Crestadura do Sol do Rabbim Graviel* – Die Geschichte vom Sonnenbrand des Rabbi Graviel. Es war dieselbe Geschichte, die mein Meister mir an seinem letzten Sabbat erzählt hatte. Als ich den Titel vor mich hin murmelte, schien seine Hand nach ein paar Zügeln in meinem Nacken zu greifen. «Ja, lies sie noch einmal, Berekia. Damit auch du ihre Bedeutung verstehst», flüsterte seine Stimme. «Es ist kein Zufall, daß ich dir und Samson dieselbe Geschichte erzählt habe.»

«Was ist los? Was steht in dem Brief?» fragte Rana, die meine Aufregung spürte.

«Eine Geschichte. Von Rabbi Graviel, einem meiner Ahnen. Wie er sich in Spanien einkerkern ließ, damit seine Tochter überleben konnte. Ich glaube, mein Onkel hat in einer Vision gesehen, daß auch er ein großes Opfer bringen muß. Ja ... Er wollte dem Mädchen im Keller mit seinem Tod das Leben retten. Es war ein Handel. Doch der Mörder hat nicht Wort gehalten.»

«Beri, willst du damit sagen, daß dein Onkel ... nein, o Gott.» Erst jetzt ging Rana auf, daß mein Meister tot war. Sie legte Miguel auf den Tisch. Dann stand sie auf, hielt die Hände über die Ohren und starrte mich voller Entsetzen an.

Als sie zu zittern begann, trat ich zu ihr und zog ihre Hände nach unten. «Rana! Rana!»

Sie schaute mich an, als wolle sie etwas in meinem Gesicht entziffern und meine Identität erraten. Mit monotoner, von Gefühlen überwältigter Stimme sagte sie: «Samson ... Und jetzt Meister Abraham. Esther, was ist mit ihr?»

«Sie ist in Sicherheit. Zusammen mit Mutter und Cinfa. Juda ist verschwunden.»

Ich setzte Rana an den Tisch und flößte ihr Wein ein. Sie hielt den Becher mit beiden Händen umfangen wie ein Kind und trank in großen Zügen. Dann begann sie, zusammenhangloses Zeug über die Quellen im Weinberg zu reden, wie um sich zu beruhigen. Als sie wieder schwieg, fragte ich: «Hat Samson über irgendwelchen Ärger im Kabbala-Zirkel gesprochen?»

Sie schüttelte den Kopf.

«Vielleicht ein Streit mit Onkel?»

«Nichts.»

«Aber warum hat Onkel dann auf Samsons bröckelnden Glauben angespielt? Hatte er Probleme oder Ärger?»

Rana ergriff meinen Arm. «Samson wollte, daß das Kind als Christ erzogen wird. Es sei nicht mehr gut, Jude zu sein, hat er gesagt. Darum feiern wir dieses Jahr auch kein Passa. Selbst wenn wir ...» Sie öffnete eine Falte in Miguels Windel, um mir die Vorhaut seines Penis zu zeigen. Er hätte am achten Lebenstag beschnitten werden müssen. Vor Verzweiflung schloß sie ihre Augen, aus denen die Tränen hervorquollen. Wie aus Solidarität zu seiner Mutter begann auch Miguel zu weinen. Ich nahm ihn und wiegte ihn hilflos. Plötzlich brach es aus Rana hervor. Sie schleuderte die Worte in alle Richtungen: «Wenn ich gewußt hätte ... Wie konnte er sich so verändern? Als wir geheiratet haben ... Und als dann das Kind unterwegs war ... Es war alles so ... so gut. Kannst du dich erinnern, wie das Passafest früher war? Weißt du es noch, Beri? Früher ... Warte, ich will dir etwas zeigen.»

Sie zog ein dickes Buch aus dem Alkoven über ihrem Herd. Der reichverzierte Schmuckrand des Einbands verriet mir, daß es sich um eine gedruckte Ausgabe des Alten Testaments handelte, die von Eliezer Toledano herausgebracht worden war, als ich noch ein kleiner Junge war. Rana hielt mir das Buch hin. «Schau es dir an!» befahl sie.

Ich nahm es. «Was meinst du damit? Wonach soll ich suchen?»

«Schlag es auf! Irgendwo!»

Ich gab ihr Miguel zurück und ließ die Seiten einfach auffallen. Das Buch Esra blickte mich an, Verse über den Neubau des Tempels. Jeder einzelne Gottesname war mit brauner Tinte durchgestrichen. Ich erschauderte, es war wie ein Omen des Bösen.

Rana sprach jetzt mit schneller, gehetzter Stimme. «Samson hat gesagt, wir müßten den jüdischen Gott begraben. ‹Wenn das Passafest vorbei ist, werden wir noch einmal die Gebete sprechen, und dann müssen wir Ihn begraben und vergessen›. So hat er gesprochen, und dann hat er alle seine Namen durchgestrichen.»

Ich starrte auf die geschändeten Seiten und klappte das Buch langsam wieder zu. Ich schwor mir, nie wieder hineinzuschauen, und legte es auf den Tisch.

«Ich kann nicht wie eine Christin leben!» schrie Rana plötzlich. «Eher bringe ich mich um!»

Ihr Schrei durchschnitt die Luft im Raum. «Und dein Sohn?» fragte ich. «Wer soll sich um ihn kümmern? Jetzt, wo ...»

«Ich wünschte mir, er wäre tot!»

Vor neun Jahren hatten einige jüdische Eltern ihre Kinder ermordet und sich dann selbst umgebracht, um der Zwangstaufe zu entgehen. Diese Handlungen waren in Schriftzeichen geschrieben, die ich niemals verstehen würde. «Das kann nicht dein Ernst sein», sagte ich zu Rana.

Sie beugte sich vor. In ihren Augen loderte eine schreckliche, wilde Entschlossenheit. Plötzlich schnappte sie sich das große Brotmesser, das auf dem Tisch lag, sprang auf und richtete es auf mich. Sie bebte vor Wut. «Ich werde es jetzt sofort tun, wenn du mir befiehlst, ein Leichentuch für meinen Gott zu nähen!»

«Es wäre eine schwere Sünde, diesem Kind auch nur ein Haar zu krümmen. Es ist ein Bote Gottes. Würdest du Abraham, Isaak oder Moses töten, wenn sie vor uns stünden?»

Sie hielt das Messer noch immer vor sich.

«Dieses Kind ist Abraham, Isaak und Moses. Es ist der Herr, unser Gott!» rief ich aus.

Rana ließ ihre Waffe fallen und begann zu schluchzen. Ich setzte sie hin und strich ihr übers Haar. Das Kind schien von ihren Klagelauten wie gebannt zu sein. Als seine Mutter sich jedoch beruhigte, begann es zu quengeln und zu strampeln. Ich gab es auf, den kleinen Jungen zu bändigen, und reichte ihn Rana zurück.

Ohne lange nachzudenken, nahm ich das geschändete Alte Testament vom Tisch, holte tief Luft und schleuderte es ins Herdfeuer.

Rana starrte mich erschreckt an. «Berekia! Was hast du gemacht?»

Während die Flammen an den sich aufrollenden gelben Seiten fraßen, sprach ich in einer Stimme, die von Onkel zu kommen schien: «Ich brauche die Worte nicht, die für mich geschrieben wurden. Ich brauche noch nicht einmal die Tora. Und du brauchst sie auch nicht. Bewahre deinen Glauben in deinem Herzen. Gott wird dort zu dir kommen, wo du mit dir selbst sprichst. Wenn Samson heimkommt – und wir wollen für sein Leben beten –, dann laß ihn weiter vom Christentum sprechen, während du den Judaismus atmest. Dein Sohn wird den Unterschied kennen. Und wenn er alt genug ist, ein Geheimnis für sich zu behalten, wirst du ihm von der Braut des Sabbats erzählen, die während der Jahre seiner Kindheit geduldig in seinem Herzen auf ihn gewartet hat. Und ihr werdet ihre Hochzeit zusammen feiern.»

Das Neugeborene suchte wieder nach ihrer Brust. Rana stillte ihren Sohn und starrte dabei in sein Gesicht, als suche sie in seinen Augen einen Abglanz jener Zeremonie in der Zukunft.

Wie schön ist es doch, dachte ich mit brennender Eifersucht, *ein anderes Wesen selbst nähren zu können.*

Erscheint dem Menschen sein Lebensziel immer ohne Vorwarnung in einem einzigen, kurzen Moment? Denn plötzlich wußte ich, daß ich mich wie Rana ganz einem anderen Menschen hingeben wollte, bevor ich starb.

Sie zuckte mit den Schultern, als sei sie noch nicht überzeugt. «Wir werden es ja sehen.»

In der Tür küßten wir uns zum Abschied. «Rana, war Samson wütend auf Onkel oder einen anderen aus dem Zirkel? Hat er seinen Glauben deshalb verloren?»

«Nein. Es war Miguel. Man kann selbst in Angst und Schrekken leben, aber es ist eine ganz andere Sache, einen geliebten Menschen zu so einem Schicksal zu verdammen. Er hat lange überlegt, wie die Zukunft unseres Kindes als Jude aussehen würde, und das, was er sah, hat ihm nicht gefallen.»

«Möchtest du mit mir kommen?» fragte ich noch einmal. «Du weißt, daß du jederzeit bei uns wohnen kannst, so lange du willst. Und vor der Anderen Seite mußt du dich nicht fürchten. Das ist reiner Aberglaube. Du brauchst keine Angst davor zu haben, das Haus zu verlassen.»

«Nein. Danke.» Sie streichelte meinen Arm. «Meine Eltern werden zu mir kommen. Wenn sie noch ...»

«Ich verstehe. Und denke daran: Lege einen Garten in deinem Herzen an, in dem du dich verstecken und in den du Miguel einladen kannst, wenn er alt genug ist.» Ich strich dem Kind noch einmal über den Haarflaum. «Schick Samson zu mir, falls er zurückkommt. Wir können von den Juden in Portugal noch immer in der Zukunft sprechen. Vielleicht wird er zu seinem Glauben zurückfinden.»

Ich machte mich auf den Weg, doch sie rief mich noch einmal zurück. Ihre Hand zitterte auf ihren Lippen. «Glaubst du, daß der Herr Samson aus Rache genommen hat? Für das, was er dem Alten Testament angetan hat?»

Ich schloß die Augen, um nach einer Antwort zu suchen, und erkannte im selben Moment entsetzt, daß ich mein Vertrauen in Gott verloren hatte. Statt einer Antwort machte ich die ausladende Geste, mit der Farid und ich das Ungewisse ausdrückten.

ACHTES KAPITEL

ICH LIESS RANAS Haus hinter mir und stieg in eine leere, gottlose Welt hinab. Verzweifelt klammerte ich mich an Onkels Geschichte über Rabbi Graviel. Bei der Lektüre des Briefes war mir die letzte Lektion eingefallen, die Onkel Juda und mir erteilt hatte. Auch darin hatte er von der Notwendigkeit eines Opfers gesprochen. Es war am vergangenen Freitag gewesen, während unseres Passa-Seders. Als Esther die Safransuppe in unsere Holzschüsseln füllte, hatte Onkel mir zugenickt und zu reden begonnen. «Und der Herr suchte heim Sarah ...»

Seine Worte waren das Stichwort für mich, aus dem Gedächtnis den Toravers aus dem Buch Genesis zu singen, der so begann. Auf portugiesisch, damit Juda es verstand: «Und der Herr suchte heim Sarah, wie er geredet hatte, und tat mit ihr, wie er geredet hatte. Und Sarah ward schwanger und gebar Abraham einen Sohn in seinem Alter um die Zeit ...»

Mein Onkel ließ mich die nächsten zweiundfünfzig Verse singen. Ich unterbrach mich nur, um meine Lippen mit Wein anzufeuchten, und erzählte die Geschichte von Isaak, dem Sohn des Abraham und der Sarah, dessen Name auf hebräisch «er lacht» bedeutet – eine Anspielung auf Abrahams große Freude darüber, trotz seines hohen Alters von hundert Jahren noch einen Sohn gezeugt zu haben.

Als ich bei dem Vers «Nach diesen Geschichten versuchte Gott Abraham» angekommen war, nickte Onkel mir mit erhobenen Augenbrauen zu, damit ich mich direkt an Juda wandte. Ich griff dem Jungen unters Kinn und blickte ihm in die Augen. In meiner besten dramatischen Stimme erzählte ich weiter:

«… versuchte Gott Abraham und sprach zu ihm: ‹Abraham!› Und er antwortete: ‹Hier bin ich.› Und er sprach: ‹Nimm Isaak, deinen einzigen Sohn, den du liebhast, und gehe hin in das Land Morija und opfere ihn daselbst zum Brandopfer auf einem Berge, den ich dir sagen werde.›»

Beunruhigt über Isaaks bevorstehenden Tod, zappelte Juda auf seinem Stuhl herum und biß sich auf die Lippen. Ich spürte, wie die Erinnerung an die Flüche meiner Mutter ihn erschreckte, wie seine Seele darunter litt, daß sie ihm einen Platz in ihrem Leben versagte. Ich nahm seine Hände in meine und erzählte ihm, wie Abraham Isaak gefesselt und ihn auf den Holzaltar gelegt hatte. Und wie ihm gerade in dem Moment, als er die Hand nach dem Messer streckte, um seinem Sohn das Leben zu nehmen, der Herr in Gestalt eines Engels erschienen war: «Lege deine Hand nicht an den Knaben und tu ihm nichts; denn nun weiß ich, daß du Gott fürchtest / … Ich habe bei mir selbst geschworen, spricht der Herr, dieweil du solches getan hast und hast deines einzigen Sohnes nicht verschont, / daß ich deinen Samen segnen und mehren will wie die Sterne am Himmel und wie den Sand am Ufer des Meeres.»

Der friedliche Ausgang der Geschichte konnte Juda kaum beruhigen. In seinem Gesicht stand der Wunsch nach Bestätigung geschrieben. Mein Magen zog sich zusammen, als ich erkannte, wie grausam es von Onkel und mir war, dieses Toraschwert in sein empfindliches Selbstbewußtsein zu stoßen. Ich legte ihm die Hand in den Nacken, als er nach unten schaute, um den Blicken der Familie auszuweichen, und versuchte ihn aufzumuntern: «Iß noch etwas Suppe. Sie wird kalt.»

Doch Onkel runzelte über meinen Rat die Stirn und sagte: «Nun, mein lieber Juda. Ich habe Beri die Geschichte nicht ohne Grund erzählen lassen. Jetzt sage mir, was du davon hältst.»

Alle Augen richteten sich auf den kleinen Jungen, doch seine Lippen waren fest verschlossen. Ich streichelte ihm über den Rücken, denn er war den Tränen nahe. Wütend funkelte ich Onkel an. Am liebsten hätte ich ihn angebrüllt: *Hat er in seinen fünf kurzen Jahren nicht schon genug durchgemacht? Laß Juda in Ruhe, oder ...*

«Ich weiß, was du denkst», erwiderte Onkel prompt. «Ich werde dich niemals dafür verurteilen, mir die Wahrheit zu sagen. Niemals! Darauf gebe ich dir mein Wort.»

«Sag es uns, Juda», lächelte ihm Esther mütterlich zu.

Mutter blickte ihn mit versteinertem Gesicht an und drehte nervös an den Haarsträhnen ihrer Schläfe. Als ich ihn in den Nacken kniff, damit er es hinter sich brachte, wimmerte Juda: «Mir hat sie nicht gefallen.»

«Mir auch nicht», warf ich ein.

«Warum hat sie dir nicht gefallen?» fragte Onkel und bedeutete mir mit einem Winken, meine Hilfeleistungen zu unterlassen.

Juda ballte seine Fäuste und rieb sich die Augen. «Weil ... weil ... ich weiß nicht. Weil sie mir nicht gefallen hat.»

«Sag mir, warum», sagte Onkel sanft.

«Weil Isaak nichts Falsches getan hat!» brach es aus ihm heraus.

«Genau», sagte Onkel. Er stand auf und beugte sich zu dem Jungen hinab, wobei er sich mit den Händen auf dem Tisch abstützte. «Juda, ich werde dir jetzt ein Geheimnis verraten. Und Geheimnisse haben große Macht. Du darfst es niemandem weitererzählen. Es bleibt unter uns. Verstehst du?»

Juda nickte. Er liebte Onkels Geheimnisse und starrte ihn wie gebannt an.

«Viele Menschen behaupten, diese Geschichte wolle uns sagen, manchmal sei es nötig, für Gott ein Opfer zu bringen», begann mein Meister. «Und wenn es sein muß, auch ein schreckliches Opfer. In einer Hinsicht haben sie sicherlich recht. Abraham war bereit, seinen Sohn zu töten. Aber es gibt auch Menschen, die behaupten, es sei nicht richtig von Gott gewesen, so etwas zu fordern. Und von Abraham sei es nicht richtig gewesen, einzuwilligen. Vielleicht haben sie recht. Manchmal glaube ich es sogar selbst. Doch hier ist das Geheimnis.» Onkel beugte sich weit über den Tisch, bis sein Gesicht dicht vor dem Judas stand. Seine Augen funkelten. Er hob einen Finger an seine Lippen und flüsterte: «Du darfst nicht vergessen, daß Isaak ‹er lacht› bedeutet. Das ist der Beweis dafür, daß die Tora in Symbolen spricht, in ganz besonderen Rätseln. Auf dieser Welt ist Isaak nicht Abrahams Sohn. Er ist eine Art Sohn in Abraham selbst. Er ist das Kind, das aus Abrahams Lachen und Leid geboren wurde. Aus seiner Wut und seiner Zärtlichkeit. Seinen Ängsten und Träumen. Und was hat Gott von Abraham verlangt? Daß er dies alles aufgibt. Daß er seine innersten Gefühle und Gedanken aufgibt, seinen liebsten Besitz. Daß er seinen Geist, einen ganzen Teil von sich selbst aufgibt. Und warum? Damit sich in ihm eine Tür öffnet, durch die Gott eintreten kann. Lieber Juda, diese Geschichte verlangt von dir, dich Gott zu öffnen, mehr nicht.» Onkel streckte die Hand aus, um seinem Neffen das Haar zu zerzausen und ihn an der Nase zu ziehen. «Gott liebt dich so sehr, daß Er sogar bereit ist, dir eine schreckliche Geschichte zu erzählen, so daß du schlecht über Ihn denkst. Alles nur, damit du Ihn eines Tages in dir selbst findest. Er will dich umarmen können, mehr nicht. Hast du das verstanden?»

Juda, der noch immer wie gebannt war, nickte eifrig. Dankbar stellte ich fest, wie schnell die Stimmung eines Kindes umschlagen kann.

Auch ich hatte an diesem Tag eine Lektion erhalten, nämlich nicht vorschnell an Onkel zu zweifeln. Als ich jetzt nach Hause ging, mußte ich darüber nachdenken, was er uns damals über Opfer gesagt hatte. Gott hatte den biblischen Abraham aufgefordert, sich von seinem liebsten Besitz zu trennen. Hatte er Onkel gebeten, sein Leben aufzugeben? Warum? Damit auf diese Weise noch mehr Bücher vor den christlichen Flammen gerettet werden konnten?

Wenige Minuten später wurde ich in meinen Überlegungen

von einem Mann unterbrochen, der meinen Namen rief. Rana schien ihre Eltern richtig eingeschätzt zu haben: Ihr Vater Benjamin und ihre Mutter Rachel kamen von einem Hügel vor mir auf mich zugelaufen. «Beri!» In Benjamins dunklen Augen las ich blinde Angst. «Rana, ist sie ...?»

«Es geht ihr gut. Und Miguel auch. Sie sind jetzt in Sicherheit.»

«Gott sei Dank.» Er legte seine Hände auf meine Brust. «Hör zu, wir können jetzt nicht reden, wir müssen zu ihr. Richte deiner Familie unsere Segenswünsche aus.»

«Das werde ich.» Ich hielt seinen Arm fest. «Nur eins. Hast du Samson gesehen? Er war in Lissabon, weil er Stoff kaufen wollte.»

Benjamin legte einen Finger an die Lippen. «Meine Tochter ist seit Sonntag Witwe», flüsterte er. «Sie haben Samson gleich zu Beginn des Aufstands geschnappt. Er hatte überhaupt nicht damit gerechnet.»

Rachel fuhr mit ihrer Hand durch die Luft. «Rauch. Samson ist in Rauch aufgegangen.»

«Brennen die Scheiterhaufen auf dem Rossio noch immer?» fragte ich.

Benjamin nickte. «Solange wir uns selbst treu bleiben, werden die Feuer niemals ausgehen.»

Seine Worte durchbrachen die Taubheit, die in Wellen in mir an- und abschwoll, ohne daß ich ihren Rhythmus kontrollieren konnte. Ich erkannte, daß ich zu lange von meiner Familie fort gewesen war. Als ich in die Stadt zurückeilte, fand ich die Tore im Osten und Norden von Christen und Dominikanermönchen verstopft. In der Menge sah ich zwei Männer, die fluchend und schimpfend aufeinander einschlugen und sich wie zwei Bärenjunge aufführten, die sich für den Moment vorbereiten, in dem sie ihr Kampfgeschick vorführen können. Bei der Porta Santa Catarina im Westen hielten sich zum Glück nur ein paar betrunkene alte Männer auf. Später erfuhr ich, daß in der Stadt das

Gerücht umging, der König wolle aus dem Osten Truppen schikken, um die Ordnung in der Stadt wiederherzustellen. Daher interessierte sich niemand für die Tore im Westen.

Anscheinend sah ich noch weniger wie ein Marrano aus, als selbst meine Mutter gedacht hätte. Keiner der Altchristen, an denen ich vorbeiging, erhob auch nur sein Schwert gegen mich. Statt dessen luden sie mich ein, an ihren rohen Witzen über Frauen und Juden teilzuhaben. Gott möge mir vergeben, doch um mein Leben zu retten, kam ich ihren Wünschen nach. «Was hat ein Jude mit einer Gottesanbeterin gemeinsam?» fragte ein Mann mit leerem Gesicht. Als ich den Kopf schüttelte, sagte er: «Spuck sie an, und sie beten weiter. Sperr sie ein, und sie beten weiter. Die einzige Hilfe ist, das Schwert zu holen und ihnen den Kopf abzuschlagen!»

Es war erstaunlich, daß es überhaupt jemanden gab, der so etwas lustig fand. Doch die Christen verpesteten mit ihrem zahnlosen Johlen die Luft, und ich fiel mit ein, so gut ich konnte.

Endlich gelang es mir, mich von ihnen zu entfernen. Da kam mir plötzlich der Gedanke, daß Gott mich durch dieses Tor zurück nach Lissabon geführt hatte, damit ich auf meinem Weg in die Alfama dem neuchristlichen Waffenhändler Eurico Damas einen Besuch abstatten konnte. Er wohnte im wohlhabenden Bairro Alto, das auf einem Hügel über der großen Barackensiedlung vor mir lag.

Die Sonne stand bereits niedrig am Himmel, als ich durch das Gewirr der ungepflasterten Straßen stieg, die sich in Serpentinen über die westlichen Hügel zum Bairro Alto hochschlängelten. Ich kam an den Holzbaracken vorbei, in denen die Armen ihr Leben in hoffnungsloser Knechtschaft fristeten. Verstohlene Blicke aus schmutzigen Gesichtern verrieten, daß ich ein ungewöhnlicher Anblick war. Kinder wirbelten bei ihrer Jagd nach Hühnern und Katzen Staub auf. In ihren Augenwinkeln saßen Fliegen. Ein riesiger afrikanischer Sklave mit einer Kette um sein Fußgelenk, die ihn an einen verrosteten Anker fesselte, starrte mich mit dem durchdringenden Blick eines Geschichtenerzählers an, der das Vorbeigehen einer seiner Figuren registriert. Ich erkannte in dem Mann eine verwandte Seele und nickte ihm zu, doch er wandte sich ab, als hätte ich ihn eines Verbrechens verdächtigt. In der Luft hing der Geruch von Scham und Wut. Trotzdem gab es vor einigen Häusern Gärten, in denen Ringelblumen und Lavendel, Kohl, Rüben und Bohnen wuchsen.

Ein gepflasterter Platz im Schatten mächtiger alter Kastanienbäume markierte, wo die Toleranz des Königs endete. Jenseits dieser Grenze gingen die Holzplanken und Lumpenfetzen des Elendsviertels in die feinen Steinhäuser der Lissabonner Aristokratie über.

Ich erkannte das Haus von Damas sofort. Von den Kalksteinsimsen blickten mir gehörnte Wasserspeier mit riesigen Mäulern entgegen, die mich als Kind in Angst und Schrecken versetzt hatten. Hinter dem Dach sah ich von der Hofseite des Hauses kleine Rauchwolken aufsteigen. Ich ließ eine Hand in meinen Beutel gleiten und holte das Messer heraus, das ich im Taillenband meiner Hose versteckte.

Ich trommelte auf das Eisengitter vor der Haustür, bis mir ein zierlicher Knabe mit hübschem rundem Gesicht öffnete. Er stand vornübergebeugt und stemmte die Hände in die Hüften. Ein grünes Seidenhemd und eine rote Weste plusterten sich vor seiner Brust – wahrscheinlich waren es zu früh weitergegebene Erbstücke. Mit einer ärgerlichen Handbewegung strich er sich eine lange Locke seines bernsteinfarbenen Haars aus dem Gesicht und steckte sie unter seiner blauen Kappe fest. Seine Hände waren mit Asche beschmiert. Er schien mich für einen ausländischen Hausierer zu halten, denn er sprach langsam und deutlich und mit melodischer Stimme: «Wir brauchen nichts, was immer du auch verkaufen magst.» Er rieb sich das Kinn und hinterließ dort einen schwarzen Schweißstreifen.

«Ich verkaufe nichts. Ich suche Eurico Damas.»

Er schaute skeptisch zum Himmel hoch und dann auf den Boden. «Dann würde ich anfangen zu graben», sagte er mit einem Schulterzucken. Er verzog die Lippen zu einem verächtlichen Grinsen und zeigte mit seinem Daumen gen Himmel. «Nach dort oben wird er es wohl nicht schaffen, wenn du meine Meinung wissen willst.»

«Tot?» fragte ich.

Der Knabe klopfte gegen den hölzernen Türrahmen. «Toter ist kaum noch möglich.»

«Weißt du das sicher?»

«Hab die Leiche selbst gesehen. Hab den Mund aufgeklappt und reingespuckt, um sicherzugehen.»

«Ist er im Altchristen-Aufstand umgekommen?»

Er zuckte wieder mit den Schultern. «Weißt du, Meister Eurico hatte viele Feinde. Du hast doch nicht wirklich geglaubt, daß er den Aufstand überleben würde? Er hätte sich wie eine Wanze in einer Matratzennaht verstecken müssen.» Er machte eine Kopfbewegung zu mir hin. «Wer bist du überhaupt?»

«Pedro Zarco.» Ich nannte ihm den christlichen Namen, den ich unter dem Schwert der Zwangstaufe angenommen hatte. «Ich wohne in ...»

«Ah, der Neffe von Meister Abraham!»

«Woher weißt du, wer ich bin?»

Der Knabe kam auf mich zu und umfaßte die Eisenstange des Tors, als wolle er daran hochklettern. Aus der Nähe sah ich, daß seine Wangen von Blutergüssen und Kratzern gerötet waren. «Meister Eurico hat deinen Onkel gehaßt», sagte er. «Die ganze Zeit hat er davon geredet, daß er ihn eines Tages schnappen und ihm die *Pinga* verpassen würde, nur um zu hören, was für Flüche und Gesabber aus ihm kämen. Aber seltsamerweise hat er ihn gleichzeitig auf seine Art gemocht. Wenn er überhaupt einen anderen Menschen mögen konnte. Er hat deinen Onkel für leicht verrückt gehalten ... und für gefährlich.»

Die *Pinga*, was «Tropfen» bedeutet, war eine besondere Art der Folter, bei der dem Opfer tropfenweise kochendes Öl über den Körper gegossen wurde. Manchmal brannte man den Namen des Gefolterten mit dem Öl in die Haut ein. Portugiesische Namen können sehr lang sein, und die meisten Menschen gaben alles zu, was die Folterer hören wollten, bevor die kochenden Tropfen bis zu ihrem Familiennamen kamen.

«Bist du ein Diener?» fragte ich.

«Die habe ich fortgeschickt.» Als würde er mir einen Schatz zeigen, zog er sich grinsend die Kappe vom Kopf. Eine Kaskade von bernsteinfarbenem, seidigem Haar ergoß sich über seine Schultern. Er war ganz eindeutig eine *Sie*. «Ich bin seine Witwe», sagte sie mit einem tiefen Kopfnicken. Mit einem Schulterzucken schien sie sich für ihre Verkleidung zu entschuldigen und öffnete das Eisengitter. Sie nahm meinen Arm, als wolle sie mich zum Tanz auffordern. «Komm!»

Dieser Knabe war also die Kindsbraut von Eurico Damas! Sie führte mich in die von Blutspritzern übersäte Küche und durch die Speisekammer in einen Innenhof, der von Orangenbäumen mit prächtigen Früchten beschattet wurde. Auf der gemauerten Terrasse an der Hinterseite des Hauses prasselte ein Feuer aus Holz und Kleidungsstücken. Dicht daneben lag ein bunter Haufen von Hemden, Mänteln und Hosen. Funken stoben in den Himmel und segelten wie Federn auf die Erde zurück. «Ich habe heute nacht alles verbrannt», sagte sie triumphierend. «Als erstes die Stiefel. Acht Paar hatte er. Eins für jeden Tag der Woche. Und für die Messe am Sonntag noch ein Extrapaar aus Haifischhaut. Wenn es ihm nicht gefiel, wie ich sie poliert habe, hat er darauf uriniert und mich von vorn anfangen lassen. Und eins sage ich dir, der Urin dieses Mannes hat gestunken wie Katzenpisse! Das einzige Problem ist, daß sie auch beim Verbrennen stinken. Genauso wie er!»

Die Flammen züngelten wie Marionetten an ihren Fäden. «Du hast Eurico Damas ins Feuer geworfen?» fragte ich.

«Wenn du genau hinschaust, wirst du vermutlich seine Zähne finden», grinste sie und leckte sich die Lippen, als würde sie eine

Süßigkeit probieren. «Er hatte mehr davon, als ihm zustanden, sie müssen also irgendwo sein.» Belustigt blickte sie mich an und brach dann in Gelächter aus. «Weißt du, er wollte losgehen, um deinen Onkel zu entführen.»

«Hat er ihn gefunden? Was hat er ...»

«Nein, er kam knurrend und zähnefletschend wieder heim. Er konnte Meister Abrahams Versteck nicht finden. Das hat er zumindest gesagt.»

Ich lag also falsch mit meiner Vermutung; Eurico Damas hatte mit der Sache nichts zu tun. Und Samson war tot. Damit blieben aus dem Zirkel nur noch Pater Carlos und Diego, die Onkel verraten haben konnten. Außerdem Miguel Ribeiro und Rabbi Losa als mögliche Erpresser.

«Er wollte dem ganzen Kabbalisten-Haufen die *Pinga* verpassen», fuhr das Mädchen fort. «Sie sollten zugeben müssen, daß alles nur gelogen war. Er war in letzter Zeit wie besessen davon. Vermutlich das Alter. Er hat an so was eben nicht geglaubt.»

«An was? Ich verstehe dich nicht.»

Sie schien mich auslachen zu wollen und zog mit angeberischem Stolz an ihrer Seidenweste. «An einen allgegenwärtigen Gott, du Dummkopf!» Während sie noch sprach, kam ein schwarzhaariger schmächtiger Jüngling mit der Andeutung eines Barts auf der Oberlippe aus dem Haus. Er zog ein blutiges Schwert hinter sich her und richtete den Blick auf mich.

«Schon gut, José», sagte sie. «Das ist der Neffe von Meister Abraham.» An mich gewandt flüsterte sie: «José hat ihn umgebracht. Mit dem Schwert ist er nicht besonders geschickt, doch wenn ein Mann so betrunken ist wie ein Schwein in einer Wanne voller Trauben, reicht schon ein kleiner Fleischspieß ...» Sie bewegte die Hände nach unten, um den Todesstoß zu imitieren, und grinste. Dann ging sie und warf den nächsten Mantel ins Feuer. José begrüßte mich mit der Ernsthaftigkeit eines Heranwachsenden, der die Beschützerrolle angenommen hat. In schaurig andächtigem Schweigen sahen wir zu, wie die Kleider verbrannten und in Rauch aufgingen. Der Gesichtsausdruck des Mädchens verhärtete sich. Sie berührte die Wunden auf ihrer Wange und blickte mich an. «Auf dem Rücken habe ich noch mehr davon. Ein Jahr lang habe ich ihm als Peitschenpfahl gedient. Und während er mich peitschte, hat er gleichzeitig sein ‹Vögelchen› geschlagen, wenn du verstehst, was ich meine.» Sie grinste und nahm meine Hand. «Ich will jede Erinnerung an ihn auslöschen, das verstehst du doch, oder?» Als ich nickte, blickte sie mich ernst an und zeigte auf ihre Brust. «Glauben die Kabbalisten wirklich, daß Gott hier drinnen lebt?»

«Dort und überall. Und nirgends. Gott wird sich dir in einer Form oder Verkleidung nähern, die du wahrnehmen kannst. Alles hängt von seiner Gnade ab ... und von deinen Visionen.»

«Dann wird Er sich mir nicht als Mann nähern – mit einem männlichen Gott kann ich nichts anfangen. Ich hatte bereits einen, und ich habe ihn gehaßt! Den nächsten männlichen Gott, der mir seinen ‹roten Kopf› zeigt, werde ich töten!»

«Dann eben in einer weiblichen Gestalt. Oder geschlechtslos. Wahrscheinlich aber als beides.»

«Als Frau. Ja, als Frau würde er mir besser gefallen.» Sie ballte die Faust und knirschte mit den Zähnen. «Nie mehr werde ich einen Mann an mich ranlassen!» Sie zog sich wieder die Kappe über den Kopf, und ihr Blick wurde hochmütig. Während sie ihr Haar hochsteckte, sagte sie: «Nimm dir von seinen Kleidern, was du brauchen kannst, und geh!»

Wir starrten uns an, als stünde die ganze Grausamkeit der Welt zwischen uns. Mit zitternder Stimme begann sie zu reden: «Vor langer Zeit gab es einmal ein glückliches Mädchen, das im Tejo geschwommen ist. Sie wurde dabei erwischt und von ihren Eltern in die Sklaverei verkauft.» Sie schloß die Augen und verschränkte die Arme über der Brust, als wolle sie sich in ihrer Verzweiflung selbst trösten.

«Und einen jungen Mann, der seinen Onkel und seinen kleinen Bruder verlor», fügte ich hinzu.

Ihre Augen öffneten sich, und sie blickte mich verständnisvoll an. Dann nickten wir uns zu wie Zwillinge, die auseinandergehen müssen. Die Kraft ihres Mitgefühls hielt mich noch einen Moment lang fest, doch dann riß ich mich los und eilte davon.

Der Sonnenuntergang hatte den Himmel in Rosenwasser und Kupfer getaucht. Als ich aus der Ferne die gewaltige Menschenmenge erblickte, die noch immer den Rossio bevölkerte, spürte ich Onkels Hand in meinem Nacken. «Wenn du dir die Hände rot färbst, wird dir keiner etwas tun», flüsterte er. Ich wußte, was er meinte, und kratzte den Schorf von der Wunde auf meiner Schulter auf, wo mich die Lanze des Bauernburschen getroffen hatte. Das Blut lief mir warm über die Finger. Ich beschmierte meine Hände und Arme damit. «Jetzt geh zum Fluß hinunter», flüsterte Onkel. «Geh am Ufer entlang und sag jedem, der dich anspricht, daß du auf der Jagd nach *Marranos* bist!»

Wie erwartet erreichte ich unser Haus ohne Zwischenfälle. Der kotbeschmierte Teppich über der Falltür befand sich noch immer an seinem Platz. Ich stieg in den Keller herab wie in ein Gefängnis. Ich war jung und stolz, und solch ein Versteck empfand ich als beschämend.

Als ich die unterste Stufe erreicht hatte, kam Cinfa auf mich zugerannt und erzählte, daß vor einer knappen halben Stunde Männer in der Küche über ihnen gestanden hätten, die jedem Marrano, der sich ihnen ergab, Gnade versprachen. «Geh nicht wieder fort!» bettelte sie.

«Juda?» fragte meine Mutter atemlos.

«Nichts», antwortete ich.

Farid und das kleine Mädchen ohne Daumennagel schliefen unter Decken neben unseren Schreibtischen. Esther saß schweigend da, und ihr Profil wirkte wie das einer Gipsfigur.

Nachdem ich Cinfa beruhigt hatte, zog ich die Gebetsmatte von Onkel weg, wobei mir der Geruch von Fäulnis in die Nase stieg. *Lieber Gott, wann werden wir ihn unter die Erde bringen können?*

Ich bepinselte Onkel nochmals mit Myrrhe und dachte bei jedem Strich: *Schau ihm nur ins Gesicht. Du mußt dich an alles erinnern, um ihn rächen zu können.*

Während ich leise Psalmen vor mich hinsang, warf mein Körper auf wundersame Weise alle aufgestaute Niedergeschlagenheit ab und vibrierte unter einer heiligen Kraft. So groß war die Macht der Tora – oder meine Fähigkeit zum Selbstbetrug –, daß ich immer mehr davon überzeugt war, dazu auserwählt zu sein, das Volk Israel vor den portugiesischen Barbaren zu retten. Indem ich den Mord an Onkel auflöste, so glaubte ich fest, würde ich auch den Schlüssel in der Tür zu unserer Erlösung drehen. Allerdings hatte ich damals nicht die geringste Ahnung, wie der Tod meines Onkels mit dem Überleben der portugiesischen Juden zusammenhängen sollte.

Wieder schaute ich zu den ledernen Rouleaus vor den Fensterschlitzen in der Nordwand hoch und fragte mich, wie der Mörder entkommen sein konnte. Es mußte einen geheimen Ausgang geben, einen Tunnel, einen Weg nach draußen, den nur die Mitglieder des Kabbala-Zirkels kannten. Deshalb hatte Onkel mir nie erlaubt, ohne seine Erlaubnis den Keller zu betreten. Ich war noch nicht in alle Geheimnisse unseres Tempels eingeweiht.

«Hast du etwas zum Essen mitgebracht?» fragte Cinfa. «Sie hat Hunger.»

Das kleine Mädchen ohne Daumennagel stand jetzt neben Cinfa und blickte mich mit schweigendem Verlangen an. «Es tut mir leid, das habe ich vergessen», antwortete ich. «Ich gehe sofort hoch und schaue nach, was ich im Laden finden kann.»

«Nein, du bleibst sitzen!» befahl meine Mutter. Sie hielt die Hände zu Fäusten geballt und funkelte mich an. «Wir werden jetzt warten, bis es ganz vorbei ist.»

Cinfa und das kleine Mädchen knabberten an der Matza, die ich dagelassen hatte. Sie war blutbefleckt, verschwand aber trotzdem viel zu schnell. Jetzt war auch der Hunger unser Gefährte geworden.

Ich brauchte etwas, um meine nervösen Hände zu beschäftigen. Da ich unbedingt mehr über die Identität des toten Mädchens erfahren wollte, nahm ich einen Papierbogen aus unserem Schrank und begann sie zu zeichnen.

Ungefähr eine Stunde später wachte Farid auf. Ich war bereits mit ihrem Gesicht fertig und hatte mit den Händen begonnen. Cinfa klopfte mir auf die Schulter und sagte, daß er nach mir verlangte.

Ich brachte ihm einen Becher Wasser und hielt ihn an seine Lippen. Gierig trank er ihn aus. Er schwitzte stark, und das Fieber war gestiegen. Seine Hose war mit Kot- und Blutflecken übersät. «Wie fühlst du dich?»

«Etwas schält mich von innen auf. Ich kann es nicht zurückhalten. Meine Hose ... Wahrscheinlich stinke ich so sehr, daß selbst Allah sich die Nase zuhält.»

Trotz seines Protests säuberte ich Farids Hintern und Schenkel und deckte ihn wieder zu. Da wir keine Kissen hatten, stützte ich seinen Kopf mit mehreren Manuskripten aus der *Geniza*. Gab es im Moment eine bessere Verwendung für jüdische Schriftrollen?

Als er wieder in Schlaf gesunken war, zog ich mich zur Ostwand zurück und setzte mich an die Stelle, an der das Mädchen um ihr Leben gebettelt haben mußte. Ich zog die Knie an die Brust und verharrte in einer Position der Isolation und Selbstgenügsamkeit. Etwas Kaltes, Berechnendes in mir entfernte mich immer mehr von meiner Familie. War es mein Wunsch nach Rache? Sie sprachen jetzt flüsternd miteinander, doch ich konnte nicht mitreden. Ich wollte nur noch losrennen und allen entgegenschreien, daß ich meinen Onkel rächen würde. Ich konnte das Flüstern und die verschlüsselten Unterhaltungen nicht länger ertragen. Mein Meister hatte recht gehabt: Der Kabbala-Löwe in meinem Herzen erlaubte mir nicht länger, als heimlicher Jude zu leben.

Und so erkannte ich, daß ich an diesem Passafest eine spirituelle Reise zu meinem eigenen, wahren Wesen angetreten hatte.

Ich widmete mich wieder meiner Zeichnung und versenkte mich in den verbleibenden hellen Stunden ganz in die Konturen des Mädchens und dann in die meines Onkels. Als es dunkel wurde, war es mir unmöglich, das Abendgebet zu sprechen. Das kleine Mädchen schlief zwischen meinen Beinen und benutzte meinen Schenkel als Kissen. Auch Cinfa hatte sich zu uns unter die Decke gekuschelt.

In dieser Nacht wurde ich von meinen eigenen Schreien heimgesucht. Man hatte mich an den Springbrunnen auf dem Rossio gefesselt und taufte mich mit einem brennenden Palmzweig.

Ich erwachte in der Dunkelheit und roch den Rauch, der mir erinnerungsschwer in den Kleidern zu hängen schien. Doch dann erkannte ich, daß das unmöglich war, denn meine Hose und das Hemd waren nicht Zeuge der Scheiterhaufen auf dem Rossio geworden. Allerdings lehrt die Kabbala uns, solche Illusionen nicht einfach zu ignorieren. Später interpretierte ich den Geruch als Zeichen dafür, daß ein Teil von mir über diesen Sonntag nicht hinausgekommen war. In dieser Nacht jedoch zog ich mich einfach aus und bespritzte meine Kleider mit Fenchelwasser aus unserem Schrank. Doch der Geruch blieb an ihnen haften wie eine gierige Zecke.

Ich konnte nicht mehr schlafen. Die gelben und violetten Schatten des Mondlichts hüllten uns in eisige Laken, die aber auch etwas Beruhigendes hatten: Es war, als dränge diese gemeinsame Decke uns in unserem Schicksal aneinander.

Und so dämmerte der Mittwoch, der Morgen vor dem sechsten Passaabend.

Die Sorge trieb mich wieder an Farids Seite. Ich spürte seinen Atem an meinen Fingerspitzen, gleichmäßig, aber flach. Ich erinnerte mich, wie er als Kind immer weinen mußte, wenn er den Frühlingsregen auf den Oleanderbüschen im Hof roch, so sehr überwältigte ihn der süße Geruch.

Ja, er war immer viel sensibler als ich gewesen.

Dann fiel mir der Tag ein, an dem Juda geboren wurde. Da hatten wir am Fluß unsere Gebete getanzt.

Juda ... Farid ... Onkel Abraham ...

Namen. Sind sie nichts als Zeichen für etwas viel Bedeutenderes?

Als ich Onkel voller Verzweiflung über meinen erzwungenen Namenswechsel von Berekia zu Pedro aufsuchte, hatte er mir seinen Gebetsschal über den Kopf gelegt: «Gott hat viele Namen», flüsterte er. «Deshalb sollten auch wir als seine Ebenbilder viele Namen haben. Das, was hinter deinem Namen liegt, wird immer gleich bleiben.»

Wie oft hatte mein Meister mir gesagt, daß wir alle Ebenbilder Gottes seien.

Schloß das auch seinen Mörder ein?

Konnte denn ein einziges Leben, das von Onkel, noch zählen, nachdem ich die Flammen der jüdischen Scheiterhaufen hoch über die dominikanische Kirche hatte steigen sehen? Vielleicht muß sich das Grauen in einer Seele konzentrieren, in einen Diamanten des Schmerzes.

Ich war mit meinen Gedanken in eine Sackgasse geraten und blickte zu den Fensterschlitzen in der Nordwand hoch, durch die das erste Licht der Morgendämmerung sickerte. Aus einer Karaffe im Schrank nahm ich einen Schluck Wasser und nickte meiner Mutter, die gerade aufwachte, einen Morgengruß zu. Cinfas Kopf lag schlafend auf ihrem Schenkel, und Mutters Hände strichen ihr abwesend durchs Haar. Esther war auf ihrem Stuhl eingeschlafen; ihr Kopf war auf ihre rechte Schulter gesackt, und ihre Arme hingen schlaff herab. Auch Farid schlief noch. Seine Stirn brannte. Ich kühlte sie mit Wasser, doch er wachte davon nicht auf.

Ich zog die Gebetsmatte von dem Mädchen, kniete neben ihrem Gesicht nieder und machte ein paar letzte Korrekturen in meiner Zeichnung. Ihren Mund hatte ich zu breit und melodramatisch wiedergegeben.

Die Zeichnung eines Menschen hat ungeheure Kräfte. Unter meinem Blick nahm ihr Porträt die Züge eines Talismans an, der ihre unerfüllten Hoffnungen in sich trug.

Wenige Minuten später, ich korrigierte immer noch ihre Lippen, hörte ich Rezas Ehemann José im Hof nach uns rufen. Mutter fuhr hoch, erhob sich aber nicht von ihrem Lager. Es war, als traute sie ihren Ohren nicht. Doch ich rannte nach oben, dicht gefolgt von Cinfa.

Als ich das Ende der Treppe erreicht hatte, öffnete Reza gerade die Falltür. Ich signalisierte ihr, mich hinausklettern zu lassen. «Ich habe euch überall gesucht!» sagte ich und umarmte sie. Es tat gut, ihre feste, kompakte Weiblichkeit zu spüren. Und ich brauchte dringend Licht und Luft.

Doch Reza wirkte gehetzt. In ihren großen grauen Augen, die sonst so aristokratisch, manche sagten sogar abweisend blickten, loderte die Angst. José hatte schon mehrere Tage keinen Barbier mehr aufgesucht und sah krank aus. Ein unterdrückter Schrekken schien ihn aufzublähen. Um seine Augen lagen tiefe, dunkle Kreise, und seine üppigen Lippen waren aufgesprungen.

«Geht es dir gut, Beri?» fragte Reza zögernd.

«Ja, ja. Aber wo warst du? Ich bin zu eurem Haus gegangen, dort war ...»

«Wir haben versucht heimzugehen, doch der Weg war versperrt», sagte José und ergriff mich bei den Schultern. «Darum haben wir die Stadt verlassen und sind nach Sobral gegangen. Dort sind wir geblieben. Immer, wenn wir heimgehen wollten, waren die Tore ...» Er schüttelte den Kopf. «Wir wollten es nicht riskieren.»

Reza nahm die Kappe von ihrem Kopf. «Sind ... sind alle in Sicherheit?» fragte sie ängstlich.

«Ich kann Juda nicht finden», antwortete ich. Mein Herz schlug wild gegen meine Brust, als wolle es flüchten. «Und dein Vater, Reza, dein Vater hat seinen Körper verlassen und ist zu Gott zurückgekehrt.»

Die Kappe fiel aus ihren Händen. Ihre Augen wurden weit, als versuchte sie, das Gesagte zu begreifen. Ich wollte ihre Hände nehmen, doch sie zog sie weg. «Das, was früher deinen Vater beherbergte, liegt im Keller», flüsterte ich.

Ihr Gesicht wurde plötzlich weiß und ihre Augen glasig. Sie stieg zu ihm hinab wie unter einem Joch.

Cinfa, José, Mutter und ich traten zurück, als sie neben ihrem Vater niederkniete und ihn mit zögernden Fingern berührte. Wenn man den Tod akzeptieren will, muß man eine Zeitlang mit ihm allein sein.

Als sie wie ein Kind auf dem Boden zusammensank, legte ich ihr die Hand aufs Haar. Ihre leisen Tränen drangen zu mir wie ein Flüstern. Sie drehte sich zu Esther um. «Was ist passiert, Mutter?»

Meine Tante antwortete nicht. Sie war noch immer ganz von dieser Welt entrückt.

«Weißt du, ob König Manuel die Stadt wieder unter Kontrolle hat?» fragte ich José.

«Noch nicht. Es heißt, er habe Angst davor, zurückzukommen. Die Leute fordern jetzt seinen Kopf.»

Reza sprach ein Gebet für Onkel. Als sie sich abwandte, erhob sich Esther wie ein Geist, glitt neben ihn und deckte sein Gesicht mit der Gebetsmatte zu. Dann setzte sie sich wieder und versteinerte.

Als Reza das kleine Mädchen ohne Daumennagel hochnahm, schien ein Damm zu brechen. Sie heulte, als würde man ihr die Eingeweide rausreißen.

«Kennst du sie?» fragte ich.

«Aviboa. Die Tochter meiner Nachbarin Graça. Ist sie ...?»

Ich zuckte die Schultern. «Ich habe dort nur das Mädchen gesehen.»

Ich wußte, daß es eine Sünde war, doch während ich antwortete, dachte ich: Warum habe ich statt ihrer nicht Juda gefunden?

Zweites Buch

NEUNTES KAPITEL

ES WAR MITTWOCH und fast Mittag. In sieben Stunden würde der sechste heilige Passaabend anbrechen. Alle Zeichnungen, die ich brauchte, waren fertig.

Reza hatte uns versichert, daß die Stadt ruhig sei, deshalb wagten José, Cinfa, Aviboa, Mutter und ich uns mit ihr nach oben. Wir tasteten uns unsicher durch die Räume, als kämen wir von einer langen Reise nach Hause. Ich führte Farid ins Schlafzimmer meiner Mutter und wusch sein Gesicht mit Branntwein, um ihn abzukühlen. Dann drückte ich ihm eine Kompresse auf die Stirn. Obwohl ihm die Augen ständig zufielen, blieb er wach. Immer wieder strichen seine Fingerspitzen über meinen Arm und fragten nach Samir.

Später bereiteten wir Onkel und das Mädchen für das Begräbnis vor. Während wir sie wuschen, sangen wir Psalmen. Siebenmal reinigte ich Onkels Gesicht mit kaltem und dreimal mit warmem Wasser. Wie es geschrieben steht, säuberten wir erst seinen Bauch, dann die Schultern, Arme, den Hals, die Genitalien, Zehen, Finger, Augen und Nasenlöcher.

Als ich die marmornen Hände der sterblichen Hülle meines Onkels hielt, brandete in mir eine warme Welle der Trauer und der Freude. Er war jetzt bei Gott. Doch im nächsten Moment war ich wieder mit einem Ermordeten allein. Im Buch Zohar steht geschrieben, die Einsicht komme nur in kurzen, klaren Momenten. Genau so war es.

Die klaffende Wunde in seinem Hals war schwarz geworden und das Blut zu einem tönernen Schorf geronnen. Viermal hatte ich ihm die Finger gewaschen, doch sie waren noch immer voller

Tintenflecke. Doch genau so sollte ein Künstler Gott gegenübertreten.

Tante Esther führte eine Schere an ihr Haar und legte ihm ihre hennagefärbten Locken auf die Brust. Welcher hebräische Dichter hat gesagt, die abgeschnittenen Haare einer Witwe bestünden aus zu Fäden geronnenem Blut?

Als wir meinen Meister in seine weiße Robe gekleidet hatten, streute Mutter den symbolischen Staub Jerusalems über seine Augen und Geschlechtsteile.

Ich hielt Cinfas Hand, während sie sich von ihm verabschiedete. «Wir werden ihn nie mehr wiedersehen», sagte sie leise, die blutunterlaufenen Augen weit aufgerissen. Ihr Blick war müde, nicht traurig oder ängstlich.

«Nicht in dieser Gestalt», stimmte ich ihr zu. «Wenn du Onkel das nächste Mal siehst, wird er dir die Hände entgegenstrecken und dich bei Gott willkommen heißen.»

Ein lähmender Schrecken strafte meine zuversichtlichen Worte Lügen. Ich hatte vergessen, wie sich Onkels Umarmung anfühlte.

Wir legten ihn auf seinen Gebetsschal und hüllten ihn in das leinene Leichentuch, daß Reza und Mutter genäht hatten. Als ich sein Gesicht zum letztenmal sah, schloß ich die Augen, um ihn in der Dunkelheit hinter den Lidern festzuhalten. Jetzt war er nur noch ein violetter Schatten; das Strahlen, das von ihm ausging, war verschwunden. Würde er weiter verblassen, bis ich mich nicht einmal mehr an seine Stimme erinnern konnte?

Mit derselben Sorgfalt wuschen wir das Mädchen. Reza half uns jetzt. Sie hatte Aviboa in den Hof geschickt, wo sie mit Roseta spielte.

Plötzlich stand unsere Waschfrau Brites in der Tür. Sie hatte ein zuversichtliches Wesen, weshalb ihr Gesichtsausdruck meist fröhlich und zufrieden war. An diesem Tag jedoch blickte sie düster, und ihre Stimme klang rauh. In dem Wagen, den sie hinter sich herzog, lag unsere gewaschene und gebügelte Wäsche.

Außerdem brachte sie uns die gesalzene Haut eines Kabeljaus mit, der so lang war wie ein Männerarm.

Wir küßten uns. Worte erübrigten sich. Das schweigende Gefühl der Verbundenheit lag auf meiner Brust wie ein schwerer Stein. «Ich habe in der Nacht nach euch gerufen», flüsterte sie schließlich.

«Danke, aber wir konnten nicht antworten.» Wieder drückte ich meine Lippen auf ihre Wange, dann ließ ich sie mit Mutter allein, damit sie miteinander weinen konnten.

In der ganzen Nachbarschaft gab es keine Särge mehr zu kaufen, und von den neuchristlichen Zimmerern hatte keiner das Pogrom überlebt. Weil ich mich weigerte, einem Altchristen einen Sarg abzukaufen, trugen wir Onkel und das Mädchen in ihren Leichentüchern auf den Wagen, den ich von der Witwe Dr. Montesinhos' geborgt hatte. Der Esel gehörte Brites; sie bestand darauf, ihn uns auszuleihen.

Das Bedürfnis, mich aus der Gegenwart in eine glücklichere Vergangenheit zu flüchten, ließ sich einfach nicht abschütteln. Nur mit Mühe gelang es mir, meinen religiösen Pflichten nachzukommen und, was das Wichtigste war, die Suche nach Onkels Mörder nicht aufzugeben.

Esther saß mit im Schoß gefalteten Händen auf einem Holzhocker im Wagen. Ihr kurzgeschnittenes Haar stand ihr in hoffnungslosen Stoppeln vom Kopf ab. Mutter, Reza und ich gingen neben dem Esel. Wir verließen Lissabon in Richtung Osten. Christen blickten uns nach, doch in ihren Augen standen keine Fragen. Jeder kannte unsere Mission. Cinfa war mit José zu Hause geblieben.

Schon viele Juden hatten die Reise zur *Quinta das Amendoas* gemacht. Mandelhof – so nannten wir das große Grundstück, das zwei Meilen östlich der Stadt lag und von einem hohen Turm aus verwittertem Kalkstein dominiert wurde. Aaron Poejo, der Besitzer des Grundstücks, war ein Bergjude aus Bragança, der in diese Gegend gezogen war, weil sich seine Braut aus dem Algarve im rauhen Klima des Nordostens zu Tode fror. Als Erinnerung an seine Heimat hatten sie Mandel- und Kastanienschößlinge mitgebracht, die hier Wurzeln schlugen. Den ursprünglichen Bauernhof, von dem nur noch zwei bauchhohe, zerfallene Steinmauern übriggeblieben waren, hatten sie nach einer von Poejos Visionen verlassen, um in einen achteckigen Lagerturm zu ziehen. Der Sage nach sollte Poejo langmähnige blonde Seefahrer mit Eisenmasken gesehen haben, die Lissabon eroberten und alle jüdischen Behausungen in Brand steckten.

Die schwere Struktur des Gebäudes wurde von einem nachträglich angebauten Glockenturm im dritten Stock aufgelockert, der als Aussichtsposten benutzt wurde. Auf einem der Abenteuer unserer Kindheit hatten Farid und ich entdeckt, daß man von hier aus auf den Tejo und die Wachtürme aus Granit an seinem Ufer blicken konnte. So wurde man früh vor allen Feinden gewarnt. Die Ironie des Schicksals wollte es jedoch, daß Poejos Frau in der Zeit der Zwangskonversionen von zwielichtigen Nachbarn, die sich dort unrechtmäßig niedergelassen hatten, gesteinigt wurde. In der Mordnacht sollten Poejo und seine beiden Töchter erfolglos versucht haben, den Turm abzureißen. Am nächsten Morgen hatten sie dann erschöpft und verzweifelt den Stamm einer großen Kastanie ausgehöhlt, die Frau hineingezogen und sie dort begraben. Obwohl der Stamm mit den Jahren wieder zuwuchs, waren die Äste dieses Baumes, der direkt südlich des Turms stand, noch immer kahl und vom Pilzwuchs marmoriert, als hätte die Reue ihn vergiftet. Man sagte auch, daß an *Yom Kippur* ein fauler Geruch von ihm ausging. So erlangte der Hof in der Gegend einen Ruf als verwunschener Ort, was ihn zur passenden Begräbnisstätte für diejenigen machte, die für den Judaismus den Märtyrertod gestorben waren.

Poejo und seine Tochter jedoch sammelten nach dem Begräbnis seiner Frau wieder neue Schößlinge ein und wanderten in Richtung Süden auf den Algarve zu. Von dort setzten sie übers

Meer und ließen sich in der Nähe von Tetuán in Marokko nieder. Um die Mandelbäume kümmerte sich niemand mehr, und sie verwilderten wie so viele andere in Portugal. Doch auch an diesem Tag konnten wir sehen, daß ihre grünen Früchte sich über diese Vernachlässigung hinwegsetzten und wie Noten in den wild treibenden Ästen standen.

In den Mandelhof brachte man die Toten aus Klein-Jerusalem, der Judiaria Pequena und sogar aus den engen Judengassen bei der Karmelitenkirche auf der anderen Seite der Stadt. Nur wenige hatten wie wir einen Eselskarren. Die meisten mußten ihre verstorbenen Angehörigen in Schubkarren zwängen.

Die Gemeindeältesten wiesen uns Felder zu, die in der Vergangenheit noch nicht als Grab benutzt worden waren. Ich nickte allen, die an uns vorbeizogen, mitfühlend zu, sprach aber mit niemandem, außer um nach Juda und den beiden Überlebenden aus dem Kabbala-Zirkel, Pater Carlos und Diego Gonçalves, zu fragen. Niemand hatte sie gesehen.

Mit Unterstützung von zwei maurischen Arbeitern, die sich ein wenig Extrageld verdienen wollten, grub ich zwei Löcher. Reza bestand darauf, mir zu helfen. «Beri, ich muß etwas tun», sagte sie. «Jedesmal, wenn ich stillsitze, beginnt die Welt einzustürzen.» Sie starrte mich aus leeren Augen an und kaute nervös auf ihren Haarspitzen, eine Angewohnheit, die sie aus der Kindheit beibehalten hatte.

Mutter wählte für Onkel einen Platz unter einem jungen Mandelbaum, dessen Äste sich wie die Arme eines Kandelabers in den türkisfarbenen Himmel erhoben, als wollten sie beten. Das Mädchen fand ihre letzte Ruhe unter einer ausladenden Korkeiche, die wie ein gütiger Großvater wirkte, der sie zu sich winkte.

Der Schreiber Isaac Ibn Farraj sang mit uns das Totengebet. Er war hier, um den Kopf von Moses Almal zu begraben. Offensichtlich war Isaac der Verrückte gewesen, der ans Feuer auf dem Rossio rannte, um den Flammen die letzten Überreste seines Freundes zu entreißen, weil er dessen Geist ein zielloses Herumirren ersparen wollte. «Ich will mein Leben lang keinen Christen mehr sehen», vertraute er mir an. «Ich lerne Türkisch. Das ist nicht schwierig, weil es in arabischen Schriftzeichen geschrieben wird. Ich werde das erste Boot nach Salonika nehmen, das ich kriegen kann. Es heißt, Salonika solle eine jüdische Stadt werden. Du solltest dasselbe tun.»

«Und was ist mit deinem Haus hier?»

«Es dauert nicht mehr lange, dann werden alle unsere Freunde Portugal verlassen haben. Und eins kannst du mir glauben, ich werde nicht den Fehler von Lots Frau begehen!»

Ich mußte an den Zettel denken, der aus Diegos Turban gefallen war. Darauf hatte der Name Isaac gestanden. «Isaac», fragte ich, «hattest du vor dem Aufstand irgendeine Unterredung mit dem Drucker Diego Gonçalves?»

«Nicht daß ich wüßte.»

«Hat der neunundzwanzigste dieses Monats, der kommende Freitag, eine besondere Bedeutung für dich?»

Isaac kratzte sich den weißen, schimmelartigen Haarpelz auf seinem Kinn und schob die Unterlippe vor. «Beri, ich sehe, daß du etwas auf dem Herzen hast und Hilfe brauchst. Doch du mußt schon etwas deutlicher werden, wenn ich dich verstehen soll.» Er nahm meine Hand und blickte mich mitfühlend an.

Plötzlich schien es lächerlich, ihn für den Isaac der Notiz zu halten. Er hatte keinerlei Verbindung zum Kabbala-Zirkel und auch keinen Grund, auf Onkel böse zu sein. Allmählich begann ich, allen zu mißtrauen. «Schon gut», sagte ich. Auf meine Bitte hin versuchte er, Esther aus ihrer Erstarrung hervorzulocken, indem er persisch mit ihr sprach. Ihre einzige Reaktion war ein Blick aus leeren Augen.

Siebenmal ging ich betend um Onkels Grab herum, wie es sich für einen *Ba'al Shem*, einen Meister des göttlichen Namens, gebührt. Meine hebräische Gebetsstimme, die wie ein Wasserstrom zwischen den verwitterten Mauern anschwoll und wieder sank, schien in einer weit zurückliegenden Vergangenheit verwurzelt zu sein.

Dann verließ ich meine Familie, um die Hand von Senhora Rosamonte unter einem Zitronenbaum zu begraben. Dankend nahm ich ihren Aquamarinring als letztes Geschenk entgegen und legte ihn zu Diegos Zettel und dem Ehering des Mädchens in meinen Beutel. Vielleicht würde er eines Tages das Leben einer anderen Schwalbe in den Händen des Pharaos retten.

Dann ging ich zu meiner Familie zurück, blieb aber unterwegs einen Moment lang stehen, um meine Handfläche auf den Stamm einer gigantischen Korkeiche zu legen, deren wertvolle Rinde vor kurzem abgeschält worden war. Ich schloß die Augen, um die Kraft dieses grünen Riesen besser zu spüren. Sofort loderte in der Dunkelheit vor mir das orangefarbene und schwarze Licht eines Feuers auf, und eine feuchte Wärme schien mich zu durchfluten. Über mir hörte ich lautes Blättergeraschel, als wäre ein Adler oder ein Reiher in der Baumkrone gelandet. «Ja, wir sind hier», hörte ich Onkels Stimme. «Doch öffne deine Augen nicht. Unsere strahlende Erscheinung würde dich überwältigen.»

Während ich meine Lider fest zusammenpreßte, fuhr er fort: «Berekia, die Rinde eines Baumes ist nicht nur ein Symbol in der Dichtung. Sie ist etwas Reales und teilt mit dir das Dasein auf Erden. Sie wächst, sie stirbt oder sie kann von einem Holzfäller entfernt werden. Spürst du die Festigkeit, die unter dieser Rinde liegt?»

Ich drückte mit beiden Händen gegen den Baumstamm und spürte, wie eine flüssige Kraft aus der Erde mich durchflutete.

«Dieser Baum hat dich angezogen, weil er dich daran erinnert, daß eine Maske auch etwas anderes sein kann als eine Metapher, nämlich nur ein schöner Schmuck.»

Bitte Onkel, sprich so einfach zu mir wie möglich, flehte ich ihn in Gedanken an.

«Wir sprechen die Sprache des Himmelreichs und kennen

keine andere Art, uns mitzuteilen», erwiderte er zornig. Dann sprach er mit mitfühlender Stimme weiter: «Denke daran, unser Schatten ist dein Licht. Was für uns die einfachste aller Wahrheiten ist, ist für dich das größte Rätsel. Berekia, hör mir zu. Du darfst deine Buchmalereien niemals einem Boten anvertrauen, der sich von einem Tag zum anderen nicht mehr im Spiegel wiedererkennt. Und vergiß niemals die guten Augen dessen, der mit zehn Zungen spricht.»

In dem Moment spürte ich ein Zittern unter meinen Händen und hörte über mir das Flattern von Schwingen. Die strahlende Dunkelheit hinter meinen Augenlidern verblaßte zu Grau. Der Vogel – Onkel – war weggeflogen. Ich öffnete die Augen und starrte durch das leere Blätterdach in den weiten blauen Himmel.

Seine Worte hallten in mir nach: *Du darfst deine Buchmalereien niemals einem Boten anvertrauen, der sich von einem Tag zum anderen nicht mehr im Spiegel wiedererkennt.* Meinte er damit einen Mann, der keinerlei Selbstkenntnis besaß? Oder vielleicht jemanden ohne Gedächtnis, jemanden, der seine Vergangenheit abschütteln und seine Existenz verleugnen wollte? Einen Mann, der sich selbst nicht kannte, weil er sich nicht an die eigene Geschichte erinnern wollte, die ihn zu dem gemacht hatte, was er heute war?

Und vergiß niemals die guten Augen dessen, der mit zehn Zungen spricht. Farid. Onkel konnte nur seine Finger gemeint haben, seine zehn Zungen. Mein Meister wollte mir sagen, daß ich mich auf Farids Wahrnehmungsgabe verlassen sollte, wenn ich herausfinden wollte, wer der Mann war, der sich selbst nicht kannte.

Einen Moment lang war ich versucht, über der Pergamentrolle an meinem Handgelenk zu beten, damit mein Meister mir noch einmal erschien und mir eine deutlichere Antwort gab. Doch tief in meinem Inneren hatte ich Angst davor, mich dem Bereich der praktischen Kabbala zu nähern. Onkel hatte sicherlich seine Gründe dafür, in Rätseln zu mir zu sprechen.

«Beri!» Es war Mutter, die mich über das Feld hinweg rief.

Während ich zu ihr ging, dachte ich darüber nach, wie die Welt immer mehr in mein stilles, meditatives Leben eingebrochen war. Genau, wie Onkel es vorausgesagt hatte.

Nachdem Reza und ich uns in einem nahegelegenen Graben die Hände gewaschen hatten, verließen wir den Mandelhof. Ich bangte um Farids Leben. Und die Altchristen konnten jederzeit wieder wie eine Heuschreckenplage über uns kommen.

Kurz vor unserem Haus sprang ich vom Eselskarren, um bei der Kirche St. Peter nach Pater Carlos zu fragen. Es fehlte nach wie vor jede Spur von ihm, und seine Wohnungstür war verschlossen. Daraufhin stieg ich durch die Gassen und Treppen der Alfama zu Diegos Stadthaus hinauf. Der Flickschuster, der mich am Vortag vor dem Mob gewarnt hatte, winkte mich zu sich. «Geh nicht rein», flüsterte er.

«Warum?»

«Da war ein Mann, der nach Diego gesucht hat. Er ist gerade erst gegangen. Er war vorher schon mal hier und hat das Haus beobachtet. Vielleicht treibt er sich immer noch in der Nähe rum und lauert in einem Versteck. Lächle einfach und nicke mir zu. Und dann geh.»

Ich tat ihm den Gefallen und imitierte ein Lachen. «Wer war der Mann?»

«Ich weiß nicht. Einer aus dem Norden. Blond, stark.»

Ich verbeugte mich dankend und ging. Meine Schritte wiederholten immer nur dieselbe Frage: *War Onkels Mörder jetzt hinter Diego her?*

Zu Hause kochte Reza gerade Eier für unser Mittagessen. In der ersten, siebentägigen Trauerphase ist das Kochen eigentlich die Pflicht der Nachbarn, aber es gab in der ganzen Gegend kein Haus, in dem nicht getrauert wurde. Alle Scherben und Trümmerteile waren aus der Küche in den Hof gefegt worden, und der Boden glänzte frisch gewischt. Sogar das abgebrochene Tischbein war wieder festgenagelt worden.

«Brites hat das in unserer Abwesenheit gemacht», erklärte Reza. «Jetzt putzt sie gerade mit den anderen den Laden.»

«Ist Esther auch dabei?»

«Nein, sie ist im Schlafzimmer deiner Mutter und wacht über Farid.»

«Und Aviboa?»

«Hilft auch beim Putzen. Sie weicht nicht mehr von Cinfas Seite.» Reza kaute seufzend auf ihren Haarspitzen. «Ich werde sie adoptieren. Schließlich kann ich sie nicht allein lassen. Ihre Mutter Graça war Witwe und hatte keine Geschwister.»

«Ist sie Jüdin?»

Rezas Augen funkelten. «Ein vierjähriges Mädchen? Berekia Zarco, wer bist du, daß du solche Fragen über ein vierjähriges Mädchen stellst? Glaubst du etwa, Kinder kommen Hebräisch sprechend auf die Welt? Welche Rolle spielt es denn ...»

«Reza, du verstehst mich falsch. Das ist mir doch egal. Ich frage nur, weil es die Sache komplizieren könnte.»

«Im Moment besteht mein ganzes Leben aus Komplikationen.» Sie seufzte wieder und streichelte mir entschuldigend über den Arm. «Ihr Vater war Neuchrist, und Graça war Altchristin.»

«Es wäre besser, wenn du Mutter nichts davon sagst. Zumindest im Moment nicht.»

Reza nickte. Als ich die Tür zum Zimmer meiner Mutter öffnete, sah ich Farid fröstelnd unter zwei dicken Decken liegen. Tante Esther saß auf einem Hocker am Fußende des Bettes und starrte immer noch ins Leere. Ich küßte ihre kühle Stirn.

An der Wand lag ein zerknülltes, blutbeflecktes Laken aus dem Bett.

Farids Augen öffneten sich, doch er schien mich nicht zu erkennen. Ich nahm eine Wolldecke aus meinem Bett und legte sie über die beiden anderen. Dann kniete ich nieder und griff nach seiner Hand. Er zog sie weg. «Es könnte die Pest sein», signalisierte er jetzt.

«Deine Handbewegungen sind schon wieder kräftiger», log ich. Wir verschränkten die Finger ineinander, und seine Augen schlossen sich wieder. Während ich dasaß, stellte ich mir die Landkarten Portugals, Griechenlands und der Türkei vor, als seien es die Felder eines Schachbretts, auf dem meine Familie und ich als Bauern umhergeschoben wurden.

Als Farid zu zittern aufhörte und einschlief, streichelte ich eine Zeitlang über sein Haar. Dann nahm ich das schmutzige Lakenknäuel, klemmte es unter meinen Arm und schlich mich auf Zehenspitzen aus dem Schlafzimmer, um seine Inkontinenz vor meiner Mutter zu verbergen. Ich fürchtete, sie könne fordern, daß meine Familie ihn wegen seiner schlimmer werdenden Krankheit aufgab. Als Reza mich sah, fuhr sie erschrocken zusammen, doch in ihrem Blick lag Mitgefühl. Ich versteckte das Laken hinter dem Oleanderbusch neben dem Abort im Hof. Ich wollte es Brites später geben und sie ermahnen, wegen der ansteckenden Ausscheidungen beim Waschen vorsichtig zu sein.

Da wir keinen Essig mehr hatten, wusch ich meine Hände mit Wasser und Seife. Dann ging ich in den Keller und schrieb auf ein Stück Pergament in winzigen Buchstaben die Liste der Verdächtigen.

Pater Carlos.

Diego Gonçalves.

Rabbi Losa.

Miguel Ribeiro.

Das Mädchen, das wir beerdigt haben, wird wie eine Wetterfahne auf den richtigen Namen weisen, dachte ich, als ich den letzten Federstrich vollendet hatte.

Ich zog die Zeichnung hervor, die ich von ihr angefertigt hatte, steckte einen Hammer in meinen Beutel und machte mich auf den Weg. Ich suchte alle Bäckereien in der Alfama und der Graça auf. Das Mädchen mußte der Schlüssel sein. Wenn ich ihre Identität lüftete, würde ich auch erfahren, wer meine Zukunft zerstört hatte.

Jetzt, wo wieder Ruhe und Ordnung herrschte, sah ich, daß Lissabon eine Stadt der starrenden Christenaugen geworden war. Und eine Stadt voll von Müll und Kot, von zersplittertem Holz und blutigen Steinen.

Von dem halben Dutzend Bäckern, die ich fragte, kannte niemand das Mädchen. Hinter der Kathedrale bog ich in Richtung Klein-Jerusalem ab. Die Geschäfte waren geschlossen, und die Straßen lagen voller Müll. Die Frauen schrubbten das Blut von ihren Haustreppen. Mitten auf dem Platz der Synagoge stand ein verbranntes Bett, als würde es auf seinen Besitzer warten. Die Bäckerei von Simon Kol hinter dem Palast am Fluß war mit Brettern vernagelt. Ich schlich hinters Haus und kam an einem Haufen mit faulenden Kohlköpfen und Zwiebeln vorbei, der von streunenden Katzen durchstöbert wurde. Eine von ihnen hatte pelzige Hoden, die zur Größe von Zitronen angeschwollen waren.

Als ich an der Hintertür klopfte, blickte Meister Kol aus einem Fenster. Seine unrasierten Backen und verwirrten Augen waren ein Symptom der Krankheit, unter der wir alle litten. «Pedro Zarco?» fragte er. Als ich nickte, zeigte er in seinen Hof. Ich wartete am Tor. Nachdem er mir geöffnet hatte, umarmte und küßte er mich. Seine Brust hob und senkte sich unter seinen Schluchzern wie ein Blasebalg. Er trug das grobe Leinen der Trauer.

«Kiri?» Mit demselben ängstlichen Zögern, mit dem ich einen geheimen Gottesnamen in den Mund nahm, flüsterte ich den Namen des einzigen Kindes, das ihm geblieben war.

«Ja», antwortete er. Wir hielten uns an den Händen, während er fragte: «Wie geht es deiner Familie?»

«Onkel Abraham ist tot.»

Simon atmete pfeifend aus. «Wie konnte er ...»

Seine Worte verloren sich, denn wir wußten beide, daß in dieser Welt selbst ein *Gaon*, ein Genie und Mann der Wunder, von einer einfachen Klinge getötet werden konnte.

Als ich ihn nach Juda fragte, schüttelte er den Kopf. «Viele sind verschwunden», sagte er. «Wir werden sie niemals wiederfinden. Leviathan hat sie verschluckt. Und gedenke meiner Worte», fuhr er mit prophetischer Stimme fort, «das Ungeheuer wird erst gesättigt sein, wenn es uns alle verschlungen hat. Du wirst es sehen!»

Ich reichte ihm die Zeichnung. «Das Mädchen, hast du sie schon mal gesehen? Ich glaube, daß sie in einer Bäckerei arbeitet.»

Er kniff die Augen zusammen. «Sieht aus wie Meda Forjaj als junges Mädchen», sagte er. «Dieselben gewölbten Augenbrauen, die sich über der Nase treffen. Wie die Flügel von einem Schmetterling. Aber ich kenne sie nicht.»

«Wer ist Meda Forjaj?»

«Sie ist zur Zeit der Zwangstaufen aus Klein-Jerusalem geflohen. Sie müßte jetzt um die fünfzig sein. Witwe. Das kann sie nicht sein.»

«Wohin ist sie gezogen?»

«Ich glaube, in die Nähe von Belem.» Belem war die nahe gelegene Stadt, aus der die Karavellen nach Afrika, Indien und in die neue Welt segelten. «Wahrscheinlich hat sie gehofft, dort einen reichen Seefahrer kennenzulernen, wenn du verstehst, was ich meine.» Simon zuckte mit den Schultern, als wolle er sich kein Urteil über sie erlauben. «Jeder tut, was er muß, um zu überleben.»

«Eine Frau in ihrem Alter – davon kann sie doch nicht leben.»

«Ihr Mann hat Wolle aus Flandern importiert. Sie hat bei ihm mitgearbeitet und ihm die Bücher geführt. Vielleicht nimmt sie auch Näharbeiten an wie deine Mutter.»

«Danke.» Unsere Umarmung war nur leicht, als wollten wir nicht zugeben, daß wir uns vielleicht nie mehr wiedersehen würden. «Du wirst deine Bäckerei wohl nicht mehr öffnen, oder?»

Simon schüttelte den Kopf. «Ich will dieses Land nicht mehr mit Nahrung versorgen. Aderlasser», fügte er flüsternd hinzu, «das ist der richtige Beruf für Portugal.»

Bei der Porta Santa Catarina hatte sich eine Gruppe Altchristen versammelt, unter deren starrenden Augen sich meine Nackenhaare aufstellten. Doch die Alarmbereitschaft meines Körpers war voreilig, denn diese Menschen blickten ruhig und atmeten gleichmäßig. Ihre Angst vor Pest und Dürre und den unzähligen Dämonen, die in ihren Köpfen herumgeisterten, war zumindest für den Moment besänftigt.

In weniger als einer Stunde hatte ich den Stadtrand von Belem erreicht. Hier bauten Hunderte von Afrikanern und Tagelöhnern unter dem Regime der Peitsche an einem riesigen neuen Kloster für König Manuel, das sicher erst im nächsten Jahrhundert vollendet werden würde.

Ein Lumpensammler in schmutzigen Hosen wies mir den Weg zur nächsten Bäckerei. Eine hagere Frau mit vorwurfsvollem, bitterem Gesicht trat mir in der Tür entgegen. «Kann ich Euch helfen, Senhor?» fragte sie in einem harten Portugiesisch mit kastilischem Akzent.

Dieser Akzent verriet mir, daß sie eine kastilische Neuchristin war und zu den vielen tausend jüdischen Flüchtlingen gehörte, die im Jahr 1492 von König Ferdinand und Königin Isabella aus Spanien vertrieben worden waren. Es war ihr offensichtlich unbehaglich, sich zusammen mit einem Landsmann sehen zu lassen. Ich zeigte ihr meine Zeichnung. «Ich suche dieses Mädchen.»

Sie reichte sie mir zurück und begann, Brötchen von Holztabletts in Säcke zu befördern.

«Es ist sehr wichtig.»

«Wenn Ihr nichts kaufen wollt, dann geht.»

«Sie ist tot», sagte ich. «Ich will es ihren Eltern mitteilen.»

Sie drehte sich um und blinzelte mich mißtrauisch an. «Es ist die Tochter von Senhora Monteiro. Warum wollt Ihr ...?»

«Und wo lebt Senhora Monteiro?» unterbrach ich sie. Auf Angst konnte ich keine Rücksicht mehr nehmen, selbst wenn es die Angst einer Jüdin war.

«Die Straße runter, auf der rechten Seite. Ein Haus mit gelber Randbemalung. Aber vielleicht ist es besser, wenn ...»

«Hat Senhora Monteiro irgend etwas mit Meda Forjaj zu tun?»

«Das ist ihre Schwägerin», lautete die Antwort. «Woher...?»

«Augenbrauen wie Schmetterlingsflügel. Und das Gedächtnis eines alten Juden.»

Unten in der Straße funkelte mich eine glubschäugige Frau mit schuppig-ledrigem Gesicht wütend durch die Tür ihres Hauses an, als hätte ich sie beim Kartenspiel unterbrochen. Sie trug eine zerrupfte Perücke aus gewachsten schwarzen Leinenfäden.

«Seid Ihr Senhora Monteiro?» fragte ich.

«Wer will das wissen?»

«Mein Name wird Euch nichts sagen.» Ich reichte ihr meine Zeichnung. «Erkennt Ihr dieses Mädchen?»

«Das ist Teresa. Wie kommt Ihr an das Bild?»

Ihr Mann, ein gedrungener kleiner Mensch, kam hinter dem Haus hervor. Er war mit einem weißen Puder bedeckt, vielleicht Kalk, und während er auf uns zukam, staubte es unter seinen Füßen. Über seinen schläfrigen grauen Augen sprossen dichte Augenbrauen.

«Schau mal, dieser Mann hier hat ein Bild von Teresa», sagte die Frau.

Sein Unterkiefer klappte herunter, als habe er noch nie eine Zeichnung gesehen. Doch vielleicht verstand er auch, worum es ging. Als ich ein paar Worte über ihren Tod hervorpreßte, hob er die Fäuste an die Wangen. Tränen schossen ihm in die Augen. Ich wollte auf ihn zugehen, doch Senhora Monteiro hielt mich am Handgelenk fest. «Was sagst du da?»

«Sie ist während des Aufstands in Lissabon umgekommen. Am Sonntag.»

Die Senhora schlug sich die Hände vor den Mund. Ihre erschreckten Augen waren ganz nach innen gerichtet. Eine Weile verband uns unser gemeinsames Schweigen, doch dann begann sie zu schreien: «Ich wußte, daß es so enden würde! Sie ist zusammen mit diesen Juden umgebracht worden, oder?»

Ihr Mann stieß sie zur Seite und rannte ins Haus, bevor ich antworten konnte. Sie stürzte gegen die Mauer und fiel zu Boden. «Du Bastard!» kreischte sie. Dann lachte sie höhnisch und spuckte hinter ihm her.

Ich half der Senhora auf die Beine und nahm meine Zeichnung vom Boden auf. Da sie keine Tränen für das Mädchen übrig hatte, sprach ich weiter: «Sie ist in der Judiaria Pequena ermordet worden. Wißt Ihr, was sie dort gemacht hat?»

Sie entriß mir die Zeichnung und studierte sie, als wolle sie sich ein Urteil darüber bilden. «Ja, das ist sie. Hast du das gezeichnet?»

«Ja.»

«Wohl ein Künstler, was? Die Schlampe hätte niemals fortlaufen dürfen. Aber die Mädchen aus Mischehen ... Ich bin keine Jüdin, Gott sei Dank.» Sie machte eine Geste ins Haus hinein, als wolle sie eine Fliege fortscheuchen. «Er ist Jude, ich meine, er war einer. Und wenn sich das Blut vermischt, dann kommen dabei Mädchen raus, die einen Mann wollen, sobald sie zu bluten anfangen. Es heißt, der Mond mache die Kinder aus Mischehen unruhig.» Sie rieb sich die schmutzigen, schwieligen Hände und schüttelte den Kopf. «Zuviel Bewegung, wenn sich das reine Blut mit dem unreinen vermischt. Aber du hast Talent. Du bist doch kein Jude, oder?»

«Ich war Jude. Jetzt versuche ich nur noch zu überleben. Wie fast alle in diesem Dunghaufen.»

In ihren Augen flammte Verachtung auf. Ich versuchte daran zu denken, daß auch sie ein Geschöpf Gottes war, eines Seiner Ebenbilder, ein Bestandteil des Saphirs der Liebe, den er vor Äonen von Jahren in unsere Welt warf. Doch ich sah nur den Speichel auf ihren Lippen und die rabenschwarze Perücke. «Sagt mir doch bitte, was Teresa im kleinen jüdischen Viertel machte.»

«Kannst du nicht hören? Sie hat die Beine breit gemacht!

Wollte unbedingt ein beschnittenes Vögelchen!» Als sie merkte, daß ich zusammenzuckte, klatschte sie lachend in die Hände. «Sie mochte es eben, wenn eine dicke fette Judenwachtel auf sie draufhüpfte und seine ...»

«Wer war ihr Ehemann?» unterbrach ich sie.

«Ein Kaufmann mit Köpfchen – und mit großen Eiern, wie es heißt. Behaart wie Wollknäuel. Nur daß sie nach marokkanischen Datteln schmeckten.» Sie leckte sich lüstern die Lippen. «Was er nicht hatte, war Geld. Nicht alle von euch haben das Talent zum Geldverdienen. Ha! Das mußte ich bereits zweimal in meinem Leben erfahren! Erst mein Mann ... und jetzt der von Teresa.» Sie schüttelte den Kopf und runzelte die Stirn. «Manuel Monchique heißt er. Man sollte meinen, sie hätte wenigstens einen finden können ...»

Das Herz schlug mir bis zum Hals. Natürlich, Onkels ehemaliger Schüler – Teresa war seine altchristliche Braut!

Erst vor einem Monat hatten wir erfahren, daß Manuel vom König ein Siegel bekommen hatte, das ihm reines Blut attestierte. Damit war der Makel seiner jüdischen Vergangenheit gelöscht. Onkel hatte ihn kürzlich in der Rua da Sinagoga wegen seines Verrats angegriffen und beleidigt. Nach allem, was ich von Senhora Monteiro erfahren hatte, schien dieser Streit ein unheilvolles Ende genommen zu haben.

Als mir kalte Finger über den Arm strichen, kehrte ich wieder in die Gegenwart zurück und sah, daß Senhora Monteiro mich angrinste. Sie hatte den Rock hochgehoben und klatschte sich mit der Hand zwischen die Schenkel. Ich riß ihr die Perücke vom Kopf und warf sie auf den Boden. Darunter sprossen kranke graue Haarbüschel aus einem von Läusen übersäten Schädel.

Ihr gackerndes Lachen begleitete meine Flucht. Ich rannte durch die Straßen Belems und dann durch die Außenbezirke Lissabons, doch ich hatte das Gefühl, mich geradewegs in das Rätsel von Onkels Ermordung zu stürzen. Vielleicht hatte Manuel seine Frau Teresa bei Onkel gefunden, ein Messer genommen und ...

Doch zwischen mir und einer Antwort stand eine hohe Mauer. Woher sollte Manuel von unserer Falltür und der *Geniza* wissen?

Das São-Lourenço-Tor im Norden der Stadt wurde nur von einem faulen Pöbelhaufen bewacht, und ich segnete Den, der mir seine gnädigen Arme öffnete. Ich ging hindurch, wanderte um den schmutzigen Hügel, auf dem sich die Maurenburg erhob, und stieg in die Alfama hinab. Bevor ich Manuel Monchique aufsuchte, wollte ich nach Farid schauen.

In der Küche traf ich auf meine Mutter. Hinter ihr stand Diego. Die Wunde in seinem Kinn wurde jetzt von einem mehrere Tage alten Bart bedeckt, und die Stiche waren kaum noch zu sehen. Der safranfarbene Turban thronte auf seinem Haupt. Diego blickte über seine breite Nase auf mich hinab, als versuche er meine Gedanken zu lesen, und humpelte wie ein verletzter Hund auf mich zu. Wir umarmten uns. Doch der Verdacht, daß er sich gegen meinen Onkel verschworen haben könnte, machte meine Bewegungen so vorsichtig und gehemmt wie die eines schlechten Schauspielers.

«Die Sache mit deinem Onkel ist schlimm», sagte er. «Und dann noch vom Christenpöbel ermordet! Man will es einfach nicht wahrhaben.»

Diegos Worte konnten die festen Mauern, die ich um mich gezogen hatte, nicht durchdringen. Ich mißtraute ihm. Außerdem sah ich jetzt noch einen Fremden in der Ecke beim Herd stehen. Ich durfte ihnen meine gespaltene Seele nicht offenbaren. Der Mann beim Herd hatte eine Brust wie ein Faß, und sein Gesicht war wie versteinert. Er trug die grobe Tracht eines Söldners und hielt mit beiden Händen sein Schwert, das in der Scheide steckte, umfangen, um es jeden Moment herausziehen zu können. Ich nickte fragend in seine Richtung.

«Mein Leibwächter», sagte Diego.

«Ein Neuchrist?»

«Ja. Aber mit Königssiegel. Ich hielt das für sicherer. Jetzt, wo der Pöbel deinen Onkel und so viele andere ermordet hat, kann man ...»

«Mein Meister wurde von einem Juden ermordet!» erklärte ich.

«Was?»

«Onkels Kehle sah aus, als habe ein Schächter sie durchschnitten.»

Meine Mutter hörte dies zum erstenmal. Sie griff haltsuchend nach dem Tisch, als würde die Welt sich vor ihr auflösen.

Diego schnappte keuchend nach Luft. Er schlug sich die Hände vor den Mund, als wolle er vermeiden, daß ein solcher Verrat in ihn eindringen könne.

War es der Schock eines unschuldigen Philosophen oder die dramatische Geste eines Mörders?

«Doch warum sollte ein Jude deinen Onkel ermorden?» stammelte er.

«Vielleicht Eifersucht. Oder Raubmord», log ich, um seine Reaktion zu testen.

«In Gottes Namen, wovon redest du, Berekia?» rief meine Mutter plötzlich aus. «Wie kannst du nur glauben, daß jemand aus unserem Volk meinem Bruder das Leben genommen hat?» Ihr hysterischer Tonfall verriet, daß sie mich im nächsten Schritt als schlechten Juden bezeichnen würde.

In hastigen Zügen trank ich etwas Wasser aus einer Kanne auf dem Kaminsims. Ich schaute ihr fest in die Augen und sagte: «Ein Manuskript ist gestohlen worden. Ein Altchrist hätte nicht einmal gewußt, daß wir welche im Haus haben.»

«Bist du dir sicher?» fragte Diego.

Als ich nickte, nahm er meinen Arm. «Von wo wurde das Manuskript gestohlen?»

«Aus dem Keller.»

«Er hatte Bücher im Keller? Was weißt du ...»

«Seine letzte Haggada», erklärte ich.

«Hat er hebräische Bücher dort aufbewahrt?»

«Ja.»

«Er muß verrückt gewesen sein!»

Entweder war Diego ein hervorragender Schauspieler, oder er war noch kein vollwertiges Mitglied des Zirkels gewesen und wußte wirklich nichts von unserer *Geniza*. Als nächstes mußte ich Pater Carlos anhören, falls er noch lebte. Doch vielleicht log Diego auch, um den Verdacht auf seinen Kabbalabruder zu lenken.

«Er hat die Bücher aus Portugal herausgeschmuggelt», erzählte ich Diego. «Er wollte sie vor den Flammen retten.»

«Mein Gott! Mit wem?»

«Ich weiß es nicht. Hör mal, wann hast du Onkel zuletzt gesehen?»

«Letzten Freitag. Im Krankenhaus. Du warst mit dabei. Warum bist du ...?»

«Und am Sonntag? Hast du ihn am Sonntag gesehen?»

«Nein. Was sollen diese Fragen?»

«Ich versuche, seine letzten Stunden zu rekonstruieren», log ich. «Wo warst du von Sonntag bis heute?»

«Ich habe mich versteckt. Zusammen mit einem Freund.» Diegos Gesichtsausdruck verhärtete sich. Jetzt sah er aus, als wolle er mir eine strenge Predigt halten. «Berekia, ich glaube, es gibt hier etwas zu erklären. Wie kommst du darauf...»

«Ich muß niemandem etwas erklären!» fiel ich ihm barsch ins Wort. «Onkels Tod gibt mir neue Rechte. Eines davon befähigt mich, über das verdrießliche Gesicht, mit dem du mich verunsichern willst, hinwegzugehen. Verurteile mich dafür, wenn du willst. Schimpfe, bete, berufe dich auf die Tora. Es ist mir egal.»

«Es sollte dir aber nicht egal sein. Was ist ...»

«Sei ruhig, Diego! Sag mir einfach nur, ob du weißt, wer der Mann ist, der sich in deiner Nachbarschaft nach dir erkundigt hat?»

«Was für ein Mann? Wovon redest du?»

«Als ich dich heute Morgen gesucht habe, hat dein Nachbar von gegenüber, der Flickschuster, mir erzählt, daß sich ein Mann nach dir erkundigt hat. Ein blonder, kräftiger Mann, vielleicht aus dem Norden.»

Diegos Augen weiteten sich vor Schreck.

«Hast du eine Ahnung, warum dich jemand verfolgen könnte?»

«Nein», flüsterte er. Mit festem Griff packte er meine Schultern. «Es sei denn … es sei denn, es ist derselbe Mann, der deinen Onkel ermordet hat!»

«Ja, daran habe ich auch gedacht. Doch warum sollte jemand euch beide töten wollen?»

Er schüttelte den Kopf.

«Denk nach!»

«Nichts. Es gibt nichts!» stöhnte er. «Was könnten wir wissen, das …»

«Hat Onkel dir gegenüber ein besonderes Buch erwähnt, das er entdeckt hatte? Oder sonst irgend etwas?»

Er schüttelte den Kopf. Ich zog meine Zeichnung von dem ermordeten Mädchen hervor. «Und sie?» fragte ich und rollte sie vor ihm auf. «Kennst du sie?»

«Ich habe sie noch nie gesehen. Wer ist das?»

«Das spielt keine Rolle.» Ich steckte die Zeichnung in meinen Beutel zurück. «Was ist mit Dom Miguel Ribeiro? Was weißt du über ihn?»

«Ein Edelmann, oder? Der Sohn des Weinhändlers Rodrigo Ribeiro, wenn ich mich richtig erinnere.»

«Ja. Hat Onkel ihn dir gegenüber erwähnt?»

«Nein. Aber Beri, du scheinst noch andere Hinweise auf die Identität des Mörders zu haben. Was hast du im Keller entdeckt? Irgend etwas, das auf diesen Mann aus dem Norden hinweist, der nach mir sucht? Ich muß es wissen. Wenn er hinter mir her ist, dann werde ich …»

«Nichts», log ich. Noch wollte ich ihm nicht anvertrauen, was ich entdeckt hatte, und wich seinem skeptischen Blick aus. Ich sah zu meiner Mutter hinüber, die ins tanzende Herdfeuer starrte, und streichelte ihren Arm. «Wie geht es Farid?» fragte sie leise.

Sie drehte sich zu mir um und blickte mich aus verwirrten Augen an. «Berekia, ich muß mehr wissen. Ist die Haggada das einzige Buch, das gestohlen wurde?»

«Ich glaube, ja. Also, wie geht es Farid?»

«Meinst du nicht, wir sollten ...»

«Mutter, sag mir bitte, wie es Farid geht.»

Sie wandte sich trotzig von mir ab.

«Du bist verrückt!» rief ich. «Immer nur ‹wir sollten› und braves Benehmen. Was hat es dir denn gebracht?»

Tränen schwammen in ihren Augen, doch sie sprach mit entschlossener, kräftiger Stimme: «Wie kannst du mich so behandeln, wenn Juda ...»

«Ach, laß mich doch in Ruhe!» brüllte ich. Als ich aus der Küche stampfte, erkannte ich in einer Mischung aus Bedauern und Vergnügen, daß ich derjenige war, der den Streit begonnen hatte. Onkels Tod hatte mich von dem Menschen, der ich einmal war, befreit und auch von meiner Zukunft. Wut und Enttäuschung schienen jetzt mein einziges Erbe zu sein.

Ich schaute nach Farid, der noch immer im Zimmer meiner Mutter lag. Er schlief, sein Atem ging in unruhigen Stößen, als habe er einen Alptraum. Ich rieb ihm Nacken und Arme mit einem nassen Handtuch ab, bis seine inneren Kämpfe nachließen. Die Angst um ihn höhlte mein Inneres aus, und ich rannte wieder aus dem Haus.

«Wohin gehst du?» rief meine Mutter mir nach.

«Weg!»

Diego wies mich an zu warten und humpelte mir zum Hoftor nach. Nachdenklich rieb er sich die Stoppeln auf seinen Wangen. «Wenn du mit den Vermutungen über den Mörder deines Onkels recht hast, bist du vielleicht selbst in Gefahr.»

«Das spielt keine Rolle. Mir wird kein Altchrist mehr ein Haar krümmen.» Ich starrte ihm in die Augen. «Und auch kein Jude!»

Sanft griff er nach meinem Arm. «Du bist so unschuldig, mein Sohn. Du weißt gar nicht, wozu diese Leute fähig sind. Berekia, ich meine, es wäre am besten, wenn du mit deiner Familie einfach die Sachen packst und von hier weggehst. Genau das tue ich. Ich erledige meine Geschäfte, verkaufe, was ich kann, und mache mich dann so schnell wie möglich aus dem Staub. Der König wird jetzt nicht wagen, uns aufzuhalten.»

«Geh in Frieden», unterbrach ich ihn. Doch da fiel mir der Zettel ein, der ihm gehörte. Ich zog ihn aus meinem Beutel und drückte ihn in seine Hand. «Das hier ist aus deinem Turban gefallen, als du auf dem Pflaster vor unserem Haus lagst. Ich fürchte, es ist ein bißchen Blut von Senhora Rosamonte draufgelaufen. Es tut mir leid.»

Diego las den Zettel und nickte. «Ja, Isaac. Ein Bekannter aus Andalusien. Aus Ronda. Ich wollte mich daran erinnern, mich am Freitag mit ihm zu treffen. Mein Gedächtnis ist auch nicht mehr das, was es mal war. Dein Onkel hat ihn gekannt.»

«Und *Madre*?»

«Die Quelle zur Mutter Gottes. Dort wollten wir uns treffen. Wir wollten ...» Er verstummte und umfaßte erschreckt meinen Arm. «Ich glaube, jetzt verstehe ich! Isaac hat davon gesprochen, daß er deinem Onkel ein Buch verkaufen wollte! Ich dachte, es wäre in Kastilisch geschrieben, doch jetzt, wo du sagst, daß er hebräische Bücher ...»

«Wann?»

«Ein paar Tage vor seinem ... vor dem Sonntag. Wir haben uns hier getroffen. Du warst vermutlich im Laden. Isaac sagte, er besäße ein Exemplar von Juda Ha-Levis ‹Buch der Khazaren›. Dein Onkel hat darauf reagiert, als würde er Myrrhe einatmen.»

«Ich würde ihn gern sprechen.»

«Ich werde versuchen, ihn ausfindig zu machen, und komme heute abend nach dem Essen mit ihm vorbei.»

Als ich mich bedankte, fügte Diego hinzu. «Ich halte es im Moment für wenig sinnvoll, wenn du dich in Lissabon rumtreibst. Vielleicht solltest du …»

Ich winkte ab, verschwand durchs Hoftor und ging die Rua de São Pedro hinab. Als ich noch einmal zurückblickte, sah ich, wie sich Diegos Kopf hinter der Hofmauer wieder auf die Küche zubewegte. War es möglich, daß der Junge, der ihn mit Steinen beworfen hatte, von jemandem gedungen worden war? Zum Beispiel von einem der Männer aus dem Kabbala-Zirkel?

Es gibt keine Zufälle, hörte ich meinen Onkel sagen. *Alles hat eine Bedeutung.*

Plötzlich sprang ein weißgekleideter Mann aus einem Türeingang und streckte mir ein ledergebundenes Buch entgegen. Mein Messer war bereits an seinem Hals, als ich ihn schreien hörte: «Beri! Was soll das?»

Ich ließ die Klinge sinken. Es war António Escaravelho mit seinem wurmstichigen Neuen Testament. Früher war er ein begabter Silberschmied und Mitglied des jüdischen Rates gewesen, doch nach der Zwangskonversion wurde aus ihm ein leidenschaftlicher Christ und später ein noch leidenschaftlicherer Verrückter.

António stank wie ein Dunghaufen. Sein grauer Bart war schmutzverkrustet und seine braune, ledrige Haut von roten Blasen übersät. Seinem Neuen Testament entströmte der Geruch nach Kardamon und Kot, eine unerträgliche Kombination. Ich hielt mir die Nase zu.

«Gott sei mit dir», krähte er, als ich mein Messer wegsteckte. Er rollte die verrückten, unsteten Augen und drückte mir sein Buch gegen die Brust, als wolle er meine Haltung verbessern.

«Mir wäre es lieb, wenn du dich mir auf andere Weise nähern könntest», antwortete ich und schüttelte mich beim Anblick der Läuseeier in seinen schütteren Haarsträhnen. Doch möglicherweise konnte er mir bei der Suche nach Onkels Mörder weiterhelfen. «Warst du an deinem üblichen Platz in der Nähe unseres Hauses, als der Aufstand begann?»

Ohne auf meine Frage einzugehen, redete er mit zahnlosem Grinsen drauflos. «Ich habe eine Petition eingereicht. Ich will nach Rom und den Papst sehen. Diesmal werde ich eine Ausreisegenehmigung kriegen.»

«Doch nicht immer noch!» rief ich. Schon seit Jahren bemühte er sich darum, Portugal verlassen zu dürfen. Doch der König hatte am 20. April des Jahres 1499 ein Dekret verabschiedet, das für alle Neuchristen die Grenzen des Landes schloß.

«Und ob!» rief er, als hätte ich ihn mit der Hoffnungslosigkeit, die in meiner Stimme schwang, beleidigt. «Und du mußt mitkommen, mein Junge. Du und Meister Abraham.»

«Für meinen Meister wird es keine Reisen mehr geben», flüsterte ich. Ich wollte Antónios Reaktion auf seinen Tod nicht riskieren. Mit einem wehmütigen Lächeln erinnerte ich mich, wie mein Onkel immer zu ihm sagte: «Warum eine so lange Reise zu einem Mann mit so wenig Heiligkeit?»

Ich war selbst überrascht, als ich mich vor dem Bettler einen anderen Ausspruch Onkels wiederholen hörte: «Allein die Vorstellung, dem Papst gegenüberzutreten, bereitet mir Kopfjucken.»

Fing ich jetzt an, meinen Meister zu imitieren? Wollte ich ihn so bei mir behalten?

«Ich glaube, du würdest eine Reise zu Papst Julius II. als sehr befreiend empfinden», bemerkte António. «Die Moslems auf der italienischen Halbinsel sollen ausgesprochen freundlich sein.»

Moslems in Italien? Die Dürre schien ihm sein Gefühl für Geographie ausgetrocknet zu haben. «Hör gut zu, alter Freund. Warst du am Sonntag hier, dem ersten Tag des Aufstands?» fragte ich noch einmal.

«In der Nähe ... versteckt.» Er hob einen Finger an die Lippen. «Mit einem vierbeinigen Freund.»

«Konntest du unser Hoftor sehen?»

«Ja», antwortete er. «Vom Pflaster bis in den Himmel, es gehört ganz zum ...»

«Hast du jemanden durchgehen sehen? Vielleicht mit einem Messer ... oder einem Rosenkranz. Zum Beispiel Manuel Monchique? Du kennst ihn doch noch, einer von Onkels ehemaligen Schülern.»

Er überlegte. «Ich hab vielleicht ein oder zwei Libellen gesehen. Und ein paar Kröten. Es ist gar nicht so leicht, sie dabei zu erwischen, wie sie reinhüpfen ...»

«Und einen Mann?» Auf sein Kopfschütteln hin fragte ich weiter. «Bist du dir sicher? Was ist mit Diego Gonçalves? Du kennst ihn, den Drucker. Ein Freund von meinem Onkel.»

«Nein.»

«Was ist mit Pater Carlos? Oder Rabbi Losa?»

Nach jedem Namen schüttelte er den Kopf. Vielleicht war der Mörder auch durch unseren Obstladen gekommen und gegangen – oder durch den separaten Eingang meiner Mutter zur Rua da Sinagoga. «Dann gehe in Frieden», sagte ich und verbeugte mich zum Abschied.

Als ich weiterging, kreischte er: «Hast du keinen Lammbraten vom Passafest übrig? Das Loch in meinem Magen ist größer als das in meiner Seele.»

«Geh zu Cinfa», rief ich ihm über die Schulter zu. «Sie gibt dir soviel Obst, wie du willst.»

«Sei gesegnet, mein Junge.»

An der Kathedralenmauer vor mir wehklagten ein paar Bettelmönche. Obwohl die Todesstrafe darauf stand, war eine der vom König freigelassenen Kühe geschlachtet worden. Ein drahtiger kleiner Mann häutete sie gerade mit einem rostigen Schwert, während ein schweißüberströmter Jongleur ein paar Wegelagerer und Hunde unterhielt, indem er die blutigen Hufe der Kuh durch die Luft wirbelte.

An der nächsten Straßenecke lag das Haus von Manuel Monchique. Auf mein Klopfen hin blieb alles still. Doch plötzlich bewegte sich über mir leise ein Fensterladen. «Ich bin's, Pedro Zarco.» Sicherheitshalber benutzte ich meinen christlichen Vornamen. Als niemand antwortete, schlich ich ums Haus herum, warf meinen Hammer über die Hofmauer und stemmte mich hoch. Im Hintereingang stand Manuels elfenhafte Mutter. Sie war ganz in Schwarz gekleidet und hielt einen blauen Tonkrug in ihren knorrigen Händen. Aus ihrem runzligen alten Gesicht blickte sie mir wie ein verängstigtes Tier entgegen. «Ich bin's, Pedro», sagte ich noch einmal. «Ich bin eine Zeitlang mit Manuel zusammen zur Schule gegangen. Meister Abraham ist mein Onkel.» Als ich meinen Hammer wieder aufnahm, warf sie ihren Krug nach mir. Er zerbrach vor meinen Füßen in zwei Teile. Sie rannte ins Haus.

Jetzt trat Manuel in die Tür. Er trug einen scharlachroten Mantel mit schwarzer Einfassung und hielt mit beiden Händen ein Schwert vor sich erhoben. Manuel war ebenfalls eines der Wunder dieses Zeitalters der Falschheit, unter dem wir alle zu leiden hatten. Niemand wäre auf die Idee gekommen, daß er einmal ein übersensibler Junge war, dessen Augen bei dem geringsten Windstoß zu tränen begannen und der jedesmal, wenn er im Wald nach seinen geliebten Schmetterlingen gejagt hatte, völlig erschöpft zusammensank. Jetzt plusterte er sich auf wie ein Pfau und schrieb mit der Schwertspitze den Buchstaben *yod* in die Luft. «Ich weiß nicht, welche Schulden du bei uns eintreiben willst, aber von mir und meiner Familie bekommst du nichts!» sagte er in herrischem Tonfall.

«Komm, erzähl das jemand anderem», sagte ich. «Spar dir dein prahlerisches Christengehabe für die Jungfrauen, die du an Yom Kippur verführst. Alles, was ich dabeihabe, ist das hier.» Ich zog die zusammengerollte Zeichnung aus meinem Beutel und warf sie ihm zu. «Schau sie dir an, du tapferer, schöner Soldat Christi.»

Manuel kniete nieder und nahm zögernd meine Zeichnung entgegen. Seine Augen leuchteten überrascht auf. «Wo hast du das her?» fragte er, als hätte ich ihm Diebesbeute gereicht.

«Ich habe es selbst gezeichnet.»

«Hast du sie gesehen?» Er steckte sein Schwert weg und eilte auf mich zu. Jetzt streckte er mir die Hände wie ein Freund entgegen. «Wo? Wann? Geht es ihr gut?»

«Manuel, es tut mir leid ... Sie ist tot. Sie ist in unserem Hause ermordet worden.»

Ungläubig starrte er mich an, während ich berichtete, und sein Atem ging in unregelmäßigen Zügen. Entweder war er ein geborener Lügner, oder er hatte wirklich nichts von ihrem Tod gewußt. «Aber vielleicht war sie es auch gar nicht», sagte er. «Selbst du könntest die Augen falsch wiedergeben, den Schwung des Kinns ...»

«Ist sie Wäscherin oder Bäckerin?» fragte ich.

«Keins von beidem», lächelte er. «Du hast die falsche...»

Als ich ihren Ring aus geflochtenen Goldbändern aus dem Beutel zog, entriß er ihn mir. «So einen hatte sie auch. Aber was beweist das schon. Ich kenne andere Frauen, die genau solche Ringe haben.»

«Ihre Hände rochen nach Olivenöl, Rosmarin und Zitronenöl und hatten Ascheflecken. Und sie hatte zwei Einbuchtungen an den Schläfen. Wie die Spuren von...»

Das Blut wich aus Manuels Gesicht, und er kniete wieder nieder, um nicht ohnmächtig zu werden. Er schloß die Augen, als würde er sich dem Schlaf ergeben, und begann zu weinen. «Kerzen», sagte er, als er wieder sprechen konnte. «Sie hat bei Meister Bento gearbeitet. Sie haben Duftkerzen hergestellt. Mit Pflanzenessenzen. Und wenn das Wachs ausgekühlt ist, werden sie mit Olivenöl eingestrichen, um frisch zu bleiben.»

«Und die Einbuchtungen?»

Manuel nickte. «Von der Geburt. Die Hebamme mußte sie mit der Zange holen. Sie wollte einfach nicht kommen. Sie hatte immer Angst vor dem ersten Schritt. Als wäre die Welt eine steile Treppe, die in einen schrecklichen Abgrund führt. Ich wollte ihr zeigen, daß sie unten einen Garten finden würde. Ich wollte ihr beim Gehen helfen. Wir waren, wir ...»

Ich wartete darauf, daß seine Tränen versiegten. Dabei überlegte ich, wie unwahrscheinlich es war, daß ein so schüchternes Mädchen nach dem Liebesakt nackt neben meinem Onkel lag.

«Wie ist sie getötet worden?» fragte Manuel plötzlich mit schwacher Stimme. «Ist sie von den Christen vergewaltigt worden?»

«Ich weiß nicht, ob sie vergewaltigt wurde. Ich glaube nicht. Manuel, man hat ihr die Kehle durchgeschnitten.»

«Guter Gott ...» Eine Zeitlang vergrub er das Gesicht in den Händen. Dann blickte er wieder auf und sagte: «Vermutlich habt ihr sie schon begraben.»

«Wir konnten leider nicht länger warten. Auf dem Mandelhof. Sobald ich kann, zeige ich dir die genaue Stelle. Und dann sprechen wir zusammen ein *Kaddish* für sie. Doch sag mir, hast du eine Ahnung, was sie in unserer Gegend wollte?»

«Sie hat das Haus am Sonntag verlassen, um ihren Bruder Tomás zu besuchen. Er wohnt in eurer Nähe. Wahrscheinlich ist sie vor dem Mob geflüchtet und dabei zufällig in euer Haus geraten.»

«Hat sie meinen Onkel gekannt?» fragte ich.

«Natürlich wußte sie von ihm. Aber meines Wissens hat sie ihn nie gesehen.»

«Was ist mit den anderen Mitgliedern des Kabbala-Zirkels. Diego, Pater Carlos?»

«Von denen hat sie, glaube ich, noch nicht einmal gehört.»

«Hat sie sich als Jüdin betrachtet?»

Er schüttelte den Kopf. «Nein, nicht wirklich. Du weißt schon, das mosaische Gesetz, daß die Mutter jüdisch sein muß, und so weiter. Ihre Mutter war eine Altchristin aus Segovia, doch sie haben seit ihrer Kindheit hier in Lissabon gelebt. Bauern. Aber das durfte man zu ihr nicht sagen. Teresas Vater ist ein portugiesischer Neuchrist aus Chaves. Als sie beschloß, mich zu heiraten, wollten sie nichts mehr mit ihr zu tun haben. Was sollte ich machen? Mir ein Siegel über mein reines Blut besorgen. Ist doch logisch, oder? Doch was macht die alte Hure? Sagt mir, ein Jude sei wie ein Granatapfel, weil er mit seinem Blut befleckt, was immer er anrührt. Sie hat auf alles eine Antwort. Wie der Teufel.» Manuel wandte sein schmerzverzerrtes Gesicht von mir ab. «Dein Onkel hat nie verstanden, unter welchem Druck ich stand.»

«Manuel, Meister Abraham ist auch tot.»

Er fuhr erschrocken zusammen und lehnte sich gegen mich. In seinen Augen stand Panik.

Ich nickte bestätigend. «Tante Esther ist vergewaltigt worden und weigert sich zu reden. Juda ist noch immer verschwunden. Und Onkel weilt nicht mehr unter uns. Doch Mutter, Cinfa und Reza sind in Sicherheit.»

Manuel drehte sich weg, um seine Tränen zu verbergen. Oder das, was er wußte?

«Meister Abraham hat mir nie verziehen», flüsterte er.

«War dir seine Vergebung so wichtig?»

Manuel wirbelte herum und funkelte mich an, als sei es ein Verbrechen, eine solche Frage zu stellen. «Berekia, ein Königssiegel kann dein Herz nicht verändern!»

«Ich habe mit ihm über dich geredet. Nachdem er auf der Straße so gemein zu dir war. Er sagte, er würde es beim nächstenmal wiedergutmachen. Er haßte den Begriff ‹reines Blut› so sehr, daß er einfach die Beherrschung verloren hat. Doch er wußte, daß es falsch war. Du hattest seinen Segen.»

Geräuschlose Tränen flossen aus Manuels Augen. Er hob die beiden Hälften vom Milchkrug seiner Mutter auf. «Wie konnten die Christen ihn finden? Ist er nicht mit dir fortgelaufen?»

Ich überlegte, ob ich ihn in die Irre leiten sollte, doch die Wahrheit war schon rätselhaft genug. Als ich ihm die Leichen beschrieb, begrub er sein Gesicht wieder in den Händen. «Das ist *unmöglich*!» sagte er. Er wiederholte das Wort stöhnend, bis seine Stimme nur noch ein Flüstern war, das schließlich in einem Ozean der Stille versank.

Ich ging auf ihn zu. «Wir müssen ganz genau herausfinden, wie sie in unseren Keller geraten ist. Vielleicht weiß ihr Bruder mehr.»

«Wenn er noch lebt.»

Während wir zur Wohnung von Tomás gingen, flüsterte Manuel immer wieder beschwörend den Namen seiner Frau. Dabei ruhte seine Hand auf dem Knauf seines Schwertes. Es paßte überhaupt nicht zu ihm. Statt mit poliertem Eisen hätte Manuel mit einem Schmetterlingsnetz und einem Zeichenblock in die Welt hinausgehen müssen.

Unser Ziel war das dritte Stockwerk eines heruntergekommenen Stadthauses in einer ärmlichen Gegend unter dem Hügel der Kirche Santo Estêvão. Als wir dort ankamen, verkündete grelles Glockengeläut die Vesperstunde, und die Altchristen begaben sich in die Kirche. Ein Hausmeister scheuchte eine Horde streunender Hunde fort, die mit in die Kirche wollten. Am Horizont glühte der Sonnenuntergang. Die Dunkelheit des sechsten Passaabends war in unmittelbarer Nähe.

Als wir eintraten, stopfte Manuels Schwager, der bei einem Kissenmacher arbeitete, gerade Federn in Hüllen. In seinem Verschlag roch es wie in einem Hühnerstall. Er hatte keinen Hals und wie Vater Carlos rot geäderte Wangen und einen zurückweichenden braunen Haaransatz. Unsere Nachricht nahm er entgegen, ohne einmal aufzublicken. Seine einzige Reaktion war eine kurze Unterbrechung der Handbewegungen.

«Sie hat gesagt, sie wolle ausgehen», sagte er. «Sie hat über Unsauberkeit geklagt, die Zeit der Frauenleiden.»

Ich winkte Manuel nach draußen. Wir hatten alles erfahren, was wir wissen mußten.

«Was weißt du von dem Mann?» fragte ich.

«Was für eine Frage! Die eine Hälfte ist ein Christ mit den Manieren und der Intelligenz eines Schweins. Du kannst dir vorstellen, wie verrückt das seine jüdische Hälfte macht. Teresa muß ein Adoptivkind gewesen sein.»

Als ich hochblickte, bewegte sich Tomás gerade vom Fenster weg. War es möglich, daß er Teresa gefolgt war und Onkel und sie aus einem nur halb verstandenen Gefühl religiöser Rechtschaffenheit umbrachte, das ihm seine Mutter eingetrichtert hatte? Waren er und der Mann aus dem Kabbala-Zirkel, der das Geheimnis unserer *Geniza* kannte, gleichzeitig in unseren Keller gekommen, um Onkel zu töten? War so ein Zufall überhaupt möglich?

Zwei Federn schwebten auf uns herab. Ich fing eine auf und hielt sie fest umschlossen. «Ich glaube, Teresa hat sich für jüdischer gehalten, als dir bewußt war», sagte ich. «Wohin geht eine jüdische Frau, die gerade mit ihrem Mondrhythmus fertig ist?»

«In ein Bad.»

«Und wo befindet sich das nächstgelegene Bad?»

«In der Rua de São Pedro. Genau gegenüber von eurem Haus.»

«Genau.»

ZEHNTES KAPITEL

UNSERE SYNAGOGE IN der Judiaria Pequena war im christlichen Jahr 1374 auf einem Hügel am südlichen Ende von Lissabons alter Wehrmauer erbaut worden. Am Fuße dieses Hügels lag ein kleiner Platz, in dessen Zentrum ein Birnbaum stand, ein Bruder jenes riesigen Baums, der früher den Hof unseres Haupttempels in Klein-Jerusalem beschattete.

Ungefähr sechs Meter vom krakenförmigen Wurzelgeflecht des Baums entfernt führte eine Treppe aus poliertem Kalkstein zu der Gerberei von Samuel Aurico, die sich im ersten Stock des dort gelegenen Hauses befand. Stieg man noch einmal fünfzehn Stufen weiter, kam man zu der Synagoge im zweiten Stock.

Auf der anderen Seite der Synagoge führte die Rua de São Pedro vorbei. Hierhin hatten unsere Ahnen den Eingang zur *miqve* der Gemeinde gelegt. Sie bestand aus mehreren übereinanderliegenden, in den Stein geschlagenen Becken, die von einem unterirdischen Strom gespeist wurden. Zwei der Becken waren dem rituellen Bad vorbehalten. Dank des Verhandlungsgeschicks von Rabbi Zacuto und anderen Juden bei Hofe war das Bad im Jahr 1497 nicht wie die meisten Gebäude konfisziert worden, so daß auch unser Hazzan David Moses weiterhin dort arbeiten konnte. Von unseren Jungen und Männern erwartete natürlich niemand mehr, daß sie vor dem Sabbat badeten, doch ich war der alten Sitte treu geblieben. Schließlich blieb ein Bad ein Bad, und selbst der Papst konnte nicht beweisen, was dabei in unseren Köpfen vorging. Doch jetzt hatte sich alles geändert. Die Flüche der Portugiesen hatten sich wie Fesseln um unsere Handgelenke gelegt, und Beweise zählten nicht mehr. In ganz Spanien genügte das Freitagsbad, um einen Mann in Rauch zu verwandeln. Und daß auch Lissabon die Hitze der Inquisitionsfeuer willkommen hieß, war in der letzten Woche nur zu deutlich geworden.

Auch unseren Frauen war seit der Zwangskonversion die Pflicht erlassen worden, sich zu reinigen, sobald die roten Fluten ihrer Menses sich zurückgezogen hatten. Doch offensichtlich war Manuels Frau Teresa frommer und mutiger gewesen, als er sich vorstellen konnte. War sie von den Altchristen beim Bad überrascht worden? Möglicherweise konnte sie ihnen entwischen, hatte aber keine Zeit mehr gehabt, sich anzukleiden. Sie war über die Straße gerannt und hatte in unserem Haus Zuflucht gesucht. Es befand sich nur vier Türen von der miqve entfernt an der Ecke, wo die Rua de São Pedro und Rua da Sinagoga zusammentrafen.

Die Tür zum Bad war verriegelt, niemand antwortete auf unser Klopfen. «Ich glaube nicht, daß Meister David den Sonntag überlebt hat», sagte ich zu Manuel und erzählte ihm, daß unser Hazzan sich an jenem Nachmittag mit mir nicht wie verabredet an der Porta Santa Catarina getroffen hatte.

Doch Manuel rief ihn trotzdem durch einen Spalt in der Tür. Der sechste Abend des Passafestes senkte sich grau und windig über die Stadt, und der Staub wirbelte in dicken Wolken vom Pflaster auf. Manuel hielt sich mit der Hand die Nase zu und trat gegen die Tür. Keine Antwort. «Und was jetzt?»

«Seine Wohnung», antwortete ich. «Ich weiß, wo er die Schlüssel aufbewahrt.»

«Ich habe nie verstanden, warum Meister Abraham unbedingt in der Nähe des Bads und der Synagoge leben wollte», sagte Manuel, als wir uns auf den Weg machten. «Ich meine, so wie er und Rabbi Losa immer gestritten haben. Das hat es doch nur noch schlimmer gemacht.»

«Onkel hat immer gesagt, daß unser Wohnort eine wesentliche Voraussetzung für unser Einswerden mit Gott ist. Bei unserem Haus treffen sich die Rua de São Pedro und die Rua da Sinagoga. Er behauptete, ein Kabbalist müsse immer da zu leben versuchen, wo sich zwei Linien treffen. Wo aus zweien eins wird.»

«Wahrscheinlich ist es ein Segen, fest daran glauben zu können, daß das Leben aus deutlichen und gültigen Mustern besteht», bemerkte Manuel mit einem wehmütigen Lächeln. Sein Tonfall verriet mir, daß auch er an Gott zweifelte.

Wir gingen eine Seitengasse zur Wohnung des Hazzans hinaus und klopften an seine Tür. Auf dem Dach des Hauses hatte sich ein entflogener Jagdfalke niedergelassen, von dessen rechter Klaue ein Lederriemen baumelte. Als uns eine hagere Frau mit spitzem Kinn aus dem oberen Stockwerk etwas zurief, flatterte er davon. «Hier leben nur gottesfürchtige Christen», schrie die Frau mit zitternder Stimme. «*Alt*christen, jeder einzelne von uns. Unser Herr Jesus lebt in unseren Herzen.» Sie faltete die Hände in einer Gebetsgeste vor die Brust.

Sogar aus der Entfernung konnte ich ihre blutiggebissenen Nägel erkennen. Offensichtlich glaubte sie, daß wir hinter Marranos her waren. «Wir suchen Meister David», sagte ich mit beruhigender Stimme. «Es ist alles in Ordnung. Wir wollen nur wissen, ob Ihr ihn gesehen habt.»

«Oje, ich wußte es. Aber ihr werdet ihn hier nicht finden. Ich habe ihn seit Sonntag nicht mehr gesehen. Wahrscheinlich war es ihm bestimmt, in den Fegefeuern auf dem Rossio das Herz Gottes zu wärmen.»

Bestimmt, das Herz Gottes zu wärmen? In ihrem Bemühen um eine euphemistische Ausdrucksweise verstiegen sich die Lissabonner manchmal zu den absurdesten und monströsesten Bildern. Wenn es darum ging, mit der Zunge einen Skorpion in eine Rose zu verwandeln, gab es auf der ganzen Welt kein Volk, das die Bürger dieser Stadt übertreffen konnte.

«Habt Ihr zufällig einen Schlüssel zu ihrer Wohnung?» fragte ich.

«Ja, ja. Ich habe einen.»

«Können wir einen Blick hineinwerfen?»

«Eine Minute, und ich helfe Euch.»

Als sie die Treppe hinabkam, strich sie mit nervösen Händen ihren schwarzen Rock glatt. Sie wich unserem Blick aus. «Als wir Senhor David kennenlernten, haben wir ihn für einen ehrenwerten Mann gehalten. Sonst hätten wir ihn niemals als Mieter genommen. Später fanden wir dann heraus, daß er nur ein Marrano war. Er hat uns versprochen, bis zum Ende dieses Monats auszuziehen», beteuerte sie.

«Er war Hazzan», sagte Manuel. Wie ich vermutete er, daß sie deshalb so ängstlich war, weil sie selbst einen jüdischen Hintergrund hatte. Indem er das hebräische Wort *Hazzan* benutzte, ließ er sie wissen, daß wir Hebräisch konnten und Neuchristen waren, die ihr nichts tun würden.

Die Frau verwechselte jedoch das Wort *Hazzan* mit dem portugiesischen Wort *azangos*, das für ein schlechtes Omen oder Pech steht. Sie nickte bedeutungsvoll und erwiderte erregt: «Ja, ja, Euer Exzellenz haben ganz recht. Alle Juden sind *azangos*!»

Noch vor einer Woche hätten wir über ihre Dummheit gelacht. Doch jetzt holten wir nur tief Luft, als wollten wir uns für einen Kampf wappnen, der ein Leben lang dauern könnte. Das Gefühl, unsere Anerkennung errungen zu haben, gab der Frau Mut. Sie eilte voran, um uns die Tür zu öffnen. «Da haben wir's», sagte sie, als der richtige Schlüssel sich im Schloß drehte. «Wenn Ihr Euch nicht länger als ein paar Minuten aufhalten würdet, wäre ich Euch zutiefst dankbar», fügte sie unterwürfig hinzu. Einen kurzen Moment lang blickte sie mich an. «Ich will nicht unhöflich sein, verehrte Herren, doch die Sterne und Planeten sagen, wir sollten heute keine Fremden ins Haus lassen. Ihr werdet das sicher verstehen.»

Ein alter Lederläufer führte von Meister Davids Haustür zu seinem fünf Schritte weiter gelegenen kalten Herd. Doch wir wagten nicht, uns zu bewegen. Entlang des Läufers lagen alle wertvollen Lauten und Geigen aus Meister Davids Sammlung zertrümmert und zerschlagen am Boden. Eine Laute aus wunderschönem Rosen- und Kirschholz, die aussah wie ein für die Musik ausgehöhlter Achat, hing in zwei Teile gebrochen wie eine tote Krabbe an einem Haken im Kaminsims. Darunter befand sich ein kleiner Haufen aus Glas- und Tonscherben, auf dem ein Paar Gebetsriemen lagen, die nie wieder den Puls eines Armes spüren würden. Die Wirtin erhob streng den Finger. «Ihr hättet die Wohnung sehen müssen, bevor ich aufgeräumt habe. Seine Bohnen bekamen schon graue Bärte. Wie die Rabbis! Und der Gestank! Meine Güte, wie diese Leute stinken, nicht wahr?»

«Sagt mir nur, ob Ihr seine Pantoffeln gesehen habt», unterbrach ich sie.

Wieder strich sie sich den Rock glatt. «Ich fürchte, so genau weiß ich nicht, wo er seine Sachen aufbewahrt. Wir hatten nicht viel miteinander zu tun. Genaugenommen war ich noch nie ...»

Während sie weiter die kühle Distanz beschrieb, die sie zwischen sich und dem kleinen «Musikjuden» aufrechterhielt, eilte ich zum Kleiderschrank. Unter einem Haufen alter Samtkappen aus der Zeit König Joãos fand ich seine Pantoffeln. Nach etwas Rütteln und einigen stillen hebräischen Flüchen klappte die Sohle auf, und drei Schlüssel fielen heraus. Die Wirtin bekam große Augen. «Vier Jahre lang habe ich mit David in diesem Zimmer die griechischen und arabischen Tonarten studiert. Habt Ihr das nicht an meinem Geruch bemerkt?» fragte ich sie.

«Oh, ich verstehe», flüsterte sie und holte hektisch Luft. In ihrer Stimme lag unfreiwillige Bewunderung. «Euereins kann sich wirklich gut verstellen.»

«Das ist kein Verstellen», sagte ich. «Es ist Zauberei!» Mir fiel ein alter Trick ein, den mir Onkel beigebracht hatte. Ich hielt ihr meine leere Hand hin und zog dann Davids Schlüssel aus ihrer Nase.

Sie stand mit offenem Mund da und bekreuzigte sich, dann fiel sie auf die Knie, als wolle sie beten. «Ich flehe Euch an, tut mir nichts», jammerte sie, während ihr die Tränen in die Augen schossen.

«Wenn der ‹kleine Musikjude› heimkommen sollte, sagt ihm bitte, daß Pedro Zarco hier war», befahl ich ihr.

«Ja, Senhor», sagte sie und beugte leicht ihren Kopf. «Doch es wäre besser, wenn Ihr ihm das heute Nacht im Traum erzählt. Ich fürchte, das ist im Moment die einzige Möglichkeit, wie Eure Exzellenz ihm eine Nachricht zukommen lassen kann.»

In der *miqve* war es feucht und rutschig, und irgendein vorsorglicher Jude hatte die Fenster vernagelt. Als wir die Treppe hinabstiegen, glitt ich in der undurchdringlichen Dunkelheit aus, so daß mein Hinterteil Bekanntschaft mit den harten Granitstufen machte. Ein stechender Schmerz durchfuhr meine Schulter, und ich schrie auf.

«Ich hole lieber eine Öllampe, bevor du dir noch den Hals brichst», sagte Manuel. Er kletterte die Treppe wieder hoch, ließ die Tür hinter sich ins Schloß fallen und verschwand.

Während ich im Schutz der Dunkelheit dasaß, formten sich vor mir violette Schatten, die sich im nächsten Moment wieder in kleine Punkte auflösten. «Das Reich der Dunkelheit gibt unseren Wünschen und Ängsten Form», hörte ich Onkel sagen. Ich wartete. Mein Atem ging ruhig und leise. Plötzlich tauchte Mordechai als Kind vor mir auf, um auf Faunsfüßen wieder davonzutanzen. Ein Knarren riß mich aus meinen Tagträumen. Ich sprang auf. Ein Schritt? Mein Herz klopfte in Alarmbereitschaft. Dann stieg Onkel vor mir auf, blau mit goldenen Sprenkeln, eine Illumination, die mein Gedächtnis gemalt hatte. Sein Gesichtsausdruck war entrückt und konzentriert, als dächte er über die Bedeutung eines schwierigen Verses nach. Statt mich zu grüßen, entschwebte er in die falsche Nacht der Zimmerdecke.

Das hat keine Bedeutung, dachte ich. *Es ist keine Vision, sondern nur eine Illusion.*

Als ich von unten leise Atemgeräusche hörte, sprang ich auf.

Oder war es nur der Wind, der durch einen unsichtbaren Schacht pfiff? Ich hatte gehört, daß unter dem Bad ein Dutzend verschiedener Tunnel und Bohrlöcher zusammenliefen, die Reste eines unterirdischen Netzwerks, das unsere Ahnen in Erwartung des Messias geschaffen hatten. *«Judeu ou Cristão?»* rief ich auf portugiesisch. Das war die einzige Frage, die noch zählte.

Das Atmen war verschwunden. «Ich komme in friedlicher Absicht», sagte ich.

Die erwartungsvolle Stille brachte meine Angst zurück. Ich beschloß, der Dunkelheit ein Rätsel aufzugeben. Ein Jude würde wissen, was ich damit meinte. «Wer ist der Engel, der dem Abraham die Hände entgegenstreckt?» Die Antwort lautete «Raziel». Zusammen mit «Abraham» ergab dieser Name auf hebräisch zweihundertachtundvierzig, denn in dieser Sprache sind die Buchstaben auch Zahlen. Die Hände des Raziel waren das Gleichheitszeichen, das die Zahlen verband.

Ich ging zwei Stufen nach oben, weil ich fürchtete, ein Schatten könne sich auf meine Stimme stürzen. Doch keine Bewegung durchbrach die Dunkelheit. Ich wiederholte mein Rätsel noch einmal und stieg höher. Knarrend öffnete sich eine Tür, und über mir erleuchtete eine Flamme Manuels Gesicht, während sich unter mir grau der Treppenschacht öffnete.

«Entschuldige, daß ich so lange gebraucht habe», sagte Manuel. «Niemand ...»

«Pssst ... Ich glaube, hier ist jemand. Ich habe Atemgeräusche gehört und einen Schritt.»

Manuel schlich auf Zehenspitzen zu mir. «Jude oder Christ?» flüsterte er.

«Ein Schritt hat keinen Glauben.»

«Was ist dann ...»

«Raziel», hörten wir ein heiseres Flüstern. «Raziel.»

«Was sagt er da?» fragte Manuel.

Ich legte den Finger auf die Lippen, damit er schwieg. «Zeige dich», rief ich dann auf hebräisch.

Am Fuß der Treppe erschien ein kleiner Mann mit blinzelnden Augen und schütteren grauen Haarbüscheln über den Ohren. Er war barfuß. Sein Brustkorb schien über dem dicken Handtuch, das er sich um die Taille geschlungen hatte, einzusinken. Es war Solomon Eli, der Arzt und unser *Mohel*. Ohne weiter nachzudenken, sprang ich die Treppe herunter. «Das ist unmöglich!» rief ich. «Ich habe Euch auf dem Loios-Platz gesehen, wo ihr an eure Frau gefesselt wart und ...»

Er klopfte mir zur Begrüßung auf die Schultern. *«Shalaat Shalom!»* rief er freudig. «Einer von meinen kleinen Jungen ist mit dem Leben davongekommen!»

Solomon gab allen Jungen, die er beschnitt, Kosenamen. Meiner lautete *Shalaat Shalom*, was soviel wie «Traumbitte» bedeutete und auf den Wunsch meines Vaters nach einem zweiten Sohn anspielte.

«Aber ich habe Euch gesehen, zusammen mit ...»

Solomon bedeutete mir zu schweigen. «Meine liebste Frau Reina ist tot», flüsterte er. Seine Hand fuhr kreisend nach oben, um Rauch anzudeuten. «Alle, außer mir.»

«Aber, wie?»

«Du fragst wie? Eine Zyste, lieber *Shalaat*. Ich hatte einem der Schläger, die uns holen kamen, einen Steinmetz, eine schmerzhafte Zyste herausgeschnitten, vor ungefähr einem Jahr. Er erkannte mich erst, als Reina schon ... Sie zwangen mich zuzuschauen. Ich sagte ihm, daß ich ihr über den Jordan folgen wollte. Er lächelte verstohlen und schlug mich nieder. Als ich wieder aufwachte, lag ich auf dem Dach eines Hauses über der Kirche São Miguel. Zwischen den Fliesen unter meinen Beinen wucherten gelbe Wildblumen. Es war seltsam. Ich dachte, ich sei tot. Es war Nacht. Doch dann sah ich den Mond ... Noch nie hatte ich gelesen, daß auch über dem Himmel noch Himmelskörper stehen. Oder ist der *sahar só uma outra sohar* – der Mond nur ein anderes Gefängnis?» Solomon zuckte mit den Schultern und zwang sich zu einem traurigen Lächeln. «Vielleicht glaubte mein

Steinmetz auch, es sei die größere Strafe, mich leben zu lassen. Als ich aufwachte, hatte ich keine Kleider mehr. Wohin sollte ich gehen? Zu Hause war niemand mehr. Also bin ich hierhergestolpert. Die Tür war auf. Später kam jemand vorbei und sperrte zu.»

«War noch jemand hier?» fragte Manuel. «Ein Mädchen?»

«Niemand.»

«Sie war sicher schon tot, als Solomon hier ankam», sagte ich zu Manuel. «Irgendwie muß sie von hier zu meinem Onkel ...»

«Was für ein Mädchen», fragte der *Mohel*. «Cinfa? Ist sie... »

«Nein, ihr geht es gut.» Ich nahm Solomons Hände und klärte ihn über Onkel und unsere Suche auf. «Habt Ihr irgend etwas gesehen, egal was – Schmuck, Kleider, Speisereste?» fragte ich.

«Kommt mit», sagte er mit ernster Stimme.

Der Arzt führte uns am rituellen Becken der Männer vorbei zu den Umkleideräumen der Frauen, die mit dem sechszackigen Stern König Davids gefliest waren. Er tappte mit den vorsichtigen, kindlichen Bewegungen eines Mannes voran, der schon seit Tagen nichts mehr zu sich genommen hatte, trotzdem hallte das Echo seiner Schritte in diesem Keller wie Trommelwirbel. Er führte uns in die kleine Kabine, in der er geschlafen hatte. Manuel hob ein Badelaken hoch, das Solomon als Decke gedient hatte, und zog eine Leinentunika hervor, die zu einem Kissen zusammengeknüllt war. Er faltete sie vor mir auf.

«Teresas?» fragte ich.

Ein Schatten fiel über Manuels Gesicht, als er die Lampe sinken ließ. Er kniete nieder. Dunkle Schluchzer ließen den eisigen Fliesenboden erzittern.

«Sie war nackt, als ich sie fand», flüsterte ich Solomon zu. «Ich glaube nicht, daß sie freiwillig so auf die Straße gelaufen ist. Wie bist du also ...?»

Plötzlich wandte Solomon sich ab, ging durch die Tür hinaus und den Flur entlang zum Haupthof. Überrascht rief ich seinen Namen und folgte ihm. Mein Echo vibrierte um uns wie eine Stimme, die ein Geheimnis verriet.

Solomon ging in Richtung Osten, eilte eine Rampe hinunter, die in einen Meditationsraum führte, und dann an längst aufgegebenen Bädern und muffig riechenden Grotten vorbei. Schließlich kamen wir in dem Zimmer an, das Meister David als Büro gedient hatte. Die beiden Bücherschränke waren umgestürzt, und die Bücher und Papiere, die zum Bad gehörten, lagen am Boden verstreut. In der anderen Ecke des Zimmers entdeckten wir eine Öllampe. Während Manuel sie untersuchte, ließ Solomon sich auf den Boden fallen. Seine Brust hob und senkte sich in der schweren, feuchten Luft. «Meine Beine können nicht mehr.»

«Wir werden dir etwas zu essen besorgen, sobald wir hier fertig sind», versicherte ich ihm.

Er hob die Hände, um mir zu zeigen, daß es keinen Grund zur Eile gab.

«Was soll das alles?» fragte ich Manuel.

«Er versucht uns zu zeigen, auf welchem Weg meine Frau flüchtete, als die Christen kamen.»

Solomon blickte sich um und zog die Nase kraus. «Irgend etwas riecht hier faul», murmelte er. Er streckte die Zunge aus. «Nach Mist.»

Er hatte recht. Das Aroma des Bösen lag in der Luft.

«Ein totes Eichhörnchen oder eine Ratte», sagte Manuel. «Vermutlich ertrunken.»

In mir öffnete sich eine Tür, und ich begriff. «Nein, kein totes Tier. Jetzt verstehe ich alles. Ich zeige euch, was es ist. Zu Hause, in unserem Keller.»

Manuel, Solomon und ich stiegen die Treppe hinter unserer Falltür hinab. Der *Mohel* verschwand fast ganz unter der Decke, die ich ihm gegeben hatte. Haltsuchend tastete er sich mit der Hand an der Wand entlang. Er war noch nie zuvor in unserem Keller gewesen. «Wie lange gibt es dieses Gewölbe schon, mein Junge?» fragte er neugierig.

«So lange wir uns erinnern können», antwortete ich.

Als er die Gebetsmatten und Myrtenbüsche erblickte, wußte Solomon, daß er sich in unserer geheimen Synagoge befand. «Wohl dem, der Seinen Tempel vor Götzenanbetern bewahrt», hob er feierlich an.

Am anderen Ende des Raums saß Tante Esther an Onkels Schreibtisch und starrte in den blutenden Spiegel. Sie trug kein Kopftuch, und mit ihrem stoppelig geschnittenen, hennagefärbten Haar bot sie einen erschreckenden Anblick.

«Etti», rief Solomon ihr zu. Er nannte alle bei ihren Kosenamen.

Keine Antwort und keine Bewegung. Solomon blickte mich fragend an. «Sie spricht im Moment noch nicht», erklärte ich. «Wir müssen ihr Zeit geben.»

Der *Mohel* nickte und witterte dann wieder in der Luft. «Der Geruch kommt aus diesem Keller», sagte er. «Es stinkt hier wie ...» Er verstummte, als ihm Onkels verwesende Körperhülle einfiel.

Ich ging direkt auf die ledernen Wandteppiche aus Córdoba zu. Sie befanden sich an der Westwand unseres Kellers. Ich rollte einen von ihnen auf, hob ihn von seinem Haken und legte ihn auf den Steinboden. Mit den anderen verfuhr ich ebenso. Manuel steckte unterdessen mit seiner Öllampe unsere beiden Silberkandelaber an. Direkt unter den eigenartigen Blutflecken, die am Ende einer Fliese abrupt aufhörten, drückte ich mit den Fingern gegen die Wand. «Wenn Samir oder Onkel hier wären, würde es schneller gehen», erklärte ich. «Oder einer aus dem Kabbala-Zirkel.»

«Wonach suchst du?» fragte Manuel.

«Das wirst du gleich sehen», sagte ich. «Gerade habe ich herausgefunden, wie ein Mann oder auch mehrere Männer aus diesem Raum verschwinden können. Und wie ein Geruch sich so weit verbreiten kann.»

Ich begann mit meiner Faust systematisch die Kacheln über

mir abzuklopfen. Reihe für Reihe, von der Südecke des Raums an den eingelassenen Wannen vorbei bis in die Nordecke bei Esther.

«Armer Junge», flüsterte Solomon Manuel zu. «Seit dem Tod seines Onkels denkt er von links nach rechts.» Das war eine jüdische Umschreibung dafür, daß ich völlig den Verstand verloren hatte.

«Ich versichere dir, daß keine Mücke in mein Ohr geflogen ist», antwortete ich, darauf anspielend, wie König Nimrod den Verstand verloren hatte. «Ich habe mich schon lange gefragt, wie mein Onkel immer aus dem Nichts erscheinen konnte. Pater Carlos wollte mir schon weismachen, er sei ein Geist, der mich zum Narren hielt. Doch jetzt weiß ich, wie er es gemacht hat. Und auch, warum ich den Keller nie ohne seine Erlaubnis betreten durfte.» Ich klopfte weiter, und als ich das Geräusch nicht fand, das ich suchte, ging ich zur nächsten Reihe über. In der vierten Reihe von oben, die in Höhe meines Halses über die Wand lief, wurde ich fündig. Die Kachel unter meiner Faust klang hohl und klebte nur auf einer dünnen Mörtelschicht.

Plötzlich kam Cinfa nach unten gerannt, blieb auf der letzten Stufe stehen und sah mir aufmerksam zu.

Nach zwanzig weiteren Versuchen hatte ich eine Linie aller Kacheln mit hohlem Hintergrund gefunden. Es mußte sich noch eine Kachel am rechten oder linken Rand dieser Linie befinden, die nachgab, wenn man sie drückte. Wenige Minuten später hatte ich sie. Ich stemmte sie auf, wobei ich mir einen Daumennagel brach, und warf sie Cinfa zu. Hinter der Kachel befand sich ein Eisenring, auf den mit unbeholfenen hebräischen Schriftzeichen das Wort *Rehiza*, Bad, geprägt war. Ich holte tief Luft und stieß ein kurzes Gebet aus, dann zog ich an dem Ring.

Ein Riß in der Wand entpuppte sich als Rand einer Tür, die um eine Angel in ihrer Mitte aufschwang. Vor uns lag Dunkelheit. Solomon trat an meine Seite, hockte sich wie ein moslemischer Derwisch auf die Fersen und starrte neugierig hinein. Ich drehte mich zu Manuel um. «Gib mir die Öllampe, ich gehe rein.»

«Wohin führt der Gang?» fragte er.

«Das werden wir gleich sehen. Jetzt gib mir erst mal die Lampe.»

Er reichte sie mir. Vor uns sahen wir einen steinernen Korridor. «Ich folge dir», sagte er.

Solomon klopfte mir auf die Schulter. «Ich bleibe hier. Und du, Cinfa», er nickte meiner Schwester zu, «könntest mir etwas Wasser und Matza bringen. Und ein Glas koscheren Wein! Und das schönste, weichste Kissen, das du finden kannst.»

Wir verschwanden hinter Manuels Lampe in der Dunkelheit, während Cinfa nach oben sprang. Der feuchte Gang vor uns roch nach kaltem Stein und Einsamkeit. Er wurde immer enger und die Decke immer niedriger, bis wir uns wie Maulwürfe kriechend weiterbewegen mußten. Nach ungefähr sechs Metern öffnete sich der Gang, und wir konnten wieder stehen. An einer Kalksteintür hing wieder ein runder Eisengriff, auf den das Wort *Rehiza* geprägt war. Manuel zog sie auf. Ein feuchter Luftstoß drang uns entgegen. Ich hob die Lampe hoch. Um uns herum schimmerten blaue und grüne Kacheln, und auf dem Boden lagen unzählige Papiere. Wir befanden uns im Büro des Hazzans im Badehaus.

Nachdem Manuel und Solomon sich verabschiedet hatten, ging ich zu meiner Mutter. Jetzt wußte ich sicher, daß der Mörder kein Zauberer gewesen war, sondern nur ein gerissenes Mitglied des Kabbala-Zirkels.

Mutter war im Laden. Im Licht einer schlanken Kerze schrubbte sie auf Knien den Boden. Ich erzählte ihr, was ich entdeckt hatte. «Wußtest du von dem geheimen Ausgang?» fragte ich sie.

Sie ließ ihre Bürste sinken und richtete sich auf. «Bevor du geboren wurdest», begann sie, «als die Neuchristen dieser Stadt noch Juden waren, hat dein Vater versucht ...»

Ich schloß die Augen, denn ich glaubte, sie würde zu einer

weiteren, endlosen Geschichte über meinen Vater und seine Bemühungen, ein gutgehendes Geschäft zu gründen, ausholen. Sie spürte meine Verärgerung und sagte tonlos: «Unser Keller war Teil der *miqve*! Daher auch die Granitwannen.»

«Warum hast du mir das nie erzählt?»

Sie drehte sich weg, als würde ich ihr lästig. Ihre Kiefermuskeln pulsierten ärgerlich. «Glaubst du, du hast das Recht, alles zu wissen? Das Leben läuft anders, was immer mein Bruder dir auch erzählt haben mag. Vielleicht dachte er, du wüßtest davon, und hat es deshalb nie erwähnt», fügte sie in versöhnlichem Ton hinzu und nahm ihre Bürste wieder auf. «Es spielt sowieso keine Rolle.» Die Geste, mit der sie mich zum Gehen aufforderte, verriet ihre Erschöpfung. Plötzlich blickte sie auf den Boden und runzelte die Stirn. Eine warzige braune Kröte war aus ihrem Versteck gehüpft. «Was sucht die denn hier?» fragte sie mich.

«Nahrung. Eine Fliege. Um überleben zu können. Laß sie einfach in Ruhe.»

«In Ruhe lassen? So ein unreines Geschöpf? Eine der zehn Passa-Plagen, die Gott geschickt hat, um die Ägypter zu bestrafen, die uns als Sklaven hielten. In meinem Haus?»

Mutter schien sich zwischen Schlafwandel und hellem Wahnsinn zu bewegen. Als sie wieder zu schrubben begann, versuchte ich ihre Gedanken auf wichtigere Dinge zu lenken. «Ich habe immer gedacht, er würde sich bei seinen Büchern in der *Geniza* verstecken. Er hat ihre Berührung und den Geruch so sehr geliebt!»

«Wer?» fragte sie und runzelte die Augenbrauen, als sei ich der Verrückte.

Plötzlich übermannte mich der Impuls, sie zu schlagen. Sie öffnete eine der ausgehängten Türen und fegte die arme Kröte in hohem Bogen in die Rua da Sinagoga. Das benommene Tier rappelte sich hoch. Plötzlich tauchte Roseta aus dem Nichts auf und schlich sich mit ausgefahrenen Krallen an sie ran. «Nein!» schrie ich, sprang nach draußen, ergriff die Kröte und ließ sie in meinen

Beutel gleiten. Ich erwartete Mutters Protest, doch die silbernen Wolken, die aus dem Westen heranrollten, hatten sie in ihren Bann gezogen. Träumerisch starrte sie in den Himmel. Das Herannahen der Nacht erinnerte sie an Juda.

Ich ließ die Kröte in einer Wiese am Fluß wieder frei, wusch mir die Hände und aß eine Matza. Dann machte ich mich wieder auf den Heimweg, um nach Farid zu schauen. Die Mondsichel war über dem Horizont aufgestiegen, und während ich sie betrachtete, legte ich mir eine Geschichte zurecht: Manuels Frau war gerade beim Bad in der *miqve*, als sie die Schreie der Neuchristen hörte, die in den Straßen über ihr niedergemetzelt wurden. Sie rannte durch das Gewirr der Bäder und Grotten, bis sie an die kalte Wand im Büro des Hazzans kam. Standen die Türen offen? Hatte mein Onkel sich ebenfalls im Bad befunden, um sich vor dem Gebet zu reinigen? Oder hatte sie laut um Hilfe gerufen, als die Christen mit ihren Fackeln ins Bad hinabgestiegen kamen? Vielleicht hatte Onkel sie gehört und die Geheimtür geöffnet. Dann war er ins Bad gekrochen, um sie in Sicherheit zu bringen.

Gemeinsam hatten mein Onkel und das Mädchen in unserem Keller auf das Ende des Lissabonner Wahnsinns gewartet. Doch die Mörder – ein Mann aus dem Kabbala-Zirkel und ein Erpresser – waren schneller. Nachdem sie uns den Tod ins Haus gebracht hatten, verschwanden sie durch den Geheimgang zum Badehaus. Einer von ihnen zog noch die Tür hinter sich zu, wobei seine Finger Blutspuren hinterließen. Dann krochen sie durch den Tunnel in Sicherheit.

Als ich ankam, saß Farid in der Küche. Sein Gesicht war blaß. Ich wußte, ich hätte an seine Seite eilen sollen, doch die Verzweiflung nahm mir alle Kraft. «Darfst du schon aufstehen?» signalisierte ich von der Tür.

Mein Freund nickte. «Bei uns zu Hause ist niemand», zeigte er mit langsamen Gesten. «Du hast nichts von meinem Vater gehört, oder?»

«Nein. Ich habe mich umgehört. Niemand hat ihn gesehen. Morgen früh werde ich ihn suchen gehen. Es ist ruhiger geworden draußen, so daß ich …»

«Eine Nachricht ist für dich eingetroffen.» Er hielt eine Rolle hoch. «Genaugenommen ist sie für deinen Onkel.»

Ich riß das Siegel auf. Die Nachricht kam von Senhora Tamara, die in Klein-Jerusalem mit gebrauchten Büchern handelte. Sie hatte oft mit Onkel zu tun gehabt. Ich las ihren Brief:

> Meister Abraham, heute hat ein junger Bursche versucht, mir ein Buch mit Geschichten aus Ägypten zu verkaufen, das Ihr vor kurzer Zeit entdeckt habt. Wurde es Euch während des Aufstands gestohlen? Entschuldigt, ich hätte es vielleicht kaufen sollen, doch ich hatte meine Gedanken nicht beieinander und habe den Jungen hysterisch kreischend aus dem Laden gejagt. Dafür kann ich ihn beschreiben. Vielleicht kennt ihn jemand, und wir können das Buch zurückbekommen.

Ich hatte das Gefühl, daß mir für den Sabbat ein dicker Fisch ins Netz gegangen war: *Ein Buch mit Geschichten aus Ägypten* – das war der Geheimcode für Onkels fehlende Haggada! Jetzt wußte ich, daß der Mörder eine unvorsichtige Bewegung gemacht hatte. Und ich wußte, wie er entkommen war. Im Himmel schien sich eine Waage zu meinen Gunsten zu senken.

Doch noch bevor diese Entdeckung meine Lungen mit der frischen Luft der Hoffnung füllen konnte, legte Farid wieder die Ketten der Verzweiflung um mich. Nachdem ich ihm Senhora Tamaras Nachricht mit den Händen wiederholt hatte, signalisierte er: «Aber ein anderes Hindernis stellt sich uns in den Weg. Als die Nachricht kam, bin ich in den Keller gegangen, um dich zu suchen. Ich habe die Geheimtür in der Wand gesehen und weiß, was du denkst. Doch der Mörder ist nicht auf dem Weg entkommen.»

«Was?»

«Geh hin. Suche nach Blutspuren. Du wirst entdecken, daß die Flecken bis zu dem Punkt gehen, wo der Gang enger wird. Als hätte der Mörder sich an der Wand entlanggetastet. Doch die Flecken hören auf, wenn man zum Krabbeln gezwungen wird. Der Mörder hat kehrtgemacht, bevor der Gang wieder weiter wurde. Er ist in den Keller zurückgegangen.»

Ich atmete tief durch. «Bist du dir sicher?»

«Bei Sonnenaufgang kannst du selbst nachschauen. Jetzt, bei Lampenlicht, wirst du es vielleicht nicht erkennen. Aber es ist die Wahrheit. Es gibt keinen Zweifel daran.»

Es war kein Zufall, mußte ich wieder denken, das Gott mir Farid gegeben hatte. Er wußte, daß ich die Hilfe eines so außergewöhnlich begabten Menschen brauchte. «Doch warum ist der Mörder in den Keller zurückgegangen, wenn er wußte, daß er durch die Geheimtür fliehen konnte?»

«Er könnte jemanden im Bad gehört haben – Christen. Oder vielleicht ... Ja, vielleicht war er zu groß und ungelenkig, um durch den engen Gang zu passen. Höchstwahrscheinlich war er noch nie zuvor dort gewesen und ist einfach davon ausgegangen, daß er hindurchpassen würde. Doch dann hat er entdeckt ...»

Farids Hände sanken an seine Seite. Schwach signalisierte er mir, daß sein Durchfall schlimmer geworden war. Ich schämte mich für meine eigene Gesundheit und führte ihn zum Abort. Kalt und trocken schlug uns die Nachtluft entgegen. Als ich ihm den wunden Hintern wusch, verzog sich sein Gesicht vor Schmerzen. Wieder mußte ich gegen lähmendes Grauen ankämpfen. Ich wußte immer noch nicht, wie der Mörder entkommen war, und jetzt mußte ich auch noch um das Leben eines anderen Menschen bangen.

Ich wandte den Blick nach innen, um in Farids Zukunft zu sehen. Neben dem Totenbett meines Freundes steht der Todesengel, ein Schatten mit tausend starrenden Augen. Seine Skeletthände umklammern ein Schwert, auf dessen Spitze ein bitterer

Tropfen glänzt. Als Farid dieses abscheuliche Wesen erblickt, reißt er vor Schreck den Mund auf, und seine Lippen formen den kehligen Schrei des Tauben. Schnell läßt der Todesengel seine eklig schmeckende Gabe in Farids offenen Mund rinnen. Und von diesem Tropfen stirbt Farid. Alle Farbe weicht aus seinem Körper, der Prozeß der Verwesung beginnt.

Es wird kein Entkommen geben.

Mein Freund stützte sich auf mich wie eine Lumpenpuppe, und wir schleppten uns ins Haus zurück. «Farid, wo in Gottes Namen hat sich der Mörder dann versteckt, als ich in den Keller gestürmt bin? Die Tür war verschlossen. Niemand war im Keller. Ich schwöre dir, niemand!»

Als er statt einer Antwort eine poetische Phrase über den Willen Allahs signalisierte, ergriff ich eine Öllampe und lief nach unten. Genau wie er gesagt hatte, waren auf dem Boden und den Wänden des Tunnels Blutstropfen und Fußspuren zu erkennen. Dort, wo der Mörder sich an der Wand entlanggetastet hatte, konnte ich die Schatten von fünf Fingern sehen. Als ich weiterkriechen wollte, fand ich auf dem Boden einen blutigen Gewebeabdruck. Er schien von Knien zu stammen, die auf die Steine drückten. An der engsten Stelle verriet eine langgezogene Blutspur, daß eine Hand sich verzweifelt vorgetastet hatte. Doch als der Tunnel sich wieder öffnete, fand ich keine Spuren mehr. Keine blutigen Fuß- und keine Fingerabdrücke.

Der Mörder war zurückgegangen. Oder einfach verschwunden.

ELFTES KAPITEL

FARID STÜTZTE SICH an der Wand ab und stieg mit unsicheren Schritten die Kellertreppe hinab. Er kam zu mir und hockte sich auf die Fersen, um gegen den Schmerz in seinen Eingeweiden anzukämpfen. «Jetzt weißt du, daß der Mörder nicht durch die Geheimtür verschwunden ist. Du mußt mir jede einzelne deiner Bewegungen schildern, nachdem du deinen Onkel entdeckt hast. Alles!»

Es war die Magie der einem Freund signalisierten Worte, der ich die Einsicht verdankte. Nachdem ich Farid alles erzählt hatte, stand die Lösung klar vor mir. Ich hatte das Gefühl, es tief in mir schon immer gewußt zu haben. Die Antwort hatte wie eine schlafende, zusammengerollte Katze in einer verborgenen Ecke gelegen. «Die *Geniza*!»

Farid nickte, als würde er weise Verse lesen. Mit den Händen sagte er: «Der Mörder muß sich dort versteckt haben, als du durch die Tür nach deiner Familie gerufen hast. Als du hereingestürmt bist, hockte er bei den Büchern in der Dunkelheit. Später bist du nach oben gegangen, um Hammer und Nägel zu holen. Dort hast du dich länger aufgehalten, um einen Dieb zu vertreiben und nach dem Mob auf der Straße zu schauen. Dir war schwindlig, und du hast dich einen Moment lang hingesetzt. Diese Minuten muß der Mörder ausgenutzt haben, um durch die Tür im Schlafzimmer deiner Mutter zu entkommen.»

«O Gott. Ich habe nicht nachgeschaut. Ich bin einfach nicht auf die Idee gekommen nachzuschauen, weil ich anfangs dachte, er wäre von Altchristen umgebracht worden. Und die hätten von der *Geniza* nichts gewußt.»

«Wir müssen nachsehen», signalisierte Farid. «Wir können uns keine Fehler leisten.»

Mit dem Schlüssel aus der Hammelblase hinter dem blutenden Spiegel öffnete ich den Deckel des Verstecks und hob unsere Manuskripte und Briefe und auch den Sack Münzen heraus. In der leeren Grube waren die Blutspuren sofort zu erkennen. Wie verstreutes Laub bedeckten sie als braune Schatten den Boden. Sie hatten die gewebte Struktur eines Stoffes.

Ich wandte mich an Farid und signalisierte ihm meine Interpretation der Flecke. «Der Mörder lag neben den Manuskripten auf der rechten Seite. Deshalb hat seine blutige Kleidung so viele Flecken auf dem Boden hinterlassen. Er hatte die Knie an die Brust gezogen. Mit den Spitzen seiner Sandalen beschmierte er den östlichen Grubenrand. Sein linker Ellbogen lag an der Nordseite und hat den blütenförmigen Stoffabdruck in der Nähe des oberen Rands hinterlassen. In der Hand seines ausgestreckten rechten Arms hat er das Schächter-Messer gehalten. Während er hier lag und darauf wartete, daß ich wieder ging, hat er mit der Klinge ein paarmal an die Südwand gekratzt und die dünnen Blutstreifen in den Gips geprägt.»

Farid nickte zustimmend.

«Diego», flüsterte ich leise vor mich hin.

Mein Freund las meine Lippen. «Was ist mit ihm?»

«Seine Größe. Er würde nicht durch den engen Gangabschnitt passen.»

«Stimmt. Aber auch Pater Carlos hätte Probleme.»

«Möglicherweise. Aber weißt du, Diego hat gesagt, er würde heute abend mit dem Mann vorbeikommen, der Onkel ein hebräisches Manuskript verkaufen wollte. Vielleicht hat er mir das nur erzählt, um Zeit zu gewinnen. Ich muß ihn finden. Womöglich ist er bereits auf der Flucht. Und ich verspreche dir, auch nach deinem Vater zu suchen. Wenn ich bei Diego war, werde ich zur geheimen Moschee gehen.»

Als ich die Bücher und Briefe wieder in die *Geniza* legte, kam

Farid zu mir und nahm meinen Arm. «Bitte halte dich vom Rossio fern!»

«Ich werde über die Graça ins Mauren-Viertel runtergehen. Es wird mir schon nichts passieren.»

«Du darfst nur portugiesisch sprechen.»

Ich nickte.

«Und nimm meinen Dolch. Den aus Bagdad, der selbst den dünnsten Sufi-Gedanken in zwei Teile schneiden kann. Hol ihn aus meinem Schlafzimmer.»

«Welchen willst du nehmen?» fragte ich ihn mit den Händen.

«Den meines Vaters. Den langen aus Safed. Es wäre sein Wunsch ...»

Ich nickte, als Farids Gesten zu einem schmerzverzerrten Schweigen zusammensanken. Wir blickten uns über die Entfernung des Todes an. Beide wußten wir, daß meine Gesten ihn vielleicht bald nicht mehr erreichen konnten. Wie Mordechai und mein Vater würde er in die schwarzlodernden Hände des Duma stürzen, des Seelenfängers der Unterwelt. Farid legte eine zitternde Hand in die Gegend seiner Eingeweide, unser Zeichen für Angst. Dann schlug er sich mit der Faust schwach gegen die Brust. Es bedeutete, daß sein geistiges Bollwerk nachgab und er allein nicht mehr weiterwußte.

Als wir uns umarmten, glaubte ich eine kränklich-weiche Blüte zu spüren. Wie bei Mordechai. Seine harten kalten Rippen ragten aus dieser Blüte hervor, als wollten sie ausbrechen. Ich führte ihn ins Schlafzimmer meiner Mutter zurück. Da hörte ich eine Warnung meines Onkels: *Berekia, gib die Lebenden nicht für Tote auf!*

«Ich hole jetzt einen Arzt», signalisierte ich Farid. «Die Jagd nach Diego muß warten. Wenn du ...»

«Keinen Arzt!» unterbrach mich Farid. «Alles, was die Christen können, ist einen zur Ader lassen.»

«Ich werde einen islamischen Arzt suchen.»

«Wo?» gestikulierte er skeptisch.

«Irgendwo. Ich werde so weit gehen, wie ich muß.»

Eine Zeitlang stritten wir, obwohl wir beide wußten, daß Dr. Montesinhos der letzte war, der nach den Weisheiten Avicennas und Galens praktizierte. Wo sollte ich jetzt jemanden finden, der eine Krankheit riskieren würde, um bei einem armen, tauben Teppichweber vorbeizuschauen? Farid unterbrach meine Argumente mit einer flatternden Handbewegung. Er brauchte frische Luft. Wir schleppten uns wieder nach draußen und setzten uns in den kühlen Hof. Als ich ihm Arme und Beine mit Wasser abwusch, stöhnte er. Ich bemerkte, daß seine Haut frei von Wunden war. Er hatte nicht die Pest. Das Leben vertrocknete in ihm. Plötzlich stieß er mich weg. «Jetzt geh und suche Diego!» gestikulierte er wütend. «Du verschwendest nur deine Zeit mit mir.»

«Farid, wirst du tun, was ich dir sage?» fragten meine Hände.

Die Reaktion auf meine Bitte war eine Welle von Gesten: «Du besitzt kein Lebensöl, das du in meine Lampen gießen könntest.»

«Deine poetischen Umschreibungen interessieren mich im Moment nicht», signalisierte ich zurück. Als er weiter protestierte, erhob ich die Hand zu einer drohenden Gebärde. Er mußte über diese absurde Geste lächeln.

«Was hast du vor?» fragten seine Hände.

«Hab ein wenig Geduld.»

Wir gingen in die Küche, wo ich ihm ein Ei kochte und es mit Salz bestreute. Ich zwang ihn, es zusammen mit einem Tee aus Schachtelhalm und Eisenkraut zu sich zu nehmen. Zusammen standen wir eine Stunde durch, in der er immer wieder erbrach und schwer atmete. Ich fütterte ihn mit Holzasche und flößte ihm Tee ein, bis sein Bauch sich aufblähte. Auf meine Anweisung hin zog er liegend die Knie an die Brust. Ich machte ihm einen starken Einlauf aus in Gerstenextrakt abgekochten Leinsamen und dann noch einen aus Gerstenextrakt mit einem Tropfen Arsen. Als Farid sich ganz entleert hatte, brachte Cinfa uns aus dem Keller ein Räucherfaß, dem eine besondere Mischung aus Mohn und Kampfer entströmte, die ihn schläfrig machen sollte. Farid inhalierte mit pfeifenden Atemgeräuschen. Mit den Fabeln von Kalila und Dimna, die mir Esther in meiner Kindheit erzählt hatte, schläferte ich ihn ein.

Nachdem ich den Dolch aus Bagdad unter Farids Matratze hervorgezogen hatte, schlich ich in der Dunkelheit der sechsten Passanacht auf die Straße. Auf der Suche nach Diego durchquerte ich die oberen Gassen der Alfama. Kurz vor seinem Haus fiel mir jedoch ein hünenhafter Mann auf, der im Dämmergrau der anderen Straßenseite lauerte. Er lehnte an der abblätternden Wand der Flickschusterwerkstatt, trug einen breitkrempigen Hut und einen dunklen Umhang, der ihn bis zu den Stiefeln einhüllte. Er war mindestens eine ganze Handlänge größer als ich, gute ein Meter achtzig. Portugiesen wurden fast nie so groß. Das glatte Haar fiel ihm bis auf die Schultern, und in der rechten Hand hielt er eine Reitpeitsche aus rohem Leder.

Es konnte sich nur um den Mann aus dem Norden handeln, vor dem man mich gewarnt hatte.

Plötzlich fuhr sein Kopf hoch und er stellte sich aufrecht hin. Er hatte mich entdeckt. Der Blick, den wir austauschten, ließ mich spüren, daß er mich kannte. Keiner von uns bewegte sich. Fragen schienen meine Füße am Boden festzuschweißen. Lauerte er hier, um Diego umzubringen, oder wollte er sich bei ihm nur den versprochenen Lohn für den Mord an Onkel abholen?

Was dachte er über mich?

Ich blieb nicht, um auf die Antworten zu warten. Sie konnten nur von Diego selbst kommen, und der war offensichtlich nicht in seiner Wohnung, da der Nordmann sonst nicht so geduldig gewartet hätte. Ich zog mich zurück und eilte aufs Maurenviertel zu. Dabei blickte ich immer wieder über die Schulter, um sicherzugehen, daß ich nicht verfolgt wurde.

Auf die nächtlichen Straßen Lissabons fiel das harte, orangefarbene Licht aus den Fenstern der Tavernen und Bordelle. Jedesmal, wenn ich ein Geräusch hörte, schien mein Herz an einen geheimen Zufluchtsort springen zu wollen. Es war die Stunde der Nacht, in der alle Geräusche und Bewegungen sich in Todesboten zu verwandeln schienen.

Die geheime Moschee, die Samir immer besuchte, lag im zweiten Stock über der Werkstatt eines Pferdeschmieds in der Nähe des alten maurischen Basars. Die große, mit verschlungenen Schnitzmustern geschmückte Holztür war verschlossen. Auf dem Pflaster unter mir sah ich einen toten Goldfinken liegen, neben dessen Schnabel eine Blutträne hing. Nachdem ich das Hufeisen, das als Türklopfer diente, ein zweites Mal betätigt hatte, blühte im Fenster über mir das Licht einer Kerze auf. «Wer ist dort?» hörte ich eine Frau zischen.

«Pedro Zarco. Ich suche nach Meister Samir.»

Die Läden klappten zu. Ein paar Minuten später tauchte ein Mann in langen Unterhosen in dem mißtrauisch geöffneten Türspalt auf. Der drahtige Körperbau und die funkelnden Augen verrieten den Sufi-Asketen. Das flackernde Licht der Kerze beleuchtete die hohlen Wangen unter den Halbmonden seiner Wangenknochen.

«Ich suche nach Meister Samir», begann ich. «Er kommt immer ...»

«Wer bist du?» fragte er auf portugiesisch. Seine Stimme war wie aus Granit geschnitten, tief und sonor.

«Ein Freund. Pedro Zarco. Unsere Häuser liegen sich im selben Hof gegenüber. Wenn er bei Euch ist, sagt ihm bitte ...»

«Er ist nicht hier», sagte er widerwillig, als wäre es ein Risiko, sich mit mir sehen zu lassen.

«Wißt Ihr, wohin er gegangen ist?»

«Als die Feuer brannten, haben wir unsere Versammlung aufgelöst. Er wollte nach Hause, zu Farid. Warte.» Er schloß die Tür und verriegelte sie. Seine Schritte entfernten sich und kehrten dann hastig zurück. Als die Tür wieder aufknarrte, hielt er mir ein Paar Sandalen hin. «Samir ist so schnell weggegangen, daß er sie vergessen hat.»

Das Wissen, daß auch Farids Vater tot sein mußte, lenkte meine Schritte zu Senhora Tamaras Buchladen und Wohnung in Klein-Jerusalem. Ich wollte mehr über das «Buch mit Geschichten aus Ägypten» erfahren, das ihr angeboten worden war.

Doch als niemand auf mein Klopfen antwortete, schlug ich den Heimweg ein. Die Nachtluft lag bleischwer in meiner Brust, ich fühlte mich leer und ausgehöhlt. Ich mußte etwas essen und um *neza* beten, das Durchhaltevermögen, das von Gott in unser Erdenreich hinabstrahlt.

Zu Hause wusch ich mir das Gesicht, aß etwas altbackenes Matza und zwei Äpfel und setzte mich vor den Herd, um zu beten.

Während ich noch sang, warfen die Einsamkeit und der Schlaf ihr Netz über mich.

Plötzlich sah ich Onkels Hände vor mir, die auf der Wandseite des Herds wild in einer Sprache gestikulierten, die ich nicht verstand. Auf meiner Stirn formten sich Schweißperlen. Ein Gesicht beugte sich zu mir herab. Es weitete sich zu tanzenden Schatten und glühte in einem orangefarbenen Licht. Mein Herzschlag setzte aus. Ich schreckte zurück und sprang auf die Füße.

«Berekia, hier ist der Mann, von dem ich dir erzählt habe.» Es war Diego, der im Licht des Herdfeuers plötzlich vor mir aufgetaucht war. Er machte eine Handbewegung hinter sich. «Das ist Isaac aus Ronda.»

Ich atmete tief durch, um mich zu beruhigen. Diegos Leibwächter hatte uns den Rücken zugekehrt und stand in der Küchentür. Isaac hatte das hagere, düstere Gesicht, das typisch für einen neuchristlichen Kaufmann war. Er trug eine scharlachrote Robe, und auf seinem schulterlangen Haar thronte eine rote Kappe, von der eine lange, dunkle Feder nach hinten ragte. Als wir uns die Hände schüttelten, blickte er mir fest in die Augen, als wolle er mich von seiner Stärke überzeugen oder in sein Bett locken. Manchmal benahmen sich Bauern so, und mir ging auf, daß er erst kürzlich zu Geld gekommen sein mußte.

Mein Körper war noch schwer von meinem plötzlichen Aufstieg aus dem Land der Träume. Um Zeit und Kraft zu gewinnen, steckte ich die beiden Öllampen über unserem Tisch an. «Hast du meine Mutter oder Esther gesehen?» fragte ich Diego. Ich war noch immer verwirrt und wußte nicht, wie spät es war.

«Sie schlafen doch sicher», erwiderte er. «In vier Stunden wird es zu dämmern beginnen. Doch ich habe es für sicherer gehalten, jetzt zu kommen. Ich vermutete, daß du noch auf sein würdest.»

Im Licht der Lampen bekamen unsere Schatten ruhigere und menschliche Proportionen. Ich ließ meine Gäste Platz nehmen. «Wie wäre es mit etwas Branntwein?»

Mein Angebot wurde angenommen. Isaac schloß die Lippen um seinen Becher, beugte den Kopf nach hinten und kippte das Getränk herunter, als wäre es Wasser. «Zahnschmerzen», erklärte er. «Das betäubt den Schmerz.»

«Wir haben Nelkenöl im Haus, wenn Ihr wollt», bot ich ihm an.

«Danke. Aber ich habe selbst welches.» Er griff in seinen Beutel, nahm eine Phiole heraus und rieb sich die Flüssigkeit über den Gaumen. Er hatte schmale, elegante Hände, die Nägel waren tadellos gefeilt. Mir kam es so vor, als hätten sich bis jetzt nur die Hände an den neuen Reichtum gewöhnt. Bald würden seine Lippen lernen, den Wein zärtlich aus dem Becher zu lokken, und wenn er jemandem die Hand schüttelte, würde sich sein Griff wie eine Pfauenfeder in einem leichten Windstoß anfühlen.

«Diego, wo warst du?» fragte ich. «Ich habe nach dir gesucht.»

«Bei einem Freund. Dort fühlte ich mich sicherer als zu Hause.»

«Du hattest recht. Dieser Mann aus dem Norden ... Ich habe ihn vor deinem Haus gesehen.»

«Aus dem Norden?» fragte Isaac überrascht.

«Groß und blond. Mit einer Reitpeitsche, wie man sie in Kastilien herstellt.»

Diego zuckte mit den Schultern. «Ich werde nicht mehr heimgehen. Vielleicht wird er es leid, auf mich zu warten, und einfach verschwinden.»

«Was will er wohl von dir?» fragte Isaac.

Diego legte sich die Hand übers Gesicht und erschauerte. Dann starrte er mich aus schreckgeweiteten Augen an. «Vermutlich will er mich umbringen. Irgendein Feind, den wir, die Freunde Meister Abrahams, uns unbewußt gemacht haben.»

Nervös zwirbelte sich Isaac in den Haaren, die ihm über die Ohren fielen. «Es hat mich sehr betrübt, vom Tod eures Onkels zu hören.» Er hatte einen starken andalusischen Akzent, und seine Stimme war wie die vieler seiner Landsmänner tief und schleppend.

«Ich habe gehört, daß Ihr einen *safira* zu verkaufen habt, der von Juda Ha-Levi geschliffen wurde», sagte ich.

Er zitierte einen der berühmten Verse des Dichters: «‹Ich werde nicht ruhen, bevor das Blut des Propheten Zacharias Frieden findet.›» Dann blickte er mich durchdringend an, als wolle er meine Motive ergründen.

«Mein Onkel war daran interessiert?» fragte ich. Was sollte ich von diesem Isaac aus Ronda halten?

«Sehr», sagte Diego.

«Er sagte, er würde in den nächsten Tagen genug Geld auftreiben, um mich zu bezahlen», fügte Isaac hinzu. «Aber jetzt ...»

«Wie ist es euch gelungen, den *safira* nach Portugal zu bringen?»

«Er war schon immer hier. Ich habe ihn von einem Freund in Porto erworben. Er wollte ihn verbrennen. Das konnte ich nicht zulassen. Ihr werdet das sicher verstehen.»

«Wenn du ihn nicht kaufst, Berekia, wird ihn jemand anderes nehmen, der seinen Wert nicht so zu schätzen weiß wie du», warnte Diego mich.

«Du willst ihn also nicht mehr?» fragte Isaac an Diego gewandt.

«Eigentlich habe ich nur Interesse gezeigt, um Meister Abraham zu helfen, bis er genügend Geld auftreiben würde. Ich selbst ziehe lateinische Manuskripte vor. Das ist wesentlich sicherer. Ich muß dich also an Berekia verweisen.»

«Hatte sonst noch jemand Interesse an dem Buch?»

«Ich habe mehrere Leute angesprochen», antwortete Isaac, «doch niemand war bereit, mir ein Angebot zu machen.»

«Noch nicht einmal Senhora Tamara, die Buchhändlerin in Klein-Jerusalem?»

«Sie wollte nichts damit zu tun haben. Im Moment kauft sie nichts Hebräisches mehr. Noch nicht einmal Übersetzungen aus dem Hebräischen. Nach allem, was passiert ist.»

«Simon hat geglaubt, daß das Manuskript an einem anderen Ort einen hohen Preis erzielen könnte», erklärte Diego. In Genua oder Konstantinopel oder in Ragusa. Sogar in Marokko.»

«Simon Eanes, der Stoffhändler?» fragte ich.

«Ja.»

Mein Herz klopfte so wild, daß ich schwankte. Hatten sie sich wegen des Buches gestritten? War das der Grund?

Ein widernatürlicher Wunsch krampfte mir in den Eingeweiden und verließ meinen Mund als teuflisches Gebet. Ich wünschte mir, daß Simon nicht der Mörder war – ich wollte Rache.

Diego klopfte mir auf die Schulter. «Schwer zu glauben, daß wir für Bücher, die wir uns früher einfach aus der Bücherei holen konnten, jetzt so ein Theater anstellen», sagte er wehmütig. «Unser Erbe scheint nach und nach ganz in die Hände von Privatleuten zu fallen. Eines Tages werden alle unsere Schriften christlichen Edelmännern gehören und in goldenen Schränken und gläsernen Schaukästen verschlossen sein.»

«Ich bin bereit, es billig zu verkaufen», sagte Isaac. Im Bemühen, mich zu überreden, hatte seine Stimme einen hohen Tonfall angenommen. «Oder auch zu einem Tauschhandel. Ein silberner Kandelaber würde mir reichen. Ich will mich nicht länger aufhalten, ich muß zurück nach Ronda.»

«Ihr werdet verstehen, daß ich nicht alle mündlichen Vereinbarungen meines Onkels erfüllen kann», erklärte ich ihm. «Wir brauchen schon all unsere Ersparnisse, um nicht am Hungertuch zu nagen. Aber sagt mir eins – hat er Euch erzählt, wer ihm hilft, die Manuskripte zu kaufen und sie aus Portugal rauszuschmuggeln?»

«Wißt Ihr das nicht?» fragte Isaac.

«Nein. Mein Onkel wollte nichts verraten, für den Fall, daß die Sache aufflog. Je weniger wir wußten, um so besser. So dachte er zumindest.»

Farid schlurfte ins Zimmer. «Ich wußte nicht ...», sagten seine Hände.

«Kein Problem», signalisierte ich zurück. «Setz dich zu uns, wenn du dich kräftig genug fühlst.»

Diego und Isaac standen auf und verbeugten sich vor Farid. Er nickte und ließ sich neben mich fallen, wobei er mir eine Hand schwer auf den Arm legte. «Mein Freund ist taub», sagte ich. «Er wird unsere Lippen lesen. Alles, was ihr mir zu sagen habt, darf auch er hören.»

«Über die Methoden Eures Onkels haben wir leider nicht gesprochen», fuhr Isaac fort. Er erhob sich, und sein Lächeln wirkte mechanisch. «Wenn Ihr kein Interesse daran habt, das Buch zu kaufen ...»

«Nein.»

«Dann ist unsere Unterredung leider beendet. Vielen Dank für den Branntwein.»

In der Tür hakte er mich unter. Wie einem Kind, das er in den Schlaf lullen wollte, flüsterte er mir mit sanfter Stimme Verse aus einem Gedicht von Moses Ibn Ezra zu:

«‹Meine Nacht ist in ein stilles, wellenloses Meer der
Dunkelheit getaucht
Ein Meer, das keine Küste hat und keinen Strand für den,
der reist.
Diese Nacht, ich weiß nicht, ob sie kurz ist oder lang.
Wie kann ein Mann, der solchen Schmerz fühlt, das noch
wissen?›»

Und nur für meine Ohren bestimmt, fügte er noch hinzu: «Habt Mut!»

Das eigenartige Zartgefühl dieses Fremden, dem ich mißtraut hatte, ließ mich wie einen einsamen Witwer mit meinem Schmerz zurück. Als Isaac und Diego gegangen waren, brachte ich Farid wieder ins Bett. Meine Mutter schlief zusammengerollt und schwer atmend im Bett von Onkel und Esther. Eine zugestöpselte Phiole war ihrer Hand entglitten. Ich nahm sie aus dem Bett und ließ einen Tropfen auf meinen Finger laufen. Meine Zunge schmeckte das bittere Aroma von Bilsenkraut und Alraun. Um Lissabon und sich selbst eine Zeitlang entfliehen zu können, hatte Mutter sich zu einem tranceartigen Schlaf verholfen. Vielleicht war es besser so.

Im Keller fand ich Tante Esther, die noch immer wie eine Statue an Onkels Schreibtisch saß. Zu ihren Füßen hockte fröstelnd Cinfa. Ich holte eine Decke von oben und hüllte das Mädchen damit ein. In ihren Augen las ich Verlassenheit und Furcht. Und trotzdem wich sie verärgert zurück, als ich sie berührte.

Bevor ich mich wieder auf den Weg nach Klein-Jerusalem machte, um Senhora Tamara aufzuwecken, ging ich in mein Zimmer. Ich setzte mich auf mein Bett und betete, daß Juda sicher heimkehren würde. Doch der Schlaf flocht sich in meinen Gesang und hüllte mich ein wie eine wollene Decke.

Ich erwachte im Bett, doch ich war blind für meine Umgebung. Die Dunkelheit um mich schien ein gutes Versteck für das Böse zu sein. An meinen Rippen spürte ich etwas Hartes und

Warmes. Ich sprang auf. Es war Cinfa, deren Gesicht sich hinter dem Schleier ihrer Haare verbarg.

Als ich mich wieder beruhigt hatte, wachte sie auf. «Wohin gehst du?» stöhnte sie.

«Senhora Tamara einen Besuch abstatten.»

«Du darfst nicht weggehen!»

Ich streichelte ihr über die Wange. «Mach dir keine Sorgen, es wird mir nichts passieren.»

Sie richtete sich auf, steckte den Kopf unter mein Hemd und atmete heiß an meiner Brust. So hatte sie es als Kind immer gemacht, wenn sie Zuflucht suchte.

«Ich werde bald nach der Morgendämmerung zurück sein», sagte ich. «Weißt du noch, wie ich dich immer zu Senhora Tamaras Buchladen mitgenommen habe? Du hast die Fuchsfabeln gelesen, während ich meine Erledigungen machte.»

Sie nickte.

«Das werden wir bald wieder machen. Hör zu, kannst du dich um Farid kümmern, während ich weg bin?»

Sie hob den Kopf. Die Aufgabe hatte sie, wie ich erhoffte, mit Leben erfüllt. «Was soll ich machen?»

«Wenn er aufwacht, mußt du ihm mehr Schachtelhalmtee einflößen. Er ist in Mutters blauem Krug. Wenn er essen kann, gib ihm ein Ei. Und wasch dir danach die Hände mit Seife.»

Sie stand auf der Matratze und nickte nachdenklich. Es waren die wissenden Augen einer Erwachsenen, mit denen sie auf mich hinabblickte, und sie hatte die schwermütige Haltung meiner Mutter. Ob das Mädchen mich insgeheim dafür haßte, daß ich daran beteiligt war, ihr die Kindheit zu stehlen?

Draußen dämmerte der Donnerstag. Der Sonnenwagen hatte seine Reise über den Himmel bereits angetreten. Wenn er den westlichen Horizont erreichte, würde er den siebten Abend des Passafestes hinabbitten, die Menschheit mit seiner Heiligkeit zu beglücken.

Auf meinem Weg zu Senhora Tamara hielt ich bei den Werkstätten der Neuchristen in der Rua dos Douradores, der Gasse der Goldschmiede, an, um nachzufragen, ob jemand versucht hatte, unser Blattgold oder Lapislazuli zu verkaufen. Auf mein Klopfen hin öffneten mir Witwen und Frauen, die ihre Kinder verloren hatten. Sie küßten mich und drückten mir die Hände, als könnte ich Gott dazu bewegen, ihnen ihre Lieben zurückzugeben. Gold oder Lapislazuli war ihnen in jüngster Zeit jedoch nicht angeboten worden. Als ich mich aus ihren Umarmungen löste und mich verabschiedete, versprachen sie mir ihre Hilfe. Taub und auf der Hut vor zuviel Gefühl ging ich weiter der aufgehenden Sonne entgegen.

Als ich Senhora Tamaras Glocke läutete, hörte ich sie rufen: «*A tinta está quase seca* – die Tinte ist fast trocken!» Es war ihre altmodische Art zu sagen, daß sie auf dem Weg war. Ein halbes Dutzend Schlösser sprang auf. Durch einen Türschlitz blickte mich ein blasses Auge an, das in einen tiefen Tränensack gebettet lag. «Berekia!»

Senhora Tamara zeigte ein zahnloses Lächeln, löste die letzte Kette und zog mich ins Haus wie ein Kind, das seine Eltern zu einer Entdeckung führen will. Silberhaar umrahmte ihr faltiges, eingefallenes Gesicht. «Laß dich anschauen!» rief sie und trat einen Schritt zurück, um mich unter schweren Augenlidern anzublinzeln. Die dunklen Haarstoppeln auf ihrer Oberlippe sträubten sich, als sie ein schnaubendes Geräusch von sich gab und sagte: «Du brauchst einen Barbier und eine Mütze voll Schlaf!» Sie hielt mir die Wange zum Kuß hin.

«Habe ich Euch aufgeweckt?»

«Mich? Du machst wohl Späße? Eine alte Dame schläft nie richtig.» Sie machte eine bittere Handbewegung. «Der Fluch des Alters – all die Erinnerungen, die in einem klappern, halten den Schlaf fern.»

«Wo wart Ihr dann? Ich bin mitten in der Nacht vorbeigekommen. Es war niemand da.»

«Ich war nebenan», antwortete sie. «Ich habe die Nacht bei einer Nachbarin verbracht. In diesen Tagen steht ein Jude, der sich traut, allein zu schlafen, mit einem Bein im Grab.»

Wir redeten über meine Familie. Die Nachricht von Onkels Tod verschlug ihr die Sprache. «Komm», sagte sie schließlich und winkte mich zu dem Schreibtisch neben ihrem Herd. «Setz dich auf den Schemel dort.» Sie blickte mich streng, fast abweisend an. Wahrscheinlich fragte sie sich, wie der Mord an Onkel mit Gottes Gegenwart zu vereinbaren war.

Mit zitternden Händen schob sie eine lateinische Abhandlung über Blumen beiseite, in der sie gelesen haben mußte. Sie drückte mich auf meinen Stuhl und zündete zwei Kerzen an, die in den Tellern einer siebenarmigen Silbermenora steckten. Auf den Regalen, die bis zur Zimmerdecke reichten, und in wackligen Türmen auf dem Fußboden stapelten sich Manuskripte in verschiedenen Stadien des Verfalls. Sie zog ihren Stuhl neben meinen, setzte sich und faltete die Hände in den Schoß, als wolle sie sich so die Kraft geben, die Tränen zurückzuhalten. Der Raum roch nach Pergament und dem ganz besonderen Staub, den alte Bücher verbreiten. Die Senhora hielt die Fenster immer verschlossen, um den Verfall ihrer griechischen, römischen, byzantinischen, persischen und europäischen Bücher aufzuhalten. Wie ich die hermetische Abgeschlossenheit dieser ganz eigenen Welt ihres Ladens als Kind geliebt hatte! Mir war, als würde sie mein Erbe bergen.

«Er war nur ein Kind», sagte sie mit Nachdruck.

«Wer?» fragte ich.

«Der Junge, der kam, um mir die Haggada deines Onkels zu verkaufen.»

«Hat er mit einem Akzent gesprochen?»

«Nein, er war aus Lissabon.»

«Dunkelhäutig?»

Sie beugte sich mit knirschenden Kiefern zu mir herüber. Der aufdringliche Geruch von Kardamon umgab sie; sie kaute

Samen. «Hellhäutig», sagte sie. «Klein, dünn. Mit ungepflegtem Haar. Wie eine Distel. Warte.» Sie lief durchs Zimmer, holte Papier, Rohrfeder und ein Tintenfaß, und stellte alles vor mich. «Fang an zu zeichnen, Beri», befahl sie und stellte sich hinter mir auf wie ein Toralehrer. «Nein, nein. Die Nase war dünner, mit Löchern wie die Resonanzschlitze in einer Geige. Sehr elegant, verstehst du», kommentierte sie meine Zeichnung. «Und die Lippen waren voller, ein Schmollmund. Geschwungener, mehr Form ...» Wenn ich einen Zug richtig eingefangen hatte, drückte sie mir auf den angespannten Muskel zwischen meinem Hals und der Schulter und flüsterte *«Perfeito»*. Es klang, als würde sie das Wort auf einen seidenen Faden fädeln. Eine Stunde später nahm sie ihre Hand zufrieden weg.

«Und seine Kleidung?» fragte ich.

«Ärmlich. Ein zerlumpter, kleiner Tunichtgut. Die Art Kind, das bei den Kais Espartogras sammelt. Er behauptete, die Haggada im Auftrag seines Meisters zu verkaufen. Ich wollte ihn mit einem Fabelbuch beschäftigen, während ich sie mir anschaute. Doch der kleine Bettler konnte noch nicht einmal lesen.» Sie runzelte die Stirn, als wäre der Analphabetismus eine absolut ekelhafte christliche Sünde, die sie wirklich nicht mehr tolerieren konnte. Hand in Hand gingen wir zur Tür. «Es tut mir leid. Ich hätte sie kaufen sollen. Doch plötzlich fing ich an zu schreien wie ein alter Papagei. Du weißt, wie das manchmal mit mir ist.» Sie zog mein Gesicht zu sich hinunter und sprach in verschwörerischem Tonfall weiter: «Berekia, was glaubst du? Wird König Manuel nach all diesen Vorfällen wieder zu Vernunft kommen? Wann wird er uns den Besitz hebräischer Bücher erlauben?»

«Niemals», sagte ich.

«Dann muß ich auch anfangen zu schmuggeln.»

«Wenn ich herausfinde, wie mein Onkel es gemacht hat, lasse ich es Euch wissen.»

Ich rollte meine Zeichnung zusammen und ließ sie in meinen Beutel gleiten. Wir küßten uns zum Abschied. Draußen auf der

Straße starrte ich über die gelbbraunen Dächer in der Ferne und fragte mich, wer wohl so vermessen oder dumm war, einen ungebildeten Jungen mit einer gestohlenen Haggada zur erfahrensten Buchhändlerin von Klein-Jerusalem zu schicken. Die flüsternde Stimme meines Onkels wirbelte in mir hoch wie der Staub auf den Pflastersteinen. Miguel Ribeiro, hörte ich sie sagen, der Edelmann, für den Esther gerade ein Psalmenbuch kopiert hatte.

«Warum er?» fragte ich Onkel.

«Weil die Handlungen eines portugiesischen Adligen von einem Juden nicht hinterfragt werden können. Deshalb!» lautete die Antwort.

ZWÖLFTES KAPITEL

DIE RUA NOVA D'EL REI war keine schöne Straße. Es stank nach Gewürzen, Tieren und dem Schweiß von Hausierern. Ich bahnte mir einen Weg durch den Pöbel zur Rua dos Douradores und bog dann zur Villa von Miguel Ribeiro ab. Vor dem Haus standen zwei bewaffnete Türposten, die Hellebarden in den behandschuhten Händen hielten. Der kleinere der beiden, ein kränklich aussehender Mann mit einer Hasenscharte, blickte mich mißtrauisch an. Ich baute mich vor ihm auf: «Sagt Eurem Herrn, Pedro Zarco wünsche ihn zu sprechen.»

Sie riefen einen schwarzen Lakaien mit rasiertem Schädel herbei, der meine Nachricht ins Haus bringen sollte. Er kam im Laufschritt zurück. Der Posten öffnete die Pforte. Im Eingangsportal eilte mir ein untersetzter Diener mit öligem, kupferfarbenem Haar und verschwitzter, pickliger Stirn entgegen. Er trug blaue Gamaschen, die für seine fetten Schenkel viel zu eng waren, und ein grünes Brokatwams, das am Kragen einen Riß hatte. Ich sah, daß sein fetter Nacken wund und aufgekratzt war. Hatte er die Räude? Er stank nach Metall wie eine alte Münze. Vielleicht hatte er Antimon geschluckt, ein Allheilmittel, von dem die halbgebildeten Christenärzte reichlich Gebrauch machten.

«Komm rein, komm rein!» flüsterte er und winkte wild mit der Hand.

Er führte mich in ein Zimmer, dessen Kuppeldecke mit Fresken von rosaroten Göttern und Göttinnen im florentinischen Stil ausgemalt war. Dann musterte er mich mit einer Mischung aus

Faszination und Feindseligkeit von oben bis unten. «Ist euer Gott wirklich ein Stier?» fragte er in einem verschwörerischen Flüstern.

«Was?»

«Ist der Judengott ein Stier?» Er formte mit den Händen Hörner vor seinem Kopf und sprach, als würde ich kein Portugiesisch verstehen. «Du weißt schon ... eine männliche Kuh ... der Mann von der Kuh ... Bulle.»

Natürlich hatte ich von den Gelehrten an der Universität von Coimbra gehört, die glaubten, wir kämen mit Greifschwänzen auf die Welt. Die Bischöfe in Braga behaupteten, daß wir Juden für unsere Passa-Rituale das warme Blut von Christenkindern bräuchten. Ärzte aus Porto sagten, unser Geruch gleiche dem von verrottendem Walfleisch – der *foetor Judaicus*. Doch der Glaube, daß wir einen Stier anbeteten, war eine neue Legende. Erst Wochen später ging mir auf, wie es zu diesem Mißverständnis kommen konnte. Der Diener hatte das portugiesische Wort *touro*, Stier, mit dem Wort *Tora* verwechselt. Damals seufzte ich nur. «Laß mich einfach mit deinem Herrn sprechen. Er weiß, wer ich bin.»

Er wischte sich die Stirn mit dem Ärmel ab. «Weißt du, wo er ist?» fragte er mit drängender Stimme. «Er hat davon gesprochen, daß er Meister Abraham suchen müßte. Das ist dein Onkel, nicht wahr?»

«Ja.»

«Dann mußt du es wissen!»

«Ich versichere dir, daß ich es nicht weiß», sagte ich. «Und mein Onkel ist bestimmt nicht mit ihm zusammen, er ist tot.»

«Oje.» Er vergrub den Kopf in den Händen.

«Was ist denn?» fragte ich.

«Dom Miguel ist seit Sonntag verschwunden», winselte er. «Er hat den Namen deines Onkels erwähnt. Ich dachte, er würde ...»

«Hast du nach ihm suchen lassen?»

«Rausgehen? Dieses Haus verlassen?» Der Lakai schritt händeringend durchs Zimmer.

«Wann hast du ihn zuletzt gesehen?»

«Sonntag nachmittag. Der Aufstand fing gerade an. Ein paar Männer kamen auf der Suche nach *Marranos* hier vorbei. Er hat mit ihnen gesprochen und ist dann in Richtung Benfica losgeritten. Dort hat er Ställe. Doch seither haben wir nichts mehr von ihm gehört. Ich glaube nicht, daß er dort angekommen ist.»

«Wer war bei ihm?»

«Niemand. Ich habe Boten hinterhergeschickt. Niemand hat ihn gesehen.» Er begann an seinem Hals herumzufingern, kratzte mit katzenartiger Wildheit an einer verschorften Narbe unter seinem Haar. Dann hockte er sich nieder, als wolle er sich direkt in den Hosenboden entleeren, und kratzte weiter an seinem Hals. «Wenn er Jude wäre, würde ich das ja verstehen», jammerte er. «Doch er ist unschuldig! Völlig unschuldig!»

Mir fiel Onkels Bemerkung über Dom Miguels Bündnis mit dem Herrn ein. Offensichtlich wußten noch nicht einmal seine Bediensteten, daß er ein heimlicher Jude war. «Hol dich der Kuckuck, du dummer Bauer!» sagte ich und wandte mich zum Gehen.

Der Dienstbote sprang auf und ergriff meinen Arm. Ich riß mich los. Seine Augen wölbten sich vor Wut vor wie die eines Fisches. «Ja, du bist einer von ihnen!» zischte er. «Bis in die Hornspitzen hinein!»

«Keine Angst», erwiderte ich mit einem grausamen Grinsen. «Ich werde dich nicht vor unserem Stiergott verfluchen.»

Er drückte den Rücken durch und nahm eine herrische, hochnäsige Stellung ein. «Hau ab, *Marrano*!» rief er mit arroganter Stimme.

Als ich mich zur Tür wandte, rief er mir ängstlich nach: «Du gehst doch nicht, oder?»

Ich blickte ihm in die flehenden Augen. Er hockte wieder nieder und kratzte sich den Hals, bis es blutete. Zu meiner Überraschung empfand ich nicht das geringste Mitleid mit der Not eines Christen.

Die Straße nach Benfica führte an den Steinbrüchen in Campolide vorbei, wo Hunderte von gelbäugigen afrikanischen Sklaven den Kalkstein aus den gefurchten Hügeln schlugen. Es gab jetzt zwei Kategorien von Sklaven: die *portadores* oder Träger, deren Rücken sich unter den aus Wein geflochtenen Körben beugten, mit denen sie sich mühsam schleppend und ächzend fortbewegten. Und dann gab es die *picadores* oder Hacker, breitschultrige, muskulöse Männer, die Eisenpickel in ihren Händen hielten, mit denen sie langsam, Stück für Stück, die Hügel abbauten.

Unter diesen beiden Kategorien gab es noch eine dritte: flinke, kleine portugiesische Sklavenjungen, die *lebres*, Hasen, genannt wurden. Sie sammelten das Geröll ein und trugen es in Körben aus Schilfrohr aus der Grube.

Auf dem Hauptplatz von Benfica stand eine alte Frau. Sie war ganz in eine schwarze Mantilla gehüllt und verkaufte mit halbgeschlossenen Augen vor den Treppen der Kirche São Domingo Quittenmarmelade.

«Wißt Ihr, wo Miguel Ribeiro seine Ställe hat?» fragte ich sie.

«Noch nie von ihm gehört», lautete die Antwort.

«Der Pferdeschmied hier müßte es wissen», sagte ich. «Seid so freundlich und sagt mir, wo sich seine Werkstatt befindet?»

Sie deutete die Straße hinab auf eine staubige Holzhütte und gackerte: «So, so, zum Basken wollt Ihr also!» Ihre Schultern fielen nach vorn und sie kicherte in sich hinein, als hätte sie ein Geheimnis aufgedeckt.

Vor der Tür zum Schuppen stand ein Esel angebunden. Die arme Kreatur hatte eine schlimme Wunde am Maul, um die sich ein summender Fliegenkranz gebildet hatte. Im Inneren der Hütte betätigte ein weißhäutiger Riese mit dickem schwarzem Haar und Armen wie Eichenäste einen riesigen Blasebalg. Er war nur mit Sandalen und einer langen Lederschürze bekleidet, die an der Seite den Blick auf seine dicken, muskulösen Schenkel und Hinterbacken freigab. Dort, wo der zylindrische Mund des Blasebalgs in die Esse ragte, glühte er rot. Die Luft roch nach Rauch, Eisen und harter Arbeit. Ich hüstelte, um seine Aufmerksamkeit zu erringen, entschuldigte mich und fragte: «Dom Miguel Ribeiro – kennt Ihr ihn? Er soll ganz in der Nähe einen Stall besitzen.»

Er drehte sich zu mir um und fragte mit hartem baskischem Akzent: «Wer will das wissen?» Von seinem linken Ohrläppchen lief die dicke Kordel einer Narbe über seine Wange. Schweißperlen hingen unter seinem Kinn und tropften geduldig eine nach der anderen auf den Boden.

«Mein Name ist Pedro Zarco», sagte ich. «Ich habe eine Nachricht aus Lissabon für ihn. Von seiner Schwester.»

Er drehte sich um und fing wieder an zu pumpen. «Wenn Ihr für seine Schwester arbeitet, müßtet Ihr wissen, wo er lebt», sagte er ärgerlich.

«Sie leidet seit der Kindheit am grauen Star und konnte mir den Weg nicht beschreiben.»

Die ruhige, resignierte Bewegung, mit der er die Arme sinken ließ und sich die Finger an der Schürze abwischte, verriet mir, daß meine Lügen wenig überzeugend waren. «Sie muß nicht sehen können, um Euch den Weg zu den Ställen ihres Bruders zu beschreiben», sagte er.

«Sie ist nach dem Aufstand von Coimbra nach Lissabon gekommen. Sie macht sich Sorgen. Alles, was sie weiß, ist, daß er irgendwo in Benfica sein muß. Muß ich Euch einen schriftlichen Stammbaum zeigen, damit Ihr mir eine Antwort gebt? Oder reicht Euch ein Blick auf mein Gebiß?»

Er lachte kehlig und musterte mich von oben bis unten. «Du bist wirklich ein hübscher junger Mann.» Er stellte sich breitbeinig hin, beugte sich zurück und griff mit seiner riesigen Pranke unter die Lederschürze nach seinem Geschlecht. Während er sich selbst streichelte, machte sein lüsterner Blick klar, was er wollte. «Für einen kleinen Lohn könnte ich es dir verraten.»

«Für einen kleinen Lohn bekomme ich die Information auch woanders.»

«Mein ‹Vögelchen› ist sehr schön», grinste er, seine letzten braunen Zahnstummel entblößend. «Groß wie ein Rabe. Und wie es dir die Arschbacken küssen könnte! Junger Mann, ich glaube, das würde dir gefallen.»

«Ich habe einen Freund, dem es gefallen würde. Ich selbst habe kein Interesse.»

Er band sich die Schürze auf und ließ sie fallen. Darunter war er völlig nackt. Er schien ganz aus feuchtem, verfilztem Haar und Muskeln zu bestehen. Sein Geschlecht ragte groß und rund wie ein Nudelholz unter seinem Bauch hervor. «Ich könnte dich ohne deine Einwilligung nehmen», sagte er, als wolle er mich vorwarnen. In seinen Augen leuchtete eine lüsterne Vorfreude.

Ich zeigte ihm Farids Dolch. «Und ich könnte ihn abhacken.»

Er lachte und schlich wie ein pirschendes Tier auf mich zu. Mit dem Daumen fuhr er sich verführerisch über die lange Narbe im Gesicht. «Woher willst du wissen, daß es dir nicht gefällt, wenn du es noch nie versucht hast?» fragte er.

Mein Herz klopfte ängstlich, während ich zurückwich. «Ich habe es ausprobiert. Einmal, mit dem Freund, den ich erwähnte. Doch ich ziehe andere Vereinigungen vor. Außerdem liegt mir sehr daran, meinen Hintern in einem Stück zu lassen, wenn Ihr nichts dagegen habt.»

Er lächelte nicht, sondern führte die Hand zum Mund, um sie mit Spucke zu befeuchten. Ich ging rückwärts durch die offene Tür. Er begann sich jetzt das Geschlecht zu massieren, um mich mit seiner eigenen Lust zu verführen.

«Wohl dem, der mich den Satyrn entkommen läßt», sang ich und rannte auf die Straße hinaus. Als ich über die Schulter zurückblickte, sah ich ihn neben seinem Esel stehen, dem er seine Männlichkeit hinhielt, unter den Blicken von halb Benfica.

Ich lief zurück zum Hauptplatz, doch weder ein Seifenverkäufer noch ein Korbmacher wußten, wo Miguel Ribeiro seine Pferde hielt. «Macht es euch nichts aus, daß euer Schmied sich so zeigt?» fragte ich und deutete die staubige Straße hinab.

«Das ist gut fürs Geschäft», bemerkte der Seifenverkäufer. «Die Leute kommen von überall her, um ihn zu sehen. ‹Den Baskenschmied, dessen Schwanz größer als der seiner Pferde ist!›»

Ein Hausierer mischte sich in unser Gespräch ein und verriet mir, daß an der Straße nach Sintra mehrere Ställe lägen. Ich machte mich durch das Westtor der Stadt auf den Weg. Nach einer langen Reihe von Sumachbüschen bog ich in eine schmutzige Straße, die in Richtung Norden führte. Vor mir sah ich eine Mutter-Gottes-Kapelle, in der eine schwarzgekleidete, unscheinbare Frau vor dem Bildnis der Gnadenreichen betete. Das Nazarenerkind in Marias Händen sah einsam und zerbrechlich aus. Jetzt wandte mir die Betende das feine Gesicht zu und sagte mit einem seligen Lächeln: «Hier hat der heilige Antonius einmal gebetet.»

Würde man all die Orte zusammenziehen, an denen der heilige Antonius nach Ansicht der Altchristen gebetet haben soll, käme man auf ein größeres Gebiet, als Diaz, da Gama und Kolumbus zusammen entdeckt haben. «Dann ist es ein sehr heiliger Schrein», erwiderte ich mit leiser Stimme und bekreuzigte mich. «Sagt mir, *Senhora*, wißt Ihr, wo Dom Miguel Ribeiro seine Ställe hat?»

«Ich glaube, einfach nur ein Stück die Straße weiter», sagte sie und zeigte in Richtung Norden. «Nach ungefähr zweihundert Metern auf der rechten Seite. Erst kommt Ihr über den Fluß, in dem vor ein paar Jahren der Junge von den Melos ertrunken ist, dann an ein paar riesigen Granitblöcken vorbei, die laut Vater Vasco vor der Zeit der Geburt des Herrn zu einem Hexentempel gehört haben. Kurz danach könnt Ihr sie sehen.»

Ich bekreuzigte mich wieder und dankte ihr. Die Landmarken kamen genau wie von ihr beschrieben. Jetzt stieg mir jedoch ein schwüler, stechender Geruch in die Nase. Als ich durch den knorrigen Schatten einer riesigen Eiche schritt, in deren Stamm ein hohläugiger Totenkopf eingeschnitzt war, wie man ihn von den Türen der Leprakranken kannte, wurde der Geruch unerträglich. Plötzlich schoß ein Hase über meine Füße. Alle meine Sinne waren jetzt hellwach. Ich trat über ein Wagenrad, das auf der Straße lag. Im Westen öffnete sich ein Orangenhain zu einem Wiesengelände. Dort erblickte ich die Ställe – sechs Arkaden, die ein weißblaues Gutshaus flankierten. Eine niedrige Steinmauer umgrenzte das Anwesen. Das Holztor in der Mauer stand offen und quietschte, als ich es berührte. Ich ging den dreckigen Pfad entlang und rief: «Dom Miguel! Ich bin der Neffe von Meister Abraham. Ich komme in friedlicher Absicht!»

Meine Stimme hallte laut und gefährlich in der faulen Luft. Nur das dumpfe Stakkato eines Spechts in der Ferne wagte die Stille zu durchdringen. Ich schritt über das trockene Feld vor den Ställen und unterdrückte den Impuls, mich zu übergeben, indem ich so leicht wie möglich atmete. Bis auf einen Verschlag waren alle Ställe leer. In diesem Verschlag fand ich die Quelle des bestialischen Gestanks: Heerscharen von wogenden Maden fraßen an einem augenlosen Pferdekadaver.

Die Eingangstür des Hauses war verschlossen. Als ich nach dem Türklopfer griff, hörte ich eine gedämpfte Stimme. Ich zog meinen Beutel auf und ergriff Farids Dolch. Die Tür öffnete sich, und ein hagerer, hakennasiger Mann in einem groben Leinenmantel trat heraus. Er richtete eine Armbrust auf mein Herz. «Altchrist oder Neuchrist?»

«Alt», antwortete ich.

Da traten zwei weitere Männer aus dem Haus. Von hinten ergriffen sie meine Arme und rissen den Schmerz in meiner Schulter auf. «*Filho da puta!* Hurensohn!» spuckte mir eine Stimme ins Ohr.

«Wenn meine Mutter eine *zonà* wäre, würde ich bessere Kleidung tragen als diese hier!» sagte ich, wobei ich das hebräische Wort für Hure benutzte.

«Wie bitte?» Der hagere Mann ließ seine Armbrust sinken und trat auf mich zu.

Unter seinem Mantel baumelten die blauweißen Fransen seines Gebetsschals. «Man kann deine *zizit* sehen», sagte ich. «So wirst du niemanden hinters Licht führen.»

«Das habe ich auch nicht vor», erwiderte er. «Jacob, laß ihn los.»

Als sie mich freiließen, segneten wir einander und stellten uns vor. «Ich suche nach Dom Miguel Ribeiro», erklärte ich. «Sind das hier seine Ställe?»

«Ja.» Der Mann deutete ins Innere des Hauses.

Im hinteren Teil der Eingangshalle sah ich einen Mann auf dem Boden sitzen. Er war kaum älter als die anderen, hatte stacheliges schwarzes Haar und einen mehrere Tage alten Bart auf den Wangen. Sein Wams aus blauem Brokat stand am Kragen offen, und seine lederne Reithose war am Schenkel eingerissen. An einem seiner derben Stiefel aus Alentejo fehlte der Absatz. Nachdem er mir grüßend zugenickt hatte, stand er auf und kam mir entgegen, wobei er wegen des fehlenden Absatzes ein wenig humpelte.

«Dom Miguel Ribeiro?» fragte ich.

Er nickte. Ich wollte mich vorstellen, doch der hakennasige Wächter mit der Armbrust kam mir zuvor: «Er ist der Neffe von Abraham Zarco!»

Dom Miguel riß die Augen weit auf und nahm meine Hände. Seine eigenen waren kalt. «Komm herein!» sagte er, wobei seine Stimme vor Eifer bebte. Er führte mich in eine warme Küche, in der es nach geröstetem Fleisch roch, und wir nahmen neben den prasselnden Funken im Herd an einem Granittisch Platz. «Wo ist dein Onkel?» fragte er.

Als ich es ihm erklärte, drehte er sich zur Wand und bekreuzigte sich.

«Er hat Euch kurz vor seinem Tod besucht. Warum?»

Doch Dom Miguel blickte noch immer schweigend zur Wand. «Vielleicht liegt es ja an meinem Schlafmangel», fuhr ich fort, «aber irgend etwas verstehe ich nicht. Wißt Ihr, daß Ihr Jude seid? Oder zumindest hat mein Onkel Euch für einen gehalten. Hatte das etwas mit seinem Besuch zu tun?»

Plötzlich sprang der Edelmann auf und nahm einen Weinbeutel von dem Brett über dem Kaminsims. Er goß die dunkelrote Flüssigkeit in zwei Tonbecher und verdünnte beide mit Wasser. Dann reichte er mir einen und sagte: «Auf deine Gesundheit.» Er leerte seinen Becher in einem Zug und ließ sich schwer auf seinen Stuhl zurückfallen. «Trink!» befahl er mir mit einer Handbewegung und zitierte aus einem berühmten hebräischen Gedicht: «‹Trinke den ganzen Tag, bis er vergeht, und die Sonne sein Silber mit Gold bestreicht.›» Ich nippte an meinem Becher. «Das ist das einzige, was mich am Leben hält», erklärte er. «Mittlerweile fließt nicht mehr Blut, sondern Wein in meinen Adern.» Auf meinen fragenden Blick hin fügte er hinzu: «Nein, ich glaube nicht, daß ich Jude bin. Noch nicht. Aber ich lerne es. Und das war tatsächlich einer der Gründe für den Besuch deines Onkels.»

«Das verstehe ich nicht.»

«Ich auch nicht.» Er lachte kurz und ironisch auf. «Da müßten wir schon deinen Onkel fragen. Und das ist jetzt leider nicht mehr möglich. Doch nach allem, was er mir erzählt hat, bin ich in Ciudad Real als Sohn jüdischer Eltern geboren worden. Im Jahre 1482.» Er schnippte mit den Fingern. «Mit einem Schlag zwei Jahre älter geworden. Eine Art Wunder. Dein Onkel sagte, meine Eltern wären beim zweiten Autodafé in Ciudad Real verbrannt worden.» Er schlürfte die letzten Tropfen aus seinem Becher und kratzte sich die Kinnstoppeln. «Weil sie sich weigerten, die Namen anderer heimlicher Juden zu verraten, hat man sie als *negativos* gebrandmarkt. Dein Onkel behauptet, er hätte alles Notwendige arrangiert, um mich nach Portugal zu schmuggeln. Anscheinend hat er eine Zeitlang zusammen mit meinem Vater studiert und kannte meine Eltern gut. Meine Mutter soll ihm vor ihrem Tod den Schwur abgenommen haben, mich als echten Christen erziehen zu lassen und mir nichts über meine Herkunft zu erzählen, es sei denn, es würde irgendwann in der Zukunft unerläßlich. ‹Wenn er schon einer von ihnen werden muß, dann soll er auch etwas davon haben›, will dein Onkel damals gedacht haben. Also hat er gewartet, bis er ein kinderloses Aristokratenpaar fand. Sie suchten einen kleinen Jungen, der einmal ihre Ländereien erben sollte, und stellten keine Fragen wegen des beschnittenen Geschlechts des Kindes. Ich habe das selbst erst vor einer Woche erfahren. Dein Onkel kam zu mir, um mir auszurichten, daß das von deiner Tante kopierte Psalmenbuch fast fertig sei.» Miguel goß uns Wein nach. «Als Beweis gab er mir einen Brief, den mein Adoptivvater unterschrieben hatte.»

«Welchen Grund hatte mein Onkel, Euch das nach so vielen Jahren zu erzählen?» fragte ich.

«Keine Ahnung.» Dom Miguel beugte sich zu mir vor und starrte mir in die Augen, als erwarte er die Antwort von mir. Als ich hilflos mit den Schultern zuckte, rülpste er laut und blickte wieder weg. «Berekia, ich habe viel über diese Sache nachgedacht», sagte er, ohne mich anzusehen. «Glaubst du, er hat gewußt, daß die Altchristen anfangen würden, die Juden Lissabons umzubringen? Hat er sich um meine Sicherheit Sorgen gemacht?»

«Er hatte besondere Fähigkeiten, aber ich ...» Ein Schaudern schlängelte sich mein Rückgrat hoch und ließ mich schweigen.

Miguel hielt die Hände hoch, als wolle er sich nicht auf das gefährliche Terrain der Prophezeiungen einlassen. «Egal. Ich bin jedenfalls wütend geworden, weil ich es nach so langer Zeit erfuhr. Hätte ich ihn doch damals hartnäckiger befragt! Denn letztendlich hatte ich keine Zweifel an dem, was er sagte. Jetzt werde ich nie mehr über meine richtigen Eltern erfahren. Ist es nicht komisch, daß die Einsicht immer ein wenig zu spät kommt?» Zwei Schlucke, und sein Becher war wieder leer. «Komm», sagte er und stand auf. «Ich habe hier ein paar Leute, die ich dir vorstellen möchte.»

Als ich ihm in die betrunkenen Augen blickte, ging mir auf, daß mein Meister diesen jungen Edelmann mit einer gefürchteten Wahrheit konfrontiert hatte. War sein Tod die Strafe dafür, daß er eine Illusion zerstörte?

«Erst noch ein paar Fragen», sagte ich.

«Wie du willst.» Er verbeugte sich, als wäre er mein Diener.

«Ihr habt gesagt, Ihr hättet wütend reagiert, als er es Euch erzählte», begann ich.

«Ja. Wäre es dir anders ergangen?»

«Im Moment sind meine hypothetischen Antworten irrelevant, Dom Miguel. Wo wart Ihr am Sonntag, als der Aufstand begann?»

«Ah, ich verstehe, worauf du mit deinen Fragen hinauswillst.» Er tat, als würde er sich einen Pfeil aus der Brust ziehen, wobei er übertrieben laut lachte. «Na gut. Ich war zu Hause. Als dann die Dominikaner das Feuer auf dem Rossio anzündeten, habe ich mich auf den Weg hierhin gemacht. Berekia, ich hatte gerade erst erfahren, daß ich Jude bin. Hättest du ...?»

«Wer hat Euch begleitet?»

«Niemand.»

«Wer kann Eure Geschichte dann bestätigen?»

Dom Miguel grinste, richtete sich auf und öffnete mit der schweren Unbeholfenheit eines Mannes, dessen Magen mit Wein gespült wurde, die dicken Bänder seines ledernen Hosenlatzes. Er entblößte sein Geschlecht und hielt mir die beschnittene Spitze wie eine Rose hin. «*Er* wird meine Geschichte bestätigen!»

«Das reicht mir nicht. Er kann nicht sprechen.»

Dom Miguel lachte tief und kehlig.

Ich rollte die Augen über die Dummheit dieses Betrunkenen. Unbeeindruckt davon, begann er sich den Hosenlatz mit unbeholfenen Fingern wieder zuzuschnüren. Als er damit fertig war, ließ er sich mit einem schweren Seufzen auf den Stuhl sinken und blickte mich lange an. In seinem Gesicht stand ein sehnsüchtiger Ausdruck, als wollte er meine Gedanken lesen. Alles an diesem zügellosen Aristokraten ärgerte mich. Und am ärgsten fand ich, daß er nicht die geringste Vorstellung davon hatte, wer er wirklich war.

Der Gedanke traf mich wie ein Pfeil: *Dies war der Mann, auf den Onkel anspielte, als er sagte, ich solle mich vor einem Boten hüten, der sich von einem Tag zum anderen nicht mehr wiedererkennt.* Ich sprang auf: «Was sollte Euch daran hindern, meinen Onkel ungestraft zu ermorden? Schließlich seid Ihr Edelmann!»

«Hör zu, mein Freund. Weshalb sollte ich den einzigen Menschen töten, der mir die Wahrheit über meine Eltern sagen könnte? Wenn du das glaubst, bist du dumm!»

«Mein Onkel war der einzige, der wußte, daß Ihr Jude seid und es beweisen konnte. Ihr mußtet ihn nur töten, und Euer Geheimnis war sicher!»

«Berekia, muß ich dir mein Bündnis mit dem Herrn noch einmal zeigen? Außerdem gab es noch andere, die davon wußten. Ein Junge, der mit Dienstboten groß wird. Die Leute haben doch Augen im Kopf. Sie sagen zwar nichts, doch sie sehen. Mein Bündnis ist ein größerer Beweis als alle Dokumente in den Archiven des Königs.» Er stand auf und schlug mit der Faust auf den Tisch. «Ich habe deinen Onkel nicht umgebracht! Wenn ich es getan hätte, würde ich jetzt sicher nicht zögern, dich ebenfalls umzubringen.»

Darauf fiel mir nichts ein.

«Komm mit! Ich will dir etwas zeigen.»

Dom Miguel führte mich in einen überfüllten Salon. Männer, Frauen und Kinder mit müden Augen nickten mir ernst zu. In einigen Gesichtern blühte kurz ein Lächeln auf, um wieder zu verblassen und zu vertrocknen. «Keine Angst, wir sind hier alle Neuchristen», flüsterte mein Gastgeber mir zu und stellte mich den anderen vor. «Dies ist Berekia, ein Freund aus der Judiaria Pequena.»

Ein dunkler, mandeläugiger Mann, in dessen zerzaustem Bart Haferflocken hingen, stand auf und sagte: «Kennst du Mira und Luna Alvalade? Sie leben in deiner Gegend.»

«Ja, aber ich habe sie in letzter Zeit nicht gesehen», antwortete ich.

«Sie sind meine Cousinen. Sie ... ich ...» Er verstummte.

«Wenn ich wieder in Lissabon bin, werde ich mich nach ihnen erkundigen und es Dom Miguel wissen lassen.»

«Was ist mit Dr. Montesinhos?» fragte eine hübsche Frau, die einen Schal aus rostbrauner Spitze schützend um den Kopf geschlagen hatte.

«Er ist leider tot.»

Mit zitternden Stimmen brachten fast alle den Mut auf, nach Freunden und Verwandten zu fragen. Ich erzählte, was ich wußte, und prägte die Namen in mein Toragedächtnis, um mehr über sie herauszufinden, nachdem ich die Gefilde der Rache verlassen hatte.

Miguel nahm mich bei der Schulter und flüsterte mir etwas zu: «Sie kommen alle aus Carnide und Pontinha und anderen Dörfern in der Nähe. Als es mit den Unruhen losging, haben sie hier Zuflucht gesucht. Ich habe die Nachricht verbreiten lassen, daß niemand abgewiesen würde, und einige der Männer sofort bewaffnet.»

«Und das Pferd im Stall?»

Er grinste. «Hält Neugierige fern und auch den wütenden Mob. Denselben Zweck erfüllt der Totenschädel im Baum.» Miguel rülpste wieder und schlug sich vor die Brust. Mit einer ausholenden Handbewegung zeigte er auf seine Gäste und schüttelte dann den Kopf. «Sie wollen nicht gehen», flüsterte er mir ins Ohr. «Eines Tages werde ich sie wohl rauswerfen müssen.»

«Geht das Morden in Lissabon noch weiter?» fragte mich plötzlich ein klug aussehendes junges Mädchen. Einen Moment lang schien es, als habe Gott sie auserwählt, mir diese Frage zu stellen. Im Zimmer herrschte erwartungsvolle Stille. Wir waren wie eine Gemeinde, die sich versammelt hatte, um auf eine Antwort von Gott selbst zu warten. «Es ist jetzt einigermaßen sicher», sagte ich. Ich wußte, daß dies nicht die Antwort war, die sie hören wollten, doch etwas anderes hatte ich nicht anzubieten.

«Was soll denn ‹einigermaßen› bedeuten?» fragte der Mann mit dem zerzausten Bart wütend.

«So sicher, wie es für die nächste Zeit bleiben wird», antwortete ich. «So sicher, wie die Welt für einen Juden bis zur Ankunft des Messias sein kann.»

Ein Murmeln ging durch den Raum, als wäre dies die richtige Antwort gewesen. Doch was, wenn unser Glaube an Sein Kommen nichts als die Hoffnung der ewig Schiffbrüchigen war?

Miguel und ich ließen uns auf einem Teppich vor dem Kamin nieder, während seine Gäste sich wieder miteinander unterhielten. «Wenn ich deinen Onkel ermordet hätte», flüsterte er mir zu, «würde ich dann all diese Menschen retten?»

«Um für die Sünde des Mords Buße zu tun, müßtet Ihr ganz Israel retten», antwortete ich.

Er kniff die Augen fest zusammen, als wolle er die ganze Welt aus seinem Blickfeld verbannen.

Ich sah, daß ich ihn verletzt hatte. Doch in meinem momentanen Zustand bedeutete mir der Schmerz eines anderen nichts. Wenn es in meinem Herzen noch eine Spur von Mitleid gab, dann erreichte es nicht meine Stimme. «Mein Onkel hat Euch einen Brief geschrieben», sagte ich nüchtern. «Ich wollte ihn vergangenen Freitag in Eurer Villa abliefern, doch Ihr wart nicht da. Er hatte mich angewiesen, diesen Brief nur Euch persönlich auszuhändigen.»

Mein Gastgeber öffnete die Augen. Sie waren blutunterlaufen und müde. «Hat er dir gesagt, was in dem Brief stand?» fragte er hoffnungslos und mit monotoner Stimme.

«Ich trage den Brief in meinem Gedächtnis», erklärte ich und wiederholte ihn Wort für Wort.

Als ich damit fertig war, begann er unerklärlicherweise laut und tief zu lachen. «Dein Onkel hat gefragt, ob ich Interesse hätte, mit ihm ins Geschäft zu kommen», sagte er. Er starrte mich an, als überrasche ihn meine Gegenwart plötzlich. «Ja, du bist ein hübscher Bursche. Es wäre schwer gewesen, dich abzuweisen. Er war klug. Was er wollte, hatte etwas mit Paketen zu tun. Und mit dem Engel Metatron, den er in dem Brief erwähnte. Außerdem mit Reisen nach Genua, wenn ich richtig verstanden habe. Irgendwo auf der italienischen Halbinsel jedenfalls. Ich weiß, daß ich ‹nein› gesagt habe, aber ich kann mich nicht mehr richtig erinnern, was genau er vorschlug. In Gedanken war ich zwischen der Vergangenheit und der Gegenwart hin und her gerissen. Plötzlich gingen mir so viele Dinge auf.» Er packte mich wieder bei der Schulter. «Berekia, kennst du diesen Moment, wenn man aufhört, sich eine Fremdsprache im Kopf zu übersetzen und sie spontan versteht? Genau so war es. Plötzlich verstand ich die kühle Distanz meiner Adoptiveltern, Ihre Weigerung, mit mir zu reisen. Ich verstand das Flüstern hinter verschlossenen Türen, nachdem sie mich zu Bett gebracht hatten.»

«Und als der Aufstand losging, habt Ihr ...?»

«Panisch reagiert. Ich hatte doch gerade erst erfahren, daß ich Jude war. Und dann war da dieses Feuer auf dem Rossio, das sich über die Dächer Lissabons erhob. Ich hatte das Gefühl, es würde nur für mich brennen. Man reagiert seltsam, wenn einem die eigene Vergangenheit nicht mehr gehört. Wenn sie verändert, die eigene Geschichte umgeschrieben wurde. Darum bin ich hierhergeritten.»

«Hat mein Onkel irgendeine andere Person erwähnt, als er mit Euch sprach? Einen Namen genannt?»

Dom Miguel schüttelte übertrieben heftig den Kopf.

«Niemanden? Einen Priester ... andere Juden? Denkt genau nach!»

«Ich habe ihm nicht besonders gut zugehört. Er wollte, daß ich für ihn auf Reisen ging. Wegen meiner Verbindungen komme ich leicht übers Meer. Ich sollte Pakete für ihn befördern. Ja, genau, das war es! Ein *correio*, ein Kurier, dazu sollte ich ihm dienen.»

«Hat er das Wort benutzt, *correio*?» fragte ich.

«Ja.»

«Und was solltet ihr befördern?»

«Engel», erwiderte Dom Miguel lächelnd. «Jetzt erinnere ich mich, daß dein Onkel sagte, ich würde Engel in Sicherheit bringen. Ich hatte keine Ahnung, was er damit meinte.»

«Hebräische Schriften», sagte ich. «Wahrscheinlich wollte er Euch die ganze Wahrheit erst sagen, wenn er wußte, wie Ihr Euch als Jude verhalten und auf welcher Seite Ihr stehen würdet.»

«Jetzt verstehe ich gar nichts mehr. Engel ... Bücher?»

«Bücher bestehen aus heiligen Buchstaben. Genau wie die Engel – so sehen es zumindest einige Menschen. Wenn man es von dieser Seite betrachtet – durch ein Fenster der Kabbala, wenn Ihr so wollt –, ist ein Engel nichts anderes als ein Buch in himmlischer Form. Ein Buch, das Flügel bekommen hat, um diese gewöhnliche Metapher zu benutzen. Offensichtlich hatte er Euch dazu auserwählt, diese Schriften vor den Flammen zu retten. Er wollte Euch nicht als Schmuggler bezeichnen und hat ein schöneres Wort verwendet – Kurier. Und das scheint wiederum zu bedeuten ...» Während ich noch sprach, begann ich den Betrug zu verstehen, der zu Onkels Tod führte.

«Was?» fragte Dom Miguel.

«Das bedeutet, daß die Person, die bisher für ihn Bücher schmuggelte, ihn betrogen haben muß. Sein alter Kurier. Deshalb hat mein Onkel nach einem Ersatz gesucht. Wahrscheinlich hat er sogar dringend jemand gebraucht. Sonst hätte er nicht riskiert, Euch Euer Judentum zu offenbaren. Vielleicht wußte der alte Kurier sogar von unserem Keller und der *Geniza*. Oder er hat mit einem Mitglied des Kabbala-Zirkels zusammengearbeitet. Vielleicht haben sie auch den Mann aus dem Norden angeheuert, der Diego Gonçalves vor seinem Haus aufgelauert hat.»

Dom Miguels Gesichtsausdruck verriet mir, daß ich ihn mit all meinen Erläuterungen verwirrt hatte. «Es ist ganz einfach», erklärte ich. «Mein Onkel hat Euch gebraucht, weil sein früherer Vertrauensmann und Kurier ihn betrog. Wie, weiß ich nicht. Auch nicht warum. Aber dieser Kurier, dieser Schmuggler, muß der Schlüssel sein.»

«Und wer war das bisher?»

«Das weiß ich nicht. Aber ich werde es herausfinden!» Ich erhob mich. «Ich muß jetzt zurück nach Lissabon. Falls ich mit Euch reden will – werdet Ihr hier sein oder wieder in Eurem Palast?»

«Hier werde ich gebraucht.» Er lachte wieder kurz auf. «Und hier befindet sich mein Weinlager. Er ist zwar nicht koscher, aber seine Wirkung tut er auch.»

In der Eingangshalle ließ mich eine letzte Frage, die mir nur schwer über die Lippen kam, in der Tür innehalten.

«Ob ich all diese Juden gerettet hätte, wenn ich meine wahre Vergangenheit nicht kennen würde? Das willst du doch wissen, oder?»

«Es ist eine unfaire Frage. Ihr habt Euch sehr ehrenwert verhalten. Ehrenwerter als ...»

«Nein, ich hätte es nicht gemacht. Nicht, daß ich all dem Morden applaudiert hätte. Ich bin kein grausamer Mensch, und ich habe nie geglaubt, daß die Juden anders sind als ... Ich wollte jetzt gerade sagen, ‹als wir›. Schon wieder so ein Fall, wo die Einsicht ein wenig spät kommt, nicht wahr? Ich hätte wohl in meiner Villa in Lissabon gesessen und bei Kerzenlicht gelesen. Und wenn die Schreie durch meine Fenster gedrungen wären, hätte ich einfach die Läden schließen lassen.»

Zurück in der Alfama, klopfte ich wieder bei Pater Carlos. Die heiße Nachmittagssonne Lissabons hatte mich erschöpft. Ich schwitzte, und meine Nerven lagen blank. Als niemand öffnete, fragte ich in der Kirche São Pedro nach ihm. Der Küster beteuerte, man wisse nicht, wo der Pater sei. Ich hatte keine Ahnung, wo ich mit der Suche nach Diego beginnen sollte. Zu Hause würde er nicht sein, denn dort wartete sicher noch immer der Riese aus dem Norden. Und sämtliche Freunde von ihm, die ich kannte, gehörten zum Kabbala-Zirkel.

In der Hoffnung, die Namen von Onkels Schmugglern oder auch nur eine verdächtige Anspielung auf einen Bekannten zu finden, beschloß ich, seine Korrespondenz durchzusehen, die ich am Boden der *Geniza* gefunden hatte. Als ich jedoch an Rabbi Losas Haus bei der Kirche São Miguel vorbeikam, blieb ich stehen. Ich fragte mich, wo er sich am Sonntag wohl aufgehalten hatte, und klopfte laut und energisch an seine Tür. Daraufhin tauchte sein hageres Gesicht im Fenster des zweiten Stocks auf. «Was willst du?» herrschte er mich an.

Seltsamerweise war ich erleichtert, sein Gesicht zu sehen und seine barsche Stimme zu hören. «Mit Euch reden, liebster Rabbi.»

Wahrscheinlich glaubte er, ich wolle ihn verspotten. «Geh doch zu deiner verdammten Kabbala zurück!» fauchte er.

Die Fensterläden schlugen wieder zu. Ich klopfte erneut, und weil ich mich in meinen guten Gefühlen ihm gegenüber betrogen fühlte, brüllte ich: «Ich gehe erst, wenn wir geredet haben!» Während ich wartete, stieg eine irrationale Wut in mir hoch. Ich begann gegen die Tür zu treten. «Ich werde sie eintreten, das schwöre ich Euch! Ich werde Eure verdammte Tür eintreten!» Meine Wangen und Schläfen glühten vor Zorn, als wäre brennender Alkohol in die oberste Kammer des Destillierkolbens eines Alchimisten gestiegen. Ich konnte nicht mehr aufhören zu treten. Was immer mir bis jetzt einen festen Halt gegeben hatte, es begann plötzlich nachzugeben. Ein paar verwahrloste Kinder liefen zusammen, um mir zuzusehen. Ein schmuddeliger Holzsammler sah mich voller Verachtung an. «Was willst du hier, du *Marrano*?» Er hockte sich nieder und setzte seinen Korb auf die Straße. Seine wimpernlosen Augen blickten trüb und verrieten nur den winzigsten Hauch von menschlicher Intelligenz. Als er aufstand, faltete er die spindeldürren Arme über der Brust und nahm eine hochmütige Pose ein.

Ich mußte verrückt sein, denn jetzt marschierte ich mit gezücktem Dolch direkt auf ihn zu. «Ich werde dir gleich die Ohren abschneiden!» brüllte ich und spuckte jedes einzelne Wort aus. «Das will ich hier!»

In einem klaren Moment erkannte ich, daß ich Farid imitierte. Wird man so mutig? Indem man ein Bild von Tapferkeit heraufbeschwört und es zu seinem eigenen macht? Lernen wir, indem wir verinnerlichen, was früher nur äußerlich war?

Der Holzsammler blickte mich weiterhin geringschätzig an, sagte aber nichts. Er stank nach Angst und Haß. Ich drehte mich wieder zum Haus von Rabbi Losa um. Ein Kind mit olivfarbener Haut und tief in die Stirn fallenden schwarzen Haarsträhnen winkte mir zu. Plötzlich erkannte ich, daß es aus unserer Nachbarschaft kam. Es war der kleine Didi Molho. Wohl dem, der die Kinder rettet! Ich winkte zurück. Plötzlich fiel ihm der Mund auf, und er deutete hinter mich. Ich drehte mich um und konnte gerade noch einem fliegenden Holzscheit ausweichen. Da sah ich auch schon das nächste Scheit auf mich zukommen. Es traf mein Ohr und warf mich zu Boden. Als ich die Wunde abtastete, spürte ich Blut an meinen Fingern. Mein Angreifer lehnte sich zurück und grinste selbstzufrieden. Sein Mund war eine faule braune Ruine. Ich richtete mich auf und gab vor, noch immer benommen zu sein. Als er lachte, rannte ich los und in ihn hinein. Er war schwächer, als ich erwartet hatte, und bestand nur aus Knochen, Bart und gelber Haut. Als er sich auf seinem Hintern wiederfand, rang er nach Luft und brüllte: «Du Hund, du *Marrano*!»

Drohend stand ich über ihm und legte einen Finger auf meine Lippen. «Noch hast du deine Ohren. Wenn du sie behalten willst, dann sei verdammt noch mal still!»

Er stand auf, klopfte seine Hosen ab und blickte in die Menge. «Er ist nur ein Jude», sagte er, um sein Gesicht zu bewahren. «Nicht der Mühe wert.»

Als ich mich wieder umdrehte, um zu gehen, fing ich Didis Blick auf. Er nickte mir zu, daß alles in Ordnung sei. «Der Holzsammler ist schon die Straße hinab. Aber hör zu, Beri. Während du gekämpft hast, ist Rabbi Losa geflüchtet. Ich habe gesehen, wie er aus dem Haus rannte.»

Als ich nach Hause kam, fegte meine Mutter gerade den Hof. Sie wollte nicht wissen, wo ich war. «Überall Schmutz!» erwiderte sie auf meinen fragenden Blick.

Am Herd in der Küche stand Reza und bereitete Kabeljau mit Eiern zu.

«Hast du nach Farid geschaut?» fragte ich sie.

«Er liegt noch immer im Bett deiner Mutter. Oh, schau mal auf den Tisch», fügte sie hinzu. «Da liegt etwas für dich von Meister Solomon.»

Solomon, der *Mohel* aus der *miqve*, hatte eine dicke lateinische Übersetzung von Averroes Kommentar zu Aristoteles' *De Anima* vorbeigebracht. Vielleicht wollte er sich dafür bedanken, daß ich ihn aus dem Bad befreit hatte. «Wann ist er vorbeigekommen?» fragte ich.

«Vor ungefähr einer Stunde.»

«Hat er etwas zu dem Buch gesagt?»

Ein flüchtiges Lächeln erhellte Rezas Gesicht. «‹Ein Geschenk für meinen kleinen *Shalaat Shalom*›. Das hat er gesagt.»

Ich nahm das Buch mit in mein Zimmer und legte es aufs Bett. Durch das Innenfenster sah ich Cinfa, die den Fußboden im Laden schrubbte. Als ich durch das Fenster zu ihr kletterte, blickte sie mit müden Augen auf. «In der Nacht habe ich Farid Wasser gegeben, genau wie du gesagt hast», sagte sie mit monotoner Stimme. «Und er hat zwei Eier gegessen.»

«Danke. Das war sehr lieb. Und was ist mit dir? Alles in Ordnung?»

«Ja. Warum bleibst du nicht ein wenig zu Hause? Iß etwas.»

«Hör zu. Ich gehe in den Keller hinunter. Wenn du willst, kannst du mitkommen. Aber später muß ich wieder los.»

«Um Onkels Mörder zu suchen?»

«Wer hat dir das gesagt?»

«Beri, ich bin doch nicht blöd. Ich höre, wie ihr euch unterhaltet, weiß, was ...»

Ein kurzes Klopfen an der Tür unterbrach sie in ihrer Erklärung. Ohne auf eine Antwort zu warten, kam Senhora Faiam, unsere Nachbarin von der gegenüberliegenden Seite der Rua da Sinagoga, hereingestürzt. Ihr schwarzes Kleid war am Kragen eingerissen, und ihre Wangen waren bis zu den Lippen mit roten Kratzern übersät.

«Die Altchristen?» rief ich und eilte zu ihr. Ich dachte, man hätte sie angegriffen.

«Nein, nein», sagte sie. «Nichts dergleichen.» Sie ergriff meine Hände. Ihre hellen Augen waren rot vor Schlaflosigkeit. «Ich habe dich heimkommen sehen», fuhr sie fort. «Das mit Meister Abraham tut mir leid.» Als sie meine Hände an ihre Lippen hob und sie sanft küßte, wußte ich, daß sie in großer Not war. «Beri, wir brauchen dich», sagte sie. «Kannst du mit zu uns kommen?» Sie zog mich zu sich hinab, damit Cinfa es nicht hörte, und flüsterte mir ins Ohr: «Bring Talismane mit. Ein *Ibbur* hat sich in Gemila geschlichen und hält sich in ihr fest, so gut er kann.» Ihr Handdruck wurde fester. «Und Beri, der *Ibbur* behauptet, er wisse, wer deinen Onkel ermordet hat!»

DREIZEHNTES KAPITEL

AUS UNSEREM GROSSEN Schrank im Keller holte ich alles, was ich zur Austreibung eines Ibburs brauchte, und eilte zum Haus von Senhora Faiam. Ihre Schwiegertochter Gemila saß in der Küche. Man hatte sie mit einem Seil an die Holzbank gefesselt. Ihre Hände waren aneinandergebunden, und sie schnappte schwer nach Luft, als würde sie ersticken. Wie soll man das Opfer eines Dämons beschreiben? Zweimal zuvor hatte ich die Symptome gesehen: die weiße Haut wie Pergament, das sich mit Wasser vollgesogen hat; der gequälte Blick; die verkrusteten Blutränder innerhalb der Lippen und Nasenlöcher. Bei Gemila sah es genauso aus, vielleicht sogar noch schlimmer, denn sie hatte bereits einen guten Teil ihrer menschlichen Hülle abgeworfen und angefangen, die Gestalt des Dämons anzunehmen. Ihre kastanienbraunen Locken hingen voller Kot, der ihr auch in Klumpen an den Wangen und am Hals klebte. Der kleine Finger ihrer linken Hand war gebrochen und ragte in einem widernatürlichen Winkel von ihrer Hand. Ihre weite weiße Tunika war völlig verschmiert, als hätte sie sich in Schlamm und Blut gewälzt. *Ein Wesen von der Anderen Seite hat sich um ihre Seele gewunden*, dachte ich. Mein erster Impuls war, einfach wegzulaufen. Doch Onkel hatte mich gelehrt, daß ein *Ibbur* nur eine Metapher war – eine sehr mächtige Metapher zwar, doch selbst für einen Anfänger in der Kabbala keine echte Herausforderung. Und wenn dieser Dämon wirklich wußte, wer meinen Meister umgebracht hatte, dann ...

Plötzlich kippte Gemilas Kopf zur Seite, als wäre er zu schwer für sie geworden. Als sie mich anblickte, schwand das Grauen aus ihren Augen und wich einer kontemplativen, visionären Tiefe. Ihr Blick fixierte die Weihrauchschwaden, die jetzt aus meinem Faß aufstiegen.

Gemilas Ehemann Bento berührte meine Schulter und lächelte mich hilflos an. Er hatte sich das schwarze Haar mit einem blauen Band straff zurückgebunden, und ein Wochenbart wucherte auf seinen Wangen. Seine Stirn und die Hände, Hemd und Hose trugen schwarze Streifen von Schweiß und Wollfett. Er verdiente seinen Lebensunterhalt als wandernder Schafscherer und schien wohlbehalten zurück nach Lissabon gekommen zu sein, nur um seine Frau in diesem Zustand anzutreffen.

Belo, ihr dreibeiniger Hund, der normalerweise nicht von Gemilas Seite wich, hatte sich zur Schlafzimmertür zurückgezogen und starrte seine Herrin mit ängstlichen Augen an.

«*Sente-se bem*? Geht es dir gut?» fragte ich Gemila auf portugiesisch.

Eine dumme Frage. Sie schwieg. Augen so kalt wie ein Obsidian wiesen meinen durchdringenden Blick ab. Ich hob ihre gefesselten Hände. Ihr Puls raste ungleichmäßig, als schössen ihre Körperflüssigkeiten in alle Richtungen. Sie runzelte die Stirn und blickte voller Verachtung auf meine Hände. Wieder schnappte sie nach Luft. Sie krümmte sich und schrie auf hebräisch: «Eine Glocke stürzt durch meine Brust!» Ihre Augen rollten weiß und blickten mich dann mit eisigem Starren an.

«Sie pendelt zwischen unserer Welt und dem Reich der Dämonen», flüsterte Senhora Faiam. Als ich nickte, fügte sie hinzu: «Wir haben herausgefunden, daß der Ibbur kein Portugiesisch spricht, sondern nur Hebräisch.»

«Wann hat dieser Schmerz angefangen?» fragte ich Gemila in der heiligen Sprache.

Ihre Brust hob und senkte sich. «Es gibt keine Schmerzen. Dieses Gefäß ist schwach, aber ausreichend», hörte ich eine Stimme. Es war nicht Gemila. Diese Stimme klang monoton, und alle Wärme war aus ihr verschwunden. Das Hebräisch hatte einen kastilischen Akzent.

«Wer bist du?» fragte ich.

«Der Weiße Maimon mit den zwei Mündern.»

Einen Moment lang blickte ich fort, um Kraft zu sammeln. Dies war kein gewöhnlicher *Ibbur*, sondern ein mächtigerer Dämon. «Warum sagst du ‹mit den zwei Mündern›?» fragte ich.

«Einen, um die Kinder der *Anusim* zu verschlingen, der Zwangsgetauften. Er ist aus Blut und hat Nadeln als Zähne.»

Plötzlich bleckte Gemila nach Luft ringend die Zähne und spuckte mich an. Als ich mir den Hals abwischte, öffnete sie wieder den Mund. Ich sah ihre abgebrochenen Zähne, die mit frischem Blut bedeckt waren. Sie lachte.

«Gott möge ihr verzeihen», stöhnte Senhora Faiam. «Bevor ich zu dir gekommen bin, hat sie Glas gegessen. Ich wollte es verhindern, doch der *Ibbur* lebt von Mineralien. Er ...»

Ich unterbrach den Wortschwall der Senhora und blickte Gemila an. «Warum bist du gekommen?»

«*Zedek* hat sich von *Rahamim* getrennt.»

Dieser Dämon kannte die Kabbala! Er spielte auf das Zerwürfnis zwischen weiblicher Gerechtigkeit und männlichem Mitgefühl an, das dem Bösen in unserem Zeitalter die Tür geöffnet hatte.

«Ich komme mit *Rahamim*», sagte ich. «Zusammen mit *Rahamim* werde ich diese Frau heiraten.»

«Du magst in mich dringen und mich zu fahren versuchen, aber du wirst nicht mehr herauskommen!» warnte der Dämon mich.

Dies war eine Anspielung auf Gemilas Geschlecht und den Wagen der mystischen Vision. Nur wenige, die ihn fuhren, kamen unversehrt zurück. Ich bezog mich auf einen weisen Juden aus dem zweiten Jahrhundert, der nach einer Reise in dem Wagen wohlbehalten in unsere Welt zurückgekehrt war: «Ich komme in Frieden, wie Rabbi Akiva.» Dann hob ich meinen

Mittelfinger über das Mädchen und beschwor die Macht des Moses.

Sie bäumte sich auf. Mit Widerstand in der Stimme spuckte der Dämon: «Ich bin weder Amalekite noch eine Natter! Und Moses ist tot!»

«Es ist immer Passa», erwiderte ich. «Selbst in diesem Moment, wo wir reden, teilt Moses das Rote Meer.»

«Dann wird auch er bald auf der Anderen Seite stehen und dir nicht mehr helfen können.»

«Du weigerst dich also, dieser Frau die Bestimmung über ihr Gefäß zurückzugeben?» fragte ich.

«Sie hat mich hereingelassen, und ich werde bei ihr bleiben und ihr den Trost spenden, den euer Gott ihr verweigert hat. Sonst wäre ich doch ein undankbarer Gast! Stimmst du mir nicht zu?»

«Wie du willst.» Ich wendete mich an Bento. «Ich brauche drei Dinge. Kaltes Wasser aus dem Tejo. Bitte fülle damit die größte Wanne oder den größten Kessel, den du finden kannst. Gemila muß hineinpassen. Wenn ihr keine habt, wir ...»

«Wir haben eine. Was noch?»

«Eine Seezunge. Bring mir die kleinste, die du finden kannst. Achte darauf, daß sie lebt! Und dann geh zu Cinfa und laß dir zeigen, wo wir unsere Zauberfarbe aufbewahren. Bring sie mir, und laß etwas davon auf einen Teller laufen.»

«Was werden wir unternehmen?» fragte Senhora Faiam.

«Staub und Schmutz stärken die Andere Seite. So heißt es im Buch Zohar. Und dieser Dämon weiß das. Wir müssen Gemila reinigen.»

«Du kannst mir sogar die Nägel schneiden, wenn du willst. Es wird dir nichts helfen!» zischte der *Ibbur*. «Für mich ist der Sabbat nur ein weiterer Sonnenuntergang, und du bist ein Schatten, der einem Feuer Einhalt gebieten will.»

«Und die Seezunge?» flüsterte Senhora Faiam, damit der Dämon sie nicht hörte.

«Fische sind immun gegen Wesen wie den Maimon», erklärte ich. «Die Seezunge wird uns beim Kampf helfen.»

Als Bento verschwunden war, erklärte ich Senhora Faiam, daß wir den Psalm einundneunzig singen würden, um Gemila vorzubereiten. Während sie mir zuhörte, ergriff die Senhora mit beiden Händen die Kette des Weihrauchfasses.

«Weg mit diesem üblen Geruch!» brüllte der Dämon plötzlich. «Hör mir zu, Berekia Zarco. Wenn du versuchst, mich aus meinem Haus zu jagen, wirst du niemals erfahren, wer der Mörder deines Onkels war!»

Die Worte des bösen Wesens ließen mich verstummen. Ich starrte in Gemilas dunkle Augen, um wieder Kontakt mit ihm aufzunehmen. Ihr Kopf pendelte in trägen Kreisen, als würde sie von einem unwiderstehlichen Schlafbedürfnis geplagt. Dann richtete sie sich plötzlich auf und lachte tief und kehlig.

«Du hast also den Mörder gesehen?» fragte ich.

«Ja. Doch wenn du mir noch einmal den Finger des Moses zeigst, werde ich an meinem Geheimnis so festhalten wie an dieser Frau.»

«Und wenn ich dich in Ruhe lasse, sagst du mir, wer der Mörder ist?»

«Ja.»

«Warum sollte ich dir trauen?»

«Maimon lügt nicht», sagte er. «Ich habe sogar gewagt, eurem Herrn die Wahrheit zu sagen. Ich fürchte ihn nicht. Ich habe nichts zu verlieren. Nur Juden wie diese sündige Hure müssen vor ihrem Herrn lügen!»

Senhora Faiam nahm meinen Arm. «Willst du auf einen *Ibbur* hören, Berekia?»

«Doch er weiß es!» rief ich. «Er weiß, wer es getan hat!»

«Löse die Fesseln!» befahl der Dämon.

Ich riß mich von Senhora Faiam los. Sie hob die Fäuste an die Augen und schrie: «Willst du Samael, dem Teufel, dienen, um deinen Onkel rächen zu können?»

Mein Geständnis schnürte mir die Kehle zu: Ja! Ich würde alles tun, um ihn zu finden! Alles!

Was hielt mich dann zurück? Gemila? Sie bäumte sich mit einem Grunzen auf und reckte den Hals, während sie die Bank hochhob, an die sie gefesselt war. Dann ließ sie sie krachend wieder fallen und zuckte in ihren Fesseln, als würde sie von einem brennenden Schwert durchbohrt. Wieder bleckte sie die Zähne und rang nach Luft. Als die Flut in ihr zurückwich, blickte sie mich starr aus ihren undurchdringlichen Augen an. «Bind mich los!» forderte sie.

Ein Winseln ließ mich umdrehen. Belo kratzte mit seiner einen Vorderpfote wild an der Hoftür.

Ich hörte die Stimme meines Onkels in mir: «Gib die Lebenden nicht für die Toten auf!» Seine Hände ergriffen meine Schultern und drehten mich zu dem Dämon zurück. Ich begann den Psalm einundneunzig zu singen: «Er wird dich mit seinen Fittichen dekken, und deine Zuversicht wird sein unter seinen Flügeln. Seine Wahrheit ist Schirm und Schild, daß du nicht erschrecken müssest vor dem Grauen der Nacht, vor den Pfeilen, die des Tages fliegen, vor der Pestilenz, die im Finstern schleicht, vor der Seuche, die im Mittage wütet.»

«Du wirst den Mörder niemals finden!» brüllte Maimon. «Niemals!»

Senhora Faiam fiel in meinen Gesang mit ein, und unsere beiden flehenden Stimmen wurden unter dem sich drehenden Rad des Psalms eins. «Ja du wirst mit deinen Augen deine Lust sehen und schauen, wie den Gottlosen vergolten wird. Denn der Herr ist deine Zuversicht; der Höchste ist deine Zuflucht. Es wird dir kein Übel begegnen, und keine Plage wird zu deiner Hütte sich nahen. Denn er hat seinen Engeln befohlen über dir, daß sie dich behüten auf allen deinen Wegen ...»

Während ich sang, wendete ich mich innerlich von dem Dämon ab und schritt die Stufen des stillen Gebets hinauf. Als ich mich auf einem glühenden Wall innerer Bewegtheit befand, erhob ich wieder meinen Mittelfinger über Gemila. Ihr Blick wanderte unstet durch den Raum, sie bäumte sich gegen ihre Fesseln und murmelte hebräische Obszönitäten. Dann lachte sie laut kreischend, grinste mich verführerisch an und ließ ihre Zunge spielen. Doch sie war weit von mir entfernt, eingehüllt in die Melodie der Psalmenverse, die ich jetzt ganz Senhora Faiam überließ. Gottes geheime Namen stiegen aus meiner Kehle auf und flossen durch meine Nasenlöcher ein und aus, während ich meinen Atemrhythmus dem Klang der Worte anpaßte. Licht und Dunkelheit vermischten sich, um sich dann wieder zu starken Kontrasten aufzulösen. Es war, als würde eine schwarze Flamme die Dunkelheit erhellen. Die Zeit trat in weite Ferne, und mein erhöhtes Wahrnehmungsvermögen ließ mich erkennen, daß es die Angst vor der Leere war, die Gemilas Lachen trieb. Höher und höher stieg ich auf den Schwingen der Psalmenmelodie und streckte meine Hand zu ihr hinab, um ihr über die Wange zu streicheln. Schmerz. Der Griff des Bösen. Kalter Wind. Blut, das über meine Hand spritzte. Kreischen. Senhora Faiam wusch mich.

«Der Dämon hat dich gebissen!» schrie sie.

Ich schob sie weg und fing wieder an zu singen, bis das Licht im Raum grau wurde und Maimon und ich uns über eine aufgeladene, atmende Distanz anblickten. Bento kam auf mich zu und berührte meine Schulter. «Das Bad ist fertig.»

Als wir sie auszogen, kämpfte Gemila wie ein Tier. Ich ging ins Schlafzimmer. Dort saß Gemilas kleiner Sohn Menachim, der heulend Belo umarmte. «Du mußt uns allein lassen!» sagte ich.

Er sprang auf und rannte an mir vorbei aus dem Haus, der Hund hinterdrein.

Das Flußwasser war rein und kalt. Gemilas Kreischen durchschnitt die Luft. Fäuste ballten sich, und die Haare in ihrem Nacken stellten sich auf. Ihre Arme kamen frei. Ein Schlag traf Senhora Faiam und ließ sie zu Boden stürzen. Gemilas Gesicht verzog sich zur Maske einer triumphierenden Rachegöttin. Blut tropfte aus ihrem Mund und formte rosafarbene Wolken in dem aufgewühlten Wasser. Sie wand sich unter unserem Griff, jeder einzelne Muskel versuchte zu entkommen.

Der kalte Schweiß stand mir auf der Stirn, doch in mir brannte das Feuer des Gebets. Ich sang Psalmen, während Bento seine Frau untertauchte, bis die luftlose Kälte sie betäubte. Ihre Zähne klapperten. Ich hielt ihr das Weihrauchfaß unter die Nase. Ihre Lippen wurden grau und ihr Blick glasig.

Wir hoben sie aus dem Wasser. Senhora Faiam flüsterte ihrer Schwiegertochter beruhigende Worte zu, während sie ihr die Haare trocknete. Bento küßte ihr die Hände.

«Bitte komm zurück», sagte ich.

Ich sprach ein Gebet aus dem Buch Bahir, nahm den Fisch aus seinem Glas und tauchte das zappelnde Tier in die Zauberfarbe. Gemila saß vor Kälte zitternd auf ihrem Stuhl. Ich drückte die zinnoberrot gefärbte, sich windende Seezunge gegen die Lebenslinie auf ihrer Stirn. Gemila fuhr zusammen, als hätte ich sie verbrannt. Schnell strich ich mit dem Fisch über ihre Schultern und Brüste, ihren Bauch, das Geschlecht und die Füße, bis ich alle zehn *Sefirot* – die zentralen Punkte – mit Farbe bedeckt hatte. Als der Fisch ihre symbolischen Flüssigkeiten aufgesaugt hatte, ließ ich ihn auf den Boden fallen. Während er auf den Fliesen zappelte, schloß ich die Augen und intonierte die magischen Worte aus dem Buch Josua: «Sonne, steh still zu Bibeon, und Mond, im Tal Ayyalon!»

Hinter geschlossenen Lidern rollte ich die Augäpfel, bis ich die inneren Farben sehen konnte. Ich atmete in kleinen Stößen ein und aus, während mich der Wind von Metatrons Flügeln streifte. Als ich die Augen wieder öffnete, klappte das Fischmaul auf und zu wie ein Blasebalg. Ich ließ die Seezunge wieder in Bentos Wasserglas gleiten. Für den Preis seines Lebens hatte der Fisch eine Botschaft auf den Steinboden geschrieben.

Ich las, so schnell ich konnte, und entzifferte in einem leuchtenden Spektrum arabischer Schriftzeichen das Wort *tair*, Vogel.

Es handelte sich um eine verschleierte Anspielung auf die Öffnung, durch die der Dämon ausgetrieben werden konnte.

Hinter mir hörte ich Schritte. Pater Carlos blickte mich an. Von dem Gipfel, auf den ich mich über die inneren Windungen des Gebets und Gesangs erhoben hatte, erschien mir seine Gegenwart ganz normal. Ich legte einen Finger auf meine Lippen. Seine Augen blickten mich fragend an. Ich nickte zustimmend. Er wandte sich an Gemila, erhob den Mittelfinger und begann mit fester, fordernder Stimme unseren Psalm zu singen.

Mit dem Blut auf meinen Fingern prägte ich das Wort *Elohim* entlang der Schicksalslinie auf die Stirn der jungen Frau. Ich benutzte die *Ketav Einayim*, eine Engelsschrift, die ich von Onkel gelernt hatte. Ihr Kopf kippte zurück, als sei ihr Hals verwelkt. Ihre Augen rollten weiß. Bevor sie einschlafen konnte, nahm ich ihre Nase zwischen Daumen und Zeigefinger. «Im Namen des Gottes Israels befehle ich dir, aus diesem jüdischen Körper zu fahren und ihn für immer loszulassen!» Auf aramäisch intonierte ich eine Sequenz göttlicher Namen.

Und so riß ich den Dämon aus ihr heraus. Sie kreischte. Blut schoß aus ihren Nasenlöchern. Sie stürzte auf mich und rang nach Luft. Ich wischte ihr das Gesicht mit meinem Ärmel ab. «Jetzt bist du in Sicherheit», flüsterte ich. «Der Dämon ist verschwunden.»

Bevor Gemila etwas sagen konnte, sank sie in tiefe Bewußtlosigkeit.

Zusammen mit Senhora Faiam und Bento hielten Pater Carlos und ich bei ihr Wache. Gemilas Nase war getrocknet. Wir hatten sie mit Seife und heißem Wasser gewaschen. Dann hatte ihr Mann sie wie ein Neugeborenes ins Bett getragen. Ihr Puls schlug jetzt langsam und gleichmäßig, und ihre Wangen hatten wieder Farbe bekommen. Menachim, ihr kleiner Sohn, kniete neben ihr und streichelte ihr übers Haar. An ihren Füßen hob und senkte die Decke sich über dem zusammengerollt schlafenden Belo. Pater Carlos saß auf einem Stuhl und betete leise vor sich hin. «Und Juda?» flüsterte ich ihm zu, als ich mich stark genug fühlte, es mit einem weiteren Tod aufzunehmen.

Er schüttelte den Kopf und zog eine Grimasse. «Ich weiß nicht, wo er ist. Wenn sie aufwacht, werde ich dir erzählen, wo ich ihn zuletzt gesehen habe.» Als seine Augen sich schlossen, rollten Tränen heraus und verfingen sich in seinen Wimpern.

Mich fröstelte, als ich an das Verschwinden meines kleinen Bruders und die Worte der Versuchung des Dämons denken mußte. Ich hockte auf dem Boden in der Ostecke des Raums und sang Toraverse. Wie eine Landkarte sollten sie Gemila und mir den Weg zurück zu Gott weisen. Nach einiger Zeit öffnete Carlos die Läden des westlichen Fensters. Der Himmel glühte unter dem verblassenden Licht. Die Sonne verschwand hinter dem Horizont, wo sie ein dauerhaftes Versteck zu suchen schien.

Gegen Mitternacht erwachte Gemila endlich. Sie setzte sich im Bett auf und blickte mit mütterlichem Wohlwollen auf den neben ihr schlafenden Menachim. Als sie mich erblickte, erschrak sie. «Beri, was tust du hier?»

«Erinnerst du dich nicht?» fragte ich.

«Nein. Was ... was soll das bedeuten?»

Eine Sonnenfinsternis schien über mein Herz zu fallen. Das Wissen des Dämons über den Mörder meines Onkels war verschwunden.

Senhora Faiam eilte zum Bett. «Ein Traum von der Anderen Seite, mein Liebes», sagte sie und streichelte Gemila über die Wange. «Du hattest einen schlechten Traum, und ich habe Beri gebeten, nach dir zu schauen.»

«Ja», sagte sie und schien sich mit einem abwesenden Blick an seinen Rand zurückzubewegen. «Ein Traum.»

Bento drückte die Lippen auf die Hände seiner Frau. «Es ist vorbei.»

Verwirrt wandte sie sich an mich. «Aber du ... du warst in

dem Traum», sagte sie. «Ich bin von einem Strom aus Blut fortgerissen worden. Wie der Nil, nachdem Moses ihn berührt hatte. Es war kalt, so kalt.» Sie sprach vorsichtig, als würde sie sich wieder in die Welt ihres Traums begeben. «Am Ufer sah ich dich und deinen Onkel. Ihr habt mir etwas zugerufen. Ihr wart beide Vögel – Ibisse. Und dann habt ihr laut gekreischt und mit den Flügeln geschlagen. Ich war in der Strömung gefangen, die mich gegen die Felsen schmiß. Und dann war ich plötzlich auch ein Ibis. Ich bin ans Ufer geflogen, in eure Arme.» Sie versuchte sich weiter zu erinnern und zuckte dann mit einem entschuldigenden Lächeln die Schultern. «Er ist verschwunden. An mehr kann ich mich nicht erinnern.»

«Das Wichtigste ist, daß es vorbei ist», sagte ich.

Senhora Faiam küßte mir die Hände. «Niemals werde ich dir das vergelten können.»

«Ich bin schon bezahlt worden», erwiderte ich, doch meine Worte klangen falsch und hohl. Vor mir tat sich wieder der Abgrund von Onkels Tod auf. Jeder Schritt, den ich von jetzt an ging, würde mich hinab in die Tiefe führen. Pater Carlos nahm meinen Arm. «Komm, wir müssen über Juda reden», sagte er.

War er erleichtert, daß das Mädchen ihn nicht als Mörder verraten hatte? «Ja, wir wollen reden», antwortete ich trocken.

Als wir schon in der Tür standen, rief Gemila noch einmal meinen Namen. «Beri, in meinem Traum habe ich noch etwas anderes gesehen», sagte sie. «Ein weißes Wesen mit einem menschlichen Gesicht. Die andere Hälfte könnte ein Raubvogel gewesen sein. Doch es hatte zwei Münder. Der untere war fest verschlossen und mit Blut beschmiert. Ich glaube, es sah aus wie der Dämon Maimon. Als du mich vom Ufer aus gerufen hast, wollte er dich und deinen Onkel gerade mit seinen Klauen packen. Und Berekia, Maimon ist aus eurem Haus gekommen, aus dem Eingang zum Geschäft. Ich war gar nicht im Fluß. Ich habe über unsere Mauer auf die Rua da Sinagoga geschaut. Blut floß über das Pflaster, und ich habe Gott dafür verflucht!»

VIERZEHNTES KAPITEL

CARLOS UND ICH standen vor dem Haus von Senhora Faiam. Die jüngsten Sünden Lissabons lagen jetzt schlafend unter dem schönen dunklen Schleier des siebten Passaabends. Ich sehnte mich nach menschlicher Wärme, wollte aber meine Verletzbarkeit nicht gegenüber einem Mann zugeben, der vielleicht an der Ermordung meines Onkels beteiligt war. Also zog ich an einem der weiten Ärmel seiner Soutane und sagte: «Jetzt erzähl mir von Juda. Ich muß alles wissen.»

«Sie ... sie haben ihn mitgenommen. Eine Gruppe von Altchristen. Am Sonntag.»

«Gibt es eine Chance, daß er in Sicherheit sein könnte? Daß er lebt?»

«Ich würde es so gerne glauben. Aber ...» Der Priester legte die Handflächen zur Pose des christlichen Gebets zusammen. «Als das Morden begann, habe ich ihn mit zu São Pedro genommen. Wir haben uns unten in der Gruft versteckt. Du warst schon mal dort. Der Ort, an dem die Reliquien aufbewahrt werden. Viele Christen hatten sich in der Gruft versteckt. Doch dann kamen die Männer. Und sie begannen ...» Carlos' Gesicht verzog sich zu einer Grimasse, und seine Stimme, die im Wind zwischen uns wie eine Flamme züngelte, wurde von einem kräftigen Stoß des Grauens gelöscht. Er nahm meine Hände, legte meine Finger über seine Augen und atmete tief durch, als wolle er seine Seele in dem Geruch von Myrrhe baden, der meinen Fingern noch immer anhaftete. Dann ließ er meine Hände fallen. «Der Junge und ich sind durch die Tür zum Hof entkommen und zum Tejo gelaufen», fuhr er fort. «Moses Jagos und seine Familie schlossen sich uns an. Er kam auf die Idee, ein Boot zu mieten, das uns auf die andere Seite des Flusses nach Barreiro bringen sollte. Im Futter seiner Kappe hatte er Goldmünzen versteckt, die er dem Bootsbesitzer gab. Doch gerade als wir ablegen wollten, kamen die Altchristen. Sie … sie haben Juda und noch andere mitgenommen. Ich habe versucht zu kämpfen, das mußt du mir glauben. Doch sie haben mich in den Fluß geworfen. Und bis ich …»

Ich schüttelte ihn. «Sag mir einfach nur, wohin sie meinen Bruder gebracht haben! Zu den Feuern auf dem Rossio?»

«Ich weiß es nicht. O Gott … Ich … ich weiß es nicht. Erst sind sie auf den Ribeira-Palast zugegangen. Ich bin ihnen nachgelaufen. Ich wollte Juda um jeden Preis zurückholen. Dieser Junge … dieser schöne Junge. Berekia, dein schöner Bruder! Kennst du die Fischertaverne hinter der Misericordia-Kirche? Dort habe ich sie gefunden. Juda hat mich gesehen. Er hat gelächelt und die Zunge ausgestreckt, als würde er ein Geschenk erwarten. Kannst du dir das vorstellen? Was muß er gedacht haben? Ich bin zu dem verantwortlichen Dominikaner gelaufen. ‹Ihr habt aus Versehen einen Altchristen mitgenommen›, habe ich zu ihm gesagt und auf Juda gezeigt. ‹Der Junge dort. Er ist mein Mündel. Er ist kein Jude.›

‹Gott macht keine Fehler›, hat der Mönch erwidert. Er war wie Herodes, dieser Altchrist. Er schwelgte in einem verrückten Machtgefühl und befahl, Juda auszuziehen. Die Männer haben über das beschnittene Geschlecht des Jungen gelacht. Doch Juda hat nicht geweint. Er hat ausgesehen wie dein Onkel. Er starrte mich verschwörerisch schweigend an, als wolle er sagen, alles laufe wie geplant. Meister Abraham und Juda … Ich kann es einfach nicht begreifen.» Carlos rang nach Luft und wandte sich ab, zu einer Erinnerung, die ihm den Atem nahm.

«Dann weißt du schon von Onkel? Woher?»

«Cinfa hat es mir gesagt. Bevor ich dir ins Haus von Senhora Faiam gefolgt bin. Sie hat mir alles über Meister Abraham erzählt und mir gesagt, wo ich dich finden würde.» Er zog mich näher zu sich und flüsterte verschwörerisch: «Sie haben mir Gewalt angetan, Berekia. Sie waren betrunken. Sie haben mich auf die Felsen beim Fluß gedrückt und dann ... Das Schlimmste war ihr Lachen. Als ich wieder stehen konnte, bin ich gleich zum Rossio gelaufen. Doch Juda habe ich nirgendwo gefunden.»

«Warum bist du nicht früher gekommen, um es uns zu sagen?»

«Ich hatte Angst. Ich war verletzt. Mir taten alle Knochen weh. Ich habe Zuflucht im Karmeliterkloster gesucht. Berekia, ich bin nicht besonders mutig. Schau dir diese Soutane an, dieses Götzenbild ...» Seine Hand griff nach dem Kreuz vor seiner Brust. Er zog daran, bis die Kette zerriß. «Schau dir dieses verräterische Holz an, das mich verbrennt!» Seine Finger formten sich zu Klauen und brachen den Nazarener vom Kreuz ab. Der steife Jesus stürzte zu Boden wie ein verkrüppelter Jude. Carlos grunzte wie ein Tier und schleuderte das nackte Kreuz gegen die weißgetünchte Wand unseres Hauses. Dann wurde er ruhiger und ließ den Blick keuchend über unser Dach und den schwarzen Spiegel des Flusses unter uns schweifen. «Am Montag», flüsterte er, «habe ich dann wieder versucht, ihn zu finden. Ich habe mich sogar in die Höhle des Löwen geschlichen, in die Kirche São Domingos. Zum erstenmal seit neun Jahren hatte ich vor den Christen keine Angst mehr. Vielleicht ging es Juda ebenso. Aber wie kommt ein kleiner Junge zu solchen Gefühlen? Ich hoffte sogar, daß er vielleicht einfach nach Hause gegangen war. Daß er irgendwie ...»

Mit der Hoffnung ist es eine eigenartige Sache. Sie setzt sich über alle Wahrscheinlichkeiten hinweg. Während Carlos weiterredete, dachte ich nur: *Dann ist es nicht sicher, daß Juda tot ist. Möglicherweise hält er sich irgendwo versteckt.* «Warum sollte ich glauben, was du mir erzählt hast?» fragte ich Carlos.

«Wovon redest du?»

«Kannst du beweisen, wo du dich in den letzten Tagen aufgehalten hast?»

«Soll das heißen, daß du mich verdächtigst?»

«Bis der Messias kommt, verdächtige ich jeden.»

Er seufzte, als würde er sich in eine Wahrheit fügen, die er lange nicht zugeben wollte. «Du kannst die Karmeliternonnen fragen.»

Ich beschloß ihn zu prüfen, indem ich die Schuld auf Simon lenkte. «Unter Onkels Daumennagel war ein Seidenfaden. Schwarze Seide ... wie ein Faden aus Simons Handschuhen.»

«Simon? Meinst du ...?»

«Ja. Warum nicht Simon?»

«Lieber Berekia, ich glaube, die vielen Toten haben dir den Verstand genommen. Simon hat deinen Onkel geliebt. Er hätte niemals die Hand gegen ihn erhoben.»

«Vielleicht hat es im Kabbala-Zirkel einen schlimmen Streit gegeben?»

Der Priester tat dies mit einer wegwerfenden Handbewegung ab. «Ein Streit über den Talmud oder die Tora mag dich über einen Pfad brennender Worte führen, doch niemals zu Blutvergießen. Das solltest du mittlerweile wissen.»

Carlos hatte seine Prüfung bestanden. Doch vielleicht ahnte er etwas von meiner Vermutung, daß der Faden absichtlich angebracht worden war. Würde er dann nicht genau so reagieren? «Hast du meiner Mutter von Juda erzählt?» fragte ich.

«Ja. Sie ist im Moment ganz ruhig. Cinfa ist bei ihr. Als das Mädchen mir zuflüsterte, du seist im Haus von Senhora Faiam, um einen *Ibbur* auszutreiben, dachte ich, daß du vielleicht Hilfe brauchen könntest.» Carlos ließ den Kopf hängen. «Berekia, weißt du, wer tot ist?»

Ein absurdes Lachen entfuhr mir. «Carlos, du überraschst mich immer wieder. Im Moment wäre es leichter danach zu fragen, wer *nicht* tot ist.»

«Dom João Mascarenhas», sagte er.

Ich nickte. «Ja, natürlich.» Dom João stand dem königlichen Hafen- und Zollgebäude vor. Er war der Jude bei Hof, der Reza am vergangenen Sonntag mit Gold aus dem Limoeiro-Gefängnis freigekauft hatte. Die Altchristen hatten es noch nie leiden können, daß ein Neuchrist an den Steuern, die auf ihre Handelsgüter erhoben wurden, Geld verdiente. Dom João Mascarenhas war einer der meistgehaßten Zeitgenossen gewesen. «Wie ist es passiert?»

«Wie? Wie bei allen anderen. Der Mob ist in sein Haus gekommen. Sie haben die Türen eingetreten. Er ist über die Dächer nach Klein-Jerusalem geflohen. Stell dir nur vor, geflohen wie ein gemeiner Jude. Er hat es bis ...»

«Carlos, verstehst du denn nicht!» rief ich aus. «Für die haben wir alle Hörner und Schwänze. Jeder einzelne von uns. Egal, ob wir Blattgold in unsere Suppe rühren oder nur Eigelb!»

Unsere Stimmen vereinten sich zu einem Gebet für die Seele Dom Joãos. «Jetzt aber Schluß mit den religiösen Pflichten», sagte ich. «Ich habe Fragen. Erstens: Weißt du, wer Onkel geholfen hat, hebräische Bücher aus Portugal zu schmuggeln?»

Carlos schüttelte den Kopf.

«Keine Vermutungen?»

«Keine. Es sei denn, es war jemand aus dem Zirkel. Meister Abraham sagte, es wäre besser, wenn niemand davon wüßte. Falls sie ihn erwischen.»

«Dann haben wir nur noch Diego ... Simon und Samson sind tot. Hat Onkel gesagt ...»

«Tot?» unterbrach mich Carlos. «Du hast doch gerade gesagt, daß du Simon verdächtigst!»

«Nein, sie sind tot. Ich wollte ... Ich wollte dich prüfen.»

«Berekia, ich muß die Wahrheit wissen. Leben meine Kabbalabrüder, oder sind sie tot? Sag es mir, sofort!»

«Simons Vermieter hat gesagt, der Mob habe ihn weggeschleppt und zu Asche verwandelt. Samsons Schwiegervater erzählte mir, er habe gesehen, wie der Mob ihn schnappte.»

Pater Carlos ließ die Schultern hängen. Er rieb sich die Augen.

«Hat Onkel dir gegenüber den Haman erwähnt? Oder etwas Ungewöhnliches über Diego gesagt?»

«Diego? Glaubst du, er könnte ...»

«Onkel wurde von der Klinge eines Schächters getötet. Von jemandem, der unsere Falltür und die *Geniza* kannte. Es kann nur jemand aus dem Kabbala-Zirkel gewesen sein. Oder einer von Onkels geheimen Schmugglern. Vorausgesetzt, mein Meister hat ihnen seine Geheimnisse anvertraut.»

«Und was hat das alles mit Haman zu tun?» fragte der Priester.

«Onkels letzte Haggada ist gestohlen worden. Ich glaube, er hat dem Haman das Gesicht des Schmugglers gegeben, der ihn verraten hat. Oder den er im Verdacht hatte, ihn zu verraten.»

«Mir gegenüber hat er nichts dergleichen erwähnt», sagte Carlos.

«Hat er in letzter Zeit schlecht über jemanden geredet?»

«Nein, über niemanden.»

«War Diego ein vollwertiges Mitglied des Zirkels?»

«Du meinst, ob er von der *Geniza* wußte?»

«Ja. Und von dem Geheimgang, der aus unserem Keller in die *miqve* führt.»

«Den hast du entdeckt? Wie? Oder wußtest du davon?»

«Es würde zu lange dauern, dir das alles zu erklären, Carlos. Ein anderer Tod hat mich auf die richtige Fährte gebracht. Sag mir nur, ob Diego ihn kannte!»

«Nicht daß ich wüßte.»

«Und die *Geniza*?»

«Nein. Meister Abraham hat uns ziemlich deutlich zu verstehen gegeben, daß wir über diese Dinge vorerst nicht mit ihm reden dürften.»

Dann war es fast unmöglich, daß Diego das Schächtermesser geführt hatte. Wenn Pater Carlos die Wahrheit sagte, waren alle Mitglieder des Kabbala-Zirkels unschuldig. Der Mörder konnte dann nur aus dem Kreis von Onkels geheimen Schmugglern stammen. «Hast du den Geheimgang oft benutzt?» fragte ich Pater Carlos.

«So gut wie nie», antwortete der Priester.

«Das dachte ich mir. Der Tunnel wird nämlich enger. Selbst ich habe kaum durchgepaßt. Jeder, der dicker ... Der Mörder muß also in den Keller zurückgelaufen sein. Als er mich von oben rufen hörte, hat er sich in der *Geniza* versteckt. Als ich dann im Hof nach Nägeln suchte, um die Falltür zu schließen, ist er hinaufgeschlichen und hat das Haus durch die Tür im Zimmer meiner Mutter verlassen. Gemila hat ihn in der Rua da Sinagoga gesehen. Sie hat den Herrn verflucht und sich damit dem *Ibbur* geöffnet. Der Mörder muß wie ein Dämon ausgesehen haben. ‹Weißer Maimon mit den zwei Mündern›, hat sie ihn genannt. Wahrscheinlich war er sehr hellhäutig. Vielleicht hatte er sich in eine Kutte gehüllt. Oder er hat einen großen Hut getragen, dessen Kinnriemen für sie wie ein zweiter Mund aussah.» Ich nahm den Priester bei der Schulter. «Carlos, ich muß die Briefe meines Onkels durchschauen, um zu sehen, ob er seine Schmuggler beim Namen nennt. Und es gibt da eine Zeichnung, die ich dir zeigen will. Von einem Jungen, der versucht hat, die gestohlene Haggada zu verkaufen. Doch wir brauchen mehr Licht dazu.»

Ich wollte über die Straße zu unserem Hoftor gehen, doch Pater Carlos ergriff meinen Arm. «Wer hatte wohl den Mut, mit deinem Onkel Bücher zu schmuggeln?»

«Ich weiß es nicht. Aber wahrscheinlich kennen wir ihn. Vielleicht tat diese Person sogar so, als würde sie ihn nicht mögen.»

In dem Moment kam mir ein perverser Gedanke. Welchen Menschen verachtete Onkel neben König Manuel und einer bestimmten Sorte christlicher Kleriker am meisten? Den guten alten Rabbi Losa! Und wenn dieser Haß nur gespielt war? Mit seinem florierenden Geschäft als offizieller Ausstatter des Klerus konnte Losa reisen, wohin er wollte. Er wäre in der Lage gewesen, hebräische Schriften in Sicherheit zu bringen. «Hat Onkel im Zirkel jemals Rabbi Losa erwähnt?» fragte ich den Priester.

«Selten. Und dann voller Verachtung.»

«Carlos, würdest du mich zu Rabbi Losa begleiten? Die Briefe können noch warten. Aus mir unverständlichen Gründen hat der Rabbi dich schon immer gemocht. Und ich muß dringend mit ihm reden.»

«Er mag mich, weil ich genauso ängstlich bin wie er», bemerkte Carlos. «Manchmal tut es uns einfach gut, zusammen zu zittern.»

Als wir uns auf den Weg zum Haus des Rabbis machten, fragte der Priester mit unsicherer Stimme: «Du verzeihst mir also?»

«Dir verzeihen?»

«Daß ich Juda nicht besser beschützt habe. Ich muß es wissen.»

«Natürlich verzeihe ich dir. Du bist ebenso ein Opfer wie ... Weißt du, Carlos, ich bin mir nicht mehr sicher, ob ich überhaupt noch ein Jude bin. Aber ich bin auch kein christlicher Inquisitor.»

«Kein Jude mehr? Berekia, an etwas muß der Mensch glauben!»

«So, muß ich das? Muß ich das wirklich?»

«Natürlich.»

Ich blieb stehen. Tief inhalierte ich den nächtlichen Geruch der Wildnis, die diese jämmerliche Siedlung namens Lissabon umgab. «Atme die Dunkelheit ein, Carlos», sagte ich. «Zwischen dem Geruch nach Exkrementen, Rauch und Wald wirst du noch etwas anderes wahrnehmen. Eine neue Landschaft entsteht, eine profane Gegend, die uns Zuflucht vor den brennenden Gestaden der Religion bietet. Bis jetzt nehmen wir nur einen Hauch davon wahr. Doch sie wird kommen. Und die Altchristen werden nicht verhindern können, daß wir dort Zuflucht finden.»

Carlos antwortete im skeptischen Predigerton: «Eins sage mir bitte, Berekia. Worauf soll diese neue Landschaft beruhen, wenn nicht auf einer Religion?»

«Das weiß ich nicht, Carlos. Es gibt sie ja noch nicht. Es wird dort Mystiker und Skeptiker geben, daran habe ich keinen Zweifel. Aber weder Priester noch Mönche, keine Diakone, keine Bischöfe und keine Päpste. Wenn sie nur einen Schritt in dieses Land setzen, werden wir sie auf direktem Weg wieder hinausbefördern. Und Rabbis mit erhobenem Zeigefinger und Schulmeistergehabe wird es auch nicht geben. In dem Moment, wo sie die Rolle mit den Geboten hervorziehen, werden wir ihnen die Kehle durchschneiden.»

«Für diese Worte solltest du Gott um Verzeihung bitten», warnte Carlos.

«Erzähl das, wem du willst! Ich habe das Bitten und Flehen satt. Mein Gott kennt weder Vergebung noch Strafe.»

«Ein Sof?» fragte der Priester. Er bezog sich auf den kabbalistischen Begriff eines Gottes ohne deutliche Attribute. Ein Gott, den niemand kannte. Als ich nickte, fügte er hinzu: «Ein Gott, der über allem steht, hat nichts Tröstendes.»

«Trost. Mein lieber Freund, Trost kann ich in den Armen einer Frau finden und in den Umarmungen meiner Kinder. Aber nicht bei Gott. Den Herrn aus den Seiten des Alten und Neuen Testaments kannst du behalten. Ich nehme den, über den nichts geschrieben steht.»

Carlos schüttelte den Kopf, als entließe er mich in eine Welt, die er niemals verstehen würde. Wir kamen zum Haus von Rabbi Losa. Ich wartete an der Straßenecke. Als der Priester klopfte, öffnete Losas jugendliche Tochter Esther-Maria einen Fensterladen im oberen Stock und strich sich die zerzausten Haare aus dem Gesicht.

«Entschuldige, daß ich euch wecke», sagte Carlos. «Ist dein Vater zu Hause?»

«Nein, er ist fortgegangen.»

«Wohin?»

«Das weiß ich nicht.»

«Kannst du ihm ausrichten, daß ich mit ihm reden möchte? Ich bin entweder im Haus von Berekia Zarco oder in der Kirche

São Pedro. Sag ihm, er solle sobald wie möglich zu mir kommen. Selbst wenn er uns wecken muß. Und sag ihm, daß wir nichts gegen ihn haben.»

Sie nickte. Wir gingen wieder heim und setzten uns in den Hof. Schuldgefühle erklangen in uns wie eine morbide Melodie. Wir hatten überlebt, während so viele andere gestorben waren. Ich holte eine Öllampe aus dem Haus und rollte dann meine Zeichnung des Jungen auf, der Senhora Tamara Onkels letzte Haggada verkaufen wollte.

«Hast du ihn schon einmal gesehen?» fragte ich, als das Licht auf das Blatt fiel.

Carlos führte die Zeichnung dicht vor sein Gesicht. «Nein.» Als ich das Blatt zurücknahm, fragte er flehentlich: «Darf ich bis morgen früh hierbleiben? Ich ertrage es nicht, allein zu sein.»

«Wir haben gar keine andere Wahl. Du darfst nicht in die Nähe deiner Wohnung oder von São Pedro gehen. Der Mörder hat einen Henker, einen Blonden aus dem Norden, auf Diego angesetzt. Vielleicht ist er auch hinter dir her.»

«Hinter mir?» Der Priester fuhr erschrocken zusammen und riß seine schläfrigen Augen weit auf, als hätte er Gift geschluckt. «Das erklärt vielleicht ...» Er nahm ein quadratisches Pergamentblatt aus seiner Soutane, an dessen Ecken Stofftroddeln wie *zizit* angenäht waren. «Hier, lies das», sagte er und reichte mir das Blatt.

Winzige hebräische Schriftzeichen formten die groben Umrisse eines Mannes. Die Sprache war eine seltsame Mischung aus Hebräisch und Portugiesisch, und die Worte stammten aus dem Buche Hiob:

Doch läßt er seine Eier auf der Erde und läßt sie die heiße Erde ausbrüten. Er vergißt, daß sie möchten zertreten werden und ein wildes Tier sie zerbreche.

«Wann hast du diese Nachricht erhalten?» fragte ich.

«Letzten Freitag. Sie wurde unter meiner Wohnungstür durchgesteckt. Anfangs dachte ich, sie käme von deinem Onkel.

Weil er mir angst machen wollte, um an das Buch zu kommen, hinter dem er her war.» Carlos lächelte. «Und dann habe ich geglaubt, daß sie von dir stammt.»

Ich verdrehte die Augen. «Und jetzt, wo dein Geist von seinen Irrfahrten wieder heimgekehrt ist und rastet?»

«Jetzt weiß ich gar nichts mehr. Doch irgend jemand hat deinen Onkel umgebracht, und jetzt will er mich ermorden. Vielleicht stammt dieser Talisman von ihm. Vielleicht hat das Buch, das ich besitze, mit dem Tod deines Onkels zu tun! Vielleicht ist es wertvoller, als wir beide glauben.»

«Kannst du es holen?»

«Nein. Es ist in meiner Wohnung. Und der Mann aus dem Norden ... Beri, es war mein letztes Stück Judaismus. Ich mußte es behalten. Dein Onkel verlangte von mir, alles aufzugeben, was ich einmal war.»

«Schon gut, Carlos. Aber hast du eine Ahnung, warum es für ihn so wertvoll war?»

Er schüttelte den Kopf. «Es gibt noch andere Exemplare. Es ist nicht einzigartig.»

«Gibt es Randbemerkungen?»

«Nichts dergleichen. Vielleicht wollte der Mensch, der mit deinem Onkel die Bücher schmuggelte, es einfach für sich selbst haben. Vielleicht sollte es gar nicht außer Landes gebracht werden.»

«Das scheint nicht sehr plausibel. Warum sollte der Schmuggler sich nur wegen deines Buchs plötzlich gegen Onkel wenden, nachdem er vorher Hunderte oder noch mehr wertvolle Werke über die Grenze gebracht hat? Außerdem liegen in der *Geniza* noch mehrere wertvolle Manuskripte, und der Mörder hat trotzdem nur Onkels letzte Haggada genommen.» Ich untersuchte die Nachricht auf dem Pergament genauer und entdeckte, daß einige Wörter falsch buchstabiert waren. «Dies ist in Eile geschrieben worden, wahrscheinlich im geheimen», bemerkte ich. «Von jemandem, der weder vollständige Torakenntnisse noch eine Ausbildung zum Schreiber hat. Obwohl die Tinte sehr gut ist. Ein Amateurschreiber, der Zugang zu den besten Materialien hat. Rechtshänder, wenn man nach der Neigung der Schriftzeichen geht. Und was den Stoff angeht ...» Ich schnüffelte daran und ließ ihn durch meine Finger gleiten. «Ziemlich alt, würde ich sagen. Riecht nach Zedernholz. Vielleicht wurde er in einer Truhe aufbewahrt. Wenn wir mehr wissen wollen, brauchen wir Farids Hilfe. Vielleicht hat sogar die Tinte einen charakteristischen Geruch.» Ich blickte Carlos an. «Der Mensch, der diesen Talisman gemacht hat, will dir Angst einjagen. Doch wenn er dich töten wollte, würde er sich nicht die Mühe machen, dir so eine Warnung zukommen zu lassen. Darf ich sie behalten?»

Er nickte. «Halt sie nur von mir fern.» Dann lehnte er seinen Kopf zurück und gähnte. «Manchmal habe ich das Gefühl, ich könnte ein oder zwei Jahrhunderte lang schlafen.»

«Carlos, du kannst mein Bett nehmen. Hol dir noch eine Decke aus dem Schrank.»

«Der Hof ist völlig ausreichend.»

«Auch wenn du dich peinigst, wird das niemanden zurückbringen.»

«Beri, ich muß den Himmel und die Sterne sehen. Laß mich einfach hier sitzen. Wenn Gott mir die Gnade erweist, werde ich schlafen.»

Mit einem hilflosen Schulterzucken wünschte ich ihm eine gute Nacht. Auf dem Weg zum Keller erblickte ich meine Mutter, die in ihrem Schlafzimmer über Farid wachte. Ich ging zu ihr und sah, daß sie einen Pergament-Talisman an die Brust drückte. Er hatte die Form einer *Magreifa*, einer mystischen Flöte mit zehn Löchern. Wir wechselten einen langen, schweigenden Blick und sahen dann beide auf Farid hinab. Er atmete jetzt ruhig und gleichmäßig, als würde er in unsere Welt zurückkehren. Hatte ein Tausch stattgefunden? Farid für Juda? Wollte meine Mutter ihn deshalb nicht aus den Augen lassen?

«Danke, daß du ihm dein Bett überläßt», flüsterte ich.

Sie nahm meine Hand und drückte sie. Sie roch noch immer nach Bilsenkraut. «Wenn er doch nur einer von uns wäre», sagte sie mit schleppender Stimme.

«Das ist jetzt nicht mehr wichtig», antwortete ich.

«Du irrst, Berekia. Es ist wichtiger als jemals zuvor.»

Wir schienen verschiedenen Rassen anzugehören. Ich küßte ihren Nacken und stieg in den Keller. In Onkels Korrespondenz fand ich jedoch nur wenig, das mir weiterhalf. Lediglich zwei Briefe enthielten vielversprechende Hinweise. Sie stammten beide von derselben Person. Der erste war am dritten Shevat des zurückliegenden Jahres datiert und auf arabisch geschrieben. Onkel mußte ihn erst kurz vor seinem Tod erhalten haben. Er war mit schwungvollen Schriftzeichen in der Form einer Menora unterschrieben. Soweit ich es entschlüsseln konnte – denn die ältere Generation der Kabbalisten liebte es, den flüchtigen Leser zu verwirren – lautete der Name des Absenders *Tu Bisvat*. Natürlich war das nur ein Pseudonym. *Tu Bisvat* war der Name eines jüdischen Feiertags, den unsere Mystiker mit dem Baum des Lebens in Verbindung brachten.

Leider war mein Arabisch zu schlecht, um den blumigen Stil des Schreibers genau verstehen zu können. Allerdings hatte ich keinen Zweifel daran, daß er mindestens einmal auf den *safira* anspielte, den Onkel ihm schickte.

Der zweite Brief war vor fast genau einem Jahr datiert und ebenfalls auf arabisch geschrieben. Ich konnte nichts entziffern, was einen Sinn ergeben hätte. Müßte ich ihn übersetzen, hätte ich gesagt, daß Onkel darüber verhandelte, *eine Fliese zu kaufen, die das Zentrum des Sonnenuntergangs schmücken sollte.*

Ich brauchte Farids Hilfe, um die rankenden Reben der arabischen Bildersprache in den beiden Briefen zu durchdringen.

Bevor ich die *Geniza* wieder schloß, ging ich noch einmal alle Briefe durch, um die Handschriften mit der auf dem Pergament von Carlos zu vergleichen. Ich fand keine, die dieser glich.

Oben lag Farid schnarchend im Bett. Seine Stirn brannte

nicht mehr. Ich widerstand der Versuchung, ihn zu wecken. Es war sein erster gesunder Schlaf seit Tagen. Also setzte ich mich in die Küche und wartete darauf, daß er sich rührte. Die Briefe von *Tu Bisvat* lagen sicher in meinem Beutel. Ich stäubte Zimt über die Glut im Herd. Rote Funken stoben in die Luft wie Sternschnuppen. Obwohl mir auffiel, daß ich voller Staub und Ruß war, empfand ich meinen modrigen Gestank als beruhigend. Es war, als sei es ein jüdischer Geruch, der davon zeugte, daß ich für immer trauern wollte. Und wenn ich Onkels Mörder fand, würde die Rache diesen Geruch noch verstärken und ihn zu etwas Göttlichem machen.

Am frühen Freitag morgen wachte ich von dem Gestank nach brackigem Seewasser auf. Ich saß noch immer am Küchentisch, und in dem Wasserkessel in der Nähe meines Kopfes lagen große Stücke gesalzenen Kabeljaus eingeweicht. Hahnenschreie kündigten die Morgendämmerung an. Am Herd kochten Cinfa und Pater Carlos Eisenkrauttee.

Es war der siebte Tag des Passa, und der letzte Abend des Festes stand uns bevor. Die Angst, daß mir die Zeit davonlief, in der ich Onkels Mörder finden konnte, ließ mich hellwach hochfahren.

Cinfa blickte mich fröhlich an. «Mutter sagt, ein Mensch könne von Kabeljau und Eiern wie ein König leben», bemerkte sie. In ihren flehenden Augen las ich die Bitte, diesen Traum vom Glück zu bestätigen.

Doch mich bedrückte das Gefühl, in einer Falle zu stecken. Dieses Haus war ein Gefängnis; und Cinfa und Pater Carlos gaben schlechte Propheten des Überlebens ab. Ich sprang auf. «Ist Rabbi Losa vorbeigekommen?»

«Noch nicht», antwortete der Priester.

«Und Farid?»

«Der schnarcht noch.»

«Er hat genug geschlafen! Ich werde ihn wecken.» Als ich aus dem Zimmer gehen wollte, kam Cinfa auf mich zugerannt und warf sich warm an meine Brust. «Bitte, geh nicht schon wieder fort! Heute wird dir etwas Schreckliches zustoßen, ich weiß es!»

Ich hätte gerührt sein müssen, doch ich wollte das Mädchen nur loswerden und führte sie zum Herd zurück. «Mir wird nichts passieren», flüsterte ich. «Ich verspreche dir, daß ich mich nie wieder von einem Altchristen verletzen lassen werde.»

Ihr leerer Blick verriet mir, daß die Schutzschicht des Unglaubens, die sie vor dem Schmerz bewahrt hatte, fortgerissen war. Ich hielt ihre Hand und sprach zusammen mit ihr und Pater Carlos das Morgengebet. Als wir fertig waren, sagte der Priester: «Ich werde zurück nach São Domingos gehen, um mehr über Juda in Erfahrung zu bringen.»

«Gib es auf, Carlos», sagte ich. «Wenn er noch lebt, wird er allein zurückfinden. Sie werden dir nichts erzählen. Für sie ist er nur ein bißchen jüdischer Rauch.»

«Nein, ich muß.»

«Du begibst dich in Gefahr. Der Mann aus dem Norden könnte auf der Suche nach dir sein.»

«Er wird mich zu Hause erwarten. Ich werde mich aus der Ladentür in die Rua da Sinagoga schleichen und dann am Fluß entlanggehen. Mir passiert schon nichts.» Carlos sah mich an, als brauche er meine Bestätigung.

Der Priester schien plötzlich mit Mut gesegnet zu sein. «Sehr gut», nickte ich.

Er neigte den Kopf und ging.

«Laß mich einen Moment zu Farid, dann komme ich zu dir zurück», sagte ich zu Cinfa, als wir allein waren.

Ihr Gesicht wurde rot und schwoll an. Sie schien jeden Moment in Tränen ausbrechen zu wollen. Ich streckte die Arme nach ihr aus, doch sie riß sich von mir los und verschwand durch die Küchentür.

Farid schlief noch, doch sein Gesicht hatte wieder Farbe bekommen. Die Haut an seinen Armen und Beinen war warm und weich. Über ihm baumelten Mutters Talismane, als wollten sie seine Gesundheit bestätigen. Die Gewißheit, daß der Todesengel sich zurückgezogen hatte, ließ meine Augen feucht werden. Ich ging zum Fenster, um Gott zu danken. Belo schaute mit gespitzten Ohren über die Mauer vor Senhora Faiams Haus. *Gesegnet seien alle Männer und Frauen, Kinder und Hunde*, dachte ich. *Wenn es auf dieser Welt soviel Schönheit gibt, warum ist uns dann die Existenz eines greifbaren Gottes so wichtig? Können wir uns nicht mit dem zufriedengeben, was wir haben?* Auf dem Straßenpflaster sah ich Pater Carlos' abgebrochenen Nazarener liegen. Mit dieser Figur hatte ich etwas gemeinsam: Die Fragen an eine ungewisse Zukunft.

Farid wachte auf und klopfte zweimal aufs Bettgestell, um auf sich aufmerksam zu machen. «Hast du von Samir gehört?» fragten seine Hände.

«Nein, leider nichts. Moment mal ...» Ich holte die Sandalen seines Vaters aus meinem Zimmer, kniete neben meinem Freund nieder und hielt sie ihm hin. «Ich wollte sie dir nicht zeigen, so lange es dir so schlecht ging. Der Mann in der Moschee sagte, dein Vater sei zu Beginn des Aufstands so schnell losgerannt, daß er sie vergessen habe.»

Farid griff nach den Sandalen und kniff die Augen fest zusammen. Mit dem Daumen fuhr er an den Schnürbändern entlang, dann hielt er sie an die Nase und schnüffelte an dem Leder. Als er Samir roch, wölbten sich seine Lippen vor, und sein Gesicht schien aufzubrechen. Er stöhnte. Ich nahm seine Hände in die meinen, um ihn mit meiner Liebe zu stärken.

Langsam wurde Farid ruhiger. Er stützte sich auf einen Ellbogen und wischte sich mit dem Bettlaken die Augen.

«Es tut mir leid», gestikulierte ich. Mehr gab es nicht zu sagen.

Er nickte und putzte sich die Nase im Ärmel seines Hemdes.

«Du hattest die Ruhr», erklärte ich ihm. «Es war soviel los, daß ich beinahe die falsche Diagnose gestellt hätte. Ich glaube, es war der Reis, den du dir gekauft hast, als wir am Montag nach Lissabon zurückgewandert sind.»

Er legte seine Hand kurz an den Mund, um mir zu danken,

dann ließ er sie durch die Luft gleiten, um den Großmut Allahs zu preisen. Seine Bewegungen waren jetzt gleichmäßig und zeugten davon, daß er seinen Glauben wiedergewonnen hatte. Ich beneidete ihn um diesen Glauben an einen wohlwollenden Gott.

«Was für einen Tag haben wir heute?» fragte er.

«Freitag», sagte ich und erhob mich.

«Schon bald Sabbat.» Er schüttelte den Kopf und holte tief Luft, als wolle er die schlafenden Kräfte seines Körpers sammeln. «Was hast du noch über den Mord an deinem Onkel herausgefunden?»

Ich berichtete ihm alles und zeigte ihm meine Zeichnung von dem Gassenjungen, der versucht hatte, Onkels Haggada zu verkaufen. Dann reichte ich ihm die Briefe von *Tu Bisvat.*

«Jetzt haben wir etwas in der Hand», signalisierte er, während er den ersten Brief überflog. In fließend leichtem Tonfall übersetzte er mir die wichtigen Informationen: «Meister Abraham, ich habe mit dieser Nachricht an Euch gewartet, weil ich hoffte, es würden noch mehr *safira* eintreffen. Aber da in letzter Zeit nichts gekommen ist, beginne ich mir Sorgen zu machen. Ist Zerubbabel etwas zugestoßen? Oder seid Ihr vielleicht krank? Bitte laßt mir eine Nachricht zukommen. Ich werde langsam unruhig.»

Es gibt Momente, in denen die Miniaturwelt der Bücher Wirklichkeit wird. In der ewigen Gegenwart der Tora beginnen dann die Konturen der Prophetenhände zu glühen oder das Auge einer Heldin uns zuzublinzeln. In diesem Moment überkam mich ein ähnliches Gefühl, und es lenkte meinen Blick nach innen. Vor mir öffnete sich ein Pfad. Er führte von Lissabon über Spanien und Italien bis in den Orient. Onkel wanderte diesen Pfad entlang, und er trug seine geliebten Schriften bei sich. In seinem Gesicht stand das Lächeln eines Menschen, der Geschenke macht.

Ich sah diese Bilder, weil der Brief darauf hindeutete, daß der Pfad, den die geschmuggelten Bücher meines Onkels nahmen, nach Konstantinopel führte. Und sein Komplize in der türkischen Hauptstadt, jener *Tu Bisvat*, hatte eine erwartete Sendung nicht erhalten und machte sich jetzt Sorgen, ob Onkel etwas zugestoßen war. Der Brief wiederum hatte in Onkel den Verdacht geweckt, daß er von einem oder mehreren seiner Kuriere betrogen wurde. Er hatte diesen Verdacht für sich behalten wollen, bis er sicher wußte, wer der Täter war. In der Zwischenzeit war Onkel zu Dom Miguel Ribeiro gegangen, um einen neuen Komplizen zu rekrutieren, der die Bücher ohne große Probleme über die portugiesische Grenze schaffen konnte. Weil der Edelmann nicht mitmachen wollte, hatte Onkel dann an Samson Tijolo geschrieben, der wegen seines Weinhandels ebenfalls an die Genehmigung kommen konnte, ins Ausland zu reisen.

Zerubbabel war natürlich eine Figur aus dem Buche Esra. Als Leibwächter des Königs Darius von Persien konnte er seinen Herrn davon überzeugen, den damals völlig zerstörten jüdischen Tempel in Jerusalem wiederaufzubauen. Er gewann Darius durch das Argument, daß Frauen stärker seien als Wein und alle Herrscher der Welt. Nur die Wahrheit sei noch stärker. Nachdem der Tempel wiederaufgebaut war, lebte er als reicher Kommandant in Jerusalem.

Doch wer war er in diesem Zusammenhang? War Zerubbabel der Geheimname für den Mann, der Onkels geschmuggelte Schriften nach Konstantinopel brachte?

Im zweiten Brief von *Tu Bisvat* spielte der Autor auf eine *zulecha*, eine Fliese, an, die er für Onkel in Konstantinopel kaufen wollte. «Das verstehe ich nicht», sagte ich zu Farid.

«In diesem Zusammenhang halte ich das für eine Anspielung auf ein geeignetes Gebäude als Heimstatt», erklärten mir seine Hände. «Vielleicht hatte dein Onkel vor, ein Haus auf der europäischen Seite des Bosporus zu kaufen. Auf der Sonnenuntergangsseite von Konstantinopel.»

FÜNFZEHNTES KAPITEL

ONKEL HATTE ALSO die ganze Zeit schon vor wegzuziehen. Bloß wollte er es uns erst erzählen, wenn er alles arrangiert hatte», signalisierte ich. «Byzanz! Stell dir vor, Farid, ein moslemisches Land. Wenn er es mir doch nur gesagt hätte! Wir hätten sicher alle noch härter gearbeitet, um das Geld aufzubringen. Doch vielleicht hatte er Angst, man könne ihm auf die Spur kommen, und dann hätte er uns alle ...»

Die Kaskade meiner überraschten Handzeichen wurde von Tante Esther unterbrochen, die mich aus der Küche rief. «Mein Gott, ihre Seele ist zurückgekehrt!» flüsterte ich.

Farid las meine Lippen. «Schnell, geh zu ihr. Vielleicht braucht sie dich, damit du sie das letzte Stück Weg in unsere Welt zurückführst.»

Als ich in die Küche kam, sah ich, daß meine Tante nicht allein war. Sie hielt Cinfa vor sich wie einen menschlichen Schild. Neben ihr stand ein alter Mann. Er war groß und hager, sehr blaß und mit borstigem weißem Haar. Über seinen Augen wölbten sich die Brauen wie pelzige Raupen. Esther blickte mich ernst an. «Kannst du dich noch an Afonso Verdinho erinnern?» fragte sie. «Er hat früher zum Kabbala-Zirkel deines Onkels gehört.»

O Sinistro, der Mann von der linken Seite. So lautete der etwas zweideutige Spitzname, den wir ihm damals gaben. Der italienische Ausdruck spielte einerseits darauf an, daß Dom Afonso Linkshänder war, aber auch auf sein grimmiges Äußeres, das ihn wie eine Erscheinung von der Anderen Seite wirken ließ. Onkel hielt ihn für eine Kuriosität und mochte ihn. Er sagte immer, Dom Afonso lese die Tora, als seien die Worte mit Fischleim fixiert. Eine Konsequenz des kompromißlos asketischen Lebenswandels, den er sich während seines Studiums bei den Sufis in Persien zugelegt hatte. Was war aus ihm geworden? Wie er da vor mir stand, wirkte er noch älter und verwelkter, als ich ihn in Erinnerung hatte. Er sah aus, als hätte er gehungert und in einer dunklen Kammer auf dem Streckbett gelegen. Unter den Achseln seines faltigen weißen Hemdes zeigten sich gelbe Schweißflecken. Ein schäbiger schwarzer Mantel mit einer abgestoßenen blauen Seidenbordüre hing über seinem Arm. Als unsere Blicke sich begegneten, zuckte es unbehaglich um seine Lippen. Keiner von uns machte Anstalten, den anderen zu begrüßen.

«Du erinnerst dich doch an ihn, oder?» fragte Esther wieder. «Du warst zwar noch ein Junge ...»

«Ich erinnere mich an ihn», antwortete ich kurz angebunden. Ich spürte eine Katastrophe auf mich zukommen und stand wie in Kristall gegossen da.

«Berekia, ich werde eine Zeitlang bei Afonso bleiben», fuhr sie mit leiser und sanfter Stimme fort. «Er ist sofort hierhergeritten, als die Nachricht von dem Aufstand Tomar erreichte. Er hat sich in der Nähe von Rezas Haus in der Taverne von Senhor Duarte eingemietet. Wir werden dort bleiben. Bitte sag es deiner Mutter. Ich will sie nicht wecken. Wenn sie mich braucht, kann sie zu mir kommen.»

«Ich verstehe das nicht», sagte ich.

Meine Tante hob die Hände an die Schläfen, als wolle sie ihre Gedanken sammeln. Cinfa entwand sich ihren Armen, blickte zu ihr hoch und rannte dann aus dem Haus. Vergeblich rief Esther hinter ihr her.

Als er Esther etwas auf persisch zuflüsterte, standen plötzlich Sanftmut und Mitgefühl in Afonsos Gesicht. Er legte ihr einen schützenden Arm um die Schultern und zog sie an sich. «Gib deiner Tante etwas Zeit», sagte er zu mir, «und versuche zu verstehen, daß die Reise viel komplizierter ist, als du früher dachtest.»

Er führte Esther in den Hof. Aneinandergeschmiegt verschwanden sie durchs Tor. Heiß schoß mir die Eifersucht durch die Brust. Es schien mir grausam, daß ein Fremder meine Tante wiederbeleben konnte, während ich hilflos war. Und wie konnte sie in einem solchen Moment ihre Familie verlassen?

Dom Afonso. Veränderte sein Auftauchen alles? War es möglich, daß er mit dem Mord an Onkel zu tun hatte? Und mit dem Bücherschmuggel? Doch er hatte Lissabon schon vor den Zwangstaufen verlassen, lange bevor mein Meister und mein Vater die *Geniza* gegraben hatten.

Eine absurde Enttäuschung durchbohrte mich. Leider war das Leben kein Buch mit Randbemerkungen, die alle schwierigen Ereignisse erklärten. Sonst wäre Dom Afonso wohl vor seinem Kamin in Tomar sitzen geblieben. Seine Ankunft komplizierte nur, was ohnehin außer Kontrolle geraten war.

Plötzlich hörte ich meinen Onkel sprechen: *Liebster Berekia, das Leben hält für uns viele Pfade bereit, die nirgendwohin führen. Türen, die sich ins Leere öffnen, und Treppen, die vor verschlossenen Pforten enden.* Mir fiel ein, daß er immer sagte, das ganze Leben sei eine Pilgerreise zum Sabbat. Doch wenn das stimmte, dann näherten wir uns diesem Ziel fast alle auf Umwegen.

Ich ging zu Farid zurück. «Die Menschen sind eigenartige Wesen», bemerkte ich.

«Warum? Was ist passiert?»

Als ich es erklärte, lächelte er: «Du weißt es nicht, oder?»

«Was weiß ich nicht?»

«Das sie mal ein Liebespaar waren. Vor langer Zeit. Samir hat es mir erzählt.»

«Du bist verrückt. Afonso und ...»

«Es ist schon lange her. Es bedeutet nichts mehr.»

Seine Worte waren so einfach, doch ich verstand sie nicht. Ich verlor den Boden unter den Füßen, als würde eine Flut ihn wegschwemmen. Farids gestikulierende Hände waren mein Anker im Strudel der Welt.

Konnte Esther in den Mord verwickelt sein? Hatte sie Dom Afonso womöglich aus Versehen die Existenz unserer *Geniza* verraten? Oder hatte Dom Afonso es getan, weil er sie immer noch liebte?

Farid las meine Gedanken. «Ein Kartenhaus auf einem schiefen Tisch im Sandsturm.»

«Nicht, wenn sie von Dom Afonsos Plänen nichts wußte. Vielleicht hat er sie nicht eingeweiht. Vermutlich ahnt sie immer noch nicht, daß der Mann, der sie tröstet, der Mörder ihres Gatten ist!»

«Aber aus dem Brief von *Tu Bisvat* wissen wir, daß sehr wahrscheinlich einer der Schmuggler deines Onkels in den Mord verwickelt ist. Es sei denn, du hältst Afonso für einen dieser Schmuggler. Glaubst du, er ist Zerubbabel?»

Eine Zeitlang saßen Farid und ich schweigend da. Ich konnte immer noch nicht begreifen, daß Esther fortgegangen war. Hin und wieder versuchte mein Freund, mir etwas zu signalisieren, doch ich achtete nicht auf ihn. Schließlich ergriff er meinen Arm. «Jemand mit einem seltsamen Schritt ist ins Haus gekommen», gestikulierte er. «Ich spüre es an den Vibrationen.»

Plötzlich hörte ich in der Küche jemanden meinen Namen rufen. Als ich eintrat, stand der Stoffhändler Simon Eanes in der Tür, ein Mitglied des Kabbala-Zirkels. Schwer lehnte er auf seinen Krücken. Um die Schultern trug er einen abgetragenen schwarzen Samtmantel. Er war weder rasiert noch gewaschen, und auf seiner Stirn klaffte eine augengroße Wunde. Cinfa war bei ihm und umarmte ihn wie ein verlassenes Kind. Während er ihr mit der behandschuhten Hand übers Haar strich, nickte er mir mitfühlend zu. «Berekia, ich habe von Meister Abraham gehört.»

Unfreiwillig schaute ich auf den Fuß in seiner Sandale, um zu sehen, ob es der eines Menschen war. «Du bist also nicht tot?»

Er schüttelte lächelnd den Kopf. Es war das Lächeln eines Verrückten, so breit, als würden seine Lippen von den unsichtbaren Fäden eines Marionettenspielers auseinandergezogen.

Doch schließlich verband uns, daß wir beide überlebt hatten, und ich trat auf ihn zu. Seine Handschuhe! Der an der rechten Hand war am Rücken zerrissen. Stammte der Seidenfaden unter Onkels Daumennagel tatsächlich von ihm? Argwöhnisch trat ich zurück. Auf seinem Gesicht tauchte wieder das fratzenhafte Grinsen auf.

«Geht es dir gut?» fragte ich. «Was ist passiert? Dein Vermieter sagte ...»

«Alles in Ordnung», nickte er. «Ich habe ihn angewiesen, jedem, der nach mir fragt, zu erzählen, ich sei tot. Das schien mir sicherer. Dann bin ich aus Lissabon geflohen. Ich bin gerade erst zurückgekommen.»

Würde Juda dann auch von den Toten zurückkehren? Oder war das eine zu kühne Hoffnung?

Mit einer eleganten Verbeugung nahm Simon die altbackene Matze an, die ich ihm anbot. «Onkel ist nicht der einzige aus dem Zirkel, der umgekommen ist», sagte ich. «Auch Samson ist tot.»

«Ich weiß. Er war bei mir im Laden, als es losging. Ich habe ihn aufgefordert, sich mit mir zu verstecken, doch er wollte zu Rana und dem Kind zurück. Er war noch keine fünfzig Schritte gegangen, da haben sie ihn schon geschnappt. Überall waren marodierende Christen, er hatte keine Chance.»

Mein Körper schien mir nicht mehr zu gehören. Ich wollte Simon prüfen, doch alles, was ich über die Lippen brachte, war die Wahrheit. «Diego und Pater Carlos haben überlebt. Und Afonso Verdinho ist wieder in der Stadt.»

Simon nickte und grinste, als habe er mich nicht verstanden und wolle nur höflich sein. Wir saßen uns gegenüber. Cinfa murmelte irgend etwas von Dingen, die sie zu erledigen habe. Wahrscheinlich hatte sie unserer Unterhaltung nicht zugehört. Mein wütender Blick ließ sie aufspringen und in den Hof fliehen.

Auf Simons Gesicht stand immer noch dieses angespannte Lächeln. Es sah aus wie von einem unbegabten Illuminator hingemalt. «Was ist so komisch?» fragte ich.

«Nichts.»

Ich zeigte auf seine Stirn. «Du bist verletzt. Hat dich jemand angegriffen?»

Simon berichtete, er sei über einen Mistkarren gestolpert, als er sich in der Werkstatt eines Federmachers versteckte. Er lachte irr, zeigte mir weitere Wunden am Knie und erzählte eine alberne Anekdote über einen Hund, der ihn einmal an das Holzbein, das er ausprobierte, gepinkelt hatte. Schließlich brach er seinen Redefluß ab, und sein Blick wanderte nervös durchs Zimmer. Offenkundig hatte der Schmerz ihn zum Hofnarren eines tyrannischen Gottes werden lassen.

«Wir haben keinen Wein mehr», sagte ich. «Doch ich könnte dir einen Branntwein anbieten.»

«Nein, nein. Ich brauche nichts.»

Farid kam hereingeschlurft und ließ sich neben mich sinken. Auf Simons Lächeln reagierte er mit einer unbeholfenen, nachdenklichen Kopfbewegung. Als Simon darauf nichts erwiderte, signalisierte Farid mir: «Er ist wie ein vertrockneter Jasmin, der vor seinem Tod noch einmal aufblüht.»

Um endlich die falsche Fröhlichkeit aus seinem Gesicht zu bannen, erzählte ich Simon von meiner Mutter, Tante Esther und dem Verschwinden von Juda und Samir. Er nickte, als hätte er diese Geschichten schon einmal gehört. Dann versuchte ich, seine Reaktion zu testen: «In der Nähe von Onkels Leichnam habe ich einen Rosenkranz gefunden. Ich glaube, daß Pater Carlos ihn ermordet hat.»

«Carlos? Aber welchen Grund könnte er haben, Meister Abraham zu töten?»

«Sie hatten Streit wegen eines Manuskripts, das er Onkel nicht geben wollte.»

Simon lächelte, als hätte ich einen Witz gemacht, und ließ seine Finger wie Spinnenbeine über den Tisch wandern.

«Nun, was sagst du dazu?» fragte ich zornig.

«Was soll ich dazu sagen? Ich finde deine Vermutung absurd.

Doch wenn du daran glaubst, bin ich der letzte, der dir deine Illusionen nehmen will. Ich habe schon längst aufgegeben, nach der Wahrheit zu suchen. Illusionen sind wunderbar. Wir sollten alle in einem Garten blühender Lügen wandeln – so ließe es sich viel einfacher leben.»

Cinfa kam zurück ins Haus. Sie kauerte sich unter Farids Arm.

«Hör nicht auf mich», seufzte Simon plötzlich. «Ich bin ein alter Narr, dem jeder Mut abhanden gekommen ist. Doch für Meister Abraham will ich noch einmal versuchen, der Wahrheit ins Auge zu sehen. Du glaubst also, er ist von jemandem ermordet worden, der ihn kannte. Von einem Neuchristen?» Seine fragenden Augen blickten fast hoffnungsvoll, als wäre der Tod von der Hand eines Juden dem Mord durch einen Anhänger des Nazareners vorzuziehen.

«Ich halte es für sehr wahrscheinlich», antwortete ich. Als ich ihm von dem Schächtermesser und den gestohlenen Steinen erzählte, biß er sich auf die Lippen. Fragend blickte er zu Cinfa, bis ich verstand, was er wollte. Ich bat sie, aus dem Laden etwas Obst für die Gäste zu holen.

«Ich verstehe schon», zischte sie. «Aber er war auch mein Onkel!» Sie funkelte mich an. «Ich hole Obst, damit Farid sich schnell erholt. Nicht, weil du mich darum bittest!»

Als ich sie berühren wollte, fuhr sie herum und rannte davon.

Ich seufzte. «Ich weiß nicht, was ich mit ihr machen soll. In der einen Minute macht sie sich Sorgen um mich, und in der nächsten ...»

«Die Zeit wird alles heilen», lächelte Simon.

«Du klingst wie Dom Afonso Verdinho.»

«Wann ist er zurückgekommen?»

«Gerade jetzt», sagte ich. «Seltsam, nicht wahr?»

«Was willst du damit sagen? Glaubst du etwa, daß er ebenfalls ...»

«Möglich ist es.»

«Erzähl mir mehr über Meister Abrahams Abschied vom Erdenreich.»

In einem Tonfall, der vor meinen Gefühlen davonrannte, beschrieb ich Simon, wie ich Onkel und das Mädchen gefunden hatte, wie sie lagen und wie die Schnittwunden an ihren Hälsen aussahen. Als Reaktion grinste er wieder, doch seine Lippen zitterten dabei. In ihm kämpften die Gefühle miteinander. Plötzlich unterbrach er mich und sagte mit gepreßter Stimme: «Gab es sonst nichts Ungewöhnliches an der Leiche deines Onkels?»

Mein Herz klopfte die Worte *um fio de seda*, ein Seidenfaden, doch ich sagte nur: «Was denn, zum Beispiel?»

Simon zuckte mit den Schultern, als wolle er seine Worte Lügen strafen. *«Semente branca»*, flüsterte er und benutzte den Kabbalistenausdruck.

«Woher ...?» Mit erhobener Hand unterbrach er meine Frage.

«In Sevilla hat mich ein Mitglied der jüdischen Gemeinde verraten. Ich habe nie herausgefunden, wer es war. Die Inquisitoren sagen es den Gefangenen natürlich nicht. Ich habe widerrufen, aber sie haben mich trotzdem eingesperrt. Die schwarzen Stellen am Hals deines Onkels waren Blutergüsse. Ich habe so etwas schon mal gesehen. Vom Hängen, Garrottieren oder ...» Als ihn sein Lächeln verließ, senkte er den Blick. Mit dem Hemdsärmel wischte er sich die Augen. «Der Samen kommt als körperliche Reaktion auf den Druck gegen Hals und Luftröhre», fuhr er fort. «Nicht bei allen, aber oft. Ich habe die Theorie, daß es die Freude ist, weil Gott sich nähert, um das rechtschaffene Opfer zu retten. Es gibt einen Orgasmus. Vielleicht hat sogar Gott in dem Moment einen Orgasmus. Dein Onkel hat es wahrscheinlich gewußt. In dem Moment, wo sich die Ekstase zum Schmerz gesellt, wird das Opfer seinen Schöpfer sehen. Und als Meister der göttlichen Namen wird dein Onkel sicherlich fast sofort zu einem mächtigen Orgasmus gekommen sein.»

«Du sagst, er sei erst gehängt worden. Doch es gab kein Seil und auch ...»

«Oder garrottiert oder einfach erdrosselt. Mit einem Seil oder mit den Händen. Und ...»

«Es wurde mit einem Rosenkranz gemacht», unterbrach ich ihn. «Daß ich eine Perle gefunden habe, war keine Lüge.»

«Und dann hat dein Schächter ihm die Kehle durchgeschnitten», fuhr Simon fort. «Vielleicht aus alter Gewohnheit. Oder um ganz sicherzugehen. Bei einem so großen Kabbalisten wie deinem Onkel kann man nie wissen. Es gibt immer Wege ...»

«Es muß jemand gewesen sein, den er nah genug an sich heranließ», signalisierte Farid. «Zerubbabel. Wer immer das sein mag, er muß ihn aufgesucht haben.»

Ich wollte noch nicht verraten, daß einer von Onkels Schmugglern in den Mord verwickelt sein könnte, deshalb übersetzte ich Simon diesen letzten Satz nicht. Er lachte kurz auf. «Ein Mann wie ich, meint Farid wohl.»

Simons scheues Zögern war wieder ganz seiner neuen Persönlichkeit gewichen.

«Ja», sagte ich. «Jemand wie du.»

«Berekia, ich werde mich nicht verteidigen. Dein Onkel hat mich aus den Händen der Christen befreit. Eher würde ich mich selbst umbringen als ...»

«Und trotzdem haben wir etwas gefunden, das dir gehören könnte», sagte ich.

«Was?»

«Gib mir einen deiner Handschuhe, dann sage ich es dir.»

Er zuckte die Schultern, als fände er dies sinnlos. Dann zog er den zerrissenen Handschuh ab und reichte ihn mir. Ich griff in meinen Beutel und holte den Faden hervor. Er paßte. Es war dieselbe schwarze Seide, nicht die Spur eines Unterschieds. «Er saß unter einem von Onkels Fingernägeln. Er gehört dir.»

Nachdem Simon den Faden untersucht hatte, stützte er sich am Tisch ab, um aufzustehen. Er blickte mich voller Mitgefühl an. «Es könnte derselbe sein – ich bin kein Experte. Doch er könnte auch aus meinem Laden stammen, aus fast jedem Seidengeschäft in Klein-Jerusalem. Aber natürlich fragst du dich, wie ich mir die Handschuhe zerrissen habe.»

Ich nickte. «Wer auf einem Bein geht, kann leicht stürzen. Stürzt man auf Steine, kann Seide reißen. Ein wunderschöner Stoff, dieser Wurmfaden, doch die, die ihn zu Kokons spinnen, denken nicht an die Dummheit der Menschen.»

Er griff nach seinen Krücken und führte die Lederpolster unter die Achseln. Meine Scham, einen Mann zu verdächtigen, den mein Meister liebte, vermischte sich mit dem perversen Wunsch, ihn weiter zu belästigen und zu beleidigen, bis ich das letzte Quentchen Glück aus seiner Seele getrieben hatte. «Simon, dies ist eine Zeit der Masken», sagte ich. «Und ich weiß nicht, was sich unter deiner verbirgt. Genausowenig wie du weißt, was unter meiner ist. Ich weiß nur, daß der Mann, der du wirklich bist, sich auf die Schulter klopft, weil er mich zum Narren gehalten hat.»

Er hüpfte, um seine Krücken richtig auszurichten. «Meine alte Maske ist schon vor langer Zeit auf dem Scheiterhaufen verbrannt, der mir meine Frau genommen hat. Und meine neue ... Ich weiß selbst nicht, wie sie aussieht.» Mit einem resignierten Gesichtsausdruck zog er sich den Handschuh wieder an. «Vielleicht hatte ich wirklich einen schrecklichen Streit mit deinem Onkel, als niemand zuhörte. Das würde ein Inquisitor vermuten. Ist das etwa aus dir geworden? Ein jüdischer Mystiker, der sich in einen Inquisitor verwandelt?» Ein bitteres Lachen stieg in ihm auf. «Da wärst du nicht der erste, oder? In Spanien und Portugal ist alles möglich. Gott segne diese Länder, in denen solche Wunder geschehen.»

Waren Simons zynische Worte die eines Mannes, der der Welt überdrüssig war, oder die Verteidigung eines Mörders? «Weißt du, wer zusammen mit Onkel die Bücher geschmuggelt hat?» fragte ich. Er schüttelte den Kopf. «Hast du keinen Verdacht?»

«Keinen. Ich bin sehr gut darin geworden, bestimmte Gedanken nicht zu denken. Das Nichtdenken ist sogar eine besondere

Begabung, die man sich in Kastilien und Andalusien zulegt. Eines Tages wirst auch du erkennen, wie sehr sie unter den guten Bürgern jener verhaßten Provinzen geschätzt ist.»

Ich rollte die Zeichnung von dem Jungen auf, der Senhora Tamara die letzte Haggada meines Meisters verkaufen wollte. «Hast du ihn schon mal gesehen?»

«Nicht daß ich wüßte.»

«Und *Tu Bisvat*?»

«Was ist damit?»

«Nicht ‹damit›. Es gibt einen Mann in Konstantinopel, der diesen Namen benutzt. Er hat Onkels geschmuggelte Schriften erhalten.»

Simon schüttelte den Kopf. «In Konstantinopel muß es über hundert Kabbalisten geben. Dieser *Tu Bisvat* könnte einer von ihnen sein. Meister Abraham hat uns immer gesagt, wir sollten uns über seine anderen Aktivitäten keine Gedanken machen. Wir haben seine Wünsche respektiert. Genau wie du, mein lieber Berekia.»

Als er mich wieder mitleidig angrinste, hätte ich ihn am liebsten geschlagen. «Und Haman?» fragte ich unwirsch.

«Was ist mit Haman?»

«Hat Onkel dir erzählt, welches Gesicht er dem Haman in seiner letzten Haggada gegeben hat?»

Simon schüttelte den Kopf und ging auf seinen Krücken zur Tür. Dort drehte er sich noch einmal zu mir um und legte eine Hand über die Augen. Der Narr war wieder verschwunden. Sein Blick war leer wie der eines Mannes, dessen Hoffnungen sich alle zerschlagen hatten. «Berekia, ich bin gekommen, um dir etwas zu sagen», flüsterte er gehetzt. «Im Estaus-Palast logiert ein spanischer Edelmann, der sich in der Stadt nach hebräischen Büchern erkundigt. Vor allem nach illuminierten Manuskripten. Am Sabbat vor dem Tod deines Onkels bin ich angesprochen worden, ob ich etwas zu verkaufen hätte. Ich weiß nicht, woher er meinen Namen hatte. Er wollte es mir nicht sagen. Hüte dich vor allen von uns, wenn du willst. Aber hüte dich besonders vor ihm. Es mag verlockend sein, die Bücher deines Onkels zu verkaufen, um Geld für eure Flucht aus Portugal aufzubringen. Doch ich traue diesem Mann nicht.»

«Und wie heißt er?»

«Er bezeichnet sich als Graf. Der Graf von Almira – doch wahrscheinlich ist das alles gelogen.»

Nachdem ich Simon und Farid erklärt hatte, daß dies niemand anderes war als der Mann, der Diego ins Krankenhaus gebracht hatte, bestanden sie beide darauf, mich zu ihm zu begleiten. Schweigend machten wir uns auf den Weg. Wir gingen langsam, damit Simon auf seinen Krücken mitkam. Draußen war es ruhig geworden. An das vorausgegangene Morden erinnerten nur noch die wissenden Augen der Christen, die ihr Terrain zu markieren schienen. Mit ihren mißtrauischen Blicken ließen sie uns spüren, daß wir anders waren als sie. Als hätten wir dies nicht längst gewußt! Dann begannen sie wieder miteinander zu flüstern und wichen unserem Anblick aus, als wären wir lebende Tote. Als hätten wir nicht auch das gewußt!

Im langen Morgenschatten der beiden Kathedralentürme signalisierte Farid mir, daß wir von einem Mann verfolgt wurden. «Seit wir das Haus verlassen haben», sagten seine Hände. «Und er kommt aus dem Norden. Aber dreh dich noch nicht um.»

Als wir hinter der Magdalenenkirche nach Klein-Jerusalem hinabstiegen, beschleunigten wir unseren Schritt. Wir gingen nicht, sondern navigierten durch die trocknenden Kothaufen, die von den Christen durch die Straßen geworfen worden waren. Zwischen den Pflastersteinen verliefen geschlängelte braune Linien, die langsam verblaßten. Es waren die Blutspuren der Juden, die man zu den Scheiterhaufen geschleift hatte. Fliegen schwirrten herum und krochen in unsere Nasenlöcher und Augen, doch ich konnte nur an den Mann aus dem Norden denken, der uns verfolgte. Ein unsichtbares Seil schien uns zu verbinden und mich an den Schultern nach hinten zu reißen. Beim alten Schulhaus warf ich einen Blick zurück. Unser Verfolger huschte hinter einen Karren mit getrocknetem Fisch. Es war der blonde Riese, den ich vor Diegos Haus gesehen hatte.

War seine helle Gesichtsfarbe das Erkennungszeichen des weißen Maimon mit den zwei Mündern?

Ich nahm Simons Arm und erzählte ihm von dem Schatten. «Er muß hinter mir her sein», erklärte ich. «Vielleicht ist es irgend etwas, das ich über Onkel weiß oder über seine Ermordung. Ihr müßt euch von mir trennen.»

Simon lächelte ergeben. Er wollte nicht mehr kämpfen. Doch Farid signalisierte: «Wäre es nicht besser, ihm entgegenzutreten? Drei gegen einen?»

Ich blickte auf Simons Krücken. «Keine gute Idee. Allein kann ich ihn in den Gassen von Klein-Jerusalem abhängen. Er stammt nicht von hier und wird nicht wissen, wo er hinläuft. Wir treffen uns dann am Estaus-Palast. Wartet dort auf mich.»

Sie nickten beide zustimmend und gingen weiter in Richtung Rossio. Ich drehte mich zu dem Spion um. Als ich mir sicher war, daß er mich sah, bog ich hinter den Spitzengeschäften zum ehemaligen jüdischen Krankenhaus ab. Mit einem Sprung in den steinernen Türbogen der Taverne zu den zwei Brüdern brachte ich mich außer Sicht. Von hier wollte ich durch eine Nebengasse zurück in die Rua da Ferraria schleichen.

Als ich mich in den Torbogen preßte, ließen sich mehrere cremeweiße Schmetterlinge flatternd auf ein paar frischen Pferdeäpfeln nieder.

Plötzlich sah ich den Mann aus dem Norden auf der Straßenkreuzung vor mir stehen. Er nahm den Hut ab und blickte in meine Richtung. Er hatte hohe, vorstehende Backenknochen und die Augen eines Verräters. Mit der Hand fuhr er sich durch das fettige Haar und setzte dann den Hut wieder auf. Doch sein erster Schritt ging in die falsche Richtung. Er marschierte von mir weg auf Farid und Simon zu.

Mein Fehler zog mir die Eingeweide zusammen. Wie eine Katze schlich ich hinter ihm her. Doch der Mann aus dem Norden blickte mir über die Schulter direkt ins Gesicht, als besäße er magische Kräfte. Einen kurzen Moment lang starrte er mich mit wilder Entschlossenheit an. Dann begann er zu laufen. Ich rannte hinterdrein. Er verlor seinen Hut. Als er in seinen Mantel griff, sah ich etwas aufblitzen. Auch Farid hatte die Gefahr gespürt. Hundert Schritte weiter gestikulierte er Simon wie verrückt zu. Sie eilten durch das nördliche Tor von Klein-Jerusalem und durch den Schatten der Kuppel von São Nicolau. Simons Humpeln war unbeholfen und hoffnungslos. «Lauf, Simon!» schrie ich. Doch es war unmöglich. Er drehte sich um und ließ eine Krücke fallen. Die Zeit schien sich wie Honig zu ziehen. Ich sah, wie sein Gesicht sich verzerrte, als der Mann aus dem Norden sich auf ihn stürzte. Sah, wie seine andere Krücke wegflog und er gegen eine Mauer fiel. Farid kniete über ihm. Der Mantel des blonden Mörders flatterte, als er davonlief.

SECHZEHNTES KAPITEL

SIMON KONNTE NICHTS mehr sagen. Vielleicht war es auch nicht mehr nötig. Er lag in Farids Armen und nahm mit den Augen Abschied von dieser Welt.

Zwischen seinen Rippen steckte ein Stilett mit einem Griff aus Schwarzholz. Es trennte seinen Körper von der Seele. «Noch jemand, der den heutigen Sabbatabend nicht erleben wird», signalisierte ich Farid.

Simons Hände klammerten sich um den Griff des Messers. «Zieht es raus», stöhnte er. Farid gehorchte. Wie Wein aus einem Faß spritzte das Blut auf uns. «Danke.» Das Flüstern war kaum hörbar.

Farid hielt die Klinge hoch, während er seinen Arm unter Simons Kopf legte. «Spitz.»

Ich begriff, was er damit sagen wollte, und nickte. Die Klinge eines Schächters hat normalerweise ein stumpfes Ende. Diese Waffe lief spitz zu.

«Es tut mir leid, daß ich dich verdächtigt habe», flüsterte ich Simon auf hebräisch zu. «Ich muß ...»

Er nickte, als sei es überflüssig, mein Bedauern in Worte zu fassen. Dann ließ er eine Hand auf meinen Arm fallen. Er blickte in den Himmel und murmelte Gebete. Ich erkannte die Namen Gottes und dann die von Simons verstorbenen Familienmitgliedern. Schließlich formten seine Lippen den Namen «Graça».

Simons Finger streichelten meinen Arm, als wolle er mich trösten. In dem Moment, als seine Seele ihn verließ, drang ein gurgelndes Geräusch aus seiner Brust, und ein Zittern lief durch seine Hände wie ein Flügelschlag. Ich strich ihm die Augen zu.

Sicherlich ist es eine Sünde, wenn ein Mann wie ich sich auch nur einen Moment lang als Prophet betrachtet. Trotzdem legte ich meinen Mund auf den Mund Simons, meine Augen auf seine Augen und meine Hände auf seine Hände. Ich ließ mich auf ihn fallen wie Elias auf das tote Kind der Sunamitin. Dann steckte ich ihm Daumen und Zeigefinger in den Mund und öffnete ihn für meinen Atem. Siebenmal füllte ich ihn mit meinem Leben. Während sich meine Lungen in ihn leerten, lief mir der Schmerz aus meiner Schulter in Wellen durch den Körper. Farid zog mich von ihm weg. Sein Blick war mißbilligend, trotzdem küßte er mich auf die Stirn. «Hör auf.»

Als ich auf Simon hinabblickte, sah ich eine weiche Bewegung durch sein Haar gehen, als würde ein Engel ihn berühren. «Schau doch!» sagte ich laut.

«Er ist tot», erwiderte Farid mit entschiedener Gestik. «Er wird nicht mehr erwachen.» Er nahm mich in die Arme. Ich spürte seinen Herzschlag. Seine Wärme umhüllte mich zusammen mit der Dunkelheit hinter meinen Augenlidern.

Wir warteten. Ich weinte ein wenig. Dann versickerte der Tod Simons in meinen Gedanken, und mein Blick war wieder frei für das Lissabon der Gegenwart. Um uns herum hatte sich eine neugierige Menschenmenge gebildet, denn nichts fasziniert einen Christen so sehr wie der Anblick von jüdischem Leid. Ich blickte die Straße hinab und ging zum Hut des Mannes aus dem Norden. Ein Junge ohne Hemd mit den unschuldigen Augen Judas reichte ihn mir.

«Ich will nachsehen, in welche Richtung er verschwunden ist», signalisierte ich Farid, als ich wieder neben ihm stand. «Wirst du allein mit diesen Philistern fertig?»

Er nickte zustimmend. Ich rannte los. Als sich der Rossio vor mir öffnete, blieb ich stehen. Beim Anblick der wogenden Menge aus Männern, Frauen, Kutschen und Pferden war ich wie gelähmt. Simons Mörder war im lächerlichen Leben auf dem Platz untergetaucht.

Ein alter Barbier in schmutzigem Wams rief mit der schleppenden Stimme eines Mannes aus dem Algarve: «Senhor, Ihr seht ein wenig zerzaust aus. Wie wäre es mit einer Rasur und einem Haarschnitt? Meine Hände sind so flink, daß sie einer Fledermaus die Schwärze stehlen könnten.»

«Ein Mann aus dem Norden. Blond. Habt Ihr ihn gesehen?» fragte ich.

«Vielleicht hört die Dürre mit dem neuen Monat auf», lautete seine Antwort. Mit der fröhlichen Gleichgültigkeit des Tauben ergriff er meine Hand und führte mich zu seinem Stuhl. Ich riß mich los. Seine Frau ließ sich gerade von einem jungen Mädchen die Haarsträhnen auf ihrem Schädel nach Läusen absuchen. Mit einem krummen Finger zeigte sie zum Nordrand des Platzes. «Dort ist er hin.»

Vergeblich fragte ich mich bei den Ladenbesitzern durch, bis endlich ein überschwenglicher Teppichhändler nach links zur Kirche São Domingos deutete.

Ich rannte die schmutzige Straße hinab, die wir nach dem katzenäugigen alten Weib, das gegen ein ordentliches Entgelt einer Frau die Jungfräulichkeit wiederbeschaffte, Rua da Bruxa – Hexenstraße – nannten. Ein rothaariger Wasserverkäufer, der unter einer Markise allein Karten spielte, hatte den Mann aus dem Norden gesehen. «Dort lang!» rief er und zeigte in Richtung Osten. Ich kam ins Maurenviertel und rannte weiter, bis die blauweißen Steinhäuser in Bretterhütten übergingen. Dort, wo die Straße aufhörte, führte eine Granittreppe wie ein geplättetes Band auf das große Kalksteinkreuz zu, das den unteren Rand des Convento da Graça markierte. Etwa sechzig Meter weiter den ausgedörrten Hügel hinauf lagen in kreuzförmiger Anordnung die Türme und Mauern des Klosters selbst. Ich war in einer Sackgasse gelandet.

Zerlumpte Gassenkinder, die mit ihren schmutzigen, verschlagenen Gesichtern eher wie Zwerge aussahen, spielten am Fuß der Treppe vor mir mit einem ausgestopften Lederball.

Hoch über ihnen stand am Kamm des Hügels eine winzige Nonne, das kleinste Ferkel ihres religiösen Wurfs, und kreischte mit galizischem Akzent. «Schhh! Weg mit euch, ihr Ratten! Ihr werdet in der Hölle schmoren, noch bevor ihr Gott um Vergebung bitten könnt.»

Das Ziel der spielenden Jungen war offensichtlich, mit dem Ball ganz unzeremoniös ihr geliebtes Steinkreuz zu treffen.

«*Vai-te foder, vaca!* Verpiß dich, du alte Kuh!» brüllte ein schmächtiger Junge mit blaßgrünen Augen der Nonne zu, als er mich bemerkte. Dabei warf er sich stolz in die Brust.

Die Kinder lachten, und die Nonne kreischte weiter: «Für eure Sünden werdet ihr die Huren des Teufels heiraten! Und eure Kinder werden alle stumm und ohne Augen auf die Welt kommen. Mit Schwänzen und Hörnern. Dann werdet ihr ...»

Es schien eine auswendig gelernte Litanei zu sein, mit der sie Tag für Tag auf diese Hänseleien reagierte. Vielleicht tat sie damit für irgend etwas Buße.

Ich fing den Ball auf, der den Hügel hinab auf mich zugesprungen kam.

«He, gib ihn zurück!» riefen die Kinder und warfen mir wütende Blicke zu.

«Sagt mir erst, ob ihr einen Fremden gesehen habt.»

«Hier gibt es nur Fremde. Gib uns verdammt noch mal den Ball zurück!»

«Ein Mann mit schulterlangen blonden Haaren. Er hatte einen Mantel mit ...»

Eines der Kinder streckte einen kurzen schmutzigen Finger aus. «Er ist den Hügel rauf wie eine Spinne.»

Ich warf den Ball gegen das Kreuz. Die Kinder jubelten und rannten ihm schreiend nach.

Oben auf dem Hügel stand ich atemlos vor den hohen Säulen des Convento da Graça wie vor den Pforten eines Rätsels. Auf der anderen Straßenseite pulsierte ein kleiner Markt. Ich fragte Plunderverkäufer und Siebhändler, Kammhersteller und Vogelkäfigflechter und sogar eine Familie kastilischer Buckeliger auf dem Weg nach Santiago, doch niemand hatte ihn gesehen.

Die geifernde Nonne war meine letzte Hoffnung. Sie hatte einen einzigen braunen Zahn, der wie ein verfaulter Dolch aus ihrer Unterlippe ragte. Ihre Augenlider hatten die Farbe von Pflaumen, und ihre Nase war voller Schorf. Sie unterbrach sich in ihrer Litanei lange genug, um mir eine Weisheit zukommen zu lassen. «Suche nach Gott und nicht nach Männern aus dem Norden.»

Als ich wiederholte, was schon eins der Gassenkinder zu ihr gesagt hatte, kreischte sie wie ein Papagei.

Zurück in Klein-Jerusalem, überlegte ich mit Farid, wohin wir Simons Leichnam bringen sollten. Leider wußten wir nicht genau, wo er überhaupt wohnte. Da er manchmal einen Blick über den Tejo beschrieben hatte, vermuteten wir, daß er an der Böschung unter der Kirche Santa Catarina vor den Westtoren der Stadt lebte. Also borgten wir uns von Senhora Martin, einer Freundin meiner Tante, eine Schubkarre und rollten den Leichnam Simons durch die Nachmittagssonne.

Starrten die Leute uns an? Ich wußte es nicht, denn ich nahm Zuflucht in einer inneren Welt von Fragen und Trauer. Farid führte uns. Ich spürte nur die Anstrengung, bergaufwärts zu gehen, und nahm vage Hitze und Schweiß, Sonne und Staub wahr. Erst als ich hörte, wie Simons Name gerufen wurde, erwachte ich wieder. Im Osten sah ich den Turm von Santa Catarina in den blauen Himmel ragen. Eine gedrungene Frau mit dumpfem Gesichtsausdruck und einem weißen Kopftuch kam kreischend auf uns zugerannt. Voller Entsetzen starrte sie auf das Blut an Simons Kleidern. Dann kniete sie nieder und übergab sich. Ein alter Mann erklärte mir, daß sie die ältere Schwester der Frau war, mit der Simon in eheähnlicher Gemeinschaft zusammenlebte. Er deutete auf ein windschiefes altes Haus. «Sie wohnen im zweiten Stock.»

Mein Gefühl von Ungläubigkeit vertiefte sich und schien mich der ganzen Szene zu entheben. Simons Geliebte war eine dünne Frau mit olivfarbenem Teint. Mit natürlicher Anmut bat sie uns herein. Für eine junge Frau hatte sie ein auffallend markantes Profil. Ihre Augen blickten intelligent, und sie trug eine locker fallende, rosenfarbene Tunika. Ihr zurückhaltendes und gleichzeitig majestätisches Auftreten erinnerte mich an Reza. Doch sie war fast noch ein Mädchen. «Das ist Graça, die Frau von Simon», sagte die Schwester.

Als ich ihr von seinem Schicksal berichtete, lief Graça zum Fenster, um Simon zu sehen. Ihre Hände klammerten sich ans Fensterbrett. Sie heulte mit der Intensität eines Tieres auf. Es klang, als würde sie nach einem fehlenden Welpen rufen. Als sie ihren Bauch umfing, bemerkte ich in einem Moment der Verzweiflung, daß sie schwanger war. Als der erste Schreck nachließ, sagte ich: «Euer Name war der letzte, den seine Lippen formten.»

Wir stiegen auf die Straße hinab. Die Leute machten uns Platz. Sie fiel auf die Knie und streichelte Simons Gesicht, tröstete ihn, sprach von Christus und ihrem ungeborenen Kind. Da erkannte ich, was eigentlich offensichtlich war: Sie war Altchristin.

Mit der Kraft der Verzweiflung schleppte die Schwester sie vor Farid und mich. «Sagt uns alles über seinen Tod!» befahl sie.

Mit einer Stimme, die einem anderen zu gehören schien, erklärte ich es ihnen. Der wahre Berekia hatte sich tief in die Rüstung seines Körpers zurückgezogen.

Graça war unfähig zu reden. Ihr Mund fiel auf, und in ihren Augen stand die Verzweiflung. «Wo finden wir Gerechtigkeit?» fragte die Schwester mit geballten Fäusten.

Ich schüttelte den Kopf. «Ich werde diesen Mann aus dem Norden finden. Dann lasse ich es Euch wissen.»

Farid und ich waren von Simons Blut bedeckt. Freundliche Nachbarn halfen, uns zu reinigen, und gaben uns frische Hemden und Hosen, Käse und Wein. Wir waren zu schwach, um dagegen zu protestieren, und nahmen ihre Gaben an. Schwankend vom

Wein machten wir uns dann auf den Weg zurück ins Stadtzentrum. Es war, als würden wir eine biblische Landschaft hinter uns lassen.

Nachdem wir die Schubkarre zurückgegeben hatten, wandelten wir wie Geister durch Klein-Jerusalem. Vor der Färberwerkstatt, in der früher unser jüdischer Gerichtshof tagte, begann ich mit den Schritten auf hebräisch das Wort «Abraham» zu buchstabieren. Dann «Juda». Nach einiger Zeit wurde Farid ungeduldig. Er blieb stehen und blickte wie eine Wetterfahne nach Osten. «Laß uns heimgehen», signalisierte er dann.

Ich drehte mich nach Westen, um die Sonne über dieser verfluchten Stadt untergehen zu sehen. An diesem Abend, eine Woche nach Beginn des Passafests, sollten wir mit unseren Gesängen das Buch Zohar in die Morgendämmerung geleiten. Doch wir besaßen kein Exemplar dieser heiligen Schrift mehr. Und selbst wenn wir eins gehabt hätten …

«Nein, nicht nach Hause!» rief ich. Meine Stimme schmeckte nach Wein. Ich lief weiter, bis wir vor Simons Blutflecken auf dem Pflaster Klein-Jerusalems standen. «Vor kurzer Zeit war diese braune Kruste noch Simon», signalisierte ich Farid. Er schüttelte den Kopf, als sei dies offensichtlich. Doch ich konnte es einfach nicht glauben und ließ den Tag noch einmal an mir vorüberziehen, als würde ich einen Text von hinten lesen. Ich hörte Simons Warnung vor dem Grafen von Almira. Eine Kadenz maurischer Tamburine schien sie zu begleiten.

«Komm, wir gehen zurück in die Alfama», sagten Farids Hände. «Wir müssen versuchen, Diego zu finden, um ihn vor dem Mann aus dem Norden zu warnen. Er wird ihn ebenfalls töten, wenn er ihn entdeckt.»

«Nein, Diego wird nicht in die Nähe seines Hauses gehen, und wir werden ihn nicht finden. Wir gehen zum Estaus-Palast.» Als Farid den Kopf schüttelte, nahm ich seinen Arm. «Ich brauche dich. Keine Widerrede.»

Als wir auf den Rossio kamen, wehten uns Asche und Holzspäne der Feuer, in denen die Juden verbrannt worden waren, entgegen. Anfangs schien es, als seien dies die einzigen Überreste eines Berges christlicher Sünden. Unsere ermordeten Mitbrüder würden nur noch in unserer Erinnerung weiterleben.

Doch Farid bemerkte, daß dies nicht ganz zutraf. «Schau nach unten», signalisierte er und zeigte mit dem Fuß auf die Ritzen zwischen den Pflastersteinen. Zähne. Zähne von Menschen. Es mußten Tausende sein, die über den Platz verstreut in den Ritzen und Ecken lagen. Ich blickte auf und sah, daß überall Frauen und Kinder knieten und diese Überbleibsel wie Früchte ernteten. Wahrscheinlich wollten sie sie als Talismane gegen die Pest einsetzen.

Vor uns am Nordrand des Platzes stand ein Regiment königlicher Soldaten. Sie hatten einen Halbkreis um den Eingang der Kirche São Domingos gebildet. Hinter ihnen hatte sich eine Reihe von ungefähr zwanzig Reitern aufgestellt.

«Offensichtlich hat der Stadtkommandant einen Kompromiß mit der Leitung des Dominikanerordens geschlossen, sonst hätten sie die Soldaten wohl kaum hereingelassen», signalisierte Farid.

«Wenn das Morden vorbei ist, sendet die Krone ihre Truppen», erwiderte ich sarkastisch. «Die Gewißheit, daß sie uns so tapfer beschützen, ist doch sehr beruhigend.»

Als wir weitergingen, sah ich, wie die Bürger der Stadt respektvolle Posen einnahmen, obwohl sie noch vor ein oder zwei Tagen den Kopf von König Manuel gefordert hatten. Diese Passivität schien tief in den Seelen der portugiesischen Christen verwurzelt zu sein. Eine Revolte würde es hier nie geben.

Eine alte Frau mit verschlagenem Blick hielt uns an. Wie die meisten Leute machte der Anblick königlicher Autorität sie redselig. «Sie haben zwei Dominikanermönche verhaftet. Ist das nicht schrecklich?»

Ich erhob meinen Mittelfinger über sie und rezitierte: «Möge deine böse Seele für immer in den Regionen der Hölle wandeln!»

Als ich die Verachtung in ihren Christenaugen sah, spuckte ich ihr vor die Füße. Dann eilten wir weiter. Vor dem Eingangsportal des Estaus-Palastes standen zwei bullige Armbrustschützen, die einen herausgeputzten Türsteher mit Federkappe flankierten. Hinter den schmiedeeisernen Verzierungen der Tür sah ich drei Kutschen im Schatten eines Orangenhains stehen. Eine von ihnen war weiß und mit Gold bemalt. Es war das Fahrzeug, in dem Diego fortgebracht worden war.

«Der Graf von Almira erwartet mich», sagte ich zu dem Türsteher. «Bitte sagt ihm, daß Pedro Zarco eingetroffen ist.»

«Habt Ihr ein entsprechendes Schreiben?» fragte er und rümpfte die Nase, als würde er etwas Faules riechen.

Mir ging auf, daß wir wie Bauern aussahen, die von der Arbeit auf dem Feld kamen. «Ich habe kein Schreiben, doch er wird mich empfangen.» Als er mich von oben bis unten musterte, hielt ich mir den Hut des Nordmanns vor die Brust und nahm die hochmütige Pose eines vornehmen Bauern ein, der gelangweilt auf seine ungebildeten Dienstboten hinabschaut. Ich drehte mich zu Farid um und murmelte ihm in meinem besten Kastilisch etwas über ein bevorstehendes Bankett für einen erfundenen Freund namens Diaz zu. Die Portugiesen mögen die Kastilen nicht, aber sie finden sie beeindruckend, besonders, wenn sie sich Diener leisten können. So künstlich mir meine Bemühungen auch erschienen, bemerkte ich doch aus den Augenwinkeln, wie der Türsteher einen Lakaien mit meiner Nachricht ins Haus schickte.

Wir warteten unter der monströsen Sonne Lissabons und beobachteten die Eidechsen, die durch die Mauerritzen schlüpften. Voller Sehnsucht blickte Farid über die Dächer des Maurenviertels nach Osten.

«Wenn wir hier fertig sind, werden wir in der Schmiede noch einmal nach Samir fragen», signalisierte ich. «Vielleicht finden wir jemanden, der etwas weiß.»

Ein Lakai mit nur einer Hand trat auf mich zu. «Ich werde Senhor Zarco in die Gemächer des Grafen geleiten», sagte er.

«Komm», forderte ich Farid auf, und zusammen schritten wir durchs Tor.

Im Palast roch es nach Moschus und Ambra. Wir schritten einen Flur entlang. Der Boden war mit Mosaiken verziert, die persische Teppiche imitierten. Die Wände waren weißgetüncht und öffneten sich alle drei Schritte zu Alkoven. In der Mitte eines jeden Alkoven stand ein Podest mit einem großen blauen Krug voller rosa und weißer Rosen.

Das Deckengewölbe über uns war mit goldweißen Arabesken verziert. Sie bildeten den Hintergrund für sehr genau gemalte Elstern, Wiedehopfe, Nachtigallen und andere Vögel unserer Heimat. Ich überlegte, was der Lakai wohl von den blumigen Handbewegungen hielt, mit denen Farid und ich uns die Namen der verschiedenen Vogelarten mitteilten. Seine Augen verrieten nur ein flüchtiges Interesse.

Am Ende des Flurs stand ein knorriger Baum, der einen riesigen Vogelkäfig beherbergte. Als wir näher kamen, entdeckten wir, daß dort Finken aus dem portugiesischen Indien und aus Afrika ihre Nester bauten und wie gelbe, orangefarbene und schwarze Pfeile umherschossen. Um die Schönheit des Anblicks zu verderben, deutete ich auf die vielen weißen Kotflecken, die sie überall hinterließen. Farid verstand meine Beweggründe, fand sie aber wenig überzeugend. «Selbst ein König kann etwas von Schönheit verstehen», kommentierten seine Hände.

«Wenn er das täte, würde er sie nicht in Käfigen halten.»

«Für einen König kann Freiheit niemals gleichbedeutend mit Schönheit sein!» bemerkte mein Freund weise.

Die Gemächer des Grafen befanden sich im zweiten Stock. Der Vorraum hatte einen Parkettboden im Schachbrettmuster und wurde von einem Tisch aus rosafarbenem Marmor dominiert, um den vier Stühle standen, die mit dem königlichen Wappen bestickt waren. Man wies uns an, Platz zu nehmen, doch ein beunruhigendes Triptychon an der Wand rechts vom Eingang erregte unsere Aufmerksamkeit. Es zeigte einen bärtigen Heiligen, der in einer von rattenköpfigen Priestern und allerlei sphinxartigen Wesen bevölkerten Ruinenstadt betend niederkniete. «Jemand, der Lissabon gut kennt», bemerkte Farid mit einem spöttischen Lächeln.

Plötzlich öffnete sich die Tür zu den inneren Gemächern. «Ah, ich sehe, daß Euch unser kleines Gemälde gefällt», sagte der Graf auf kastilisch. Er spitzte die Lippen, als erwarte er eine bedeutende Antwort. Seine Hakennase und das dichte schwarze Haar verliehen ihm das listige, kluge Profil eines Asketen und eine trügerische Jugendlichkeit.

«Ich bin mir noch nicht sicher, ob es mir gefällt», antwortete ich. «Doch der Künstler hat Talent.»

«Ich mag Menschen, die mit ihren Urteilen vorsichtig sind. Sie lassen sich nicht so leicht betrügen, oder?»

«Ich habe nicht vor, das Bild zu kaufen», sagte ich.

Er lachte. Es gab kein Anzeichen, daß er mich von unserer vorausgegangenen Begegnung wiedererkannte. Nachdem er den Lakaien mit einem kaum merklichen Kopfnicken entlassen hatte, lehnte er sich gegen die Haupttafel des Triptychons. «Es ist schon erschreckend, was Heilige alles durchmachen müssen», sagte er. «Man fragt sich, wozu. Das Bild stammt von einem Niederländer namens Bosch. König Manuel hat es geschenkt bekommen. Doch er haßt es und hängt es für mich hier auf, wenn ich in Lissabon bin.» Er schnalzte mit der Zunge. «Wir freuen uns über alles, was der König nicht brauchen kann.»

Wie ein älterer Mann, der zwei Jugendliche zu einem weisen Vortrag einlädt, bedeutete er Farid und mir, in seinen Salon zu treten. Plötzlich schienen die beiden Smaragdringe an Zeige- und Mittelfinger seiner rechten Hand in einem heiligen Licht aufzuleuchten.

Im Salon sahen wir das Mädchen aus der Kutsche vor einem geschlossenen Fensterladen stehen. Sie hielt eine Hand hinter ihrem Rücken versteckt und trug ein langes, cremefarbenes Seidenkleid, das oben von einem Spitzenkoller und einem Rüschenkragen abgeschlossen wurde. Ihr Haar war unter einem violettfarbenen Schleier zu einem Knoten geschlungen, den ein Netz aus Silberfiligran zusammenhielt. Der Ausdruck ihres blassen, von neugierig fragenden Augen dominierten Gesichts war weich und eigenartig kindlich. Mein freundlicher Blick bewegte sie vielleicht, ihren versteckten Arm zu zeigen. Er war nur ein kurzer Stummel, der ihr bis zur Taille reichte. Als sie in ihre Perlenkette griff, verriet ein Zittern in ihren zierlichen Fingern ängstliches Zögern, doch je länger ich sie anstarrte, um so fester wurde ihr zärtlicher Blick.

«Meine Tochter Johanna», sagte der Graf.

Gelobt sei Gott der Herr, daß sie nicht seine Frau ist, dachte ich in einer Mischung aus Dankbarkeit und Begehren. Ich verbeugte mich und nannte meinen Namen. Dann streckte ich meine Hand zu Farid aus und stellte ihn vor. «Er ist taub und kann nicht sprechen. Er wird Eure Lippen lesen.» Farid verbeugte sich mit der moslemischen Anmut, die er von Samir geerbt hatte. Sie sollte daran erinnern, daß alle Menschen Nachkommen Allahs sind und einander mit der Ernsthaftigkeit behandeln sollten, die ihrem Ursprung angemessen ist.

«Ich bin sehr erfreut, daß Ihr gekommen seid», sagte der Graf. «Ihr habt mir eine Fahrt in die stinkende Alfama erspart. Wollen wir es uns nicht bequem machen?» Er nahm seine Tochter beim Ellbogen des linken Arms und führte sie durchs Zimmer, als wolle er mit ihr zum Tanz gehen. Voller Unbehagen ließen Farid und ich uns in den Sesseln aus goldenem und scharlachrotem Brokat nieder, die um einen Tisch mit marmornen Intarsien gruppiert waren. Auf einem Zinntablett standen eine rosenfarbene Tonkaraffe und vier Silberbecher. Johanna schenkte uns Wein ein. Der Graf musterte uns mit beharrlichem Blick. Wir fühlten uns unbeholfen und unsicher wie zwei Seemöwen an Land. «Laß uns so schnell wie möglich wieder verschwinden», signalisierte Farid.

«Diese Gesten bedeuten wahrscheinlich, daß Ihr Euch miteinander unterhaltet», bemerkte der Graf. Mit einer Bewegung, die den Skeptiker verriet, drehte er sich zur Seite und starrte mich hochnäsig und gleichzeitig neugierig an.

«Wir sind zusammen aufgewachsen und haben eine Gebärdensprache entwickelt», erklärte ich.

«Eine Sprache der Hände. Aus offensichtlichen Gründen», er nickte zu Johanna, «faszinieren Hände mich. Buchstabiert Ihr jedes Wort?»

«Einige. Doch die meisten Wörter haben Zeichen.»

«Und wenn Ihr buchstabiert, macht Ihr das auf portugiesisch oder hebräisch?»

Auf mein Schweigen hin lächelte der Graf geheimnisvoll. Es war das Lächeln eines Mannes, der gern posiert und richtet. Ein Mann, der seine Opfer verwirrt, bevor ... Plötzlich lachte er auf und klatschte in die Hände. «Schaut zu», forderte er uns auf. Er beugte sich vor, legte ein unsichtbares Objekt auf den Tisch und zog die Ecken auseinander, als handle es sich um einen teuren Stoff. Dann senkte er den Kopf, murmelte etwas und bedeckte Kopf und Schultern mit einem unsichtbaren Schal. Nach Osten gewandt stimmte er in einem kaum wahrnehmbaren Flüstern die ersten Zeilen des jüdischen Abendgebets an. Als seine Worte verstummten, wandte er sich uns mit einem sanften Ausdruck, wie um Geduld bittend, zu. Jetzt flüsterte er auf kastilisch. «Von unserem Jahrhundert an wird die Schauspielkunst für Juden einen guten Beruf abgeben. Ich wage vorauszusagen, daß wir darin die Besten sein werden. In allen Ländern und Sprachen, bis zu dem Tag, an dem der Messias kommt. Dann werden wir keine Rollen mehr annehmen.» Er lächelte mit gespitzten Lippen und nickte, als wolle er seine Theorie bekräftigen. Dann richtete er sich auf und wirbelte den unsichtbaren Schal wie ein Zauberer durch die Luft. «Egal, wieviel sie uns für diese Rollen anbieten mögen. Verzeiht mir also diese kleine Vorstellung. Was ist ein Schauspieler ohne Publikum? Ich muß jede Gelegenheit nutzen.» Er blickte erst mich an und dann Farid. «Ich erinnere mich tatsächlich an Euch. Draußen auf der Straße. Euer Onkel, gesegnet sei sein Andenken, hätte sich beinahe von den Wachen des Königs im Gebetsschal erwischen lassen.» Er beugte sich über den Tisch und nahm meine Hand. «Es hat keinen Sinn, sich zu verstellen, wenn man unter seinesgleichen ist.»

Ich entzog mich seiner kalten, schweißfeuchten Berührung. «Dann seid Ihr Neuchristen?»

«Ja», antwortete Johanna.

«Und auch ein bißchen nein», fügte der Graf mit einem entschuldigenden Schulterzucken hinzu.

Hatte das Mädchen geantwortet, weil sie spürte, daß ich ihrem Vater nicht traute? Farid war meine Schwäche für sie nicht entgangen. «Trau keinem von ihnen», signalisierte er.

Ich legte ihm beruhigend eine Hand auf den Arm und wandte mich an den Grafen. «Ihr müßt schon deutlicher werden.»

«Eigentlich ist es ganz einfach», sagte der Graf. «Wir sind Neuchristen, und wir sind es nicht. Wir haben hübsche kleine Siegel von König Ferdinand. Und natürlich hat er mir auch diesen netten Titel verliehen. Wie ich zu diesem erfreulichen Stück bedeutenden Nichts gekommen bin? Durch eine Heirat, mein junger Freund. Ihr solltet daran denken, wenn die Zeit kommt, Euren Samen weiterzugeben. Johannas Mutter, gesegnet sei ihr Andenken, ist dem Ast eines sehr wichtigen Familienstammbaums entsprossen.» Er nickte seiner Tochter zu und hob mahnend einen Finger, als müsse die Wahrheit ans Licht. «Sehr wichtig, aber leider auch sehr verarmt. Das Geld hat mich zum Grafen gemacht. Schaut mich nicht so an, als sei das etwas Ehrenrühriges. Nein, Senhor! Ganz und gar nicht! Ich bin auch nicht anders als der König von Kastilien selbst. Alle Adligen sind Schwindler. Schaut einmal hinter ihre edle Fassade, und Ihr werdet eifersüchtige Bauern vorfinden, die sich freuen, ihre Dienstmädchen bespringen zu können. Und sie geben immer zuviel aus. Vergeßt das niemals! Sie lernen nie. Daran erkennt man, daß sie keine Juden sind. Wenn einer von ihnen doch einmal etwas lernt, dann schreien unsere Dominikanermönche mit ihren Erbsenhirnen ‹Aha, ein Jude!› und lassen ihn in Rauch aufgehen. Ihr dürft also jede Menge Geld verdienen, Euch kaufen, was ihr wollt, und nie klüger werden, dann könnt auch Ihr ein Graf werden!» Er nippte am Wein, um sich die Lippen zu befeuchten. «Was für ein Geschäft betreibt Ihr überhaupt?»

«Vater», sagte Johanna, «das ist doch sicher nicht notwendig.»

«Du mußt natürlich so denken, mein Liebes. Für eine junge Frau zählt nur die Liebe.»

«In Kastilien geht so etwas als Witz durch», signalisierte Farid. «Er erwartet jetzt wohl, daß wir voller Bewunderung lächeln.»

Der Graf wandte sich mit fragend erhobenen Augenbrauen an mich. «Ich habe Euch nach Eurem Geschäft gefragt, Senhor Zarco.»

«Meine Familie besitzt einen Obstladen. Doch in Wirklichkeit bin ich ...»

«Bitte», rief er mit einer wegwerfenden Handbewegung, «erzählt mir nichts von der Familie! Familienbande sind der Fluch Spaniens und Portugals. Ihr müßt sie hinter Euch lassen. Lauft vor ihnen davon, lieber Junge.»

Fragend blickte ich Farid an. Was sollte ich darauf antworten? Er seufzte und ließ seine Hände sprechen. «Aus irgendeinem Grund versucht er, uns zu verwirren.»

«Du hast recht», bemerkte ich und stand auf.

«Womit habe ich recht?» fragte der Graf verwundert.

«Sagt uns einfach nur, warum Ihr Bücher von Simon Eanes kaufen wolltet.»

«Das habe ich Euch gerade verraten, mein Sohn! *Maravedis, cruzados, pretos, reis.* Wollt Ihr allen Ernstes behaupten, daß Euer Herzschlag nicht schneller geht, wenn ihr die herrlichen Namen von Geldmünzen hört? Gleichen sie nicht den Namen Gottes? Bloß daß sie keinerlei Geheimnis haben. Wohl dem, der das

Offensichtliche schafft.» Er beugte sich wieder flüsternd zu mir. «Vielleicht sollte ich das nicht vertiefen, aber ... Dein Onkel wußte es. Hör zu, mein Junge. Ich kaufe die Schriften für einen Hungerlohn. Ihr armen Leute hier könnt sie gar nicht schnell genug loswerden. Und dann verkaufe ich sie für ein Vermögen weiter, in Alexandria, Salonika, Konstantinopel, Venedig. Sogar Papst Julius, gesegnet sei der Fels der Kirche, hat Interesse bekundet. Mein Verdienst ist grenzenlos. Zufällig weiß ich, daß Ihr ein paar hübsche Gedichte versteckt habt. Warum verkauft Ihr nicht? Dann könnt Ihr dieser Hölle entfliehen. Ich würde Euch sogar behilflich sein. Ich habe Verbindungen zu Schiffsbesitzern. Unten in Faro gibt es ...»

Woher wußte dieses diebische Seidenwiesel, daß Onkel hebräische Schriften aufbewahrte? «Stimmt das?» fragte ich Johanna. «Ist Gold sein einziges Motiv?»

Sie schaute mich ernst an und nickte.

Dieser reichgewordene Plebejer wollte also andeuten, daß Onkel die Werke von Abulafia und Moses de Leon nur für Gold geschmuggelt hatte! Als hätten solche Kabbalawerke hier auf Erden überhaupt einen Preis.

«Jetzt wird es Zeit, offen miteinander zu reden», herrschte ich den Grafen an. «Habt Ihr meinen Onkel umbringen lassen?»

Er lehnte sich beleidigt zurück, fing sich aber wieder und machte eine Friedensgeste. «Natürlich nicht. Ich habe ...»

«Doch wenn das, was Ihr mir gerade erzählt habt, stimmt, habt Ihr sicherlich einen Konkurrenten in ihm gesehen. Ihr könntet versucht haben, ihn ...» Der Zorn verschlug mir die Sprache.

«Dann wollt Ihr mir nichts verkaufen?» fragte er. «Noch nicht einmal eine Haggada? Ein Buch Esther? Ein einziges ...»

«Vater, bitte!» flehte Johanna.

«Nichts!» sagte ich. «Und wenn ich herausfinde, daß Ihr meinen Onkel umgebracht habt, werde ich Euch eigenhändig die Kehle durchschneiden. Darauf könnt Ihr Euch verlassen.»

Der Graf lächelte. «Wie aufregend, so bedroht zu werden! Wahrscheinlich ist es gut für meinen Teint, weil es mir Farbe ins Gesicht bringt.»

«Ihr widert mich an.» Mein Hals brannte, als ich mich umdrehte und zur Tür marschierte. Hinter mir hörte ich Schritte. Johannas kleine Hand legte sich um meinen Arm. «Ihr müßt die Edelfrau finden, die mein Vater ‹Königin Esther› nennt!» flüsterte sie. «Aber nehmt Euch vor ihr in acht!»

SIEBZEHNTES KAPITEL

AUS DER NÄHE duftete Johannas Haar wie die unsichtbare Fortsetzung meines Begehrens. Sie drückte mir kurz die Hand und eilte fort. Von hinten hörte ich ein Klatschen. «Dies ist eine ernsthafte Angelegenheit!» wies ihr Vater sie zurecht. «Was hast du ihm gesagt?»

Ich drehte mich zu ihr um, doch sie blickte mich warnend an. Ich sollte gehen. Als wir im goldenen Licht des Sonnenuntergangs vor dem Palasttor standen, übersetzte ich Farid ihre Worte.

«Jeder Name fügt dem Buch unseres rätselhaften Falls eine neue Seite hinzu», erwiderte er.

«Ja. Und in Onkels Haggada können wir nachschauen, um welche Seite es sich handelt. Langsam wird mir einiges klar. Zerubbabel steht in dem Buch. Und Königin Esther auch. Wenn wir sie finden, werden wir vermutlich auch die Gesichter der Schmuggler kennen.»

«Da ist noch etwas, das du wissen solltest», signalisierte Farid. «Dieser Graf, er war der Isaac, der dir ein hebräisches Manuskript verkaufen wollte.»

«Was?»

«Die beiden sind ein und derselbe Mann. Isaac von Ronda ist der Graf von Almira.»

«Woher weißt du das?»

«Ich weiß es eben. Zum Beispiel die Augen. Die kann man nicht verändern. Und einige seiner Gesten. Sicherlich sind dir die eleganten Hände von Isaac von Ronda aufgefallen. Er ist ein guter Schauspieler, das hat er ja selbst gesagt. Offensichtlich kann er auch seine Stimme verstellen, sonst wäre dir sicherlich etwas aufgefallen. Und er hat sich hervorragend verkleidet. Aber er war nicht perfekt. Unter seinen Parfümwolken drang ein Geruch durch, den er nicht übertönen konnte. Nelkenöl.»

«Seine Zahnschmerzen!»

Farid nickte.

«Aber warum sollte er in einem Moment ein Manuskript verkaufen und im nächsten Onkels Schriften kaufen wollen?»

«Wir haben noch nicht genug Verse, um das Reimschema zu erkennen.»

«Farid, komm mit. Wir müssen nach Hause und in Onkels alter Haggada nachsehen!»

«Ich kann nicht mit», antworteten seine Hände, und er senkte entschuldigend den Kopf. «Jetzt, wo es mir wieder gutgeht, muß ich meinen Vater suchen. Ich komme zu dir, sobald ich kann.»

Seine Fingerspitzen berührten blütensanft meinen Unterarm. Ich erinnerte mich, wie die Engel ihn schon weiß eingekleidet hatten, und hörte meinen Onkel sagen: «Gib die Lebenden nicht für die Toten auf.» Trotzdem konnte ich nicht anders, als ihm zu signalisieren: «Du mußt mir helfen. Wir sind jetzt schon so weit gekommen.»

«Beri, bitte denke nicht nur an dich.»

«Nur an mich? Onkel ist tot! Was sollte ich denn deiner Meinung nach machen?»

«Was du willst, aber bitte laß mich nach Samir suchen! Geh weg!»

Farids Gesten durchschnitten die Luft zwischen uns, doch eine Mischung aus Schuldbewußtsein und Furcht ließ mich ihm zu den Häusern seiner Freunde in der Nachbarschaft folgen. «Ich mache, so schnell ich kann», signalisierte er.

Mit seinen Versuchen, mich zu besänftigen, goß er nur Öl auf meine lodernde Wut.

Während wir suchten, stand das Schweigen zwischen uns wie eine Mauer. Der einzige Hinweis auf Samir kam von einer zahnlosen Angelhakenmacherin, die gegenüber der alten Moschee lebte. In einem Arabisch, das alle Konsonanten miteinander verschmolz, erzählte sie uns, sie habe Samir auf seiner blauen Gebetsmatte an dem Hang unterhalb der Burg gesehen. Hatte er auf seinem eiligen Heimweg einen Moment lang innegehalten, um Allah zu bitten, seinen Sohn zu verschonen? Sie deutete mit einem wunden roten, fast bis auf den Knochen zurückgeschrumpften Finger auf die Stelle. Wir sahen nur staubiges Unkraut und welke Ringelblumen. Farid stellte sich mit gespreizten Beinen vor den Fleck und schaute über die Dächer Klein-Jerusalems und das Zentrum Lissabons auf den Tejo.

«Er ist zu breit», signalisierte er.

«Was?» fragte ich.

«Der Fluß. Man müßte auf die andere Seite sehen können. Wie in Tavira oder Coimbra. Oder sogar in Porto. Hier bekommt man kein Gefühl von Vertrautheit. Wir können diese Stadt nicht umarmen. Die Breite des Flusses gibt uns allen das Gefühl, nur Gäste hier zu sein. Als seien wir völlig überflüssig, jeder einzelne von uns. Das ist der Fluch dieser Stadt.»

«Wir werden weitersuchen, bis wir mehr Hinweise finden», sagte ich. Hinter meinen sanften Worten krampfte die Ungeduld mir den Magen zusammen. Onkel war tot, und Farid brabbelte etwas von Flüssen, die er umarmen wollte.

Farids schwarze Augen fixierten mich mit einem hintergründigen Leuchten, das seine Wut verbarg. Ich erkannte, daß wir beide Masken aufgesetzt hatten. Eine Maske für den anderen. Zum erstenmal seit vielen Jahren. Doch trotz aller Enttäuschung, die mir die Backen brennen ließ, spürte ich plötzlich die ruhige Gewißheit, daß unsere Verbindung niemals zerstört werden konnte. Wie einfach mein Leben sein würde, wenn ich nur in der Lage wäre, in seinen Armen Erfüllung zu finden.

Während wir nach Hause eilten, hing jeder seinen Gedanken nach. Die Vorstellung, daß wir Marionetten in der Hand des Grafen von Almira waren, verwandelte die Stadt in die graue

Landschaft einer Kulisse. Gehörte Johannas Flüstern ebenfalls zu dem Stück, das er mit uns spielte?

Vor unserer Ladentür bog Farid grußlos zu seinem Haus ab.

Im hinteren Teil des Ladens schichteten Mutter und Cinfa Obst auf. Auf wunderbare Weise hingen die Türen zur Rua da Sinagoga wieder in ihren Angeln und waren tiefblau gestrichen. Ich wollte mich gerade erkundigen, wer sie repariert hatte, als Mutter mit klagender Stimme sagte: «Wir haben auf dich gewartet. Bist du bereit zum Abendgebet?»

Ihr Haar war zerzaust, und ihre Augen blickten müde. Es mußte vom Bilsenkraut kommen. «Gib mir fünf Minuten», sagte ich.

«Der Sabbat hat schon lange genug gewartet!» rief sie.

«Dann eben zwei Minuten.»

In der Küche lag Aviboa schlafend auf einem Kissen. Reza kochte. «Brites war hier», flüsterte sie. «Ich habe ihr das schmutzige Laken gegeben, das du im Hof versteckt hast.»

«Gott segne dich», sagte ich und küßte sie auf die Wange. «Ist Rabbi Losa zufällig vorbeigekommen?»

«Nein.»

«Wer hat die Ladentüren angemalt und eingehängt?»

«Bento. Als Dank dafür, daß du Gemila den *Ibbur* ausgetrieben hast, soll ich dir sagen.»

«Hör zu. Kannst du meine Mutter ein paar Minuten ablenken?»

Reza nickte. Ich rannte in den Keller hinab, fischte den *Geniza*-Schlüssel aus der Hammelblase und holte mir Onkels eigene Haggada. Mit klopfendem Herzen durchblätterte ich sie und suchte unter den Illustrationen die des Zerubbabel. Ich fand die entsprechende Tafel auf der sechsten Bilderseite vor dem eigentlichen Text. Mein Onkel hatte ihn als jungen Mann mit langem schwarzem Haar und eifrig glühenden Augen wiedergegeben. In einer Pose rechtschaffenen Stolzes stand er vor König Darius, der das optimistische, in die Ferne schauende Gesicht von Prinz

Heinrich dem Seefahrer trug. Hinter den beiden Männern sah ich den Kalksteinturm des Mandelhofs. In der rechten Hand hielt Zerubbabel eine Torarolle, den Inbegriff der Wahrheit. In seiner linken Hand leuchtete in Gold das hebräische Schriftzeichen *Hé*, das Symbol für die göttliche Frau Binah. Am Zeige- und Mittelfinger seiner rechten Hand funkelten zwei Smaragdringe.

Diese Edelsteine verrieten mir Zerubbabels wahre Identität. Gesichter können sich verändern, Edelsteine nicht. Zerubbabel war niemand anderes als der Graf von Almira.

«Der Sonnenwagen wird bald hinter dem Horizont verschwunden sein», rief Reza nach unten. «Du läßt die Sabbatbraut auf ihren Bräutigam warten. Und es ist der letzte Abend des Passafestes. Komm jetzt hoch!»

«Sie soll ohne mich heiraten!» rief ich.

«Sei nicht so dickköpfig.»

«Reza, du kennst die Gebete. Und eine Stimme hast du auch. Mach es selbst!»

«Welche Schlange hat dir den Verstand gefressen, Berekia Zarco? Du weißt, daß ich der Zeremonie nicht vorstehen kann.»

«Dann laß es meine Mutter machen», sagte ich. «Laßt mich einfach nur in Ruhe. Bitte.»

«Wir brauchen einen Mann, du Idiot.»

Obwohl es eine Blasphemie war, rief ich: «Die Sabbatbraut braucht nur eine Stimme, keinen Penis. Laß Cinfa vorbeten, wenn du dich nicht traust.»

Reza knallte die Falltür zum Keller zu. Ruhe.

Ich blätterte die Bildtafeln der Haggada nach Königin Esther durch. Ihr vornehmes Gesicht blickte mir gleich vom unteren Rand der nächsten Seite entgegen. Mein Herz schlug schneller, als ich sie erkannte: Die jüdische Königin Esther, die ihren Glauben geheimhielt und ihr Volk später vor dem Zorn des bösen Höflings Haman bewahrte, war Dona Meneses! In dieser Haggada sah man sie die Tora zu ihrem Adoptivvater Mordechai bringen. Halb verdeckt unter ihrem Arm ragte ein Manuskript hervor, wahrscheinlich das Buch Bahir – das Buch der Klarheit –, denn Onkel hatte es mit einem leuchtenden Strahlenkranz ummalt. Das Gesicht von Mordechai war mir völlig unbekannt. Doch er trug ein byzantinisches Kreuz, einen jüdischen Gebetsschal und eine mit grünen Arabesken eingefaßte blaue Aba. Sollte dies auf einen Mann aus der Kirche des Ostens anspielen? War er ein jüdischer Freund in einem maurischen Land? Ein Derwisch aus der Türkei? «Jemand, der alle Religionen des Heiligen Landes in sich vereint», hörte ich Onkel sagen. «Oder ein Mann, der alle drei Masken trägt», flüsterte ich selbst.

Vielleicht war es auch *Tu Bisvat.*

Meine Entdeckungen lähmten mich eine Zeitlang. Dann überlegte ich, daß ich für etwas so Wichtiges die Bestätigung von Farids Falkenaugen brauchte. Als ich meinen Kopf durch die Falltür in die Küche steckte, sagte Reza: «Na, Berekia Zarco, hast du doch noch Vernunft angenommen?»

Ich hastete an ihr vorbei, ohne einen Seitenblick auf die Sabbatzeremonie zu wagen. Farid war in seinem Schlafzimmer. Er kniete mit geschlossenen Augen in Richtung Mekka und ließ sich wie ein Palmblatt im Wind nach vorn sinken. Als sein Rücken wieder hochkam, verriet mir ein Stirnrunzeln, daß er meine Gegenwart bemerkt hatte. Die Augen hielt er jedoch weiterhin geschlossen. Er beugte sich wieder nieder. Ich war steif vor Ärger, weil er meine Anwesenheit noch nicht einmal mit einem Handsignal kommentierte. Das Wort *Verrat* schoß mir durch den Kopf. Ich klopfte dreimal mit dem Absatz, dann einmal und dann noch viermal. Er setzte sich auf und blickte mich gleichgültig an. «Bitte, ich brauche deinen klaren Blick und dein Urteil», signalisierte ich.

Er erhob sich. Sein Gesicht verzog sich zu einem länglichen Ausdruck geheuchelten Desinteresses. Wie ein Geist glitt er neben mir her und folgte mir in unser Haus. «Kommst du jetzt mit uns?» fragte Reza mit sanfter Stimme.

Ich drückte mich vor einer Antwort und ihren Blicken. Wir stiegen in den Keller.

Farid warf einen Blick auf Zerubbabel und signalisierte sofort: «Der Graf von Almira.» Bei Königin Esther war er sich nicht so sicher, bis ich ihn auf die Kette aus Smaragden und Saphiren aufmerksam machte, die sie immer um den Hals trug. «Ja, das ist sie.»

Ich schluckte. Eine Alchimie, mit der Onkel nicht rechnete, hatte die Liebe dieser Freunde in Angst verwandelt. Und dann war Haß daraus geworden und schließlich ein Mord. Wer war ängstlicher als ein Neuchrist? Und wer gehässiger als ein Angehöriger des portugiesischen Adels? Niemand war besser zum Betrug geeignet als diese beiden adligen ehemaligen Juden, die Onkel beim Bücherschmuggeln geholfen hatten.

War in letzter Zeit irgend etwas schiefgelaufen? *Tu Bisvat* hatte geschrieben, ein von meinem Onkel abgeschickter *safira* hätte ihn nicht erreicht. Vielleicht hatte Dona Meneses begonnen, die für den Ankauf neuer Schriften bestimmten Gewinne auszugeben. Oder Zerubbabel hatte sich durch Onkels unbeugsamen Willen in seinen Geschäften behindert gefühlt und die Bücher andernorts verkauft.

Möglicherweise trug dann der böse Haman in Onkels neuer Haggada, die aus der *Geniza* gestohlen wurde, das Gesicht des Grafen von Almira als altem Mann. Es war das Gesicht, nach dem mein Onkel lange gesucht hatte und von dem er mir kurz vor unserem Passamahl berichtete, daß er es gefunden habe.

Und trotzdem: Wenn der Graf schuldig war, wenn er Simon und die anderen aus dem Kabbala-Zirkel zum Schweigen bringen wollte, weil sie möglicherweise von seiner Identität wußten, warum hatte er dann Diego ins Krankenhaus gebracht? «Wir müssen die gestohlene Haggada finden», signalisierte ich Farid zu. «Dann haben wir den Beweis, ob der Graf Onkel ermorden ließ oder womöglich selbst der Mörder war.»

«Wie sollen wir das machen?»

«Wir müssen Dona Meneses und den Grafen irgendwie in die Falle locken. Sie müssen das Buch haben.»

«Berekia!» rief Reza plötzlich. «Du hast Besuch. Pater Carlos.»

War das ein Trick von meiner Mutter, um mich nach oben zu locken? «Schick ihn runter!» rief ich.

«Wer ist gekommen?» fragten Farids Hände.

«Der Priester.»

Ich legte die Haggada und die Briefe ins Versteck zurück, schloß den Deckel und ließ den Schlüssel zurück in die Hammelblase gleiten.

Pater Carlos tastete sich die Treppe hinunter. Auf seiner Stirn standen Schweißperlen, und er atmete schwer, als wäre er gerannt.

«Juda?» fragte ich.

«Nichts.» Er kam auf mich zu und nahm meine Hände. «Du mußt mir helfen», sagte er mit zitternder Stimme.

«Ist es der Mann aus dem Norden? Verfolgt er dich?»

«Nein, nein, das ist es nicht. Guter Gott, ich habe mit den Dominikanern geredet. Sie müssen einen Dämon heraufbeschworen haben, der mich töten soll. Berekia, ich habe etwas erkannt: Das Böse ist eifersüchtig. Der Teufel will alles Gute zerstören. Und dein Onkel hatte Kräfte, mit denen er Gutes bewirkte, mit denen er Heil ins Himmelreich brachte und auch auf die Erde. Und der Teufel, wenn er will ... Ich glaube, die Dominikaner lassen alle Dämonen dieser Welt auf uns los. Der weiße Maimon. Gemila hat ihn gesehen. Sie hatte recht!»

In seinen verzweifelten Augen erkannte ich, daß der in Lissabon grassierende Wahnsinn auch den Priester ergriffen hatte. «Carlos, bitte hör auf! Ich habe keine Zeit für metaphorische Predigten.»

«Dann sieh dir dies an!» rief er.

Er hielt mir einen Talisman hin. Wieder war es ein quadratisches Pergamentblatt mit winzigen hebräischen Schriftzeichen. Sie bildeten zwei schlecht gezeichnete konzentrische Kreise, in denen Zitate aus den Sprüchen Salomos standen. Im äußeren

Kreis las ich: *Tod und Leben steht in der Zunge Gewalt.* Und im inneren Kreis stand: *Man muß dem Bösen wehren mit harter Strafe und mit ernsten Schlägen, die man fühlt.*

«Ich habe ihn im Saum meiner Soutane gefunden!» schrie Pater Carlos. «In meiner Soutane! Wie erklärst du dir das? Wie?»

«Pst!» mahnte ich. Aus meinem Beutel zog ich den Talisman, den er mir am Vortag gegeben hatte. Die Handschrift glich den präzisen Schriftzeichen auf dem alten Talisman zum Teil aufs Haar, wich aber an einigen Stellen von ihr ab, wo sie weniger sicher war. Es schien, als sei der Schreiber von einer Krankheit oder von zuviel Wein geschwächt gewesen.

Als ich das Pergamentstück Farid reichte, schnüffelte und leckte er daran. «Sieht aus wie deine Tinte», signalisierte er.

«Meine Tinte?» Plötzlich war mir alles klar, und ein Stöhnen stieg tief aus meinem Inneren auf. Ich hatte mich die ganze Zeit gegen diese offensichtliche Antwort gewehrt. «Carlos, diese Kritzeleien haben nichts mit Onkels Tod zu tun», sagte ich. Ich drehte das Pergament in meinen Händen. Seine Struktur bestätigte die Identität des verantwortlichen Künstlers. «Kommt mit.»

Farid und der Priester folgten mir nach oben. Mutter sprach dort mit stockender Stimme die Gebete. Als sie mich erblickte, unterbrach sie sich und sah mich mit müde resignierten Augen an. Das Funkeln von Rezas rechtschaffener Mißbilligung erfüllte die Stille im Raum. Cinfa imitierte ihren Gesichtsausdruck. Wir eilten ins Schlafzimmer meiner Mutter. In dem Geheimfach über dem Türrahmen fand ich die Talismane, an denen sie arbeitete. Die winzige Handschrift war dieselbe.

«Das verstehe ich nicht», sagte Carlos.

«Sie muß deinen Streit mit Onkel gehört haben und glaubte, helfen zu können. Sorge und Leid führen manchmal zu den ungeheuerlichsten Überzeugungen. Den letzten Zettel hat sie dir wahrscheinlich in die Soutane gesteckt, als du letzte Nacht im Hof geschlafen hast. Sie hatte Bilsenkraut genommen und konnte nicht so sorgfältig schreiben wie sonst und auch nicht klar denken.

Es tut mir leid. Sie wollte sicher nichts Böses. Sie wollte einfach an das Buch von Solomon Ibn Gabirol kommen, hinter dem Onkel so her war. In ihrem Zustand denkt sie vielleicht sogar, diese Talismane könnten ihren Bruder zurückbringen. Zwei Rätsel haben sich ineinander verschlungen. Und wir haben sie für ein und dasselbe gehalten.»

Hätte ich mir selbst besser zugehört, dann wäre mir der Fehler, den ich bald machen sollte, nicht unterlaufen.

Farid, Pater Carlos und ich gingen in den Laden, wo meine Familie uns nicht hören konnte, und besprachen, wie wir weiter vorgehen sollten. Nachdem ich dem Priester erzählt hatte, welche Gesichter Onkel Zerubbabel und Königin Esther in seiner Haggada gegeben hatte, signalisierte Farid entschlossen: «Wir gehen zum Estaus-Palast zurück und nehmen uns den Grafen von Almira noch einmal vor. Wir werden ihn zu einem Schuldgeständnis zwingen.»

Ich übersetzte diesen Vorschlag dem Priester, der nachdenklich blickte. «Und was ist, wenn unser Graf sich weigert?»

Farid zog den gräßlichsten Dolch seiner Sammlung hervor. Fünfzehn Zentimeter tödlich scharfes Eisen in der Form einer Sichel. Er hielt ihn dem Priester drohend unter die Nase. «Der Graf wird sich nicht weigern!» erklärten seine Hände. «Und warum nicht? Weil ein Schauspieler seine Stimme braucht. Ich werde ihm die Spitze dieses Dolches an den Adamsapfel legen und ihn mit einer einzigen Drehung herausschälen, wenn er nicht die Wahrheit sagt.»

Der Priester lehnte sich zurück und stieß Farids Hand weg. «Ich weiß nicht, was er gerade gesagt hat, aber es gefällt mir nicht. Was ist mit Dona Meneses? Von ihr könnten wir die Wahrheit sicher leichter erfahren.»

«Warum? Weil sie eine Frau ist?» antwortete ich spöttisch. «Wenn sie eine heimliche Jüdin ist, die ihre Identität verbergen will, dann wird sie nicht zögern, einen Henker zu beauftragen, uns die Köpfe abzuschlagen!»

«Johanna, die Tochter des Grafen», signalisierte Farid. «Sie wird uns helfen.»

«Wenn wir an sie herankommen.»

Als ich dies für Carlos übersetzte, klopfte es im Schlafzimmer meiner Mutter an der Tür zur Rua da Sinagoga. Wir rannten hinein, und ich riß die Tür auf. Vor mir stand ein pausbäckiger kleiner Junge mit vorstehenden Augen. Er nahm ein Schriftstück aus seinem Beutel und hielt es mir hin. «Nachricht», sagte er. Als ich sie entgegennahm, lief er weg. Ich las:

Berekia, triff Dich mit mir auf der Königsstraße nach Sintra, kurz vor Benfica. Ich werde bei der doppelten Wassermühle hinter der Ruine der Westgotenkirche auf Dich warten. Komm allein. Erzähle es niemandem. Und komm sofort. Ich habe etwas über den Tod von Meister Abraham erfahren, das Du unbedingt wissen mußt.

Die Nachricht war von Diego unterzeichnet.

Pater Carlos nahm mir das Pergamentstück weg. «Geh nicht hin, mein Junge», sagte er, nachdem er die Nachricht gelesen hatte. «Es ist zu riskant, sich allein in Lissabon zu bewegen.»

Ich fühlte mich verpflichtet, Diego wegen der Schmuggler zu warnen und ihm von ihrer Identität zu berichten. Und vielleicht konnte mir seine Entdeckung helfen, Königin Esther und Zerubbabel festzunageln. «Nein, ich werde gehen», sagte ich entschlossen. «Es ist Nacht, und im Moment kann ich sowieso nicht viel tun.» Ich wandte mich an Farid und ergriff seine Schulter, um mich für meinen Egoismus vom Nachmittag zu entschuldigen. «Ich habe nicht vor, allein zu gehen», fügte ich hinzu. «Wenn du mir das Geschenk deiner Begleitung machst?»

Er schloß die Augen und gab mir mit einer Verbeugung seine Zustimmung.

Bevor die flehenden Blicke meiner Familie sich in Klagen und

Schimpfen verwandeln konnten und Cinfa mich vollends mit ihrem einsamen Blick verschlang, verließen wir das Haus.

Farid lief kurz in sein Haus, um die Sandalen seines Vaters anzuziehen.

Der Abend dieses Freitags brachte einen starken Wind aus dem Osten, aus der Richtung des verfluchten Spanien. Auf der Straße nach Sintra bogen wir hinter den einsam aufragenden Bögen der Westgotenkirche in einen Fußpfad, der zu den verlassenen Wassermühlen führte. Im Mondlicht wirkten ihre Räder wie riesige Spinnen. Drei Meilen von uns entfernt erhob sich der Berg von Sintra über den Horizont. Er sah aus wie eine abgestürzte Wolke, die nach oben auf eine unerreichbare Antwort deutete. Farid witterte die Luft wie ein Hase und ließ seinen Blick durch die Gegend schweifen. Über uns kreiste ein weißer Habicht. Eine Kreatur ohne Geschichte und unabhängig vom Land. «Finden wir Vögel deshalb so anziehend, weil sie uns eine Vorahnung auf unsere Befreiung von dieser Welt geben?» fragte ich meinen Freund.

«Vielleicht, weil sie uns auf unserer Reise begleiten und ihr gleichzeitig entfliehen können», kommentierten seine Hände. Er witterte noch einmal in der Luft. «Hier sind vor kurzem Rehe vorbeigekommen», signalisierte er mit nachdenklichen Bewegungen. «Und noch etwas.» Nach ein paar Schritten hockte er sich nieder und ließ seine Finger über einen Streifen gleiten, den er im Schmutz entdeckt hatte. «Männer.» Er deutete auf einen Abdruck, den ich nicht sehen konnte. «Einer mit Stiefeln. Er ist mit schweren, stampfenden Schritten gegangen.»

«Vielleicht Diego», sagte ich.

«Und zwei andere Männer. Ein kleiner, der sich langsam vorwärts schleppte. Und noch einer, der sich dauernd umgeblickt hat.»

«Das wird Diego sein», lächelte ich. «Die anderen beiden sind wahrscheinlich seine Leibwächter.»

Wir eilten weiter. Auf dem Pfad vor der Mühle sahen wir etwas liegen, das aussah wie ein Faß. Langsam nahm es eckige Konturen an und bewegte sich. Im silbernen Mondlicht machten wir schließlich einen Mann aus. Er war langhaarig und breitschultrig und schleppte sich wie eine Raupe vorwärts. Offenbar war sein rechtes Bein verletzt, er zog es nach und stöhnte dabei laut.

«Der Mann aus dem Norden, der Simon getötet hat!» Farids Hände flatterten.

Aus der Nähe waren die dumpfen, aufgedunsenen Gesichtszüge nicht zu verwechseln. «Ja.»

Wie zwei Türme standen wir über ihm. Er war riesig, wie ein menschgewordener Bulle. Jetzt hob er sich auf die Knie. Mit gezückten Dolchen traten wir zurück. Auf seinem Hosenbein machte sich ein feuchter Fleck breit.

«Ihr habt meinen Freund ermordet», sagte ich. «Warum?»

Er antwortete in einer Sprache, die ich nicht verstand.

«Englisch, Französisch, Holländisch?» fragte ich.

«Flamenco», antwortete er in gebrochenem Kastilisch. *«De Bruges.»*

War er im Norden, bei den aschkenasischen Juden, als Schächter ausgebildet worden? Ich zeigte auf ihn und fragte: *«Nuevo Cristiano?»*

Er lachte auf und antwortete: *«Viejo.»* Er zeigte auf sich. *«Muy viejo cristiano.»*

«Warum habt Ihr Simon umgebracht?» Auf sein verständnisloses Schulterzucken hin griff ich einen meiner Füße und zog ihn nach hinten hoch, um einen Beinstumpf zu imitieren. *«Porqué él?»*

Er brach in Gelächter aus, das zu einem Husten wurde. Seine Augen schlossen sich, und er machte eine Kopfbewegung, die andeutete, daß es unvermeidbar war.

«Dona Meneses?» fragte ich. «Kennt Ihr sie?»

Er lächelte und nickte. Als ich mich zu Farid umschaute, hechtete der Flame auf mich zu und begrub mich unter seinem Ochsengewicht. Ich versuchte mich ihm zu entwinden, doch seine schwieligen Hände legten sich um meinen Hals. Tief grub sich mein Messer in seine Schulter. Ich schrie nach Farid. Kämpfte. Doch er war zu stark. Sein Griff wurde fester. Meine Brust hob und senkte sich schwer. In meinem Hals explodierte ein Husten, und Tränen schossen mir in die Augen. Trotzdem sah ich ihn deutlich vor mir. Wie einen in Bernstein gefaßten Skarabäus: hervortretende Augen, eingefallene Wangen und einen haßverzerrt grinsenden Mund.

Ich begriff, daß es einen Moment gibt, in dem man den Tod als unausweichlich akzeptiert. Meine Hände lösten sich von seinen Handgelenken. Ich spürte weder Wut noch Angst. Nur Gleichgültigkeit. Als würde ich neben mir selbst stehen und mich umdrehen, um dann wegzugehen. Ich glaubte Onkel zu hören, der mir von der anderen Straßenseite der Rua de São Pedro zurief: «Berekia, hör auf mich. Ich stehe hier und warte ...»

Schmerz ließ mich zusammenzucken. Mein Hals brannte, als würde ein Seil ihn zusammenschnüren. Ich schmeckte den salzigen Speichel des Flamen. Plötzlich befand ich mich wieder in meinem Körper. Meine brennenden Augen und meine Lippen waren voller Blut. Seine Hände öffneten sich wie Türen und fielen von mir ab. Das Gewicht glitt von meinem Körper und Farids Gesicht kam auf mich zu. Er streckte die Hand nach mir aus und formte mit der anderen meinen Namen.

Ich rang nach Luft und entdeckte Farids Dolch im Nacken des Flamen. «Alles in Ordnung», signalisierte ich.

«Ich habe ihn umgebracht.» Diesmal zögerten Farids Hände nicht: Er streckte die Finger aus, zog sie zu einer Faust zusammen und drehte diese seitlich nach unten, als würde er einen Ast von einem Baum brechen.

Er zog unsere Messer aus dem Fleisch des Mörders und wischte sie an seiner Hose ab. Ich machte eine Dankesgeste, dann blieben wir still. Was gab es auch zu sagen? Wir setzten unseren Weg zu den Mühlen fort. Wenige Schritte weiter lag noch ein Mann auf dem Pfad. Sein Gesicht war nach oben gewandt, und die leeren Fischaugen starrten auf die Mondsichel am Himmel. Sein Hals war warm von dem Leben, das noch vor kurzem dort pulsierte. Als ich mich niederhockte, um mir den Mann genauer anzusehen, erkannte ich das Gesicht: Es war der Leibwächter, den Diego mit in unser Haus gebracht hatte.

Ich flüsterte ein Gebet, daß nicht auch Diego schon zu Gott gegangen war.

«Hörst du etwas?» signalisierte Farid. «Ich spüre eine Bewegung in der Nähe.»

«Nein.»

Plötzlich trat Diego hinter einem Mühlenrad vor. Er trug einen dicken, mit Pelz eingefaßten Umhang, der ihm bis auf die Füße fiel. Selbst in dem schwachen Licht erkannte ich, daß ihm die Schweißperlen übers Gesicht liefen.

«Du bist in Sicherheit», sagte ich. «Warum hast du nicht ...»

«Berekia, sie ... sie versuchen alle aus dem Kabbala-Zirkel umzubringen!» stöhnte er. «Jeden einzelnen von uns. Es ist nirgendwo sicher. Wir ... wir müssen ...»

«Beruhige dich. Wir haben den Mann aus dem Norden unten auf dem Pfad getötet.»

Diego ergriff meine Schultern. «Das wird dem Grauen kein Ende setzen. Sie haben deinen Onkel, Samson und Simon erwischt, und jetzt haben sie es auf mich abgesehen! Verstehst du nicht, der ganze Zirkel! Jeden einzelnen von uns.»

Ich legte ihm meine Hände auf die Brust. «Mach dir keine Sorgen. Wir wissen jetzt, wer sie sind. Dona Meneses. Sie steckt zusammen mit dem Grafen von Almira hinter der ganzen Sache. Wahrscheinlich befürchten sie, daß die Mitglieder des Kabbala-Zirkels von ihnen wissen und sie an die Krone verraten könnten.»

«Dona Meneses? Das ist unmöglich! Sie würde niemals ...»

«Sie hat zusammen mit Onkel Bücher geschmuggelt», sagte ich.

«Aber sie ist eine Edelfrau!»

«Um so besser, wenn man hebräische Schriften sicher über die portugiesische Grenze bringen will, meinst du nicht auch?»

Diego starrte in die Nacht hinaus, als stünde die Antwort irgendwo am dunklen Horizont geschrieben. Dann wandte er sich wieder mir zu. «Ich weiß nicht. Ich hätte niemals gedacht ...» Er schaute zu seinem toten Leibwächter. «Fernando hat den Mann am Bein verletzt, doch der blonde Bastard war zu geschickt mit seinem Messer. O mein Gott! Ich darf nicht zurück nach Lissabon.»

«Hast du etwa vor, den Rest deines Lebens hier zu warten?»

«Sie werden mich nicht kriegen! Wenn sie das kochende Öl auf dich tröpfeln, ist es, als würden sie dir die Haut mit einer rostigen Klinge aufschälen. Du betest darum zu sterben. Du erklärst dich zu allem bereit. Ich werde es nie wieder dazu kommen lassen. Nie. Hast du gehört? Nie wieder!»

Plötzlich fiel mir die dicke Narbenkordel auf seiner Brust ein, die ich gesehen hatte, als er auf der Straße zusammenbrach. «Sie haben dir die *pinga* gegeben?»

«In Sevilla gab es einen Spezialisten, der einem mit brennendem Öl und der Asche, die er in die Wunden rieb, ganze Landschaften auf den Körper malen konnte. Auf die Brust eines neunzehnjährigen Mädchens, deren einziges Verbrechen es war, an einem Freitag frische Laken aufgezogen zu haben, hat er eine komplette Passionsszene getropft. Sie konnte einfach nicht sterben. Ihre Brüste wurden zu den Hügeln Jerusalems und ihr Bauchnabel das Herz Christi. Es war grauenvoll ...»

«Diego, hör zu. Sie könnten dir genausogut jemanden hinterherschicken. Egal, wo du hingehst. In der Stadt, bei Leuten, die dich kennen, bist du sicherer.»

«Nicht in meinem Haus», wehrte er entsetzt ab. Der Wind zerzauste sein silbernes Haar, und ich bemerkte, daß er keinen Turban mehr trug. Jeden Tag wurden wir weniger jüdisch. «Dort werden sie mich zuerst suchen. Und wenn sie erfahren, daß der Mörder, der mich umbringen sollte, selbst tot ist, werden sie einen neuen ansetzen.»

«Du kannst bei uns bleiben», sagte ich.

Diego starrte nachdenklich zu Boden. Ich sah, daß er bereits einverstanden war. «Warum wolltest du dich überhaupt hier mit mir treffen?» fragte ich.

«Berekia, mir ist etwas Wichtiges eingefallen. Dom Miguel Ribeiro, der Edelmann, für den Esther ein Psalmenbuch kopiert hat, hatte vor einer Woche einen Streit mit deinem Onkel.» Er nahm meine Hand und fuhr flüsternd fort. «Dein Onkel hat es einmal in einem Nebensatz im Zirkel erwähnt. Ich habe Nachforschungen angestellt und erfahren, daß Dom Miguel sich bei seinen Ställen hier in der Nähe aufhält. Am Rand von Benfica. Ich wollte dich mit meinem Leibwächter dorthin schicken. Um ihn in der Nacht zu überraschen. Aber jetzt ...» Seine Worte verstummten, und er blickte sich um.

«Diego, ich weiß alles über den Streit. Miguel und Onkel haben gestritten, weil er seine wahre Vergangenheit nicht akzeptieren wollte, sein Judentum. Ich weiß es ...»

«Nein, nicht das! Es ging um das Buch. Das Psalmenbuch, das Esther für ihn kopiert hat. Er wollte den Preis nicht zahlen, auf den sie sich geeinigt hatten. Offensichtlich hat er damit gedroht, bei Hofe zu verraten, daß deine Tante und dein Onkel hebräische Manuskripte verstecken, wenn sie ihm das Buch nicht umsonst überließen. Jetzt überlege ich, ob er vielleicht mit Dona Meneses unter einer Decke steckt. Es muß da irgendeine Verbindung geben.»

«Nein, nein. Onkel hat ihm eine Nachricht geschickt, in der er ihn bat, Schmuggler zu werden.»

In der Dunkelheit fiel es Farid schwer, Diegos Lippen zu lesen. Als ich für ihn übersetzte, antwortete er: «Doch Miguel ist reich. Er kann es sich leisten, für Esthers Arbeit zu zahlen. Außerdem hat er dir nichts getan, als du ihn aufgesucht hast. Er hätte dich ohne weiteres umbringen können.»

«Was sagt er?» fragte Diego.

«Daß das keinen Sinn ergibt.»

Diego lachte kurz auf und nahm meine Hand. «Gab es in der

letzten Woche irgend etwas, das einen Sinn ergeben hätte? Laß dir eins sagen, mein Junge. Hier auf Erden regiert eine andere Logik als die, welche du aus der Kabbala kennst.»

Diego beugte sich über die Leiche des Flamen. Er spuckte ihm auf den Kopf und trat ihn in die Seite. Dann schleppte er sich schwitzend wie ein Lastesel weiter, während er unaufhörlich davon sprach, daß er in einer Woche in Faro ein Schiff besteigen wollte, um über Rhodos nach Konstantinopel zu reisen. Schon am nächsten Abend wollte er Lissabon in Richtung Süden verlassen. «Konstantinopel ist eine wunderbare Stadt», schwärmte er. «Ganz anders als Lissabon. Es regnet dort sogar. Wunderschöne schwere Tropfen. Wie Perlen. Auch für Kabbalisten ist es ein guter Ort. Asien trifft dort auf Europa, aus zwei wird eins, wie dein Onkel zu sagen pflegte. Weißt du noch, wie er ...»

Die Nacht, der Staub und Diegos Gerede wanden sich wie ein Seil um meine Gedanken. Über uns kreisten Raubvögel, die uns auf unserem Weg in die Stadt verfolgten. Als wir innerhalb der Stadttore angelangt waren, hielten wir am Brunnen der Hoffnung an. Während ich mir Gesicht und Haare befeuchtete, überlegte ich, was für eine geheime Verbindung zwischen Miguel Ribeiro und den Schmugglern bestehen könnte. Durch die laufenden Wassertropfen starrte ich Diego an. Er kämmte sich den neuen Bart, der seine Wangen und sein Kinn schon wieder bedeckte. «Ordnung ist eine heilige Pflicht», erinnerte er mich.

Vielleicht. Doch wie stand es um sein Inneres? War er die Personifikation des wurzellosen, wandernden Juden, ein verängstigtes, kaum mehr menschliches Wesen, das jederzeit bereit war, in das nächste feindliche Land zu ziehen? Waren wir etwa alle zu Figuren dieser christlichen Mythologie geworden?

Als wir unser Haus erreichten, kam uns der kleine Didi Molho aus dem Hoftor entgegengerannt. «Ich habe ihn gefunden, Beri!» rief er. «Ich habe ihn gefunden.»

«Wen?»

«Rabbi Losa!»

«Wo ist er?»

«In der *miqve*. Murça Benjamin wird dort getraut.»

«Was, jetzt? Die Hochzeit sollte erst morgen stattfinden. Es muß schon weit nach Mitternacht sein, und es ist immer noch Sabbat!»

«Sie haben die Hochzeit auf heute nacht vorverlegt, um die Christen zu täuschen», flüsterte er.

Zusammen gingen wir in den Hof. Pater Carlos trat aus dem Haus, um uns zu begrüßen. Nachdenklich betrachteten wir den Stumpf unseres gefällten Zitronenbaums. «Ich muß Rabbi Losa zur Rede stellen», sagte ich, «denn ich will sicher wissen, daß er mit dieser Sache nichts zu tun hat. Ich werde bald zurück sein.»

Alle erhoben gleichzeitig ihre Stimmen gegen mich. «Für Juden ist es viel zu gefährlich, sich zu religiösen Riten zu treffen», schloß Diego. «Was ist, wenn die Christen dich entdecken?»

Doch mein Mißtrauen gegenüber Losa war so stark, daß ich mich von einem Treffen mit ihm nicht abbringen ließ. «Egal, ich muß gehen. Außerdem können wir heute nacht sowieso nichts mehr gegen Königin Esther und Zerubbabel unternehmen. Morgen früh werde ich sie aus ihren Verstecken locken.»

Ich verließ meine Freunde und eilte zur *miqve*, zu Murça Benjamins Hochzeit. Da sie eine kinderlose Witwe war, sah das Gesetz über die Leviratsehe vor, daß sie den älteren Bruder ihres verstorbenen Ehemanns heiratete, der eingewilligt hatte, sie zur Braut zu nehmen.

Ein schmächtiger Mann, dessen Gesicht unter einer Kapuze verborgen war, bewachte die Tür zum Badehaus. «Darf ich eintreten?» fragte ich. «Ich bin ein Freund von Murça.»

«Dann beeil dich.»

An der Wand steckten jetzt Fackeln, die die Treppe beleuchteten. Unten erblickte ich einen kleinen Kreis von Zeugen, der sich im zentralen Raum des Bades versammelt hatte. Vorne saßen die

Männer und hinten die Frauen. Als ich zu ihnen hinabstieg, bemerkte ich, daß etwas nicht stimmte. Rabbi Losa saß in der Mitte eines Tribunals aus fünf Richtern. Bei meinem Anblick fuhr er zusammen, als hätte er sich verbrannt. Kalte Furcht stand in seinen boshaften Augen. Die Wut drückte heiß und fordernd gegen meine Lenden.

Doch was geschah da? Murça stand ihrem Schwager Efraim gegenüber. Ihr Haar hatte sie unter einem Kopftuch aus Rupfen verborgen. Der Ausdruck in ihrem langgezogenen Gesicht war hoffnungslos, und ihre Hände zitterten. Auf dem Boden zwischen den beiden stand ein schwarzer Tonteller. Die *Haliza*! O Gott, wann wirst du uns endlich gnädig sein? Nach dem Aufstand mußte Efraim von seinem Versprechen, Murça zu heiraten, Abstand genommen haben. Sie waren bereits mitten in der Zeremonie, die ihn von seiner Pflicht befreite. Auch Murça würde dann frei sein, doch für welche Zukunft? Sie hatte nur eine kleine Mitgift, und die Hälfte aller jungen Juden Lissabons war zu Asche geworden. Ihre Chancen, das Glück zu finden, das sie verdiente, waren gering.

Mit fester Stimme erklärte Efraim, daß er sich weigere, Murça zu heiraten. Zitternd und zögernd erwiderte Murça auf hebräisch: *«Me'en yebami lehakim leahiv shem beyisrael lo aba yahmi.»* Dann wiederholte sie die Worte für alle auf portugiesisch: «Mein Schwager weigert sich, seinem Bruder einen Namen zu erwecken in Israel, und will mich nicht ehelichen.» Als sie fertig war, seufzte sie tief auf.

«Hast du ihre Worte verstanden?» fragte Rabbi Losa Efraim.

«Ja.»

Die Richter erhoben sich. Murça ging auf Efraim zu, hockte sich nieder und begann mit der rechten Hand den ledernen Riemen seiner Sandale zu lösen, den er dreimal um das rechte Fußgelenk geschlungen hatte. In der Stille war jetzt nur ihr schweres Atmen zu hören. Als sie den Riemen gelöst hatte, hob sie seinen Fuß hoch und streifte ihm die Sandale ab. Dann erhob sie sich, holte Schwung und schleuderte die Sandale zwischen Efraim und die Richter auf den Boden.

Murça zitterte. Nur mit Mühe gelang es ihr, sich vorzubeugen und auf den schwarzen Teller zu spucken, um ihren Schwager symbolisch dafür zu demütigen, daß er sich weigerte, ihr Kinder zu schenken.

Mit trotziger Miene nahm Efraim seine Sandale und reichte sie Rabbi Losa. Alle fünf Richter hoben gemeinsam an: «Möge es Gottes Wille sein, daß die Töchter Israels die *Haliza* und auch die Leviratsehe nie mehr brauchen werden.»

Die Zeremonie war vorbei. Murça sank auf dem Boden zusammen. Als die Frauen zu ihr eilten, rannte Losa zur Treppe. Jeder Rabbi kann wie ein Schächter töten. Er mußte der Mann sein, der Onkels Schmuggler erpreßt hatte. Deshalb hatte Gott mich dieser *Haliza* beiwohnen lassen!

Ich rannte an den Männern vorbei hinter ihm her. Draußen sah ich ihn auf sein Haus zulaufen. Im nächsten Moment hatte ich ihn erreicht. Meine Hände krallten sich um seinen Seidenkragen. Ich drückte ihn gegen die Wand von Samirs Haus. «Ein großer Gelehrter und Rabbi aller Rabbinen wie du sollte es nicht so eilig haben.»

Er versuchte mich wegzustoßen. «Laß mich vorbei, du kleiner Lustknabe.»

«Du verwechselst mich mit Farid. Er ist derjenige, der die Männer liebt und dessen Namen du noch nicht einmal aussprechen kannst.»

«Willst du mich hier auf der Straße vor den Augen aller zusammenschlagen?» Er blickte sich zu der kleinen Menschenmenge um, die sich hinter uns versammelt hatte.

«Warum nicht», erwiderte ich. «Mir ist egal, was die anderen über mich denken. Doch ich will nicht ungerecht sein. Ich werde dich nicht für deine Verbrechen an unserem Volk umbringen, es sei denn, ich entdecke, daß du meinen Onkel ermordet hast.»

«Deinen Onkel ermordet? Ich?»

«Erstaunt dich das so? Du hast ihn verraten! Wagst du, das abzustreiten? Du hast dein Schächtermesser genommen und ihm die Kehle durchgeschnitten!»

«Das streite ich in der Tat ab. Es stimmt, wir mochten uns nicht. Doch zwischen Haß und Mord liegt das Rote Meer. Und ich habe es nicht durchschritten.»

«Wo warst du am Sonntag des Aufstands?»

«Zu Hause beim Gebet. Eine meiner Töchter ist krank.»

«Zu wem hast du gebetet? Zu Gott oder zum Teufel?»

«Möge ein wilder Eber seine Zunge in dein ...»

Ich schlug seinen Kopf gegen die weißgetünchte Wand. Er schrie auf und stöhnte. «Und deine Zeugen?» fragte ich.

«Meine beiden Töchter waren bei mir.»

«Den ganzen Tag?»

«Ja.»

«Warum sind die Dominikaner dann an eurem Haus vorbeigegangen?»

«Weil ich jetzt für die Kirche arbeite, du Dummkopf!» brüllte er.

«Sind deine Töchter zu Hause?»

«Untersteh dich ...»

Nach einer Woche mit wenig Schlaf und Nahrung war von meinem Verstand und meiner Selbstbeherrschung nicht mehr viel übriggeblieben. Ich stieß den verängstigten Rabbi die Rua de São Pedro hinunter auf sein Haus zu. Der Teil meines Wesens, der immer mehr in den Hintergrund trat, mahnte, daß ich mich von der Verzweiflung überwältigen ließ. Hatte ich Angst vor der Wahrheit? Weigerte ich mich, alle Hinweise zu einem leicht verständlichen Vers zusammenzufügen? Alle Anhaltspunkte waren in meinem Toragedächtnis gespeichert: Weißer Maimon mit den zwei Mündern; Diegos Steinigung; der Schnitt des Schächters durch die Kehle meines Onkels; die Briefe von *Tu Bisvat*. Hätte es sich um Zitate aus der Tora oder Kabbala gehandelt, hätte ich sie zu einem sinnvollen Kommentar, zu einer Antwort vereint. Hatte ich einfach Angst vor dem Ende meines Rachefeldzugs? Wollte ich das letzte Tor zum Tode meines Onkels nicht durchschreiten?

ACHTZEHNTES KAPITEL

NACH DER KABBALA hat Honig ein Sechzigstel der Süße von Manna; der Traum ein Sechzigstel der Macht der Prophezeiung und der Sabbat ein Sechzigstel der Herrlichkeit des kommenden Reiches des Herrn.

Und der Schlaf der Krankheit, welcher Bruchteil des Todes kam ihm zu?

Rachel, die jüngste Tochter von Rabbi Losa, lag seitlich zusammengerollt unter einer Wolldecke. Eine Hand hatte sie mit dem Rücken an die Stirn gelegt wie eine Schwimmflosse, als wolle sie sich vor einem Dämon schützen. Ihre Augen waren geschlossen, doch alle paar Sekunden ging ein Zittern durch ihren Körper. An Rachels Bett wachte ihre ältere Schwester Esther-Maria, aus deren sorgenvollen, rotgeränderten Augen langsam die Entschlossenheit schwand. Ein Rosenkranz glitt durch ihre Finger, und sie nickte mir zu wie jemand, der nichts mehr zu sagen hatte, mir aber eine distanzierte Vertrautheit entgegenbrachte.

Die Krankheit dieses Kindes schien mir eine logische Fortsetzung von Murças Ablehnung durch Efraim zu sein. Gebrochene Versprechen und Verrat waren der Leim, der unser aller Leben zusammenhielt.

«Wie lange befindet sie sich schon in diesem Zustand?» fragte ich.

«Seit letzten Freitag», antwortete Esther-Maria. «Aber am Anfang war es noch nicht so schlimm.»

«War euer Vater den ganzen Sonntag bei ihr?»

«Das ist grotesk», bellte Losa. «Meine eigene Tochter nach ...»

Esther-Maria hob ihre Hand, um ihren Vater zum Schweigen zu bringen. «Ja», flüsterte sie. «Den ganzen Tag und die ganze Nacht.»

Sie stand auf und drückte ihre Fäuste gegen einen Schmerz im Kreuz.

«Ich frage nur, weil mein Onkel, er ist ...»

Sie nickte. «Wir haben alle davon gehört. Du mußt nichts erklären. Weißt du, als die Altchristen kamen, sind wir hiergeblieben und haben uns versteckt. Vater meinte, man würde uns verschonen, doch darf man Mördern trauen? Bis ... war es Donnerstag? Irgendwie kann ich mich nicht mehr so gut an die einzelnen Tage erinnern.»

Ich wandte mich an Rabbi Losa. «Warum hast du mich dann nicht hereingelassen, als ich bei dir geklopft habe? Oder bist zu uns gekommen? Und gerade, in der *miqve*, als du ...»

«Du leidest wohl unter Wahnvorstellungen! Du warst dabei, meine Tür einzutreten. Und ich hatte ein krankes Kind hier liegen. Alle wissen, daß du deinen Onkel rächen willst. Aber wenn du jetzt ... Warte.» Losa marschierte durchs Zimmer, nahm einen trüben Spiegel von der Wand und hielt ihn mir hin. «Schau hinein!» befahl er. «Würdest du nicht vor so jemandem davonlaufen?»

Im gedämpften Licht der Kerzen blickte mir aus dem verblaßten Silber ein abgespanntes, hohlwangiges Gesicht mit flechtenähnlichen Bartstoppeln und schmutzigem, verfilztem Haar entgegen.

«Du hast recht», gab ich zu. «Ich bin ein ziemlich schlimmer Anblick.» Ich zog die Zeichnung von dem Gassenjungen, der Onkels Haggada verkaufen wollte, aus meinem Beutel. «Kennt einer von euch diesen Jungen?»

Esther-Maria beugte sich in den Lichtkreis der Kerze. «Nein», sagte sie und reichte das Papier ihrem Vater. Er schüttelte den Kopf.

«Dann hast du meinem Onkel nie beim Schmuggeln hebräischer Bücher geholfen?» fragte ich den Rabbi. «Du mußt es auf die Tora schwören», fügte ich hinzu, als er den Kopf schüttelte.

Während er schwor, keuchte Rachel im Schlaf wie ein Blasebalg. «Darf ich sie berühren?»

Losa nickte. Der Puls in ihrem Handgelenk raste. Doch obwohl ihre Stirn brannte, schwitzte sie nicht. «Was für Symptome hat sie sonst noch?» fragte ich.

«Sie kann nichts essen», sagte Esther-Maria. «Und sie blutet aus den Därmen, wenn sie ...» Das Mädchen beugte sich zu mir, und in ihren erwartungsvollen Augen sah ich, daß mein Interesse ihr Hoffnung gegeben hatte.

«Es ist entweder die Ruhr oder der Spanische Ausschlag», sagte ich. «Übertragen durch Dung oder verpestete Luft.» In meinem Toragedächtnis schlug ich bei Avicenna nach. «Schachtelhalmtee mit Eisenkraut, und zwar literweise», ordnete ich an. «Sie braucht Flüssigkeit, um ihre Krankheit auszuschwitzen. Und mach ihr einen Einlauf aus Arsen, das du in Granatapfelsaft und Wasser aufgelöst hast. Nimm aber nicht zuviel von dem Gift. Höchstens ein paar Tropfen.» Losa warf mir aus seinem Eulengesicht einen Blick zu, unter dem selbst einem Propheten unbehaglich geworden wäre. Doch nach allem, was vorgefallen war, kam mir diese Pose eher komisch als unverschämt vor. «Bewahr dir deine dummen Blicke für das Sabbatgebet», fuhr ich ihn an.

«Das wird es nicht mehr geben», sagte er traurig. «Nie mehr.»

«Vielleicht besser so!» höhnte ich.

«Was weißt du denn davon?» rief er. «Was hast du außer deinem jüdischen Namen schon aufgegeben? Hast du den Schwur getan, nie wieder einen Fuß in eine Synagoge zu setzen, wenn der Herr nur deine Gemeinde rettet? Hast du aufgegeben, was dir das Liebste im Leben war? Was weißt du schon von Opfern? Du warst ein elfjähriger Junge. Ja, ich weiß noch genau, wie du dich an deinen Vater geklammert hast. Und du erinnerst dich, wie ich freudig zum Taufbecken geeilt bin. Hast du jemals gefragt, warum? Hat dein Onkel mich gefragt? Kannst du begreifen, daß ich damit verhindern wollte, daß noch mehr von uns starben oder ihre Kinder töteten? Ich habe einen Pakt mit unserem Herrn geschlossen: Rette die Juden Lissabons, und ich will meinen Glauben aufgeben. War das falsch? Wer kann das beurteilen? Du? Dein Onkel?»

Losa wischte sich mit seinem Ärmel die Spucke von den Lippen und funkelte mich an. Auf seinen hochroten Wangen brannte die Wut all der Jahre.

Esther-Maria trat zu ihm. Sie streichelte ihm die Schulter und flüsterte: «Beruhige dich, Vater.»

«Mein Onkel ist tot und kann nichts mehr sagen», erklärte ich mit mühsam beherrschter Stimme. «Und wäre ich ein besserer Kabbalist, würde ich dich vielleicht nicht verurteilen. Womöglich hast du uns aus höheren Beweggründen verraten. Oder hast es dir zumindest eingeredet, um weiterleben zu können. Doch deine Motive interessieren niemanden mehr. Was heute zählt, sind deine Handlungen, auch die von vor vielen Jahren. Ich begreife immer mehr, daß für Männer wie dich und mich Handeln wichtiger ist als alle Worte. Wichtiger als all unsere geheimen Pakte und geflüsterten Gebete. Für Onkel war das anders. Sein Gebet hat Engel in unsere Welt gelockt. Männer, die solche Wunder bewirken konnten ...» Ich verstummte. Rabbi Losa, von Zorn übermannt, hatte sich abgewandt. Es schien sinnlos, mit ihm reden zu wollen. Ich berührte Esther-Marias Schulter, damit sie mir zuhörte. «Wasche Rachel regelmäßig mit Rosenwasser, das mit Eisenkraut und Eigelb gekocht wurde. Und wechsle um Himmels willen diese schmutzigen Laken. Am besten, du verbrennst sie!» Ich hielt meine Hand über ihren Kopf und segnete sie.

«Wird meine Schwester sterben?» fragte sie.

«Das weiß nur Gott allein», hob ihr Vater an. Der fromme Blick, den er zum Christenhimmel schickte, sollte mich an das Opfer erinnern, das er gebracht hatte.

«Womöglich wird sie das», antwortete ich mit provozierender Härte. Im Moment kam mir die Vorstellung eines in den Wolken wohnenden Gottes, der über uns wachte, einfach grausam und absurd vor. Doch für Esther-Maria und auch für mich selbst fügte ich hinzu: «Aber wenn du meine Anweisungen befolgst, hat sie eine Chance.»

Das Mädchen nickte mir dankend zu. Rabbi Losa zog das Kinn ein, wie er es immer in meiner Gegenwart tat, und nahm meine Verbeugung zum Abschied mit einem hochmütigen Ausdruck entgegen.

Auf dem Heimweg schaute ich in die verzerrten Konstellationen am Himmel. Endlich wußte ich, daß Rabbi Losa seine Macht über mich verloren hatte. Und mit ihm alle selbstgerechten Rabbinen dieser Welt. Für immer. Auch das gehörte zur Reise dieses Passa.

Immer wenn man glaubt, die wahre Form eines Toraverses erkannt zu haben, wirft er seine Hüllen ab und gewährt uns einen Blick auf die inneren Schichten. Genauso ist es mit den Geschehnissen des Alltags.

Diego, Pater Carlos und Farid begrüßten mich in der Küche mit einem Brief von Solomon Eli, dem *Mohel*, der den Geheimgang von unserem Keller zum Bad entdeckt hatte. Auf dem groben, schlechtgefertigten Leinenpapier, in das ein Bogen geprägt war, stand der Name «Berekia Zarco» gekritzelt.

«Während du fort warst, haben wir schlechte Nachrichten erhalten», sagte Diego. «Sie haben Solomon, den *Mohel*, an den Dachbalken seines Hauses hängend gefunden. Er hat sich an seinem *Tallit* aufgehängt. Selbstmord. Farid, Carlos und ich sind hingegangen. Er hat eine Nachricht für dich hinterlassen.»

«Er hat doch überlebt!» rief ich. Meine Worte klangen hohl zwischen uns. Was zählt schon die Leidensfähigkeit eines Körpers verglichen mit dem Zerbrechen einer trauernden Seele? «Die Nachricht ist nicht versiegelt», bemerkte ich. «Und er hat meinen neuen Namen Berekia benutzt. So hat er mich nie genannt. Für ihn war ich *Shaalat Shalom*.»

«So hat man sie uns gegeben.» Carlos zuckte die Schultern.

«Wer?»

«Seine Schwester Lena», antwortete Diego. «Offenbar hat sie die Leiche gefunden, und als sie durch seine Sachen gegangen ist, hat sie die Nachricht entdeckt.»

Die Mitteilung von Meister Solomon war in einer hastigen, kindlichen Schrift geschrieben und von der runden Prägung im Papier umrahmt:

> *Verhärtet einen die Ausbildung zum* Mohel *gegenüber den Schmerzen des Fleisches? So war es bei mir. Immerhin beweist das etwas. Mein Körper ist erschlafft. Die Neue Welt wird meine Schritte nicht mehr spüren. Dieses Jahrhundert hat zu viele Entdeckungen gebracht, denn einige Dinge wären besser im verborgenen geblieben. Ich habe Neuchristen verraten. Auch Reza. Mir blieb keine andere Wahl. Die Drohung der* Pinga *ist ein brennender Schatten, und der in Dunkelheit gehüllte Körper kann entsetzlich feige sein. Ein einziger Tropfen Öl entlockt ihm Schreie, die sich wie Schlangen aus den Eingeweiden winden und ... Meister Abraham hat geschworen, mich vor einen jüdischen Gerichtshof zu bringen. Er wollte dafür sorgen, daß ich bestraft werde. Am Sonntag morgen hatten wir eine Auseinandersetzung. Angst. Er muß sie an mir gerochen haben. ‹Du trägst ein Messer›, hat er gesagt, ‹und trotzdem fürchtest du dich.› Er lächelte, als wolle er mich bei sich willkommen heißen. ‹Deine Eisenklinge wird mich eins machen mit Gott und vielleicht einem höheren Zwecke dienen, aber das Mädchen ist noch nicht bereit. Solomon, verschone sie, und ich werde zu dir kommen wie eine Braut.› Doch in einem Mädchen lodern die Flammen der Inquisition genauso wie in einem Mann. Hätte ich nur sein können wie Adam ... Ich wollte ihn nicht umbringen. Auch das Mädchen nicht, dessen Namen ich immer noch nicht kenne. Ich kann weder von dir noch von Esther und Mira Vergebung erwarten. Doch bitte sprecht ein* Kaddish *für mich, wenn ich gegangen bin, damit ich den*

Weg aus dieser Welt finde. Wird es für einen Mann wie mich Frieden geben? Sei gesegnet.

Solomon

«Was steht in der Nachricht?» fragte Diego.

Das verzerrte Geständnis mit seinen Ungereimtheiten versiegelte mir die Lippen. Der Selbstmord erklärte das Buch, das er mir hinterlassen hatte. Doch wie kam er plötzlich zu diesen Zweifeln an seinem Beruf, den er so geliebt hatte? Warum hatte er seine Frau mit keinem Wort erwähnt? War er in seinen letzten Minuten nicht mehr bei klarem Verstand gewesen?

Womöglich handelte es sich bei der Nachricht um eine Fälschung von Zerubbabel und Königin Esther. Ob sie vermuteten, daß ich ihnen auf den Fersen war?

«Wie lange war er schon tot, als seine Schwester ihn fand?» fragte ich Farid.

«Sie sagt, sie habe ihn heute morgen gefunden, die Nachricht allerdings erst vor kurzem. Vorher hatte sie nicht die Kraft, seine Sachen zu durchsuchen.»

«Was signalisiert ihr euch da?» fragte Carlos. «Und was steht verdammt noch mal in dem Schreiben?»

Nachdem ich Solomons Worte laut vorgelesen hatte, nahm Farid mir das Papier ab und schnüffelte und leckte daran. «Sehr billige Qualität», lautete sein Kommentar.

«Als *Mohel* konnte Solomon sehr gut mit Messern umgehen», bemerkte Carlos.

«Das könnte einiges erklären», bestätigte Diego. «Wir wären nie darauf gekommen, daß er mit Meister Abraham zusammenarbeitet. Und genau so wollten die beiden es sicherlich.»

Er hatte recht. Und trotzdem: Hätte Gemila diesen kahlköpfigen, olivenhäutigen kleinen Mann für den Weißen Maimon mit den zwei Mündern halten können? Und welchen Grund sollte er haben, einen Mörder aus dem Norden anzuheuern, um Simon und Diego umzubringen?

«Du hast ein weiteres Tor geöffnet», hörte ich Onkel zu mir sagen. «Jetzt gehe hin, Berekia, und fülle deine Lungen mit dem Atem des Erdenreiches. Und dann spring durch das Tor, bevor es wieder zufällt.»

Ich nahm Farid die Nachricht ab und ging in den Keller, um in Ruhe darüber nachzudenken. «Allein», flüsterte ich, und Farid ließ meine Hand aus seiner gleiten.

Unten holte ich mir Onkels Topaz-Siegelring aus dem großen Schrank und steckte ihn mir an den rechten Zeigefinger. Ich setzte mich auf die von seinen Blutflecken übersäte Gebetsmatte. Nachdem ich die Pforten meines Verstandes durch regelmäßige Atemübungen geöffnet hatte, transponierte ich die Schriftzeichen aus Solomons Nachricht in den monotonen Singsang des Psalmodierens. Nach einiger Zeit erhoben sich seine Worte von dem Papier und wirbelten wie die Ringe eines Jongleurs durch die Luft, wobei sie ihre Bedeutung wie ein überflüssiges Gewicht abwarfen. Die Gnade Gottes ließ meine Arme und Beine leicht werden.

Es war, als schaute ich auf eine Tafel mit Schriftzeichen in Keilschrift. Wenn sich die Knoten des Verstandes lösen, kann das Hebräische völlig fremdartig wirken. Die einzelnen Buchstaben zeigten sich als zerstückelte Formen. Ein Musikstück ohne Melodie; Tiere, denen Adam keinen Namen gegeben hatte. Die dichte Welt der Materie wurde langsam durchscheinend und löste sich schließlich ganz auf.

Durch den größten Raum, den Gott uns gegeben hat – der Leere jenseits allen Denkens –, stiegen die Worte mit der Gewißheit des Gebets vor mir auf: *Dies war die Handschrift von Onkels Mörder. Es war* sein *Geständnis, nicht das von Solomon. Er hatte die Nachricht nach Solomons Selbstmord in dessen Haus versteckt. Für seine Schwester oder sonst jemanden, der sie mir überbringen sollte – um mich von seiner Spur fort und in eine andere Richtung zu führen. Vielleicht hatte er zu diesem Zweck sogar den armen Solomon umgebracht!*

Ich saß allein und fühlte mich erschöpft. Die Mühen der Erkenntnis hatten ihren Preis von meinem geschwächten Körper gefordert. Meine Hände waren bleischwer. Ich wollte mich bis zur Morgendämmerung ausruhen. Kaum hatte ich diesen Beschluß gefaßt, als mir auch schon die Lider zufielen. Onkel sprach zu mir: «Schlaf», sagte er mit verführerisch lockender Stimme. «Du brauchst ruhigen Schlaf, wenn du diese Reise vollenden willst.»

«Nein, nicht jetzt», antwortete ich laut. Ich öffnete meine Augen. Ich mußte mir Solomons Wohnung anschauen und mit seiner Schwester reden. Dann wollte ich zurück zum Estaus-Palast. Ich mußte versuchen, mit Johanna zu sprechen.

«So trotzig wie immer», antwortete Onkel. Wieder schloß ich die Augen, um ihn lächeln zu sehen. «Du mußt dich dem Traum öffnen», fuhr er fort. «Du hast die Wüste Lissabons durchschritten und stehst wirklich kurz vor der Wahrheit. Leg deinen Kopf in meinen Schoß. Nutze deine Träume, um eine Frage zu stellen.»

«Ist das nicht eine Sünde?» fragte ich. «Die Propheten sagen, daß man die Toten nichts fragen darf.»

«Mit Gott darf man immer sprechen. Dieser eine Tropfen ist in Seinen Ozean gefallen. Nimm einfach das Band mit unseren beiden in Gold geschriebenen Namen von deinem Handgelenk und leg es über deine Augen. Und dann schlafe.»

Ich gehorchte dem Meister. Und hatte tatsächlich einen Traum.

Ich war umhüllt von der Wärme einer Heimkehr. Über mir stand, eingerahmt von den Kacheln der Kellerwand, mein Meister und hatte den Gebetsschal über Kopf und Schultern gelegt.

«Ich glaube nicht, daß Dom Miguel Ribeiro oder ein von deinen geheimen Schmugglern gedungener Henker aus dem Norden einen Seidenfaden unter deinen Daumennagel stecken oder wie ein Schächter töten würde», sagte ich. «Wer ist noch an diesem Fall beteiligt? Wen hat Königin Esther geschickt, um dich umzubringen?»

«Du weißt bereits, wer meine Seele von meinem Körper getrennt hat», erwiderte er mit einem schlauen Lächeln. «Die Frage ist nur, wo und wann du das erkennen wirst.»

«Wie immer, Onkel, willst du mich für die Antwort arbeiten lassen. Nun gut. Wo und wann werde ich seinen Namen erfahren?»

Als sich der weiße Flügel seiner Robe öffnete, ging ein nach Myrrhe riechender Windhauch über uns hinweg. Die Kellerdecke wurde dünner und verschwand schließlich ganz. Die Wände fielen in sich zusammen, und der Himmel öffnete sich. Am westlichen Horizont leuchtete es rosafarben und violett. Wir saßen zusammen unter dem Turm auf dem Mandelhof.

«Warum hier?» fragte ich. «Warum bei Sonnenuntergang?»

Onkel bedachte mich mit einem durchdringenden Blick, mit dem er mich anwies, gut zuzuhören. Er hob seine segnende Hand über mich und sagte: «Der Plan der Stadt befindet sich in den Füßen eines blinden Bettlers.»

Durch die Fensterschlitze in der oberen Nordwand unseres Kellers fiel goldenes Licht in den Keller. Es war Samstag morgen. Der achte und letzte Tag des Passafests. Ich setzte mich auf und warf einen letzten Blick auf meinen Traum wie auf einen Gast, der sich verabschiedet. Ich öffnete die *Geniza* und suchte vergeblich nach einer Handschrift, die der auf Solomons gefälschter Nachricht glich. Dann blätterte ich noch einmal durch Onkels Haggada, um mich meiner bisherigen Erkenntnisse zu versichern. Solomon, der *Mohel*, besaß kein biblisches Ebenbild. Es war also unwahrscheinlich, daß er beim Bücherschmuggel mit Zerubbabel und Königin Esther eine Rolle gespielt hatte.

Oben machte Reza Feuer im Herd. Sie hielt Aviboa im Arm, die auf ihrer Hüfte saß. Im Haar des Mädchens steckte eine dicke, orangefarbene Ringelblume. Diego und Pater Carlos saßen sich am Küchentisch gegenüber und schlürften aus Tonbechern dampfendes Gerstenwasser.

Reza drehte sich als erste zu mir um. Ihr Blick verriet, daß sie mir immer noch böse war, weil ich mich am Vorabend geweigert hatte, der Sabbatzeremonie vorzustehen.

«Du hast geschlafen», sagte Carlos. «Das ist gut.»

Wir segneten einander. «Wo ist Farid?» fragte ich.

«Zu Hause beim Gebet», antwortete Diego.

Ich wandte mich zur Tür in den Hof.

«Wohin gehst du?» wollte Pater Carlos wissen.

«Weg.»

«Du gehst zum Haus von Solomon, nicht wahr?» fragte Reza bitter. Bevor ich ihr mein wahres Ziel nennen konnte, sprach sie schon weiter. «Kannst du es nicht einfach aufgeben? Er ist tot. Wir haben unsere Rache. Jetzt müssen wir einen Weg finden weiterzuleben und uns um die kümmern, die von unserer Familie übriggeblieben sind. So würde es auch dein Meister wollen. Und glaube mir, Berekia Zarco, solltest du dich jemals wieder zu den Lebenden gesellen, es gibt einen Haufen Dinge für dich zu tun!»

Reza funkelte mich an, als wolle sie die Antwort, die sie hören wollte, von mir erzwingen.

«Mein Pfad ist nicht der deinige», erklärte ich ihr. «Wenn ich jetzt nicht meinen eigenen Weg gehe, werde ich mich nie wieder zu euch gesellen können.» Doch das Ziel, das sie für mich gewählt hatte, erschien mir als dankbare Lüge, und so fügte ich hinzu: «Außerdem gehe ich nur dorthin, um ihnen mein Beileid auszusprechen. Auch ein Mörder verdient unser Gebet.»

Diego stand auf. «Heute abend werde ich nach Faro aufbrechen und mich nach Konstantinopel einschiffen. Vielleicht sollten wir uns jetzt schon verabschieden.»

«Ich werde bald zurück sein. Im Moment habe ich keine Zeit für Abschiede.»

Farid betete im vorderen Zimmer seines Hauses. Als er mich eintreten sah, sprang er auf, als hätte Allah ihn aus seinen Händen fallen lassen.

NEUNZEHNTES KAPITEL

UNTER DER MORGENSONNE Lissabons stiegen Farid und ich den mit vereinzelten Büschen bewachsenen Hügel zu den Türmen des Graça-Klosters hinauf. Oben erblickten wir die Zwergnonne mit dem Säbelzahn, die noch immer das Kreuz bewachte. Sie wirbelte zu uns herum und funkelte uns böse an.

Die Villa von Dona Meneses lag an der Lehmstraße, die sich am Nordhang des Hügels entlangzog. Das burgähnliche Gebäude mit seinen Zinnen war eine umgebaute romanische Festung, deren einzige moderne Ergänzung ein von vier Strebebögen gestützter und im nackten Kalkstein des Hügels verankerter Marmorbalkon war. Ich war bereits zweimal hier gewesen. Beide Male hatte ich Seidenkleider abgeliefert, die meine Mutter für Dona Meneses genäht hatte. Wir gingen zum seitlichen Eingangstor, das im Schatten eines Hains aus marokkanischen Zedern lag. Von hier konnten wir einen Teil des Balkons an der Hinterseite des Hauses überblicken. Am äußeren Rand stand ein hagerer Mann mit federgeschmücktem blauem Barett. Er hielt einen roten Glaskelch in der Hand und plauderte angeregt mit jemandem, den ich aus meinem Blickwinkel nicht sehen konnte. Als er sich nach links drehte, um auf einen Punkt in der Ferne zu zeigen, erkannte ich ihn: Es war der Graf von Almira.

Zerubbabel und Königin Esther hatten sich getroffen.

Ein blonder Torposten, der den gleichen amethystfarbenen Hut trug wie der von Dona Meneses gedungene Henker, trug meine Nachricht ins Haus. «Vielleicht läßt sie sich diese Monster aus dem Norden gleich in größeren Mengen kommen, damit es billiger wird», kommentierte Farid, als wir uns wieder auf den Weg machten.

Ich hätte gern gelacht, allein um zu beweisen, daß ich noch immer jung war, doch ich schien es verlernt zu haben. Als wir wieder an der finsteren Nonne beim Kloster vorbeikamen, klopfte mein Herz heftig. Was hätte es bedeutet, wenn ich an diesem Ort mein Leben verloren hätte?

Mir blieb keine Zeit, über eine Antwort nachzudenken, denn jetzt rannten wir halb rutschend den Hügel hinab. Unten schluckte uns die Anonymität des verworrenen Lissabonner Straßennetzes.

Zu Hause ging ich sofort zur *Geniza* und nahm zwei unbezahlbar wertvolle Abhandlungen von Abraham Abulafia heraus. Beide Werke hatte der Meister persönlich mit Randbemerkungen versehen.

«Was tust du da unten?» fragte Diego. Zusammen mit Pater Carlos stand er auf der Treppe und sah mir mit väterlich besorgtem Blick zu.

«Endlich habe ich begriffen, was Onkel von mir will. Wenn Dona Meneses versucht, über den Grafen von Almira hebräische Schriften zu erwerben, soll sie sie haben. Doch nur zu einem sehr hohen Preis. Ich will die letzte Haggada meines Onkels. Sie ist das Beweisstück, das ich brauche.»

«Aber du hast doch gesagt, Solomon sei derjenige, der ...», warf der Priester ein.

«Wen kümmert schon, was ich gesagt habe!» unterbrach ich ihn. «Glaubst du etwa alles, was du hörst?»

Er legte die Stirn in Falten, als würde er einen faulen Geruch wahrnehmen.

«Ein Tauschhandel?» fragte Diego. «Meister Abrahams Bücher für die Haggada?»

«Genau.»

«Du bist genauso hinterlistig wie dein Onkel», bemerkte Pater Carlos vorsichtig, «aber vielleicht bist du ein wenig *zu* klug.»

«Ist dir klar, daß du den Teufel herausforderst?» fragte Diego mahnend.

«Ihr beide klingt allmählich genau gleich. Ich glaube, vor lauter Angst sagen alle Juden ständig dasselbe. Das ist ermüdend. Außerdem fordere ich keinen Teufel heraus. Auch Dona Meneses ist nichts anderes als eine verängstigte Jüdin.»

«Eine Jüdin?» rief Diego aus. «Sie ist keine Jüdin!»

«Onkel hat sie in seiner persönlichen Haggada als Königin Esther porträtiert, die Mordechai die Tora bringt.»

«Das beweist gar nichts», bellte er.

«Für mich schon!»

«Selbst wenn du recht hast, ist sie trotzdem keine Jüdin.» Diego sprach jetzt mit der Stimme des erfahrenen älteren Mannes. «Sie ist Neuchristin. Und die Kluft zwischen Juden und Neuchristen wird jeden Tag größer.» Als ich die Augen verdrehte, fügte er hinzu: «Außerdem kennt ein Messer keine Konfession. Und ihre Leibwächter haben sehr scharfe Messer. Davon durften wir uns gerade erst aus nächster Nähe überzeugen.»

«Was willst du mir damit sagen? Das ist doch nichts Neues für mich.»

Der Priester ging zum Fuß der Treppe hinab und kam auf mich zu. «Berekia, jetzt, wo du weder Vater noch Onkel hast ...»

«Spar dir deine Worte, Carlos! Ich will nicht von dir beschützt werden.»

Er stieß einen jener resignierten Seufzer aus, mit denen man mir schon mein ganzes Leben lang zu verstehen gegeben hatte, daß ich mir mit meiner Dickköpfigkeit selbst schadete. Ich steckte die Schriften in die Ledertasche, die mein Onkel immer auf seine spirituellen Ausflüge ins Sintra-Gebirge mitnahm.

Jetzt trat auch Diego zu mir. «Wo willst du dich mit ihr treffen?»

«Beim Mandelhof.»

«Warum dort?»

«Weil mein Onkel es mir gesagt hat.»

Carlos blieb der Mund offenstehen. Als ich an ihm vorbeigehen wollte, hielt er mich am Arm fest. «Ist Meister Abraham dir erschienen?» Als ich nickte, fragte er mit gepreßter Stimme: «Und hast du mit ihm gesprochen?»

«Ich habe Gott im Traum eine Frage gestellt, und dann ist mir Onkel erschienen.»

«Was ... was hat er gesagt?»

«Das ich das letzte Tor beim Turm des Mandelhofs durchschreiten würde.»

«Berekia, wenn du recht hast, dann haben Dona Meneses und der Graf von Almira Meister Abraham und Simon umbringen lassen», begann Diego noch einmal. «Du darfst nicht hingehen. Ich rufe jetzt deine Mutter. Auf uns hörst du sowieso nicht.»

«Halt! Bring sie bloß nicht her! Simon war nicht auf die Gefahr vorbereitet. Und mein Onkel offenbar auch nicht. Sie wußten beide nicht, wie gefährlich sie ist. Aber ich weiß es.»

Mit beinahe hysterischer Stimme protestierte er weiter. Ich hob die Hand, um ihn zum Schweigen zu bringen. «Wenn du meiner Mutter davon erzählst, fängt sie nur an, noch mehr von ihren schrecklichen Talismanen zu nähen. Laß sie in ihrem Laden. Wir sollten uns jetzt verabschieden. Wahrscheinlich wirst du schon fort sein, wenn ich wiederkomme.»

Obwohl wir uns umarmten, konnten mich Diegos Tränen zu keinem Gefühlsausbruch rühren. In mir herrschte die tödliche Leere und Härte der Rache. Ich zwang mich zu einem Lächeln. «Mögest du die Regenperlen finden, die du aus dem Himmel über Konstantinopel erwartest. Und vergiß die Abhandlungen nicht, die du bei Senhora Tamara kaufen wolltest. Du wirst sie an keinem anderen Ort bekommen. Wenn du Geld brauchst ...» Ich griff in meinen Beutel und reichte ihm Senhora Rosamontes Aquamarinring.

Er nahm ihn an. «Berekia, ich weiß nicht, was ...»

«Sag einfach nichts. In der Türkei wirst du ein gutes Leben haben.»

«Ich werde die Wunder Portugals vermissen. Und vor allem die guten Juden Lissabons.» Er hob segnend die Hand über mich. «Mögest du mit deiner Familie den Frieden finden, den ihr schon lange verdient.»

Als Farid und ich zum Mandelhof gingen, schienen das bernsteinfarbene Gras und die blühenden Bäume Portugals von Abschied zu sprechen. Wir Juden verstreuten uns wieder in alle Himmelsrichtungen. Diese Maulbeerbäume und Lavendelbüsche, die Mohnblumen und Elstern würden in den nächsten Jahrhunderten nicht mehr bei ihren jüdischen Namen genannt werden. Vielleicht auch nie mehr. Womöglich war es sogar besser so.

Die Dürre hielt auf den vielen Gräbern im Mandelhof das Unkraut zurück. Portugiesisch beschriftete Holztafeln ragten aus den Gräbern wie Hände, die sich nach dem Leben streckten. Wir gingen zum Turm und stiegen die Wendeltreppe zum Glockenraum hinauf, der jetzt bis auf das Muster von Vogelkot auf dem Boden leer war. Aus dem Fenster blickten wir über die Teppiche aus goldenen Gerstenfeldern und gepflügten Äckern. Zwischen ihnen standen einzelne Reihen von Korkeichen, deren ehrwürdige knorrige Stämme geschält worden waren und wundrot leuchteten.

Wir warteten.

Der Sonnenuntergang, der das Ende des Passafests ankündigte, schillerte in den Topaztönen der Palmenblätter, die sich über den Garten Eden erhoben.

Wenige Minuten später sahen wir Dona Meneses' Kutsche herbeirollen. Wie ich es in meiner Nachricht an sie erbeten hatte, hielt sie an der Grenze zum Hof an. Dona Meneses stieg aus und kam allein durch den alten Mandelhain auf uns zu geschlendert. Sie hielt einen scharlachroten Sonnenschirm über ihren Kopf, hatte aber kein Manuskript dabei. «Jetzt ist es soweit», signalisierte Farid. Er steckte sich den Dolch in den Taillenbund seiner Hose. Ich versuchte ruhig zu bleiben und hob meinen Pakken mit den Schriften Abulafias hoch. Wir stiegen aus dem Glockenturm hinab. Onkel lenkte meine Schritte in einem ruhigen Tempo, das ganz und gar nicht mit dem nervösen Rhythmus meines Atems übereinstimmte.

Unten stellten Farid und ich uns zwischen die Steinhaufen und warteten auf die Edelfrau.

Dona Meneses enttäuschte uns nicht. Selbstsicher trat sie vor uns und grüßte mich mit einem angedeuteten Kopfnicken. Es war dieselbe majestätische Geste, mit der sie ihre Kutscher gewöhnlich zur Abfahrt aufforderte. Obwohl sie eigentlich ein hübsches Gesicht hatte, wirkte es plötzlich zu rund und zu klein. Vielleicht lag es daran, daß sie ihr braunes, straff zurückfrisiertes Haar unter einer hohen schwarzen, mit gelben Bändern geschmückten Haube versteckt hatte. Sie trug ein fließendes Seidenkleid mit königsblauen und leuchtendgrünen Längsstreifen, das sich nach der herrschenden Mode über ihrem Bauch bauschte, um eine Schwangerschaft vorzutäuschen. Diesmal sah ich sie mit anderen Augen. Mir schien es, als habe sie Angst vor dem Altern. Ihre hochgewölbten Augenbrauen und langen Wimpern waren stark getuscht und schwarz wie die Nacht, und ihr olivfarbener Teint verblaßte unter einem unansehnlichen rosafarbenen Puder. Die zu einem ungeduldigen Schmollmund verzogenen Lippen leuchteten rubinrot.

Plötzlich schloß sie ihren Sonnenschirm und spielte in vornehmer Zurückhaltung mit den Smaragd- und Saphirperlen ihrer Kette. Ihr Blick war auf Farid gerichtet. Dann wandte sie sich mit falscher Freundlichkeit an mich: «Ich bin deinem Wunsch gefolgt und gekommen. Jetzt sei bitte so gut und verrate mir, warum ...»

«Warum habt Ihr die Haggada meines Onkels nicht mitgebracht?» fragte ich.

«Wie unhöflich du bist», bemerkte sie, als sei das die Antwort auf meine Frage.

«Wo ist sie?» wiederholte ich.

«Das weiß ich nicht.» Sie hob erstaunt eine Augenbraue. «Doch sei versichert, daß ich sie nicht habe.»

«Das ist unmöglich.»

«Aber wahr», antwortete sie. «Hör zu, hast du irgend jemandem von mir erzählt? Weiß jemand, daß ich ...»

«Keine Angst, wir werden keine Spione auf Euch ansetzen. Was die Außenwelt angeht, seid ihr altchristlicher als die ganze kastilische Inquisition.»

«Könntest du mir verraten, wie du alles herausgefunden hast?» fragte sie. «War es etwa deine Mutter?»

«Sie weiß davon?»

«Aha, die gute Mira hat also Wort gehalten und nichts verraten.» Mit deutlicher Erleichterung fuhr sie sich mit den Fingern über die Wange bis zum Hals hinunter.

«Nein, sie hat mir nichts gesagt.» Während ich noch sprach, traf mich die Einsicht wie ein Blitz. «Es war der Obstkorb, mit dem Ihr jedesmal unser Haus verlassen habt. Darunter habt Ihr die Bücher versteckt. Und sie wußte es.»

«Einmal hat Attars ‹Konferenz der Vögel› Traubenflecken abbekommen. Dein Onkel war aufgebracht.» Dona Meneses lächelte falsch und mechanisch. Als ich darauf nicht einging, fuhr sie in arrogantem Tonfall fort: «Ich will wissen, wie du mir auf die Spur gekommen bist!»

«In Onkels eigener Haggada seid Ihr als Königin Esther abgebildet. Deshalb gab es keinen Zweifel mehr an Eurem religiösen Hintergrund. Und in Onkels Zeichnung sieht man nicht nur, wie Ihr Mordechai eine Tora bringt, sondern auch, daß Ihr ein Buch Bahir unter dem Arm verbergt.»

Wieder spielte sie mit ihrer Kette, wobei sie mir anerkennend zunickte. «Sehr klug von dir, Kompliment. Allerdings muß ich sagen, daß dein Onkel mit seinen Illuminationen bei weitem zuviel riskiert hat.»

«Habt Ihr ihn deshalb ermordet?»

Sie fuhr zusammen. «Ihn ermordet? Ich?»

«Eure Überraschung ist so falsch wie die Steine um Euren Hals.»

«Diese Steine sind zufällig mehr wert als eure beiden Leben», erklärte sie.

«Das, werte Dame, bedeutet heutzutage, daß sie fast nichts wert sind.»

«Ich sehe, daß du deinem Onkel sehr ähnlich bist.»

«Doch nicht ganz so naiv. Ich weiß, wer Ihr seid und was Ihr getan habt.»

«So, weißt du das?» Sie beugte den Kopf zur Seite und grinste, als würde sie sich über die Kunststückchen eines Hundes amüsieren. «Dann verrate mir, was du zu wissen glaubst.»

«Ich werde euch nichts verraten.» Ich zog die Schriften hervor. «Ich bin gekommen, um euch diese Manuskripte im Tausch gegen Onkels letzte illuminierte Haggada anzubieten. Ich weiß, daß Ihr sie habt. Und diese Texte sind weitaus wertvoller. Beide sind mit Anmerkungen in der Handschrift von Meister Abulafia versehen, gesegnet sei sein Name.»

«Wenn du dir so sicher bist, daß ich deinen Onkel ermordet habe, warum hast du mich dann noch nicht umgebracht?»

«Euer Tod würde ihn nicht zurückbringen.»

«Rache hat mit Logik nichts zu tun. Dein Zögern kann nur bedeuten, daß du dir nicht absolut sicher bist.» Sie blickte mich an, als erwarte sie meine Zustimmung.

«Ich will seine Haggada», rief ich. «Und ihr werdet erst von hier weggehen, wenn ich sie habe!»

Meine Drohung schien sie nicht zu beeindrucken, denn sie fragte mit ruhiger Stimme: «Warum hier? Warum auf dem Mandelhof?»

«Der Mandelhof ist ebenfalls von Onkel gemalt worden, und zwar auf der Tafel mit Zerubbabel. Im Traum hat Onkel mir dann gesagt, daß ich hier das letzte Tor des Rätsels durchschreiten würde.»

«*Er* hat dir das gesagt? Meister Abraham?» Ihre Finger glitten über die angespannten Sehnen ihres Halses. Sie war genauso nervös wie ich.

«Ja, ich habe mit meinem Onkel gesprochen.»

«Wann?» fragte sie.

«Das geht Euch nichts an. Ihr seid einfach hier, um mir ...»

«Wußtest du, daß wir an diesem Ort unser gemeinsames Schicksal besiegelt haben?» unterbrach sie mich mit vor Angst kehliger Stimme. «Es war vor vier Wintern, am dreizehnten des Adar, dem Tag vor *Purim*. Du weißt ja, an diesem Tag wird der Sieg des hebräischen Volkes über seine Widersacher in den Ländern des Königs Ahasver gefeiert. Das wollten wir symbolisch nachvollziehen.» Sie war nachdenklich geworden. «Dein Onkel hat darauf bestanden, daß wir uns hier auf dem Mandelhof treffen, um unser Schmuggler-Netzwerk ins Leben zu rufen.»

«Warum hier?»

«Kennst du die Geschichte von Aaron Poejo und seiner Frau?»

«Ja.»

«Und seine Vision?»

«Die blonden Wilden mit den Eisenmasken, die über Lissabon herfallen.»

«Eisenmasken, um jede Verständigung unmöglich zu machen», sagte sie, und es klang wie der Spruch einer weisen Frau. «Blond, weil sie Christen waren. Du müßtest es verstehen. Du warst Meister Abrahams Erwählter. Stell es dir als Weissagung vor.»

«Ja. Es war die Vision, daß die Christen uns eines Tages unsere Worte nehmen würden, unsere Bücher.»

«Und hier wollte dein Onkel mit uns ihren Niedergang planen.»

In mir ging die Antwort zu einem Rätsel auf, das Onkel mir kurz vor seinem letzten Sabbat gestellt hatte. «Was lebt viele

Jahrhunderte lang und kann trotzdem vor der eigenen Geburt sterben?»

Ein Buch. Jetzt war es mir klar. Wenn wir es lesen, wird es in jedem von uns neu geboren. Und wie wir alle kann es in den Flammen der Inquisition sterben.

Dona Meneses blickte mich hochmütig an. «Weißt du, wenn du mich nicht gebeten hättest, hierher zu kommen, hätte ich dich womöglich auch umbringen lassen. Aber irgend etwas an diesem Ort ...»

«Wo ist die Haggada?» fragte ich mit wiedererwachter Entschlossenheit.

«Ich habe sie nicht. Berekia, laß mich ...»

«Ich erlaube Euch nicht, meinen wahren Namen auszusprechen! Benutzt meinen Christennamen!»

«Wie du willst. Pedro, ich habe mit deinem Onkel zusammengearbeitet. Über drei Jahre lang. Kannst du dich an Senhora Belmira erinnern?»

«Die Jüdin, die vor ein paar Monaten am Brunnen Madre de Deus erschlagen wurde?»

«Ja. Hast du dich niemals gefragt, warum man sie umbrachte?»

«Es gibt Altchristen in Lissabon, Männer, die alles tun würden, um einer ...»

«Nein! Es war mein Kutscher. Kannst du dich an ihn erinnern? Den Dunkelhäutigen, den ich damals hatte. Nicht einer von diesen Flamen, die jetzt für mich arbeiten.»

Ich war verblüfft. «Euer Kutscher hat sie ermordet?»

«Ja. Man hatte mir eine Nachricht zukommen lassen. Eine Erpressung. Ich sollte die hebräischen Schriften, die dein Onkel mir anvertraute, abliefern, oder der Erpresser würde meine jüdische Vergangenheit öffentlich machen. Eine unangenehme Situation für mich. Und nicht nur für mich, sondern auch für meine Familie. Ich sollte das erste Manuskript in einem Versteck beim Madre-de-Deus-Brunnen hinterlassen. Genau das habe ich getan. Oder besser, mein Kutscher. Dann hat er sich versteckt und gewartet. Als es dunkel wurde, ist eine Frau gekommen. Senhora Belmira. Mein Kutscher hat sie überwältigt. Er wollte aus ihr herausbekommen, wer sie geschickt hat.

Doch sie wollte nicht reden, was er auch anstellte. Ich befürchte, seine Loyalität mir gegenüber hat ihn ein wenig die Kontrolle über sich verlieren lassen. Er war ein grobschlächtiger Bursche. Ich habe ihn zu seiner Familie nach Toledo zurückgeschickt. Die Kastilen kommen als Mörder auf die Welt. Man sollte sie höchstens als Stierkämpfer einstellen.»

«Habt Ihr meinem Onkel davon erzählt?»

«Ich habe niemandem davon erzählt», antwortete sie.

«Ihr habt ihm nicht vertraut?»

«In meiner Position kann ich mir Vertrauen nicht leisten. So, wie es sich für mich darstellte, war er derjenige, der mich betrog.»

«Mein Onkel hat in seinem ganzen Leben keinen Menschen betrogen!»

«Nein, vielleicht stimmt das. Doch in dieser Situation ... Ich wußte nicht ... Pedro ...» Ihr Gesicht verzog sich plötzlich zu einem Ausdruck des Bedauerns. Sie trat auf mich zu, doch ich hob die Hand, um sie von mir fernzuhalten. Ich hatte das Gefühl, daß eine gefährliche Krankheit an ihr haftete.

«Ich habe ihn beobachten lassen, und deine Familie natürlich auch.» Dona Meneses holte tief Luft. «Nach dem Tod von Senhora Belmira habe ich dann eine neue Mitteilung erhalten. Diesmal schrieb der Erpresser, er werde meine Geheimnisse an die Kirche und an König Manuel persönlich verraten, wenn ich meine Leute auf ihn ansetze. Er habe Beweismittel über meinen jüdischen Hintergrund in der Hand. Deshalb habe ich ihm die Schriften hinterlassen, die mir dein Onkel anvertraute.»

«Habt Ihr diese Erpresserbriefe noch?»

Vorsichtig nickte sie. «Du willst sehen, ob du den Mann über seine Handschrift ausfindig machen kannst. Daran habe ich auch gedacht. Seine Mitteilungen waren immer so gekritzelt, als seien sie mit der linken Hand geschrieben worden. Oder von einem Kind. Doch dann hatte ich eine andere Idee. Ich hatte einen alten Freund aus Kindertagen. Jemanden, der uns half, die Schriften über die portugiesische Grenze zu bringen, und der über jeden Zweifel erhaben war. Du kennst ihn als ...»

«Den Grafen von Almira», unterbrach ich sie.

«Ja. Er kam ...»

«Und als Isaac von Ronda», fügte ich hinzu.

Sie spitzte die Lippen und blickte mich erstaunt an. «Das hast du also auch herausbekommen?»

«Farid war es.»

«Wie?»

Farid zeigte auf seine Augen und die Nase.

Sie verbeugte sich in seine Richtung. «Kompliment. Ich habe mir also ausgedacht, daß der Graf nach Lissabon kommen sollte. In einer Verkleidung würde er nach Büchern zum Kaufen suchen und sie in einer anderen Verkleidung zum Verkauf anbieten. Auf diese Weise hofften wir, dem Erpresser das Handwerk legen zu können. Ich wußte, daß dieser Verbrecher versucht hatte, die letzte Haggada deines Onkels an Senhora Tamara zu verkaufen. Das war ein Fehler von ihm. Nach dem Aufstand muß er in Panik geraten sein. Leider hat die Senhora seinen Boten verjagt, ohne ihn zur Rede zu stellen. In dem Moment hat der Erpresser seinen Fehler erkannt und ist vorsichtiger geworden. Auf jeden Fall wußte ich, daß es jemand aus Meister Abrahams Kabbala-Zirkel sein mußte. Nur die Mitglieder des Zirkels wußten von dem Bücherschmuggel. Das hat mir Meister Abraham verraten, als wir unsere Abmachungen trafen. Ich habe sie alle beobachten lassen. Der Graf verfolgte gerade einen von ihnen, den alten Einzelgänger Diego, als er an dem Freitag, bevor ganz Lissabon außer Rand und Band geriet, von ein paar Altchristen angegriffen wurde. Ein Kutscher des Grafen hat ihm das Leben gerettet. Und dann kam der Sonntag, die Scheiterhaufen. Alle

Menschen schrien nach jüdischem Blut, deshalb konnte ich mir nicht leisten, länger zu warten. Mein Instinkt sagte mir, es müsse der Stoffhändler Simon Eanes sein. Also habe ich ihn abführen lassen.»

Sie sprach, als sei so ein Mordbefehl für sie etwas ganz Normales, und benutzte die verfluchte Terminologie der Inquisition. Da kein Kirchenangehöriger direkt Blut vergießen durfte, wurden die von der spanischen Kirche Verurteilten zum Verbrennen den bürgerlichen Autoritäten übergeben oder an sie ‹abgeführt›.

«Ich hoffte, nun Ruhe zu haben, doch dann erhielt ich wieder einen Erpresserbrief», fuhr Dona Meneses fort. Sie trat noch einen Schritt auf mich zu, und ihre Augen flehten mich an, nicht über sie zu urteilen. «Gestern sollte ich weitere Bücher am Brunnen Madre de Deus hinterlassen. Doch ich habe es nicht gemacht.»

«Sondern versucht, Diego zu schnappen.»

«Ja, Gott möge mir vergeben!» Sie hatte die Hände zu Fäusten geballt. «Was hättest du gemacht?»

«Ich? Ich würde niemanden töten, nur weil ich nicht den Mut aufbringe, zu meiner Herkunft zu stehen.»

«Sehr ehrenwert. Wenn die Inquisition über Portugal herfällt und ihre Krallen um deinen Nacken legt, werden wir sehen, ob du immer noch dieser Meinung bist.»

«Plant Ihr einen weiteren Anschlag auf Diego?»

«Ja. Und auf Pater Carlos. Ich kann nichts riskieren. Wir werden sie bald ausfindig machen. Meine Männer haben ihre Anweisungen. Ich kann nicht länger warten. Ich habe keine andere Wahl.»

Mit wütenden, knappen Gebärden deutete Farid auf ihre Halskette. «Es stehen zweifellos zu viele Smaragde auf dem Spiel.»

«Wie grausam von dir», rief sie, als ich ihr seine verächtlichen Worte übersetzte. Sie griff sich in die Kette und riß daran, bis die Perlen über den Boden rollten. «Nehmt sie!» sagte sie und hielt den Rest der Kette erst mir und dann Farid hin. «Es geht nicht um Geld, es geht um mein Leben! Um unser aller Leben!» Ihr Gesicht verzerrte sich zu einer Grimasse des Schmerzes, und ich spürte, wie ihre Kette gegen meine Wange schlug.

Schweigend wie Gefangene, die sich aus Schuld und Schamgefühl nicht zu sprechen trauen, standen wir da. Ich schloß die Augen und konzentrierte mich auf meinen Atem. Farid nahm meine Hand und malte mit den Fingern den Namen eines Verdächtigen hinein. «Ja.» Ich nickte. «Er könnte es noch immer sein.» Doch als ich mich umdrehte, bestätigte mir in einem magischen Moment der marmorweiße Hautring unter der Stelle, wo Dona Meneses sonst immer ihre Kette getragen hatte, eine weitere erstaunliche Möglichkeit.

«Es gibt nur noch zwei Menschen, die meinen Onkel ermordet haben könnten», sagte ich. «Gebt mir bis morgen früh Zeit, bevor Ihr noch jemanden umbringt.»

«Das ist zu lang!»

«Dann bis um Mitternacht. Ihr tötet unschuldige Menschen!»

Dona Meneses nickte zustimmend. Sie funkelte Farid und mich an wie eine trotzige Prinzessin, mit der man grob umgesprungen war. Dann hob sie die Schleppe ihres Kleides, drehte sich um und ging.

ZWANZIGSTES KAPITEL

FARID UND ICH liefen nach Lissabon zurück. Langsam ging das Ackerland in die Holzbaracken und Dunghaufen der Außenbezirke über. Unser Ziel war die Taverne zum Heiligen Leichnam von Senhor Duarte.

Bei der Taverne angekommen, sprachen wir den Wirt an. Der kleine Mann, der sich die spärlichen Haarsträhnen nach vorne zu einem Pony gekämmt hatte, saß an einem Tisch und löffelte sich eine Suppe in den zahnlosen Mund. Seine Backen öffneten und schlossen sich dabei wie ein Blasebalg.

Wir stellten uns vor seinen Tisch. «Wann ist Dom Afonso Verdinho hier angekommen?» fragte ich.

Er blinzelte zu mir hoch und steckte sich ein Stück aufgeweichtes Hirsebrot in den Mund. «Wer fragt?»

«Pedro Zarco. Dom Afonso ist mit meiner Tante zusammen. Wann ist er hier angekommen?»

Er kaute mit geschlossenen Augen, wobei sich sein Gesicht zusammenquetschte. «Da müßte ich in meinen Büchern nachschauen.» Die Suppe tropfte von seinen aufgesprungenen Lippen. «Und wie die werten Herren sehen, esse ich gerade.»

Ich griff in meinen Beutel und suchte nach Senhora Rosamontes Ring, doch dann fiel mir ein, daß ich ihn Diego geschenkt hatte. Farid begegnete meinem verzweifelten Blick mit einem Lächeln. Er zog einen von Dona Meneses' Smaragden hervor, den er dem Mann reichte. Dann ließ er heimlich noch eine Handvoll Steine in meinen Beutel gleiten.

Auf Farids Arm zeichnete ich ein paar Dankesworte und wandte mich dann wieder an den Wirt. «Dieser Edelstein soll

Euch gehören, wenn Ihr mir sagt, wann genau Dom Afonso hier angekommen ist.»

Wie bei einer Schlange glitt ihm die Zunge zwischen die Lippen. Er warf mir einen frechen Blick zu und kratzte mit der Perle an seine tönerne Suppenschüssel. Eine punktgroße Unreinheit in der Oberfläche des Smaragds schälte einen Streifen der Glasur von der Schüssel. Die Augen des Wirts leuchteten. «Eine Schönheit», bemerkte er mit einem gierigen Lächeln.

«Ich frage Euch noch einmal, wann ist er gekommen?»

«Am Mittwoch.» Er hielt den Stein gegen das Licht.

«Am vergangenen Mittwoch nach dem Aufstand oder dem Mittwoch davor?»

«Am vergangenen Mittwoch.»

«Seid Ihr absolut sicher?»

Er steckte sich die Perle wie ein Kardamomkorn zwischen Gaumen und Unterlippe. «Seht Ihr die Männer dort drüben?» Er deutete auf ein paar Händler, die ebenfalls aßen.

«Ja.»

«Der mit dem Bart ist Zuckerhändler, aber er stinkt wie ein fauler Kohlkopf. Gestern ist er angekommen, schwitzend wie ein brünftiger Priester. Er mag Frauen mit großer Oberweite und ohne Zähne. Der glattrasierte ist aus Evora. Er will Kupferwaren kaufen und ist heute erst eingetroffen. Seine Vorliebe ist *carne preta*, schwarzes Fleisch, wenn Ihr versteht, was ich meine.» Er blinzelte mich zwischen zwei Suppenlöffeln an. «Hier passiert nichts, ohne daß ich davon weiß. Euer Mann ist am Mittwoch angekommen und hat schlechter ausgesehen und gerochen als sein Pferd.»

«In welchem Zimmer wohnt er?»

«Oben.» Er deutete auf eine offene Tür am anderen Ende des Speisesaals. «Links und dann die letzte Tür auf der rechten Seite.»

Auf mein Klopfen hin öffnete mir Tante Esther. «Berekia! Ist alles in Ordnung?» fragte sie mit verblüfftem Gesichtsausdruck.

Ich schob sie zur Seite. Afonso saß in langen Unterhosen auf dem ungemachten Bett. Seine Füße waren verschrumpelt und rauh wie eine herausgezogene Alraunwurzel. «Schon mal von Simon dem Stoffhändler gehört?» fragte ich.

Er stand auf. «Ein Freund von deinem Onkel. Esther hat mir in einem Brief erzählt, daß er ...»

«Sie hat Euch also geschrieben.» Ich wandte mich zu ihr. «Du hast deine Talente gut eingesetzt, liebste Tante.»

Ihr Gesichtsausdruck wurde hart und kalt. «Wir haben dein Urteil zur Kenntnis genommen», sagte sie. «Jetzt verschwinde!»

«Seid Ihr jemals mit ihm zusammengekommen?» fragte ich Afonso.

«Was soll das alles?» fragte er. In seinem Gesicht las ich Angst und Verwirrung.

«Beantwortet einfach nur meine Frage!»

«Schon möglich, aber ich weiß es wirklich nicht mehr», antwortete Afonso, während Esther auf mich zukam.

Ohne Vorwarnung schlug sie mir ins Gesicht. Als ich ihr Handgelenk umfing, kam auch Afonso auf mich zu. «Laß sie in Ruhe!» schrie er.

Farid trat zwischen Esther und mich und funkelte mich an. «Wage nicht, sie noch mal anzurühren», signalisierten seine Hände. Dann führte er sie zum Bett.

Esther setzte sich und rieb sich das Handgelenk. Ihr Blick war leer. Sie beugte sich vor, als würde das Gewicht ihres Leids sie niederdrücken. Doch meine Wut war so groß, daß sie jeden Familiensinn zerstörte, den ich früher empfunden haben mochte. «Dann wißt Ihr sicher auch nichts von seiner Behinderung?» wandte ich mich an Afonso. «Daß er an Krücken läuft und schwarze Seidenhandschuhe trägt, um ...»

Farid signalisierte mir, daß ich zuviel redete. Dann warf er Afonso ein paar von Dona Meneses' Saphiren und Smaragden zu. Der alte Mann streckte die Hand aus und fing einen der Edelsteine auf. «Was soll das?» fragte er und hielt mir die Perle hin.

Farid ergriff mich bei den Schultern. «Ihn kannst du von der Liste streichen!» erklärte er mit einer knappen Gebärde. «Erstens war er nicht in der Stadt. Und schau einmal, mit welcher Hand er die Perle aufgefangen hat.»

«Mit der linken!» signalisierte ich zurück.

«Und der Bogen des Schnitts im Hals deines Onkels deutet daraufhin, daß das Messer mit der rechten Hand geführt wurde.»

Auf dem Rückweg zu unserem Haus verankerte jeder hastige Schritt die fehlenden Verse eines längst vergessenen Gedichts an ihrer richtigen Stelle. Weißer Maimon mit den zwei Mündern! Natürlich hatte Gemila recht! In ihrer hysterischen Verfassung konnte sie nichts anderes in dem unter einer Kapuze verborgenen Mörder erkennen. Ein Mörder, der Narben im Gesicht und Blut an den Händen trug. Alles paßte zusammen: der Zeitpunkt, an dem Onkel ein Vorbild für seinen Haman entdeckte; die Wahl Senhora Belmiras als Mittelsfrau des Erpressers; sogar die eigenen Worte des Mörders, daß er nie wieder die Folter spüren wolle.

Und das Datum, an dem der Erpresser das jüngste Manuskript von Dona Meneses hinterlegt haben wollte, wies ebenfalls auf einen einzigen Verdächtigen hin.

Alle Schichten des Rätsels lösten sich und fielen nacheinander ab, bis mich nur noch ein Gesicht anstarrte.

In unserem Hof stand ein Esel, mit dem Schwanz nach den Fliegen schlagend, die sich über seine wunden Sattelstellen hermachten. Aus dem inneren Fenster meines Schlafzimmers sah ich Cinfa, Reza und meine Mutter mit meinem Cousin Meir aus Tavira zusammenstehen. «Beri!» rief er und eilte mit offenen Armen auf mich zu.

«Jetzt nicht!» sagte ich und hob abwehrend meine Hände. «Mutter, wo sind Diego und Pater Carlos?»

«Warum?»

«Mußt du immer Fragen stellen? Wo sind sie?»

«Der Priester ist zurück zur Kirche São Domingos gegangen. Diego ist im Keller, um das Abendgebet zu sprechen. Was willst du denn ...?»

Cinfa unterbrach sie. «Nein, Diego ist wieder nach oben gekommen, während wir hier standen. Erst vor ein paar Minuten. Du hast es nicht gesehen, Mutter.»

«Los!» signalisierte Farid.

«Warte. Ich glaube, ich weiß, warum er in den Keller gegangen ist. Und was wir dort entdecken, könnte uns helfen, das letzte Tor zu durchschreiten.»

Ich nahm eine der Lampen, die an dem Balken über dem Küchentisch hingen. Nachdem wir den alten Perserteppich weggezogen hatten, riß Farid die Falltür auf. Mit dem Messer in der Hand stieg ich hinab. Doch hinter der Dunkelheit erkannten wir nur Leere. Die *Geniza* war verschlossen. *Ordnung ist eine heilige Pflicht*. Der Mörder selbst hatte mich daran erinnert. Mit dem Schlüssel aus der Hammelblase öffnete Farid den Deckel. Ich leuchtete in das Versteck hinab. Alle Bücher und sogar unser Beutel mit Münzen waren verschwunden!

Wir rannten die Treppe hinauf und stürzten durch den Hof auf die Rua de São Pedro. Farids Finger trommelten auf meinen Schulterblättern. «Weißt du, wo er sich einschiffen wollte?»

Ich schüttelte den Kopf. «Aber ich glaube, ich weiß, wo er vorher noch hingeht. Er würde niemals wagen, Portugal mit hebräischen Schriften zu verlassen. Wenn man ihn damit erwischen würde – die *Pinga*. Wahrscheinlich ...»

«Berekia!»

Es war António Escaravelho, der Neuchrist und Bettler, der mir von seinem gewohnten Sitzplatz auf der anderen Straßenseite zuwinkte.

«Hast du jemanden aus unserem Haus kommen sehen? Aus dem Hoftor?» rief ich.

Er nickte und zeigte auf die Straße, die zur Kathedrale führte. «Er ist in die Richtung gegangen. Noch gar nicht lange her.»

Farid ergriff meinen Arm. «Wohin ist er denn?»

«Die Bücher umtauschen. Mit dem, was er gestohlen hat, und dem Ring von mir kann er fast alles kriegen, was er will. Sogar die Bücher von Platon, die er sich so sehnlich gewünscht hat.»

Hinter den Fensterläden von Senhora Tamaras Buchhandlung leuchtete weiches Kerzenlicht. «Wohl dem, der das Tor der Vergeltung öffnet», flüsterte ich, als meine Hand sich um den Türgriff legte. Neben mir keuchte Farid. Ich schob die Holztür auf, und wir traten ein.

Diego.

Nur einen kurzen Moment lang flackerte Überraschung in seinem Gesicht auf. Er stand im hinteren Teil des Zimmers und beugte sich über einen Schreibtisch. Sein Blick war argwöhnisch, und seine Gedanken verbargen sich hinter einem undurchdringlichen Schweigen. In einem Stapel vor seinen Füßen lagen die gestohlenen Bücher aus unserer *Geniza*. Senhora Tamara saß auf einem Stuhl und hielt die Hände im Schoß gefaltet. Sie sagte etwas, doch ich konnte sie nicht verstehen. Hinter ihr stand ein drahtiger afrikanischer Sklave mit breiten, dumpfen Gesichtszügen und den eingefallenen Wangen eines Mannes, der Hunger leidet. In den Falten seiner schweißnassen Stirn standen Verwirrung und Furcht geschrieben.

Ich prägte die Szene in mein Toragedächtnis.

Diego und ich starrten einander an. Zwischen uns lag ein ritueller Raum aus flammender Hitze und Klarheit. Senhora Tamara stand auf. Ihr Mund bewegte sich. Die Schatten auf Diegos weißer Robe zitterten, als er sich aufrichtete. Ich stellte mir die Narbe in der marmorweißen Haut unter seinem Bart vor. Sie war rot und mit vertikalen Stichen umrandet. Der zweite Mund. Der Mund des Verrats und des Mords. «Weißer Maimon mit den zwei Mündern», flüsterte ich.

Er zog ein Messer aus seinem Mantel. Es war lang und hatte ein flaches Ende – die Klinge eines Schächters. Der Sklave nahm ein Stilett aus seinem Beutel. Mit der anderen Hand umfing er einen Stock, der in einem Schlangenkopf endete.

Endlich drangen Senhora Tamaras Worte durch meine nervöse Wut. «Berekia, was ist los?» Sie kam auf mich zu.

«Geht weg!» befahl ich. Meine funkelnden Augen ließen Diego nicht los.

Sie ging zu Farid und trommelte ihm verzweifelt gegen die Brust. «Was ist los, mein Junge? Sag es mir!»

«Er hat Onkel umgebracht», sagte ich.

«Diego?» Sie wirbelte zu ihm herum. «Stimmt das?»

Er hob seine Handflächen zu einer Friedensgeste. «Natürlich nicht», erwiderte er.

Ich griff nach der Senhora und wollte sie zur Tür ziehen. «Geht!» schrie ich.

Sie bewegte sich nicht von der Stelle. Ohne den Blick von Diego zu wenden, stieß ich die Tür auf. Senhora Tamara widerstand meinem Drängen und streichelte mir über die Wange. «Aber, was ist denn, mein lieber Junge? Diego hat gesagt, du hättest ihm erlaubt, diese Bücher umzutauschen. Daß deine Mutter Angst hat, hebräische Schriften im Haus zu behalten.»

«In Gottes Namen, geht!»

«Was hast du vor?»

Ich signalisierte Farid, daß er im Zimmer bleiben sollte. Dann zog ich die sich wehrende und kreischende Senhora Tamara durch die Tür.

Draußen forderte sie mit flehender Stimme weitere Erklärungen von mir. Doch ein Riese in einem langen Umhang, der auf der anderen Straßenseite im Mondschatten stand, zog meine Aufmerksamkeit auf sich. Er trug einen breitkrempigen, amethystfarbenen Hut. «Gott segne Königin Esther», flüsterte ich.

In hastigen Worten unterhielt ich mich mit dem Mann. Er nahm meine Gabe an und dankte mir in gebrochenem Kastilisch. Dann eilte ich zurück in die Buchhandlung und schloß die Tür hinter mir.

Diego begrüßte mich mit einer Verbeugung. «Da bist du ja wieder, Berekia! Ich habe gerade Farid erzählt, wie sehr es mich überrascht hat, daß Dona Meneses euch beide verschont hat. Doch ich bin mir nie sicher, ob er überhaupt versteht, was ich sage.»

«Farid versteht seit dem Tag seiner Geburt mehr, als du jemals verstehen wirst.»

In seinen Augen leuchtete ein Lachen auf. «Du bist immer so herablassend, Berekia. Doch sei ehrlich, hättest du etwa Gnade von ihr erwartet? Das muß das jüdische Blut sein, das jetzt zum Tragen kommt.»

«Warum hast du Onkel ermordet?» fragte ich.

«Warum? Das hast du also nicht herausgefunden? Du scheinst doch sonst alles zu wissen? Du bist einfach zu schlau, das habe ich immer schon gesagt. Sevilla. Denk an Sevilla.»

«Was ist mit Sevilla?»

Der Türknauf drehte sich. Senhora Tamara begann zu klopfen und nach mir zu rufen.

«Sie gibt so leicht nicht auf», bemerkte Diego lächelnd.

«Das tut niemand von uns», erwiderte ich.

«Wahrscheinlich mag sie dich. Eigentlich mögen wir dich alle. Ohne dein Zutun. Darum habe ich mich ja so bemüht, dir deine lästige Suche nach dem Mörder auszureden.» Als ich die Stirn runzelte, fuhr er fort: «Wo war ich stehengeblieben. Genau, Sevilla. Ich war natürlich dort. Ein Mißgeschick. Dein Onkel hatte mich gesehen. Er war schon immer zu lebhaft, ein Bündel von Leidenschaft und Energie. Solchen Leuten passieren leicht Mißgeschicke. Er war gekommen, um Simon aus der Hand der Inquisitoren zu befreien. Hat sich mit seinem Lösegeld aus Lapislazuli im falschen Moment an den Dienern vorbei in mein Haus gedrängt. Der Gesandte des Bischofs und ich verhandelten gerade über ... über meinen Lohn. Dafür, daß ich Simon und andere verraten hatte. Natürlich habe ich deinem Onkel sofort den Rücken zugekehrt und das Zimmer wortlos verlassen. Doch er hatte ein gutes Toragedächtnis. Nicht so gut wie deins, doch schon recht außergewöhnlich.»

«Damals hast du noch keinen Bart getragen», bemerkte ich.

«Stimmt. Das hast du also auch herausgefunden. Der Bart war für Lissabon. In diesen Zeiten braucht man für jede Stadt eine andere Maske.»

«Dann bist du gar kein Levite?»

«Doch, schon. So weit geht die Lüge gar nicht. Aber du hattest recht. Nicht alle Leviten tragen Bärte. Noch nicht einmal im orthodoxen Andalusien. Ich weiß, du warst nie dort. Und wenn du jetzt nicht aufpaßt, wirst du nie mehr die Gelegenheit haben, dorthin zu kommen. Dabei gibt es so viel zu sehen! Die Alhambra, die große Moschee von Córdoba. In den Wänden sind Juwelen, die ...»

Farid fuhr mir mit der Hand über den Rücken. «Du kümmerst dich um den Sklaven und ich mich um Diego. Es wird mir ein Vergnügen sein, ihm das Leben zu nehmen.»

«Warte», signalisierte ich. «Warum hast du Simon und die anderen an die Inquisition verraten?» fragte ich Diego.

«Wie naiv du bist.» Er ballte die Hand zur Faust. «Wenn die Kirche dich in ihren Händen hat, machst du alles, was sie von dir will. Alles.» Er lächelte. Seine Hand öffnete sich wieder. «Für euch portugiesische Juden ist immer nur Milch und Honig geflossen. Woher solltet ihr das wissen?»

«In letzter Zeit war es mehr Rauch als Milch und Honig.»

«Das war nur ein kleines Freudenfeuer», erklärte er. «Warte noch ein paar Jahre, bis es hier richtig losgeht. Dann machst auch du, was man dir sagt, oder ...» Er zog seinen Mantel auf und öffnete sein Hemd. Seine lange Narbe leuchtete im Licht der Kerzen auf. «Oder du zahlst mit deinem Fleisch. Ich habe dir doch von den Bildern erzählt, die sie in deine Haut brennen. Das hier war der Anfang meiner Landschaft. Siehst du den Horizont? Wenn du näher kommst, kannst du die Tore Jerusalems erkennen.» Er schloß sein Hemd wieder. «Unsere sterblichen Körper sind schwach. Auch du wirst diesen Schmerz höchst unangenehm finden.»

«Nachdem man dir letzte Woche den Bart abnahm, hat Onkel dich als den Verräter aus Sevilla wiedererkannt», sagte ich. «Im Krankenhaus. Ihr habt miteinander geredet, die wirbelnden Gesten meines Meisters. Deshalb wolltest du unbedingt deinen Bart behalten; deshalb solltest wir dich nicht besuchen.»

«Noch so ein Mißgeschick. Das Leben ist voller Mißgeschicke. Man gewöhnt sich allmählich daran. Allerdings habe ich das Gefühl, daß du dich mit dem Zufall noch nicht abfinden magst. Dein Onkel hat das auch nicht verstanden. Er konnte vieles nicht verstehen. Er hatte kein Mitgefühl. Um Mitgefühl zu haben, muß man andere Menschen mögen, aber er ...»

«Wie kannst du es wagen!» rief ich.

«Jemand, der seine ganze Familie verloren hat, kann fast alles wagen! Schau dich selbst an. Rache von einem Kabbalisten? Was würde dein Onkel dazu sagen?»

«Er würde sagen, daß dir das Zentrum deiner Seele schon vor langer Zeit abhanden gekommen ist. Daß es eine *Mitzva* wäre, dich zurück auf die Andere Seite zu schicken. Metatron wird es als Akt der Rechtschaffenheit verzeichnen, wenn ich dich jetzt umbringe.»

«Ein vorteilhafter Selbstbetrug.»

«Vorteil und Betrug sind deine Spezialität.»

Diego hielt sein Messer hoch und deutete eine Verbeugung an. «Meine Spezialität sind Rindfleisch und Geflügel.»

«Du hättest lieber dabei bleiben sollen.»

«Ich hatte keine andere Wahl», seufzte er. «Das Leben zieht dich fort. Wie die Flut. Man kann dem Ozean nicht lange standhalten. Aber du bist zu jung, um ...»

«Als du zu Onkel kamst, hast du das Mädchen, Teresa, in unserem Keller vorgefunden, nicht wahr?»

«Er hatte sie in Sicherheit gebracht. Er war beim Bad gewesen. Die Geheimtür zum Badehaus stand einen Spalt weit auf, damit er hören konnte, ob noch jemand Hilfe brauchte. Ich kam, als der Aufstand gerade die Alfama erreicht hatte. Um den Hals trug ich ein großes Holzkreuz, das mich schützen sollte. Unterwegs habe ich sogar ein paar Mörder gesegnet. Schon erstaunlich, wofür die Menschen sich segnen.» Er bekreuzigte sich und rollte mit den Augen. «Als frommer Christ konnte ich mich unbehelligt in euer Haus schleichen.»

«Und dann hast du ihn umgebracht.»

«Nicht so schnell. Bei dir klingt das alles ganz einfach. Das Leben ist nicht wie die Tora. Man kann die Verse nicht im Eiltempo lesen, um sie wiederzulesen, wenn man etwas nicht richtig verstanden hat. Dein Onkel war unvernünftig. Er sagte, er würde mich für den Verrat an Simon vor den jüdischen Gerichtshof bringen. Ich sollte bestraft werden, dafür würde er sorgen. Ich kenne deinen Onkel gut. Irgendwie wäre es ihm schon gelungen, mir das Leben zur Hölle zu machen. Selbst als ich ihm sagte, daß ich Reza und ihre Schwiegereltern angezeigt hatte und es wieder tun würde, wenn er nicht von seinem Vorhaben abließ, hat er sich geweigert, mir zuzuhören. Ich hatte gehofft, ihn damit überzeugen zu können. Es war dumm von mir zu erwarten, daß dein Onkel sich wie ein normaler Vater verhalten würde. Er hätte Dona Meneses bloß zu erzählen brauchen, daß ich der Erpresser war, der von ihrem jüdischen Hintergrund wußte, und mein Leben wäre keinen Pfifferling mehr wert gewesen! Nur ein Schwur auf die Tora, daß er unser Geheimnis für sich behalten würde, hätte ihn retten können. Doch er hat sich geweigert.»

«Du bist also auch für Rezas Gefangennahme verantwortlich?»

«Was immer die Situation erfordert. Man muß flexibel sein und sich den Umständen anpassen. Einen Bart und kostbare Kleider für Lissabon. In Konstantinopel werde ich womöglich sogar Moslem. Schließlich ist es ein und derselbe Gott. Stimmt's, Farid?»

Farid signalisierte etwas Obszönes in Diegos Richtung.

Ich mußte an die Worte meines Meisters denken. *Ein Bote, der sein eigenes Gesicht nicht wiedererkennt.* Onkel hatte Diego gemeint, den Ewigen Juden, der weder mit Büchern noch mit anderer Ware handelte, sondern mit seiner eigenen Seele. «Dann war das, was du in Solomons gefälschtem Geständnis über meinen Onkel geschrieben hast, wahr.»

«Ja. Der Selbstmord des *Mohels* kam mir sehr gelegen. Als ich davon hörte, bin ich gleich hingegangen. Ich habe einen kleinen Straßenjungen losgeschickt, mir bei einer alten Hexe, die Leinen verwertet, etwas Papier zu kaufen. Dann habe ich die Nachricht für Solomons Schwester ausgelegt. Die meisten Leute lassen sich so leicht hinters Licht führen.»

«Du hast Onkel gesagt, du würdest das Mädchen verschonen, wenn er sein Leben dafür aufgäbe.»

«Ja. Er hat von einem Opfer geredet. Es hat ihm viel bedeutet. Ich glaube, er hat damit gerechnet, daß er sterben würde. ‹Für einen höheren Zweck›, so hat er es formuliert. Er hatte doch immer eine ganz eigene Logik, findest du nicht? ‹Ich könnte dich töten, ohne dabei mit der Wimper zu zucken›, habe ich zu ihm gesagt. ‹Und ich könnte sterben, ohne mit der Wimper zu zukken›, hat er geantwortet. Stell dir das nur vor! Und daß er zu diesem späten Zeitpunkt einen jüdischen Gerichtshof anrufen wollte! Er hat nie begriffen, daß wir im christlichen Jahr 1506 leben und nicht im jüdischen Jahr 5266. Und auch du, mein lieber Berekia, solltest deine Uhr umstellen, bevor es zu spät ist. Akzeptiere den christlichen Kalender, bevor deine Zeit abläuft.»

«Du bist nicht nur zu Onkel gekommen, um mit ihm zu verhandeln. Du hast einen Seidenfaden von Simon hinterlassen. Du hattest von Anfang an vor, ihn umzubringen.»

«Man muß immer einen Plan in der Hinterhand haben. Du kannst mir meine Besonnenheit nicht zum Vorwurf machen.»

«Besonnenheit? Du hättest auch mich und Farid getötet. Darum hast du mir die Nachricht zukommen lassen, wir sollten uns bei den Wassermühlen treffen.»

«Eine weitere gute Improvisation, durch die mir nur Dona Meneses und ihr Henker einen Strich gemacht haben.»

«Und du hast Onkels Haggada gestohlen. Unser Lapislazuli und das Blattgold. Wie ein gemeiner Dieb!»

«Warum nicht? Stehst du über solchen Gelüsten? Ich glaube nicht. Und die Schriften. Denn so ist es schließlich überhaupt erst losgegangen. Also schien es mir nur ...»

«Doch wie bist du darauf gekommen? Simon und Carlos sagten, du wüßtest nichts von der *Geniza*.»

«Selbst ein Kabbalist macht Fehler, mein lieber Junge. Unsere Freunde haben sich ganz einfach geirrt. Dein Onkel hat mich im geheimen angesprochen und in all seine Schmuggleraktivitäten eingeweiht. Er hat mir erzählt, er erwarte ein paar wertvolle Schriften und brauche meine Wachsamkeit, um sicherzugehen, daß seine Schmuggler ihre Arbeit täten. Vor allem an Dona Meneses hatte er Zweifel. Er hatte das Gefühl, daß sie sich den Risiken, die mit dem Bücherschmuggel einhergingen, nicht länger aussetzen wollte. Dein Onkel hatte Angst, betrogen zu werden. Er hat sie verfolgt und ihre Methoden ausgekundschaftet. Ich bin Zerubbabel auf die Spur gekommen, der die Schriften über die Grenze nach Cádiz schaffte. Meister Abraham wollte nicht, daß irgend jemand davon erfuhr, wie genau ich über die *Geniza* und seine Schmuggleraktivitäten Bescheid wußte, denn sonst hätte ich die Aufmerksamkeit auf mich gezogen.»

«Er hat dir vertraut.»

«Ja, ich fürchte, das hat er getan. Ein Fehler. In unserem Zeitalter darf man niemandem mehr vertrauen. Das solltest du dir merken, es ist wichtiger als alles andere.»

«Er hätte mich fragen sollen. Wenn er doch nur ...»

«Verstehst du es denn immer noch nicht?» fragte Diego.

«Was soll ich verstehen, du Bastard?»

«Er konnte dein Leben nicht aufs Spiel setzen. Du solltest sein Erbe werden und sein Werk fortsetzen, mit dem er auf Erden und im Himmelreich heilbringend wirken wollte. Der größte Kabbalist, den Lissabon jemals gesehen hat! Man riskiert das Leben eines solchen Mannes nicht, um ihn mit Schmugglern in Verbindung zu bringen. Und so, wie es aussieht, wirst du wohl der letzte Kabbalist Lissabons sein.» Diego zuckte mit den Schultern und zeigte die Andeutung eines Lächelns, als müsse er sich mit einer unvermeidbaren Wahrheit abfinden. «Keine Bücher, keine Kabbalisten, keine Juden mehr. Eine Schande, doch so ist das Leben.»

Es war mir unbegreiflich, daß dieser Mörder so genau verstand, was sich meiner Erkenntnis entzogen hatte. Hatte ich Angst vor der Verantwortung? Oder davor, der letzte meiner Art zu sein? Ich wandte mich an Diego. «Warum hast du nicht alle Bücher aus der *Geniza* mitgenommen, als du ihn ermordet hast?»

«Ich habe mir die Schriften angeschaut, sie eingeschätzt. Ich konnte mir Zeit lassen. Schließlich wußte ich, daß draußen der Aufstand tobte. Und ich kannte den Geheimgang zum Badehaus, deshalb habe ich mich sicher gefühlt. Dann habe ich Meister Abrahams letzte Haggada entdeckt. Ein wunderschönes Werk. Ich habe es durchgeblättert und mich selbst als Haman gefunden. Natürlich habe ich die Seite herausgerissen und vorsichtshalber das ganze Buch mitgenommen. Es war ein Schock für mich, mein Gesicht unter seinen Illuminationen wiederzufinden. Plötzlich reagierte ich panisch. Vermutlich war das dumm von mir. Ich wollte gerade durch den Geheimgang verschwinden, als ich dich oben nach deiner Familie rufen hörte. Also bin ich schneller gegangen, doch dann mußte ich feststellen, daß ich mit meinem Körperumfang nicht durchpaßte. Ich bin umgekehrt und zurück in den Keller gegangen. Die Tür habe ich hinter mir verschlossen, gerade rechtzeitig, bevor ...»

«Warum hast du dich nicht einfach hinter der Geheimtür im Gang versteckt?»

«Ich hatte den Gang noch nie betreten und Angst, daß ein geheimes Schloß zuspringen könnte, wenn ich die Tür zuzog.

Dann wäre ich dort lebendig begraben gewesen. Kein schönes Schicksal! Ich habe es gerade noch geschafft, mich in der *Geniza* zusammenzurollen und den Deckel zu schließen, bevor du hereinkamst. Gott sei Dank hast du genug Lärm geschlagen. Obwohl ich sicher in meinem Nest lag, hatte ich die ganze Zeit Angst, du könntest meinen Herzschlag hören. Dann hätte ich dich auch töten müssen. Doch gleichzeitig habe ich fest darauf gehofft, daß du dich erst einmal täuschen lassen und die Altchristen verdächtigen würdest. Als du nach oben gingst, bin ich herausgekrochen, habe den Deckel wieder verschlossen und den Schlüssel zurück in die Hammelblase gelegt. Dann bin ich durch die Ladentür in die Rua da Sinagoga hinaus. Ich dachte, niemand hätte mich gesehen, doch diese Gemila ... Sie hat Glück gehabt, daß sie so eine hysterische Kuh mit all ihren Halluzinationen und Dämonen ist, sonst hätte ich sie auch ...»

«Senhora Belmira? Warum sie?»

«Miriam? Sie hat mich geliebt. Du brauchst gar nicht so überrascht zu schauen. Ich kann sehr nett sein, wenn ich ... Kannst du dich nicht an all die Stunden erinnern, in denen wir zusammen Vögel zeichneten? Es mußte sein. Ich wußte, daß sie eher sterben würde, als meinen Namen zu verraten. Und genau so war es. In der Beziehung sind Frauen stärker als Männer. Das habe ich in den Dunghaufen Sevillas gelernt. Sie lassen sich lieber die Füße schmelzen, als den Moses in ihrem Herzen an die Christen zu verkaufen.»

«Was ist mit dem Jungen, der Senhora Tamara Onkels Haggada verkaufen wollte? Wer ist er?»

«Das war leider ein Fehler von mir. Ich bin nervös geworden. Auch ich habe meine Schwächen, das habe ich doch schon gesagt. Was die Identität des Jungen angeht – es gibt Dinge, die nicht verraten werden sollten, meinst du nicht auch? Er heißt Isaac. Ein guter, netter Junge. Mehr kann ich dir nicht sagen.»

«Was ist mit dem Zettel, der aus deinem Turban gefallen ist? Ging es wirklich um den Grafen von Almira oder diesen Isaac?»

«Noch ein Geheimnis, das ich für mich behalten muß. Tut mir leid.»

«Und jetzt, wo du deinen Platon hast ...»

«Ich habe dir schon gesagt, daß ich heute abend abreisen werde. Mit der Kutsche bis Faro. Dann kannst du mich aus deinem Leben streichen.»

«Ich werde dich nicht gehen lassen.»

«Dir wird nichts anderes übrigbleiben.» Diego tippte mit seinem Messer auf die Schulter des Sklaven. «Mein neuer Leibwächter ist zwar schmächtig, aber dafür um so verzweifelter. Er hat keine Lust, zu seinem alten Herrn zurückzugehen. Der hat ihm sein Stück in den Mund gesteckt. Ihn halb bewußtlos geprügelt und gevögelt. Außerdem soll mein neuer Mann hier sogar Zaubersprüche kennen. Ein echter schwarzer Kabbalist, wenn du mich fragst. Von einem unserer verlorenen Stämme. Für dich wäre es besser, wenn du einfach dieses Zimmer verlassen und gehen würdest. Sonst wirst du enden wie Meister Abraham.»

«Mit einem Schleier aus Blut um den Hals. Ich werde nie vergessen, was du ihm angetan hast.»

«Sehr poetisch formuliert. Stammt das von dir oder von Farid?»

Diego nahm zwei in Leder gebundene Bände vom Schreibtisch und winkte den Sklaven zu sich. In gebückter Haltung, das Messer und den Stock drohend erhoben, schlich der Afrikaner vor.

Farid malte mir auf den Rücken: «Du nimmst den Sklaven und ich ...»

«Nein.» Ich warf mein Messer auf den Boden, wirbelte herum und fiel Farid in den Arm.

Er versuchte sich freizumachen. «Was soll das?»

«Jetzt hau ab!» brüllte ich Diego an. «Lange kann ich ihn nicht mehr halten!»

Ich schlang meine Arme um Farid und drückte ihn gegen eine Bücherwand. Er hielt zwar immer noch seinen Dolch fest, doch ich wußte, daß er ihn nicht gegen mich verwenden würde. Während er sich weiter freizukämpfen versuchte, brüllte ich: «Verschwinde, du Dämon, bevor ich es mir anders überlege!»

Mit der gewaltigen Kraft meiner Rache hielt ich Farid fest. Diego und der Sklave eilten an uns vorbei. «Das war eine weise Entscheidung», zischte der Mörder mir noch zu.

Als der Türriegel aufsprang, preßte ich die Augen fest zu. Es war, als wollte ich die Sünde sicher ausblenden. Die Nachtluft blies uns scharf und kalt entgegen. «Flieg zurück in die Hölle, Diego!» flüsterte ich.

«Berekia!» Die Stimme von Farid. Fremd und bellend, doch klar wie ein Gebet. Gleichzeitig traf seine Faust meine Schulter und öffnete die alte Wunde. Mit einer einzigen Bewegung zog ich ihm die Füße weg.

Die Tür fiel zu. Wir waren allein. In mir stieg eine warme, bittere Freude hoch.

Farid sprang auf und funkelte mich an. Ich hob meine Hände zu einer Friedensgeste und legte sie ihm auf die Schultern. «Du hast gesprochen!» signalisierte ich lächelnd. Nach all diesem gemeinen Grauen kam es mir wie ein Wunder vor. Vielleicht war es ein Zeichen des Herrn, daß ich richtig über Diegos Schicksal bestimmt hatte.

«Weil du ihn entkommen läßt», erklärte Farid mit wirbelnden Gebärden. «Jetzt war alles umsonst. Ganz umsonst. Es sei denn, wir können ...»

«Keine Sorge», signalisierte ich. «Diego hat sich geirrt. Es gibt Männer, auf die man sich verlassen kann. Du wirst es sehen.»

Draußen stand Senhora Tamara und zitterte. Sie war barfuß und nur mit einem Nachthemd bekleidet. Als Farid sie in die Arme nahm, sah ich Diego hinter seinem Sklaven die Rua dos Douradores entlang auf die Rua Nova d'El Rei zueilen. Im Licht des Mondes wirkte er wie ein verstohlenes Tier, ein Nachtwesen, das seinen Jägern zu entkommen versucht. Leise murmelte ich einen biblischen Fluch aus dem Buche Jeremia vor mich hin. Seine Seele sollte keine Ruhe finden.

«Aber er flieht!» stöhnte Senhora Tamara und warf mir einen flehenden Blick zu.

Ihre Worte ätzten eine Spur des Zweifels in meine Eingeweide. Ich setzte mich in Bewegung, dann rannte ich, als würde ich noch immer meinen Onkel suchen.

Plötzlich kam von rechts ein dunkler Schatten. Er verfolgte Diego einige Sekunden, bis er ihn eingeholt hatte. Als er sich zu ihm umdrehte, sah ich das Profil unter dem Hut. Das Aufblitzen einer Klinge. Ein erhobener Arm. Als er niederstieß, verschmolz Diego mit dem Straßenpflaster. Der trockene Wind trug ein Geräusch zu mir, das dem Klopfen von Simons Handschuh an unsere Tür glich. Doch die Pforten meines Mitgefühls konnte es nicht öffnen.

Als ich langsamer ging, streckte Farid, der hinter mir hergerannt war, die Hand nach mir aus. «Wer war das?»

«Einer von Dona Meneses' Mördern. Er hat auf Diego gewartet. Und er hatte den Befehl, erst nach Mitternacht zuzuschlagen, genau wie wir gebeten haben.» Ich hielt ihm ein paar Saphire und Smaragde aus Dona Meneses' Kette hin. «Doch ich habe den Zeitpunkt verändert.»

«Du hast ihn dafür bezahlt, daß er Diego umbringt?»

«Er hätte es sowieso getan. Doch ich wollte nicht riskieren, daß er bis Mitternacht wartet. Gott möge mir vergeben.»

Ich schloß die Faust um die Perlen. «Ich brauchte nur eine, um ihn davon zu überzeugen, Diego sofort zu töten. Das Leben eines Juden, das Leben eines Menschen kostet fast nichts.»

Vorsichtig traten wir zu Diego, der noch immer seine beiden Platonbände umklammerte. Aus seinem Mundwinkel rann eine Blutspur und tropfte auf eine schlafende Eidechse in einer Pflasterspalte. In Diegos Beutel fand ich die Pergamenttafel mit dem Haman.

Die Zeit schien stillzustehen. Schweigend blickten wir auf den Leichnam hinab wie auf eine leere Torarolle, die niemals beschrieben werden würde. Dann war ich wieder in der Gegenwart und trat ins Licht eines Kerzenleuchters, der ein nahe gelegenes Fenster erhellte. Ich betrachtete Onkels Zeichnung. Ja, Haman war Diego. Es gab keinen Zweifel daran.

Als mir klar wurde, daß Onkel in seinem letzten künstlerischen Akt das Gesicht seines Mörders gezeichnet hatte, kroch ein Schauder meinen Rücken hoch. Auf der Tafel war Diego-Haman eine vornübergebeugte, raubvogelartige Figur mit einer unübersehbaren Narbe auf der Wange. Man sah, wie er König Ahasver etwas ins Ohr flüsterte. Er erklärte ihm, daß er alle Juden vernichten wollte. In der linken, klauenförmigen Hand hielt er einen funkelnden Teil der zehntausend Silbertalente, die er der königlichen Schatzkammer dafür überlassen wollte, daß er für seinen fürchterlichen Plan die Zustimmung des Königs bekam.

Der Handel war geschlossen.

Königin Esther kam auf dieser Tafel nicht vor, doch ihr Ziehvater Mordechai war zu sehen. Demütig stand er in einer Ecke, angetan mit dem Sackleinen der Trauer, das er trug, seit er von dem Erlaß zur Auslöschung seines Volkes gehört hatte. Doch seine Pose verriet auch Stolz, und sein Gesichtsausdruck war gerissen oder sogar amüsiert. Das lag sicher an der Schlinge, die er vor sich hielt. Es war die Schlinge, an der Haman später hängen sollte. Ein smaragdfarbenes, leidenschaftliches Funkeln in seinen Augen überzeugte mich davon, daß mein Onkel sich in Mordechai selbst porträtiert hatte.

Farid kniff mich in den Arm und zeigte auf das Bild. «Das bist du.»

«Wer?»

«Der Mann in der Ecke. Der mit der Schlinge. Mordechai.»

Mein Herz klopfte wild und verzweifelt. Wie kam Farid darauf? Mir schien es unmöglich, daß Onkel mich als den Erlöser des jüdischen Volks zeichnen sollte. Außerdem war dieser Mordechai einfach zu alt.

Meine Hände umklammerten das Pergament. Tränen stiegen

mir in die Augen. Möglicherweise hatte Onkel mir ein besonderes Geschenk damit machen wollen, mich als jüdischen Helden abzubilden.

All die vielen Fragen, die ich ihm hätte stellen sollen. Sie würden unbeantwortet bleiben.

Eine Möwe, die ich im Mondlicht vorbeifliegen sah, lenkte meinen Blick zum Himmel. An meinen Ohren summten die Moskitos, als wollten sie in meine Gedanken dringen. Ich spürte Onkels feste Hand in meinem Nacken. Sie zwang mich, ein hebräisches Gebet für Diegos Seelenheil und den Frieden der Welt hervorzustoßen. Dann löste sie sich wieder. Er verschwand für immer. Die Bewegung war so heftig, daß ich aufkeuchend herumwirbelte. Mein Blick glitt über die leere Straße, bis er auf dem feuchtschimmernden Licht von zwei Kerzen haftenblieb, die aus dem höchsten Fenster der Gegend über mich wachten.

Drittes Buch

EINUNDZWANZIGSTES KAPITEL

NACH DEM TOD Diegos war es, als stürzte ich in ein Loch. Ich schlief mehrere Tage lang. Die Atmosphäre hinter den verschlossenen Türen und versiegelten Fenstern meines Schlafzimmers war erdrückend, und der Gestank meiner eigenen Verwesung hing in der Luft. Erst eine Vision von Johanna, der Tochter des Grafen, die wie ein Schleier über mein Gesicht fiel, trieb mich wieder aus dem Bett. Ihre Augen schimmerten samtig wie Perlen, und sie flüsterte mit mir in einer Sprache jenseits des Verstehens. Ich lief in die Nacht hinaus, und meine Füße trugen mich an den langen Mauern Lissabons vorbei, bis ihr Ziel deutlich wurde. Rufend und pfeifend fand ich mich unter einem Fenster im Estaus-Palast wieder, hinter dem ich Johanna vermutete.

Ein Zwerg öffnete die Fensterläden. «Ich lasse dich kastrieren, wenn du nicht mit deinem Hahnengeschrei aufhörst!» schrie er.

«Ich suche Dona Johanna, die Tochter des Grafen von Almira», erklärte ich.

«Nicht hier!» Das Fenster schlug wieder zu.

Der Verwesungsgestank der Dunghaufen begleitete meinen Heimweg. Wieder suchte ich Zuflucht in meinem Bett und der Leere von *Ein Sof*. Die Tage dämmerten an mir vorbei. Nichts als der Wechsel von gedämpftem Licht und Dunkelheit, bis die Stimme Johannas durch die Wände drang, als hätte sie sich auf den Flügeln des Gebets zu mir geschwungen. Sie trug Schwarz. Als sie in mein Zimmer trat, lag ich noch immer unter der Decke.

«Ich kann nicht lange bleiben», sagte sie. Ihre Augen schimmerten feucht, als könnte sie jeden Moment in Tränen ausbrechen. «Warst du krank?» fragte sie zögernd.

«Ja.» Ich setzte mich auf. «Ja, ich glaube. Wo warst du? Ich habe nach dir gesucht.»

«Hier in Lissabon, aber ich habe mich bis jetzt nicht nach draußen gewagt.»

«Ich habe noch nie eine Frau so sehr begehrt wie dich», gestand ich. «Es ist, als könntest nur du mich heilen. Oder retten.»

Sie saß auf meiner Bettkante und legte ihre zierliche, deformierte Hand auf meine Lippen. Ich wollte sie bitten, für immer bei mir zu bleiben, doch sie schüttelte den Kopf, bevor ich reden konnte. Ich sollte die Stille zwischen uns nicht entweihen. Dann begann sie ihr Kleid aufzuschnüren. Ich war bereits nackt. Sie legte sich neben mich und öffnete ihre Arme, ich tauchte in sie ein.

Als ich die schützende Wärme und Weichheit ihres Körpers spürte, löste sich in mir eine Anspannung, die sich wie eine Kette um mich gelegt hatte. Ich weinte, und meine Schluchzer kamen so tief aus meinem Inneren, daß meine Eingeweide zu zerreißen schienen.

«Ich kann nicht bleiben», flüsterte Johanna. «Ich bin einem anderen versprochen. Warte nicht auf mich. Morgen werde ich Lissabon verlassen. Vergib mir und vergiß mich.»

Ihre Finger fielen von meiner Wange. «Warte nicht auf mich», wiederholte sie. «Zögere nicht, deine Liebe einer anderen zu geben.»

Sie legte ihre Perlenkette in meine Hand.

Wenn eine geliebte Frau für immer verschwindet, bleibt uns nur das in ihrem Schmuck gefangene Leuchten ihrer Augen. Neben der Erinnerung ist es das einzige Andenken.

Der Wahnsinn: Wenn er einen Menschen nicht ganz verschluckt, löst er vielleicht eines Tages die Fänge, die er um den Hals seines Opfers geschlagen hat. Doch ich war noch nicht ganz frei.

Als ich an dem Morgen, an dem Johanna mich verlassen hatte, zu den anderen ging, las Farid in meinen Augen, was geschehen war. Er schleppte mich zum Jungfernbrunnen, einer bekannten Taverne vor den Toren der Stadt. Dort lebte ich mehrere Monate lang, eingehüllt in die Wärme der Verführerinnen Lissabons. Ich wartete nicht mehr, sondern krallte und stieß mich in ihr Leben, um mein eigenes zurückzuerlangen. Farid bezahlte. Woher er das Geld hatte, wußte ich nicht. Vielleicht hatte er einige von Dona Meneses' Saphiren und Smaragdperlen verkauft. Als wir schließlich von der Judiaria Pequena Abschied nahmen, waren ihm nur drei geblieben.

Natürlich war es ein Wunder, daß ich mir nicht eine der Liebesseuchen holte. Vielleicht muß ein Herz gewillt sein, an der Liebe zu leiden, um solche Krankheiten kennenzulernen.

Wenn ich mich nicht gerade in eine Frau grub oder den flüssigen Bogen aus einer Weinhaut in meinen Mund spritzen ließ, ging ich spazieren. Einmal kam ich bis zu den bernsteinfarbenen Hügeln über Mafra. Auf der ausgetrockneten Lehmstraße hielt ich immer wieder an, um eins der fünf Bücher der Tora zu rezitieren: Das Buch Genesis vor dem Tempel am Berg Abraham in der Nähe von Belas; das Buch Exodus unter einem umgestürzten Pinienbaum jenseits von Montelavar; Levitikus über einem römischen Mosaik in Odrinhas; Numeri, während ich über den Ast eines Johannisbrotbaums vor der Kirche Igreja Nova balancierte, und Deutoronomium beim Lecken einer Honigwabe, die mir ein Altchristenmädchen innerhalb der Stadttore von Linhó geschenkt hatte. Ich entdeckte, wie gut der Rhythmus des Gehens zum Gebet paßte. Und auch der Schlaf. Nachts begrüßten mich die Sterne vorbehaltlos und ohne Ermahnungen. Morgens weckten mich Spechte, die wie Pfeile von einem Baum zum anderen schossen. Vierzehn Tage lang fühlte ich mich außerhalb der Grenzen Lissabons sicher.

Allmählich spürte ich, wie mich eine Energie durchflutete, die mich an die drängende Sehnsucht des Toragesangs erinnerte. Tagsüber fühlte ich mich wieder in der Lage, in unserem Laden zu arbeiten. Cinfa wachte mit strenger Treue über mich. Nachts legte sie sich sogar zu mir ins Bett. Wenn ich dann in den frühen Morgenstunden zu den Damen im Jungfernbrunnen eilte, blickte sie mir ohne Vorwürfe nach.

Reza und Mutter schlugen ihre moralischen Schlachten gegen mich schweigend. Was sie dachten, war im sicheren Gefängnis ihrer Augen eingesperrt. Und was die Welt jenseits meiner Grenzen anging ...

Am Montag, dem 27. April, lief eine Flotille Kriegsschiffe im Hafen Lissabons ein und sicherte die Stadt für die Krone. Um Gerechtigkeit bemühte man sich natürlich nicht. König Manuel, unser *melekh hasid*, der gute und gnädige König, sprach von dem Pogrom als «gewissen Entgleisungen». Mehr, um seine Bürger und Bauern zu unterhalten, ließ der gute Manuel – möge sein Name und sein Schatten für immer aus der Weltgeschichte gelöscht werden – von seinem königlichen Richter João de Paiva willkürlich vierzig Altchristen auswählen. Sie wurden vor einer mehrere tausend Köpfe zählenden Menschenmenge in der sengenden Hitze des Rossio garrottiert und anschließend verbrannt.

Riecht das verkohlte Fleisch von Altchristen anders als das eines Juden? Ich konnte keinen Unterschied ausmachen. «Ja, aber wenn du auf dem Rossio gewesen wärest», sagten mir mehrere Neuchristen mit einem sarkastischen Lächeln auf den Lippen.

Ende Mai befahl König Manuel den Geistlichen und guten Mönchen der Kirche und des Klosters São Domingos, ihren Orden aufzulösen. Die Glaubensbrüder sollten sich über sein Königreich verstreuen. Doch die Sorge um ihre gebrochenen Herzen und einsamen Geschlechtsteile war verfrüht, denn bereits Ende Oktober lagen sie dank der Einmischung von Papst Julius II. – möge auch sein Name und Schatten für immer ausgelöscht werden – wieder in den Armen ihrer Lissabonner Geliebten. Mit zwei Ausnahmen: Pater João Moucho und Pater Bernáldez, die beiden Männer, die an jenem schicksalhaften

Nachmittag den Pöbel vor der Kirche São Domingos zum Massenmord aufgehetzt hatten. Sie wurden verhaftet und nach Evora gebracht, wo sie eine Zeitlang im städtischen Verlies dahinsiechten. Im Oktober, als sich kaum noch jemand an ihre Taten erinnerte, wurden sie garrottiert und zu Asche verwandelt.

Am 9. Mai begann es endlich zu regnen.

Doch ich erinnere mich an wenige Einzelheiten aus dieser Zeit. Das einzige Datum, das klar und deutlich vor mir steht, ist der 1. März des Jahres 1507. (Ja, eine Zeitlang hatte ich mir angewöhnt, mich an dem Nazarenerkalender zu orientieren. Wahrscheinlich war es ein Symptom meiner Verrücktheit. Jetzt hoffe ich, den Christen in mir für alle Zeiten ausgetrieben zu haben!)

An jenem Morgen zog mich der kleine Didi Molho aus unserem Laden, als wolle er mir einen Schatz zeigen. «Lauf!» schrie er. Wir rannten der Stimme des Ausrufers nach, der im Eingangsportal der Kirche São Miguel stand. Von einer Pergamentrolle verlas er ein Dekret König Manuels: «Künftig soll den Neuchristen erlaubt sein, mein Königreich zu verlassen, und es wird keine ...»

Voller Hoffnung auf eine andere Landschaft hielt ich mein Gesicht der Sonne entgegen. Zum erstenmal seit Diegos Tod atmete ich mit weitgeblähten Lungen.

Ein Barbier rasierte mir den Bart, während seine Tochter mich lauste. Unter ihren winzigen Händen dachte ich erstmals darüber nach, daß ich für Diegos Tod bezahlt hatte. Hätte ich die Klauen der Sünde in meiner Brust spüren sollen? Ich spürte sie damals nicht, und ich spüre sie auch heute nicht. Vielleicht ist es das, was meine Seele darin hindert, sich höheren Dingen zuzuwenden.

Doch es stört mich nicht. Ich schaue nicht in den Spiegel, und etwas in meinem Gesicht scheint die Kabbalisten, die den schrecklichen Verlust in meiner Aura spüren könnten, zum Schweigen zu bringen.

Und trotzdem bedrückt mich hin und wieder eine andere Sünde, die ich vor langer Zeit beging. Sie schleicht sich sogar in meine Gebete. Jener junge Edelmann, den ich von dem Dach im Maurenviertel stieß. Ob er überlebte? Wohl kaum. Manchmal sehe ich ihn in meinen Träumen, wie er mir vom Grund einer stinkenden Grube entgegenstarrt.

Mutter und ich überließen Onkels Bücher Dona Meneses. Natürlich behelligte sie niemand wegen der Ermordung Simons. Und ich war der letzte, der Steine auf sie werfen durfte. Außerdem wußte ich, daß jede Anschuldigung schwerwiegende Konsequenzen für mich und meine Familie gehabt hätte. Bewacht von einem Gefolge blonder Flamen, lebte sie ihr angenehmes und behütetes Altchristenleben auf dem Marmorbalkon über der Graça weiter. Vor vier Jahren, im Frühling des Jahres 1526, soll sie an einer Infektion gestorben sein, die sie einem schlechten Aderlasser mit unsicheren Fingern verdankte.

Nachdem ihm mein Onkel im Traum erschienen war, bat auch Pater Carlos Dona Meneses, seine teils in Hebräisch, teils in Arabisch verfaßte Ausgabe von Solomon Ibn Gabirols *Mekor Hayim*, der Quell des Lebens, in Sicherheit zu bringen. Soweit ich weiß, befindet das Buch sich jetzt in Salonika.

Ob überhaupt eines unserer Bücher die Jahrhunderte überleben wird? Oder war Onkels Kampf umsonst?

Da immer mehr Neuchristen Portugal verließen, erzielten Häuser nur noch einen Bruchteil ihres eigentlichen Wertes. Bevor wir viel zu billig verkauften, boten wir unser Haus lieber Brites an. Sie lebte in einer heruntergekommenen Gegend jenseits der Porta Santa Catarina, die zu einer Person wie ihr nicht paßte.

Als wir mit ihr darüber sprachen, stampfte sie mit dem Fuß auf: «Das kann ich nicht annehmen!»

«Du mußt», beharrte Tante Esther.

«Nein!»

«Dann leihen wir es dir», schlug ich vor. «Sollte Reza es jemals wiederhaben wollen, wird sie dich ansprechen.»

In Brites' Augen schimmerten Tränen. Der Handel wurde mit Umarmungen besiegelt. Sie sollte bis an ihr Lebensende dort wohnen.

Wenige Wochen später sah ich kurz vor unserer Abreise bei einem Botengang im Bairro Alto den Jungen aus meiner Zeichnung, der Senhora Tamara Onkels letzte Haggada verkaufen wollte. Er hatte ein offenes, freundliches Gesicht und kurzgeschnittenes schwarzes Haar. «Wie heißt du?» fragte ich.

«Diego.»

«Mein jüdischer Name lautet Berekia Zarco», flüsterte ich. «Ich muß wissen, wie sie dich in der heiligen Sprache rufen.»

«Isaac Belmira Gonçalves.»

«Du bist von einem Mann namens Diego Gonçalves adoptiert worden, nicht wahr?»

Seine Augen weiteten sich vor Überraschung. «Ja. Woher wißt Ihr das?»

«Ich kannte ihn gut.»

In einer Taverne sprachen wir bei dampfenden Zimtbrötchen und mit Wasser verdünntem Wein über seinen Adoptivvater und dessen Liebe zu Vögeln und alten Manuskripten. Der Junge lebte jetzt bei Senhora Belmiras Schwester. Er war schüchtern, doch wenn er von Seeschlachten sprach, zitterten seine Lippen vor Leidenschaft. Er wollte Kreuzfahrer werden. Mir wird immer unbegreiflich bleiben, weshalb diese jungen Burschen so freudig ihr Leben aufs Spiel setzen. Bevor wir uns wieder trennten, küßte ich ihn auf die Stirn und segnete ihn leise.

Rabbi Losa, der willige Konvertit und Onkels Feind, lebt noch immer in seinem Haus unterhalb der Kirche São Miguel. Er hat sich ins Herz des Bischofs von Lissabon gebuckelt und es bis zu einem seiner Berater im Kirchenrecht gebracht. Wie ich hörte, sind seine mittlerweile erwachsenen Töchter verheiratet und leben beide in Santarém.

Auch Pater Carlos beschloß, in Portugal zu bleiben. «Möge Gott mich entweder zu einem guten Christen oder zu einem besseren Schauspieler machen», sagte er bei unserem Abschied vor dreiundzwanzig Jahren. Natürlich erinnerten mich seine Worte an Zerubbabel, Isaac von Ronda, den Grafen von Almira. Über sein Schicksal ist mir nichts bekannt. Vielleicht lautete sein wahrer Name ganz anders, und er war nicht einmal Kastile und Neuchrist. Womöglich war auch Johanna gar nicht seine Tochter.

Von ihr habe ich natürlich nichts mehr gehört. Trotzdem geistert sie noch heute gelegentlich durch meine Träume. Doch ihre Lippen sind nicht mehr bitter, und ich habe schon lange aufgehört, sie mit meiner Frau zu vergleichen. Selbst das Toragedächtnis zerrinnt unter Tränen.

Als wir im Mai des Jahres 1507 unsere Abreise planten, kam ein Kaufmann in rotweißer Robe mit einem Brief des neuchristlichen Bettlers António Escaravelho bei uns vorbei. Noch bevor König Manuels Dekret allen Neuchristen erlaubte, Portugal zu verlassen, hatte er es geschafft, sich eine Ausreisegenehmigung zu besorgen, um seinen geliebten Papst Julius zu besuchen.

«Wißt Ihr, ob es ihm in Rom gutgeht?» fragte ich den Boten.

«Rom? Wovon redet Ihr? Er ist in Jerusalem und besitzt bereits eine Silberschmiede im Alten Jüdischen Viertel.»

Ich brach das Wachssiegel des Briefes auf und las: «Liebster Berekia, ich habe Dir und Meister Abraham immer gesagt, ihr solltet mit mir kommen. Nun, so verrückt war der alte Esel António gar nicht. Zum Teufel mit Papst Julius. Ich spucke auf die italienische Halbinsel. Möge eine Giftschlangenpest über Rom herfallen und all seine christlichen Bewohner in ihre fetten Ärsche beißen. Du wirst mir immer willkommen sein. Nächstes Jahr in Jerusalem.»

Nicht nächstes Jahr, doch vielleicht bald. Wir waren schließlich alle näher zusammengerückt, und ich wurde nicht jünger.

Im Juli des Jahres 1507 nahm Farid ein Schiff nach Konstantinopel. Er hatte die Adresse von *Tu Bisvat* bei sich und soviel Geld, wie wir erübrigen konnten. Mutter, Cinfa, Esther, Afonso Verdinho und ich folgten ihm im August. Am neunzehnten des

Av setzte unser Schiff in Belem Segel. Zu unserer Überraschung wartete im Kleinen Jüdischen Viertel ein altes zweistöckiges Haus auf uns. Mit Hilfe von *Tu Bisvat*, dessen wahren Namen ich nicht nennen darf, hatte Onkel dieses Haus auf Raten gekauft.

Unsere Katze Roseta blieb mit Reza zurück. Reza erwartete ihr erstes Kind und zog mit ihrem Mann und Aviboa auf einen Bauernhof in den nordöstlichen Bergen Portugals in der Nähe von Belmonte. Seit unserem Abschied auf dem Kai in Belem habe ich sie nicht mehr gesehen. Sie haben drei Söhne, Mordechai, Juda und Berekia, und eine Tochter, Mira. Aviboa ist inzwischen mit einem Wein- und Maronenbauern verheiratet. Sie lebt in Rezas Nähe und hat zwei Kinder. Von ihren Eltern hat sie nie wieder gehört.

Wir beten, daß die Flammen der Inquisition ihr kleines Tal verschonen mögen, wenn sie von Kastilien auf Portugal überspringen. Ich befürchte, daß es jetzt nur noch eine Frage von Monaten ist. Wie wenig Zeit für den Frieden uns auf dieser Welt bleibt!

Juda. Als ich meiner Mutter seine Hosen und Hemden entreißen konnte, begrub ich sie auf dem Mandelhof neben Onkels Grab. Wir sprachen ein Kaddish für ihn, um sicher zu wissen, daß seine Seele in den Himmel aufsteigen würde.

Seit seinem Verschwinden sind vierundzwanzig Jahre vergangen, doch immer noch habe ich das Gefühl, daß er sich ganz in unserer Nähe befindet. Erst vor drei Jahren glaubte ich seine Mondsteinaugen in einem Mann zu erkennen, der portugiesische Kaufmannskleidung trug. Er saß unterhalb des südöstlichen Minaretts der Hagia Sophia und hielt sein Gesicht der Sonne entgegen. Mein Herz klopfte wild, und ein Schwindel überkam mich. *Es ist alles ganz anders gewesen*, dachte ich. *Er lebt und ist von Altchristen aufgezogen worden. Jetzt wird er mir erklären, wo er die ganze Zeit war.* Ich trat neben ihn und fragte: «Bist du es, Juda?» Als er mich verwirrt anblickte, nahm ich seinen Arm. «Erkennst du mich nicht? Ich bin Berekia. Dein Bruder!»

Er klopfte mir auf den Rücken wie einem betrunkenen alten Narren. «Geh lieber heim zu deiner Frau, bevor sie dich suchen kommt», lachte er.

So geht die jüngere Generation mit dem Leid um.

Von Farids Vater Samir hörten wir nie wieder.

Ich erinnere mich noch, wie Rabbi Verga mir in unserer Küche erzählte, daß wir die Verstorbenen und die Umstände ihres Todes nie vergessen dürften. Wenn ich an seine Worte denke, muß ich lächeln. Gibt es etwa Menschen, die so etwas vergessen können?

Samson Tijolo, der alle Gottesnamen in seinem Alten Testament durchgestrichen hatte, sollte recht behalten. Die Juden konnten von Portugal nicht im Futur sprechen. Hätte Onkel etwas dagegen unternommen, wenn er überlebt hätte? Die großen Kabbalisten haben ungeahnte Kräfte, und vielleicht, wenn er sich konzentriert hätte ...

Oder war das alles Lüge? Mit dem Blut meines Meisters war viel von meinem Glauben dahingeflossen.

Ob der Mandelbaum, unter dem Onkel begraben liegt, wohl wächst? Frühmorgens, wenn der Tau auf meiner Stirn liegt und meine Abwehr geschwächt ist, gräbt sein Tod noch immer tiefe Furchen in mir. In letzter Zeit sehe ich mich immer mehr als einen Baum, dessen Haupttriebe von einer Schächterklinge herausgeschnitten wurden. Aus den Narben treibe ich, so gut ich kann. Ich habe sogar geblüht. Oft. Doch es ist einfach nicht mehr derselbe Baum. Wie aufrecht ich unter Onkels Führung gewachsen wäre!

Vierundzwanzig Jahre habe ich vorbeiziehen sehen. Ich bin ein alter Mann und habe selbst Kinder. Doch wie gern würde ich mich noch immer in Onkels Smaragdaugen spiegeln und spüren, wie er seine weiße Robe schützend um mich schlägt und ich seine Lippen küsse. Doch es wird nie mehr so sein. Selbst wenn ich ein ganzes Jahr lang jeden Abend das Buch Zohar singe.

Farid lebt nur ein paar Häuser von uns entfernt. Hier in Konstantinopel hat er seine Gedichte mit Erfolg veröffentlicht. Er hat einen jungen Geliebten, einen Schmied namens Shamsi, der die Laute spielt und dazu mit der Stimme einer Hirtenflöte singt. Shamsi ist ein offener, fröhlicher Mann mit schlankem, muskulösem Körperbau und Wimpern wie schwarzen Rosenblüten. Vor Jahren haben sie zwei Waisenjungen adoptiert, Samir und Rumi. Sie waren immer gute, wenn auch etwas rauhe Spielkameraden für meine Tochter Zuleika und meinen Sohn Ari.

Jeden Abend essen wir zusammen. Ich empfinde es oft als tröstlich, mich mit Farid in der Gebärdensprache unterhalten zu können. Manchmal überwältigt mich die Erinnerung so sehr, daß ich meine eigenen Worte lieber nicht hören möchte.

Als wir noch in Lissabon waren, habe ich Farid einmal gefragt: «Was meinst du, wird Gott uns in Konstantinopel erwarten? Aus Lissabon ist er spurlos verschwunden.»

Farids Hände wirbelten auf und nieder, als er Onkel zitierte: «Du mußt an dich klopfen wie an eine Tür. Dort wirst du Ihn finden, wenn es Ihn noch für dich gibt.»

All die Jahre habe ich darauf gewartet, daß Er auf mein Klopfen antwortet. Doch für diesen schwerhörigen Gott muß man wohl ein eifriger Specht sein, und dazu fehlt mir einfach der Schnabel.

Vielleicht habe ich hier die religionslose Landschaft gefunden, die ich schon vor vielen Jahren voraussagte. Es ist die Gesellschaft, auf die die Welt sich zubewegen wird, das spüre ich deutlich. Ein Land ohne Rabbis und Priester, in dem es nur noch Mystiker und Ungläubige geben wird. Zu welcher dieser beiden Gruppen sich mein Herz einmal neigen wird, kann ich noch nicht sagen.

Meine Tochter Zuli ist jetzt achtzehn und will wie ihre Tante Esther Schreiberin werden. Doch ich erkenne eher Reza in ihr. Sie hat eine natürlich erhabene Art, und ihre Augen tanzen leidenschaftlich, wenn sie redet. Und wenn sie wütend ist, schüchtert sie mich mit einem wilden Augenfunkeln ein, das sie vorm Spiegel einstudiert hat.

Ari hat mit seinen sechzehn Jahren bereits einen kräftigen Körperbau und das lockige schwarze Haar meiner Frau, unter dem Onkels intelligente und durchdringende Augen leuchten. Er hat sich zum Illuminator ausbilden lassen und könnte einmal ein großer Künstler werden. Doch seit seiner Kindheit träumt er davon, als Abenteurer in die Neue Welt zu segeln.

«Ein jüdischer Buchmaler im Dschungel Brasiliens ist wie ein Stück Matza auf dem Mond», habe ich immer zu ihm gesagt.

Vor kurzem hat er mich dann mit einer Antwort überrascht. «Doch einige Indianer sind beschnitten. *Tu Bisvat* sagt, sie seien Juden.»

Klang ich als junger Mann nicht ähnlich? Ich frage mich, was Onkel von ihm halten würde. Wenn er wirklich nach Brasilien will, sollte er vielleicht lieber *Mohel* werden.

Der Verlust Onkels und Judas verurteilte meine Mutter zu einem Leben der unterdrückten Gefühle. Sie begann Kleider für die türkische Aristokratie in Konstantinopel zu nähen und widmete sich mit großer Umsicht dem Obstgeschäft, das wir hier eröffneten. Doch sie blieb unnahbar. Es fiel ihr sogar schwer, sich mit Tante Esther zu unterhalten. Frühmorgens erwischte ich sie ein paarmal dabei, wie sie mit dem übermenschlichen Stoizismus einer Galionsfigur an meinem Bett wachte. Jedesmal, wenn ich eine Reise antreten mußte, streichelte sie mir die Hand und wandte sich dann hastig ab, als wäre es bereits zu spät, auf meine Rückkehr zu hoffen. Gebete und Psalmen machten sie unruhig. Das Bilsenkraut half ein wenig. Sie starb während des Passafests im Jahr 1522.

Mit Tante Esther habe ich mich schon vor vielen Jahren, direkt nach Diegos Tod, versöhnt. Warum hätte ich ihr und Afonso Verdinho böse sein sollen? Hatte ich das Recht, ihr auf dieser Welt den Gefährten zu verweigern? Kurz bevor wir Lissabon verließen, kam Afonso mit einem goldenen Verlobungsring ins Kleine Jüdische Viertel geritten wie ein Kavalier in einer arabischen Legende. Als wir in der Türkei an Land gingen, heirateten sie.

Auch mein eigenes Leben sollte beweisen, daß die Liebe sich nicht immer an eine einzige Person bindet. Und ich bin mir sicher, daß Tante Esther Onkel liebte und jederzeit ihr Leben für seines geopfert hätte. Einmal habe ich, während sie beim Bade war, den Deckel ihres Silbermedaillons geöffnet und mehrere Strähnen von Onkels langem grauem Haar gefunden. Eine habe ich herausgenommen und gegessen.

Esther ist jetzt eine sehr alte Dame und geht auf die siebzig zu. Doch in ihrer Arbeit als Schreiberin in der hebräischen, arabischen, persischen, kastilischen und portugiesischen Sprache ist sie noch immer unübertroffen. Vor kurzem haben wir einen Band der «Konferenz der Vögel» für Sultan Suleiman den Prächtigen fertiggestellt, möge Gott jeden seiner Tage segnen. Von unseren Vogelerkundungsgängen in den Hügeln Lissabons habe ich keine Zeichnungen mehr, doch mein Toragedächtnis funktioniert noch immer gut genug, um den Schwung eines Kranichschnabels und die Farbe des Kehlflecks einer Eule nachzuempfinden.

Die Pfauen, die ich zeichnete, basierten noch auf Entwürfen Onkels. Oft male ich mir aus, wie stolz er auf unsere kunstvollen Werke wäre.

Cinfa. Sie hat es nicht leicht gehabt. Bald nachdem sie vor sechs Jahren ein kleines Mädchen namens Mira geboren hatte, war sie schon wieder Witwe. Ihr Mann war ein Augenarzt aus Alexandria. Ein hagerer, glatthäutiger Mann mit dem freundlichen Aussehen eines Menschen, der immer vergibt.

Und trotzdem mußten wir bald erfahren, daß er Anisschnaps trank wie ein griechischer Matrose. Außerdem gefiel es ihm nicht, daß ich seine Frau in der Tora und im Talmud unterwies. Vor ihrer Heirat war dies alles nicht abzusehen. Nachdem wir Lissabon den Rücken kehrten, hatte ich die Masken der Menschen fast ganz vergessen.

Als Cinfa im siebten Monat war, schlug er ihr mit einem Stock ins Gesicht. «Deine Schwester hat mich in meinem Sabbatgebet korrigiert», erklärte er mir, als ich die blaugelben Schwellungen unter ihren Augen und auf den Wangen entdeckte. *Ich mußte es tun*, schien er damit andeuten zu wollen.

«Das war nur recht von ihr, du Flegel!» antwortete ich ihm. «Der Sabbat ist wichtiger als dein dünnhäutiger Stolz.»

Wegen meiner Position in der Gemeinde, die die eines exzentrischen, aber gelehrten Kabbalisten war, entschuldigte er sich bei mir, doch sein trotziger Blick verriet mir, daß er kaum Reue verspürte. Da ich in Schlägereien immer den kürzeren zog, griff ich auf einen alten Trick zurück. Während ich in einer vorgetäuschten Geste der Vergebung die Hand segnend über seinen Kopf hob, trat ich ihm so fest in die Hoden, daß er sich gute fünf Minuten lang am Boden krümmte. Dabei brüllte ich ihn an: «Wenn du noch einmal wagst, meiner Schwester ein Haar zu krümmen ...»

Als ich Tante Esther davon erzählte, sagte sie: «Praktischer kann die Kabbala nicht werden. Gut gemacht!»

Doch vielleicht hätte ich ihn mit meiner Drohung nicht herausfordern dürfen, denn schon am nächsten Tag wiederholte der Rohling seine Tat.

Diesmal begleitete mich Farid in ihr Haus. Er hielt dem Augenarzt seinen Dolch vor die Nase und signalisierte: «Wenn du sie noch einmal anders als liebevoll anrührst, werde ich dir die Augäpfel rausschneiden!»

«Man muß einem Mann immer mit dem drohen, dessen Wert er am besten kennt», erklärte er mir später.

Es schien ein guter Rat zu sein. Doch Rohlinge ändern sich nicht. Als sie im achten Monat war, stieß der ägyptische Arzt Cinfa die Treppe hinab. Sie brach sich den rechten Fuß und das Schlüsselbein. Das Baby kam, als Cinfa noch verrenkt am Boden lag. Ihre Schreie alarmierten Zuli und die Nachbarn. Wären sie nicht gewesen, hätten wir die kleine Mira verloren.

Farid und ich machten uns auf die Suche nach dem Übeltäter. Wir konnten ihn nirgends finden. Einen Monat später wurde er tot vor einem nahe gelegenen Bordell entdeckt. Offensichtlich hatte er sich bei einem teuren jemenitischen Mädchen ein wenig zuviel herausgenommen. «Eine jüdische Ehefrau zu prügeln ist kein großes Risiko», bemerkte Tante Esther trocken. «Doch trau dich, die Hand gegenüber einer moslemischen Edelhure zu erheben, und deine Tage sind gezählt.»

Auch meine Frau Letiça hat diese ironische Denkweise, obwohl ich das erst später erkannte. Sie war die Tochter eines Schuhmachers, der unser erster Freund hier in Konstantinopel wurde. Als ich sie das erste Mal sah, hatte sie langes, hennagetöntes schwarzrotes Haar, und in ihren grünen Augen leuchtete eine verhaltene Sehnsucht. Ihre Lippen waren stets versiegelt, als scheue sie sich, eine geheime Frage zu stellen. Vielleicht lag es daran, daß ihre Mutter starb, als sie erst fünf war. Doch gleichzeitig verfügte sie über die Geschmeidigkeit und Anmut einer Katze. Wenn sie sich bewegte, schienen der Staub und die Luft um sie zu tanzen.

Als ihr Vater eines Abends nicht in der Stadt war, besuchte ich sie. Wie ein Schatten tauchte ich einfach in ihrem Türrahmen auf. Sie las gerade. Wir tauschten einen geheimnisvollen, verschwörerischen Blick. Dann legte sie das Buch auf ihre Brust und blies die Kerze aus. Wortlos zog ich mein Hemd aus.

Während Leci mich mit ihrer Wärme umhüllte, sah ich meine alte Freundin Rana Tijolo vor mir, wie sie ihren Sohn Miguel stillte. Ich vergrub meinen Kopf zwischen Lecis Brüsten. Dies war die Frau, der ich mich schenken wollte.

Und so war es. Das, was ich in meinem Leben ihr und den Kindern gegeben habe, scheint mir wichtiger als alle meine Schriften und das Kabbalastudium. Was ich gab, war nicht immer gut oder ausgewogen, doch ich habe es ohne jede Maske gegeben.

Und damit komme ich wieder zu dem Grund, weshalb ich die Feder noch einmal aufgenommen und unsere Geschichte erzählt habe.

Zu Beginn habe ich schon einmal Lourenço erwähnt, den Sohn unserer alten Wäscherin und Freundin Brites. Vor ihrem Tod hatte sie ihn gebeten, mich aufzusuchen und mir anzubieten, wieder in unser altes Haus an der Rua de São Pedro und Rua da Sinagoga zu ziehen, für den Fall, daß ich zurückkehren wollte.

Als sich unser alter Haustürschlüssel in meine Handfläche grub, sah ich plötzlich Portugal vor mir. Korkeichen und Mohnfelder. Roseta und ihr Kirschenhalsband. Mordechai und meinen Vater. Die weißblauen Häuser Lissabons. Den Rossio. Unsere alte Synagoge, die sich im Fluß spiegelte. Ich roch den süßen Geruch der Oleanderbüsche in unserem Hof. Sah Juda und Onkel. Die Gräber im Mandelhof.

Dann hatte ich eine Vision, in die mein Meister eine Kette verknoteter portugiesischer Buchstaben warf. *As nossas andorinhas ainda estão nas mãos do faraó* – unsere Schwalben sind noch immer in der Hand des Pharaos. Als ich die Worte in der Geheimsprache der Neuchristen ein zweites Mal überflog, schwangen sie sich in die Luft und stürzten mit einem klirrenden Geräusch zu Boden.

Als ich wieder zu mir kam, pochte mein Herz einen Vers gegen meine Brust: Ich habe die Chance heimzugehen.

In dem Moment verbanden sich einzelne Ereignisse in meinem Toragedächtnis zu einer Deutung der Vergangenheit, die mein Onkel schon vor all den Jahren von mir erwartet hatte.

Ich griff nach der Weinkaraffe und dem Pergamentband, auf das Tante Esther die Namen von Onkel und mir geschrieben hatte und das er mir kurz vor seinem Tod gab. Damals hatte er versprochen, mir immer zu Hilfe zu eilen, wo ich auch sein würde. Mir fielen die schrecklichen Verse aus der Genesis über das Opfer Abrahams ein, die mein Meister mich an jenem schicksalhaften Passafest Juda vorsprechen ließ. Uns allen hatte er erklärt, man müsse sein Ich ganz aufgeben, um das höchste aller Ziele zu erreichen. Er meinte sich selbst.

Vor seinem Tod hatte sich Onkel in unserem Keller nach meiner Bereitschaft, Portugal zu verlassen, erkundigt. Er sprach von seinen Befürchtungen, daß meine Mutter und Reza niemals gehen würden. Diese Angst verriet den Grund für seine Fragen. Er spielte darauf an, daß nur die größte aller Tragödien meine Mutter und Reza, sein einziges lebendes Kind, von Portugal losreißen könnte.

Selbst die Worte meines Onkels, die Diego in den gefälschten Abschiedsbrief von Solomon, dem *Mohel*, schrieb, ließen vermuten, daß es einen okkulten Grund für seinen Tod gab: «Deine Klinge wird mich mit Gott verbinden und vielleicht einem höheren Zwecke dienen.»

Welchem höheren Zweck konnte sein Tod gedient haben? Woran dachte mein Meister?

Seit Lourenços Besuch vorgestern habe ich meine Vermutungen mit meinen Fragen verschmolzen, bis sie ein Muster ergaben, das mich nicht mehr losläßt. Darum habe ich mein Manuskript wieder herausgenommen, das ich ursprünglich im Jahr 1507 begonnen hatte und das nun – mit ein paar geringfügigen Änderungen – zum ersten Buch meiner Erzählung geworden ist. Und jetzt habe ich die Geschichte für Euch vollendet.

Mesiras nefesh, die Bereitschaft, alles für ein Ziel zu geben, das Heil auf diese Welt und ins Himmelreich bringt. Erst jetzt glaube ich zu verstehen, daß in Onkels Augen ein stiller Mut leuchtete, der auch seine Hände führte, wenn sie die Welt segneten.

«Ich schwöre, dich vor allen Gefahren zu schützen, die auf deinem Weg lauern», hatte er mir versprochen, als ich acht war. Und er hatte Wort gehalten. Denn hier in Konstantinopel war ich in Sicherheit!

Onkel hat sich geopfert. Das will ich sagen, auch wenn mir die Hand zittert, weil meine Kraft schwindet und der anatolische Wein sich bemerkbar macht. Zum einen wollte er sicherlich das Mädchen retten, das mit ihm ermordet wurde. Doch noch wichtiger war, daß er sich für alle zukünftigen Generationen umbringen ließ. Um meine Mutter und Reza, unsere gesamte Familie, zu zwingen, Portugal zu verlassen. Um uns zu ermöglichen, in einem anderen Land sicher Wurzeln zu schlagen. Einem Land, in dem Juden ohne Masken akzeptiert wurden.

Ich will nicht behaupten, daß Onkel mit Mitteln der praktischen Kabbala Diego in unseren Keller führte. Nein. Doch vielleicht vermutete Onkel, daß er Besuch bekommen würde. Wie auch immer, es gab einen Moment – vielleicht erst, als Diego die Kellertreppe hinunterkam –, in dem mein Meister die wahre Bedeutung des Massakers an uns zu verstehen begann. Da erkannte er die Möglichkeiten, die sein Tod durch die Hand eines Mörders barg. Unsere Familie, unser Volk war in eine schreckliche Sackgasse geraten, aus der uns nur noch sein gewaltsamer Tod wieder herausführen konnte.

Ist diese Theorie verrückt? Vielleicht. Vielleicht wußte nur Gott allein, daß mein Onkel an jenem Passafest geopfert werden sollte.

Trotzdem gibt es weitere Beweise, die meine Theorie stützen, Beweise, die alle überzeugen könnten.

Vor Jahren sagte Farid zu mir, der Mordechai in Onkels letzter Haggada habe mein Gesicht. Er hatte mich als den Retter der Juden aus dem Buch Esther gezeichnet. Ich hielt das für unmöglich; Mordechai schien in der Zeichnung zu alt zu sein.

Selbst wenn Onkel diesem Helden mein Gesicht gegeben hatte, dachte ich damals, war das eher geschehen, weil er eine Ahnung hatte, daß ich mich an seinem Haman Diego rächen würde.

Doch als ich mir gestern noch einmal die Bildtafel ansah, fiel mir etwas Erstaunliches auf. Jetzt, vierundzwanzig Jahre, nachdem Onkel ihn gezeichnet hat, sehen Mordechai und ich uns sehr ähnlich. Wir haben beide kurzgeschnittenes graues Haar, dieselben traurigen Augen. Wir sind beide Überlebende und Zeugen einer Tragödie.

Onkel hatte ein so scharfes Auge, daß er malen konnte, wie ich ein Vierteljahrhundert später aussehen würde.

Erst jetzt fange ich an zu akzeptieren, daß mein Meister mich zu einer höheren Aufgabe ausersehen hatte. Wie der alte jüdische Held Mordechai sollte ich eines Tages für die Rettung meines Volkes kämpfen.

Das ist sicher auch der Grund, weshalb mein Onkel mich in meiner Vision «Mordechai» nannte. Es war nicht der Name meines älteren Bruders, wie ich ursprünglich dachte, sondern der des biblischen Retters des jüdischen Volkes.

Doch wie soll ich, Berekia Zarco, ein Mann, der noch nicht einmal mehr an einen persönlichen Gott glaubt, sie retten? Hatte er auch dafür einen Plan?

Deine Hände berühren die Antwort. Vermutlich spürte Onkel, daß nur der Alptraum seines Todes mich dazu bringen würde, dieses Buch zu schreiben. Nur sein gewaltsamer Abschied vom Erdenreich hat mich erkennen lassen, daß wir in Europa keine Zukunft mehr haben. Nur die schrecklichste aller Tragödien konnte mich überzeugen, daß ich alle Juden – und zwar jeden einzelnen von uns, ob nun Neuchrist oder nicht – auffordern mußte, in ein Land zu ziehen, wo sie sicher sind vor der Inquisition und allen Greueltaten, die sich christliche Könige noch für uns ausdenken werden.

Denn eines steht fest: Den europäischen Monarchen wird es niemals an Träumen über Juden mangeln. Wir spuken in ihrer spirituellen Dunkelheit.

Wer nicht glauben kann, daß meine Vermutungen Onkels Beweggründe zutreffend interpretieren, mag weiter in seiner Einsamkeit verharren. Diese Ungläubigen haben noch nie einen Mann von Onkels spiritueller Kraft erlebt; einen Mann, der seine Mitmenschen einfach bedingungslos liebt und sich jederzeit für sie opfern würde.

Oder vielleicht sollte ich in so einem Fall mein Talent als Schriftsteller in Frage stellen, denn meine Erzählung hätte dann ihre Leser nicht davon überzeugen können, daß es Meister Abraham Zarco wirklich gegeben hat.

Als ich vor all den Jahren zu meiner alten Freundin Rana Tijolo sagte, Onkel glaube noch immer, die Juden könnten von Portugal in der Zukunft sprechen, täuschte ich mich. Er wußte schon damals, daß es auf der Iberischen Halbinsel und in allen christlichen Ländern Europas für uns nur die Vergangenheit gibt. Denn sicher war es nicht nur eine Laune, die ihn den Plan fassen ließ, mit uns allen in die Türkei, ein *moslemisches* Land, zu ziehen.

Es gibt keine Zufälle. Stimmt das?

Bis jetzt habe ich meine Theorien nur Farid anvertraut. «Meinst du nicht, Onkel hätte dem jüdischen Volk lebend mehr genutzt als tot?» lautete sein Kommentar.

Eine gute Frage. Vielleicht hatte mein Meister die Kontrolle über die sich überstürzenden Ereignisse verloren. Seine wahre Aufgabe hatte er womöglich erst in dem Moment begriffen, als Diego ihm einen Rosenkranz um den Hals warf. Und sicher glaubte er fest daran, daß Gott ihn tot besser gebrauchen konnte als lebend.

Auf jeden Fall ist der Glaube, der in mir brennt, meine einzige Antwort. Doch selbst wenn meine Theorie völlig falsch wäre, könnte ich meine Feder nicht weglegen oder diese Seiten zerreißen. Ich kann das Überleben des jüdischen Volkes nicht von der Willkür europäischer Monarchen abhängig machen, die immer wieder gezeigt haben, daß ihnen jedes Gefühl für Gerechtigkeit abgeht. Denn selbst wenn ich mich irre, selbst wenn ich von links nach rechts lese, selbst wenn mein Meister von seiner Sorge um Reza so erschöpft war, daß er seine Hände nicht mehr erheben konnte, um sich gegen Diego zu wehren – wer von uns kann sicher wissen, daß die Christen ihn nicht auch eines Tages holen kommen? Und Verräter wie Diego wird es immer geben.

Damit wären wir bei Diego angelangt und der Frage, was die wahre Bedeutung seines Verrats sein könnte. Diese Frage habe ich mir natürlich schon unzählige Male gestellt.

Der Schlüssel zu meiner Deutung seines Handelns liegt in der kabbalistischen Definition des Bösen: *Das Böse ist das Gute, das von seinem angestammten Platz abgewichen ist.*

Ich glaube, unter seinem eigenen Volk wäre aus Diego ein guter, zufriedener Mann geworden. Doch das Zusammenleben mit Altchristen, der Schrecken, den ihre Kirche und die Inquisition in ihm auslösten, trieben ihn in die Arme des Bösen.

Und es wird viele andere wie Diego geben. Wenn wir Europa nicht verlassen, werden sie sich gegen uns verschwören. Auch das will Onkels Tod uns sagen.

Ich spreche nur ungern über diese Dinge. Ein Teil von mir würde meine eigenen Worte am liebsten als Unsinn abtun. Denn wenn meine Überzeugung der Wahrheit nahekommt, habe ich meinen Onkel fürchterlich enttäuscht. Vor dreiundzwanzig Jahren erlaubte ich meiner Cousine Reza, in Portugal zu bleiben. Möge Onkel mir verzeihen. Denn wenn er recht hat, wenn meine Deutung der Ereignisse in der Vergangenheit zutrifft, ist ihre Familie in Gefahr.

Darum muß ich die Schlüssel nehmen, die der gute Lourenço mir gegeben hat, und Portugal noch einmal betreten. Dieses Manuskript ist die Waffe, die ich bei mir tragen werde. Mögen die Worte sich zu der Schlinge knüpfen, an der Haman eines Tages hängen wird.

Farid will mich begleiten, weil er glaubt, ich brauche seinen Schutz. Vielleicht hat er recht. Zusammen werden wir Reza und ihre Familie holen und sie nach Konstantinopel bringen.

Mögen alle Neuchristen und Juden mit uns kommen.

Und mögen meine Kinder und meine Frau die Gründe für meine Reise verstehen.

Gerade dringt das erste Licht der Morgendämmerung durch die Fensterläden. Mein Handgelenk schmerzt. Es ist Zeit, die Feder noch einmal ins Tintenfaß zu tauchen, um die letzten Worte zu schreiben. Mögen die Engel hinter diesen Worten Verständnis in meine Seele und in die des Lesers hauchen.

Schon am Anfang meines Manuskripts habe ich gesagt, daß diese Geschichte eine Warnung sein soll. Ihr, die ihr diese Worte lest, ob ihr Juden oder Neuchristen seid, Sephardim oder Aschkenasim – wenn ihr euch noch immer innerhalb der Grenzen Europas befindet, seid ihr in großer Gefahr! Die Inquisition wird sich weiter ausbreiten, und unser blutender Spiegel wird schon bald überlaufen. Darum ist Onkel mir jetzt erschienen. Das Morden hat gerade erst begonnen. Die europäischen Könige und ihre haßerfüllten Bischöfe werden niemals aufhören, von uns zu träumen! Niemals werden sie erlauben, daß wir und unsere Kinder überleben. Nie! Früher oder später, in diesem Jahrhundert oder erst in fünf Jahrhunderten, werden sie auch euch oder eure Nachkommen holen. Keine Stadt, kein Dorf, wie entlegen sie auch sein mögen, wird vor ihnen sicher sein. Kein Herrscher und keine Armee wird euch schützen. Das ist die Bedeutung, die ich in Onkels Tod sehe. Nehmt also eure Masken ab. Schaut nach Konstantinopel und Jerusalem. Und macht euch auf den Weg!

Verbannt das christliche Europa aus euren Herzen und schaut nie mehr zurück!

Gesegnet seien alle Ebenbilder Gottes!

Berekia Zarco
Konstantinopel
Siebter des Av, 5290

GLOSSAR

Av Der elfte Monat des jüdischen Mondkalenders, der meist einem Teil des Juli und August entspricht.

Bahir Das Buch des Lichts oder der Klarheit. Einer der einflußreichsten Texte der Kabbala, der im 12. Jahrhundert in der Provence entdeckt wurde.

Ein Sof Der verborgene Gott. Er ist unfaßbar und namenlos, man kann sich ihm nicht nähern. Auf die Existenz eines solchen Gottes läßt sich nur aus den Erscheinungen der diesseitigen Welt schließen, in denen sich seine Allgegenwart manifestiert.

Geniza Ein geheimer Aufbewahrungsort für heilige Bücher.

Haggada Eine erbaulich-belehrende Textsammlung biblischer Stoffe, zu denen die Geschichte über den Auszug aus Ägypten gehört. In der Haggada shel Pesah werden auch die Rituale des Passamahls erklärt.

Haliza Die rituelle Scheidungszeremonie. Sie wird durchgeführt, wenn ein Mann sich weigert, mit der Witwe seines verstorbenen Bruders die sogenannte Leviratsehe einzugehen.

Haman Eine Gestalt aus dem Buch Esther. Haman, der Höfling des persischen Königs Ahasver, wollte diesen dazu überreden, alle Juden in seinem Reich umzubringen.

Hamez Speisen, die während des Passafests nicht verzehrt werden dürfen. Zu ihnen gehört vor allem gesäuertes Brot.

Hanukka Ein jüdischer Festtag, das sogenannte Weihefest, an dem der Sieg des jüdischen Volks der Makkabäer über die Syrer gefeiert wird.

Haroset Eine Mischung aus kleingehackten Mandeln, Äpfeln, Rosinen, Zucker und Zimt. Das Gericht gehört zu den rituellen Speisen des Passafests und soll den Lehm oder Mörtel symbolisieren, mit dem die israelitischen Sklaven in Ägypten Bauwerke errichten mußten.

Hazzan Der Kantor und Vorbeter in der Synagoge.

Hesvan Der zweite Monat des jüdischen Mondkalenders, der meist mit einem Teil des Oktober und November zusammenfällt.

Ibbur Ein böser Geist oder die umherziehende Seele eines Verstorbenen, der in den Körper eines Menschen fährt und dessen Verhalten bestimmt.

Kabbala Eine Bewegung mystisch-spekulativen Charakters, die sich seit dem Mittelalter neben der rabbinischen und den religiös-philosophischen Strömungen als dritte geistig-religiöse Kraft innerhalb des Judentums etablieren konnte. Den Kabbalisten geht es um die Erforschung und Anwendung der Geheimnisse der Tora.

Kaddish Das jüdische Totengebet.

Kislev Der dritte Monat des jüdischen Mondkalenders, der mit einem Teil des November und Dezember zusammenfällt.

Koscher Nahrung, die nach den jüdischen Speisegesetzen zum Verzehr geeignet ist.

Levit Ein Mitglied der jüdischen Priesterkaste, die von Levi, dem Sohn Jakobs, abstammt.

Lilith Ein weiblicher Dämon der jüdischen Legende. Lilith erwürgt Kinder und verführt die Männer.

Maimon Ein mächtiger Dämon.

Matza Das ungesäuerte Brot, das die Israeliten während ihres Auszugs aus Ägypten buken. Es wird während des Passafestes gegessen.

Menora Ein sieben- oder neunarmiger Kerzenleuchter, der während des Hanukkafests angezündet wird.

Metatron Der Engel, der die guten Taten der Menschen aufzeichnet.

Mezuza Eine Kapsel mit Pergamentstreifen, auf die Passagen aus dem 5. Buch Mose geschrieben sind. Sie beginnen in der Regel mit dem Gebet «Höre Israel». Die Mezuza wird am rechten Türpfosten von Haus- und Wohnungstüren befestigt und gilt als Symbol für den Schutz der Frommen vor der Sünde.

Miqve Das rituelle Bad, das jüdische Frauen nach der Menstruation nehmen. Auch Männer gehen in die Miqve, um sich vor dem Gebet zu reinigen.

Mishna Ein Bestandteil des Talmuds. Die Mishna ist eine Sammlung von religionsgesetzlichen Vorschriften und zivilrechtlichen Regeln, die zum Teil auf die Traditionen der Pharisäer zurückgehen, zum Teil von den Rabbinen der ersten zwei Jahrhunderte n. Chr. stammen. Sie wurde Anfang des 3. Jahrhunderts von Rabbi Juda, dem Patriarchen in Palästina, redigiert. «Mishna» kann auch einfach eine gute Tat bedeuten.

Mohel Die Person, die die rituelle Beschneidung eines Neugeborenen vornimmt. Jüdische Jungen werden in der Regel am achten Tag nach der Geburt beschnitten. Der Mohel muß kein Arzt sein, hat aber eine spezielle Ausbildung erhalten.

Mordechai Ein jüdischer Höfling aus dem Buch Esther. Er vereitelte den Plan des Haman, alle Juden im Reiche des Königs Ahasver auszurotten.

Nisan Der siebte Monat des jüdischen Mondkalenders, der in der Regel mit einem Teil des März und April zusammenfällt.

Passa Der jüdische Festtag, an dem der Exodus, der Auszug der Israeliten aus der ägyptischen Sklaverei, gefeiert wird. Traditionell begeht man das im Frühling liegende Passafest acht Tage lang.

Purim Der jüdische Festtag, an dem der Niedergang des Haman gefeiert wird.

Samael Böser Engel, häufig identisch mit dem Satan.

Seder Die traditionelle Mahlzeit, die an den ersten beiden Passaabenden eingenommen wird. (Das letzte Abendmahl Christi war ein jüdisches Seder.)

Sefer Das hebräische Wort für «Buch».

Sefirot Laut Kabbala die zehn Punkte, in denen sich Gott manifestiert. Manchmal werden sie als göttliche Lichter symbolisiert oder auch als kosmischer Baum. Die Sefirot stehen für das innergöttliche Schöpfungs- und Erlösungswirken. Sie befinden sich auch an den verschiedenen Stellen des menschlichen Körpers.

Shevat Der fünfte Monat des jüdischen Mondkalenders, der mit einem Teil des Januar und Februar zusammenfällt.

Shofar Das Widderhorn, das zur Ankündigung einiger jüdischer Festtage geblasen wird.

Shohet Ein jüdischer Schächter, der die rituelle Tötungstechnik beherrscht: schmerzlos, ohne Qual, ohne Grausamkeit und so, daß das Blut ungehindert aus dem Tier fließen kann.

Tallit Eigentlich ein rechteckiger Schal, der zum Gebet in der Synagoge oder auch zu Hause getragen wird. Es kann sich auch um einen Umhang oder Mantel handeln. Wichtig ist, daß er Kopf und Schultern bedeckt.

Talmud Das Hauptwerk des rabbinischen Judentums, das als autoritative Quelle der Religionslehre und des Religionsgesetzes gilt. Die Bibel wird sozusagen durch die Brille des Talmuds gelesen. Der Talmud besteht aus zwei Teilen: der *Mishna* (hebr.: «Wiederholung», «Lehre») und der *Gemara* (aramäisch für «Vollendung»).

Tishri Der erste Monat des jüdischen Mondkalenders, der meist mit einem Teil des September und Oktober zusammenfällt.

Tora Das Pentateuch oder die ersten fünf Bücher des Alten Testaments, die fünf Bücher Mose. In einem breiter gefaßten Sinn kann sich das Wort Tora auf das gesamte Alte Testament oder die gesamte jüdische Lehre beziehen.

Tref Nahrung, die nach den jüdischen Speisegesetzen nicht zum Verzehr geeignet ist.

Tu Bisvat Ein jüdischer Feiertag, das «Neujahr der Bäume».

An diesem Tag ißt man Früchte, die im Heiligen Land wachsen.

Yom Kippur Versöhnungstag, einer der höchsten jüdischen Feiertage. «Denn an diesem Tag geschieht eure Entsühnung, daß ihr gereinigt werdet; von allen euren Sünden werdet ihr gereinigt vor dem Herrn.» (3. Mose 16,30)

Zizit Die Fransen oder Quasten am jüdischen Gebetsschal, dem Tallit. Sie sollen den Gläubigen an die Gebote des Herrn erinnern.

Zohar Das «Buch des Glanzes», das Heilige Buch und einflußreiches Hauptwerk der Kabbala. Als Hauptverfasser gilt der Spanier Moses de Léon (1250–1305).

Der Autor dankt
Ruth G. Zimler, Quetzal Editores in Lissabon und
Anne Rademacher.

Christian Jacq

Ramses. Der Sohn des Lichts

Deutsch von Annette Lallemand
448 Seiten. Gebunden

Der legendäre Pharao Ramses II. gilt als einer der größten Herrscher der Weltgeschichte. In den 66 Jahren seiner Regentschaft von 1279 bis 1213 v. Chr. führte er das altägyptische Reich zu einem beispiellosen Höhepunkt politischer und kultureller Macht.

Der Ägyptologe und Romancier Christian Jacq läßt in seiner großen Romanbiographie Ramses II. und seine Zeit noch einmal lebendig werden. Der erste Roman «Ramses. Der Sohn des Lichts» erzählt von der Jugend des Knaben. Schon früh hat sein Vater Sethos erkannt, daß Ramses zum Pharao geboren ist. Doch bevor er die Führung des Reiches übernehmen kann, muß er Kämpfe und Mutproben bestehen und lernen, das Gesetz der Götter zu akzeptieren.

Ramses. Der Tempel der Ewigkeit

Deutsch von Ingrid Altrichter
416 Seiten. Gebunden

In dem zweiten Band der Romanbiographie «Ramses. Der Tempel der Ewigkeit» besteigt der junge Ramses den Thron Ägyptens. Wird er ohne die weise Führung durch den früh verstorbenen Vater dieser Aufgabe gewachsen sein? Er ist zwar stark und mutig und kann sich auf die Liebe seiner ebenso schönen wie klugen Gemahlin Nefertari, auf die politische Erfahrung seiner Mutter Tuja und auf die bedingungslose Treue einiger weniger Freunde verlassen – aber werden seine Feinde nicht doch mächtiger sein? Tapfer kämpft Ramses gegen Verrat und Verschwörung, gegen Intrigen und Magie an und läßt seinen Jugendfreund Moses die neue Hauptstadt Pi-Ramses und den Tempel der Ewigkeit bauen.

Historische Kriminalromane von
Kate Sedley

Das alte Lied
Ein historischer Kriminalroman
Deutsch von Irmela Erckenbrecht
Mit einem historischen Kommentar von Dietrich Schwanitz
288 Seiten. Gebunden

England 1475: Auf den Bruder des Königs Edward IV. ist ein Attentat geplant. Der fliegende Händler Roger Chapman soll den Anschlag vereiteln. Es gelingt ihm, doch die Hintermänner bleiben im dunkeln. Die einzige Spur ist ein altes bretonisches Lied, dessen rätselhafter Text eine Botschaft zu enthalten scheint ...

In ihrem spannenden Kriminalroman entfaltet Kate Sedley das Mittelalter von prunkvollen Festen am Fürstenhof bis zu finsteren Kaschemmen der Unterwelt.

Fromme Unschuld
Ein historischer Kriminalroman
Deutsch von Edith Walter
288 Seiten. Gebunden
und rororo 22157

Die letzte Rast
rororo 13437

Gefährliche Botschaft
rororo 13537

Der zerrissene Faden
rororo 13545

Wunderlich

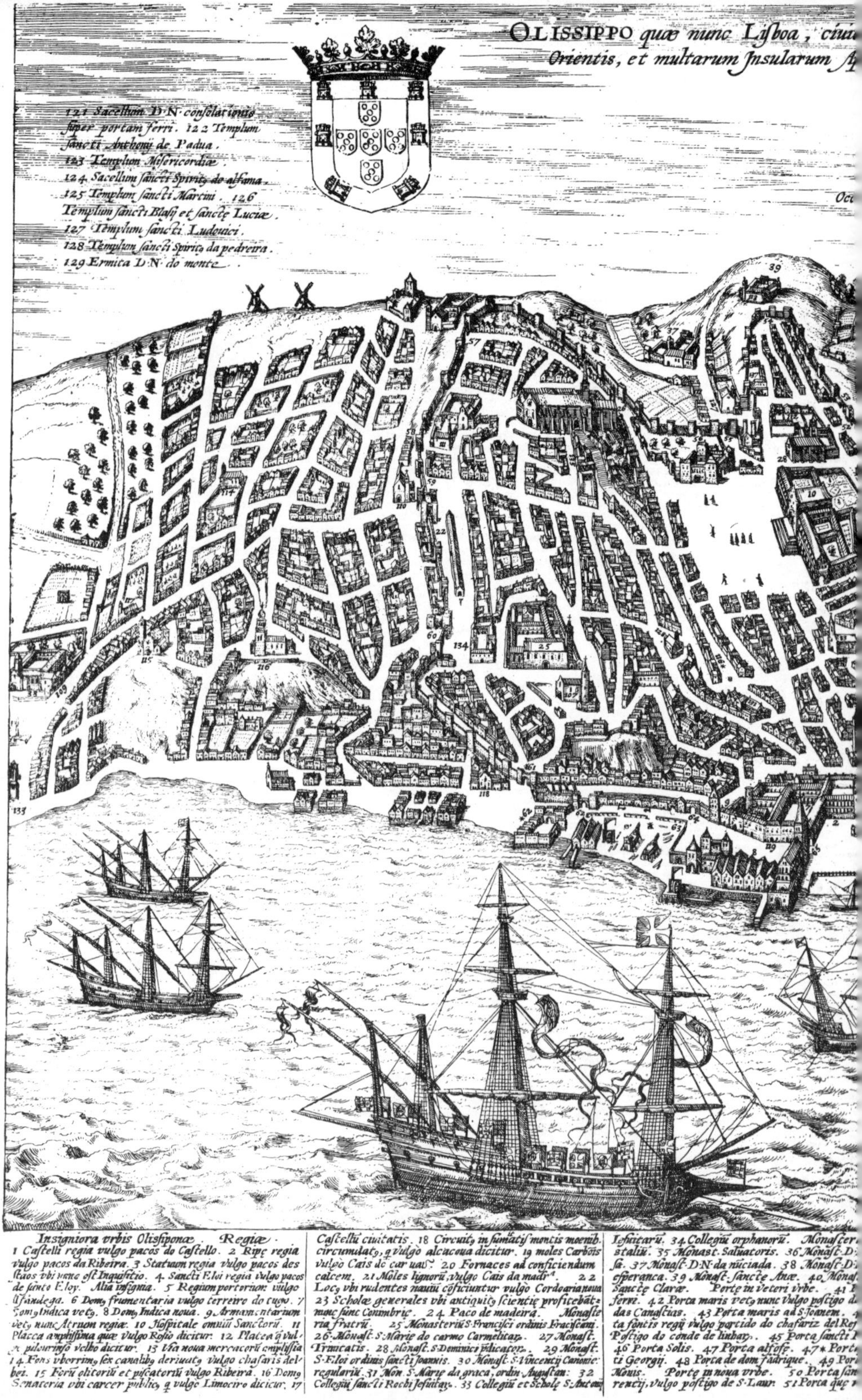

Insigniora vrbis Olissiponæ. Regiæ.
1 Castelli regia vulgo pacos do Castello. 2 Ripę regia vulgo pacos da Ribeira. 3 Statuum regia vulgo pacos des staos vbi nunc est Inquisitio. 4 Sancti Eloi regia vulgo pacos de santo Eloy. Alia insignia. 5 Regium portorium vulgo alfandega. 6 Domꝰ frumentaria vulgo terreiro do trigo. 7 Domꝰ Indica vetꝰ. 8 Domꝰ Indica noua. 9 Armamentarium vetꝰ nunc Atruum regiæ. 10 Hospitale omniū Sanctorū. 11 Placca amplissima quæ vulgo Rosio dicitur. 12 Platea q̄ vulgo pilourinho velho dicitur. 13 Via noua mercatorū amplissia 14 Fons vberrimꝰ sex canalibꝰ deriuatꝰ vulgo chafaris del bei. 15 Forū olitoriū et piscatoriū vulgo Ribeira. 16 Domꝰ Senatoria vbi carcer publicꝰ q̄ vulgo Limoeiro dicitur. 17 Castellū ciuitatis. 18 Circuitꝰ in sūmatis montis moenib. circumdatꝰ, q̄ vulgò alcacoua dicitur. 19 moles Carbōis vulgò Cais do carvaō. 20 Fornaces ad conficiendum calcem. 21 Moles lignorū, vulgo Cais da madrª. 22 Locꝰ vbi rudentes nauiū cōficiuntur vulgò Cordoaria noua 23 Scholæ generales vbi antiquitꝰ scientię profitebātꝰ nunc sunt Conimbricę. 24 Paco de madeira. Monasteria fratrū. 25 Monasteriū S·Francisci ordinis Fraciscani. 26 Monast. S·Marię do carmo Carmelitar. 27 Monast. Trinitatis. 28 Monast. S·Dominici pdicator. 29 Monast. S·Eloi ordinis sancti Joannis. 30 Monast. S·Vincentij Canonic: regulariū. 31 Mon. S·Marię da graca, ordin. Augustan: 32 Collegiū sancti Rochi Jesuitar. 33 Collegiū et Scholę S·Antonij Jesuitarū. 34 Collegiū orphanorū. Monaster… staliū. 35 Monast. Saluatoris. 36 Monast. D… sa. 37 Monast. D·N· da nūciada. 38 Monast. D… esperanca. 39 Monast. sanctę Anæ. 40 Monast… Sanctę Claræ. Portę in veteri vrbe. 41 P… ferri. 42 Porta maris vetꝰ nunc vulgo postigo d… das Canastias. 43 Porta maris ad S·Joanem. 4… ta fontis regij vulgo portido do chafariz del Re… Postigo do conde de linhar. 45 Porta sancti … 46 Porta Solis. 47 Porta alfofę. 47* Port… ti Georgij. 48 Porta de dom fādrique. 49 Port… Mouis. Portę in noua vrbe. 50 Porta san… rentij, vulgo postigo de S·Laur: 51 Porta quę …